全国高等教育自学考试指定教材
汉语言文学专业（本科段）

外国文学作品选

Waiguo Wenxue Zuopinxuan

（含：外国文学作品选自学考试大纲）

（2013年版）

组编　全国高等教育自学考试指导委员会
主　编　刘建军

高等教育出版社·北京

扫描微信二维码
关注自考教材服务

图书在版编目(CIP)数据

外国文学作品选/刘建军主编. --北京:高等教育出版社,2013.3(2022.8 重印)
ISBN 978-7-04-036951-9

Ⅰ.①外… Ⅱ.①刘… Ⅲ.①外国文学-作品-高等教育-自学考试-自学参考资料 Ⅳ.①I11

中国版本图书馆 CIP 数据核字(2013)第 025290 号

| 策划编辑 | 雷旭波 | 责任编辑 | 李 宁 | 版式设计 | 范晓红 | 责任校对 | 胡晓琪 |
| 责任印制 | 田 甜 | | | | | | |

出版社	高等教育出版社	咨询电话	400-810-0598
社 址	北京市西城区德外大街 4 号	网 址	http://www.hep.edu.cn
邮政编码	100120		
印 刷	北京市鑫霸印务有限公司		
开 本	787mm×1092mm 1/16	版 次	2013 年 3 月第 1 版
印 张	27	印 次	2022 年 8 月第 10 次印刷
字 数	660 千字	定 价	48.00 元

本书如有质量问题,请与教材供应部门联系。
版权所有 侵权必究
物 料 号 36951-00

组 编 前 言

21世纪是一个变幻莫测的世纪,是一个催人奋进的时代。科学技术飞速发展,知识更替日新月异,希望、困惑、机遇、挑战,随时随地都有可能出现在每一个社会成员的生活之中。抓住机遇,寻求发展,迎接挑战,适应变化的制胜法宝就是学习——依靠自己学习,终生学习。

作为我国高等教育组成部分的自学考试,其职责就是在高等教育这个水平上倡导自学、鼓励自学、帮助自学、推动自学,为每一个自学者铺就成才之路。组织编写供读者学习的教材就是履行这个职责的重要环节。毫无疑问,这种教材应当适合自学,应当有利于学习者掌握和了解新知识、新信息,有利于学习者增强创新意识,培养实践能力,形成自学能力,也有利于学习者学以致用,解决实际工作中所遇到的问题。具有如此特点的书,我们虽然沿用了"教材"这个概念,但它与那种仅供教师讲、学生听,教师不讲、学生不懂,以"教"为中心的教科书相比,在内容安排、编写体例、行文风格等方面都已经大不相同了。希望读者对此有所了解,以便从一开始就树立起依靠自己学习的坚定信念,不断探索适合自己的学习方法,充分利用自己已有的知识基础和实际工作经验,最大限度地发挥自己的潜能,达到学习的目标。

欢迎读者提出意见和建议。

祝每一位读者自学成功。

全国高等教育自学考试指导委员会
2011年10月

总 目 录

外国文学作品选自学考试大纲

前言 ·· 3
目录 ·· 5
Ⅰ 课程性质与课程目标 ·· 7
Ⅱ 考核目标 ·· 8
Ⅲ 课程内容与考核要求 ·· 9
Ⅳ 关于大纲的说明与考核实施要求 ······································ 33
附录 考试题型示例 ·· 34
后记 ·· 36

外国文学作品选

编者的话 ·· 39
目录 ·· 41
1 荷马《伊利亚特》(节选) ·· 43
2 萨福《永生的阿芙洛狄忒》 ·· 59
3 索福克勒斯《安提戈涅》(节选) ·· 62
4 但丁《神曲》(节选) ·· 70
5 薄伽丘《十日谈》(节选) ·· 77
6 拉伯雷《巨人传》(节选) ·· 84
7 莎士比亚《哈姆莱特》(节选) ··· 94
8 塞万提斯《堂吉诃德》(节选) ·· 108
9 莫里哀《悭吝人》(节选) ··· 115
10 歌德《浮士德》(节选) ··· 123
11 华兹华斯《致杜鹃》 ·· 137
12 拜伦《唐璜》(节选) ·· 140

13	济慈《秋颂》	146
14	雨果《克洛德·格》(节选)	149
15	普希金《叶甫盖尼·奥涅金》(节选)	163
16	惠特曼《哦,白昼哟,从无底深渊中浮起》	170
17	司汤达《红与黑》(节选)	173
18	巴尔扎克《高老头》(节选)	185
19	狄更斯《奥利弗·退斯特》(节选)	202
20	果戈理《外套》(节选)	210
21	马克·吐温《我从参议员私人秘书的职位上卸任》	222
22	莫泊桑《项链》	228
23	易卜生《玩偶之家》(节选)	236
24	陀思妥耶夫斯基《罪与罚》(节选)	247
25	列夫·托尔斯泰《舞会之后》	254
26	高尔基《伊则吉尔老婆子》	262
27	肖洛霍夫《静静的顿河》(节选)	278
28	茨威格《世界上最美的坟墓》	286
29	乔伊斯《伊芙琳》	289
30	卡夫卡《骑煤桶的人》	294
31	海明威《老人与海》(节选)	297
32	萨特《卧室》(节选)	309
33	卡尔维诺《恐龙》	320
34	尤内斯库《头儿》	330
35	加西亚·马尔克斯《世界上最漂亮的溺死者》	337
36	《旧约》(节选)	342
37	迦梨陀娑《沙恭达罗》(节选)	355
38	紫式部《源氏物语》(节选)	365
39	萨迪《蔷薇园》(节选)	377
40	《一千零一夜》(节选)	382
41	泰戈尔《摩诃摩耶》	398
42	纪伯伦《先知》(节选)	404
43	川端康成《伊豆的舞女》	408
44	桑戈尔《黑女人》	423
后记		425

外国文学作品选
自学考试大纲

（2013年版）

全国高等教育自学考试指导委员会　制定

前　　言

为了适应社会主义现代化建设事业的需要,鼓励自学成才,我国在 20 世纪 80 年代初建立了高等教育自学考试制度。高等教育自学考试是个人自学,社会助学和国家考试相结合的一种高等教育形式。应考者通过规定的专业考试课程并经思想品德鉴定达到毕业要求的,可获得毕业证书;国家承认学历并按照规定享有与普通高等学校毕业生同等的有关待遇。经过 30 多年的发展,高等教育自学考试为国家培养造就了大批专门人才。

课程自学考试大纲是国家规范自学者的学习范围、要求和考试标准的文件。它是按照专业考试计划的要求,具体指导个人自学、社会助学、国家考试、编写教材、编写自学辅导书的依据。

随着经济社会的快速发展,新的法律法规不断出台,科技成果不断涌现,原大纲中有些内容过时,知识陈旧。为更新教育观念,深化教学内容方式、考试制度、质量评价制度改革,使自学考试更好地提高人才培养的质量,各专业委员会按照专业考试计划的要求,对原课程自学考试大纲组织了修订和重编。

修订后的大纲,在层次上,专科参照一般普通高校专科或高职院校的水平,本科参照一般普通高校本科水平;在内容上,力图反映学科的发展变化,增补了自然科学和社会科学近年来研究的成果,对明显陈旧的内容进行了删减。

全国考委文史类专业委员会组织制定了《外国文学作品选自学考试大纲》,经教育部批准,现颁发施行。各地教育部门、考试机构应认真贯彻执行。

全国高等教育自学考试指导委员会

2012 年 12 月

目　录

Ⅰ　课程性质与课程目标 …………………………………………………… 7
Ⅱ　考核目标 ………………………………………………………………… 8
Ⅲ　课程内容与考核要求 …………………………………………………… 9
Ⅳ　关于大纲的说明与考核实施要求 ……………………………………… 33
附录　考试题型示例 ………………………………………………………… 34
后记 …………………………………………………………………………… 36

Ⅰ 课程性质与课程目标

一、课程的性质和特点

根据全国考委制订的自学考试计划,"外国文学作品选"是汉语言文学专业本科段的一门必修的专业基础课。设置本课程的目的是使学生能够具备分析外国文学经典作品思想价值和欣赏其艺术魅力的能力,为进一步学习外国文学史做准备。"外国文学作品选"主要是外国文学名篇名章的选读,包括诗歌、小说、戏剧、故事以及散文等不同题材的作品。本课程的特点是着重于外国经典作品的阅读和分析,不过多要求文学史意义上的完整性和系统性。

二、课程目标

本课程的学习目标主要是:围绕大纲所规定的外国文学经典作品内容,运用阅读欣赏理论,初步把握外国文学发展的主要现象和基本知识,了解主要作家和代表性作品的创作倾向,把握外国文学经典作家和所选作品的基本内容与艺术成就,掌握阅读和分析外国文学经典作品的基本方法,从而能够正确分析和评价外国文学经典作品的价值与成就。与此同时,还应对有关的文学史知识有一般性的了解。

三、与相关课程的联系与区别

本课程与外国文学史、比较文学史有着较为紧密的联系,都以外国的文学现象(作家和作品)为学习对象。外国文学史课程强调的是文学发展的传承规律和发展脉络,注意"史"的完整性;比较文学史则侧重不同民族、不同国家和不同时代文学现象相互影响中所体现出的共同性与差异性,突出的是"影响与比较"。本课程则重点在于欣赏和把握外国文学文本现象。学习者要在学习《文学概论》等知识的基础上,以了解、分析和鉴赏外国文学重要经典作品为主,强调"文本细读"和具体知识的把握,兼顾一些外国文学史发展脉络与基本知识,为进一步学习《外国文学史》或《比较文学史》打下基础。从当前实际情况出发,本课程侧重点在于学习欧美主要国家和民族的代表性作品,兼顾亚洲部分国家文学的精品篇章。对非洲和大洋洲等其他地区文学作品较少涉及或暂不涉及,待条件成熟后,再做补充。

四、课程的重点和难点

本课程包括世界文学史上44种著名作品,所选的经典文本按时代顺序编排,以体现外国文学史发展的基本脉络。其中,以莎士比亚、歌德、雨果、巴尔扎克、托尔斯泰、高尔基、海明威、《旧约》、《一千零一夜》、泰戈尔、川端康成等作家或作品为学习重点。教材中所选的其他作家、作品以及每章导读中所涉及的主要知识、概念、现象和问题等是学习的次重点。对作家、作品名称的记忆以及对所涉及的作品中的人物和事件的把握则是一般要求。本课程的难点在于学习者要在掌握本课程所学知识的基础上,根据"洋为中用"的方针,理论联系实际,实事求是地分析外国文学作品的价值,扎实地掌握其思想内容和艺术成就,努力提高分析问题的能力和鉴赏文学作品的能力。

Ⅱ 考核目标

本大纲在考核目标中,按照识记、领会、简单应用和综合运用四个层次规定学员应达到的能力层次要求。四个能力层次是递进关系。本大纲在每个单元,都一一列举了考核知识点,并提出了具体的考核要求。

凡属于"识记"部分的内容,要求应考者和学习者扎实记忆,并能在各种情况下准确辨识。例如所选作品(包括所选片段作品所提供的故事导语和【导读】)中所包括作家和重要作品的篇名、所选作品中的主要情节(包括细节)、重要的人物对话、诗歌作品中的经典诗句以及戏剧作品的重要台词等。

"领会"部分的内容,要求应考者和学习者要熟知其概念,把握其主要内涵,并能准确地回答。例如每篇作品中所涉及的重要文学现象、重要概念和【作品链接】中所涉及的名词解释等。

"简单应用"的内容,要理解其原理,并能够联系有关作家作品等文学现象加以简略说明。这涉及作品的人物形象、思想内容、艺术特征以及重要文学事件等方面。

"综合应用"的内容,要求能够运用有关理论和知识,对所给的作品材料,或说明某种文学形象,或分析其思想内容和艺术特征,或进行两个文学现象间的比较。强调分析和写作能力的运用。

Ⅲ 课程内容与考核要求

1. 荷马《伊利亚特》(节选)

一、学习的目的与要求

通过学习,了解荷马史诗的产生形成过程和所取得主要成就;把握《伊利亚特》内容所反映的时代特征;掌握本篇选文所表现出的主题表达、人物形象塑造和独特艺术手法。

二、课程内容

1. 荷马史诗《伊利亚特》第22卷(节选)。
2. 荷马史诗形成的过程;《伊利亚特》的思想内容和艺术特征分析。
3. "荷马式比喻"。

三、考核知识点与考核要求

识记:荷马史诗是古希腊流传至今最早的文学作品,包括《伊利亚特》和《奥德赛》两部史诗;熟记《伊利亚特》作品中的人名和身份地位;熟记《伊利亚特》选文的主要故事情节和关键性场景,熟记选文中的一些著名的诗句。

领会:"荷马式比喻";《伊利亚特》(节选)的思想内容、人物形象和艺术成就;《伊利亚特》(节选)的一些关键性场景所蕴涵的意义与作用。

简单应用:结合选文,论述荷马史诗表现的氏族社会向奴隶制社会转变时期的现实,荷马史诗中人物的性格特征;选文所体现出的荷马史诗的艺术成就。

四、本章的重点与难点

1. 本章重点:荷马史诗思想内容与社会转型的关系。
2. 本章难点:《伊利亚特》人物形象所体现的社会转型时期的特点。

2. 萨福《永生的阿芙洛狄忒》

一、学习的目的与要求

通过学习,了解萨福创作的主要成就;领会诗歌《永生的阿芙洛狄忒》的思想内容和艺术特征。

二、课程内容

1. 诗歌《永生的阿芙洛狄忒》。
2. 萨福创作的主要成就;《永生的阿芙洛狄忒》的思想、形象和艺术特征分析。
3. 缪斯。

三、考核知识点与考核要求

识记:萨福是古希腊杰出的女诗人,被称为"第十位缪斯"。熟记萨福主要诗作的篇名;背诵《永生的阿芙洛狄忒》。

领会:"缪斯";萨福诗歌的丰富情感和独特的艺术表达。

简单应用:结合选文,论述《永生的阿芙洛狄忒》的思想内容和艺术特征。

四、本章的重点与难点
1. 本章重点:《永生的阿芙洛狄忒》思想内容和艺术特征。
2. 本章难点:古希腊人个体自由情感抒发的价值和意义。

3. 索福克勒斯《安提戈涅》(节选)

一、学习的目的与要求
通过学习,了解索福克勒斯创作的主要成就;领会悲剧《安提戈涅》的思想内容和艺术特征。

二、课程内容
1. 悲剧《安提戈涅》节选的第五幕第二场;第九幕第四场;第五合唱歌以及退场。
2. 索福克勒斯的生平简介;《安提戈涅》的思想、形象和艺术特征分析。
3. 古希腊悲剧。

三、考核知识点与考核要求
识记:索福克勒斯是古希腊三大悲剧家之一,被誉为"戏剧艺术的荷马"。熟记索福克勒斯主要作品的篇名;熟记《安提戈涅》作品中的主要人物和关键性的情节。
领会:古希腊悲剧;《安提戈涅》中的一些主要台词;剧中体现的矛盾冲突、人物性格和悲剧成因。
简单应用:结合选文,论述《安提戈涅》的思想内容和艺术特征。

四、本章的重点与难点
1. 本章重点:《安提戈涅》的思想内容和艺术特征。
2. 本章难点:安提戈涅悲剧形成的主要原因和表现特点。

4. 但丁《神曲》(节选)

一、学习目的与要求
通过学习,了解但丁的主要创作过程;领会他作为"中世纪最后一个诗人"和"新时代最初一个诗人"的历史地位。掌握《神曲》主要思想内容和艺术特点,特别是所选《神曲．第五歌》片段的思想成就和艺术成就。

二、课程内容
1. 长诗《神曲》节选第一部第5歌。
2. 但丁生平创作简介;《神曲》第五歌第二圈的思想艺术分析。

三、考核知识点与考核要求
1. 识记:但丁是中世纪最伟大的诗人和作家。掌握但丁创作的主要作品篇名;牢记《神曲》的三部篇名(《地狱篇》、《炼狱篇》和《天堂篇》);熟记其中主要的象征形象;熟记选文片段中的几个主要人物名字和关键情节;熟记但丁关于爱情的几行诗句。
2. 领会:诗集《新生》的主要内容;但丁《神曲》中的象征和寓意;《神曲》主要思想内容和艺术贡献;选文中所体现的但丁在"情欲"看法上的矛盾性。
3. 简单应用:结合选文,论述但丁作为"中世纪最后一个诗人"和"新时代最初一个诗人"的基本特点;长诗主人公"但丁"形象的基本特点;《神曲》艺术结构上的成就;选文中"但丁"对弗兰采斯加与保禄爱情的基本看法;选文所体现出的三个艺术特色。

四、本章的重点与难点

1. 本章重点:但丁创作与时代的关系。

2. 本章难点:《神曲》中但丁用旧出新的艺术手法。

5. 薄伽丘《十日谈》(节选)

一、学习目的与要求

通过学习,了解薄伽丘创作的主要成就;领会《十日谈》的主题和结构特点;领会《第四天故事一》的思想内容、人物性格和艺术特征。

二、课程内容

1.《十日谈》节选《第四天故事一》。

2.《十日谈》的主题和结构特点;《第四天故事一》的思想内容、人物形象和艺术特征。

3."文艺复兴运动"。

三、考核知识点与考核要求

识记:薄伽丘是文艺复兴时期意大利杰出的人文主义作家。熟记他的重要作品篇名;《十日谈》中100个故事的缘起;《第四天故事一》的基本情节;选文中出现的主要人物名字、身份与性格特点以及关键性的一些情节。

领会:《十日谈》的框式结构与基本主题;《第四天故事一》的人物形象内涵、艺术特征;选文中一些重要情节对塑造人物性格的作用。

简单应用:"文艺复兴运动";结合选文,论述《第四天故事一》的人物形象思想内涵和主要艺术特征。

四、本章的重点与难点

1. 本章重点:《第四天故事一》人物形象的思想内涵与文艺复兴运动之间的关系。

2. 本章难点:《第四天故事一》某些技巧方面的艺术特点。

6. 拉伯雷《巨人传》(节选)

一、学习目的与要求

通过学习,了解拉伯雷作为文艺复兴时期巨人的主要成就;掌握《巨人传》主要思想内容和艺术特点,特别是所选的《作者前言》与小说片段的思想成就和艺术成就。

二、课程内容

1. 长篇小说《巨人传》的《作者前言》;第一部第十六、十七、十八、十九章及二十一章(节选)。

2. 拉伯雷生平创作简介;《巨人传》的思想和艺术分析。

三、考核知识点与考核要求

1. 识记:拉伯雷是文艺复兴时期法国作家。牢记《巨人传》(节选)的主要人物名字、身份和特点；熟记选文片段中的重要话语和关键情节。

2. 领会：长篇小说《巨人传》(节选)的思想内容；《巨人传》主要艺术特点；选文中所体现的文学主张。

3. 简单应用：《巨人传》中的《作者前言》所体现的主要内容以及作家文学主张在文学史上的价值；结合作品，论述作品主人公"巨人"形象的基本特点和时代意义；选文中所表现出的作家对当时天主教会、巴黎市民的基本看法；《巨人传》在语言风格上的特点；选文所体现出的艺术特色。

四、本章的重点与难点

1. 本章重点：拉伯雷的创作与时代的关系。

2. 本章难点：拉伯雷艺术手法的基本特征。

7. 莎士比亚《哈姆莱特》(节选)

一、学习的目的与要求

通过学习，了解莎士比亚在英国文学史上的地位和戏剧的主要成就；把握悲剧《哈姆莱特》的主题、人物性格和艺术特征；注意对选文独特情节内容和内涵的把握。

二、课程内容

1.《哈姆莱特》第三幕第一场、第五幕第二场。

2. 莎士比亚创作的主要成就；《哈姆莱特》的思想、形象和艺术特征分析。

3."人文主义"。

三、考核知识点与考核要求

识记：莎士比亚是文艺复兴时期英国伟大的剧作家。熟记他的历史剧、喜剧、悲剧代表作品的篇名；《哈姆莱特》的基本情节；选文中出现的主要人物名字、身份与性格特点以及关键性的情节和选文中所出现的重要台词。

领会：《哈姆莱特》的主题；选文中一些重要情节对塑造人物性格的作用；选文所体现的艺术特色；对选文中出现的一些重要台词的理解。

简单应用："人文主义"；结合选文，论述哈姆莱特形象的人文主义内涵以及艺术上的成就；

综合应用：拓展分析和论述选文所表现的哈姆莱特性格特点、艺术特点。

四、本章的重点与难点

1. 本章重点：哈姆莱特性格延宕的表现及成因。

2. 本章难点：《哈姆莱特》的艺术的丰富性与生动性。

8. 塞万提斯《堂吉诃德》(节选)

一、学习的目的与要求

通过学习，了解塞万提斯创作的主要成就；领会长篇小说《堂吉诃德》的思想内容、人物性格和艺术特征。

二、课程内容

1.《堂吉诃德》第十一章。

2. 塞万提斯创作的主要成就;《堂吉诃德》的思想、形象和艺术特征分析。

三、考核知识点与考核要求

识记:塞万提斯是文艺复兴时期西班牙杰出的小说家。熟记他主要作品的篇名;《堂吉诃德》的基本情节;《堂吉诃德》中重要人物的名字和性格特点。

领会:《堂吉诃德》的主题思想;《堂吉诃德》(节选)一些关键性情节对小说思想内容、人物性格及艺术特色的深化作用;桑丘性格的特点。

简单应用:结合选文,论述堂吉诃德形象特点和意义;《堂吉诃德》(选文)的艺术特色。节选中所表现的堂吉诃德的"社会理想"以及安东尼欧所唱歌的主要内容。

四、本章的重点与难点

1. 本章重点:《堂吉诃德》性格的特点及意义。

2. 本章难点:《堂吉诃德》的艺术特征的独特性。

9. 莫里哀《悭吝人》(节选)

一、学习的目的与要求

通过学习,了解莫里哀在法国文学史上的地位和喜剧创作的主要成就;把握五幕喜剧《悭吝人》的思想内容、人物性格和艺术特征。尤其是注意对选文独特情节内容和艺术特点的把握。

二、课程内容

1.《悭吝人》第一幕第四场、第四幕第六、七场;第五幕第六场。

2. 莫里哀创作的主要成就;《悭吝人》的思想、形象和艺术特征分析。

3. "古典主义文学";"三一律"。

三、考核知识点与考核要求

识记:莫里哀是17世纪法国杰出的古典主义喜剧家。熟记他的著名喜剧的篇名;《悭吝人》的基本情节;选文中出现的主要人物名字、身份与性格特点以及关键性的一些情节和台词。

领会:"古典主义文学";"三一律"戏剧创作原则;《悭吝人》的基本思想内容;选文中一些重要情节对塑造人物性格的作用;选文中所体现出来的艺术特色;对选文中出现的一些重要台词的理解。

简单应用:结合选文,论述《悭吝人》的基本主题;阿巴公的性格特点;《悭吝人》的主要艺术特征。

四、本章的重点与难点

1. 本章重点:《悭吝人》思想内容的揭露性与当时社会风习之间的关系。

2. 本章难点:《悭吝人》作为古典主义喜剧艺术的独特性。

10. 歌德《浮士德》(节选)

一、学习的目的与要求

通过学习，了解歌德在德国文学史上的地位和主要创作成就；把握诗剧《浮士德》的思想内容、人物性格和艺术特征。注意选文独特情节、思想内容的把握。

二、课程内容

1.《浮士德》节选的"城门前"、"宫中的广大前庭"。

2. 歌德的创作道路和不同时期的代表作品及特点；《浮士德》的主题思想；浮士德形象和艺术特征分析。

3. "启蒙运动"；"狂飙突进运动"；"浮士德精神"。

三、考核知识点与考核要求

识记：歌德是德国18世纪伟大的启蒙主义作家。熟记他代表作品的篇名；《浮士德》的基本情节；选文中出现的主要人物名字、身份和性格特点以及一些关键性的情节和重要诗句。

领会：《浮士德》的主题；选文中一些重要情节对塑造人物性格的作用；选文中所体现出来的艺术特色。

简单应用："启蒙运动"；"狂飙突进运动"；"浮士德精神"；《浮士德》的主题。

综合应用：拓展分析论述选文部分所表现的浮士德性格特点；浮士德最后领悟到的人生真理；选文所体现出来的艺术特征。

四、本章的重点与难点

1. 本章重点：浮士德形象的二重性和"浮士德精神"之间的关系。

2. 本章难点：《浮士德》艺术特色的独特性。

11. 华兹华斯《致杜鹃》

一、学习的目的与要求

通过学习，了解浪漫主义文学运动的特点；把握华兹华斯在英国文学史上的地位和诗歌创作的主要成就；了解华兹华斯描写自然诗歌的特点；把握抒情诗《致杜鹃》的思想内容和艺术特征。

二、课程内容

1.《致杜鹃》。

2. 华兹华斯诗歌创作的主要成就；自然诗的主要特点；抒情诗《致杜鹃》的思想内容和艺术特征。

3. 浪漫主义文学运动；"湖畔派"。

三、考核知识点与考核要求

识记：华兹华斯是英国杰出的浪漫主义诗人。熟记他的代表作品的篇名。背诵《致杜鹃》全诗。

领会：浪漫主义文学运动；"湖畔派"诗人；华兹华斯自然诗的特点；《致杜鹃》的主题；

《致杜鹃》的艺术特点。

简单应用:结合选文,论述诗人描写杜鹃的独特角度;诗中所体现的诗人与杜鹃之间的联动关系;对某些诗句的分析理解。

四、本章的重点与难点

1. 本章重点:《致杜鹃》的主题与湖畔派诗人创作倾向的关系。

2. 本章难点:《致杜鹃》描写杜鹃的角度,诗人与杜鹃之间的联动关系。

12. 拜伦《唐璜》(节选)

一、学习的目的与要求

通过学习,了解拜伦在英国文学史上的地位和创作的主要成就;把握《唐璜》的内容梗概;掌握《哀希腊》主题和艺术特征。

二、课程内容

1.《唐璜》节选《哀希腊》。

2. 拜伦创作的主要成就;《唐璜》的主题;《哀希腊》的主题和艺术特征分析。

3. "拜伦式英雄"。

三、考核知识点与考核要求

识记:拜伦是19世纪初期英国杰出的浪漫主义诗人。熟记他的代表作篇名;《哀希腊》的抒情线索;《哀希腊》中出现的古希腊主要神名、诗人名、地名及战役名称;背诵选文中一些著名的诗句。

领会:"拜伦式英雄";《唐璜》的基本主题。

简单应用:结合选文,论述《哀希腊》的主题;《哀希腊》中所表现出来的诗人的思想情绪;《哀希腊》的艺术特色。

四、本章的重点与难点

1. 本章重点:《哀希腊》主题的时代性与战斗性。

2. 本章难点:拜伦《哀希腊》艺术特点的独特性。

13. 济慈《秋颂》

一、学习的目的与要求

通过学习,了解济慈在英国文学史上的地位和诗歌艺术成就;把握《秋颂》的主题及诗人"颂秋"的主要内容和艺术特征。

二、课程内容

1.《秋颂》。

2. 济慈创作的主要成就和代表作品;《秋颂》的主题;各节的主要内容、艺术特色分析。

三、考核知识点与考核要求

识记:济慈是19世纪英国杰出的浪漫主义诗人。熟记他的主要诗作篇名;背诵《秋颂》全诗。

领会:济慈诗歌创作的思想内容和艺术特点;《希腊古瓮颂》、《秋颂》的主题思想。

简单应用:结合选文,分析《秋颂》的各节内容;分析《秋颂》的艺术特色;诗歌中一些意象的运用。

四、本章的重点与难点

1. 本章重点:《秋颂》的各节内容所表达的细微情感。
2. 本章难点:《秋颂》的一些典型的艺术手法与技巧。

14. 雨果《克洛德·格》(节选)

一、学习的目的与要求

通过学习,了解雨果思想的发展和创作的主要成就;能够区分雨果创作中体现出的人道主义思想的进步性与局限性;把握《克洛德·格》的思想内容、人物形象和艺术特征。

二、课程内容

1. 短篇小说《克洛德·格》(节选)。
2. 雨果的生平和创作简介;《克洛德·格》的思想内涵和艺术特征分析。
3. "《欧那尼》之战"。

三、考核知识点与考核要求

识记:雨果是法国著名诗人、戏剧家和小说家。熟记他的著名小说、诗集和戏剧作品的篇名以及《克伦威尔·序言》的价值;熟记《巴黎圣母院》和《悲惨世界》中的主人公名字与特点;熟记《克洛德·格》(节选)的主要故事情节和关键性场景。

领会:"《欧那尼》之战";《克伦威尔》及其序言的内容与价值;《克洛德·格》的一些关键性场景所蕴含的意义与作用。

简单应用:《巴黎圣母院》、《悲惨世界》的故事梗概;《克洛德·格》对社会的批判;克洛德·格的性格特征;选文所体现出的艺术对照原则;对小说中一些重要的语句的分析。

综合应用:结合选文拓展分析《克洛德·格》的基本主题、人物形象和艺术成就;根据选文探讨雨果人道主义思想的两重性。

四、本章的重点与难点

1. 本章重点:《克洛德·格》思想内容与雨果人道主义思想的关系。
2. 本章难点:雨果艺术主张在《克洛德·格》(节选)中的体现。

15. 普希金《叶甫盖尼·奥涅金》(节选)

一、学习的目的与要求

通过学习,了解普希金创作的主要成就;领会《叶甫盖尼·奥涅金》的思想内容、人物性格和艺术特征。尤其是掌握分析本节选诗句的方法。

二、课程内容

1. 诗体小说《叶甫盖尼·奥涅金》节选"达吉亚娜向奥涅金表白爱情"。
2. 普希金创作的主要成就;《叶甫盖尼·奥涅金》的思想、形象和艺术特征分析。

3. "多余人"形象。

三、考核知识点与考核要求

识记：普希金是19世纪俄国作家，被称为"俄罗斯文学的始祖"。熟记他的著名诗歌、小说和剧本的篇名；《叶甫盖尼·奥涅金》的基本情节；《叶甫盖尼·奥涅金》中重要人物名字与性格特点。背诵选文的经典诗句。

领会："多余人"形象；《叶甫盖尼·奥涅金》的思想倾向；书信和对话与作品思想内容、人物性格及艺术特色的关系。

简单应用：结合选文，论述《叶甫盖尼·奥涅金》的思想内容；《叶甫盖尼·奥涅金》节选中人物的思想和性格特点；《叶甫盖尼·奥涅金》节选的主要艺术特征。

综合应用：结合选文中的诗句，拓展分析其中所表达的思想、情感以及具体的艺术特点。

四、本章的重点与难点

1. 本章重点：《叶甫盖尼·奥涅金》选文的思想内容与整部作品的关系。
2. 本章难点：《叶甫盖尼·奥涅金》的主题与艺术特征的关系。

16. 惠特曼《哦，白昼哟，从无底深渊中浮起》

一、学习的目的与要求

通过学习，了解惠特曼的诗歌创作在美国文学史上的地位和《草叶集》所取得的主要成就；领会诗作《哦，白昼哟，从无底深渊中浮起》的思想内容和艺术特色。

二、课程内容

1. 诗歌《哦，白昼哟，从无底深渊中浮起》。
2. 惠特曼创作的主要成就；《草叶集》的思想和艺术特征分析；《哦，白昼哟，从无底深渊中浮起》的思想与艺术成就。

三、考核知识点与考核要求

识记：惠特曼是美国最具有民主精神的浪漫主义诗人，被誉为"现代美国诗歌之父"。熟记他著名诗歌作品的篇名；熟记《哦，白昼哟，从无底深渊中浮起》的著名诗句。

领会："草叶"的含义；《草叶集》的主题、思想内容及艺术特色；对《哦，白昼哟，从无底深渊中浮起》出现的一些重要诗句的理解和阐释。

简单应用：《草叶集》的基本内容；联系选文，分析《草叶集》的主要艺术特征；《哦，白昼哟，从无底深渊中浮起》的主要思想、艺术特征。

四、本章的重点与难点

1. 本章重点：惠特曼诗歌创作的思想内容与南北战争时期美国现实的关系。
2. 本章难点：《哦，白昼哟，从无底深渊中浮起》的思想与艺术形式的统一。

17. 司汤达《红与黑》(节选)

一、学习的目的与要求

通过学习，了解批判现实主义文学概念；把握司汤达作为法国和欧洲批判现实主义文学奠基人的主要创作成就、艺术贡献。领会《红与黑》特别是所选"第三十章"的思想价值与艺术特色,尤其是写作手法的技巧。

二、课程内容

1. 长篇小说《红与黑》第三十章。
2. 司汤达的生平简介;《红与黑》及其作品节选章节的思想内容和艺术特点分析。
3. 批判现实主义文学。

三、考核要求与考核知识点

1. 识记:司汤达是法国批判现实主义文学的奠基人。《拉辛与莎士比亚》是法国批判现实主义美学宣言;《红与黑》是批判现实主义文学的奠基作;司汤达小说作品的主要篇名;《红与黑》中主要人物的名字和性格特征。

2. 领会:"批判现实主义文学";《红与黑》是一部"政治小说";1825年至1830年间于连生活时代社会风气的主要特点。作品片段所揭示的不同人物之间的关系;对话对人物性格的塑造的作用等。

简单应用:结合选文,把握于连"向上爬"过程中所体现出来的既反抗又妥协的矛盾性格;掌握于连在去巴黎前夕执意看望情人行为中所表现出来的对社会、宗教、人生及其个人命运的思考的特点;掌握选文的主要描写手法与艺术特征。

四、本章的重点与难点:

1. 本章重点:《红与黑》为什么是一部"政治小说"。
2. 本章难点:《红与黑》艺术上的成就与选文之间的联系。

18. 巴尔扎克《高老头》(节选)

一、学习的目的与要求

通过学习,了解巴尔扎克作为法国和欧洲批判现实主义文学卓越代表的主要创作成就与艺术贡献。领会小说《高老头》特别是选文所蕴涵的思想价值与艺术特色,尤其是写作手法的运用。

二、课程内容

1. 长篇小说《高老头》节选"两处访问(片段)"和"父亲的死"。
2. 巴尔扎克生平创作简介;《高老头》及其节选章节的思想内容和艺术特点分析。
3.《人间喜剧》;"典型化手法"。

三、考核要求与考核知识点

识记:巴尔扎克是法国批判现实主义文学的卓越代表。《人间喜剧·前言》是法国批判现实主义美学宣言;《人间喜剧》的基本构成与主要小说的篇名;《高老头》中主要人物的名字、相互关系以及事件发生的年代与场景。恩格斯等人对巴尔扎克小说的评价。

领会:《人间喜剧》;"典型化手法";《高老头》主题思想与主要艺术成就;小说片段描写的主要层次以及如何塑造人物性格等。

简单应用:结合选文把握高老头性格的矛盾性;《高老头》的思想内容和主要艺术特点;选文所体现出的思想内容与人物塑造的成就;结合选文掌握作家的对比手法;人物对话中所揭示的不同人物的性格特征,作品情境与情节安排所显示出的时代特色。

综合应用:结合选文,把握高老头既掠夺别人,同时又被两个女儿所掠夺的悲剧的社会原因、时代氛围以及个人原因;高老头临死之前的哭号所表现出情感的复杂性;高老头、拉斯蒂涅和皮安训三个人物性格的比较;选文片段所体现出来的艺术技巧。

四、本章的重点与难点:
1. 本章重点:《高老头》表现的时代氛围与不同主人公性格之间关系。
2. 本章难点:《高老头》选文中所表现的塑造人物性格特征和艺术技巧。

19. 狄更斯《奥利弗·退斯特》(节选)

一、学习的目的与要求
通过学习,了解狄更斯在英国文学史上的地位和创作的主要成就;把握长篇小说《奥利弗·退斯特》的思想内容、人物性格和艺术特征。

二、课程内容
1. 长篇小说《奥利弗·退斯特》第二章。
2. 狄更斯创作的主要成就;《奥利弗·退斯特》的思想、形象和艺术特征分析。

三、考核知识点与考核要求
识记:狄更斯是19世纪英国杰出的批判现实主义小说家。熟记他的著名长篇小说的篇名;《奥利弗·退斯特》的基本情节;选文中出现的主要人物名字、身份与性格特点。
领会:《奥利弗·退斯特》的基本思想内容;选文中一些关键性情节对小说思想内容、人物性格及艺术特色的深化作用;选文中出现的讽刺性文字。
简单应用:结合选文,论述《奥利弗·退斯特》的思想内容;《奥利弗·退斯特》片段中出现的人物的性格特点;狄更斯小说的主要艺术特征。

四、本章的重点与难点
1. 本章重点:《奥利弗·退斯特》思想内容的揭露性和讽刺性。
2. 本章难点:《奥利弗·退斯特》的艺术特征的独特性。

20. 果戈理《外套》(节选)

一、学习的目的与要求
通过学习,了解果戈理创作的历史地位和主要成就;领会短篇小说《外套》的思想内容、人物性格和艺术特征。

二、课程内容
1. 短篇小说《外套》(节选)。
2. 果戈理创作的主要成就;《外套》的思想、形象和艺术特征分析。
3. "含泪的笑"。

三、考核知识点与考核要求
识记:果戈理是19世纪俄国小说家和戏剧家。熟记他的著名小说和剧本的篇名与主题;《外套》的一些关键性情节;《外套》中主要人物名字与性格特点。
领会:"含泪的笑";《外套》的基本思想倾向;《外套》的主题思想;关键性情节对小说思想内容、人物性格及艺术特色的深化作用。

简单应用:结合选文,论述《外套》的思想内容;《外套》中人物(阿卡基·阿卡基耶维奇)的思想和性格特点;《外套》的主要艺术特征。

四、本章的重点与难点

1. 本章重点:《外套》对沙皇制度的批判与小人物形象塑造之间的关系。

2. 本章难点:《外套》所体现的"含泪的笑"的艺术特征。

21. 马克·吐温《我从参议员私人秘书的职位上卸任》

一、学习的目的与要求

通过学习,了解马克·吐温的创作在美国文学史上的地位和它所取得的主要成就;领会短篇小说《我从参议员私人秘书的职位上卸任》的思想内容、人物性格和艺术特色。

二、课程内容

1. 短篇小说《我从参议员私人秘书的职位上卸任》。

2. 马克·吐温创作的主要成就;《我从参议员私人秘书的职位上卸任》的思想、形象和艺术特征分析。

三、考核知识点与考核要求

识记:马克·吐温是美国19世纪后期美国现实主义文学的杰出代表。熟记豪威尔斯对他的评价;笔名"马克·吐温"的含义;熟记他的著名小说的篇名;"镀金时代"的含义;《我从参议员私人秘书的职位上卸任》的基本情节。

领会:马克·吐温讽刺艺术的基本特征;《我从参议员私人秘书的职位上卸任》关键性情节对小说思想内容、人物性格及艺术特色的深化作用。

简单应用:"两大历险记"的基本内容;马克·吐温创作的艺术特色;《我从参议员私人秘书的职位上卸任》的主要思想内容和批判矛头指向;参议员和"我"两个主人公的主要性格特征;《我从参议员私人秘书的职位上卸任》的主要艺术特征。

四、本章的重点与难点

1. 本章重点:马克·吐温创作的思想内容与对美国现实的批判。

2. 本章难点:《我从参议员私人秘书的职位上卸任》的独特写作手法。

22. 莫泊桑《项链》

一、学习的目的与要求

通过学习,了解莫泊桑创作的主要成就和艺术特色;领会短篇小说《项链》的思想内容、人物性格和艺术特征。

二、课程内容

1. 短篇小说《项链》。

2. 莫泊桑创作的主要成就;《项链》的思想、形象和艺术特征分析。

三、考核知识点与考核要求

识记:莫泊桑是19世纪后期法国作家、短篇小说巨匠。熟记他的著名中短篇小说和长篇小说的篇名;《项链》的基本情节;《项链》中重要人物名字与性格特点。

领会:莫泊桑小说的基本主题与艺术成就;《项链》的主题思想;一些关键性情节对小说思想内容、人物性格及艺术特色的深化作用。

简单应用:结合选文,论述《项链》的思想内容;《项链》中人物的思想和性格特点;《项链》的主要艺术特征。

四、本章的重点与难点

1. 本章重点:《项链》的思想内容与社会风气之间的关系。

2. 本章难点:《项链》体现的莫泊桑独特的艺术追求。

23. 易卜生《玩偶之家》(节选)

一、学习目的与要求

通过学习,了解易卜生的主要创作成就及其在欧洲戏剧史上的历史地位;领会《玩偶之家》特别是该剧第三幕的思想成就和艺术成就。

二、课程内容

1. 戏剧《玩偶之家》第三幕(节选)。

2. 易卜生生平创作简介;《玩偶之家》及其第三幕的思想艺术分析。

3. "社会问题剧"。

三、考核要求和考核知识点

识记:易卜生是19世纪下半叶挪威著名戏剧家。《玩偶之家》是他的"社会问题剧"代表作;熟记其三个创作阶段的总体特点和作品的篇名;熟记选文中关键性情节和主要人物;熟记萧伯纳对其"讨论"戏剧手法的评价。

领会:易卜生戏剧创作的三个阶段;"社会问题剧"的基本内涵;《玩偶之家》的主题;第三幕戏剧冲突及其关于妇女解放的主题;鲁迅先生对娜拉出走的评价。

简单应用:剧中主人公娜拉作为具有资产阶级民主思想倾向的妇女形象主要特征;海尔茂作为虚伪自私的资产阶级市侩形象的基本特点;娜拉出走所表现的民主思想与独立反叛精神的意义以及历史局限性;《玩偶之家》第三幕以"讨论"为核心的艺术成就。

四、本章的重点与难点:

1. 本章重点:《玩偶之家》的思想价值与艺术成就。

2. 本章难点:《玩偶之家》艺术上的"讨论手法"与"社会问题剧"的关系。

24. 陀思妥耶夫斯基《罪与罚》(节选)

一、学习的目的与要求

通过学习,了解陀思妥耶夫斯基创作的主要成就;领会《罪与罚》的思想内容、人物性格和艺术特征。

二、课程内容

1. 长篇小说《罪与罚》第五卷选段。

2. 陀思妥耶夫斯基创作的主要成就;《罪与罚》(选段)的思想、形象和艺术特征分析。

三、考核知识点与考核要求

识记：陀思妥耶夫斯基是19世纪俄国作家、小说巨匠。熟记他的著名中短篇小说和长篇小说的篇名；《罪与罚》的基本情节；《罪与罚》(选段)中重要人物名字与性格特点。

领会：《罪与罚》(选段)的思想倾向；《罪与罚》(选段)在小说情节发展中的作用。

简单应用：结合选文，论述《罪与罚》的思想内容；《罪与罚》中人物（拉斯柯尔尼科夫、索尼娅）的思想和性格特点。《罪与罚》的主要艺术特征。

四、本章的重点与难点

1. 本章重点：《罪与罚》的思想内容的独特性。

2. 本章难点：《罪与罚》的思想内容与艺术特征的相互关系。

25. 列夫·托尔斯泰《舞会之后》

一、学习的目的与要求

通过学习，了解列夫·托尔斯泰思想的发展和创作的主要成就，尤其是"托尔斯泰主义"的基本内涵；领会短篇小说《舞会之后》的思想内容、人物性格和艺术特征。

二、课程内容

1. 短篇小说《舞会之后》。

2. 列夫·托尔斯泰创作的主要成就；《舞会之后》的思想、形象和艺术特征分析。

3. "托尔斯泰主义"；"托尔斯泰式主人公"。

三、考核知识点与考核要求

识记：列夫·托尔斯泰是19世纪俄国作家、批判现实主义文学的大师。熟记他的著名小说和剧作的篇名；《战争与和平》、《安娜·卡列尼娜》、《复活》中主要人物的名字和基本主题；《舞会之后》的基本情节和关键性场景；《舞会之后》中重要人物名字与性格特点。

领会："托尔斯泰主义"；"托尔斯泰式主人公"；《舞会之后》的主题思想；两个关键场景对小说思想内容、人物性格及艺术特色的作用。

简单应用：论述《战争与和平》、《安娜·卡列尼娜》、《复活》的基本主题；《舞会之后》的思想内容；《舞会之后》的主要艺术特征。

综合应用：结合文本，拓展分析《舞会之后》中人物（大学生伊凡、华莲卡的父亲）的思想和性格特点；分析《舞会之后》的艺术结构。

四、本章的重点与难点

1. 本章重点：《舞会之后》的思想内容与托尔斯泰思想的矛盾性。

2. 本章难点：《舞会之后》所体现出的艺术特征与托尔斯泰相关作品的相似性。

26. 高尔基《伊则吉尔老婆子》

一、学习的目的与要求

通过学习，了解高尔基创作的历史地位、思想发展过程和创作的主要成就；领会短篇小说《伊则吉尔老婆子》的思想内容和艺术特征。

二、课程内容
1. 短篇小说《伊则吉尔老婆子》。
2. 高尔基创作的主要成就;《伊则吉尔老婆子》的思想、形象和艺术特征分析。

三、考核知识点与考核要求

识记:高尔基是杰出的俄国作家、无产阶级文学的奠基人。熟记他的著名作品的篇名和主要作品中的人物名称;《伊则吉尔老婆子》的故事的关键性情节;《伊则吉尔老婆子》中重要形象的名字与性格特点。

领会:长篇小说《母亲》的思想价值;自传体三部曲的基本内容;《伊则吉尔老婆子》的思想倾向和主题思想以及三个故事对小说思想内容的揭示;该作艺术技巧对强化作品主题的作用。

简单应用:结合选文,论述《伊则吉尔老婆子》的思想内容、主要人物性格和主要艺术特征。

综合应用:通过三个故事的对照,拓展分析《伊则吉尔老婆子》中的形象(丹柯、腊拉、伊则吉尔)的象征意义;结合作品分析《伊则吉尔老婆子》的艺术结构。

四、本章的重点与难点
1. 本章重点:高尔基创作的历史价值和在文学史上的意义。
2. 本章难点:《伊则吉尔老婆子》的思想内容和艺术特征之间的关系。

27. 肖洛霍夫《静静的顿河》(节选)

一、学习的目的与要求
通过学习,了解肖洛霍夫创作的主要成就;领会长篇小说《静静的顿河》的思想内容、人物性格和艺术特征。

二、课程内容
1. 长篇小说《静静的顿河》选文第一部第九章、第五部第十八章。
2. 肖洛霍夫创作的主要成就;《静静的顿河》的主题思想、主人公形象和艺术特征分析。

三、考核知识点与考核要求

识记:肖洛霍夫是20世纪的苏联作家,诺贝尔文学奖获得者。熟记他的著名中短篇小说和长篇小说的篇名;《静静的顿河》(选文)的基本情节;《静静的顿河》选文中重要人物名字与性格特点。

领会:《静静的顿河》的基本矛盾冲突。选文中一些关键性情节对小说思想内容、人物性格及艺术特色的深化作用。

简单应用:结合选文,论述《静静的顿河》的思想内容;《静静的顿河》中人物(葛利高里)的思想和性格特点;《静静的顿河》的主要艺术特征。

四、本章的重点与难点
1. 本章重点:《静静的顿河》所反映的时代与作品主人公思想变化的关系。
2. 本章难点:《静静的顿河》史诗性的艺术特点。

28. 茨威格《世界上最美的坟墓》

一、学习的目的与要求

通过学习，了解茨威格创作的主要成就；领会散文《世界上最美的坟墓》的思想内容和艺术特征。

二、课程内容

1. 散文《世界上最美的坟墓》。
2. 茨威格创作的主要成就；《世界上最美的坟墓》的思想和艺术特征分析。

三、考核知识点与考核要求

识记：茨威格是19和20世纪之交的奥地利作家。熟记他的著名小说、传记和回忆录的篇名；《世界上最美的坟墓》的基本内容和精彩段落。

领会：《世界上最美的坟墓》中的一些重要语句对揭示作者思想感情的作用。

简单应用：联系文本分析引起作者思想震撼的原因；《世界上最美的坟墓》的思想和艺术特征。

四、本章的重点与难点

1. 本章重点：《世界上最美的坟墓》中所记述的托尔斯泰墓地与作家精神的契合。
2. 本章难点：《世界上最美的坟墓》作为散文名篇的艺术特征。

29. 乔伊斯《伊芙琳》

一、学习的目的与要求

通过学习，了解乔伊斯的生平和主要创作成就兼及意识流小说的基本特征；领会《伊芙琳》的思想内容和艺术特色。

二、课程内容

1. 短篇小说《伊芙琳》。
2. 乔伊斯的生平简介；《伊芙琳》的思想内容和艺术特点分析。
3. "意识流小说"。

三、考核知识点与考核要求

识记：乔伊斯是20世纪上半叶爱尔兰著名作家，欧美"意识流小说"的代表。长篇小说《尤利西斯》是借用了《奥德赛》的故事框架写成的意识流小说经典；乔伊斯主要作品的篇名，《伊芙琳》小说中一些关键性情节。

领会：意识流小说；《伊芙琳》作为乔伊斯早期作品的特点；长篇小说《尤利西斯》的内容；乔伊斯意识流小说的特点。

简单应用：结合作品，论述《伊芙琳》的思想内容、艺术特征以及作品中的主要人物形象。

四、本章的重点与难点

1. 本章重点：《伊芙琳》的思想内容和艺术特征。
2. 本章难点：把握伊芙琳、父亲以及弗兰克等人性格和心理特点。

30. 卡夫卡《骑煤桶的人》

一、学习的目的与要求

通过学习,了解卡夫卡创作的历史地位和主要成就;领会短篇小说《骑煤桶的人》的思想内容和艺术特征;掌握表现主义文学的基本特点。

二、课程内容

1. 短篇小说《骑煤桶的人》。
2. 卡夫卡创作的主要成就;《骑煤桶的人》的思想、形象和艺术特征分析。
3. 表现主义文学。

三、考核知识点与考核要求

识记:卡夫卡是20世纪奥地利德语作家和现代主义文学杰出代表。熟记卡夫卡"孤独三部曲"以及中短篇小说代表作的篇名;熟记《变形记》的主人公和基本主题;奥登对卡夫卡创作的评价;《骑煤桶的人》的基本故事情节。

领会:"异化","荒诞","孤独","表现主义文学";卡夫卡被认为是现代主义文学奠基人的原因;作品中一些关键性场景或描写对作品艺术风格形成的作用。

简单应用:分析"我"的生活窘境和内心痛苦或作品中悲观绝望情绪的表达;《骑煤桶的人》所表现的现代西方人精神世界的危机和人与人之间关系的"异化";《骑煤桶的人》的艺术特征。

四、本章的重点与难点

1. 本章重点:《骑煤桶的人》的主题思想和艺术特色。
2. 本章难点:《骑煤桶的人》对现代资本主义社会中人被"异化"这一现象的揭示。

31. 海明威《老人与海》(节选)

一、学习的目的与要求

通过学习,了解海明威创作的主要成就、思想发展过程和创作的主要特点;领会小说《老人与海》的思想内容和艺术特征;把握一些涉及海明威创作的主要概念和现象。

二、课程内容

1. 中篇小说《老人与海》(节选)。
2. 海明威创作的主要成就;《老人与海》的思想、形象和艺术特征分析。
3. "迷惘的一代";"硬汉子形象";"冰山原则"。

三、考核知识点与考核要求

识记:海明威是美国著名的小说家,诺贝尔文学奖的获得者。熟记他著名作品的篇名和主要作品中的人物名称、身份等;《老人与海》故事的关键性情节、重要的话语等。

领会:长篇小说《永别了,武器》的思想主旨;诺贝尔文学奖颁奖词的主要评价;《老人与海》的思想倾向和主题思想;艺术技巧对强化作品主题的作用。

简单应用:"迷惘的一代";"硬汉子形象";"冰山原则";《老人与海》的思想内容;桑提亚哥形象的主要特点;《老人与海》的主要艺术特征。

综合应用:通过几个场景的描写,分析《老人与海》中的人物形象的象征意义;结合作品分析《永别了,武器》的"迷惘"情绪;分析桑提亚哥"硬汉"的特点;结合作品阐述"冰山原则"艺术手法。

四、本章的重点与难点
1. 本章重点:海明威创作的社会价值和在文学史发展上的意义。
2. 本章难点:《老人与海》的思想内容和艺术特征的有机统一。

32. 萨特《卧室》(节选)

一、学习的目的与要求
通过学习,了解萨特作为存在主义作家的历史地位、创作的主要成就和独特艺术贡献;领会小说《卧室》的思想内容和艺术特征。把握存在主义的主要内涵。

二、课程内容
1. 小说《卧室》(节选)。
2. 萨特生平创作简介;《卧室》的思想内涵和艺术特征分析。
3. 存在主义。

三、考核知识点与考核要求
识记:萨特是法国存在主义哲学家和文学家。他拒领诺贝尔文学奖;他创作的小说、戏剧和哲学著作的篇名;《卧室》的主人公姓名和关键性情节等。
领会:"他人即地狱";《卧室》(节选)的基本思想;"卧室"等主要意象的象征寓意;作品中几个人物的基本特点。
简单应用:"存在主义";萨特作品标题的寓意性;结合选文,论述《卧室》的思想内容;《卧室》的主要艺术特征。

四、本章的重点与难点
1. 本章重点:《卧室》故事的存在主义象征意蕴。
2. 本章难点:《卧室》艺术上的独特贡献。

33. 卡尔维诺《恐龙》

一、学习的目的与要求
通过学习,了解卡尔维诺创作的主要成就以及后现代主义文学的基本特点;领会小说《恐龙》的思想内容和艺术特征。

二、课程内容
1. 小说《恐龙》。
2. 卡尔维诺的生平简介;《恐龙》的思想内涵和艺术特征分析。
3. 后现代主义文学。

三、考核知识点与考核要求
识记:卡尔维诺是20世纪后现代主义文学的代表作家。《寒冬夜行人》是后现代主义小说的代表作品。熟记他的著名作品的篇名;熟记《恐龙》中主要人物和关键性场景。
领会:后现代主义文学;《恐龙》的主题思想;"恐龙"等主要意象的象征寓意。

简单应用:结合选文,论述《恐龙》的思想内容;《恐龙》的主要艺术特征。

四、本章的重点与难点

1. 本章重点:《恐龙》的思想内容和象征意蕴。
2. 本章难点:《恐龙》的艺术特征与后现代文学。

34. 尤内斯库《头儿》

一、学习的目的与要求

通过学习,了解尤内斯库创作的主要成就以及"荒诞派戏剧"的基本特点;领会《头儿》的思想内容和艺术特征,把握荒诞派戏剧的艺术技巧。

二、课程内容

1. 戏剧《头儿》。
2. 尤内斯库戏剧创作的主要成就;《头儿》的思想和艺术特征分析。
3. "荒诞派戏剧"。

三、考核知识点与考核要求

识记:尤内斯库是法国荒诞派戏剧的主要作家。熟记他重要戏剧的篇名;《头儿》的基本内容和精彩段落。

领会:"荒诞派戏剧";《秃头歌女》《椅子》《犀牛》的思想主旨;《头儿》中的一些重要语句对揭示作者思想感情的作用。

简单应用:联系文本,分析《头儿》在人物关系上的荒诞性、"头儿"本身的象征性和现代人失去自我的可悲处境;《头儿》的艺术特征等。

四、本章的重点与难点

1. 本章重点:荒诞派戏剧对现代人类生存状态的独特表现。
2. 本章难点:《头儿》所体现的荒诞派戏剧的艺术特征。

35. 加西亚·马尔克斯《世界上最漂亮的溺死者》

一、学习的目的与要求

通过学习,了解加西亚·马尔克斯创作的历史地位和主要成就;领会短篇小说《世界上最漂亮的溺死者》的思想内容、人物性格和艺术特色;掌握拉丁美洲魔幻现实主义文学的一般特点。

二、课程内容

1. 短篇小说《世界上最漂亮的溺死者》。
2. 加西亚·马尔克斯创作的主要成就;《世界上最漂亮的溺死者》的思想、形象和艺术特征分析。
3. "魔幻现实主义文学"。

三、考核知识点与考核要求

识记:加西亚·马尔克斯是20世纪哥伦比亚小说家和拉美魔幻现实主义文学杰出的代表,诺贝尔文学奖的获得者。熟记他的著名小说的篇名;《世界上最漂亮的溺死者》的基本情节;《世界上最漂亮的溺死者》中重要人物名字与性格特点。

领会:《百年孤独》的主要内容;《家长的没落》的批判矛头指向;《世界上最漂亮的溺死者》的基本思想倾向;关键性情节对小说思想内容、人物性格及艺术特色的深化作用。

简单应用:"魔幻现实主义文学";《世界上最漂亮的溺死者》的思想内容;《世界上最漂亮的溺死者》中主要情节的寓意;《世界上最漂亮的溺死者》的主要艺术特征。

四、本章的重点与难点

1. 本章重点:《世界上最漂亮的溺死者》思想内容与拉丁美洲现实的对应性。

2. 本章难点:《世界上最漂亮的溺死者》艺术特征与所表现的现实之间的关系。

36.《旧约》(节选)

一、学习的目的与要求

通过学习,了解《圣经·旧约》的性质和主要内容;领会《圣经·旧约》(节选)的思想内容和艺术特征。

二、课程内容

1.《圣经·旧约》中《创世记》(节选)和《雅歌》。

2.《圣经·旧约》的性质及影响;《圣经·旧约》(节选)的思想和艺术特色。

三、考核知识点与考核要求

识记:《旧约》是犹太教的经典,也是古代希伯来人的文化典籍汇编。熟记《创世记》中所包含的四个神话故事,背诵本书所选的《雅歌》的第五首。

领会:《旧约》的四个部分;《圣经》与基督教的关系;《创世记》中神话一些关键性情节的意义与价值;《雅歌》一些重要诗句的作用和价值。

简单应用:结合《创世记》(节选)中神话的故事内容或艺术特征分析及其文学价值;《雅歌》的艺术风格。

综合应用:结合选文,拓展分析论述《旧约》在文学史上的意义;《创世记》神话的思想内涵与艺术特色;《雅歌》的内容、艺术以及在《圣经》中的独特性。

四、本章的重点与难点

1. 本章重点:《创世记》和《雅歌》选文部分的思想价值和艺术特色。

2. 本章难点:对《旧约》的文学性及其历史地位的理解。

37. 迦梨陀娑《沙恭达罗》(节选)

一、学习的目的与要求

通过学习,了解迦梨陀娑创作的主要成就及其在印度古代文学史上的贡献;领会《沙恭达罗》第四幕的思想内容和艺术特征。

二、课程内容

1.《沙恭达罗》第四幕。

2. 迦梨陀娑的生平及创作;《沙恭达罗》思想和艺术特征分析。

三、考核知识点与考核要求

识记:迦梨陀娑是印度古代诗人和剧作家,他的创作在印度文学史上有着重要地位。熟记迦梨陀娑的主要作品篇名;《沙恭达罗》中主要人物的名字和基本故事情节。

领会:迦梨陀娑的创作在印度文学史上的地位;《沙恭达罗》(节选)中的一些重要情节和台词对主人公性格特征的揭示作用。

简单应用:结合选文,分析沙恭达罗这一人物形象;论述作者在《沙恭达罗》中所表现的对美的追求;《沙恭达罗》第四幕的艺术特征。

四、本章的重点与难点

1. 本章重点:《沙恭达罗》中的人物形象塑造手法和主要内容之间的关系。
2. 本章难点:把握《沙恭达罗》的戏剧艺术特色。

38. 紫式部《源氏物语》(节选)

一、学习的目的与要求

通过学习,了解紫式部创作的主要成就和在日本文学史上的地位;领会和把握长篇小说《源氏物语》第一回的思想内容和艺术特征;掌握日本文学的美学特色。

二、课程内容

1.《源氏物语》第一回。
2. 紫式部的生平和创作简介;《源氏物语》的思想及其艺术分析。
3. "物语";"物哀"。

三、考核知识点与考核要求

识记:紫式部是日本女作家。熟记紫式部主要创作的篇名;熟记选文中出现的主要人物名字和身份以及性格特征;熟记选文中出现的诗句。

领会:"物语";"物哀";《源氏物语》的历史地位;《源氏物语》第一回中一些重要的描写(如诗词等)对作品思想内容和艺术风格的作用。

简单应用:结合选文,论述光源氏的形象特点;《源氏物语》的情感基调;《源氏物语》第一回的艺术特色。

四、本章的重点与难点

1. 本章重点:紫式部的创作的主要情感基调和价值指向。
2. 本章难点:对"物哀"的理解以及对《源氏物语》第一回的艺术特色的把握。

39. 萨迪《蔷薇园》(节选)

一、学习的目的与要求

通过学习,了解萨迪诗歌创作的主要成就;领会《蔷薇园》(节选)的思想观点和艺术特征。

二、课程内容

1.《蔷薇园》第一卷第六、十一、十二、十九、二十、二十八节。
2. 萨迪的生平和创作简介;《蔷薇园》(节选)的思想和艺术分析。

三、考核知识点与考核要求

识记:萨迪是波斯哲理诗人。熟记萨迪两部主要作品的篇名和基本内容。

领会:《蔷薇园》(节选)一些重要诗句对揭示诗人思想感情的作用。

简单应用:联系选文分析萨迪的帝王观;分析《蔷薇园》(节选)的思想观点;《蔷薇园》(节选)的艺术特点。

四、本章的重点与难点

1. 本章重点:萨迪创作中所表现的思想内容的哲理性。
2. 本章难点:《蔷薇园》思想内容和艺术特点的有机统一。

40.《一千零一夜》(节选)

一、学习的目的与要求

通过学习,了解《一千零一夜》成书的基本情况和故事内容;掌握《一千零一夜》的艺术成就;领会《阿里巴巴和四十大盗》的人物形象、思想内容和艺术技巧。

二、课程内容

1.《一千零一夜·阿里巴巴和四十大盗》。
2.《一千零一夜》的基本情况和故事内容简介;《阿里巴巴和四十大盗》的人物形象的分析。

三、考核知识点与考核要求

识记:《一千零一夜》是中古阿拉伯民间故事集。熟记高尔基对《一千零一夜》的评价;《一千零一夜》主要故事的篇名;重要故事中作品的人物和身份;《阿里巴巴和四十大盗》中的关键性故事情节以及重要语句。

领会:《一千零一夜》的思想内容和艺术特点;《阿里巴巴和四十大盗》中一些重要情节对表现作品主题的作用

简单应用:论述《一千零一夜》的整体状况、某一类故事的主题;故事集名称的由来;《阿里巴巴和四十大盗》中的人物形象;重要情节的价值和意义等。

综合应用:结合选文,分析《一千零一夜》故事所表现的时代内容;《阿里巴巴和四十大盗》的人物形象特征和艺术特色。

四、本章的重点与难点

1. 本章重点:《阿里巴巴和四十大盗》的人物形象、思想内容和艺术特色。
2. 本章难点:理解《阿里巴巴和四十大盗》的民间艺术特色。

41. 泰戈尔《摩诃摩耶》

一、学习的目的与要求

通过学习,了解泰戈尔创作的主要成就及其在印度文学史上的地位和贡献;领会和把握《摩诃摩耶》的思想内容和艺术特征。

二、课程内容

1. 短篇小说《摩诃摩耶》。

2. 泰戈尔的生平和创作成就;《摩诃摩耶》的思想和艺术分析。

三、考核知识点与考核要求

识记:泰戈尔是印度诗人、作家、艺术家和社会活动家,诺贝尔文学奖获得者。熟记泰戈尔主要作品的文类、篇名和主要贡献;熟记《摩诃摩耶》作品中的人物、身份、关键性的故事情节以及重要的话语。

领会:泰戈尔在文学(诗歌、小说、戏剧和散文)上的贡献;《吉檀迦利》的主要内容、《两亩地》的主要内容、《摩诃摩耶》的人物塑造和一些重要的描写在作品中的意义和价值。

简单应用:结合选文,论述《摩诃摩耶》的思想内容、人物形象和艺术特征。

综合应用:结合选文,探讨《摩诃摩耶》社会批判性和文化批判性;拓展分析作品中人物的性格特征;分析小说的艺术特色。

四、本章的重点与难点

1. 本章重点:泰戈尔的《摩诃摩耶》对印度社会陋习的批判性。
2. 本章难点:对《摩诃摩耶》的思想内容与艺术特色的理解。

42. 纪伯伦《先知》(节选)

一、学习的目的与要求

通过学习,了解纪伯伦创作的主要成就及其在阿拉伯文学史上的地位;领会《先知》(节选)的思想内容和艺术特征。

二、课程内容

1. 散文诗集《先知》第一、二、三节。
2. 纪伯伦的生平和创作简介;《先知》(节选)的思想和艺术分析。
3. "旅美派"。

三、考核知识点与考核要求

识记:纪伯伦是黎巴嫩现代著名诗人和作家,是阿拉伯现代文学史上最重要的流派之一"旅美派"的代表。熟记纪伯伦主要作品的篇名;背诵《先知》(节选)。

领会:"旅美派";《先知》(节选)的一些重要诗句的深入理解。

简单应用:结合选文,分析《先知》(节选)的思想内容;《先知》(节选)的艺术特色。

四、本章的重点与难点

1. 本章重点:《先知》(节选)的思想内容和艺术特色。
2. 本章难点:对《先知》(节选)的思想内容与艺术特色之间关系的理解。

43. 川端康成《伊豆的舞女》

一、学习的目的与要求

了解川端康成创作的主要成就及其创作特色;领会《伊豆的舞女》的人物形象、思想内容和艺术特征;掌握"新感觉派"的基本特征。

二、课程内容

1. 短篇小说《伊豆的舞女》。

2. 川端康成的生平和创作简介;《伊豆的舞女》的人物形象、思想和艺术分析。

三、考核知识点与考核要求

识记:川端康成是日本现代小说家,诺贝尔文学奖获得者。熟记川端康成主要小说的篇名;《伊豆的舞女》的主人公名字和基本故事情节。

领会:《伊豆的舞女》一些重要段落的描写和一些关键性情节对作品人物和艺术风格形成的作用。

简单应用:"新感觉派";《伊豆的舞女》的人物形象和行文主线。

综合应用:通过选文,拓展分析《伊豆的舞女》的思想内容、人物形象和艺术特色。

四、本章的重点与难点

1. 本章重点:《伊豆的舞女》的思想内容和艺术特色。
2. 本章难点:从新感觉派角度对《伊豆的舞女》中人物形象的分析。

44. 桑戈尔《黑女人》

一、学习的目的与要求

通过学习,了解桑戈尔创作的主要成就;领会诗歌《黑女人》的思想内容和艺术特征。了解"黑人性"文化运动主要特征。

二、课程内容

1. 诗歌《黑女人》。
2. 桑戈尔创作的生平简介;《黑女人》的思想内涵和艺术特征分析。
3. "黑人性"。

三、考核知识点与考核要求

识记:桑戈尔是20世纪黑人诗人,"黑人性"文化运动发起人之一,塞内加尔共和国总统。熟记他的著名诗作的篇名;背诵《黑女人》全诗。

领会:结合选文,论述《黑女人》的主题思想;"黑女人"等主要意象的象征寓意。

简单应用:"黑人性";《黑女人》的思想内容;《黑女人》的主要艺术特征。

四、本章的重点与难点

1. 本章重点:《黑女人》思想内容和象征意蕴。
2. 本章难点:《黑女人》艺术上的独特比喻。

Ⅳ 关于大纲的说明与考核实施要求

一、关于大纲的使用和考核说明

1. 本大纲是"外国文学作品选"课程应考者个人自学的依据。自学应考者应根据本大纲所规定的自学内容和考核要求,在"识记"、"领会"、"简单应用"和"综合应用"四个认知层次上认真学习,系统把握,并能融会贯通。除教材外,应借助必读书和参考书来辅导学习。但要注意,凡指定或自选的考试用书和参考用书,其内容与本大纲有出入的,要以本大纲规定的内容和考核要求为准。建议学习者和考生要认真、反复阅读大纲所规定的作品,注重教材中【导读】和【知识链接】的提示。

2. 本大纲是本课程社会助学的依据。社会助学者应根据本大纲规定的课程性质、教学目的以及教学内容,把助学重点放在对《外国文学作品选》教材所选篇目的分析和鉴赏上;要引导学生认真反复阅读作品。同时,要根据"识记"、"领会"、"简单应用"和"综合应用"这四个不同知识层次的要求进行助学活动。在助学时,也可根据大纲规定的作家和作品篇目,讲授一些相关的外国文学史知识,指点学习方法,以加深学习者对教材的理解,提高其分析鉴赏能力。本课程共6学分,建议社会助学者每学分应助学5个学时左右。

3. 本大纲也是本课程考试命题的依据。本课程考试命题要覆盖大纲所规定的全部内容。就是说,本课程所设置的内容均为考试范畴,包括《外国文学作品选》教材中,作品选文前面出现的故事情节介绍文字、引文本身(故事细节、典型话语、人物形象、思想与艺术成就等)【作品内容提问】【导读】和【知识链接】的内容。其中,莎士比亚、歌德、雨果、巴尔扎克、托尔斯泰、高尔基、海明威、《旧约》、《一千零一夜》、泰戈尔、川端康成等作家的作品为考试重点。在大纲规定的范围内,命题时要涉及作家生平创作中的重要作品、重要创作活动、作品故事情节和细节、典型的人物对话、台词、诗句和人物形象与思想内容、艺术特色以及文学史中的重要现象、要求背诵的内容等。其命题内容难易度、能力层次和考试重点均以本大纲规定的考核目标为依据,其他必读书和参考书的内容同本大纲的有关规定不一致时,要以本大纲为准。在命题时,每份试卷中"识记性"试题的比例大约占40%;"领会性"试题的比例大约占20%;"简单应用性"试题大约占15%。"综合应用性"试题大约占20%。四者可在5%上下浮动。试题难易度分为易、较易、较难、难四种。每份试卷中难度的分数比例一般以 2∶3∶3∶2 为宜。试题的难度与应试者的能力层次不是一个概念,在各个能力层次中都存在着不同的难度,命题时要加以妥善处理。

4. 本课程考试采取闭卷笔答方式,考试时间为150分钟。试题量应以中等水平的应考者能在规定时间内答完全部试题为度。

5. 本课程计6学分。

二、关于自学考试教材

《外国文学作品选》,全国高等教育自学考试指导委员会组编,刘建军主编,高等教育出版社,2013年版。

三、考试题型示例

附录　考试题型示例

（一）单项选择题（本大题共30小题，每小题1分，共30分。）在每小题列出的四个备选项中只有一个是符合题目要求的，请将其代码填写在题后的括号里。错选、多选或未选均无分。

1.《伊利亚特》通过一个发生在特洛亚战争期间的故事，全面反映了　　（　　）
   A. 从原始公社制向奴隶制社会转变时期的社会现实
   B. 奴隶制繁荣时期的希腊社会生活
   C. 从奴隶制向封建制过渡时期的社会生活
   D. 封建时期希腊丰富多彩的日常生活

2.《十日谈》"第四天故事第一"中那个因爱情遭受迫害，最后自尽而死的人物是
   　　　　　　　　　　　　　　　　　　　　　　　　　　　　　　（　　）
   A. 纪斯卡多　　B. 唐克烈　　C. 绮思梦达　　D. 加布亚公爵

（二）多项选择题（本大题共5小题，每小题2分，共10分。）在每小题列出的五个备选项中至少有两个是符合题目要求的，请将其代码填写在题后的括号内。错选、多选、少选或未选均不得分。

1.《堂吉诃德》是西班牙作家塞万提斯的代表作，其中同名主人公的特点有　（　　）
   A. 思想脱离实际，行为荒唐
   B. 为非作歹，鱼肉人民
   C. 既可笑又可敬
   D. 有远大的理想和高尚的情操
   E. 思想忧郁，行动延宕

2.《一千零一夜》中所包含的故事有　　　　　　　　　　　　　　　（　　）
   A.《巴士拉银匠哈桑的故事》　　B.《渔翁的故事》
   C.《阿里巴巴和四十大盗的故事》　　D.《驼背的故事》
   E.《大战风车的故事》

（三）简答题（本大题共4小题，每小题7分，共28分）
1. 请用概括的语言描述《伊利亚特》（节选）的内容。
2. 简要回答"三一律"戏剧的创作原则。
3. 教材所给的选文片段中体现了唐吉诃德什么样的社会理想？
4. 试述《哈姆莱特》戏剧冲突的基本特征。

（四）论述题
1. 结合时代氛围和拜伦的《哀希腊》，论述浪漫主义的特征。

2. 结合歌德的《浮士德》,谈谈什么是"浮士德精神"。

(五)综合应用题(共1题,共20分)

阅读《高老头》下列节选片段,参考两个提示写一篇不少于500字的短文。

提示:(1)高老头两个女儿对他态度前后变化的根本原因是什么?(2)巴尔扎克在此表现了什么样的思想感情?

要求:围绕所给材料和提示进行综合分析,不能分别回答问题。观点鲜明,分析具体,条理清楚,语言通顺,书写整洁。

"一个也不来,"老人坐起来接着说。"她们有事,她们在睡觉,她们不会来的。我早知道了。直要临死才知道女儿是什么东西!唉!朋友,你别结婚,别生孩子!你给他们生命,他们给你死。你带他们到世界上来,他们把你从世界上赶出去。她们不会来的!我已经知道了十年。有时我心里这么想,只是不敢相信。"

他每只眼中冒出一颗眼泪,滚在鲜红的眼皮边上,不掉下来。

"唉!倘若我有钱,倘若我留着家私,没有把财产给她们,她们就会来,会用她们的亲吻来舐我的脸!我可以住在一所公馆里,有漂亮的屋子,有我的仆人,生着火;她们都要哭作一团,还有她们的丈夫,她们的孩子。这一切我都可以到手。现在可什么都没有。钱能买到一切,买到女儿。啊!我的钱到哪儿去了?倘若我还有财产留下,她们会来伺候我,招呼我;我可以听到她们,看到她们。啊!欧也纳,亲爱的孩子,我唯一的孩子,我宁可给人家遗弃,宁可做个倒楣鬼!倒楣鬼有人爱,至少那是真正的爱!啊,不,我要有钱,那我可以看到她们了。唉,谁知道,她们两个的心都像石头一样。我把所有的爱在她们身上用尽了,她们对我不能再有爱了。做父亲的应该永远有钱,应该拉紧儿女的缰绳,像对付狡猾的马一样。我却向她们下跪。该死的东西!她们十年来对我的行为,现在到了顶点。你不知道她们刚结婚的时候对我怎样的奉承体贴!(噢!我痛得像受毒刑一样!)我才给了她们每人八十万,她们和她们的丈夫都不敢怠慢我。我受到好款待:好爸爸,上这儿来;好爸爸,往那儿去。她们家永远有我的一份刀叉。我同她们的丈夫一块儿吃饭,他们对我很恭敬,看我手头还有一些呢。为什么?因为我生意的底细,我一句没提。一个给了女儿八十万的人是应该奉承的。他们对我那么周到,体贴,那是为我的钱啊。世界并不美。我看到了。我!她们陪我坐着车子上戏院,我在她们的晚会里爱待多久就待多久。她们承认是我的女儿,承认我是她们的父亲。我还有我的聪明呢,嗨,什么都没逃过我的眼睛。我什么都感觉到,我的心碎了。我明明看到那是假情假意;可是没有办法。在她们家,我就不像在这儿饭桌上那么自在。我什么话都不会说。有些漂亮的人物咬着我女婿的耳朵问:

——那位先生是谁啊?
——他是财神,他有钱。

——啊,原来如此!"

后 记

《外国文学作品选自学考试大纲》是根据全国高等教育自学考试汉语言文学专业（本科段）考试计划的要求，由全国考委文史类专业委员会组织编写的。

本大纲由东北师范大学刘建军教授主编。参加编写的有北京师范大学刘洪涛教授、华东师范大学陈建华教授、南开大学王立新教授、大连大学杨丽娟教授。

全国考委文史类专业委员会于2012年7月组织了对本大纲的审稿工作。北京大学刘意青教授担任主审，参加审稿的专家有天津师范大学孟昭毅教授、首都师范大学林精华教授。写作组根据审稿意见对本大纲做了进一步修改和完善。

本大纲编审人员付出了辛勤劳动，特此表示感谢！

全国高等教育自学考试指导委员会
文史类专业委员会
2012年12月

外国文学作品选

（2013年版）

组编 全国高等教育自学考试指导委员会
　主　编　刘建军

编者的话

根据全国高等教育自学考试文史类专业委员会的安排,我们依据《外国文学作品选自学考试大纲》的规定,为汉语言文学专业(本科段)的考生重新编写了这本《外国文学作品选》教材。这部教材是在原有同名教材(陈惇、刘建军主编)的基础上,根据今天学生学习的需要和知识发展的需要重新编写的。本次新教材的重编,改动部分方面体现在:(1)根据新大纲的规定,替换调整原有教材70%多的篇目或选文,以使其更为科学和适应今天学习者的需要。(2)根据大纲要求,对教材中每一作品后的【导读】部分均进行了重新改写,以反映近年来的新的研究成果,同时力图适应学习者对学习和考核的新要求。(3)在教材中增加了【作品内容提问】和【知识链接】的内容。其中,增加【作品内容提问】的目的在于是引导学习者更自觉、更认真地阅读作品。而加上【知识链接】的目的在于为学习者拓展一些重要的外国文学史知识。在编写的过程中,既注重学习者对外国文学知识的了解和把握,更注意学习者分析和欣赏外国文学经典作品能力的培养。因此在篇章的选择上,即考虑了作家的重要性,也考虑到了选文的经典性和可读性。

本教材由东北师范大学刘建军教授主编。参加写作的成员有(按姓氏音序排列)华东师范大学陈建华教授、北京师范大学刘洪涛教授、东北师范大学刘建军教授,南开大学王立新教授、大连大学杨丽娟教授。东北师范大学裴丹莹、米睿、田晓宁以及南开大学白春苏等做了资料搜集和辅助性的工作。

书稿完成后,北京大学刘意青教授主持进行了审稿工作,参加审稿的专家还有天津师范大学孟昭毅教授、首都师范大学林精华教授。在审稿意见的基础上,写作组又对本教材做了进一步的修改和完善。在此向为本教材付出辛勤劳动的全体同志表示衷心的感谢!

由于水平所限,书稿中还可能存在着各种不足,望专家、学者和同行,尤其是教材的使用者提出宝贵的意见,以便使其更进一步走向完善。

编　者
2013 年 1 月

目 录

1. 荷马《伊利亚特》(节选) …………………………………… 43
2. 萨福《永生的阿芙洛狄忒》 ………………………………… 59
3. 索福克勒斯《安提戈涅》(节选) …………………………… 62
4. 但丁《神曲》(节选) ………………………………………… 70
5. 薄伽丘《十日谈》(节选) …………………………………… 77
6. 拉伯雷《巨人传》(节选) …………………………………… 84
7. 莎士比亚《哈姆莱特》(节选) ……………………………… 94
8. 塞万提斯《堂吉诃德》(节选) ……………………………… 108
9. 莫里哀《悭吝人》(节选) …………………………………… 115
10. 歌德《浮士德》(节选) ……………………………………… 123
11. 华兹华斯《致杜鹃》 ………………………………………… 137
12. 拜伦《唐璜》(节选) ………………………………………… 140
13. 济慈《秋颂》 ………………………………………………… 146
14. 雨果《克洛德·格》(节选) ………………………………… 149
15. 普希金《叶甫盖尼·奥涅金》(节选) ……………………… 163
16. 惠特曼《哦,白昼哟,从无底深渊中浮起》 ………………… 170
17. 司汤达《红与黑》(节选) …………………………………… 173
18. 巴尔扎克《高老头》(节选) ………………………………… 185
19. 狄更斯《奥利弗·退斯特》(节选) ………………………… 202
20. 果戈理《外套》(节选) ……………………………………… 210
21. 马克·吐温《我从参议员私人秘书的职位上卸任》 ……… 222
22. 莫泊桑《项链》 ……………………………………………… 228
23. 易卜生《玩偶之家》(节选) ………………………………… 236
24. 陀思妥耶夫斯基《罪与罚》(节选) ………………………… 247
25. 列夫·托尔斯泰《舞会之后》 ……………………………… 254
26. 高尔基《伊则吉尔老婆子》 ………………………………… 262
27. 肖洛霍夫《静静的顿河》(节选) …………………………… 278
28. 茨威格《世界上最美的坟墓》 ……………………………… 286
29. 乔伊斯《伊芙琳》 …………………………………………… 289

30	卡夫卡《骑煤桶的人》	294
31	海明威《老人与海》(节选)	297
32	萨特《卧室》(节选)	309
33	卡尔维诺《恐龙》	320
34	尤内斯库《头儿》	330
35	加西亚·马尔克斯《世界上最漂亮的溺死者》	337
36	《旧约》(节选)	342
37	迦梨陀娑《沙恭达罗》(节选)	355
38	紫式部《源氏物语》(节选)	365
39	萨迪《蔷薇园》(节选)	377
40	《一千零一夜》(节选)	382
41	泰戈尔《摩诃摩耶》	398
42	纪伯伦《先知》(节选)	404
43	川端康成《伊豆的舞女》	408
44	桑戈尔《黑女人》	423
后记		425

1 荷马《伊利亚特》(节选)

荷马史诗分为《伊利亚特》和《奥德赛》。《伊利亚特》讲述了希腊10万联军在统帅阿伽门农带领下,向位于小亚细亚的特洛亚城发动的进攻。特洛亚城的大英雄赫克托尔率众奋勇抵抗,战争进行了十年。在最后这一年,联军内部发生了一场内讧。统帅阿伽门农抢走了主将阿基琉斯的女俘,阿基琉斯一怒之下退出了战场,联军节节失利。在危急时刻,阿基琉斯的好朋友帕特洛克罗斯借穿他的盔甲,上阵迎敌,结果被赫克托尔所杀。好友的死,使得阿基琉斯悔恨不已,遂与阿伽门农捐弃前嫌,再次上阵并打败了特洛亚军队,然后追杀赫克托尔。本节选文选自《伊利亚特》,描写的是二人最后决战以及赫克托尔被杀的情形。

第 22 卷

……
赫克托尔站在城外,
心情热切地要同阿基琉斯打一场恶战。
老王把手伸向赫克托尔,可怜地哀求:
"赫克托尔,儿子啊,不要独自在那里
　等那家伙,你这是想让他打倒寻死,
因为他远比你强大,又很凶残。
如果他令神明也像令我这样讨厌,
那他早就该躺在地上死于非命,
被猎狗鹰鹫撕碎,消释我心头的痛隐。
他夺走了我的许多高贵的儿子,
卖往遥远的海岛或把他们杀死。
在逃进城里的特洛亚人中我没有看见
吕卡昂和波吕多罗斯,我的两个儿子,
拉奥托埃——一个杰出的女子生了他们。
如果他们活在敌营,我们便用
　铜块和黄金去赎他们:家里有贮存,
高贵的老人阿尔特斯给女儿丰厚的馈赠。

如果他们已被杀死前往哈得斯,
便又给我和他们的母亲增添了哀楚。
特洛亚人不会为他们过分痛心,
除非你也一起被阿基琉斯杀死。
我的孩子,进城来吧,为了拯救
特洛亚男女,也为了不让阿基琉斯赢得
　　巨大的荣誉,你不至于失去宝贵的生命。
可怜可怜不幸的我吧,我还活着,
已进入老迈,天父宙斯却要让我
度过可怕的残年,看见许多不幸:
看见我的儿子们一个个惨遭屠戮,
女儿们被掳丧失自由卧室遭洗劫,
婴儿被敌人无情地杀害抛到地上,
儿媳们一个个落入阿开奥斯人的魔掌。
当有人用锐利的铜刃把我刺中或砍伤,
灵魂离开身体,我最后死去的时候,
贪婪的狗群将会在门槛边把我撕碎,
它们本是我在餐桌边喂养的看门狗,
却将吮吸我的血,餍足地躺在大门口。
年轻人在战斗中被锐利的铜器杀死,
他虽已倒地,一切仍会显得很得体,
他虽已死去,全身仍会显得很美丽,
但一个老人若被人杀死倒在地上,
白发银须,甚至私处被狗群玷污,
那形象对于可怜的凡人最为悲惨。"

老王说完,伸手乱扯他那头白发,
但仍不能动摇赫克托尔既定的决心。
他的母亲这时也伤心得痛哭流涕,
她一手拉开衣襟,一手托起乳部,
含泪对他说出有翼飞翔的话语:
"儿啊,赫克托尔,可怜我,看在这份上,
我曾经用它里面的汁水平抚你哭泣!
想想这些,亲爱的孩儿,退进城来,
回击敌人,不要单独和那人对抗。
阿基琉斯性情凶残,如果你被他杀死,
亲爱的儿啊,你便不可能安卧停尸床,
被我和你妻子哭泣,你会远离我们,
在阿尔戈斯船舶边被敏捷的狗群饱餐。"

他们一面痛哭,一面对儿子这样说,
苦苦哀求,但没能打动赫克托尔的心灵,
他仍站在原地,等待强大的阿基琉斯。
有如一条长蛇在洞穴等待路人,
那蛇吞吃了毒草,心中郁积疯狂,
蜷曲着盘踞洞口,眼睛射出凶光;
赫克托尔也这样心情激越不愿退缩,
把那面闪亮的盾牌依着突出的城墙,
但他也不无忧虑地对自己的傲心这样说:
"天哪,如果我退进城里躲进城墙,
波吕达马斯会首先前来把我责备,
在神样的阿基琉斯复出的这个恶夜,
他曾经建议让特洛亚人退进城里,
我却没有采纳,若那样本会更有利。
现在我因自己顽拗损折了军队,
愧对特洛亚男子和曳长裙的特洛亚妇女,
也许某个贫贱于我的人会这样说:
'只因赫克托尔过于自信,损折了军队。'
人们定会这样指责我,我还远不如
出战阿基琉斯,或者我杀死他胜利回城,
或者他把我打倒,我光荣战死城下。
当然我也可以放下这凸肚盾牌,
取下沉重的头盔,把长枪依靠城墙,
自作主张与高贵的阿基琉斯讲和,
答应把海伦和他的全部财产交还
阿特柔斯之子,阿勒珊德罗斯当初用空心船
　把它们运来特洛亚,成为争执的根源。
我还可以向阿开奥斯人提议,让他们
　和我们均分城里贮藏的所有财富,
我可以召集全体特洛亚人起誓,
什么都不隐藏,把我们可爱的城市
拥有的一切全都交出来均分两半。
但我的亲爱的心灵为什么要这样思虑?
我绝不能走近他,他丝毫不会可怜我,
他会毫不留情地视我如同弱女子,
赤裸裸地杀死,当我卸下这身铠甲时。
现在我和他不可能像一对青年男女
　幽会时那样从橡树和石头絮絮谈起,

1　荷马《伊利亚特》(节选)

青年男女才那样不断喁喁情语。
还是让我和他尽快地全力拼杀吧,
好知道奥林波斯神究竟给谁胜利。"

赫克托尔这样思虑,阿基琉斯来到近前,
如同埃倪阿利奥斯,头盔颤动的战士,
那支佩利昂产的梣木枪在他的右肩
　怖人地晃动,浑身铜装光辉闪灿,
如同一团烈火或初升的太阳的辉光。
赫克托尔一见他心中发颤,不敢再停留,
他转身仓皇逃跑,把城门留在身后,
佩琉斯之子凭借快腿迅速追赶。
如同禽鸟中飞行最快的游隼在山间
　敏捷地追逐一只惶惶怯逃的野鸽,
野鸽迅速飞躲,游隼不断尖叫着
　紧紧追赶,一心想扑上把猎物逮住。
阿基琉斯当时也这样在后面紧追不舍,
赫克托尔在前面沿特洛亚城墙急急逃奔。
他们跑过丘冈和迎风摇曳的无花果树,
一直顺着城墙下面的车道奔跑,
到达两道涌溢清澈水流的泉边,
汹涌的斯卡曼得罗斯的两个源头。
一道泉涌流热水,热气从中升起,
笼罩泉边如同缭绕着烈焰的烟雾。
另一道涌出的泉水即使夏季也凉得
　像冰雹或冷雪或者由水凝结的寒冰。
紧挨两道泉水是条条宽阔精美的石槽,
在阿开奥斯人到来之前的和平时光,
特洛亚人的妻子和他们的可爱的女儿们
　一向在这里洗涤她们的漂亮衣裳。
他们从这里跑过,一个逃窜一个追,
逃跑者固然英勇,追赶者比他更强,
迈着敏捷的双脚,不是为争夺祭品
　或者牛革这些通常的竞赛奖赏,
而是为了夺取驯马的赫克托尔的性命。
如同在为牺牲的战士举行的葬礼竞赛中
　许多单蹄马为能夺得三脚鼎或女人
　这样丰厚的奖品,绕着标杆飞驰,
他们也这样绕着普里阿摩斯的都城,

迈着快腿绕了三周,众神睽睽。
天神和凡人之父终于对神明这样说:
"啊,我亲眼看见我们宠爱的人被追赶,
沿城墙落荒奔逃,赫克托尔使我怜悯,
他经常在崎岖的伊达山的高峰上,
或在特洛亚城堡虔诚地敬献给我
　　弯角牛的肥厚腿肉,现在被勇敢的阿基琉斯
　　围绕着普里阿摩斯的都城紧紧追赶。
神明们,你们好好想想,帮我拿主意,
我们是救他的性命,还是让这个高尚的人
　　今天倒毙于佩琉斯之子阿基琉斯的手下?"

目光炯炯的女神雅典娜立即回答说:
"掷闪电的父亲,集云之神,你说什么话!
一个有死的凡人命运早作限定,
难道你想让他免除可怕的死亡?
你看着办吧,但别希望我们赞赏。"

集云之神宙斯这样回答雅典娜:
"特里托革尼娅①,亲爱的孩子,你别着急,
我所言并非有什么打算,但愿你称心,
你想怎么办就怎么办,不要迟延。"

宙斯的话鼓励了跃跃欲试的女神,
雅典娜迅速飞下奥林波斯峰巅。

捷足的阿基琉斯继续疯狂追赶赫克托尔,
有如猎狗在山间把小鹿逐出窝穴,
在后面紧紧追赶,赶过溪谷和沟壑,
即使小鹿转身窜进树丛藏躲,
也要寻踪觅迹地追赶把猎物逮住。
赫克托尔也这样摆脱不了捷足的阿基琉斯,
每当他偏向达尔达尼亚城门方向,
企图挨着建造坚固的城墙奔跑,
城上的人们朝下放箭保护他的时候;
每次阿基琉斯都抢先把他挡向平原,
自己始终占着靠近城墙的道路。

---

① "特里托革尼娅"是雅典娜的别称,意为"出生在特里托尼斯湖畔的"。

有如人们在梦中始终追不上逃跑者,
一个怎么也逃不脱,另一个怎么也追不上,
阿基琉斯也这样怎么也抓不着逃跑的赫克托尔。
赫克托尔怎么能这样躲过残忍的死神?
只因为阿波罗最后一次来到他身边,
向他灌输力量,给他敏捷的脚步。
神样的阿基琉斯向他的部队摇头示意,
不许他们向赫克托尔投掷锐利的枪矢,
免得有人击中得头奖,他屈居次等。
当他们一逃一追第四次来到泉边,
天父取出他的那杆黄金天秤,
把两个悲惨的死亡判决放进秤盘,
一个属阿基琉斯,一个属驯马的赫克托尔,
他提起秤杆中央,赫克托尔一侧下倾,
滑向哈得斯,阿波罗立即把他抛弃。
目光炯炯的女神雅典娜迅速来到
　佩琉斯之子身边,说出有翼飞翔的话语:
"宙斯的宠儿阿基琉斯,我们可望
　今天让阿开奥斯人带着全胜回船,
难以制服的赫克托尔将被我们杀死。
现在他已不可能逃脱我们的手掌,
不管射神阿波罗怎样费心帮助他,
甚至匍匐着哀求持盾的天父宙斯。
你且停住脚步喘喘气,我这就去
上前找他,劝他和你一决胜负。"

阿基琉斯听从雅典娜心中欢喜,
拄着那杆铜尖梣木枪停住脚步。
雅典娜离开他赶上神样的赫克托尔,
模仿得伊福波斯的外貌和洪亮的嗓音,
站到他近旁说出有翼飞翔的话语:
"亲爱的兄弟,捷足的阿基琉斯如此快步,
绕着普里阿摩斯的都城把你追赶,
现在让我们停下来就在这里迎战。"

头盔闪亮的伟大的赫克托尔回答雅典娜:
"得伊福波斯,在赫卡柏和普里阿摩斯
　给我的所有兄弟中,你一向对我最亲近,
现在我心中比以前更为深挚地敬爱你,

只有你看见我被追赶,愿意出城帮助我,
其他人都不敢出来,在城里惊惶地藏躲。"

目光炯炯的女神雅典娜这样回答说:
"亲爱的兄弟,父王和母后都曾抱膝
　哀求我不要出城,部下也这样力劝,
他们全都如此害怕那个阿基琉斯,
但我在城里心中为你痛苦难忍,
现在让我们大胆迎战和他厮杀,
枪下不留情面,看看如何结果:
是他杀死我们,带着血污的铠甲
返回空心船,还是他倒在你的枪下。"

雅典娜这样说,用狡计带领他冲上前去,
待他们这样相向而行,互相逼近时,
头盔闪亮的伟大的赫克托尔首先说话:
"佩琉斯之子,我不再逃避你,像刚才
　绕行普里阿摩斯的都城三遭不停步,
现在心灵吩咐我停下来和你拼搏,
或是我得胜把你杀死,或是你杀我。
但不妨让我们敬请神明前来作证,
神明能最好地监督和维护我们的誓言:
如果宙斯让我获胜,把你杀死,
我绝不会残忍地侮辱你的躯体,
阿基琉斯,我只剥下你那副辉煌的铠甲,
尸体交阿开奥斯人。你也要这样待我。"

捷足的阿基琉斯狠狠地看他一眼回答说:
"赫克托尔,最可恶的人,没什么条约可言,
有如狮子和人之间不可能有信誓,
狼和绵羊永远不可能协和一致,
它们始终与对方为恶互为仇敌,
你我之间也这样不可能有什么友爱,
有什么誓言,唯有其中一个倒下,
用自己的血喂饱持盾的战士阿瑞斯。
鼓起你的全部勇气,现在正是你
　表现自己是名枪手和无畏战士的时候。
不会有别的结果,帕拉斯·雅典娜将用
　我的枪打倒你,你杀死了我那么多朋友,

使我伤心,你将把欠债一起清算。"

阿基琉斯说完,举起长杆枪投了出去。
光辉的赫克托尔临面看见,把枪躲过。
他见枪飞来,蹲下身让铜枪从上面飞过,
插进泥土,但帕拉斯·雅典娜把它拔起,
还给阿基琉斯,把士兵的牧者赫克托尔瞒过。
赫克托尔对勇敢的佩琉斯之子大声说:
"神样的阿基琉斯,你枉费力气没投中,
并非由宙斯得知我的命运告诉我。
你这是企图用花言巧语把我蒙骗,
想这样威吓我失去作战的力量和勇气。
我不会转身逃跑让你背后掷投枪,
我要临面冲上来让你正面刺胸膛,
如果这是神意。现在你先吃我一枪,
但愿你把这支铜枪能全部吃进肉里。
只要你一死,这场战争对于特洛亚人
便会变容易:你是他们最大的灾祸。"

赫克托尔说完,晃动着投出他的长杆枪,
击中佩琉斯之子的神造盾牌的中心,
他没有白投,但长枪却被盾牌弹回。
赫克托尔懊恼长杆枪白白从手里飞去,
又不禁愕然,因为没有第二支梣木枪。
他大声叫喊手持白盾的得伊福波斯,
要他递过来长杆枪,但已匿迹无踪影。
赫克托尔明白了事情真相,心中自语:
"天哪,显然是神明命令我来受死,
我以为英雄得伊福波斯在我身边,
其实他在城里,雅典娜把我蒙骗。
现在死亡已距离不远就在近前,
我无法逃脱,宙斯和他的射神儿子
　　显然已这样决定,尽管他们曾那样
　　热心地帮助过我:命运已经降临。
我不能束手待毙,暗无光彩地死去,
我还要大杀一场,给后代留下英名。"

赫克托尔一面这样说,一面抽出锋利的长剑,
那剑又大又重,佩戴在他的腰边,

他挥剑猛扑过去,有如高飞的苍鹰,
那苍鹰穿过乌黑的云气扑向平原,
一心想捉住柔顺的羊羔或胆怯的野兔,
赫克托尔也这样挥舞利剑冲杀过去。
阿基琉斯也冲杀上来,内心充满力量,
把那面装饰精美的盾牌举在胸前,
头上晃动着闪亮的四行饰槽的头盔,
美丽的金丝在盔顶不断摇曳,
赫菲斯托斯把它们密密地紧镶盔脊。
夜晚的昏暗中金星太白闪烁于群星间,
无数星辰繁灿于天空,数它最明亮,
阿基琉斯的长枪枪尖也这样闪辉。
他右手举枪为神样的赫克托尔构思祸殃,
看那美丽的身体哪里戳杀最容易。
赫克托尔全身有他杀死帕特罗克洛斯
　　夺得的那副精美的铠甲严密护卫,
只有连接肩膀和颈脖的锁骨旁边
　　露出咽喉,灵魂最容易从那里飞走。
阿基琉斯一枪戳中赫克托尔的喉部,
枪尖笔直穿过柔软的颈脖。
沉重的梣木铜枪尚未能戳断气管,
赫克托尔还能言语,和阿基琉斯答话。
阿基琉斯见赫克托尔倒下这样夸说:
"赫克托尔,你杀死帕特罗克洛斯无忧虑,
见我长时间罢战无惊无恐心安然,
愚蠢啊,那里还有一个比帕特罗克洛斯
　　强很多的人在,我还留在空心船前,
现在我杀了你,恶狗飞禽将把你践踏,
阿开奥斯人却将为帕特罗克洛斯行葬礼。"

头盔闪亮的赫克托尔声音虚弱地回答说:
"我求你,以你的心灵、双膝和双亲的名义,
不要把我丢给阿开奥斯船边的狗群,
你会得到许多黄金、铜块作赎金,
我的父王和母后会给你送来厚礼,
让我的身体运回去吧,好让特洛亚人
和他们的妻子给我的遗体火葬行祭礼。"

捷足的阿基琉斯怒目而视回答说:

"你这条狗,不要提膝盖和我的父母,
凭你的作为在我的心中激起的怒火,
恨不得把你活活剁碎一块块吞下肚。
绝不会有人从你的脑袋旁把狗赶走,
即使特洛亚人为你把十倍二十倍的
　　赎礼送来,甚至许诺还可以增添。
即使普里阿摩斯吩咐用你的身体
称量赎身的黄金,你的生身母亲
也不可能把你放上停尸床哭泣,
狗群和飞禽会把你全部吞噬干净。"

头盔闪亮的赫克托尔临死这样回答说:
"我这下看清了你的本性,我曾预感
　　不可能说服你,因为你有一颗铁样的心。
不过不管你如何勇敢,也请你当心,
我不要成为神明迁怒于你的根源,
当帕里斯和阿波罗把你杀死在斯开埃城门前。"

他这样说,死亡降临把他罩住,
灵魂离开肢体前往哈得斯的居所,
留下青春和壮勇,哭泣命运的悲苦。
捷足的阿基琉斯对死去的赫克托尔这样说:
"你就死吧,我的死亡我会接受,
无论宙斯和众神何时让它实现。"

阿基琉斯这样说,从尸体上拔出铜枪,
搁置一旁,再剥下肩上血污的铠甲。
其他阿开奥斯人拥过来四面围上,
惊异赫克托尔身材魁梧相貌俊美,
没有人不使他再增加一点新的伤迹。
每个人都对自己近旁的同伴这样说:
"啊呀呀,这位赫克托尔现在确实显得
比他把熊熊火把抛向船舶时要温和。"

大家一面说,一面戳击不动的尸体,
捷足的阿基琉斯剥光赫克托尔身上的铠甲,
开始对阿开奥斯人把带翼的话这样说:
"朋友们,阿尔戈斯各位首领和君王们,
既然不朽的神明让我打倒了他,

他给我们造成的灾害超过其他人，
现在让我们全副武装绕城行进，
看看特洛亚人怎样想，有什么打算，
他们是见赫克托尔被杀死放弃高城，
还是没有赫克托尔也仍要继续作战。
可我的亲爱的心灵为什么这么想这么说？
帕特罗克洛斯还躺在船里，没有被埋葬，
没有受哀礼。只要我还活在人世间，
还能行走，我便绝不会把他忘记；
即使在哈得斯的处所死人把死人忘却，
我仍会把我那亲爱的同伴牢牢铭记。
阿开奥斯战士们，现在让我们高唱凯歌，
返回空心船，带上这具躺着的尸体。
我们赢得了巨大的光荣，杀死了赫克托尔，
城里的特洛亚人把他夸耀得如同神明。"

他一面这样说，一面构思如何凌辱
　　赫克托尔的尸体。他把赫克托尔的双脚
　　从脚踝到脚跟的筋腱割开穿进皮带，
把它们系上战车，让脑袋在后面拖地。
他跳上战车，举起那副辉煌的铠甲，
扬鞭驱策那两匹战马如飞般捷驰。
赫克托尔拖曳在后扬起一片尘烟，
黑色的鬈发飘散两边，俊美的脑袋
　　沾满厚厚的尘土，宙斯让他的敌人
　　在他的祖国恣意凌辱他的尸体。

赫克托尔的脑袋就这样在尘埃里翻滚，
他的母亲见儿子受辱，扯乱了头发，
把扯下的闪亮头巾扔掉，放声哭喊。
他的父亲也悲惨地痛哭，周围的人们
　　也一片哭嚎，整座城市陷入悲泣。
到处是凄惨的哭声，有如巍峨的伊利昂
　　从高堡到窄巷突然被熊熊的大火吞噬。
老王狂乱地奔向达尔达尼亚城门，
想冲出城去，人们好容易把他拦住。
老人趴在污泥里向大家急切地恳求，
——称呼每个人的姓名对他们这样说：
"朋友们，不要管我，你们关心我过分，

让我出城前往阿开奥斯人的船舶,
去向那个无恶不作的家伙请求。
或许他会自惭年轻敬重我老年,
他也有一个像我这样年纪的父亲
　佩琉斯,养育了他给特洛亚人为祸,
在所有的人中给我造成最大的苦难,
我那么多儿子正值华年被他杀死。
我曾为他们惨遭不幸伤心地哀哭,
但这次为赫克托尔却使我悲痛欲绝。
啊,即使他能死在我的怀里也好,
那样他那个生他到世间的母亲和我
便可为他行哀悼,尽情地流泪哭泣。"

老人放声哭诉,居民们一片哀号,
赫卡柏也对特洛亚妇女们这样悲诉:
"孩儿啊,我多命苦,现在你已死去,
我为何还苟延残喘在人世,受苦挨熬煎?
你在特洛亚夜以继日地令我骄傲,
全城的男女视你如救星,敬你如神明。
你活着的时候曾是他们的巨大希望,
但现在死亡和残忍的命运把你追上。"

赫卡柏这样大声哭诉,赫克托尔的妻子
　还没有听到消息:没有哪个忠实的信使
　前来禀告她丈夫留在城外的事情。
她正在高宅深院的一角忙着织一匹
　双幅紫色布,织上各种花卉图案。
她刚才还吩咐那些美发的侍女们进屋,
把大三脚鼎架上旺火,从战场回来的
　赫克托尔可以痛痛快快地洗个热水澡。
她绝没想到丈夫不可能再回来把澡洗,
雅典娜已通过阿基琉斯之手把他杀死。
她听见了堞垛传来的哀号悲泣,
全身一震,梭子从手里一滑落地。
她重又召唤美发的女侍对她们这样说:
"你们俩过来跟我走,看看是什么事情。
我听见尊敬的婆婆的哭声,我胸中的心
　好像要跳出嘴来,双脚好像生了根,
普里阿摩斯的孩子们定然灾难临近。

但愿我不会听到那样的不幸消息,
可我又担心,神样的阿基琉斯不要
　　已把英勇的赫克托尔与城市隔开,
赶往平原,制服了他那可怕的勇敢,
因为他从不畏缩于一般士兵之间,
而是一向无人可比拟,冲杀在前。"

她这样说,忐忑不安地冲出家门,
如疯狂的酒神伴侣,女仆们侍后随行。
她急急来到城墙边,穿过聚集的人群,
爬上城墙放眼探望,看见城外
　　快马正拖曳着她的丈夫的尸体,
无情地把它拖向阿开奥斯人的空心船。
晦夜般的黑暗罩住了安德罗马克的双眼,
她仰身晕倒在地,立即失去了灵知。
漂亮的头饰远远地甩出,掉落地上,
有女冠、护发、衬帽、精致的发带和面纱,
那面纱是由黄金的阿佛罗狄忒馈赠,
头盔闪亮的赫克托尔送上无数聘礼,
把她从埃埃提昂家族迎娶的那一天。
姑嫂们立即一起紧紧围拢过来,
把她扶起,她沉沉昏厥犹如死去。
等她苏醒过来,灵知回复心中,
立即放声悲恸,对特洛亚妇女泣诉:
"赫克托尔,不幸啊,我们以同样的苦命出生;
你生在特洛亚高贵的普里阿摩斯家中,
我生在忒拜林木覆盖的普拉科斯山下
　　埃埃提昂家里,不幸的他生了不幸的我,
把我抚养成人,悔当初真不该降世。
现在你已前往哈得斯的昏冥处所,
深奥莫测的下界,独把我孤零零撇下,
在家中守寡,无限悲凉,无限凄楚。
儿子尚幼,来自这对苦命的父母。
赫克托尔,你死了,不能再保护他,
他也不能保护你;即使他能逃过
　　这场惨战,未来仍将充满苦难,
外人会来侵夺他的家业和财产。
无依无靠的孤儿不会有玩耍的伙伴,
他将终日垂头伤心,泪洗面颊,

贫困迫使年幼的他去找父辈挚友,
掇掇这人的外袍,扯扯那人的短裾,
直到引起人们的怜悯,把酒杯传给他,
也只及沾沾唇沿,仍是舌燥口干。
一个父母双全的孩子把他推开,
横暴地对他拳脚相加,肆意欺凌:
'快滚开,你又没有父亲在这里饮宴。'
孩子只好哭着回来找他的寡母,
可怜的阿斯提阿那克斯,从前他惯于坐在
　父亲的膝头,吃的是骨髓和肥嫩的羊脂。
在他感觉困乏,停止孩童玩耍后,
他便躺在奶妈的怀里甜甜入眠,
床榻柔软,无限的满足充满心尖。
现在他失去了父亲,将忍受无穷的辱难,
阿斯提阿那克斯,特洛亚人对他的别称,
因为你为他们保卫城门和巍峨的墙垣。
现在你躺在翘尾船旁,远离双亲,
待狗群吃饱,蠕动的蛆虫又来吞噬,
赤身裸露,家中空有华服无数,
精美艳丽,由妇女们巧手缝制。
我将把它们抛进火堆付之一炬,
它们于你已无用,你不会再穿着它们,
只好在特洛亚人面前用作对你的祭奠。"

她这样大声恸诉,妇女们一起悲泣。

（选自罗念生、王焕生译《荷马史诗·伊利亚特》。人民文学出版社1994年版）

作品内容提问

1. 赫克托尔的父亲、老王普里阿摩斯看到儿子站在城外要与阿基琉斯决战时,他劝告儿子做什么?
2. 赫克托尔听到父亲和母亲的劝告以后,做出了什么样的决定?
3. 宙斯看到赫克托尔被追杀,危在旦夕,和众神商议了什么?哪位神祇反对了宙斯的决定?
4. 赫克托尔投出长枪射中了阿基琉斯,但阿基琉斯却没有受伤,这样的情况使赫克托尔明白了什么?
5. 目睹赫克托尔的死,他的父亲、妻子有什么样的表现?

导读

《伊利亚特》和《奥德赛》是古希腊流传至今最早的文学作品,相传作者是盲诗人荷马,因而被称为"荷马史诗"。史诗大约在公元前 1 000 年开始形成。自古以来,人们都认为史诗是荷马所作,或认为他是史诗创作的主要参与者。两部史诗都与特洛亚战争有关。《伊利亚特》共 24 卷,15 693 行,直接描写特洛亚战争最后一年的事情。《奥德赛》写希腊英雄奥德修斯在特洛亚战争结束后十年回国的艰难历程。

荷马史诗广泛反映了古希腊从原始氏族公社制向奴隶制过渡时期的政治、经济、文化现实。荷马史诗是一曲英雄赞歌,其中英雄们对荣誉的崇尚,表现了古希腊人对个体生命价值的执著追求和对现世人生意义的充分肯定。荷马史诗在艺术上结构巧妙,布局完整。两部史诗都是历时十年的事件,但都不是从头至尾顺序铺叙,而是用高度集中的手法,截取一段时间,重点写几天内发生的事件。如《伊利亚特》写战争,只写最后 51 天内发生的事,而具体描写的只是 9 天间发生的故事。在结构上以一个人物、一个事件为中心组织情节,其间穿插着对希腊联军、特洛亚军队、奥林匹斯众神三个方面的交替对比描写。这种以点带面的结构,使史诗繁而不乱。史诗采用客观叙事的方法,仿佛作者曾亲眼目睹了事件发生的全过程。

选文部分表现的是矛盾冲突最激烈的场景和事件。希腊方面、特洛亚方面和神祇方面三种力量都已出场。在阿基琉斯和赫克托尔的战斗中,作者并没有让神祇偏袒哪一边,而是听凭命运的裁决,这表现的是氏族社会末期的观念。阿基琉斯是氏族社会向奴隶制时代转型时期的英雄形象。在他身上体现着既勇猛又残忍、既冷酷易怒又宽厚仁慈、既天真任性又珍视英雄荣誉的多重特性。他为部落利益不怕牺牲,但个人性格的弱点又给部族带来了巨大的损失。然而无论如何,最终他仍然能够以氏族的利益为重,抛弃个人恩怨,战胜了对手。因此,这一英雄形象让黑格尔赞叹:"这是一个人!高贵的人格的多方面性在这个人身上显出了它的全部丰富性。"另一个代表着氏族英雄最高理想的人物是特洛亚方面的主将赫克托尔。他对弟弟帕里斯给城邦带来的灭族大祸,感到非常痛心,清楚地意识到战争正义一方是希腊军队,而理屈的一方是特洛亚。然而他又不得不站在理屈的一方为他的全族人民而战。他虽勇武不及阿基琉斯,但在对集体的责任感和生命情感方面,比阿基琉斯更像一个英雄。在选文中,他拒绝了父母的劝告,英勇赴死。当他知道命运已经注定时,坦然面对。赫克托尔用行动确立了自我价值。他的死显得格外悲壮,也是一曲与不可战胜的厄运英勇抗争的人的悲歌。在艺术上,矛盾冲突表现得非常激烈。既表现两位大英雄各自性格的冲突,也表现了神祇之间的矛盾冲突;既有激烈的追逐和残酷战斗的场面,也有危难之中个人亲情和部族利益冲突的展示。作者既把战争看成英雄们大显身手、为部落建功的大好时机,也表现了战争的残酷性,渲染了战争的悲剧色彩。语言质朴自然,其中大量运用贴切生动的"荷马式比喻",增强了史诗语言的表现力。

知识链接

荷马式比喻。指荷马在描述人物行动、特征和事件时,擅长取材于大自然的景象、狩猎、农事等,以比喻的手法表现事物特征。这种比喻属于描写性的,具有神似与形似的合一和喻体包孕丰富寓意的特征。荷马式比喻在烘托人物、渲染气氛、激发联想方面起了巨大作用，增强了诗歌的真实性和形象性。如史诗中这样描述阿基琉斯追杀赫克托尔："如同禽鸟中飞行最快的游隼在山间，敏捷地追逐一只惶惶怯逃的野鸽，野鸽迅速飞躲，游隼不断尖叫着紧紧追赶，一心想扑上把猎物逮住。"

2 萨福《永生的阿芙洛狄忒》

永生的阿芙洛狄忒,宝座上的女神,
宙斯的善用心计的女儿,求求你,
女神啊,别再用痛苦和忧愁
折磨我的心!

求你像从前一样,只要远远
　　听到我的声音在求告在呼唤,
你就翩然降临,离开你的父亲的
　　金色的宫殿,

为你驾车的是一群金翅之雀,
它们迅捷地飞向黑暗的下界,
扑着无数翅膀下降而穿越
　　天空的皎洁,

转眼就飞到此地,女神啊,于是你
　　永远年轻的脸上浮着笑意,
会叫我说出一切烦恼的缘由,
我为何呼唤你。

我狂热的心在把什么追逐。
你会问:"你希望蓓脱女神①把谁说服,
而领入你的情网?告诉我,是谁
　　委屈了萨福?

要知道逃避者不久会来追逐你,

---

① "蓓脱女神"是司劝导的女神。

拒收礼物者自己会来送礼，
那位冷漠者不久就会爱的，
不由她不愿意。"

求你再度降临，亲爱的女神，
求你解救我于万般痛苦之中，
保佑我的一切心愿能够实现——
请和我结盟！

(选自飞白主编《世界诗库》第 1 卷。花城出版社 1994 年版)

作品内容提问

1. 阿芙洛狄忒是谁的女儿？
2. 阿芙洛狄忒降临下界时，谁为她驾车？
3. 阿芙洛狄忒飞到此地时永远年轻的脸上是什么表情？
4. 能帮助主人公说服别人的是哪位女神？
5. 读过全诗后请你猜一猜诗歌的抒情主人公叫什么名字？

导读

萨福(约前 612—约前 592)，是希腊女诗人，被柏拉图称为"第十位缪斯"。出生于小亚细亚沿岸的雷斯博斯岛。父亲是个贵族，丈夫是商人。由于父兄的原因，萨福曾被放逐到西西里岛的锡拉丘兹，返回后开办"缪斯之家"女子学校，传授爱情文化。传说她有三个同性伴侣，最终却因失恋而投海自杀。萨福生活在古希腊民主政治和文化艺术空前繁荣的时期，她作为贵族妇女活动比较自由，可以参加社交集会，赋诗吟唱。诗歌由竖琴伴奏，口头流传。萨福是当时唯一写作的女人，一生写过不少情诗、婚歌、颂神诗、铭辞等，经人收集整理后为抒情诗九卷，哀歌一卷，可惜后来以伤风败俗为罪名被焚毁，目前只有《永生的阿芙洛狄忒》、《给所爱》和《失去的友人》等基本完整，另有《相思》等残篇。

萨福现存的诗歌对当时的社会状况鲜有涉及。主司爱与美的女神阿芙洛狄忒是萨福笔下最鲜活的人物形象，体现生命热力的爱情是萨福诗歌永恒的主题。《永生的阿芙洛狄忒》鲜明地体现了这一特点。首先，诗作是对爱与美的颂扬。诗中，萨福所爱的人不爱她，这使她"万般痛苦"，满怀惆怅。于是她呼唤爱神阿芙洛狄忒，希望爱神保佑她的"一切心愿能够实现"。诗中写到：阿芙洛狄忒既"用痛苦和忧愁折磨我的心"，又"只要远远听到我的声音在求告在呼唤"，"就翩然降临"，"会叫我说出一切烦恼的缘由"。爱情的痛苦与甜蜜、失望与希冀，在全部的精神领悟和丰富的感觉体验中，给原始的肉欲和激情注入了诗意和美感，表现出爱的最佳境界。其次，诗作是对个体生命力的弘扬。萨福是第一位描述个人爱情和失恋的诗人。她的诗凸显自我，具有丰厚饱满的生命力，是贵族女性对生活理想的大胆追求，是对人的主体性的可贵发现，是古希腊人本思想的诗性体现。抒情主人公"狂热的心"，女神阿芙洛狄忒"永远年轻"的脸，为她驾车的迅捷的金翅之雀，一切都充满永不衰竭的活力。正如法国浪漫主义诗人斯达尔夫人在评论古希腊诗歌时说的，那种不自觉的情感的迸发，具有初恋的魅力。

《永生的阿芙洛狄忒》体现了萨福抒情诗在艺术上所达到的极高成就。首先，感情充沛细腻。诗歌用第一人称抒发了主人公丰富强烈的情感。"求你再度降临，亲爱的女神，求你解救我于万般痛苦之中"，情感自然细腻又炽烈坦率，没有任何遮掩和矫饰。此诗中的萨福，正是拜伦在《唐璜》中所说的那个"如火焰一般炽热的萨福"。其次，形象生动传神。诗歌融合了当时的戏剧表现手法，在有限的诗节中塑造了两个丰满逼真的人物形象——焦灼愁苦的"我"和"脸上浮着笑意"的女神。再次，诗体独树一帜。希腊时期的诗人大部分都有自己独特的韵律和语言方式。作为第一位抒情诗人，萨福的诗保留了古希腊民歌通俗自然和口语化的特点，也独创了一节四行三长一短的"萨福体"韵律。有人说，萨福在诗歌中所给予世界的，如同达·芬奇在绘画中所给予世界的一样尽善尽美。

知识链接

缪斯。缪斯音译自英语Muses，是古希腊神话中主管科学和艺术女神的总称。一说缪斯有三位：阿奥伊德（歌）、米雷特（实践）和摩涅莫辛涅（记忆）。另一说缪斯有九位，她们由主神宙斯和记忆女神摩涅莫辛涅所生，分别是：欧特碧（音乐）、卡莉欧碧（史诗）、克莉奥（历史）、埃拉托（抒情诗）、墨尔波墨（悲剧）、波莉海妮娅（圣歌）、特尔西科瑞（舞蹈）、塔利娅（喜剧）、乌拉妮娅（天文）。她们的功能体现了古希腊时代对诗歌艺术的完整的理解。

3 索福克勒斯《安提戈涅》(节选)

《安提戈涅》的故事发生在忒拜(又译底比斯)。俄狄浦斯王因杀父娶母而退位时,他与母亲伊俄卡斯忒意外的乱伦所生下的两儿两女年龄尚小,政事由国舅克瑞翁主持。他的两个儿子长大后为争夺忒拜统治权而发生冲突,弟弟波吕涅刻斯被哥哥厄忒俄克勒斯赶走,愤而召集了包括其岳父、国王在内的六位英雄前来攻打忒拜(希腊神话中著名的七将攻忒拜的故事)。哥哥厄忒俄克勒斯杀死了波吕涅刻斯,自己也牺牲了性命,克瑞翁继承了王位。克瑞翁为守卫忒拜的厄忒俄克勒斯举行了隆重的葬礼,同时宣布波吕涅刻斯为叛徒,禁止将其下葬,违者将被处死。俄狄浦斯的大女儿,波吕涅刻斯的妹妹安提戈涅不顾克瑞翁的禁令,到荒野埋葬了自己的哥哥。为此,她被克瑞翁禁在墓室里,自杀身亡。安提戈涅死后,她的未婚夫,即克瑞翁的儿子海蒙也殉情自杀。海蒙的母亲、克瑞翁的妻子,也随之自杀。克瑞翁失去了外甥女、儿子和妻子,陷入痛苦和悔恨之中。此处节选了安提戈涅被抓直到剧作结尾的情节。

五 第二场

守　　兵　她就是做这件事的人,我们趁她埋葬尸首的时候,把她捉住了。可是克瑞翁在哪里?

[克瑞翁自宫中上。

歌 队 长　他又从家里出来了,来得凑巧。

克 瑞 翁　怎么?出了什么事,说我来得凑巧?

守　　兵　啊,主上,人们不可发誓不做某件事;因为再想一下,往往会发现原先的想法不对。在你的威胁恐吓之下,我原想发誓不急于回到这里来。但是出乎意外的快乐比别的快乐大得多,因此我虽然发誓不来,却还是带着这女子来了,她是在举行葬礼的时候被我们捉住的。这次没有摇签,这运气就归了我,没有归别人。现在,啊,主上,只要你高兴,就把她接过去审问,给她定罪吧;我自己没事了,有权利摆脱这场祸事。

克 瑞 翁　你说,你带来的女子——是怎样捉住的,在哪里捉住的?

守　　兵　她正在埋葬尸首;事情你都知道了。

克瑞翁　你知道你这句话是什么意思？你正确地表达了你的思想吗？

守　兵　我亲眼看见她埋葬那不许埋葬的尸首。我说得够清楚了吗？

克瑞翁　是怎样发现的？怎样当场捉住的？

守　兵　事情是这样的：我们在你的可怕的恐吓之下回到那里，把盖在尸体上的沙子完全拂去，使那黏糊糊的尸首露了出来；我们随即背风坐在山坡上躲着，免得臭味儿从尸首那里飘过来；每个人都忙着用一些责备的话督促他的同伴，怕有人疏忽了他的责任。

　　这样过了很久，一直守到太阳的灿烂光轮升到了中天，热得像火一样的时候；突然间一阵旋风从地上卷起了沙子，天空阴暗了，这风沙弥漫原野，吹得平地丛林枝断叶落，太空中尽是树叶；我们闭着眼睛忍受着这天灾。

　　这样过了许久，等风暴停止，我们就发现了这女子，她大声哭喊，像鸟儿看见窝儿空了，雏儿丢了，在悲痛中发出尖锐声音。她也是这样：她看见尸体露了出来就放声大哭，对那些拂去沙子的人发出凶恶的诅咒。她立即捧了些干沙，高高举起一只精制的铜壶奠了三次酒水敬死者。

　　我们一看见就冲下去，立即把她捉住，她一点也不惊惶。我们谴责她先前和当时的行为，她并不否认，使我同时感觉愉快，又感觉痛苦；因为我自己摆脱了灾难是件极大的乐事，可是把朋友领到灾难中却是件十分痛苦的事。好在朋友的一切事都没有我自身的安全重要。

克瑞翁　你低头望着地，承认不承认这件事是你做的？

安提戈涅　我承认是我做的，并不否认。

克瑞翁　（向守兵）你现在免了重罪，你愿意到哪里就到哪里去吧。

〔守兵自观众右方下。

（向安提戈涅）告诉我——话要简单不要长——你知道不知道有禁葬的命令？

安提戈涅　当然知道；怎么会不知道呢？这是公布了的。

克瑞翁　你真敢违背法令吗？

安提戈涅　我敢；因为向我宣布这法令的不是宙斯，那和下界神祇同住的正义之神也没有为凡人制定这样的法令；我不认为一个凡人下一道命令就能废除天神制定的永恒不变的不成文律条，它的存在不限于今日和昨日，而是永久的，也没有人知道它是什么时候出现的。

　　我不会因为害怕别人皱眉头而违背天条，以致在神面前受到惩罚。我知道我是会死的——怎么会不知道呢？——即使你没有颁布那道命令；如果我在应活的岁月之前死去，我认为是件好事；因为像我这样在无穷尽的灾难中过日子的人死了，岂不是得到好处了吗？

　　所以我遭遇这命运并没有什么痛苦；但是，如果我让我哥哥死后不得埋葬，我会痛苦到极点；可是像这样，我倒安心了。如果在你看来我做的是傻事，也许我可以说那说我傻的人倒是傻子。

歌队长　这个女儿天性倔强，是倔强的父亲所生；她不知道向灾难低头。

克瑞翁　（向安提戈涅）可是你要知道，太顽强的意志最容易受挫折；你可以时常看见最

　　　　　　顽固的铁经过淬火炼硬之后，被人击成碎块和破片。我并且知道，只消一小块嚼铁就可以使烈马驯服。一个人做了别人的奴隶，就不能自高自大了。
　　　　　　（向歌队长）这女孩子刚才违背那制定的法令的时候，已经很高傲；事后还是这样傲慢不逊，为这事而欢乐，为这行为而喜笑。
　　　　　　要是她获得了胜利，不受惩罚，那么我成了女人，她反而是男子汉了。不管她是我姐姐的女儿，或者比任何一个崇拜我的家神宙斯的人和我血统更近，她本人和她妹妹都逃不过最悲惨的命运；因为我指控那女子是埋葬尸体的同谋。把她叫来；我刚才看见她在家；她发了疯，精神失常。那暗中图谋不轨的人的心机往往会预先招供自己有罪。我同时也恨那个做了坏事被人捉住，反而想夸耀罪行的人。
安提戈涅　除了把我捉住杀掉之外，你还想进一步做什么呢？
克瑞翁　　我不想做什么了；杀掉你就够了。
安提戈涅　那么你为什么拖延时间？你的话没有半句使我喜欢——但愿不会使我喜欢啊！我的话你自然也听不进去。我除了因为埋葬自己哥哥而得到荣誉之外，还能从哪里得到更大的荣誉呢？这些人全都会说他们赞成我的行为，若不是恐惧堵住了他们的嘴。但是不行；因为君王除了享受许多特权之外，还能为所欲为，言所欲言。
克瑞翁　　在这些卡德墨亚①人当中，只是你才有这种看法。
安提戈涅　他们也有这种看法，只不过因为怕你，他们闭口不说。
克瑞翁　　但是，如果你的行动和他们不同，你不觉得可耻吗？
安提戈涅　尊敬一个同母弟兄，并没有什么可耻。
克瑞翁　　那对方不也是你的弟兄吗？
安提戈涅　他是我的同母同父弟兄。
克瑞翁　　那么你尊敬他的仇人，不就是不尊敬他吗？
安提戈涅　那个死者是不会承认你这句话的。
克瑞翁　　他会承认；如果你对他和对那坏人同样地尊敬。
安提戈涅　他不会承认；因为死去的不是他的奴隶，而是他的弟兄。
克瑞翁　　他是攻打城邦，而他是保卫城邦。
安提戈涅　可是哈得斯依然要求举行葬礼。
克瑞翁　　可是好人不愿意和坏人平等，享受同样的葬礼。
安提戈涅　谁知道下界鬼魂会不会认为这件事是可告无罪的？
克瑞翁　　仇人决不会成为朋友，甚至死后也不会。
安提戈涅　可是我的天性不喜欢跟着人恨，而喜欢跟着人爱。
克瑞翁　　那么你就到冥土去吧，你要爱就去爱他们。只要我还活着，没有一个女人管得了我。

　　　　　〔伊斯墨涅由二仆人自宫中押上场。

---

① 即忒拜人。卡德墨亚是忒拜的卫城。

九　第四场

〔安提戈涅由二仆人自宫中押上场。

安提戈涅　（哀歌第一曲首节）啊，祖国的市民们，请看我踏上这最后的路程，这是我最后一次看看太阳光，从今以后再也看不见了。那使众生安息的哈得斯把我活生生带到冥河边上，我还没有享受过迎亲歌，也没有人为我唱过洞房歌，就这样嫁给冥河之神。（本节完）

歌　队　长　不，你这样去到死者的地下是很光荣，很受人称赞的；那使人消瘦的疾病没有伤害你，刀剑的杀戮也没有轮到你身上；这人间就只有你一个人由你自己作主，活着到冥间。

安提戈涅　（第一曲次节）可是我曾听说坦塔洛斯的女儿，那弗里基亚客人，在西皮洛斯岭上也死得很凄惨①，那石头像缠绕的常春藤似的把她包围；雨和雪，像人们所说的，不断地落到她消瘦的身上，泪珠从她泪汪汪的眼里滴下来，打湿了她的胸脯；天神这次催我入睡，这情形和她的相似。（本节完）

歌　队　长　但是她是神，是神所生②；我们却是人，是人所生。好在你死后，人们会说你生前和死时都与天神同命，那也是莫大的光荣！

安提戈涅　（第二曲首节）哎呀，你是在讥笑我！凭我祖先的神明，请你告诉我，你为什么不等我不在了再说，却要趁我还活着的时候挖苦我？城邦呀，城邦里富贵的人啊，狄耳刻水泉呀，有美好战车的忒拜的圣林呀，请你们证明我没有朋友哀悼，证明我受了什么法律处分，去到那石牢，我的奇怪的坟墓里：哎呀，我既不是住在人世，也不是住在冥间，既不是同活人在一起，也不是同死者在一起。（本节完）

歌　队　长　孩儿呀，你到了鲁莽的极端，猛撞着法律的最高宝座，倒在地上，这样赎你祖先传下来的罪孽。

安提戈涅　（第二曲次节）你使我多么愁苦，你唤醒了我为我父亲，为我们这些闻名的拉布达喀代的儿孙的厄运而时常发出的悲叹。我母亲的婚姻所引起的灾难呀！我那不幸的母亲和她亲生儿子的结合呀！我的父亲呀！我这不幸的人是什么样的父母生的呀！我如今被人诅咒，还没有结婚就到他们那里居住。哥哥③呀，你的婚姻也很不幸，你这一死害死了你这还活着的妹妹。（本节完）

歌　队　长　虔敬的行为虽然算是虔敬，但是权力，在当权的人看来，是不容冒犯的。这是你倔强的性格害了你。

安提戈涅　（末节）没有哀乐，没有朋友，没有婚歌，我将不幸地走上眼前的道路。我再也看不见太阳的神圣光辉，我的命运没有人哀悼，也没有朋友怜惜。

〔克瑞翁偕众仆人自宫中上。

---

① 坦塔洛斯是小亚细亚弗里基亚的西皮洛斯山中的国王。他的女儿尼奥柏嫁给忒拜王安菲翁，生了十四个儿女。她嘲笑只有一子一女的勒托，勒托让其子女阿波罗和阿尔忒弥斯射死尼奥柏的子女，尼奥柏悲伤过度化为石头。
② 尼奥柏的父亲坦塔洛斯是宙斯之子，母亲塔宇革特是提坦神伊阿佩托斯的孙女。
③ 指波吕涅刻斯。他娶阿尔戈斯王阿德拉斯托斯之女阿尔革亚为妻。

……

一二　第五合唱歌

歌　队　（第一曲首节）啊，你这位多名的神①，卡德墨亚新娘的掌上明珠，鸣雷掣电的宙斯的儿子，你保护着闻名的意大利亚②，保护着厄琉西斯女神得奥③的欢迎客人的盆地；啊，巴克科斯，你住在忒拜城——你的女信徒的祖国，住在伊斯墨诺斯流水旁边，曾经种过毒龙的牙齿的土地上。

（第一曲次节）那双峰上闪耀的火光时常照着你，科律喀斯的仙女们，你的女信徒，在那里游行；卡斯塔利亚水泉也时常看见你的形影④。你来自长满常春藤的倪萨⑤山岭，来自遍地葡萄的绿色海边，神圣的歌声"哎嗬"把你送到忒拜城。

（第二曲首节）在一切城邦中，你最喜爱忒拜，你的遭了霹雳的母亲也是这样；如今啊，既然全城的人都处在大难之中，请你举起脚步越过帕尔那索斯山⑥或波涛怒吼的海峡⑦前来清除污染啊！

（第二曲次节）喷火的星宿⑧的领队啊，彻夜歌声的指挥者啊，宙斯的儿子，我的主啊，快带着提伊亚⑨，你的伴侣，出现呀，她们总是在你面前，在你伊阿科斯⑩，快乐的赐予者面前，通宵发狂，载歌载舞。

一三　退场

[报信人自观众左方上。

报信人　卡德摩斯和安菲翁⑪宫旁的邻居啊，人的生活不管哪一种，我都不能赞美它或咒骂它是固定不变的；因为运气时常抬举，又时常压制那些幸福的和不幸的人；没有人能向人们预言生活的现状能维持多久。克瑞翁，在我看来，曾经享受一时的幸福，他击退了敌人，拯救了卡德摩斯的国土，取得了这地方最高的权力，归他掌握，他并且有福气生出一些高贵的儿子；但如今全都失去了。一个人若是由于自

---

① 指酒神狄奥倪索斯。他有六十个名字。这里称呼他"巴克科斯"。
② 指意大利南部，那里盛产葡萄，是酒神的圣地。
③ 得奥，即地母得墨特尔。厄琉西斯在阿提卡西部，是敬奉得墨特尔的圣地。
④ 这一段讲酒神崇拜传到阿波罗的圣地得尔斐。得尔斐有朝南的一片悬崖，岩壁上半部分成两个山峰，两峰之间有卡斯塔利亚水泉。两峰附近有高原，科律喀斯山洞在高原上，距得尔斐十公里。
⑤ 倪萨，大概指欧波亚海中欧波亚岛上的倪萨，该岛在阿提卡东北。
⑥ 帕尔那索斯山，在得尔斐。
⑦ 指欧波亚海峡。
⑧ 可能指火炬，或解作天上的星宿。
⑨ 提伊亚，卡斯塔利奥斯之女，首先崇拜酒神。后来从雅典前往帕尔那索斯山。崇拜酒神的雅典妇女也被叫做"提伊亚"。
⑩ 伊阿科斯，酒神的别名。
⑪ 安菲翁，宙斯和安提奥佩之子。忒拜外城建造者。传说他弹奏赫尔墨斯送他的弦琴，石头受感动，自动滚来，垒成城垣。

己的过失而断送了他的快乐,我就认为他不再是个活着的人,而是个还有气息的尸首。只要你高兴,尽管在家里累积财富,摆着国王的排场生活下去;但是,如果其中没有快乐可以享受,我就不愿意用烟子下面的阴凉同你交换那种富贵生活,那和快乐生活比起来太没有价值了。

〔欧律狄刻自内开启宫门。

歌队长　你来报告什么?我们的王室又有了什么灾难?
报信人　他们都死了!那活着的人对死者应当负责任。
歌队长　谁是凶手?谁是被杀者?快说呀!
报信人　海蒙死了;他不是被外人杀死的。
歌队长　到底是他父亲的手,还是他自己的手杀死的?
报信人　他为那杀人的事生他父亲的气,因此自杀了。
歌队长　先知呀,你的话多么灵验啊!
报信人　既然如此,你应当想想其余的事!
歌队长　我看见不幸的欧律狄刻,克瑞翁的妻子,来了;她是偶然从家里出来的;要不然,就是因为她听见了她儿子的消息。

〔欧律狄刻由众侍女扶着自宫中上。

欧律狄刻　啊,全体市民们,我正要到雅典娜女神庙上去祈祷,刚走到大门口,就听见你们的谈话。当我取下门杠开门的时候,家庭灾难的消息就传到我的耳中,我心里一害怕,就向后跌倒在女仆们怀中,昏过去了。不管是什么消息,请你再说一遍;我并不是个没有经历过苦难的人,我要听听。
报信人　亲爱的主母,我既然到过那里,一定向你报告,不漏掉一句真实话。我为什么要安慰你,使我后来被发现是说假话呢?真实的话永远是最好的。
　　我给你丈夫指路,跟着他走到平原边上,波吕涅克斯的尸体依然躺在那里,被狗子撕破,没有人怜悯。我们祈求道路之神和冥王息怒,大发慈悲;我们随即用清洁的水把他的尸体洗洗,用一些新采集的树枝把残尸火化,还用他的家乡泥土起了一个高坟。然后我们走向那嫁给死神的女子的新房,用石头垫底的洞穴。有人远远听见那还没有举行丧礼的洞房里发出很大的哭声,特别跑来告诉我们的主人克瑞翁。国王走近一点,那听不清楚的凄惨呼声就飘到他的耳边;他叫喊一声,说出这悲惨的话:"哎呀,难道我的预料成了真事吗?难道我走上最不幸的道路了吗?是我儿子的声音传到了我的耳中,要我认识!仆人们,赶快上前!你们到了坟前,从坟墓石壁被人弄破的地方钻进去,走到墓室门口,朝里望望,告诉我是我认出了海蒙的声音,还是我被众神欺骗了。"我们奉了这懊丧的主人的命令,前去察看,看见那女子吊在墓室尽里边,脖子套在细纱缩成的活套里;那年轻人抱住她的腰,悲叹他未婚妻的死亡,他父亲的罪行和他不幸的婚姻。

……

克瑞翁　(第三曲次节)快来呀,快来呀,最美最好的命运,快出现呀,给我把末日带来!来呀!来呀,别让我看见明朝的太阳!　　(本节完)

3　索福克勒斯《安提戈涅》(节选)

歌队长　那是未来的事;眼前这些事得赶快办;其余的自有那些应当照管的神来照管。

克瑞翁　我希望的一切都包含在这句话里,我同你一起祈祷。

歌队长　不必祈祷了;是凡人都逃不了注定的灾难。

克瑞翁　(第四曲次节)把我这不谨慎的人带走吧!儿呀,我不知不觉就把你杀死了,(向欧律狄刻的尸首)还把你也杀死了,哎呀呀!我不知道你们哪一个好,不知此后倚靠谁;我手中的一切都弄糟了,还有一种难以忍受的命运落到了我头上。(本节完)

〔众仆人把海蒙的尸首抬进宫,克瑞翁和报信人随人;活动台退到景后。

歌队长　谨慎的人最有福;千万不要犯不敬神的罪;傲慢的人的狂言妄语会招惹严重惩罚,这个教训使人老来时小心谨慎。

〔歌队自观众右方退场。

(选自罗念生译《安提戈涅》。见《罗念生全集》。上海文学出版社 2004 年版)

作品内容提问

1. 安提戈涅是在做什么事情时被卫兵捉住的?
2. 当克瑞翁问她承不承认是她掩埋了哥哥尸体时,安提戈涅是怎么回答的?
3. 当欧律狄刻听到家庭灾难的消息时有什么表现?
4. 克瑞翁在选文中说的最后一句话是什么?
5. 歌队长最后说千万不要犯什么样的罪?

导读

索福克勒斯(约前 496—前 406)是雅典民主制全盛时期的悲剧作家,被称为古希腊"第二大悲剧诗人"(第一位是埃斯库罗斯,第三位是欧里庇得斯)。他生于雅典附近的克罗诺斯一个富裕的家庭。16 岁时曾带领歌队演唱萨拉弥斯海战胜利凯旋歌,27 岁时首次参加悲剧竞赛,战胜了埃斯库罗斯。索福克勒斯一生共写有 100 多部戏剧,现有 7 部传世。其中主要的有《埃阿斯》、《安提戈涅》和《俄狄浦斯王》等。以《俄狄浦斯王》成就最高,被认为是古希腊悲剧的典范,被亚里士多德称为"十全十美"的悲剧。索福克勒斯的剧作反映了雅典民主制繁荣时期的思想意识。他拥护民主,赞扬人的自由意志,书写人在不可抗拒的命运面前不屈的抗争精神。他的悲剧往往被称为"命运悲剧"。

《安提戈涅》是索福克勒斯著名的悲剧之一。首先,悲剧在血缘伦理与城邦伦理不可调和的冲突中,展现了人物不可避免的命运悲剧。安提戈涅坚持埋葬哥哥的尸体,遵循的是血缘伦理的信念,即亲人对死者必须安葬祭奠,绝不可曝尸荒野。克瑞翁禁止埋葬波吕涅刻斯的尸体,遵循的则是城邦伦理的规定,即对城邦的叛徒应冷酷无情。双方立场尖锐对立却各有其合理性,这使得悲剧冲突不可避免。其次,在对命运的不屈的抗争中,安提戈涅既彰显了个人的自由意志,也显示了女性的尊严和觉悟。安提戈涅敢于以一己之力对抗至高无上的王权,充分显示了古希腊民主制时期所崇尚的自由平等精神。而相对于克瑞翁对女性的歧视(克瑞翁说过:"我不能被区区一个女子打败……我不能被人辱骂成比女人还要脆弱。"),安提戈涅的行动又充分捍卫了女性的尊严。再次,悲剧警告人类不可过度傲慢狂妄。克瑞翁坚持以自己制定的人类之法执掌一切,安提戈涅却说:"我不认为一个凡人下一道命令就能废除天神制定的永恒不变的不成文律条。"剧作结尾克瑞昂失去了所有亲人,"由于自己的过失而断送了快乐"。歌队长最后的话"傲慢的人的狂言妄语会招惹严重惩罚",是对人类的提醒和警示。

《安提戈涅》鲜明地体现了索福克勒斯剧作的艺术特点,也在很大程度上符合亚里士多德的悲剧理论。首先,两个主要人物安提戈涅和克瑞翁都代表了各自的正义,各有其合理性。其中悲剧主人公安提戈涅有优点,也有弱点。而克瑞翁既不是完美无缺的好人,也不是为非作恶的坏人。他是一个在权力的鼓动下失去了理智的和克制能力的人,是亚里士多德悲剧理论中典型的悲剧人物,即有缺点的现实人。其次,戏剧结构严谨、完整。《安提戈涅》的情节从开始、发展、高潮到结束,严谨有序地展开。剧情设计基本没有什么漏洞,没有明显的机械性转折。再次,运用人物的对比手法是《安提戈涅》艺术上的一大特色。悲剧几乎从头到尾都用人物对比的手法。两兄弟厄忒俄克勒斯和波吕涅刻斯之间,两姐妹安提戈涅和伊斯墨涅之间,安提戈涅和克瑞翁之间,都形成鲜明的性格对比,又在对比中使各自的性格更加明晰和突出。

本节选文集中地描写了安提戈涅与克瑞翁之间的冲突以及安提戈涅被处死所引起的一连串反应。首先,安提戈涅的坚定信念和至死不悔的性格,在与克瑞翁的争论中表现得极为鲜明,集中地体现了前面所说的人律与神律不可调和的冲突。其次,歌队、歌队长和报信人的台词,表现了对安提戈涅的同情和对克瑞翁行为的不满,强化了矛盾冲突的氛围。再次,作品最后写克瑞翁的痛悔和改变,揭示了一个在权力的鼓动下失去了理智的和克制能力的人的复杂特征,展示了人的丰富性。

知识链接

古希腊悲剧。古希腊悲剧起源于祭祀酒神狄奥尼索斯的庆典活动,大都取材于神话、英雄传说和史诗。按照亚里士多德在《诗学》中的定义,悲剧是对一个严肃、完整、有一定长度的行动的模仿;目的在于引起观众的怜悯和恐惧,使情感得以宣泄和净化。古希腊三大悲剧家是"悲剧之父"埃斯库罗斯(代表作《普罗米修斯》)、"戏剧艺术的荷马"索福克勒斯(代表作《俄狄浦斯王》)和"舞台上的哲学家"欧里庇得斯(代表作《美狄亚》)。

4 但丁《神曲》（节选）

　　《神曲》的意大利文原意是"神圣的喜剧"。全长 14 233 行，分为《地狱篇》《炼狱篇》《天堂篇》三部。主要情节是写作品主人公"但丁"在人生旅程的中途（即 35 岁），在一个黑暗的森林中迷了路。正要登上一座光明的小山，突然前面跳出三只猛兽（狮、豹、狼）挡住去路。在危急时刻，古罗马诗人维吉尔奉天上圣女贝亚特丽采之命，前来搭救他从另外一条路走出困境。于是，在维吉尔的带领下，"但丁"先游历了"地狱"和"炼狱"；然后在贝亚特丽采的带领下又游历了"天堂"。最后，"但丁"得见了"三位一体"。本章选文选自《地狱篇》第五歌。

第二圈：里米尼的弗兰采斯加

这样，我从第一圈降到了第二圈，
　　那圈围了较少的面积，却包容了
　　更多的引起号哭的痛苦的地方。
迈诺斯①形容可怖地坐在那里，露齿而笑；
　　在进口处审查罪行；依照他自己
　　缠绕的圈数判决他们，打发他们下去。
我是说，当那生而不良的阴魂
　　来到他面前时，便把一切
　　都招认；而这位洞察罪孽者
考虑了地狱的什么地方与那罪相当之后，
　　便用尾巴在自身上缠绕
　　那么多的圈数，恰如他要他下去的度数。
在他前面总是站着一群阴魂；
　　他们挨次走去受审判；
　　他们述说和倾听；然后被卷下去。
迈诺斯看到我时，就放下了

---

① 迈诺斯是克里特的王和立法者，宙斯和欧罗巴的儿子。但丁模仿维吉尔，把地狱里的判官的职务派给他。

那伟大的职务,并对我说道:
　　"来到痛苦的地方的你啊!
注意你怎样进来的,你信托谁;
　　不要让进口的宽阔欺骗你。"
　　我的导师对他说:"你为什么也叫喊?
不要阻拦他命定的行程;
　　这是天上的意志,天命所在,
　　定能完成:不要再多问。"
现在悲哀的声音开始
　　传到我的耳朵;现在我来到
　　很多的哭声向我袭来的地方。
我进入了一处完全无光的地方,
　　它像汹涌的大海那样呼啸,
　　当大海和狂风搏斗的时候。
地狱的暴风雨,无时休止,
　　把那些阴魂疾扫而前;席卷他们,
　　鞭打他们,以使他们苦恼。

当他们来到灭亡面前时,
　　那里就有尖叫声,呻吟声,哀哭声;
　　那里他们就咒骂神的权力。
我知道了这种刑罚
　　加于肉体上犯罪的人,
　　他们使理性奴役于淫欲。
如同在寒冷的季节,大群的椋鸟
　　结着密集的队形鼓翼而飞:
　　那阵狂风就像这样把不良的精灵
吹到这里,吹到那里,卷下,卷上。
　　从没有希望来安慰他们,
　　没有休息的希望,就连减轻痛苦的希望都没有。
如同群鹤在天空排成长行,
　　一声长唳,横越而过:
　　我看到那些幽魂那样来到,哀哭着,
为搏斗着的风所卷来;
　　我说道:"夫子,这些人是谁,
　　他们这样地为厉风所抽打?"
于是他回答:"你想要知道的
　　这些幽魂中的第一个,
　　是统治许多种族的女皇。

她在穷奢极欲中变得那么无耻，
　　在敕令中把荒淫视同法律，
　　以摆脱她所遭到的指谪。
她是塞密拉密斯①，我们读到
　　她是尼那斯的妻子和继承者；
　　她保有苏丹王所统治的国土。
那另一个是在爱情中自戕，
　　对西丘斯的尸灰失节的女人②；
　　随后来的是淫荡的姑娄巴。③
看海伦④，为了她，那灾难的年月
　　持续到这样长久；再看那伟大的
　　阿基琉斯⑤，他最后和爱搏斗；
看巴里斯，屈烈斯丹⑥"；他又指给我看
　　千余个阴魂，而且用手指指着，
　　告诉我因爱而离开人世的人们的名字。

在我听到我的老师历数
　　古代英雄美人的名字以后，
　　我心中生出怜悯，仿佛又迷惑起来。
我开始说："诗人，我极愿
　　和那两个在一起行走，并显得
　　在风上面那么轻的人说话。"
他对我说："他们靠得更近时，
　　你将看到；那时，凭那引导他们的爱，
　　恳求他们；他们就会过来。"
一等到风把他们折向我们时，
　　我扬声说道："疲倦的灵魂啊！
　　假使没有人禁止，请来和我们说话。"
如同斑鸠为欲望所召唤，
　　振起稳定的翅膀穿过天空回到爱巢，

---

① 塞密拉密斯是神话中亚述的皇后，尼尼微帝国的缔造者尼那斯的妻子。她承袭了她丈夫的皇位。她是以荒淫闻名的。
② 这里指黛多，迦太基的皇后。她在她丈夫西丘斯死后矢志守节；可是后来却爱上了伊尼阿。当伊尼阿离开她到意大利去时，她投在火葬堆上自杀。
③ 姑娄巴，埃及的皇后，恺撒和安多尼的情妇。
④ 海伦，斯巴达王美内雷阿斯的妻子。她为特洛亚的帕里斯所劫走，因而引起了特洛亚战争。
⑤ 按照中世纪的传说，阿基琉斯在一座特洛亚的寺庙里为帕里斯所杀，他到那寺庙里去是要和帕里斯的妹妹波利克塞那结婚的。
⑥ 屈烈斯丹是亚塔尔王的一个骑士。他爱上了他的叔父康瓦尔的马克王的妻子伊苏尔脱，而被那激怒了的丈夫所杀。

为它们的意志所催促：
就像这样,这两个精灵①离开了
　　　黛多的一群,穿过恶气向我们飞来：
　　　我的有深情的叫声就有这种力量。
"宽宏而仁慈的活人啊！
　　　你走过黑暗的空气,
　　　来访问用血玷污土地的我们；
假使宇宙之王是我们的友人,
　　　我们要为你的平安向他祈祷；
　　　因为你怜悯我们不幸的命运。
当风像现在这样为我们沉寂时,
　　　凡是你乐于听取或说出的,
　　　我们都愿意倾听和述说。
我诞生的城市②,是坐落在
　　　玻河与它的支流一起,
　　　灌注下去休息的大海的岸上。
爱,在温柔的心中一触即发的爱,
　　　以我现在被剥夺了的美好的躯体
　　　迷惑了他；那样儿至今还使我痛苦。
爱,不许任何受到爱的人不爱,
　　　这样强烈地使我欢喜他,以致,
　　　像你看到的,就是现在他也不离开我。
爱使我们同归于死；
　　　该隐狱③在等待那个残害我们生命的人。"

　　　他们向我们说了这些话。
我听到这些负伤的灵魂的话以后,
　　　我低下了头,而且一直低着,
　　　直到那诗人说："你在想什么？"
我回答他,开始说道："唉唉！
　　　什么甜蜜的念头,什么恋慕
　　　把他们引到了那可悲的关口！"
于是我又转过身去向他们,
　　　开始说道："弗兰采斯加,你的痛苦

---

　　① "这两个精灵"指弗兰采斯加·达·里米尼和保禄·玛拉台斯太。弗兰采斯加是波伦太的归多·万启俄的女儿,于1275年为了政治上的理由,嫁给了里米尼的贵族玛拉斯太的残废了的儿子祈安启托。十年后,祈安启托撞见他的妻子和他的已经结过婚的弟弟保禄在一起,就用刀把这犯罪的一对情人杀死了。
　　② 指拉温那。拉温那紧靠亚得里亚海,在玻河的入海处。
　　③ "该隐狱"是杀死亲属的罪人在地狱中受罚的地方。

使得我因悲伤和怜悯而流泪。
可是告诉我：在甜蜜地叹息的时候，
　　爱凭着什么并且怎样地
　　给你知道那些暧昧的欲望？"
她对我说："在不幸中回忆
　　幸福的时光，没有比这更大的痛苦了；
　　这一点你的导师知道。
假使你一定要知道
　　我们爱情的最初的根源，
　　我就要像一边流泪一边诉说的人那样追述。
有一天，为了消遣，我们阅读
　　兰塞罗特①怎样为爱所掳获的故事；
　　我们只有两人，没有什么猜疑。
有几次这阅读使我们眼光相遇，
　　又使我们的脸孔变了颜色；
　　但把我们征服的却仅仅是一瞬间。
当我们读到那么样的一个情人
　　怎样地和那亲切的微笑着的嘴接吻时，
　　那从此再不会和我分开的他
全身发抖地亲了我的嘴：这本书
　　和它的作者都是一个'加里俄托'②；
　　那天我们就不再读下去。"
当这个精灵这样地说时，
　　另一个那样地哭泣，我竟因怜悯
　　而昏晕，似乎我将濒于死亡；
我倒下，如同一个尸首倒下一样。

　　　　　　　　　　（选自朱维基译《神曲》。上海译文出版社1984年版）

作品内容提问

1. 在地狱入口处迈诺斯用什么来衡量罪人的灵魂该去地狱第几层？
2. 在这层中但丁遇到的第一个被惩罚的女王的名字叫什么？
3. 但丁对维吉尔说"我极愿和那两个在一起行走"中的"那两个"指的是谁？
4. 听了弗兰采斯加和保禄两个人述说了自己的遭遇后，"但丁"有什么样的反应？

---

　　① 兰塞罗特是圆桌骑士中最著名的一个。在亚塔尔王的朝廷里，他爱上了归内维尔皇后。他是古代法兰西传奇"湖上的兰塞罗特"中的主角。
　　② 加里俄托：加里俄托是"湖上的兰塞罗特"传奇中的一个角色。兰塞罗特和归内维尔皇后的第一次约会，是由他撺掇而成的。故在这里"加里俄托"被用为"淫媒"的同义词。

5. 选文中讲述的这个故事发生在地狱的第几层？

> **导读**

  但丁·里吉耶里(1265—1321)是欧洲中世纪最伟大的意大利诗人。恩格斯称"他是中世纪的最后一位诗人,同时又是新时代的最初一位诗人"[①]。但丁出生在佛罗伦萨,早年曾学习拉丁文、诗学、修辞学以及古希腊罗马文学,对绘画、音乐、哲学等也很有兴趣。但丁少年时期曾经对邻居家的少女贝亚特丽采产生了爱情,贝亚特丽采早逝以后,但丁把在1283年以来所写的31首献给她的抒情诗用散文连缀起来,取名《新生》出版。这部作品歌颂了男女之间纯洁的爱情,表现出了反对禁欲主义的情绪。特别是艺术上深受"温柔的新体"诗派的影响,具有清新自然的风格。成年后的但丁积极参加当时的政治活动,曾被选为佛罗伦萨的行政官之一。他一心要保持佛罗伦萨的独立和自由,不肯接受教皇的威权和支配,最后被终身流放。在流放期间,他写下了一系列著作,表达出了对意大利现实问题的思考。其中《飨宴》、《论俗语》和《帝制论》等集中体现了他的政治、知识和文化观点。而最能够代表他创作成就的是长诗《神曲》。

  《神曲》充满了象征意义。"黑暗的森林"象征当时意大利黑暗的政局,"豹"象征佛罗伦萨的政治迫害;"狮"象征法兰西王;"瘦母狼"象征罗马教廷。幽暗代表罪恶;披着阳光的山顶,代表一种光明的境界。人希望重见阳光,象征着人由于自身的弱点,需要理性和信仰的帮助。因此,作品中的古罗马诗人"维吉尔"象征理性,"贝亚特丽采"象征神学信仰。从思想内容和艺术成就上看,(1)但丁正是用中世纪诗人惯用的象征手法,描写了在理性、神学信仰和爱的引导下的心灵觉醒过程。(2)他对宗教和教会、对世俗生活、对封建统治者、对古典文化都既肯定又否定,体现了作家思想上的矛盾性,也反映了新旧交替时期意大利现实生活的本质特征。(3)《神曲》在艺术上将中世纪文学所盛行的象征、梦幻的手法,同反映现实生活的内容紧密地结合在一起,从而用陈旧的形式表现出了很多崭新的思想内容。以艺术结构的严密著称于世。其结构好像一个严整而有系统的三棱形大建筑,全诗分为"地狱""炼狱""天堂"三部分;每部分各有三十三篇,加上《地狱篇》前的序言,共一百篇。"三"象征着"三位一体","百"表示"完全中之完全"。诗中的地狱、炼狱、天堂等部分,也是完全对称的。三部的各自结尾,都以"星"字收束。这样的结构用连锁韵律(每一诗节三行,其中第一与第三行押韵,第二行与下节第一、三行押韵),在不断变化中一直灌注下去。这种完整而有秩序的结构具有一种造型艺术的效果,是中世纪神权思想的体现。但是这种结构也与人文主义思想家们对古代文化的认识有相似之处。《神曲》用意大利俗语写成,对意大利民族语言和民族文学语言的形成也起了奠基和推动作用。

  《第五歌·第二圈》是《神曲》中较为重要的篇章,主要描写了地狱第二层那些生前放纵情欲的灵魂受惩罚的情形。首先,但丁把生前放纵情欲的灵魂放在地狱中让他们遭受惩罚,显示了但丁作为一个中世纪诗人的历史局限;但同时他又同情弗兰采斯加和保禄的不幸遭遇,心生怜悯,如一个尸首一般晕倒在地。其次,但丁在此还改变了中世纪基督教认为情欲是最大罪过的观点。他认为"情欲"是罪过,但又不是大罪,因此他才将这类犯罪的灵魂放

[①] 《马克思恩格斯选集》第1卷,人民出版社1972年版,第249页。

在地狱最上面的一层,惩罚也并不像其他层那样严酷。这就说明但丁已经具有了人文主义思想家的对情欲肯定的思想萌芽。再次,但丁在本节中也表达了他的爱情观点。他把爱情看成一种自然的不可遏止的感情(其中有关"爱"的三段诗句就表现了诗人新的爱情观)。在艺术上,本节选文也表现出了(1)利用寓意象征手法描写现实生活的努力。"地狱"和"灵魂受罚"等,都是作者想象的产物,但诗人又把它写得极富生活化和现实场景化。(2)人物性格特点鲜明,栩栩如生。如弗兰采斯加性格外露,敢作敢为;保禄性格沉稳、意志坚强以及作品主人公"但丁"的多情善感等,无不跃然纸上。(3)作品氛围描写极为出色。地狱的阴沉、鬼魂的哭号、场景的绝望气息,无不曲折地反映了当时意大利的社会氛围。

5 薄伽丘《十日谈》（节选）

《十日谈》是一部短篇小说集。故事的起因是1348年佛罗伦萨爆发了黑死病。为躲避瘟疫，七位青年女子与三位青年男子在一所教堂不期而遇，随后相邀来到一所美丽的乡间别墅。在那里，他们散步、唱歌、跳舞、宴饮，生活十分惬意。后来，七女子之一潘比妮亚建议讲故事消遣时光，大家欣然同意。于是，他们每天选出一人来主持活动，督促、引导大家轮流讲故事。他们在别墅住了十多天，因为星期五和星期六是祈祷日，不讲故事，所以实际上讲了10天故事。每人每天讲1个故事，一共讲了100个故事。瘟疫过去后，他们离开了别墅，各自回家。这10天讲的故事，构成了《十日谈》的全部作品。本书节选的是《第四天故事一》。

第四天故事一

　　萨莱诺的亲王唐克烈本是一位仁慈宽大的王爷，可是到了晚年，他的双手却沾染了一对情侣的鲜血。他的膝下并无三男两女，只有一个独养的郡主，亲王对她真是百般疼爱，自古以来，父亲爱女儿也不过是这样罢了；谁想到，要是不养这个女儿，他的晚境或许倒会幸福些呢。那亲王既然这样疼爱郡主，所以也不管耽误了女儿的青春，竟一直舍不得把她出嫁；直到后来，再也藏不住了，这才把她嫁给了加布亚公爵的儿子。不幸婚后不久，丈夫去世，她成了一个寡妇，重又回到她父亲那儿。

　　她正当青春年华，天性活泼，身段容貌，长得十分佳妙，而且才思敏捷，只可惜做了一个女人。她住在父王的宫里，养尊处优，过着豪华的生活；后来看见父亲这样爱她，根本不想把她再嫁，自己又不好意思开口，就私下打算找一个中意的男子做她的情人。

　　出入她父王的宫廷里的，上中下三等人都有。她留意观察了许多男人的举止行为，看见父亲跟前有一个年青的侍从，名叫纪斯卡多，虽说出身微贱，但是人品高尚，气宇轩昂，确是比众人高出一等。她非常中意，竟暗中爱上了他，而且朝夕相见，愈看愈爱。那小伙子并非是个傻瓜，不久也就觉察了她的心意，也不由得动了情，整天只想念着她，把什么都抛在脑后了。

　　两人这样眉目传情，已非一日；郡主只想找个机会和他幽会，可又不敢把心事托付别人，结果给她想出一个极好的主意来。她写了封短简，叫他第二天怎样来和她相会；又把这信藏在一根空心的竹竿里面，交给纪斯卡多，还开玩笑地说道："把这个拿去当个风箱吧，那么你的女仆今儿晚上可以用这个发火了。"

纪斯卡多接过竹竿,心想郡主决不会无缘无故给他这样东西,而且说出这样的话来。他回到自己房里,检查竹竿,看见中间有一条裂缝;劈开一看,原来里面藏着一封信。他急忙把信读了,明白了其中的意思,这时候他真是成了世上最快乐的人;于是他就依着信里的话,做好准备,去和郡主幽会。

在亲王的宫室附近有一座山,山上有一个许多年代前开凿的石室;在山腰里,当时又另外凿了一条隧道,透着微光,直通那洞府。那石室久经废弃,所以那隧道的出口处,也荆棘杂草丛生,几乎把洞口都掩蔽了。在那石室里,有一道秘密的石级,直通宫室,石级和宫室之间,隔着一扇沉重的门,把门打开,就是郡主楼下的一间屋子。因为山洞久已不用,大家早把这道石级忘了。可是什么也逃不过情人的眼睛,所以居然给那位多情的郡主记了起来。

她不愿让任何人知道她的秘密,便找了几样工具,亲自动手来打开这道门,经过了好几天的辛苦,终于把门打开了。她就登上石级,直找到那山洞的出口处。她把隧道的情形,洞口离地大约多高等都写在信上,教纪斯卡多设法从这隧道到她宫里来。纪斯卡多立即预备了一条绳子,中间打了许多结,绕了许多圈,以便攀上爬下。第二天晚上,他穿了一件皮衣,免得叫荆棘刺伤,就独个儿悄悄来到山脚边,找到了那个洞口,把绳子的一端在一株坚固的树桩上系牢,自己就顺着绳索,降落到洞底,在那里静候郡主。

第二天,郡主假说要午睡,把侍女都打发出去,独自关在房里。于是她打开那扇暗门,沿着石级,走下山洞,果然找到了纪斯卡多,彼此都喜不自胜。郡主就把他领进自己的卧室,两人在房里逗留了大半天,真像神仙般快乐。分别时,两人约定,一切都要谨慎行事,不能让别人得知他们的私情。于是纪斯卡多回到山洞;郡主锁上暗门,去找她的侍女。待到天黑之后,纪斯卡多攀着绳子上升,从进来的洞口出去,回到自己的住所。自从发现了这条捷径以后,这对情人就时常相会。

可是命运之神不甘心让这对情人长久沉浸在幸福里,竟借着一件意外的事故,把这一对情人满怀的欢乐化作断肠的悲痛。这厄运是这样降临的:

原来唐克烈常常独自一人来到女儿房中,跟她聊一会天,然后离去。有一天,他吃过午饭,又到他女儿绮思梦达的寝宫里去,看见女儿正带着她那许多女伴在花园里游乐。他不愿打断她的兴致,就悄悄走进她的卧室,不曾让人看到或是听见。来到房中,他看见窗户紧闭、帐帷低垂,就在床脚边的一张软凳上坐了下来,头靠在床上,拉过帐子来遮掩了自己,好像有意要躲藏起来似的,不觉就这样睡熟了。

也是合该有事,绮思梦达偏偏约好纪斯卡多在这天里幽会,所以她在花园里玩了一会,就让那些女伴继续玩去,自己悄悄溜到房中,把门关上了,却不知道房里还有别人,就去开了那扇暗门,把在隧道里等候着的纪斯卡多放进来。他们俩像平常一样,一同登上了床,寻欢作乐,正在得意忘形的当儿,不想唐克烈醒了。他听到声响,惊醒过来,看见女儿和纪斯卡多两个正在干着好事,气得他直想咆哮起来。可是再一转念,他自有办法对付他们,还是暂且隐忍一时,免得家丑外扬。

那一对情人像往常一样,温存了半天,直到不得不分手的时候,这才走下床来,全不知道唐克烈正躲在他们身边。纪斯卡多从洞里出去,她自己也走出了卧房。唐克烈也不顾自己年事已高,却从一个窗口跳到花园里去,趁着没有人看见,赶回自己房中,几乎气得要死。

当天晚上,到了睡觉时分,纪斯卡多从洞底里爬上来,不想早有两个大汉,奉了唐克烈的命令守候在那里,将他一把抓住;他身上还裹着皮衣,就这样给悄悄押到唐克烈跟前。亲王一看见他，差一点儿掉下泪来，说道："纪斯卡多，我平时待你不薄，不想今日里却让我亲眼看见你色胆包天，竟敢败坏我女儿的名节！"

纪斯卡多一句话都没有，只是这样回答他："爱情的力量不是你我所管束得了的。"

唐克烈下令把他严密看押起来；他当即给禁锢在宫中的一间幽室里。

第二天，唐克烈左思右想，该怎样发落他的女儿；吃过饭后，就像平日一样，来到女儿房中，把她叫了来。绮思梦达怎么也没想到已经出了岔子。唐克烈把门关上，单剩自己和女儿在房中，于是老泪纵横，对她说道："绮思梦达，我一向以为你端庄稳重，哪里想到竟会有这种事！要不是我亲眼看见，而是听旁人告诉我，那么别说是你跟你丈夫以外的男人发生关系，就是说你存了这种欲念，我也绝对不会相信的。我已经到了风烛残年，再没有几年可活了，谁知碰到这种事，叫我从此以后一想起来，就觉得心痛。

"即使你要做出这种无耻的事来，天哪，那也得挑一个身份相称些的男人才好！多少王孙公子出入我的宫廷，你却偏偏看中了纪斯卡多——这是一个下贱的奴仆，可以说，从小就靠我们行好，把他收留在宫中；你这种行为真叫我心烦意乱，不知该把你怎样发落才好。至于纪斯卡多，昨天晚上他一爬出山洞，我就把他捉住，关了起来，我自有处置他的办法。对于你，天知道，我却一点主意都拿不定。一方面，我对你狠不起心来，天下做父亲的爱女儿，总没有像我那样爱你爱得深。另一方面，我想到你这样轻薄，又怎能不怒火直冒？如果看在父女的份上，我只好饶了你；如果以事论事，我就顾不得骨肉之情，非要重重惩罚你不可。不过，在我还没拿定主意以前，我且先听听你自己有什么话要说。"

说到这里，他低下头去，号啕大哭起来，竟像一个挨了打的孩子一样。

绮思梦达听了父亲的话，知道不但他们的私情已经败露，而且纪斯卡多也已经给关了起来，她心里感到一阵说不出的悲痛，好几次都差些儿要像一般女人那样大哭大叫起来。她知道她的纪斯卡多必死无疑，可是崇高的爱情战胜了那脆弱的感情，她凭着惊人的意志力，强自镇定，并且打定主意，宁可一死也决不说半句求饶的话。因此，她在父亲面前并不像一个因为犯下过错、受了责备而哭泣的女儿，却是勇敢无畏，眼无泪痕，面无愁容，坦坦荡荡地回答她父亲说："唐克烈，我不预备否认这回事，也不想向你讨饶；因为第一件事对我不会有半点好处，第二件事就是有好处我也不愿意干。我也不想请你看着父女的情分来开脱我；不，我就是要把事情的真相讲出来，用充分的理由来为我的名誉辩护，接着就用行动来坚决响应我灵魂的伟大的号召。不错，我确是爱上了纪斯卡多，只要我还活着——只怕是活不多久了——我就始终如一地爱他。假使人死后还会爱，那我死了之后还要继续爱他。我坠入了情网，与其说是由于女人的意志薄弱，倒不如说，由于你不想再给我配一个丈夫，同时也为了他本人可敬可爱。

"唐克烈，你既然自己是血肉之躯，你应该知道你养出来的女儿，她的心也是血肉做成的，并非铁石心肠。你现在年老力衰了，但是应该还记得那青春的规律，记得它对青年人具有多大的支配力量。虽说你的青春多半是消磨在战场上，你也总该知道饱暖安逸的生活对于一个老头儿会有什么影响，别说对于一个青年人了。

"我是你生养的，是个血肉之躯，在这世界上又没度过多少年头，还很年轻，那么怎怪得我春情荡漾呢？况且我已经结过婚，尝到过其中的滋味，这种欲念就格外迫切了。我按捺不住这片青春烈火；我年轻，又是个女人，我情不自禁，私下爱上了一个男人。我凭着热情冲动，做出这事来，但是我也曾费尽心机，免得你我蒙受耻辱。多情的爱神和好心的命运，指点了我一条外人不知道的秘密的通路,好让我如愿以偿。这回事,不管是你自己发现的也罢,还是别人报告你的也罢,我决不否认。

"有些女人只要随便找到一个男人,就满足了,我可不是那样;我是经过了一番观察和考虑,才在许多男人中间选中了纪斯卡多,有心去挑逗他的;而我们俩凭着小心行事,确实享受了不少欢乐。你方才把我痛骂了一顿,听你的口气,我缔结了一段私情,罪过还轻;只是千不该万不该去跟一个低三下四的男人发生关系,倒好像我要是找一个王孙公子来做情夫,那你就不会生我的气了。这完全是没有道理的世俗成见。你不该责备我,要埋怨,只能去埋怨那命运之神,为什么他老是让那些庸俗无能之辈窃居着显赫尊荣的高位,把那些人间英杰反而埋没在草莽里。

"可是我们暂且不提这些,先来谈一谈一个根本的道理。你应该知道,我们人类的骨肉都是用同样的物质造成的,我们的灵魂都是天主赐给的,具备着同样的机能,同样的效用,同样的德性。我们人类向来是天生一律平等的,只有品德才是区分人类的标准,那发挥大才大德的才当得一个'贵';否则就只能算是'贱'。这条最基本的法律虽然被世俗的谬见所掩蔽了,可并不是就此给抹杀掉,它还是在人们的天性和举止中间显露出来;所以凡是有品德的人就证明了自己的高贵,如果这样的人被人说是卑贱,那么这不是他的错,而是这样看待他的人的错。

"请你看看满朝的贵人,打量一下他们的品德,他们的举止,他们的行为吧;然后再又回头看看纪斯卡多又是怎样。只要你不存偏见,下一个判断,那么你准会承认:最高贵的是他,而你那班朝贵都只是些鄙夫而已。说到他的品德,他的才能,我不信任别人的判断,只信任你的话和我自己的眼光。谁曾像你那样屡屡称赞他,把他当做一个英才?真的,你这样赞美他不是没有理由的。要是我没有看错人,我敢说:你赞美他的话他句句都当之无愧,你以为把他称赞够了,可是他比你所称赞的还要胜三分呢。要是我把他看错了,那么我是上了你的当。

"现在你还要说我结识了一个低三下四的人吧?如果你这样说,那就是违心之论。你不妨说,他是个穷人,可是这话只会给你带来羞耻,因为你有了人才不知道提拔,把他埋没在仆人的队伍里。贫穷不会磨灭一个人的高贵的品质,不,反而是富贵叫人丧失了志气。许多帝王,许多公侯将相,都是白手起家的;而现在有许多村夫牧人,从前都是豪门巨族呢。

"那么,你要怎样处置我,用不到再这样踌躇不决了。如果你决心要下毒手——要在你风烛残年干出你年轻的时候从来没干过的事,那么你尽管用残酷的手段对付我吧,我决不向你乞怜求饶,因为如果这算得是罪恶,那我就是罪魁祸首。我还要告诉你,如果你怎样处置了纪斯卡多,或者准备怎样处置他,却不肯用同样的方法来处置我,那我也会自己动手来处置我自己的。

"现在,你可以走了,跟那些娘们儿一块儿去哭泣吧;哭够之后,就狠起心肠一刀子把我们俩一起杀了吧——要是你认为我们非死不可的话。"

亲王这才知道他的女儿有一颗伟大的灵魂;不过还是不相信她的意志真会像她的言词那样坚决。他走出了郡主的寝宫,决定不用暴力对待她,却打算惩罚她的情人来打击她的热情,叫她死了那颗心。当天晚上,他命令看守纪斯卡多的两个禁卫,私下把他缢死,挖出心脏,拿来给他。那两个禁卫果然照着他的命令做了。

第二天,亲王叫人拿出一只精致的大金杯,把纪斯卡多的心脏盛在里面,又吩咐自己的心腹仆人把金杯送给郡主,同时叫他传言道:"你的父王因为你用他最心爱的东西来安慰他,所以现在他也把你最心爱的东西送来慰问你。"

　　再说绮思梦达,等她父亲走后,矢志不移,便叫人去采集了那恶草毒根,煎成毒汁,准备一旦她的疑虑成为事实,就随时要用到它。那侍从送来了亲王的礼物,还把亲王的话传述了一遍。她面不改色,接过金杯,揭开一看,里面盛着一颗心脏,就懂得了亲王为什么要说这一番话,同时也明白了这必然是纪斯卡多的心脏无疑;于是她回过头来对那仆人说:"只有拿黄金做坟墓,才是不委屈了这颗心脏,我父亲这件事真做得得体!"

　　说着,她举起金杯,凑向唇边,吻着那颗心脏,说道:"我父亲对我的慈爱,一向无微不至,如今在我生命的最后一刻里,对我越发慈爱了。为了这么尊贵的礼物,我要最后一次向他表示感谢!"

　　于是她紧拿着金杯,低下头去,注视着那心脏,说道:"唉,你是我的安乐窝,我一切的幸福全都栖息在你身上。最可诅咒的是那个人的狠心的行为——是他叫我现在用这双肉眼注视着你!只要我能够用我那精神上的眼睛时时刻刻注视你,我就满足了。你已经走完了你的路程,已经尽了命运指派给你的任务,你已经到了每个人迟早都要来到的终点。你已经解脱了尘世的劳役和苦恼;你的仇敌把你葬在一个跟你身份相称的金杯里,你的葬礼,除了还缺少你生前所爱的人儿的眼泪外,可说什么都齐全了。现在,你连这也不会欠缺了,天主感化了我那狠毒的父亲,指使他把你送给我。我本来准备面不改色,从容死去,不掉一滴泪;现在我要为你哭一场,哭过之后,我的灵魂立即就要飞去跟你曾经守护的灵魂结合在一起。只有你的灵魂使我乐于跟从,倾心追随,一同到那不可知的冥域里去。我相信你的灵魂还在这里徘徊,凭吊着我们的从前的乐园;那么,我相信依然爱着我的灵魂呀,为我深深地爱着的灵魂呀,你等一等我吧!"

　　说完,她就低下头去,凑在金杯上,泪如雨下,可绝不像娘们儿那样哭哭啼啼。她一面眼泪流个不停,一面只顾跟那颗心脏亲吻,也不知亲了多少回,吻了多少遍,真是没完没结,把旁边的人看得怔住了。侍候她的女伴不知道这是谁的心脏,又不明白她说这些话是什么意思,可是都被她深深感动了,陪她伤心掉泪,再三问她伤心的原因,可是任凭怎样问,怎样慰劝,她总是不肯说;她们只得极力安慰她一番。后来郡主觉得哀悼够了,就抬起头来,揩干了眼泪,说道:"最可爱的心呀,我对你,已经完全尽了我的本分,现在只剩下最后一步了,那就是:让我的灵魂来和你的灵魂结个伴儿吧!"

　　说完,她叫人取出那昨日备下的盛毒液的瓶子来,只见她拿起瓶子就往金杯里倒去,把毒液全倾注在那颗给泪水洗刷过的心脏上;于是她毫无畏惧地举起金杯,送到嘴边,把毒汁一饮而尽。饮罢,她手里依然拿着金杯,登上绣榻,睡得十分端正安详,把情人的心脏按在自己的心上,一言不发,静待死神降临。

　　侍候她的女伴,这时虽然还不知道她已经服毒,但是听她的说话,看她的行为有些反常,就急忙派人去把种种情形向唐克烈报告。他恐怕发生什么变故,急匆匆地赶到女儿房中,正好这时候她在床上睡了下来。他想用好话来安慰她,可是已经迟了,这时候她已经命在顷刻了。他不觉失声痛哭起来,谁知郡主却向他说道:"唐克烈,我看你何必浪费这许多眼泪呢,等逢到比我更糟心的事,再哭不迟呀;我用不到你来哭,因为我不需要你的眼泪。除了你,有谁达到了目的反而哭泣的呢?如果你从前对我的那一片慈爱,还没完全泯灭,请你给我最后的一个恩典——那就是说,虽然你反对我跟纪斯卡多做一对不出面的夫妻,但是请你把我和他的遗体(不管你把他的遗体扔在什么地方)公开合葬在一处吧。"

亲王听得她这么说,心如刀割,一时竟不能作答。年轻的郡主觉得她的大限已到,紧握着那心脏贴在自己的心头。说道:"天主保佑你,我要去了。"

说罢,她闭上眼,随即完全失去知觉,摆脱了这苦恼的人生。

这是纪斯卡多和绮思梦达这一对苦命的情人的结局。唐克烈哭也无用,悔也太迟,就把他们二人很隆重地合葬在一处,全萨莱诺的人民听到他们的事迹,无不感到悲恸。

(选自方平、王科一译《十日谈》。上海译文出版社 1980 年版)

作品内容提问

1. 为什么绮斯梦达结婚后不久就又回到父亲家了?
2. 绮斯梦达交给纪斯卡多一个空心的竹竿,里面装了什么?
3. 唐克烈亲王在什么地方发现了女儿和纪斯卡多的"奸情"?
4. 在唐克烈指责女儿的时候,女儿反驳时是如何称呼父亲的?
5. 绮斯梦达临死前说的最后一句话是什么?

导读

乔万尼·薄伽丘(1313—1375)是文艺复兴早期意大利杰出作家。他在佛罗伦萨度过童年时代,15 岁时被父亲送到那不勒斯学习经商,后改学税收法律。在那不勒斯,薄伽丘开始文学创作。1340 年,薄伽丘返回佛罗伦萨,积极参加政治活动,在市民共和派与贵族复辟势力的斗争中,坚定地站在共和派一边。1348 年,佛罗伦萨爆发鼠疫,市民死亡过半。遭此天灾,薄伽丘认识到生命的弥足珍贵,开始了他的巨著《十日谈》的写作,历时 5 年完成。1349 年薄伽丘与人文主义作家、学者彼特拉克结为知己,受其影响,他开始大力钻研古代作品,弘扬古代文化,促进了人文主义思想的产生和传播。薄伽丘晚年写有《但丁传》、《异教诸神谱系》等学术著作。

《十日谈》这种故事中套故事,以一个故事总领其他许多故事的结构,叫框式结构。这种框式结构起源于东方民间文学,如阿拉伯故事集《一千零一夜》。《十日谈》的结构方式,受到了东方文学的影响。《十日谈》中的故事来源多样,但都真实地反映了文艺复兴时期意大利广阔的社会现实,表现了强烈的反封建、反教会精神。具体而言,它以人文主义为思想武器,批判宗教蒙昧主义、神秘主义和禁欲主义,反对封建压迫和包办婚姻,大胆地揭露教会的腐败和欺骗,以及种种悖情逆理愚行固念,热情洋溢地歌颂爱情,赞美人的聪明才智和高尚美德,以及幸福在人间的思想。

本书所选《第四天故事一》是一篇爱情悲剧故事。亲王唐克烈的女儿绮斯梦达与侍从纪斯卡多真诚相爱,由于地位悬殊,为父亲所不容。唐克烈派人杀死纪斯卡多,将他的心脏送给绮斯梦达,以图让女儿死心。悲痛的绮斯梦达选择服毒自尽,为爱殉情。追悔莫及的唐克烈遵照女儿的遗嘱,将一对情人隆重地葬于一处。这篇作品中,绮斯梦达与纪斯卡多是一对体现了人文主义理想的新人形象,他们勇于突破禁欲主义思想的束缚,打破门第观念,反抗封建暴虐,大胆追求自由爱情、个人幸福。尤其是绮斯梦达提出了人与人天生平等,只有品德才能才是区分人的高低优劣的标准的新思想,并积极主动地追求爱情幸福。在私情败露之后,她不慌乱,不求饶,理直气壮地为自己的选择辩护。面对唐克烈的狠毒行动,她不妥协,不畏惧,以自杀殉情。她是一个思想先进、目光敏锐、性格刚烈的新时代优秀女性形象。

这篇作品的艺术特色,集中体现在绮斯梦达形象的塑造上。小说的情节发展分为私恋、辩护、殉情三个阶段,以不同风格,从不同侧面,逐层走高地塑造了绮斯梦达的形象。在私恋阶段,故事虽平铺直叙,但竹竿传信、密道幽会、帘后偷窥等情节设计,颇有传奇色彩,增加了故事的吸引力,同时表现出绮斯梦达有主见,有眼光,机智聪慧的一面。在辩护阶段,绮斯梦达与父亲的矛盾冲突全面爆发,面临情、理、势三重力量的考验。她不惧父亲淫威,勇敢地为自己的正当爱情辩护,辩辞条理清晰,说话理直气壮,俨然是在宣读一篇人文主义爱情宣言书,在思想和道义上占据了优势地位。在殉情阶段,绮斯梦达知道情人已死,她没有丝毫犹豫,立刻决定为纪斯卡多殉情。在此过程中,她表现出超常的冷静和果断。到绮斯梦达手捧金杯,服毒自尽的时刻,情节发展到高潮,产生了震撼人心的艺术效果。三个阶段,各有侧重,又环环相扣,逐层推高,使这一形象臻于完善。

知识链接

文艺复兴运动。中世纪后期的14世纪至16世纪末,欧洲产生了一场以人文主义为思想核心,崇尚理性,主张个性解放的新兴资产阶级反封建、反教会的思想文化运动,史称"文艺复兴"。"文艺复兴"一词,原意指"希腊罗马古典文化的再生"。但与其说这是"古典文化的再生",不如说是"近代文化的开端"。

6 拉伯雷《巨人传》(节选)

《巨人传》共五部,以父子两代巨人高康大和庞大固埃的经历见闻为线索,反映了16世纪前后法国社会的广阔生活。第一部写格朗古杰国王之子、巨人高康大的经历。高康大在母亲肚子里待了十一个月,从母亲的左耳里钻了出来,刚出生就会说话,高喊"喝呀!喝呀!"他早年接受经院教育,学成了书呆子,后来到巴黎接受人文主义教育,老师用泻药泻掉了他头脑中的一切死板知识,用新方法进行教导,才让他变得聪明起来。高康大当众在巴黎圣母院的钟楼上撒尿,玩弄大钟。后来回国打退敌人,建立了一座"德廉美修道院",设定的唯一院规是:"做你所愿意做的。"第二部到第五部的主人公是高康大的儿子庞大固埃。庞大固埃力大无穷,从小接受人文主义教育并到各地游学,比上一代更加优秀。他的一个好朋友叫巴努日,智慧过人。二人得知敌国入侵,回国参战,庞大固埃撒尿淹死了无数敌军,最终打退敌人并进而征服敌国,建立了自己的王朝。庞大固埃以平等、博爱与宽容的精神治国,受到爱戴。后来巴努日想结婚,就此问题去问了许多学者与各界的专业人士,得到的回答千奇百怪。二人为追求答案,便到东方去寻找一个写有答案的神瓶,一路上到了"联姻岛"、"钟鸣岛"、"判罪岛"等奇特的地方,看到了大量神职人员与执法者无恶不作的黑暗现实。最后他们在"灯国"找到了神瓶,空中响起洪亮的声音:"喝吧!喝吧!"庞大固埃二人终于发现了真理:畅饮知识,享受人生中的一切快乐。

本文出自《巨人传》的"作者前言"和第一部第十六、十七、十八、十九章及二十一章(节选)。

作者前言

著名的酒友们,还有你们,尊贵的生大疮的人——因为我的书不是写给别人,而是写给你们的。阿尔奇比亚代斯①在柏拉图《对话集》②中一篇叫做《会饮篇》的文章里,曾经称赞他的老师苏格拉底③,这位无可争辩的哲学之王。在许多话以外,他还说他老师很像"西勒纳斯"④。所谓"西勒纳斯",在从前原是指的一种小盒子,就像现在我们在药房里看见的小

---

① 阿尔奇比亚代斯:克利尼亚斯之子,公元前454年生于雅典,苏格拉底的学生。
② 柏拉图(前427—前347):古希腊先验论哲学家,概念辩证法的创始人,他的《对话集》是西方文艺理论最早的作品之一。
③ 苏格拉底(前469—前399):古希腊唯心主义大哲学家。
④ "西勒纳斯":这个字是从希腊文来的,意思是嘲弄者,嘲笑者,引人发笑者。

药盒一样,盒子上画着一些离奇古怪的滑稽形象,比方女头鹰身的妖怪、半人半羊的神仙、鼻孔里插着羽毛的鹅、头上生角的兔子、驮鞍子的鸭子、会飞的山羊、驾车的鹿等等一些随意臆造出来引人发笑的图画(就像巴古斯①的老师西勒纳斯②那样)。但是盒子里面却贮藏着珍贵的药品,像香脂、龙涎香、蓬莪茂、麝香、灵猫香、宝石及其他珍贵的东西。阿尔奇比亚代斯说苏格拉底就是这样,因为从外表看,也就是单从外表的形象看,你们真会觉得他像不值一个葱皮钱。他确实生得太丑陋了,形象可笑,尖鼻子、牛眼睛、疯子面孔、行动率直、衣饰粗俗,既无财产,更没有女人爱他,任何官也做不来,一天到晚嘻嘻哈哈,跟谁都会碰杯,讲不完的笑话,不肯让人看出他渊博的学识。但是,你打开小盒,就会在里面发现一种崇高的、无法估价的药品,也就是说:超人的悟性、神奇的品德、百折不挠的勇气、无比的节操、镇静的涵养、十足的镇定,对于人们梦寐以求的、劳碌奔波的、苦苦经营的、远渡重洋追求的甚至为之发动战争的一切,更是蔑视到使人难以相信的地步。

以你们看来,我这一套开场白有什么用意呢?我告诉你们,我的好学生,还有若干有空闲的疯子,你们读到我写作的几本书的奇怪名字,像《高康大》、《庞大固埃》、《酒徒》、《裤裆的尊严》、《油浸青豆》(cum cummento)③等等,便会毫无困难地断定书里面无非是笑谈、游戏文字、胡说八道,因为单看外面的幌子(我是指书名),如不深入研究,便会普遍地认为是嘲弄和嬉笑。但是,这样轻易地断定人家的作品,并不合适。因为你们自己不是也在说么,穿袈裟的不一定都是和尚,正像有些穿袈裟的肚子里的货色连和尚也及不上,也好像披西班牙披风的人,论勇气却丝毫没有西班牙的风度一样。所以,需要打开书,仔细衡量一下书的内容,那你们就会看出来,里面贮藏的药品和盒子上所看到的东西,其价值完全不同了;也就是说书里谈论的内容,和标题上所显示的东西毫无共同之处。

即使在表面的文字上,你们读到些有趣的东西,符合书名的东西,那也不要像听了美人鱼④的歌声似的停下来,而是要从这些你们以为只能使人快活的文字里,体会出更高深的意义。

你们不是开过酒瓶塞子么?好!请回想一下你们自己当时是怎样一副表情。你们见过一只狗碰到一根有骨髓的骨头没有?柏拉图在 *lib. ij de Rep*⑤里说得好,狗是世界上最讲哲学的动物。如果你们看见过,就一定会注意到它是多么虔诚地窥伺那根骨头,多么注意地守住它,多么热情地衔住它,多么谨慎地啃它,多么亲切地咬开它,又多么敏捷地吸嘬它。是什么使这只狗这样做呢?它小心谨慎,希望的是什么呢?它想得到什么好处呢?大不了只是一点骨髓罢了。可是,这一点点东西,说真的,却比许多别的食物精美得多,因为骨髓自然是一种绝顶美好的滋养品,像迦列恩⑥在 *iij Facu. natural, et xj Deusu Parti*⑦ 里所说的那样。

---

① 巴古斯:希腊神话的酒神。
② 西勒纳斯:腓力基亚人之神,巴古斯之养父,希腊神话里说西勒纳斯秃顶,带角,鼻孔朝天,矮身材,大肚子,有时骑驴,有时扶杖,手持酒杯,笑口常开。
③ 拉丁文:"附注释"。
④ 美人鱼:希腊神话中水里的女妖,上身是女人,腰部以下是鱼,惯用优美的歌声诱杀路人。
⑤ 拉丁文:"《共和国》第二卷"。
⑥ 迦列恩(131—201):希腊名解剖学家。
⑦ 拉丁文:"《自然机能》第三卷和《人体各部功能》第十一卷"。

根据这个例子,你们要拿出精于搜索、勇于探求的精神,把这几部内容丰富的作品好好地辨别一下滋味,感觉一下,评价一下;然后,经过仔细阅读和反复思索,打开骨头,吮吸里面富于滋养的骨髓——这就是我用毕达哥拉斯①式的象征比喻所指的东西——我可以肯定你们读过之后会更明智、更勇敢;因为你们将感受到独特的风味和深奥的道理。不管是有关宗教,还是政治形势和经济生活,我的书都会向你们显示出极其高深的神圣哲理和惊人的奥妙。

平心而论,你们相信荷马②在写作《伊利亚特》和《奥德赛》的时候,会想到后来普鲁塔克③、赫拉克利特·彭底古斯④、厄斯塔修斯⑤、弗尔努图斯⑥等人根据他的作品写出寓言么?他会想到波立提安又从这些人的作品里剽窃东西么?如果你们相信的话,那你们和我的意见就无任何相似之处了,因为我认为荷马根本就没有想到过这些,正像奥维德⑦在《变形记》里从没有想到过《福音书》里的圣事⑧一样,尽管有一个吃饱饭没事干的吕班⑨修士遇到和他同样糊涂的人(就像俗话所说:瞎猫碰见死老鼠)的时候,曾极力表示过相反的意见。

如果你们也不相信这些,那为什么对我这使人快活的新传记不采取同样的态度呢?要知道我在写作的时候,根本没有想到这些,和你们,碰巧跟我同样会喝酒的人,没有想到这些完全一样。因为,写作这样大的一本书,我从未浪费过、也未曾使用过规定满足口腹之欲以外的时间,换句话说,我仅是使用了喝酒和吃饭的时间。喝酒吃饭的时间才是写这种高深的学术文章最适宜的时候。语言学家的典范荷马,还有贺拉斯⑩所证明的拉丁诗人之父埃尼乌斯⑪,就是善于运用这个时间的,尽管有一个粗胚说埃尼乌斯的诗酒味大于油味。

一个坏蛋说我的书也是这样,这叫活该!酒味比起油味来,要更可爱、更吸引人、更诱惑人、更高超、更精美到不知道多少倍了!因此有人说我浪费的酒比油多,我感到很光荣,和德谟斯台纳⑫听见人说他浪费的油比酒多感到自豪一样。对于我,只要有人说我、称道我是笑谈能手,好伙伴,我就感到荣耀和光彩,单凭这个头衔,只要有乐观派在场,我都能受到欢迎。有一个难对付的人曾经非难过德谟斯台纳,说他的演说气味像一个卖油的身上那条又脏又臭的围裙。对于我的言行,你们可要往最完善的方面去解释,请珍惜供给你们这些快活笑料的奶酪形的脑汁,并尽你们的能力,让我笑口常开。

---

① 毕达哥拉斯:(前571—前497):古希腊哲学家及数学家。他的信徒(毕达哥拉斯派)把数的概念绝对化,把数的关系当做事物的本质,于是在唯心主义的基础上便产生了毕达哥拉斯式的象征主义。
② 荷马(约前9世纪):古希腊诗人,史诗《伊利亚特》和《奥德赛》的作者。
③ 普鲁塔克(约46—120):希腊传记家及伦理学家,著有《希腊罗马伟人传》等。
④ 赫拉克利特·彭底古斯:公元前4世纪古希腊唯物主义哲学家,柏拉图的学生。
⑤ 厄斯塔修斯:12世纪希腊语文学家,著有《伊利亚特及奥德赛注释》等书。
⑥ 弗尔努图斯:1世纪斯多噶派哲学家。
⑦ 奥维德(前43—18):古罗马诗人,著有《变形记》等作品。
⑧ 圣事有七,即:领洗,圣体,坚振,告解(忏悔),终傅,神品,婚姻。
⑨ 吕班:传说中的一个傻修士,一说系指英国籍的本笃会修士多玛斯·瓦雷斯,他在1509年发表过一本注释奥维德《变形记》的作品。
⑩ 贺拉斯(前65—前8):古罗马诗人,著有《颂诗》、《讽刺诗》以及《诗艺》等作品。
⑪ 埃尼乌斯(前240—前170):古罗马诗人,此处所引见贺拉斯《书简》第一卷第十九章第六至八行。
⑫ 德谟斯台纳(前385—前322):古希腊大演说家,曾因演说受辱,发奋苦练,卒至成功。此处指其在灯下深夜用功。

现在,你们高兴吧,我亲爱的人,快快活活地读下去吧,愿你们身心舒坦,腰肢轻松!可是听好,驴家伙(否则,叫大疮烂得你们不能走路!),可别忘了为我干杯,我保证马上回敬你们。

第 十 六 章
高康大怎样乘骑大牝马到达巴黎;大牝马怎样驱赶包斯的牛蝇

就在这一年里,米努底亚①的第四世国王法伊奥勒从阿非利加地方给高朗古杰运来了一匹从未有人见过的、又高又大的牝马。这匹马长得形状出奇(你们知道,阿非利加来的总是新鲜的②),身材足有六只象那样大,蹄上分趾,跟茹留斯·恺撒那匹马一样③,两只耳朵像朗格多克④的羊耳朵那样往下耷拉,屁股后头还长着一个小犄角。此外,身上的皮毛是深栗色,夹杂着灰色的斑点。特别稀奇的是它那条惊人的尾巴,不折不扣,和朗热⑤附近圣·马尔斯⑥的那座塔一样粗,形状也是四方的,尾巴上的毛又粗又硬,一根根活像麦穗。

如果你们认为奇怪,那么西提亚⑦绵羊的尾巴还要叫你们奇怪呢,单单尾巴就有三十多斤,还有叙利亚绵羊的尾巴(如果戴诺⑧的话靠得住),须要在羊屁股后头用一辆小车托住才能走,你们看有多长多重吧。你们这些平原上的小子,当然不会有这样的东西了。

这匹马由海路用三条大帆船和一条小快船方才运到塔尔蒙台⑨的奥隆纳港口⑩。

高朗古杰看见这匹马,说道:

"正好送我儿子到巴黎去。啊,天主保佑,这可好了。他将来一定会成为一位大学者。如果那里没有笨货的话,我们将来就要过学者的生活了。"

到了第二天,喝过酒以后(这是可以想见的),高康大及教师包诺克拉特一行人等,随同那个年轻的小侍从爱德蒙一齐动身。这时天气晴和,气候温暖,高康大的父亲叫他穿了褐色的皮靴,也就是巴班⑪称作半筒靴的那种皮靴。

他们就这样吃吃喝喝,快快活活地上了路,一直走到了奥尔良城。⑫那里有一座大森林,长约三十五法里⑬,宽约十七法里。树林里的牛蝇和马蜂多得吓人,那些不幸的驴马等牲口走到这里,那真要活受罪了。可是高康大的这匹牝马却大大地出乎害虫意料之外,把它

---

① 米努底亚:非洲古国,近毛里塔尼亚,阿尔及利亚的一部分。
② 见普林尼乌斯《自然史纲》第八卷第十六章。
③ 见普林尼乌斯《自然史纲》第八卷第四十二章。
④ 朗格多克:法国古省名。
⑤ 朗热:施农县地名。
⑥ 圣·马尔斯在施农县郊区,离开一公里远,该处有方形古塔一座。
⑦ 西提亚:指我国新疆、西藏一带。
⑧ 约翰·戴诺在他的《海外游记》里曾叙述苏丹向开罗输送羊群,但未提到叙利亚。希罗多德的《历史》第三卷第一百一十三节里倒是描写过这样的羊。
⑨ 塔尔蒙台:旺代省地名。
⑩ 奥隆纳港口在法国靠大西洋海岸,16世纪时为一重镇。
⑪ 巴班:故时的波兰。一说施农有一鞋匠姓巴班,作者可能认识他。
⑫ 奥尔良在巴黎南面一百二十一公里处。
⑬ 每法里约等于四公里半。

们加在它同类身上的侵害,好好地来了一次报复。因为它一走进森林,大群的马蜂便立刻发动攻击,那匹牝马竖起尾巴,左拍右打,把整个森林都打倒了。只见它忽前忽后,忽左忽右,忽上忽下,忽东忽西,跟刈草人刈草似的把那座树林直打得连树带马蜂一齐绝迹,最后那块地方就只成了一片平地。

高康大看见了,非常得意,但是没有说别的自夸的话,仅向他身边的人说道:"我觉着'包斯'①。"从此时起这块地方便改名包斯了。可是他们连吃饭的地方也没有,只好拿打呵欠当吃饭。包斯的绅士们为纪念这次事件,到现在还拿打呵欠当吃饭呢②,而且还觉着不错,连吐痰也觉着更利落。

最后,大家来到巴黎。高康大一行人等休息了两三天,一面痛快地吃喝,一面打听当地都有哪些学者,巴黎人都喝什么酒。

第 十 七 章
高康大怎样对巴黎人行见面礼;怎样摘取圣母院的大钟

他们一行人休息几天之后,高康大观光了市区。居民看见他,无不惊奇万分,因为巴黎人愚昧透了,绝顶地无知,而且生来愚蠢。即便是一个玩把戏的、一个游方的教士、一匹带铃铛的骡子、一个街头弹弦子的,也要比一个出色的布道师引来更多的人。

他们到处死追着高康大,逼得他只好到圣母院的钟楼上去休息。他到了那里,望见周围都是人,便大声说道:

"我看这些家伙是想叫我对他们行个见面礼、留件 proficiat③ 作纪念。有理,有理。我给他们来上一壶酒,开个玩笑。"

于是他笑着解开他那华丽的裤裆,掏出他的家伙,狠狠地撒了一泡尿,一下子冲死了二十六万零四百一十八个人,女人和小孩还不算。

有几个靠了腿脚的灵活,逃脱了这泡尿,跑到大学区最高的地方④,满头大汗,又是咳嗽,又是吐,上气不接下气地咒骂起来,有的气愤不过,有的觉着好玩:"这个……这个……这个……这个玩笑可开大了,可'巴黎'⑤了!"这座城叫做巴黎,便是从这时开始的,以前它叫乐凯斯,斯特拉包⑥在他的全集第四卷里就曾经说过。他说,"乐凯斯"在希腊文的意思是白⑦,白就是指当地太太们的白腿。自从这个新名字叫开之后,当时在场的人没有一个不指着自己教区的主保圣人骂街的,巴黎人一向是又乱又杂的,生性爱骂街,爱争吵,而且自高自大。约翰尼奴斯·德·巴朗柯在他的 De copiositate reverentiarum⑧ 一书里曾表示说"巴黎人"这个名词用希腊文来解释,就是吹牛自大。

---

① "包斯",意思是"不错,很好看"。
② 传说包斯的贵族以贫困出名。
③ Proficiat 一字原来指教徒对新主教到任后赠送的礼物,此处仅泛指礼物。
④ 即圣日内维埃沃山。
⑤ "巴黎"(par rys)意思是"开玩笑",与"巴黎"(paris)同音。
⑥ 斯特拉包:古希腊地理学家,约生于公元前60年。作者此处的话是假的。
⑦ 罗马皇帝茹利安曾把巴黎叫做"乐凯西亚",也是从希腊文"乐凯斯"(白)来的。斯特拉包给巴黎的名字是"鲁柯多基亚"(Loukotokia)。
⑧ 拉丁文:《论崇拜》,作者与作品都是本书作者杜撰的。

高康大办过了这一手,一眼望见钟楼里的大钟,便动手叮叮当当地摇起来。他一边摇,一边想,如果能把它们挂在他那匹马的脖子上当铃铛一定不错,因为他正打算买些勃里①的奶酪和新鲜鲞鱼让它给他父亲驮回去。于是,便把大钟拿下来带回了寓所。

正巧,圣安东尼会的养猪会长来募猪捐②来了,这个教士觉得大钟可以叫人很远就听见他,连肉缸里的油都会哆嗦,便很想偷偷地把钟带走,不过没好意思下手,这倒不是因为怕钟烫手,而是因为有些太重③。当然这位教士不是堡尔④的那一位,那一位是我的要好朋友。

整个巴黎城都骚动起来了,你们知道这里的人是最容易起哄的,连外国对法国国王的耐心都感到惊奇,眼看不安的情况一天比一天严重,却不肯用个妥当的法令来约束他们一下。但愿天主让我知道这些阴谋与分裂都是怎么造出来的,好在教区的会议上揭发!

告诉你们,那些惊慌失措和惶恐万状的老百姓聚集的地方,是在乃乐大楼⑤,这座大楼,过去是乐凯斯的统治中心,现在当然已经不是了。他们在那里提出了这个问题,并指出大钟拿掉以后的不便。经过反复讨论与争辩,结果用三段论法决定指派神学院年纪最大、声望最高的学者去见高康大,向他说明没有钟将会引起极大的不便。虽然大学里有人表示这个差使与其派一位神学家,不如叫一位有口才的雄辩家去更合适。但最后,还是选定了神学大师约诺土斯·德·卜拉克玛多。⑥

第 十 八 章
约诺土斯·德·卜拉克玛多怎样被派见高康大索讨大钟

约诺土斯大师剪的是恺撒式的发式⑦,穿起仿古式的博士长袍⑧,胃里填满了炉子里的食品⑨和地窖里的圣水⑩,向高康大的寓所走来,前面走的是三个红嘴脸、牛一样的笨蛋,后面是五六个半死不活、龌龊不堪的文艺大师。

他们一进门,就被包诺克拉特碰上了。包诺克拉特看见他们这种打扮,自己先吓了一大跳,以为是什么疯狂的化装游戏,于是便向那群半死不活的大师们中的一个打听这是什么把戏。他们回答说他们是来讨取大钟的。

包诺克拉特闻听此言,连忙跑回去告诉高康大,叫他准备好答复,并从速决定应付办法。

---

① 勃里:巴黎东面古地名。
② 圣安东尼会原来有特权放任猪在街上乱跑,自寻食物,后来放弃养猪,条件是他们的教士定期来募猪捐,居民需布施猪油火腿。另一说是圣安东尼会的教士会医病猪,居民为答谢他们,送给猪油和火腿,后成了变相募捐。
③ 巴黎圣母院的两口大钟,一口名叫玛丽,重一万二千公斤,另一口名叫雅克琳,重七千五百公斤。
④ 堡尔:巴黎东南地名,堡尔的圣安东尼会的会长是诗人安东尼·杜·塞克斯,本书作者的朋友,他在一首诗里自称养猪人。
⑤ 乃乐大楼:在塞纳河左岸,地点即现在的法兰西学院,1534 年初版上是索尔蓬,1542 年作者改为乃乐大楼。
⑥ "卜拉克玛多"原文有"短剑"的意思。据说诗人魏仑曾把他的"纯钢剑"(诗人马洛把它叫做卜拉克玛多)遗赠给一个叫约翰·乐·高尼的,约诺土斯这个名字可能就是从这里蜕化出来的。
⑦ 恺撒是个秃顶。
⑧ 另一种解释是:带着他神学博士的帽子。
⑨ 指面包。
⑩ 指酒。

高康大闻报后,立刻把教师包诺克拉特、总管菲洛多米①、骑师冀姆纳斯特②,还有爱德蒙叫到一边,简略地和他们商量了一下如何应付和如何回答。大家认为应该把他们让到藏酒的那间屋里,先好好地灌他们一顿,不让那个痨病鬼吹嘘大钟是他讨回去的,并决定在他们喝酒的时候,就派人把本城的地方官、大学校长、教堂的主教会全请来,不等这位神学家提出他的要求,就把钟先还给另外的人。交还之后,再来欣赏他修整的演说词。事情就这样定了。等大家到齐,那位神学家被领到大厅当中,只见他一面咳嗽,一面开始说下面的这段话:

第 十 九 章
约诺土斯·德·卜拉克玛多大师向高康大致词索讨大钟

"嗯哼!嗯!嗯!③ Mna dies(您好)④,先生,Mna dies,et vobis(你们也好),诸位先生。如果能把钟还给我们,那真是一件好事,因为我们非常需要钟。嗯!嗯!阿嚏!从前,卡奥的伦敦⑤、勃里的波尔多,都曾因为我们的钟质料好、制造时有我们本地的土质夹杂在内,因此具有驱避日晕和保护我们的葡萄——当然不是我们自己的,而是周围这一带的——不受台风损害的功能,而愿意出高价购买,我们都没有答应。这是因为如果葡萄酒做不成,那就等于损失了一切,连理智带法律。

"假使您肯答应我的要求,把钟还给我们,那我就可以得到六'畔⑥'香肠和一条上等套裤,套裤对我的腿太有用处了,否则的话,他们许下的话是不肯算数的。哦!当着天主 Domine(主宰)说话,一条套裤实在是好东西,et vir sapiens non abhorrebit eam(聪明人谁肯不要)。哈!哈!并不是谁想有就可以有的东西,我完全明白!您要知道,Domine,这篇工整的谈话,我整整地思索了十八天;Reddite que sunt Cesaris Cesari, et que sunt Dei Deo(该撒的物就当归给该撒,上帝的物当归给上帝⑦)。Ibi jacet lepus(关键就在这里)。

"凭我的信仰说话,Domine,您要是肯到 in camera chari-tatis(我们的发饭厅里)跟我们一起吃顿饭的话,天主在上!nos faciemus bonum cherubin(我们一定会好好地招待一番)。Ego occidi unum porcum, et ego habet bon vino(少不得会杀一头猪,还有好酒)。喝了好酒,自然不会说出坏的拉丁文来。

"所以,sus(因此),de parte Dei, date nobis clochas nostras(看在天主份上,请把钟还给我们吧)。只要把钟还给我们,我以神学院的名义送您一份乌提诺⑧讲经的演说词。Vultis eti-

---

① 菲洛多米,照希腊文的意思是:操刀能手。
② 冀姆纳斯特,照希腊文的意思是:身体强壮,孔武有力。
③ 作者有意在约诺土斯的谈话里,夹杂着许多咳嗽的声音,并不是因为说话人年纪大,而是讽刺发言者的坏习惯。布道师奥利维·玛雅尔是当时最善于运用咳嗽的人,他认为咳嗽可以增加言辞的魅力和分量,因此在他的演讲稿里,何处该咳嗽,咳嗽几声,都有注明。
④ 这位神学大师在发言里夹杂许多走了样的拉丁文(作者有意讽刺当时神学家说话时法文里夹杂拉丁文的坏习惯,像 mna dies,照规矩应该是 Bona dies),为了阅读方便,把中文注释括在引号内,不再另外加注。
⑤ 卡奥:法国洛特省省会,伦敦是一村名。
⑥ "畔":法国南部长度名,每"畔"约等于二十四厘米。
⑦ 见《新约·路加福音》第二十章第二十五节。
⑧ 雷奥纳狄·马太·德·乌提诺:本笃会名宣教家,他的演讲词当时流传甚广。

am pardonos(您需要宽赦么)? Per diem,vos habebitis et nihil poyabitis(看在天主份上,全给你们,而且不用花钱)。

"啊,Domine,先生,clochidonnaminor nobis(把钟还给我们吧)!Dea,est bonum urbis(说实话,这是我们全城的财富)。人人都需要它。如果说您的马戴上很好,我们的神学院有它也不错,que comparata est jumentis insipientibus et similis facta esteis,psalmo nescio quo……(我们的学院"就如死亡的畜类一样",这是哪一篇《诗篇》,我已经不清楚了①)。不过,我是忠实地记录下来的,et est unum bonum Achilles(称得起是阿基勒斯式的论证②)。嗯!嗯!嗯哼!阿嚏!

"单单这一点,就足以证明您应该把钟还给我们。Ego sic argumentor(我这里还有理由):

"Omnis clocha clochabliis, in clocherio, clochansciochativo clochare facit clochabiliter clochantes. Parisius habet clochas. Ergo gluc.(凡是可以撞的钟,都是钟楼上的钟,钟为撞也,钟撞起来是谓撞钟。巴黎之所以有钟也,原因在此。)

"哈,哈,哈,说得不错!这是 in tertio prime(三段论法第一个阶段的第三格),见达里乌斯作品,或者别处。凭我的灵魂说话,我当年也曾雄辩一时,神鬼折服,现在是迷迷糊糊,有如做梦,今后只需好酒、好床,背后有火炉,胸前有饭桌,还有一个深大的碗就行了。

"咳,Domine,我 in nomine Patris et Filii et Spiritus Sancti,amen(以圣父、圣子及圣灵之名,阿门)求您,把钟还给我们吧,愿天主保佑您平安,圣母保佑您生病③,qui vivit et regnat peromnia seculorum,amen(世世无穷,直到永远,阿门)。嗯哼!阿嚏!啊哈!哦喝!

"Verum enim vero,quando quidem,dubio procul,edepol,quoniam,ita certe,meus Deus fidus(定而不可移的,当然,毫无疑问,基于波吕克斯的论点,因此,的的确确,天主在上不容瞎说),一个没有钟的城市,等于一个瞎子没有拐杖,一头驴没有缰绳,一头奶牛没有铃铛。我们要不停止地跟着您叫,像失掉拐杖的瞎子、没有缰绳的驴、不戴铃铛的奶牛,直到您把钟还给我们为止。

"本城医院旁边住着一位拉丁学家,有一次他引证达彭奴斯——不是,我说错了,是那位在俗诗人彭达奴斯④——的权威名言,说他巴不得钟都是用羽毛做的,钟锤都是狐狸的尾巴才好,因为在他寻韵觅句的时候,撞钟的声音会把他的脑汁搅乱⑤。但是,当叮当,当叮当,他终于被认为是异端邪说。我们对付这样的人,简直像揣蜡⑥。特此供述如上⑦。Valete et plaudite(祝你们健康,请鼓掌⑧)。Calepinus recensui(卡勒比诺校订⑨)

---

① 见《旧约·诗篇》第四十九篇第二十节。
② 阿基勒斯式的论证,即权威的、无可争辩的论证。
③ 他想说圣母保佑您不生病。
④ 彭达奴斯(1426—1503):意大利人文主义诗人。
⑤ 彭达奴斯不喜欢钟声,但是没有说过这类话。
⑥ 要他成什么样子就成什么样子。
⑦ 打官司状子里拾来的一句话。
⑧ 拉丁文喜剧末尾的一句话。
⑨ 卡勒比诺:15 世纪意大利一位教士,曾编著拉丁词典,这里作者故意使约诺士斯吹嘘自己的话句句有来历。

第二十一章

　　这样度过了头几天,并把大钟归还原处之后,巴黎市民感激高康大的慷慨,提议替他照料并饲养那匹牝马,随便养到什么时候都行,高康大很乐意地接受了,于是那匹马便被送到比爱尔树林,我想现在早已不在那里了。

　　……

(选自成钰亭译《巨人传》。上海译文出版社 1981 年版)

作品内容提问

1. 在《作者前言》中,作家开篇就指出这部小说是给什么人看的?
2. "对于我的言行,你们可要往最完善的方面去解释"这句话是什么意思?
3. 小说中交代"包斯"这个地名是怎么来的?
4. 高康大拿走钟楼里的大钟想要干什么?
5. 教会最后选定去要钟的是个什么人?他说话有什么风格?

导读

　　弗朗索瓦·拉伯雷(1494—1553)是欧洲文艺复兴时期法国重要的人文主义作家之一。他出身于律师家庭,在父亲的庄园里度过了自由自在快乐幸福的童年。最初受僧侣教育,但在僧院里已开始研读古希腊文学和哲学。后到法国各地游学,有机会接近人文主义者和广大的人民群众。他热爱科学,对数理、医药、考古、天文、植物等都有所钻研。1530 年后在里昂行医,是法国最早研究解剖学的医生之一。他不仅用医药减轻病人的痛苦,还写些故事供他们消遣。长篇小说《巨人传》共五部,创作前后经历了 20 年的时间,1532 年后陆续出版。《巨人传》出版后风靡一时,两个月内的销售数额超过了《圣经》九年销售数的总和。但此书却被巴黎大学和法院宣布为禁书,拉伯雷先后到意大利等地躲避。直至 1550 年才获准回到法国。回国后,拉伯雷担任了宗教职务,业余时间为穷人治病。后又去学校教书。1553 年 4 月 9 日,拉伯雷在巴黎去世,临终时他笑着说:"拉幕吧,戏做完了。"

　　《巨人传》中的巨人故事表面看起来荒诞离奇,但作者却用这种特殊的方式广泛而深刻地反映了 16 世纪法国社会生活的各个方面,有强烈的现实影射和讽喻意味。第一,父子两代巨人代表文艺复兴时期的"巨人"形象,小说通过对他们的描写,歌颂人的自身力量,肯定人的欲望与追求的合理性。小说中的巨人,出身非凡,躯体庞大,体能超常,尤其是食欲旺盛,食量惊人。他们贪吃贪喝,无时无刻不在渴望着珍馐美食、琼浆玉液;似乎也有无穷大的胃口,从来没有填饱的时候。拉伯雷对巨人外形、力量和生理欲望极度夸张的描写,实质上是把人塑造成追求感官欲望满足的异教自然之神,这是对基督教上帝权威的挑战,是对基督教禁欲主义和原罪思想的挑战,反映了人文主义者对人力量的自信,对现世幸福生活的肯定。第二,小说还揭露教会统治下的黑暗现实,表现出了鲜明的反教会倾向。天主教会是拉伯雷攻击最为用力的对象,各个阶层的神职人员,各种宗教仪式,甚至宗教活动场所和器物,都受到辛辣的讽刺,使其神圣性荡然无存,暴露出其逐利、残暴、虚假的本质。在16世纪宗教改革大潮中,拉伯雷对以罗马教皇为中心的欧洲天主教会反动势力的揭露和批判,反映了时代的进步要求。第三,对封建法律制度和司法机构的无情嘲讽。在从中世纪神权统治向近代资本主义社会过渡时期的法国,法律制度和司法机构在很大程度上还是神权的延伸和王权的仆从,毫无独立性可言。由此造成的严重弊端之一,是法律条款经文化、教条化,叠床架屋,脱离现实生活,且往往相互龃龉、矛盾,使司法低效,也给腐败以可乘之机。如《巨人传》有多处对缠讼和司法拖延的描写,显示出了极强的批判性。第四,《巨人传》也有很多篇幅揭示了城市市民阶层的无聊、愚昧和保守落后等特征。在艺术上,《巨人传》采用滑稽夸张和象征、寓意等写法写成,既是当时现实生活的真实写照,同时又包含着大量夸张、幻想成分,情节离奇古怪,荒诞不稽。作品使用了民间百姓喜欢的诙谐、粗俗的语言,但表现的则是严肃、深刻的内容。恰恰以这样的艺术风格,客观地显示了16世纪文艺复兴时期的法国现实。

"作者前言"是《巨人传》这部小说构成的重要要素之一,主要表现了作者的创作主张。这个开篇也是一篇公开申明市民审美情趣,表达市民美学主张的宣言,显示了欧洲文学将面向市民开启的发展趋势。小说作者在这篇序言中主要表达了两个思想:一是本书是写给下层大众的,不是写给王公贵族、少爷小姐们的。这样,就在文学史上第一次明确地把写作的目的放在了普通老百姓身上,反映了文学面对对象的根本性转变。第二,这篇序言也告诉人们,这是一部在荒唐粗俗的外表下蕴含着真理的作品,是与人民群众的粗鄙的语言中蕴含着深刻的智慧完全一样的。诚如作者所说:"我可以肯定你们读过之后会更明智、更勇敢;因为你们将感受到独特的风味和深奥的道理。不管是有关宗教,还是政治形势和经济生活,我的书都会向你们显示出极其高深的神圣哲理和惊人的奥妙。"

第一卷第十六至十九章选文主要攻击的是法国市民的庸俗无聊和天主教会的虚伪无耻。高康大撒尿前后情节的描写,主要暴露的是巴黎市民的无聊情态;而高康大一时兴起,把圣母院塔楼上的大钟摘下来挂在马脖子上当铃铛,这是对教会圣物的公然调笑和戏弄。神学院派神学士约诺土斯大师前来讨要大钟,他虽然身穿最正典的神学袍,肚子里填满了最精心烘焙的面包,灌满了神学院地窖里最醉人的陈年佳酿,外表道貌岸然,实则是酒囊饭袋。而他说的那种繁琐、啰唆的话语,讽刺了教会语言的空洞无物,不知所云。这些选文也突出地显示了拉伯雷用粗俗的语言、滑稽突梯的情节、夸张讽刺的手法反映现实重大问题的艺术特征,表现了当时人民大众的审美情趣。

7 莎士比亚《哈姆莱特》(节选)

《哈姆莱特》是一部五幕悲剧。故事讲述了正在德国威登堡大学读书的丹麦王子哈姆莱特回国为父奔丧,却发现叔父克劳狄斯已经登基成为新王,并与母亲结婚。一天夜里,父亲的鬼魂出现,告诉哈姆莱特自己是被克劳狄斯毒死的,并要求儿子复仇。哈姆莱特震惊悲痛,发誓复仇,同时决定在采取行动前用装疯迷惑对手,保护自己。克劳狄斯不断派人试探,都被哈姆莱特识破。哈姆莱特用戏中戏证实了鬼魂的话,但在克劳狄斯祈祷时却没有动手;一次,他在与母亲谈话时,将偷听的大臣波洛涅斯当成克劳狄斯误杀。克劳狄斯派哈姆莱特出使英国,准备假英国国王之手除掉他,结果,奸计被哈姆莱特识破。此时,哈姆莱特的情人奥菲利娅因种种变故,精神受打击失常,溺水身亡。克劳狄斯一计不成,又挑起波洛涅斯的儿子、奥菲利娅的哥哥雷欧提斯对哈姆莱特的仇恨,怂恿他们决斗,并在剑上涂毒,酒里下药,要置哈姆莱特于死地。最后哈姆莱特被雷欧提斯的毒剑刺中;雷欧提斯也被毒剑所伤致死,王后则误喝毒酒而死。哈姆莱特临死前,将奸王克劳狄斯刺死。

第三幕
第一场　城堡中一室

〔国王、王后、波洛涅斯、奥菲利娅、罗森格兰兹及吉尔登斯吞上。

国　　王　你们不能用迂回婉转的方法,探出他为什么这样神魂颠倒,让紊乱而危险的疯狂困扰他的安静的生活吗?
罗森格兰兹　他承认他自己有些神经迷惘,可是绝口不肯说为了什么缘故。
吉尔登斯吞　他也不肯虚心接受我们的探问;当我们想要引导他吐露他自己的一些真相的时候,他总是用假作痴呆的神气故意回避。
王　　后　他对待你们还客气吗?
罗森格兰兹　很有礼貌。
吉尔登斯吞　可是不大自然。
罗森格兰兹　他很吝惜自己的话,可是我们问他话的时候,他回答起来却是毫无拘束。
王　　后　你们有没有劝诱他找些什么消遣?
罗森格兰兹　娘娘,我们来的时候,刚巧有一班戏子也要到这儿来,给我们赶过了;我们把这消息告诉了他,他听了好像很高兴。现在他们已经到了宫里,我想他已经吩咐他们今晚为他演出了。

波洛涅斯　一点不错;他还叫我来请两位陛下同去看看他们演得怎样哩。

国　　王　那好极了,我非常高兴听见他在这方面感到兴趣。请你们两位还要更进一步鼓起他的兴味,把他的心思移转到这种娱乐上面。

罗森格兰兹　是,陛下。(罗森格兰兹与吉尔登斯吞同下)

国　　王　亲爱的乔特鲁德,你也暂时离开我们;因为我们已经暗中差人去唤哈姆莱特到这儿来,让他和奥菲利娅见见面,就像他们偶然相遇一般。她的父亲跟我两人将要权充一下密探,躲在可以看见他们,却不能被他们看见的地方,注意他们会面的情形,从他的行为上判断他的疯病究竟是不是因为恋爱上的苦闷。

王　　后　我愿意服从您的意旨。奥菲利娅,但愿你的美貌果然是哈姆莱特疯狂的原因;更愿你的美德能够帮助他恢复原状,使你们两人都能安享尊荣。

奥菲利娅　娘娘,但愿如此。(王后下)

波洛涅斯　奥菲利娅,你在这儿走走。陛下,我们就去躲起来吧。(向奥菲利娅)你拿这本书去读,他看见你这样用功,就不会疑心你为什么一个人在这儿了。人们往往用至诚的外表和虔敬的行动,掩饰一颗魔鬼般的内心,这样的例子是太多了。

国　　王　(旁白)啊,这句话是太真实了!它在我的良心上抽了多么重的一鞭!涂脂抹粉的娼妇的脸,还不及掩藏在虚伪的言辞后面的我的行为更丑恶。难堪的重负啊!

波洛涅斯　我听到他来了,我们退下去吧,陛下。(国王与波洛涅斯下)

[哈姆莱特上。

哈姆莱特　生存还是毁灭,这是一个值得考虑的问题;默然忍受命运的暴虐的毒箭,或是挺身反抗人世的无涯的苦难,通过斗争把它们扫清,这两种行为,哪一种更高贵?死了;睡着了;什么都完了;要是在这一种睡眠之中,我们心头的创痛,以及其他无数血肉之躯所不能避免的打击,都可以从此消失,那正是我们求之不得的结局。死了;睡着了;睡着了也许还会做梦;嗯,阻碍就在这儿:因为当我们摆脱了这一具朽腐的皮囊以后,在那死的睡眠里,究竟将要做些什么梦,那不能不使我们踌躇顾虑。人们甘心久困于患难之中,也就是为了这个缘故;谁愿意忍受人世的鞭挞和讥嘲、压迫者的凌辱、傲慢者的冷眼、被轻蔑的爱情的惨痛、法律的迁延、官吏的横暴和费尽辛勤所换来的小人的鄙视,要是他只要用一柄小小的刀子,就可以清算他自己的一生?谁愿意负着这样的重担,在烦劳的生命的压迫下呻吟流汗,倘不是因为惧怕不可知的死后,惧怕那从来不曾有一个旅人回来过的神秘之国,是它迷惑了我们的意志,使我们宁愿忍受目前的折磨,不敢向我们所不知道的痛苦飞去?这样,重重的顾虑使我们全变成了懦夫,决心的赤热的光彩,被审慎的思维盖上了一层灰色,伟大的事业在这一种考虑之下,也会逆流而退,失去了行动的意义。且慢!美丽的奥菲利娅！——女神，在你的祈祷之中，不要忘记替我忏悔我的罪孽。

奥 菲 利 娅　我的好殿下，您这许多天来贵体安好吗？

哈 姆 莱 特　谢谢你，很好，很好，很好。

奥 菲 利 娅　殿下，我有几件您送给我的纪念品，我早就想把它们还给您；请您现在收回去吧。

哈 姆 莱 特　不，我不要；我从来没有给你什么东西。

奥 菲 利 娅　殿下，我记得很清楚您把它们送给了我，那时候您还向我说了许多甜言蜜语，使这些东西格外显得贵重；现在它们的芳香已经消散，请您拿回去吧，因为在有骨气的人看来，送礼的人要是变了心，礼物虽贵，也会失去了价值。拿去吧，殿下。

哈 姆 莱 特　哈哈！你贞洁吗？

奥 菲 利 娅　殿下！

哈 姆 莱 特　你美丽吗？

奥 菲 利 娅　殿下是什么意思？

哈 姆 莱 特　要是你既贞洁又美丽，那么你的贞洁应该断绝跟你的美丽来往。

奥 菲 利 娅　殿下，难道美丽除了贞洁以外，还有什么更好的伴侣吗？

哈 姆 莱 特　嗯，真的；因为美丽可以使贞洁变成淫荡，贞洁却未必能使美丽受它自己的感化；这句话从前像是怪诞之谈，可是现在时间已经把它证实了。我的确曾经爱过你。

奥 菲 利 娅　真的，殿下，您曾经使我相信您爱我。

哈 姆 莱 特　你当初就不应该相信我，因为美德不能熏陶我们罪恶的本性；我没有爱过你。

奥 菲 利 娅　那么我真是受了骗了。

哈 姆 莱 特　进尼姑庵去吧；为什么你要生一群罪人出来呢？我自己还不算是一个顶坏的人；可是我可以指出我的许多过失，一个人有了那些过失，他的母亲还是不要生下他来的好。我很骄傲，有仇必报，富于野心，我的罪恶是那么多，连我的思想也容纳不下，我的想象也不能给它们形象，甚至于我都没有充分的时间可以把它们实行出来。像我这样的家伙，匍匐于天地之间，有什么用处呢？我们都是些十足的坏人；一个也不要相信我们。进尼姑庵去吧。你的父亲呢？

奥 菲 利 娅　在家里，殿下。

哈 姆 莱 特　把他关起来，让他只好在家里发发傻劲。再会！

奥 菲 利 娅　嗳哟，天哪！救救他！

哈 姆 莱 特　要是你一定要嫁人，我就把这一个诅咒送给你做嫁妆：尽管你像冰一样坚贞，像雪一样纯洁，你还是逃不过馋人的诽谤。进尼姑庵去吧，去；再会！或者要是你必须嫁人的话，就嫁给一个傻瓜吧；因为聪明人都明白你们会叫他们变成怎样的怪物。进尼姑庵去吧，去；越快越好。再会！

奥 菲 利 娅　天上的神明啊，让他清醒过来吧！

哈 姆 莱 特　我也知道你们会怎样涂脂抹粉；上帝给了你们一张脸，你们又替自己另外造了一张。你们烟视媚行，淫声浪气，替上帝造下的生物乱取名字，卖弄你们不懂事的风骚。算了吧,我再也不敢领教了;它已经使我发了狂。我说,我们以后再不要结什么婚了;已经结过婚的,除了一个人以外,都可以让他们活下去;没有结婚的不准再结婚,进尼姑庵去吧,去。(下)

奥菲利娅　啊,一颗多么高贵的心就这样陨落了!朝臣的眼睛、学者的辩舌、军人的利剑、国家所瞩望的一朵娇花;时流的明镜,人伦的雅范,举世瞩目的中心,这样无可挽回地陨落了!我是一切妇女中间最伤心而不幸的,我曾经从他音乐一般的盟誓中吮吸芬芳的甘蜜,现在却眼看着他的高贵无上的理智,像一串美妙的银铃失去了谐和的音调,无比的青春美貌,在疯狂中凋谢!啊!我好苦,谁料过去的繁华,变作今朝的泥土!

〔国王及波洛涅斯重上。

国　　王　恋爱!他的精神错乱不像是为了恋爱;他说的话虽然有些颠倒,也不像是疯狂。他有些什么心事盘踞在他的灵魂里,我怕它也许会产生危险的结果。为了防止万一,我已经当机立断,决定了一个办法:他必须立刻到英国去,向他们追索延宕未纳的贡物;也许他到海外各国游历一趟以后,时时变换的环境,可以替他排解去这一桩使他神思恍惚的心事。你看怎么样?

波洛涅斯　那很好,可是我相信他的烦闷的根本原因,还是为了恋爱上的失意。啊,奥菲利娅!你不用告诉我们哈姆莱特殿下说了些什么话;我们全都听见了。陛下,照您的意思办吧;可是您要是认为可以的话,不妨在戏剧终场以后,让他的母后独自一人跟他在一起,恳求他向她吐露他的心事;她必须很坦白地跟他谈谈,我就找一个所在听他们说些什么。要是她也探听不出他的秘密来,您就叫他到英国去,或者凭着您的高见,把他关禁在一个适当的地方。

国　　王　就这样吧;大人物的疯狂是不能听其自然的。(同下)

第五幕
第二场　城堡中的厅堂

〔哈姆莱特及霍拉旭上。

哈姆莱特　这个题目已经讲完,现在我可以让你知道另外一段事情。你还记得当初的一切经过情形吗?

霍拉旭　记得,殿下!

哈姆莱特　当时在我的心里有一种战争,使我不能睡眠;我觉得我的处境比套在脚镣里的叛变的水手还要难堪。我就鲁莽行事。——结果倒鲁莽对了,我们应该承认,有时候一时孟浪,往往反而可以做出一些为我们的深谋密虑所做不成功的事;从这一点上,我们可以看出来,无论我们怎样辛苦图谋,我们的结果却早已有一种冥冥中的力量把它布置好了。

霍拉旭　那是无可置疑的。

哈姆莱特	我从舱里起来,把一件航海的宽衣罩在我的身上,在黑暗之中摸索着找寻那封公文,果然给我达到目的,摸到了他们的包裹;我拿着它回到我自己的地方,疑心使我忘记了礼貌,我大胆地拆开了他们的公文,在那里面,霍拉旭——啊,堂皇的诡计!——我发现一道严厉的命令,借了许多好听的理由为名,说是为了丹麦和英国双方的利益,决不能让我这个险恶的人逃脱,接到公文之后,必须不等磨好利斧,立即砍下我的首级。
霍 拉 旭	有这等事?
哈姆莱特	这一封就是原大的国书;你有空的时候可以仔细读一下。可是你愿意听我告诉你后来我怎么办的吗?
霍 拉 旭	请您告诉我。
哈姆莱特	在这样重重诡计的包围之中,我的脑筋不等我定下心来思索,就开始活动起来;我坐下来另外写一通书,字迹清清楚楚。从前我曾经抱着跟我们那些政治家们同样的意见,认为字体端正是一件有失体面的事,总是想竭力忘记这一种技能,可是现在它却对我有了大大的用处。你知道我写些什么话吗?
霍 拉 旭	嗯,殿下。
哈姆莱特	我假借国王之名,向英王提出恳切的要求,因为英国是他忠心的藩属,因为两国之间的友谊,必须让它像棕榈树一样繁荣繁茂,因为和平的女神必须永远戴着她的荣冠,沟通彼此的感情,以及许许多多诸如此类的重要的理由,请他在读完这一封信以后,不要有任何的迟延,立刻把那两个传书的来使处死,不让他们有从容忏悔的时间。
霍 拉 旭	可是国书上没有盖印,那怎么办呢?
哈姆莱特	啊,就在这件事上,也可以看出一切都是上天预先注定。我的衣袋里恰巧藏着我父亲的私印,它跟丹麦的国玺是一个式样的;我把伪造的国书照着原来的样子折好,签上名字,盖上印玺,把它小心封好,归还原处,一点没有露出破绽。下一天就遇到了海盗,那以后的情形,你早已知道。
霍 拉 旭	这样说来,吉尔登斯吞和罗森格兰兹是去送死的了。
哈姆莱特	哎,朋友,他们本来是自己要求这件差使的;我在良心上没有对不起他们的地方,是他们自己的阿谀献媚断送了他们自己的性命。两个强敌猛烈争斗的时候,不自量力的微弱之辈,却去插身在他们的刀剑中间,这样的事情是最危险不过的。
霍 拉 旭	想不到竟是这样一个国王!
哈姆莱特	你想,我是不是应该——他杀死了我的父王,奸污了我的母亲,篡夺了我的嗣位的权利,用这种诡计谋害我的生命,凭良心说我是不是应该亲手向他复仇雪恨?如果我不去剪除这一个戕害天性的蠹贼,让他继续为非作恶,岂不是该受天谴吗?
霍 拉 旭	他不久就会从英国得到消息,知道这一回事情产生了怎样的结果。
哈姆莱特	时间虽然很短促,可是,我已经抓住眼前这一刻工夫;一个人的生命可以在说一个"一"字的一刹那之间了结。可是我很后悔,好霍拉旭,不该在雷欧提斯面前失去了自制;因为他所遭遇的惨痛,正是我自己的怨愤的影子。我要取得他的好感。可是他倘不是那样夸大他的悲哀,我也绝不会动起那么大的火性来的。

霍 拉 旭　不要作声,谁来了?

〔奥斯里克上。

奥斯里克　殿下,欢迎您回到丹麦来!
哈姆莱特　谢谢您,先生。(向霍拉旭旁白)你认识这只水苍蝇吗?
霍 拉 旭　(向哈姆莱特旁白)不,殿下。
哈姆莱特　(向霍拉旭旁白)那是你的运气,因为认识他是一件丢脸的事。他有许多肥田美壤;一头畜生要是作了一群畜生的主子,就有资格把食槽搬到国王的席上来了。他"咯咯"叫起来简直没个完,可是——我方才也说了——他拥有大批粪土。
奥斯里克　殿下,您要是有空的话,我奉陛下之命,要来告诉您一件事情。
哈姆莱特　先生,我愿意恭聆大教。您的帽子是应该戴在头上的,您还是戴上去吧。
奥斯里克　谢谢殿下,天气真热。
哈姆莱特　不,相信我,天冷得很,在刮北风呢。
奥斯里克　真的有点冷,殿下。
哈姆莱特　可是对于像我这样的体质,我觉得这一种天气却是闷热得厉害。
奥斯里克　对了,殿下;真是说不出来的闷热。可是,殿下,陛下叫我来通知您一声,他已经为您下了一个很大的赌注了。殿下,事情是这样的——
哈姆莱特　请您不要这样多礼。(促奥斯里克戴上帽子。)
奥斯里克　不,殿下,我还是这样舒服些,真的。殿下,雷欧提斯新近到我们的宫廷里来;相信我,他是一位完善的绅士,充满着最卓越的特点,他的态度非常温雅,他的仪表非常英俊;说一句发自衷心的话,他是上流社会的指南针,因为在他身上可以找到一个绅士的所应有的品质的总汇。
哈姆莱特　先生,他对于您这一番描写,的确可以当之无愧;虽然我知道,要是把他的好处一件一件列举出来,不但我们的记忆将要因此而淆乱,交不出一篇正确的账目来,而且他这一艘满帆的快船,也绝不是我们失舵之舟所能追及;可是,凭着真诚的赞美而言,我认为他是一个才德优异的人,他的高超的禀赋是那样稀有而罕见,说一句真心的话,除了在他的镜子里以外,再也找不到第二个跟他同样的人,纷纷追踪求迹之辈,不过是他的影子而已。
奥斯里克　殿下把他说得一点儿也不错。
哈姆莱特　但此话之用意是何在?为什么我们要用尘俗的呼吸,嘘在这位绅士的身上呢?
奥斯里克　殿下?
霍 拉 旭　自己所用的语言,到了别人的嘴里,就听不懂了吗?早晚你会懂的,先生。
哈姆莱特　您向我提起这位绅士的名字,是什么意思?
奥斯里克　雷欧提斯吗?
霍 拉 旭　他的嘴里已经变得空空洞洞,因为他的那些好听话都说完了。
哈姆莱特　正是雷欧提斯。
奥斯里克　我知道您不是不明白——
哈姆莱特　您真能知道我这人不是不明白,那倒很好;可是,说老实话,即使你知道我是明白人，对我也不是什么光彩的事。好，您怎么说？
奥斯里克　我是说，您不是不明白雷欧提斯有些什么特长——
哈姆莱特　那我可不敢说，因为也许人家会疑心我有意跟他比拼高下；可是要知道一个人的底细，应该先知道他自己。
奥斯里克　殿下，我的意思是说他的武艺；人家都称赞他的本领一时无两。
哈姆莱特　他会使用些什么武器？
奥斯里克　长剑和短刀。
哈姆莱特　他会使用这两种武器吗？很好。
奥斯里克　殿下，王上已经用六匹巴巴里的骏马跟他打赌；在他的一方面，照我所知道的，押的是六柄法国的宝剑和好刀，连同一切鞘带钩子之类的附件，其中有三柄的挂机尤其珍奇可爱，跟剑柄配合得非常合式，式样非常精致，花纹非常富丽。
哈姆莱特　您所说的挂机是什么东西？
霍拉旭　我知道您要听懂他的话，非得翻查一下注解不可。
奥斯里克　殿下，挂机就是钩子。
哈姆莱特　要是我们腰间挂着大炮，用这个名词还合适；在那一天没有到来之前，我看还是就叫它钩子吧。好，说下去；六匹巴巴里骏马对六柄法国宝剑，附件在内，外加三个花纹富丽的挂机；法国产品对丹麦产品。可是，用你的话来说，这样"押"是为了什么呢？
奥斯里克　殿下，国王跟他打赌，要是你们两人交起手来，在十二个回合之中，他至多不过多赢您三招；可是他却觉得他可以稳赢九个回合。殿下要是答应的话，马上就可以试一试。
哈姆莱特　要是我回答个"不"字呢？
奥斯里克　殿下，我的意思是说，您答应跟他当面比较高低。
哈姆莱特　先生，我还要在这厅堂里散散步。您去回陛下说，现在是我一天之中休息的时间。叫他们把比赛用的钝剑预备好了，要是这位绅士愿意，王上也不改变他的意见的话，我愿意尽力为他博取一次胜利；万一不幸失败，那我也不过丢了一次脸，给他多剁了两下。
奥斯里克　我就照这样去回话吗？
哈姆莱特　您就照这个意思去说，随便您再加上一些什么新颖辞藻都行。
奥斯里克　我保证为殿下效劳。
哈姆莱特　不敢，不敢。（奥斯里克下）多亏他自己保证，别人谁也不会替他张口的。
霍拉旭　这一只小鸭子顶着壳儿逃走了。
哈姆莱特　他在母亲怀抱里的时候，也要先把他母亲的奶头恭维几句，然后吮吸。像他这一类靠着一些繁文缛礼撑撑场面的家伙，正是愚妄的世人所醉心的；他们的浅薄的牙慧使傻瓜和聪明人同样受他们的欺骗，可是一经试验，他们的水泡就爆破了。

〔一贵族上。

贵　　族　殿下，陛下刚才叫奥斯里克来向您传话，知道您在这儿厅上等候他的旨意；他叫

	我再来问您一声,您是不是仍旧愿意跟雷欧提斯比剑,还是慢慢再说。
哈姆莱特	我没有改变我的初心,一切服从王上的旨意。现在也好,无论什么时候都好,只要他方便,我总是随时准备着,除非我丧失了现在所有的力气。
贵　族	王上、娘娘跟其他的人都要到这儿来了。
哈姆莱特	他们来得正好。
贵　族	娘娘请您在开始比赛以前,对雷欧提斯客气几句。
哈姆莱特	我愿意服从她的教诲。(贵族下。)
霍拉旭	殿下,您在这一回打赌中间,多半要失败的。
哈姆莱特	我想我不会失败。自从他到法国去以后,我练习得很勤;我一定可以把他打败。可是你不知道我的心里是多么的不舒服;那也不用说了。
霍拉旭	啊,我的好殿下——
哈姆莱特	那不过是一种傻气的心理;可是一个女人也许会因为这种莫名其妙的疑虑而惶惑。
霍拉旭	要是您心里不愿意做一件事,那么就不要做吧。我可以去通知他们不用到这来,说您现在不能比赛。
哈姆莱特	不,我们不要害怕什么预兆;一只雀子的死生,都是命运预先注定的。注定在今天,就不会是明天;不是明天,就是今天;逃过了今天,明天还是逃不了,随时准备着就是了。一个人既然在离开世界的时候,只能一无所有,那么早早脱身而去,不是更好吗?随它去。

〔国王、王后、雷欧提斯、众贵族、奥斯里克及侍从等持钝剑等上。

国　王	来,哈姆莱特,来,让我替你们两人和解和解(牵雷欧提斯、哈姆莱特二人手使相握)。
哈姆莱特	原谅我,雷欧提斯。我得罪了你,可是你是个堂堂男子,请你原谅我吧。这儿在场的众人都知道,你也一定听见人家说起,我是怎样被疯狂害苦了。凡是我的所作所为,足以伤害你的感情和荣誉、激起你的愤怒来的,我现在声明都是我在疯狂中犯下的过失。难道哈姆莱特会做对不起雷欧提斯的事吗?哈姆莱特决不会做这种事。要是哈姆莱特在丧失他自己的心神的时候,做了对不起雷欧提斯的事,那样的事不是哈姆莱特做的,哈姆莱特不能承认。那么是谁做的呢?是他的疯狂。既然是这样,那么哈姆莱特也是属于受害的一方,他的疯狂是可怜的哈姆莱特的敌人。当着在座众人之面,我承认我在无心中射出的箭,误伤了我的兄弟;我现在要向他请求大度包涵,宽恕我的不是出于故意的罪恶。
雷欧提斯	按理讲,对这件事情,我的感情应该是激动我的复仇的主要力量,现在我在感情上总算满意了;但是另外还有荣誉这一关,除非有什么为众人所敬仰的长者,告诉我可以跟你捐除夙怨,指出这样的事是有前例可援的,不至于损害我的名誉,那时我才可以跟你言归于好。目前我且先接受你友好的表示,并且保证决不会辜负你的盛情。
哈姆莱特	我绝对信任你的诚意,愿意奉陪你举行这一次友谊的比赛。把钝剑给我们。来。

雷欧提斯　来,给我一柄。
哈姆莱特　雷欧提斯,我的剑术荒疏已久,只能给你帮场;正像最黑暗的夜里一颗吐耀的明星一般,彼此相形之下,一定更显得你的本领的高强。
雷欧提斯　殿下不要取笑。
哈姆莱特　不,我可以举手起誓,这不是取笑。
国　　王　奥斯里克,把钝剑分给他们。哈姆莱特侄儿,你知道我们怎样打赌吗?
哈姆莱特　我知道,陛下;您把赌注下在实力较弱的一方了。
国　　王　我想我的判断不会有错。你们两人的技术我都领教过;但是后来他又有了进步,所以才规定他必须多赢几招。
雷欧提斯　这一柄太重了;换一柄给我。
哈姆莱特　这一柄我很满意。这些钝剑都是同样长短的吗?
奥斯里克　是的,殿下。(二人准备比剑。)
国　　王　替我在那桌子上斟下几杯酒。要是哈姆莱特击中了第一剑或是第二剑,或者在第三次交锋的时候争得上风,让所有的碉堡上一齐鸣起炮来;国王将要饮酒慰劳哈姆莱特,他还要拿一颗比丹麦四代国王戴在王冠上的更贵重的珍珠丢在酒杯里。把杯子给我;鼓声一起,喇叭就接着吹响,通知外面的炮手,让炮声震彻天地,报告这一个消息,"现在国王为哈姆莱特祝饮了!"来,开始比赛吧;你们在场裁判的都要留心看着。
哈姆莱特　请了。
雷欧提斯　请了,殿下。(二人比剑。)
哈姆莱特　一剑。
雷欧提斯　不,没有击中。
哈姆莱特　请裁判员公断。
奥斯里克　中了,很明显的一剑。
雷欧提斯　好,再来!
国　　王　且慢;拿酒来。哈姆莱特,这一颗珍珠是你的;祝你健康!把这一杯酒给他。(喇叭齐奏。内鸣炮。)
哈姆莱特　让我先赛完这一局;暂时把它放在一边。来。(二人比剑)又是一剑;你怎么说?
雷欧提斯　我承认给你碰着了。
国　　王　我们的孩子一定会胜利。
王　　后　他身体太胖,有些喘不过气来。来,哈姆莱特,把我的手巾拿去,揩干你额上的汗。王后为你饮下这一杯酒,祝你的胜利了,哈姆莱特。
哈姆莱特　好妈妈!
国　　王　乔特鲁德,不要喝。
王　　后　我要喝的;陛下,请您原谅我。
国　　王　(旁白)这一杯酒里有毒;太迟了!
哈姆莱特　母亲我现在还不敢喝酒,等会儿再喝吧。
王　　后　来,让我擦干你的脸。
雷欧提斯　陛下,现在我一定要击中他了。

国　　王　我怕你击不中他。

雷欧提斯 (旁白)可是我的良心却不赞成我干这件事。

哈姆莱特　来,该第三个回合了,雷欧提斯。你怎么一点不起劲?请你使出你全身的本领来吧;我怕你在开我的玩笑哩。

雷欧提斯　你这样说吗?来。(二人比剑。)

奥斯里克　双方打个平手。

雷欧提斯　受我这一剑!(雷欧提斯在乱中趁哈姆莱特不备,刺哈姆莱特一剑;二人在争夺中彼此手中之剑各为对方夺去,哈姆莱特以夺来之剑刺雷欧提斯,雷欧提斯亦受伤。)

国　　王　把他们扯开,他们动起火来了!

哈姆莱特　来,再试一下。(王后倒地。)

奥斯里克　唉哟,瞧王后怎么了!

霍　拉　旭　他们两人都在流血。你怎么啦,殿下?

奥斯里克　您怎么了,雷欧提斯?

雷欧提斯　唉,奥斯里克,正像一只自投罗网的山鹬,我用诡计害人,反而害了自己,这也是我应得的报应。

哈姆莱特　王后怎么啦?

国　　王　她看见他们流血,昏过去了。

王　　后　不,不,那杯酒,那杯酒——啊,我亲爱的哈姆莱特!那杯酒,那杯酒;我中毒了。(死。)

哈姆莱特　啊,奸恶的阴谋!喂!把门锁上!阴谋!查出来是哪一个人干的。(雷欧提斯倒地。)

雷欧提斯　凶手就在这儿,哈姆莱特。哈姆莱特,你已经不能活命了;世上没有一种药可以救治你,不到半小时,你就要死去。那杀人的凶器就在你的手里,它的锋利的刃上还涂着毒药。这奸恶的诡计已经回转来害了我自己;瞧!我躺在这儿,再也不会站起来了。你的母亲也中了毒。我说不下去了。国王——国王——都是他一个人的罪恶。

哈姆莱特　锋利的刃上还涂着毒药!——好,毒药,发挥你的力量吧!(刺国王。)

众　　人　反了!反了!

国　　王　啊!帮帮我,朋友们;我不过受了点伤。

哈姆莱特　好,你这败坏伦常、嗜杀贪淫、万恶不赦的丹麦奸王!喝干了这杯毒药——你那颗珍珠是在这儿吗?——跟我的母亲一道去吧!(国王死。)

雷欧提斯　他死得应该;这毒药是他亲手调下的。尊贵的哈姆莱特,让我们互相宽恕;我不怪你杀死我和我的父亲,你也不要怪我杀死你!(死。)

哈姆莱特　愿上天赦免你的错误!我也跟着你来了。我死了,霍拉旭。不幸的王后,别了!你们这些看见这一幕意外的惨变而战栗失色的无言观众,倘不是因为死神的拘捕不给人片刻的停留,啊!我可以告诉你们——可是随它去吧。霍拉旭,我死了,你还活在世上;请你把我的行事的始末根由昭告世人,解除他们的疑惑。

霍　拉　旭　不,我虽然是个丹麦人,可是在精神上我却更是个古代的罗马人;这儿还留剩着一些毒药。

哈姆莱特　你是个汉子,把那个杯子给我;放手;凭着上天起誓,你必须把它给我。啊,上帝!霍拉旭,我死之后,要是世人不明白这一切事情的真相,我的名誉将要永远蒙着怎样的损伤!你倘然爱我,请你暂时牺牲一下天堂上的幸福,留在这一个冷酷的人间,替我传述我的故事吧。(内军队自远处行进及鸣炮声)这是哪儿来的战场上的声音?

奥斯里克　年轻的福丁布拉斯从波兰奏凯班师,这是他对英国来的钦使所发的礼炮。

哈姆莱特　啊!我死了,霍拉旭;猛烈的毒药已经克服了我的精神,我不能活着听见英国来的消息。可是我可以预言福丁布拉斯将被推戴为王,他已经得到我这临死之人的同意;你可以把这儿所发生的一切事实告诉他。此外仅余沉默而已。(死。)

霍　拉　旭　一颗高贵的心现在碎裂了!晚安,亲爱的王子,愿成群的天使们用歌唱抚慰你安息!——为什么鼓声越来越近了?(内军队行进声。)

〔福丁布拉斯、英国使臣及余人等上。

福丁布拉斯　这一场比赛在什么地方举行?

霍　拉　旭　你们要看些什么?要是你们想知道一些惊人的惨事,那么不用再到别处去找了。

福丁布拉斯　好一场惊心动魄的屠杀!啊,骄傲的死神!你用这样残忍的手腕,一下子杀死了这许多王裔贵胄,在你的永久的幽窟里,将要有一席多么丰美的盛筵!

英　使　甲　这一个景象太惨了。我们从英国奉命来此,本来是要回复这儿的王上,告诉他我们已经遵从他的命令,把罗森格兰兹和吉尔登斯呑两人处死;不幸我们来迟了一步,那应该听我们说话的耳朵已经没有知觉了,我们还希望从谁的嘴里得到一声感谢呢?

霍　拉　旭　即使他能够向你们开口说话,他也不会感谢你们;他从来不曾命令你们把他们处死。可是既然你们都来得这样凑巧,有的刚从波兰回来,有的刚从英国到来,恰好看见这一幕流血的惨剧,那么请你们叫人把这几个尸体抬起来放在高台上面,让大家可以看见,让我向那懵无所知的世人报告这些事情的发生经过;你们可以听到奸淫残杀、反常悖理的行为、冥冥中的判决、意外的屠戮、借手杀人的狡计,以及陷入自害的结局;这一切我都可以确确实实地告诉你们。

福丁布拉斯　让我们赶快听你说;所有最尊贵的人,都叫他们一起来吧。我在这一个国内本来也有继承王位的权利,现在国中无主,正是我要求这一个权利的机会;可是我虽然准备接受我的幸运,我的心里却充满了悲哀。

霍　拉　旭　关于那一点,我受死者的嘱托,也有一句话要说,他的意见是可以影响许多人的;可是在这人心惶惶的时候,让我还是先把这一切解释明白了,免得引起更多的不幸、阴谋和错误来。

福丁布拉斯　让四个将士把哈姆莱特像一个军人似的抬到台上,因为要是他能够践登王位,一定会成为一个贤明的君主的;为了表示对他的悲悼,我们要用军乐和战地的仪式,向他致敬。把这些尸体一起抬起来。这一种情形在战场上是不足为奇的,可是在宫廷之内,却是非常的变故。去,叫兵士放起炮来。(奏丧礼进行曲;众抬尸同下。内鸣炮。)

——剧终

(选自朱生豪译《莎士比亚全集》。人民文学出版社1978年版)

作品内容提问

1. 在第三幕第一场中出场的人物有哪几个?他们都是谁?相互之间是什么关系?
2. 在第三幕第一场中,哈姆莱特说了一段著名的台词,其中他所说的什么"是一个问题"?
3. 在第五幕第二场中,哈姆莱特向谁讲了他识破国王的奸计并从英国返回的经过?
4. 在最后和哈姆莱特比剑并使哈姆莱特中毒的人是谁?
5. 第五幕第二场故事发生的地点在什么地方?

导读

威廉·莎士比亚(1564—1616)是文艺复兴时期英国伟大的剧作家。他出生在英国艾汶河畔的斯特拉福镇。父亲是从事手套制作和销售的商人,担任过小镇的治安官和市政官等职,但后来家道中落。大约在1571—1578年之间,莎士比亚在当地的文法学校读书。1587年他去了伦敦,开始了戏剧生涯。他写的第一个剧本是历史剧《亨利六世》,上演后获得成功。1594年,莎士比亚加入著名的"御前大臣供奉剧团"。1613年,莎士比亚返回家乡斯特拉福,1616年去世。莎士比亚一生共创作了38部剧本、两首长诗、154首十四行诗以及若干首不同题材的短诗,以戏剧方面的成就最高。代表作品有历史剧《亨利四世》(上下)、《亨利五世》、《理查三世》,喜剧《仲夏夜之梦》、《威尼斯商人》、《温莎的风流娘儿们》、《皆大欢喜》、《第十二夜》,悲剧《罗密欧与朱丽叶》及合称"四大悲剧"的《哈姆莱特》、《奥赛罗》、《李尔王》、《麦克白》等。

悲剧《哈姆莱特》是莎士比亚的代表作,它通过古代丹麦王子哈姆莱特为父复仇的故事,真实反映了16世纪末17世纪初的英国社会现实,对人文主义思想进行了深刻的反思。

哈姆莱特是一个具有人文主义思想内涵的人物形象。他在文艺复兴时期人文主义和宗教改革运动的中心德国威登堡大学读书,接受了新思想的洗礼。哈姆莱特对人、对宇宙抱有美好的看法,他赞叹"人类是一件多么了不起的杰作!多么高贵的理性!多么伟大的力量!多么优美的仪表!多么文雅的举动!在行动上多么像一个天使!在智慧上多么像一个天神!宇宙的精华,万物的灵长!"把人的理性、智慧、丰仪、力量提升到神的高度和境界,这是文艺复兴时代人文主义者典型的观念。剧中的多处对白和独白也揭示了哈姆莱特人文主义爱情观、人伦观、婚姻观和对社会秩序、国家秩序的一些基本看法。哈姆莱特不仅拥有先进的思想,有复仇的能力和决心,也受民众爱戴,复仇又合乎天道正义,顺应历史潮流。但在他通过戏中戏证实了鬼魂的话后,本该迅速果断地采取行动,实际上却一再迟疑不决。究其原因,学者多将其解释为哈姆莱特的人文主义理想与现实错位引发的精神危机使然。在文艺复兴运动早期,人文主义在反对中世纪禁欲主义、蒙昧主义、来世主义,树立以人为本的价值观,解放个性等方面发挥了重大作用。但到了文艺复兴晚期,它在社会实践中带来的负面影响日益显现。如欲望的解放和天性不受约束的发展，导致私欲膨胀、道德沦丧，利己主义泛滥成灾，对正常的社会秩序和伦理造成严重冲击。莎士比亚目睹社会丕变，对人文主义思想产生了怀疑，进而开始了反思。哈姆莱特性格的延宕，也是因为他在经历了一系列人生变故之后，人文主义信念发生了动摇，从相信人性善，到认定人性恶。而正是人性认识上的这种变化，使哈姆莱特的复仇行动遭遇到巨大挑战：既然人性是邪恶的，克劳狄斯弑君篡位就不是孤立现象，而是普遍的人类罪恶的反映；替父报仇、"重整乾坤"就不只是与克劳狄斯斗争，更要与普遍的人性恶斗争，与所有人，也包括与自己的斗争。那么，杀死一个克劳狄斯就无法解决根本问题。于是，复仇的具体对象就模糊了，更严峻的人性问题摆在了他的面前。哈姆莱特试图找到一个正确的答案，因此坠入虚无之境，甚至对生命存在的意义都产生了怀疑。因此，才从一个乐观的人文主义者，变成一个怀疑的人文主义者，心绪迷惘、忧郁、焦灼，也就有了行动上的延宕。

《哈姆莱特》具有高超的情节结构艺术。哈姆莱特为父复仇是剧情主线，作者同时还安排了雷欧提斯和福丁布拉斯为父复仇这两条辅线，与主线形成对照，丰富了剧情，深化了戏剧矛盾。剧中主人公的内心斗争与外部斗争相互联动，个人抒情场面与敌我对峙交锋场面交错进行，悲剧中有喜剧场面穿插，使剧情张弛有度、跌宕起伏。《哈姆莱特》的戏剧语言十分精彩。莎士比亚善于为不同人物找到适合他们身份、年龄、性别、性格的语言，使他们的对白都充满个性。还大量采用双关、比喻、夸张等修辞技巧，使语言生动活泼，富于表现力。《哈姆莱特》的文体以无韵诗体为主，穿插以格律体和散文体，时而优雅深邃，时而粗俗和直白，加强了人物台词的表现力和深度。

本书节选的第三幕第一场中，哈姆莱特安排好戏班子的演出后，一个人独处，心绪忧郁茫然。奥菲利娅奉命前来试探哈姆莱特，哈姆莱特装疯应对，奥菲利娅信以为真，异常痛苦。波洛涅斯坚称哈姆莱特是为爱发疯，克劳狄斯却心怀鬼胎，准备假英王之手加害哈姆莱特。这一场戏最重要的内容是哈姆莱特那段"生存还是毁灭"的独白。此时的哈姆莱特已经预感到克劳狄斯就是杀父凶手，意识到自己复仇的责任重大而艰巨，甚至可能付出生命的代价；同时在一系列变故之后，他对社会人生的认识也发生了巨变，他看到这个世界远不是自己曾经以为的和谐美丽，而是充满欺骗、虚伪、奸诈和血腥。绝望和痛苦中，他想到自杀。但不论是为复仇而死，还是自杀身死，死后的世界如何？灵魂会不会遭受更大的痛苦？对这样一个涉及宗教的问题，哈姆莱特不得不认真考虑。"生存还是毁灭"表面看似乎有两项选择，其实哈姆莱特并没有打算接受现实，放弃复仇大任，苟活于世，他只是对未知的来世感到不安。随即哈姆莱特又意识到，过于"审慎的思维"会阻碍他采取果断行动，于是又为自己的延宕感到不安了。这段表现哈姆莱特延宕性格的独白，采用了对比、比喻、排比等多种修辞手法，长短句交错，气韵流畅，气势磅礴，具有丰富的心理内涵和深刻的哲理意蕴。

第五幕第二场，也是全剧最后一场。先写哈姆莱特向朋友霍拉旭讲述自己识破克劳狄斯奸计、返回丹麦的经过。随后写他与雷欧提斯比剑及后事的安排。哈姆莱特性格的最大特点是延宕，比剑却是哈姆莱特在行动。看似矛盾，实则合乎哈姆莱特的性格逻辑。因为比剑并不是他主动采取的策略，他在接受挑战时，完全抱着听凭命运安排的心理。莎士比亚如此描写，把哈姆莱特的延宕性格更加淋漓尽致地反衬出来。

> **知识链接**

　　人文主义。人文主义是文艺复兴时期进步的资产阶级思想家和文学家的世界观和思想武器,核心是对"人"的肯定,强调以人为中心,反对以神为中心,认为人是"宇宙的精华,万物的灵长"。围绕这个核心,人文主义的内涵大致包括:(1)用人权反对神权。人文主义者热情肯定人的价值、尊严和力量。(2)用个性解放反对禁欲主义。人文主义者肯定个人情感、欲望的合理性,反对禁欲主义。(3)用理性反对蒙昧主义。人文主义者把认识自己和认识世界当成了最重要的两大任务。(4)在政治上,人文主义主张中央集权,反对封建割据,主张民族统一。

8 塞万提斯《堂吉诃德》（节选）

《堂吉诃德》共两部，主要描写西班牙穷乡绅吉哈达，读骑士小说入了迷，想效仿骑士的游侠冒险生活。他改名堂吉诃德，从祖先遗物中找出残破的头盔、盾牌、长矛，为自己的瘦马起了个"驽骍难得"的美名，物色了一个邻村姑娘当意中人，然后开始出门行侠历险，一共三次；后两次还找了邻居桑丘·潘沙当侍从。一路上，他从地主手里解救挨打的佣人，把风车当巨人，把旅店当成中了魔法的城堡，把理发师的铜盆当成魔法师的头盔，把苦役犯当做受迫害的骑士。看到一群人抬着神像求雨，他以为是强盗抢走了良家女子，冲上去解救。又跑到黑山为爱情苦修。还被骗进公爵夫妇城堡饱受捉弄。每次出手都出自骑士崇高的动机，但因弄不清楚实际状况，鲁莽冲撞，结果闹出许多笑话，被打得几乎丢掉性命。堂吉诃德的邻居参孙为医治好堂吉诃德的疯病，两次假扮成骑士找他决斗，终于把他打败。堂吉诃德只得遵守事先的约定回家。堂吉诃德回家后就一病不起，临终前才明白骑士小说害人不浅，留下遗嘱，要求唯一的亲人外甥女不许嫁给骑士，否则不得继承自己的遗产。本书节选的是《堂吉诃德》第一部第十一章。

第 十 一 章

堂吉诃德受到牧羊人殷勤接待。当时他们火上炖的一锅腌羊肉正在沸滚，香味四溢。桑丘尽力安顿好驽骍难得和自己的驴，闻香赶来，恨不得马上尝尝锅里的东西熟了没有。可是牧羊人已经把锅子端下；他们把几张羊皮铺在地下，一转眼就摆上了朴素的便饭，诚诚恳恳邀请两位客人同吃。茅屋里住着一伙六人；他们把木盆反过来，用村野的礼数请堂吉诃德坐，自己就团团围坐在羊皮上。堂吉诃德坐下；桑丘站在旁边拿着羊角杯要给他斟酒。这位东家瞧桑丘站着，就对他说：

"桑丘，我要你和他们几位同席，坐在我旁边，和自己的主子不分彼此，同在一个盘儿里吃，一个杯子里喝。据说恋爱'使一切平等'，这话对游侠骑士道也照样适用。你由此可以看到游侠骑士道的好处，谁为它服务，不论职位，马上受到大家尊重。"

桑丘说："多谢您了。不过我告诉您吧，我只要有好吃的，自己一人站着吃，不输坐在皇帝身边吃，还吃得更香呢。而且，说老实话，如果嚼得慢，喝得少，时刻擦嘴，要打喷咳嗽都不行，自己一人可以放肆的事都干不得，那么，即使坐酒席、吃火鸡，还不如在自己角落里，不装斯文、不讲礼数，吃些面包葱头香得多呢。我的先生啊，我当了侍从为游侠骑士道服务，您不是要给我种种体面吗？我请您折换些更实惠的东西赏我吧。您给的这些体面，我很领情，可是我从现在起直到世纪末日也用不着啊。"

堂吉诃德说："可是你还是得坐下，因为上帝抬举卑逊的人。"

他抓住桑丘的胳膊，硬拉他在自己身边坐下。

那些牧羊人不懂得什么侍从啊、游侠骑士呀那一套话，他们不声不响地只顾吃，一面愣着眼看那两位客人。他们俩很自在，胃口也很好，拳头大的腌羊肉整块往肚子里吞。羊肉吃完了，牧羊人又把许多干橡树子堆在羊皮上，旁边还摆上半个比灰泥饼子还硬的干奶酪。当时那只羊角杯一刻不停地在各人手里传来递去，一会儿满，一会儿空，像水车上的吊桶；面前两皮袋酒转眼就空了一只。堂吉诃德吃饱了，就抓一把橡树子凝神细看，大发议论道：

"古人所谓黄金时代真是幸福的年代、幸福的世纪！这不是因为我们黑铁时代视为至宝的黄金，在那个幸运的时代能不劳而获；只因为那时候的人还不懂'你的'和'我的'之分。在那个太古盛世，东西全归公有。茁壮的橡树上，甜熟的果实累累满树，要吃饱肚子不用操劳，伸手采来吃就行。泉源和活水河里，清冽的水滔滔不尽，供人饮用。勤劳智慧的蜜蜂在石缝和树洞里建立了共和国，它们无比甜蜜的工作收获丰富，随大家分享，毫不计较利息。高大的软木树自己脱下很轻的大片树皮，不用费力去剥，就可以拣来盖在朴质的梁柱上，造成可蔽风雨的房子。那时一片和平友爱，到处融融洽洽。弯头的犁还没敢用它笨重的犁刀去开挖大地妈妈仁厚的脏腑；她不用强迫，她那丰厚宽阔的胸膛，处处贡献出东西来，使她的儿女能吃饱喝足，生存享乐；现在这群儿女做了妈妈的主人了。那时候，天真美丽的牧羊姑娘在田野山林里来来往往，披散着头发，不穿衣服，只把人身上为遮羞而历来掩盖之处，规规矩矩地遮上；这点遮饰，不用狄罗紫色①的绫罗巧加剪裁，而是用碧绿的羊蹄叶和茑萝编成的。她们这样打扮非常鲜妍美丽，不输朝廷命妇穿了赶时髦的奇装异服。那时候，表达爱情的语言简单朴素，心上怎么想，就怎么说，不用花言巧语，拐弯抹角。真诚还没和欺诈刁恶掺杂一起。公正还有它自己的领域；私心杂念不像现在这样，公然敢干扰侵犯。法官心目里还没有任意裁判的观念，因为压根儿没有案件和当事人要他裁判。贞洁的年轻姑娘就像我刚才说的，尽管单身满处跑，不怕遭受轻薄或强暴，她要是失身是自己甘心情愿的。我们这个可恶的年代，没一个女人是安全的了。即使再盖一所克里特的迷宫②，把女人关在里面也没用。爱情的瘟疫凭它那股子该死的钻劲儿，会从隙缝里、空气里传透进去，尽管把她们藏得严严密密，也会失身丧节。世道人心，一年不如一年了。建立骑士道就是为了保障女人的安全，保护童女，扶助寡妇，救济孤儿和穷人。各位牧羊的老哥啊，我就是干这一行的。我和我的侍从多承你们殷勤款待，我谨向你们道谢。尽管照顾游侠骑士人人有责，我知道你们并不懂得这项义务，却殷勤留宿款待，所以我一片志诚，感谢你们的美意。"

这个长篇大论大可不发。我们这位骑士因为看到牧羊人给他吃的橡树子，想起黄金时代，所以异想天开，对他们说了这一套废话。那群牧羊人莫名其妙，一言不答，只听他讲。桑丘不声不响地咀嚼着橡树子，又频频光顾晾在软木树上的第二只酒袋。

堂吉诃德早已吃完，只是话讲得长。一个牧羊人等他讲完说道："游侠骑士先生，一会儿我们有个伙伴要来。那小伙子很聪明，很多情，还会看书写字，三弦琴弹得好极了。我们

---

① 狄罗(Tiro)是地中海沿岸古都，那里染的紫颜色是当时盛行的。
② 希腊神话，克里特(Creta)岛的国王造了一座迷宫，把牛头怪人禁闭在内。

要叫他唱个歌给您解闷,略尽我们的心意,别太虚负了您刚才的夸奖。"

他刚说完,就听得三弦琴声;一会儿弹琴的人也到了。他是个二十二岁左右的小伙子,相貌非常漂亮。他的伙伴问他吃过晚饭没有,他说吃过了。建议要他唱歌的人说:"那么,安东尼欧,你赏脸给我们唱个歌吧,让我们这位贵客知道,山林里也有懂得音乐的人。我们已经对他夸过你的本领,希望你拿点儿出来,证明我们不是吹牛。你请坐下;你那位领教会薪俸的叔叔不是把你的恋爱故事编成了歌吗,咱们村里大家都很欣赏,你就把那歌儿唱一遍吧。"

那小伙子说:"好!"

他不等人家三邀四请,就坐在一棵斫倒的橡树上,调准三弦琴,很动听地唱了下面的歌。

安东尼欧的歌

"我知道你爱我,欧拉丽亚,
尽管你嘴里不说,你眼睛
——传达爱情的哑默的舌头
也并没有向我道出衷情。

但我知道你已经看透我,
因此深信你会怜我情痴;
痴情一旦被心上人识破,
就不是没指望的单相思。

确实也有时候,欧拉丽亚,
你对我流露出一些迹象:
你的灵魂似是青铜铸成,
雪白的胸膛如石头一样。

可是随你把我责备埋怨,
你无限端重中对我冷淡,
希望的女神并没有离去,
我时时瞥见她飞动的裙缘。

我的信心是一往直前地
投注在它信赖的人身上,
受到冷淡它并不消减,
受到青睐也不能再增长。

假如和颜悦色表示有情,
那么你的容色使我揣想:

我梦魂中缠绵思量的事
也许有一天能如愿以偿。

假如一片殷勤地趋奉献好
能博取意中人的喜爱怜悯,
那么我取悦于你的一些事
也许能赢得你几分欢心。

假如你曾留意到那些事
你会看到我在刻意修饰,
会看到我屡次在星期一
还打扮讲究像星期日。

因为爱情常和鲜衣美服
并肩联步走在一条路上,
我愿意自己在你眼睛里
永远显得整洁、优雅、漂亮。

我甭说供你娱乐的舞蹈,
甭说为你演奏的乐章——
你往往欣赏倾听到半夜,
有时到清晓第一声鸡唱。

我也不提我对你的称誉,
说你的容貌是怎样美丽,
我的话虽然没一句虚假,
却招到其他女人的嫌忌。

山边那位德瑞萨姑娘
听到我正在夸耀你美好,
就说:'你以为爱上了天使,
你其实是对猴精倾倒。'

'她是凭借了假发的丰软,
她是凭借了宝石的光艳,
她是凭借了矫饰的娇媚,
竟使恋爱神也心迷目眩。'

我说她诽谤,她怫然嗔怒,

她表兄还对她一味偏袒，
　　　竟向我挑战，以后我怎样、
　　　他又怎样，反正你都了然。

　　　　我对你的爱并不同等闲，
　　　我没一点苟且非分之想，
　　　我所以追求你、为你效劳，
　　　是为满足我更高的愿望。

　　　　教堂里备有柔韧的丝绳，
　　　牢牢拴缚住同轭的两人。
　　　你如肯俯首在轭下就缚，
　　　你瞧吧，我更是多么甘心！

　　　　不然的话，大家都请听着
　　　我凭德行最高的圣人起誓：
　　　我从今隐遁在这座山里，
　　　要下山呢，除非去做修士。"

　　牧羊人唱完了，堂吉诃德请他再唱。桑丘却不赞成，因为他急要睡觉，不耐烦听唱歌了。他对东家说："您今夜在哪儿歇，这会就去躺下吧。几位老哥辛苦了一天，不能整夜唱歌。"

　　堂吉诃德答道："桑丘啊，我懂你的意思，我心里透亮，你几次三番光顾那只酒袋，这会得用睡觉来抵账了，音乐是不能抵账的。"

　　桑丘说："谢天，我们大家都喝得乐陶陶的。"

　　堂吉诃德说："这也是真的。你爱哪儿歇就歇着去吧；干我们这一行的，总觉得睡觉不如守夜好。不过桑丘，我这只耳朵实在疼得厉害，你得替我重新包扎一下。"

　　桑丘奉命替堂吉诃德包扎耳朵。一个牧羊人看见伤处，叫堂吉诃德放心，他有药敷上就好。那地方多的是迷迭香，他摘下些叶子，嚼烂了调上些盐，给他敷在耳上，包扎妥帖，告诉他说这就不用别的药了。他的话果然不错。

　　　　　　　　　　　（选自杨绛译《堂吉诃德》，人民文学出版社1978年版）

作品内容提问

1. 在本节中，堂吉诃德受到了什么人的款待？
2. 在堂吉诃德高谈阔论的时候，桑丘的眼光"频频光顾"软木树上的什么东西？
3. 听了堂吉诃德的关于理想社会的"宏论"，那些牧羊人有什么样的反应？
4. 弹三弦琴唱歌的小伙子叫什么名字？
5. 最后堂吉诃德感到身上太疼了，让桑丘给他重新包扎什么地方？

导读

米盖尔·德·塞万提斯·塞维德拉(1547—1616)是文艺复兴时期西班牙杰出的小说家。他出生在马德里附近一个败落的小贵族家庭。少年时颠沛流离,成人后历经坎坷。从过军,当过俘虏,做过军需,还多次被捕入狱。诗体悲剧《被围困的奴曼西亚》就写于这一时期。1602年,塞万提斯开始创作《堂吉诃德》。1605年小说上卷出版,大获成功。1613年,他创作出版了《训诫小说集》。1615年出版《堂吉诃德》下卷。1616年,贫病交加的塞万提斯与世长辞,享年69岁。

《堂吉诃德》通过堂吉诃德仿效骑士游侠冒险的历程及其性格描写,广泛而深刻地反映了16世纪末17世纪初西班牙帝国外强中干、危机重重、日趋没落的社会现实,讽刺了西班牙统治者好大喜功的心理和民众虚幻的民族自豪感,同时也抒发了人文主义理想,颂扬了忠于理想、勇于为理想献身的高贵品格。

小说主人公堂吉诃德是一个具有矛盾性格的人物。一方面,他耽于幻想,脱离实际,满脑子骑士道,处处模仿骑士小说中的骑士做派,全然不顾周围是一个被日常生活逻辑支配的现实世界;而且他不知从失败中接受教训,结果洋相出尽,害人害己。但另一方面,堂吉诃德的骑士理想和行为也有许多合理的、正确的成分。他心目中理想的骑士是一个通晓天文、地理、法学、神学、医学、数学的全才。在本书所选第一部第十一章"堂吉诃德和几个牧羊人的事"等章节中,他认为骑士应该除恶扬善、扶弱济贫、爱国爱民、维护正义。他向往一个人人真诚相待,财富不分你我,公正和平友爱的"黄金时代"。他认为自由是人的天然权利,他主张人类要以理性为尊,以美德为贵,而不应该以出身论贵贱。这些思想信念,打的虽然是骑士的旗号,其精神实质却是人文主义。堂吉诃德不仅信仰坚定高洁,而且勇于行动,敢于以生命捍卫真理,是一个勇敢的战士形象。堂吉诃德幻想中的江湖世界充斥着妖魔鬼怪,时刻都会遇到艰难困苦的考验,但他总是百折不挠、勇往直前,虽伤痕累累而不悔。堂吉诃德还是一个充满童心、智慧,颇有趣味的人。在行侠途中,他和桑丘经常一问一答。对话层次上的堂吉诃德,不仅表现得头脑灵活清楚,而且充满智慧。听堂吉诃德滔滔不绝地纵论人生、社会等,是一种绝妙的享受。

小说中另一个重要人物桑丘·潘沙是封建宗法制度下小户农民的典型。他满脑子是功利实际的考虑,胆小怕事、目光短浅,贪小便宜。但他性格中也有不少优点:朴实善良、忠心耿耿,有同情心和正义感,有应对日常生活的经验和智慧。桑丘的性格还有发展的特点。在游侠过程中,他逐渐受到堂吉诃德崇高品格和理想的影响,价值观上有与堂吉诃德"趋同"的倾向,性格上则与堂吉诃德构成互补,成为一对真正的游侠搭档。

《堂吉诃德》借鉴了骑士小说与流浪汉小说的长处,以主人公的游侠游历展开情节,为小说反映社会生活广阔图景创造了条件;主人公三次出行的见闻经历,前后相互呼应;堂吉诃德的游侠主线与一些独立的故事之间,彼此关联,克服了骑士小说与流浪汉小说常有的情节松散的毛病,使情节结构更加严谨。《堂吉诃德》堪称喜剧艺术的典范之作。作者通过对骑士小说典型情节的滑稽模仿,暴露出骑士文学荒唐之处。塑造堂吉诃德与桑丘·潘沙两个人物形象时,又采用对比和夸张手法,使他们从形体身份到性格思想,处处形成有趣的对照;又往往夸张人物身上的某种特征,使之趋于极端,更强化了幽默和讽刺的效果。此外,小说中的双关语、笑话、反话、文字游戏俯拾皆是,也令读者捧腹。

  本篇选文思想内容:(1)集中体现了堂吉诃德的社会理想和人生理想。他的目的是要回到"黄金时代"和"幸福的世纪"。在这样的"太古盛世"里,"东西全归公有",人与人、人与自然之间平等和谐相处,社会上没有暴力,没有剥削压迫。(2)体现了堂吉诃德游侠的目的就是要匡正时弊,恢复古代盛世。因为"世道人心,一年不如一年了"。(3)通过安东尼欧所唱的歌,也表现了作者的爱情理想和对美好爱情的肯定,体现了文艺复兴时期的人文精神。选文通过寥寥几个情节的描写,也把两位主人公不同的性格特征表现得鲜明生动。如桑丘要为主人斟酒,堂吉诃德则告诉他坐在自己身边,不要有主仆之分;再如堂吉诃德滔滔不绝地说,而桑丘一刻不停地吃等等。

9 莫里哀《悭吝人》（节选）

《悭吝人》（又译《吝啬鬼》），五幕喜剧。主人公阿巴公是一个放高利贷的老鳏夫，吝啬刻薄、嗜钱如命，认为"世上的东西，就数钱可贵"。他老怕别人算计他的钱，就把一万金币埋在花园里。为了金钱，他要儿子克雷央特娶一个有钱的寡妇，要女儿爱丽丝嫁给一个不要陪嫁而富有的老爵爷昂赛末，自己却打算不花一分钱就娶年轻美貌的姑娘玛利亚娜。但没有想到玛利亚娜早就与阿巴公的儿子相爱了。女儿也有了自己的意中人。在无法改变阿巴公决定的情况下，儿女们设计偷了他埋在花园里的钱。当阿巴公发现钱箱被偷后，气急败坏、痛不欲生。大家答应还他钱箱，但要他放弃玛利亚娜，也不再逼迫女儿和不爱的人结婚。最后，两对年轻人喜结良缘，阿巴公则去看他的可爱的钱箱了。

第 一 幕

第 四 场

出场人：爱丽丝，克雷央特，阿巴公

阿 巴 公　的确，把一笔大款子放在家里，可不是一件省心的小事。谁要是能把全部的钱财都妥妥实实地放出去，家里只留下日常开支必需的款项，那才真是有福气呢。要想在一所房子里找一个保险可靠的藏钱的地方，困难可实在不小；因为钱柜这种东西我看是靠不住的，我总也不敢放心。我总认为这恰恰是引贼上门的玩意儿，贼总是先从这儿下手。不过昨天人家归还我的一万埃居，我都把它埋在花园里了，也不知道这事办的对不对。一万个金的埃居都放在家里，这笔款是相当……（这时兄妹二人低声说着话走上来）哎唷老天爷啊，我自己泄露了秘密啦；兴奋过头啦，一个人在这里想心事，却把心里的话都高声说了出来。（高声）你们有什么事吗？

克雷央特　没事，我的爸爸。

阿 巴 公　你们来这好久了？

克雷央特　我们也就是刚刚来到。

阿 巴 公　你们听见了……

克雷央特　听见什么？爸爸。

阿巴公　就是……

爱丽丝　什么啊？

阿巴公　我刚才说的话呀。

克雷央特　没听见。

阿巴公　一定听见啦,听见啦。

爱丽丝　请您原谅我,我实在没听见。

阿巴公　我看得很清楚,你们一定听见一句半句了。我是正在这里自己跟自己谈心,谈起如今筹款的难处,因此我就说谁要是有一万埃居放在家里,这个人可真好福气。

克雷央特　我们没有马上走过来是怕打断了您的话头。

阿巴公　把这番话告诉了你们,我心里就舒服多了,免得你们发生误会,以为我说的是我自己有一万个埃居。

克雷央特　您的事情我们不想过问。

阿巴公　一万埃居,我如果真有一万埃居那可真要谢天谢地啦。

克雷央特　我并不以为……

阿巴公　对我那可真是一桩大喜事了。

爱丽丝　这些事情……

阿巴公　我也正十分需要这笔钱。

克雷央特　我以为……

阿巴公　那样,我手头就宽裕多啦。

爱丽丝　您已经是……

阿巴公　那我就不会像现在这样抱怨日子难过了。

克雷央特　我的天啊！您本来就用不着抱怨,谁都知道您的财产已经是很可观的了,我的爸爸。

阿巴公　这是什么话？我的财产已经很可观！说这话的人是在撒谎。完全不是事实；散布这种谣言的人都是些混账东西。

爱丽丝　您别生气呀。

阿巴公　这可真奇怪,我亲生的孩子竟存心泄露我的秘密,变成我的敌人！

克雷央特　说您有钱就是您的敌人吗？

阿巴公　是的,因为有了你这样的说法,再加上你那种胡花滥用,人家必以为我的金银都堆成了山。总有一天会上门来拿刀抹我的脖子。

克雷央特　我怎么胡花滥用了？

阿巴公　怎么胡花滥用了？你弄了这么一套豪华的穿着打扮满城里摆来摆去,还有比这更招人说闲话的吗？昨天我刚跟你妹妹吵过嘴,可是你比她还要糟糕。老天爷绝不会放过这个事的；拿你从头到脚这一身打扮来说,就足够好好地放一笔债了。我已经对你说过二十次了,我的孩子,你的一举一动都让我瞧着不顺眼。你在拼命地模仿侯爷们的派头儿；像你这种穿着打扮,是不可能不偷我的。

克雷央特　嗨！用什么法子来偷您的钱啊？

阿巴公　我怎么知道？可是你从哪儿弄来的钱置办这套装束呢？

克雷央特　爸爸,您问我哪儿弄来的钱吗？因为我赌钱呀,我的赌运是好的,赢来的钱我都打扮在身上了。

阿 巴 公　这就十分不对了。如果你的赌运很好,你就应该好好地利用,把赢来的钱放出去图个合理的利息,早晚还可以把本收回来。别的先不谈,我真想知道你从脚到头乱七八糟地缠这些绷带到底有什么用处?有六七根细带子还系不上一条短裤吗?自己天生的不费一文的头发不要,却花钱去买假发罩,这是必要的吗?我敢打赌仅仅假发罩跟绸带两项,至少得值二十个比斯托①;二十个比斯托,就按十二分之一放出去生利的话,一年就可以得到十八个利物儿六个索尔八个德涅②。

克雷央特　您说的很对。

阿 巴 公　这个不用再提了,咱们谈谈别的吧。(旁白)嗯!我好像看见他们在那里比手势要偷我的钱口袋。(高声)你们做这种手势是什么意思?

爱 丽 丝　我跟我哥哥,我们正在这里拿不定主意谁先开口说话;我们两个人都有话要跟您说。

阿 巴 公　我呢,我也有话要对你们两个说。

克雷央特　爸爸,我们想跟您谈的是婚姻大事。

阿 巴 公　我要跟你们商量的也是婚姻大事。

爱 丽 丝　哎唷,我的爸爸呀!

阿 巴 公　干嘛喊这一声?是这句话呢还是这个事儿让你害了怕?

克雷央特　拿您对婚姻的那种看法,婚姻本身就可以让我们两个人都害怕;我们怕的是您选择的对象不合我们的心意。

阿 巴 公　别着急。千万不要惊慌。我知道对你们两个人最合适的是谁;我打算做的事,你们俩谁也不会有抱怨的理由。让咱们来从事情的头儿上说起吧:告诉我,你们曾看见过一个住在这儿不远,名叫玛利亚娜的年轻姑娘吗?

克雷央特　看见过的,爸爸。

阿 巴 公　你呢?

爱 丽 丝　我听说过。

阿 巴 公　我的儿子,你觉得这个姑娘怎么样?

克雷央特　是一位非常可爱的姑娘。

阿 巴 公　她的相貌呢?

克雷央特　十分忠厚并且聪明伶俐。

阿 巴 公　她的神气和态度呢?

克雷央特　可敬可佩,不成问题。

阿 巴 公　你以为这样一位姑娘不值得我们惦着她吗?

克雷央特　值得的,我的爸爸。

阿 巴 公　你不以为这是一桩值得盼望的婚姻吗?

克雷央特　很值得盼望的。

阿 巴 公　你不以为她很像是善于治家的吗?

---

① 法国旧日的金币,当时值十一个法郎。
② 利物儿是法郎的旧名。索尔、德涅系辅币。

克雷央特　那是毫无疑问的。
阿巴公　你不以为做她丈夫的人一定会满意的吗?
克雷央特　当然满意。
阿巴公　有一个小难题,就是和她结婚怕不能得到我们所指望的那么一笔大的财产。
克雷央特　唉,我的爸爸,要紧的是娶一位规规矩矩的姑娘,财产不是什么值得考虑的问题。
阿巴公　是,我说的不对,我说的不对。话应该这样讲:如果从中得不到所希望的那么大的财产,那就可以想法子从别的方面捞回来。
克雷央特　这是可以理解的。
阿巴公　看到你们都赞成我的心思,实在高兴得很!因为她那种端端正正的气派和她那温柔的脾气已打动了我的心,我已经决定娶她,只要能从中多少得点儿好处就行了。
克雷央特　嗯?
阿巴公　怎么啦?
克雷央特　您说,您已经决定……
阿巴公　娶玛利亚娜。
克雷央特　谁?您?您?
阿巴公　是的,是我,是我,是我。你这是什么意思?
克雷央特　我忽然感到一阵头晕,我走啦。
阿巴公　不要紧的。快到厨房里去喝一大杯清水吧。看看这些娇嫩的少爷,还不如母鸡那么壮实呢。我的女儿啊,我就是这样替我自己打定主意了。至于你哥哥,我已替他看中了一个寡妇,今天早上刚有人来提过;至于你呢,我把你许给了昂赛末老爷。
爱丽丝　昂赛末老爷?
阿巴公　不错,是他,他是一个有经验又谨慎又老成的人,年纪还没过五十,有的是家财,人人称道。
爱丽丝　(行了一个极尊敬的礼)对不起,我的爸爸,我还丝毫没有结婚的意思。
阿巴公　(学他女儿也行了一个礼)我呢,我的女儿,我的宝贝,我偏要你结婚,对不起。
爱丽丝　我请您原谅,我的爸爸。
阿巴公　我请您原谅,我的女儿。
爱丽丝　我对昂赛末老爷,有很崇高的敬意;不过请您同意,我绝不嫁他。
阿巴公　我对您有很崇高的敬意;不过请您同意,就在今天晚上您必须嫁他。
爱丽丝　就在今天晚上?
阿巴公　就在今天晚上。
爱丽丝　办不到,我的爸爸。
阿巴公　一定办到,我的女儿。
爱丽丝　不行。
阿巴公　行。
爱丽丝　不行,一定不行。
阿巴公　行,一定行。
爱丽丝　这件事您可没法子强迫我。

阿 巴 公　这件事我一定有法子强迫你。
爱 丽 丝　我宁可自杀也不能嫁这样子的丈夫。
阿 巴 公　你自杀不了,你还得嫁他。你们瞧瞧,她狂妄到什么分儿上啦! 做女儿的有这样跟父亲说话的吗? 你们瞧见过吗?
爱 丽 丝　不过做父亲的有这样给女儿找婆家的吗? 你们瞧见过吗?
阿 巴 公　这门亲事一点褒贬都没有;我敢打赌谁都会赞成我挑中的人家的。
爱 丽 丝　我呢,我敢打赌,没有一个明白人会赞成这门亲事的。
阿 巴 公　你看瓦赖尔来了。你要不要让他来给咱们俩评评理?
爱 丽 丝　我同意。
阿 巴 公　他评出来的理你服吗?
爱 丽 丝　他怎么说我就怎么办。
阿 巴 公　那就一言为定啦。

第 四 幕
第 六 场

出场人:拉弗赉史,克雷央特

拉弗赉史　(从花园里来,手里捧着一个小箱子)哎哟,少爷,我可找着您了,太好啦! 快跟我来吧。
克雷央特　有什么事?
拉弗赉史　告诉您,跟我走就是了,咱们这回可好了。
克雷央特　怎么?
拉弗赉史　您看这个,这才对您的事哩。
克雷央特　什么东西?
拉弗赉史　我用两只眼足足盯了它一整天。
克雷央特　倒是什么东西啊?
拉弗赉史　您父亲的财宝,让我弄到手啦。
克雷央特　你是怎么弄到手的?
拉弗赉史　您回头就知道啦。咱们快跑吧! 我听见他在喊哪。

第 七 场

出场人:阿巴公

阿 巴 公　(嘴里紧喊着"捉贼"从花园出来,帽子也没有了)捉贼! 捉贼! 抓凶手啊! 抓杀人犯啊! 法官啊,公道的老天爷! 我完蛋了,我被人暗杀了,我的脖子让人割断啦,我的钱叫人偷走啦! 谁能干出这样的事啊? 我的钱怎么样啦? 它在哪儿啦? 在哪儿躲着去啦? 我得怎么办才能把它找回来呢? 我向哪儿去追好啊? 我不向哪儿追才好啊？它没在那儿吗？它没在这儿吗？这是谁？快抓住他。还我的钱吧，混蛋……（他一把抓住了自己的胳膊）啊！原来是我自己：我的脑筋都昏了，我不知道我在哪儿、我是谁、我在干什么啦！哎哟！我那可怜的钱啊，我那可怜的钱啊，我的亲爱的朋友啊！他们硬从我手里把你给抢走啦；你一被人抢走，我的依靠、我的安慰、我的快乐就全没有了，我算是整个完蛋了，我还活在世上干什么啊？没有你，我简直活不了啦。全完啦，我实在受不了啦；我要死，我死啦，我已经入土啦。难道就没有一个人肯把我从死里救出来吗？只要把我亲爱的钱还了我，或者告诉我是谁偷了去的，就算把我救活啦。喂！你说什么？原来并没有人。不管是谁下的手，他们是处心积虑地早把机会琢磨好了的；他们恰恰是拣我跟我那个吃里爬外的儿子谈话的时候。咱们出去吧。我要到法庭去报告，我要请法官来审问全家的人：女仆、男仆、儿子、闺女，全得审，连我也得审。这儿怎么聚了这么多的人啊！① 所有的人不管谁，我瞧着都可疑，都像偷我钱的贼。你们在那儿谈论什么呢？谈论偷我的那个贼吗？上边怎么嚷嚷得这么凶啊？② 莫非偷我钱的贼就在那里吗？慈悲慈悲吧！谁要是知道我那个贼的下落，我哀求你们赶快告诉我吧。他没躲在你们当中吗？大家都拿眼睛盯着我，都笑了。瞧吧，偷我的这一案里，他们必定都有份儿。你们快来吧，调查员呀，警察呀，法警呀，审判官呀，快来吧！拷问的刑具呀，绞架呀，刽子手呀，全拿来吧！我要请求把所有的人都给绞死；如果我不能把我的钱重新找回来，我自己也得去上吊。

第 五 幕
第 六 场

出场人：阿巴公，昂赛末，爱丽丝，玛利亚娜，克雷央特，瓦赖尔，福劳辛，调查员，雅克大师傅，拉弗赉史。

克 雷 央 特　别难受啦，我的父亲，也别冤枉好人啦。您的事我已得着消息；我来就是为对您说，如果您准我娶玛丽亚娜，您的钱就可以回到您手里。

阿　巴　公　钱在哪儿呢？

克 雷 央 特　您用不着担心。我担保它在好地方搁着呢；一切都凭我做主。现在您必须告诉我您究竟怎样决定；是把玛利亚娜给我呢，还是永远丧失您的箱子？您自己选择吧！

阿　巴　公　你没从箱子里往外拿出点什么吗？

克 雷 央 特　一点都没动过。请您考虑一下，您是不是打算赞同这门亲事？她的母亲已经准她自由地在咱们两人中间任择一人，您是不是也附和这个意见？

玛 利 亚 娜　（向克雷央特）可是你还不知道呢，只是母亲同意是不够的了，上天除了把我哥哥（指着瓦赖尔）还给我，又把父亲（指昂赛末）也给我送了回来，你还得央

---

① 指台下的观众。
② 指楼上的厢座。

求央求他老人家呢。

昂 赛 末　孩子们,上天把我赐还给你们不是叫我来跟你们的爱情作对的。阿巴公先生,您一定看得很清楚,一个年轻女孩子挑选丈夫总是挑中儿子而不会挑中父亲的;算了吧!不要再让别人说闲话了,跟我一起答应这双重亲事吧。

阿 巴 公　我得看见了我的箱子才能拿主意。

克雷央特　回头您就可以看见,并且还是完整无缺。

阿 巴 公　孩子们结婚我可没钱给他们呀。

昂 赛 末　好!我有钱给他们;您用不着担心。

阿 巴 公　这两桩婚事的费用您都负担吗?

昂 赛 末　是的,我全负担。您满意啦?

阿 巴 公　可以满意,如果您肯给我做一件新衣服,让我在办喜事那一天穿。

昂 赛 末　就这么办啦。咱们现在来享受一下这个幸福日子所带给我们的快乐吧。

调 查 员　喂!先生们,喂!请你们先别忙着高兴。我这笔录供费归谁出?

阿 巴 公　我们用不着你那些笔录了。

调 查 员　不错,你们用不着了,不过我,我可不能白写笔录。

阿 巴 公　(指雅克)看见这个人没有?我把他交给你,去把他绞死作为报酬吧。

雅克大师傅　哎哟!我倒是该怎么行事才算好呢?因为说实话挨了一顿棍子;撒谎么,他们又要绞死我!

昂 赛 末　阿巴公先生,原谅他这一次说瞎话吧。

阿 巴 公　那么,调查员的费用归您出?

昂 赛 末　可以的。(向玛利亚娜及瓦赖尔)咱们赶快去看你们的母亲吧,也让她跟我们一齐快活快活。

阿 巴 公　我,我要去看看我的亲爱的箱子。

(赵一侯译《莫里哀喜剧选》。人民文学出版社1959年版)

作品内容提问

1. 在选文中,阿巴公把钱偷偷地藏在了什么地方?
2. 阿巴公指责克雷央特胡乱花钱,儿子却说钱是自己挣来的。那么,儿子是怎么挣钱的?
3. 为什么儿子听到父亲要娶的女人名字后"感到一阵头晕"?
4. 亲手偷走阿巴公藏在花园中钱箱的是哪个人?
5. 事情圆满解决后是谁掏的调查员的笔录费?

导读

莫里哀(1622—1673)是17世纪法国最杰出的古典主义喜剧家,原名让-巴蒂斯特·

波克兰,"莫里哀"是他参加剧团以后用的艺名。他生于巴黎的一个富商家庭。21岁时不顾父亲的反对组织"光耀剧团",两年后以破产而告终。1645年,莫里哀和几个朋友加入另一剧团,离开巴黎去外省开始了长达13年的流浪演出生涯。1658年莫里哀带领剧团回到巴黎,在卢浮宫为国王演出,受到赏识,从此定居巴黎。他创作的重要剧本有《可笑的女才子》、《太太学堂》、《醉心贵族的小市民》、《伪君子》、《司卡班的诡计》等。1673年2月17日,莫里哀不顾重病在身,坚持演出《没病找病》,回家后便与世长辞。歌德曾说:"莫里哀如此伟大,每次读他的作品,每次都重新感到惊奇。他是一个独来独往的人,他的喜剧接近悲剧,戏写得那样聪明,没有人有胆量想模仿他。"

《悭吝人》被看做与《伪君子》齐名的杰作。该剧批判了17世纪法国社会的拜金风气;揭示了资产者贪婪、吝啬的本质特征;表达了剧作家企图用人性战胜拜金风习的渴望。同时剧作家成功刻画了阿巴公这个嗜钱如命的资产者形象。(1)他极端贪财。"他爱钱比爱名声、荣誉和道德厉害多了。"他放高利贷,连儿子都说"就连古来声名最狼藉的放高利贷的,他们丧心病狂,想出种种花样,和您重利盘剥的手段一比,也不如您苛细"。(2)他非常吝啬。阿巴公为了攒钱,招待客人时往酒里掺水,自制日历,目的是将吃斋的日子延长,还到自己的马棚里去偷马料而挨了车夫的打。为了钱,他可以放弃心爱的姑娘。平时总是怀疑别人偷他的钱财。(3)他霸道专横。无论是对仆人、对儿女,还是对外人,他总是恶言相对,动辄打骂、撵走。

选文部分比较集中地反映了对新兴资产者拜金主义风习的批判。正是金钱使阿巴公丧失人性,变成了守财奴和吝啬鬼,表明钱一旦被摆到至尊的地位,就会成为一种丑恶的力量。在法语中,"阿巴公"成为财迷、吝啬鬼、守财奴的代名词,也表现了作家渴望用人性和亲情战胜金钱的思想。剧本描写最终有情人终成眷属,守财奴除了金钱外一无所得的结局就有力地说明了这一点。在艺术上,选文也体现了莫里哀喜剧的成就。(1)作品用夸张的描写,凸显了主人公"贪婪"和"吝啬"的独特个性,使人物这一性格极为鲜明;(2)情节单一,结构紧凑,矛盾冲突集中尖锐,符合古典主义戏剧创作的"三一律"原则。(3)语言生动,富有个性。剧中人物的语言生动灵活,符合各自的身份特征。

知识链接

1. 古典主义文学。古典主义文学从法国兴起并波及其他国家,成为17世纪欧洲文学的主潮,并代表了当时欧洲文学的最高水平。古典主义是法国专制君主制的产物。古典主义作家的个性与艺术风格虽不尽相同,但创作仍存在很多共同之处:(1)拥护中央集权,歌颂贤明君主。(2)崇尚理性。古典主义理论家布瓦洛把理性看作文艺创作与批评的最高标准。(3)模仿古代,重视规则。古典主义者把古希腊和罗马文学视为文学上的最高典范,制定出古典主义"三一律"原则。

2. 三一律。古典主义戏剧的创作原则。规定每出戏剧必须做到情节一律、时间一律和地点一律,即剧本的情节只能有一条线索,故事发生在同一地点,剧情在24小时之内完成。"三一律"有助于戏剧的严谨精炼,但同时也限制了戏剧艺术的自由发展。

10　歌德《浮士德》（节选）

诗剧《浮士德》共分两部，12111行。诗剧开始时，在书斋中钻研了一辈子学问的浮士德发现自己得到的都是一些僵死的知识，毫无用处。绝望之中的浮士德想到自杀。这时，魔鬼靡非斯陀乘虚而入，引诱浮士德与自己定约：在浮士德有生之年，魔鬼为浮士德服务，满足他提出的任何要求；浮士德一旦感到满足，生命便告结束，灵魂归靡非斯陀所有。于是，浮士德在魔鬼的陪伴下，走出了书斋，先与市民少女玛嘉丽特相爱，随后到皇帝的宫廷效力，接着溯时间长河而上，找到象征古典美的古希腊美女海伦，与之相爱生子，但这一切均以失败而告终。最后，浮士德来到海边，起意要征服改造自然。此时的浮士德已是百岁老人，双目失明。魔鬼见浮士德末日已到，派小鬼为他挖掘坟墓。浮士德听到铁锹的撞击声，以为是他的人民正在进行改天换地的战斗，于是感到了最高的满足，他的生命也到了终点。依照契约，浮士德的灵魂应为魔鬼所有，但这时天门大开，天使从魔鬼手中把浮士德的灵魂救出，将他接到天国。本书节选的是《浮士德》第一部第二场"城门前"、第二部第五幕第五场"宫中的宽广前庭"。

城　门　前

浮士德

　　和煦而使人苏醒的春光
　　使河水和溪流解冻，
　　欣欣向荣的气象点缀得山谷青葱；
　　老迈衰弱的残冬
　　已向荒山野岭匿迹潜踪。
　　可是它在逃亡当中，
　　还从那儿把冰粒化为无力的阵雨播送，
　　一阵阵洒向绿野芳丛。
　　但阳光不容许冰雪放纵，
　　到处鼓舞着造化施工，
　　把万物粉饰得异彩重重；

可是城区中还缺少鲜花供奉，
它就代以盛装的女绿男红。
试从这高处转身，
再向城市一瞬！
从那黑洞洞的城门，
涌出来喧嚣杂沓的人群。
人人都乐意在今日游春。
他们庆祝基督的复活良辰，
因为他们自己也获得新生。
他们来自陋室低房，
来自工商行帮，
来自压榨人的屋顶山墙，
来自肩摩踵接的小街陋巷，
来自阴气森森的黑暗教堂，
大家都来接近这晴暖的阳光。
快瞧呀！熙熙攘攘的人群，
分散在园圃郊坰，
还有前后纵横的河津，
让那些欢乐的船儿浮泳，
直到最后一只小艇，
满载得快要倾覆时才离去水滨。
就是从遥远的山间小径，
也有耀眼的服饰缤纷。
我已听到村落的喧豗，
这儿是人民的真正世界，
男女老幼都高呼称快：
这儿我是人，我可以当之无愧①！

瓦 格 纳

博士先生，同你一起散步，
真感到光荣而受益不少；
不过我一个人却不会到此游邀，
因为我敌视一切粗暴。
什么提琴，叫喊，九柱戏，
我听来都不堪入耳；
他们闹得来好像着了魔，

---

① 浮士德在人民群众当中才感到自己是人，不愧为进步思想的代表；同时也显示出这部剧本的现实进步意义。

还把这叫做欢乐,叫做唱歌。

　　[农民们聚集在菩提树下跳舞和唱歌

牧人打扮来跳舞,
彩衣,飘带和花冠,
浑身装饰真好看。
菩提树边人挤满,
一起跳舞像疯癫。
吁吓!吁吓!
吁嗨煞!嗨煞!吓!①
提琴调儿是这般。

牧人动作太慌忙,
他的肘儿向外张,
不觉碰着一姑娘;
年青妮子回头嚷:
"冒失鬼,真莽撞!"
吁吓!吁吓!
吁嗨煞!嗨煞!吓!
"不许那样太放荡!"

轮舞迅速开了场,
左旋右转人成双,
男衫女裙齐飞扬。
脸上泛红心头烫,
手挽手儿喘息忙——
吁吓!吁吓!
吁嗨煞!嗨煞!吓!——
女腰靠在男肘上。

"别对我做殷勤样!
世上多少负心郎,
都叫女人上了当!"
他却献媚不肯放,
树下遥遥声喧嚷:
吁吓!吁吓!

---

① 以上是表示欢呼、喝彩、鼓励和快乐一类的感叹词。

吁嗨煞！嗨煞！吓！
人声琴声闹扬扬。

老　农

　　博士先生，承您赏光，
　　您这满腹文章的学者，
　　今天居然不嫌鄙陋，
　　来到这人众杂沓的地方。
　　请您务必满饮一觞，
　　这当中盛满新酿的佳酿！
　　我竭诚奉献，高声庆祝：
　　这酒不但给您解渴，
　　而且为您延年益寿，
　　多少滴酒就增加您多少岁数。

浮士德

　　我领受这杯提神的佳酿，
　　表示谢意，并祝你们诸位健康。
　　［农民们围聚拢来

老　农

　　您在这快乐的日子光临，
　　对我们真是不胜荣幸；
　　想起从前受难的日子，
　　您为我们煞费苦心！
　　站在这儿的好些活人，
　　多亏令尊妙手回春，
　　最后从高热中抢救了性命，
　　制止住瘟疫流行。
　　那时您还是位青年郎君，
　　到每个病家去诊视病症；
　　当时把许多尸骸搬运，
　　您却平安不受病侵；
　　经过了许多艰苦的考验，
　　上天保佑您这位救星。

众　人

　　祝这位曾共患难的先生健康，
　　希望他还能长远地治病救人！

浮士德

　　请大家敬礼天上的神明，
　　他教导我们治病而普度众生。

[他同瓦格纳走开

瓦格纳

　　哦，伟大的人物，人们对你这般尊敬，
　　你究竟是何种心情！
　　哦，真幸福呀，谁能凭自己的才能，
　　享受这份光荣！
　　做长辈的把你介绍给儿孙，
　　人人都挤上前来不住探问，
　　提琴中止，跳舞暂停。
　　你一走过，他们便雁行静等，
　　挥舞帽子表示欢迎，
　　有人差点儿就要跪拜，
　　好像是圣体来到的情形。

浮士德

　　再走几步就到达上边的磐石；
　　咱们走累了可以在石上休息片时。
　　我常常独坐在石上沉思，
　　用祈祷和斋戒来苦我自己。
　　希望无穷，信仰坚实，
　　我流着眼泪，搓手，叹息，
　　恳求天帝
　　彻底驱除瘟疫。
　　现在群众的赞美在我听来好似讽刺，
　　哦，你倘使能够体察我的内心，
　　就知道我们父子

对这种光荣多么不值!
我父亲是个隐居君子,
对大自然和圣境的研究煞费心思,
他的态度非常诚恳,
他的方法却十分别致;
他结交一些炼金术士①,
自己躲进黑暗的丹厨,
按照无数的丹方,
把古怪的东西融会一炉。
他使红狮,大胆的求爱者,
在温水中匹配百合仙子,
再用明火锻炼,
把两者从这一寝室逼入另一寝室。
后来五色缤纷,
年青女王出现在玻璃杯里;
丹药便告成功,病人相继死亡,
从来无人过问:有谁获得健康?
我们就用这种杀人的丹方,
在山谷间不断来往,
这比瘟疫流毒还要猖狂。
我亲自施舍过毒药的人就有几千,
他们渐渐凋谢枯干,我却遇见
今天人们反把厚颜无耻的凶手称赞!

瓦格纳

先生何必为此烦恼!
本是别人传授你的医道,
既然尽心负责地行医,
这样诚实的人难道还不够好?
你年轻时尊敬令尊,
自然乐意向他领教;
你成年后又增进学识,
将来令郎必定达到更高的目标。

---

① 西方中世纪的炼金术与中国道家的炼金术有颇多相似之处。古中国的炼金术有"婴儿"和"姹女"相配及九转丹成之说。西方的炼金术传说从黄金中取得男性种子为"红狮",从白银中取得女性种子为"百合"。在温水中混合,加以灼热注入别的容器,最后产生"智慧之石",又名"年青的女王",能医治百病及点石成金。

浮士德

哦，还能希望从错误大海中浮起的人，
真是幸运！
用非其所知，
知非其所用——
不过咱们别让这无端的愁绪，
把眼前的良辰美景葬送！
你瞧，那些绿荫围绕的茅屋，
闪烁着斜阳的晚红。
落日西沉，白昼告终，
乌飞兔走，又促进新的生命流通。
唉，可惜我没有双翅凌空，
不断飞去把太阳追从！
要有，我将在永恒的斜晖中间，
瞧见平静的世界在我脚下显现，
万谷凝翠，千山欲燃，
银涧滚滚，流向金川。
深山大壑纵然凶险，
也不足以把我的壮游阻拦；
阳光照暖了港湾，
大海在惊异的眼前开展。
太阳女神似乎一去不返；
然而新的冲动苏醒，
我要赶去啜饮她那永恒的光源。
白昼在前，黑夜在后，
青天在头上，波涛在下边。
一场美丽的梦，可是太阳已经去远。
唉！肉体的翅膀
毕竟不易和精神的翅膀做伴。
可是人人的天性都一般，
他的感情总是不断地向上和向前：
有如云雀没入苍冥，
把清脆的歌声弄啭；
有如鹰隼展翼奋飞，
在高松顶上盘旋；
有如白鹤飞越湖海和平原，
向故乡回转。

瓦 格 纳

  我也常有胡思乱想的时候,
  却不曾这样好高骛远。
  原野和森林容易看厌,
  鸟儿的羽翼我不垂涎。
  精神的快乐来自另一方面,
  这就是逐册逐页地攻读简篇!
  于是寒冷的冬天也美好堪羡,
  幸福的生机把四肢百骸温暖,
  啊!要是你翻读贵重的羊皮宝卷,
  那么,整个天宇都下降到你的身边。

浮 士 德

  哦,你只懂得一种冲动,
  永不会把另外一种认清!
  在我的心中啊,盘踞着两种精神,
  这一个想和那一个离分!
  一个沉溺在强烈的爱欲当中,
  以固执的官能贴紧凡尘;
  一个则强要脱离尘世,
  飞向崇高的先人的灵境。
  哦,如果空中真有精灵,
  上天入地纵横飞行,
  就请从祥云瑞霭中降临
  引我向那新鲜而绚烂的生命!
  不错,但愿有魔衣一领,
  载我到奇邦异国去远征!
  它将是我的无上珍品,
  那些珠玑黼黻对我不值一文。

宫中的宽广前庭

靡非斯陀(站在前面任监工)

  上前,上前!进来,进来!
  你们这些死鬼幽灵,摇摇摆摆,
  是用筋骨和韧带,

联缀起来的残缺形骸!

死灵们(合唱)

　　我们才听到一半召唤,
　　立即赶来供你驱遣;
　　大约有广大的土地,
　　等待我们前来料理。

　　尖头木桩已经停当,
　　长长链条可供丈量;
　　为啥召唤我们前来,
　　我们已经把它忘怀。

靡非斯陀

　　这儿用不着过费周章;
　　只需把本身当做度量:
　　最长的一个顺着躺在地上,
　　其余的在四周破土相帮!
　　就像埋葬咱们的祖先那样
　　要挖出一个墓穴的长方!
　　从宫殿来到这狭隘的幽圹,
　　到头来只落得这愚蠢的下场。

死灵们(用嘲弄的表情掘穴)

　　年轻时乐生又求爱,
　　甜蜜的味儿时在怀,
　　每逢寻欢取乐地,
　　我的脚板跑得快。

　　哪知年岁不容情,
　　拐杖劈头打下来;
　　一跤摔在墓门前,
　　墓门恰巧大张开!

浮士德(从宫中出来,摸索门柱)

铁锹声多么使我心旷神怡！
　　这是那些群众在为我服役，
　　他们保护陆地不使倾圮，
　　对汹涌的波涛加以限制，
　　用紧密的长带将大海围起。

靡非斯陀（旁白）

　　你筑起塘堰和堤防，
　　无非是为他人作嫁衣裳；
　　因为你为海神纳普东
　　已经准备好盛宴一场。
　　总而言之，你已经完蛋；——
　　四大元素和我们连在一边，
　　一切终归要烟消云散。

浮士德

　　监工！

靡非斯陀

　　有！

浮士德

　　尽可能用各种方法
　　征募一批又一批的工人，
　　宽猛相济，恩威并行；
　　给以报酬，引诱甚而强逼！
　　我每天都要得到消息：
　　开掘的壕沟延长到哪里。

靡非斯陀（压低声音）

　　据我接到的消息说：
　　没有挖壕沟而是在掘坟墓。

浮士德

有一片泥沼延展在山麓，
使所有的成就蒙垢受污；
目前再排泄这块污潴，
将是最终和最高的任务。①
我为千百万人开疆辟土，
虽然还不安定，却可以自由活动而居住。
原野青葱，土壤膏腴！
人畜立即在崭新的土地上各得其趣。
勇敢勤劳的人筑成那座丘陵，
向旁边移植就可以接壤比邻！
这里边是一片人间乐园，
外边纵有海涛冲击陆地的边缘，
并不断侵蚀和毁坏堤岸，
只要人民同心协力即可把缺口填满。
不错！我对这种思想拳拳服膺，
这是智慧的最后结论：
人必须每天每日去争取生活与自由，
才配有自由与生活的享受！
所以在这儿不断出现危险，
使少壮老都过着有为之年。
我愿看见人群熙来攘往，
自由的人民生活在自由的地上！
我对这一瞬间可以说：
你真美呀，请你暂停！
我有生之年留下的痕迹，
将历千百载而不致湮没无闻——
现在我怀着崇高幸福的预感，
享受这至高无上的瞬间。

[浮士德向后倒下，死灵们将他扶起，放在地上。

---

① 浮士德为宫廷服务，陶醉在古典美的世界中，转到向大海争地，开辟荒滩为千百万人的安居乐业而奋斗，这确是一个非常巨大的跃进。

靡非斯陀

> 没有快乐使他称心,没有幸福令他满足,
> 他不断追求变换不停的东西;
> 连这晦气而又空虚的最后瞬间,
> 这个可怜人也想紧握在手里。
> 他一直顽强地对我抗拒,
> 可是时间占了上风,老翁倒毙在地。
> 时钟停止——

合　唱

> 停止!像深夜一般寂静。
> 指针下落——

靡非斯陀

> 下落!大功圆满告成。

合　唱

> 事情过去了。

靡非斯陀

> 过去了!这是一句蠢话。
> 为什么说过去?
> 过去和全无,完全是一样东西!
> 永恒的造化何有于我们?
> 不过是把创造之物又向虚无投进。
> "事情过去了"!这意味着什么?
> 这就等于从来未曾有过,
> 又似乎有,翻来覆去兜着圈子,
> 我所爱的却是永恒的空虚。

(选自董问樵译《浮士德》。复旦大学出版社 1983 年版)

作品内容提问

1. 城门前这场中出现的人物都有谁?主要对话的两个人又是谁?

2. 浮士德说"我亲手施舍过毒药的人就有几千",但今天人们反把什么称赞?
3. 第五幕中主要出场和对话的人物是哪两个?
4. "我愿意看见人群熙来攘往",紧接着的下句是什么?
5. 选文最后一段诗句是哪个人物咏唱出来的?

导读

约翰·沃尔夫冈·歌德(1749—1832)是德国18世纪伟大的启蒙主义作家,出生在法兰克福一个中产阶级家庭。年轻时他在莱比锡大学学习法律,但热爱文学;毕业后回到法兰克福,与一批富有叛逆精神的年轻作家交往,掀起了德国文学史上影响深远的"狂飙突进"运动。其书信体小说《少年维特之烦恼》是这一时期的代表作。它通过青年维特的形象,批判了德国鄙陋平庸的社会现实,发出了反抗封建桎梏的呼声。1775年秋,歌德进入魏玛宫廷服务,从事政务大约有十年时间,称"魏玛十年"。此间,他脱离了狂飙突进运动,专心于政务,创作数量下降,创作风格发生了很大变化,从狂噪、激情转向安详、宁静。这一时期创作了戏剧《埃格蒙特》、《伊菲格涅娅在陶洛斯》、《托夸多·塔索》等作品,《浮士德》的写作也取得了进展。1794年,歌德与席勒定交,从此开始了互相合作的十年(1794—1805)。他们共同开创了德国文学史上的"古典文学"时代。他们合作写诗、办杂志,主持魏玛歌剧院,在创作上都主张以古希腊罗马文学艺术为楷模,张扬人道主义思想和自由精神。歌德这一时期完成了长篇小说《威廉·麦斯特的学习时代》、叙事长诗《赫尔曼与窦绿苔》以及《浮士德》第一部等作品。1805年之后直到去世,歌德创作了长篇小说《亲和力》、《威廉·麦斯特的漫游时代》,自传《诗与真》、《意大利游记》,诗集《西东合集》,组诗《中德四季晨昏杂咏》,诗剧《浮士德》第二部等,创作攀上了一个新的高峰。

诗剧《浮士德》是歌德的代表作。浮士德原本是德国民间传说中通占卜、天象、巫术、炼金术的神奇人物,歌德在诗剧中对这一人物进行了根本性改造,描写了他不断追求的一生,共分知识追求、爱情追求、政治追求、古典美追求和事业追求五个阶段。歌德以浮士德的精神追求为线索,对人类发展的经验进行了概括和总结,对人性本质和人生意义进行了深入的探索,展现了一部资本主义上升时期资产阶级精神生活的发展史。

浮士德的性格具有矛盾的二重性。一方面,他不断追求知识与真理,追求美善的事物,追求高远的理想,精神境界也在不断提升;但另一方面,他也贪图官能享乐和世俗欲望的满足。如他自己所说:"在我的心中啊,盘踞着两种精神,/这一个想和那一个离分!/一个沉溺在强烈的爱欲当中,/以固执的官能紧贴凡尘;/一个则强要脱离尘世,飞向崇高的先人的灵境。"也就是说,沉沦和进取的双重引力在浮士德身上同时存在。但这两种力量是不对等的,他本质的、主导性的一面是自强不息、发奋进取、永不满足、积极向上,这就是所谓"浮士德精神"。浮士德还在中世纪的书斋里翻译《圣经》时,就将其中的"泰初有道"改为"泰初有为",他精神抖擞,时刻准备"跳身进时代的奔波","跳身进事变的车轮",这些都是"浮士德精神"的体现。但同时歌德也承认,人身上的惰性和沉沦之力只能被暂时克服,却不能被永久根除,《浮士德》中上帝的话其实道出了歌德悟出的智慧箴言:"人要奋斗,失误免不了。"浮士德的一生是两种精神力量矛盾斗争的过程。魔鬼靡非斯陀利用浮士德对尘世欲望的贪恋诱使他堕落,然而浮士德发奋进取、自强不息的精神总能推动他吸取教训,不断克服魔障。正是在这种辩证发展之中,浮士德的精神内涵才日益深厚,境界日益提升。浮士德形象反映了歌德对人性、对人的精神内涵与境界的深刻洞察和把握。

《浮士德》最显著的艺术特色表现为高度抽象性、浪漫幻想性与具象描写的有机统一。《浮士德》中的人物、故事不是以现实生活的本来面貌为蓝本加以刻画的,而是浪漫幻想的产物。如对浮士德精神探索的五个阶段的设计,就超脱了现实生活中可以经验、求证的物质形态,是对人类精神从低级到高级不断演进历程高度浓缩、提炼的结果。同时,《浮士德》在具象描写方面达到了相当高的水平。其中的现实生活场景,如书斋中的苦闷,酒肆的狂欢,爱情的迷乱,在大自然中的陶醉等,都遵从现实生活的逻辑,是具体、生动、形象的,是常人能够经历的。

本书节选的第一部第二场"城门前"写浮士德走出阴暗的书斋,从春意盎然的大自然和狂欢热情的民众中受到鼓舞,精神焕发勃勃生机,萌生了新的人生追求。而迂腐平庸的瓦格纳追随浮士德左右,在对照中突出了浮士德高远的精神境界。第二部第五幕第五场"宫中的宽广前庭",写已经百岁的浮士德死期将至,仍然没有停止精神的追求,终于领悟到人生的至高真理是"必须每天每日去争取生活与自由,才配有自由与生活的享受!"结尾处靡非斯陀的话表现了虚无主义思想,映衬了浮士德勇于探索、积极进取的人生态度。

知识链接

1. 启蒙运动。发生在 18 世纪的启蒙运动是欧洲继文艺复兴运动之后的又一次伟大的思想文化运动。它比文艺复兴运动带有更强烈的政治革命的色彩。如果说人文主义者主要关注的是如何从宗教束缚下解放人的个性的话,那么,启蒙主义者认为宗教迷信和专制制度是拴在人类脖子上的两股绳索。他们主张自然神论和无神论,并以"自然法则"为依据,用自由、平等的口号来反对封建专制统治和宗教特权。"启蒙"一词就其字面上的意义讲,就是"启迪"、"照亮"的意思,即用近代文化去"启迪"人们的理性和智慧,"照亮"愚昧、落后、黑暗的社会,以消除教会和贵族专制所散布的迷信和偏见,恢复理性的权威。文学在他们看来也是进行启蒙的手段和宣传反封建思想的有力武器,所以很多启蒙思想家同时也是文学家。

2. 狂飙突进运动。18 世纪 70 年代,德国狂飙突进运动开始兴起。这是一场全国性的文学运动,因当时德国作家克林格尔 1776 年发表的同名剧本《狂飙突进》而得名。"狂飙突进"作家否定现存的封建制度,主张"返回自然";提倡民族意识,要求民族解放;追求个性解放,推崇天才;强调文学的民族风格。在这一运动中,涌现了一大批作品,形成了德国文学的空前繁荣。但由于这场运动是自发的,缺乏明确的政治纲领,所以它始终局限在文学领域,当那种青年人特有的狂热过去后,这一运动也告衰退了。青年歌德和席勒则是该运动的主将。

3. 浮士德精神。指歌德所塑造的浮士德形象身上所体现出来的积极进取、不断追求、永不满足、自强不息的探索的精神。这种精神实质是对文艺复兴到 19 世纪初 300 年间德国和欧洲资产阶级先进分子的精神探索历程的高度概括。

11 华兹华斯《致杜鹃》

欢畅的新客呵！我已经听到
　　你叫了,听了真快乐。
杜鹃呵！该把你叫做飞鸟,
　　或只是飘忽的音波？

我静静堰卧在青草地上,
　　听见你呼唤的双音;①
这音响从山冈飞向山冈,
　　回旋在远远近近。

你只向山谷咕咕倾诉,
　　咏赞阳光与花枝,
这歌声却仿佛向我讲述
　　如梦年华的故事。

春天的骄子！欢迎你,欢迎！
　　至今,我仍然觉得你
不是鸟,而是无形的精灵,
　　是音波,是一团神秘。

与童年听到的一模一样——
　　那时,你们的啼鸣
使我向林莽、树梢、天上
　　千百遍瞻望不停。

为了寻觅你,我多次游荡,

---

① 杜鹃的啼声是"咕咕",所以说是"双音"。

越过幽林和草地；
　你是一种爱，一种希望，
　　被追寻，却不露行迹。

　今天，我还能偃卧在草原，
　　静听着你的音乐，
　直到我心底悠悠再现
　　往昔的黄金岁月。

　吉祥的鸟儿呵！这大地沃野
　　如今，在我们脚下
　仿佛又成了缥缈的仙界，
　　正宜于给你住家！

（选自杨德豫译《华兹华斯、柯尔律治诗选》。人民文学出版社2001年版）

作品内容提问

1. 《致杜鹃》第一段第一句是什么？
2. 紧接着"春天的骄子！欢迎你，欢迎！"之后的诗句是什么？
3. "你是一种爱，一种希望"，这里的"你"指的是谁？
4. 诗歌中"春天的骄子"指的是什么？
5. 全诗的最后一节的诗句是什么？

导读

　　威廉·华兹华斯(1770—1850)是英国杰出的浪漫主义诗人，"湖畔派"诗人的代表，出生在位于英格兰北部湖区坎伯兰郡的一个律师家庭。1787年，入剑桥大学学习，广泛涉猎文学。1790年，华兹华斯徒步到法国、阿尔卑斯山区和意大利旅行。随后在法国居住了一年，受到法国大革命的深刻影响。1795年，他与诗人柯尔律治结交，开展了富于成果的合作。1798年，二人合著的《抒情歌谣集》出版，这是英国浪漫主义文学历史上的一个里程碑。1800年，《抒情歌谣集》再版，华兹华斯为此写了一篇序言，系统表述了自己的浪漫主义诗学理论，对西方文学产生了深远影响。1808年，华兹华斯度过了他创造力最旺盛的时期。19世纪20年代以后，他的诗才开始衰退，但名声日隆。1843年，他被授予桂冠诗人称号。1850年去世。

　　华兹华斯的自然诗取得了极高的成就，代表作有《咏水仙》、《致杜鹃》、《坎伯兰老乞丐》、《孤独的收割人》、《我们共七个》、《丁登寺》等。他以英国特有的绿野、灌木、花丛、湖泊、丘壑、鸟雀等自然风景和生物为表现对象，歌咏其灵秀之美。他将自然与文明对立起来，认为自然具有神性，感受自然、融入自然，是提升精神境界、实现生命本质的重要途径，而文明会使人的心灵钝化,精神堕落;同时,他也在探索文明人回归自然之路。更可贵的是,他把农人、乡村生活作为大自然的重要组成部分;他笔下的乞丐、收割者、农人、乡村儿童,地位虽卑微,生活虽困苦,但都与自然保持着和谐关系,生命自有其尊严和价值。

《致杜鹃》是一首赞美杜鹃的抒情诗。诗人没有从体形、颜色、动态等实体性方面描写杜鹃,而是集中笔墨描写杜鹃美妙的啼鸣声,并由此引发回忆和联想,创造出别具一格、优美动人的意境,抒发了对大自然的热爱之情。

杜鹃是北半球常见的鸟类,在中国还被称为布谷或子规,春季鸣叫,发双音,声音婉转悠扬、清脆悦耳,且可连续鸣叫较长时间;又习性胆怯,常栖息于植被稠密之处,飞行急速,因此往往仅闻其声,不见其形。诗人在第一诗节就称杜鹃是"欢畅的新客",是"飘忽的音波",既点出了其在新春鸣唱的习性特点,也确立了全诗描写杜鹃鸣叫的两个角度:声音的欢畅和神秘。全诗连续用了"欢畅的新客"、"咏赞阳光与花枝"、"春天的骄子"、"一种爱,一种希望"、"吉祥的鸟儿"等短语,以凸显杜鹃在春天鸣唱的快乐、欢畅和喜悦之情;又先后用"飘忽的音波"、"无形的精灵"、"一团神秘"、"不露行迹"等短语,表现其鸣唱的灵动、曼妙、飘忽、神秘之美。两个角度相互交织烘托,把杜鹃鸣唱赏心悦耳又不可言状的情态形象地展示在读者面前。

杜鹃鸣唱之美的发现者和感受者是诗人,因而,它与诗人之间的联动关系就成为《致杜鹃》描写的重点。全诗共8节。诗人先是听到杜鹃久违的欢畅鸣叫,感到由衷的快乐,并向春天归来的杜鹃表示热烈的欢迎。随后,诗人转入回忆,追想童年时代聆听杜鹃鸣唱的妙音;而其中最令诗人缅怀的是当年试图寻觅杜鹃踪迹而不得的情景,童心童趣跃然纸上。最后,诗人感念因为杜鹃把自己的童年时代变成了"黄金岁月",遂转入联想,想象杜鹃美妙的歌声将人间装点成"缥缈的仙界"和乐园。诗人通过对杜鹃鸣唱的聆听、回忆、寻觅、联想,与杜鹃建立起持续的契合、呼应、对话关系,在灵犀相通中,源源不断地接获来自杜鹃所代表的自然给予自己的精神养分和灵魂启迪。诗人认为,人类一旦与自然建立了这样一种和谐关系,世界也会变得无限美好,大地会成为精神的乐园。

《致杜鹃》采用移情手法,将人类情感灌注于杜鹃,从而确立了抒情的基础。比喻在诗中也被大量采用,展现了杜鹃意象的丰富性和多面性。

知识链接

1. 浪漫主义文学运动。浪漫主义文学运动是法国大革命之后爆发的第一个资产阶级文学运动。产生于18世纪末的德国和英国,在19世纪上半叶影响到整个欧洲并达到繁荣时期。浪漫主义文学具有鲜明特征:一是具有强烈的主观抒情性和理想性;二是大自然的意象成为重要的情感载体;三是艺术形式自由,主张打破诗歌的韵律的束缚,主张采用日常语言来表示自己对陈规旧俗的蔑视。

2. "湖畔派"诗人。湖畔派诗人是指19世纪英国浪漫主义运动中较早产生的一个流派。主要代表有华兹华斯、柯尔律治和骚塞。由于他们三人曾一同隐居于英国北部的昆布兰湖区,都主张"回到大自然中去",以诗赞美湖光山色,并以此与现代文明弊端相抗衡,所以有"湖畔派诗人"之称。有人认为湖畔派诗人代表英国消极浪漫主义倾向。

12 拜伦《唐璜》(节选)

《哀希腊》是《唐璜》中的一个独立插段,出现在第三章。唐璜在海上遇险,漂流到一个小岛,被希腊海盗首领的女儿海蒂搭救,二人相爱结婚。在婚礼上,抒情主人公设想这种场合必有游吟歌手吟唱助兴。于是,他假歌手之名,插入一曲"哀希腊",它本身是一首抒情诗,可以独立成篇。原诗无名,"哀希腊"为中文译者所加。

哀 希 腊

一

希腊群岛呵,美丽的希腊群岛!
火热的萨福在这里唱过恋歌;
在这里,战争与和平的艺术并兴,
狄洛斯崛起,阿波罗跃出海波!
永恒的夏天还把海岛镀成金,
可是除了太阳,一切已经消沉。

二

开奥的缪斯和蒂奥的缪斯,
那英雄的竖琴,恋人的琵琶,
原在你的岸上博得了声誉,
而今在这发源地反倒喑哑
呵,那歌声已远远向西流传,
远超过你祖先的海岛乐园。

三

起伏的山峦望着马拉松,
马拉松望着茫茫的海波;
我独自在那里冥想了一时,
梦见希腊仍旧自由而欢乐;

因为当我在波斯墓上站立,
我不能想象自己是个奴隶。

四

一个国王高高坐在山头上,
瞭望着萨拉密挺立于海外;
千万只战船停靠在山脚下,
还有多少队伍——全由他统率!
他在天亮时把他们数了数,
但日落的时候他们到了何处?

五

呵,他们而今安在?还有你呢,
我的祖国?在无声的土地上,
英雄的颂歌如今喑哑了,
那英雄的心也不再激荡!
难道你一向庄严的竖琴,
竟至沦落到我的手里弹弄?

六

也好,置身在奴隶民族里,
尽管荣誉都已在沦丧中,
至少,一个爱国志士的忧思,
还使我在作歌时感到脸红;
因为,诗人在这儿有什么能为?
为希腊人含羞,对希腊国落泪。

七

我们难道只对好日子哭泣
和惭愧?——我们的祖先却流血。
大地呵!把斯巴达人的遗骨
从你的怀抱里送回来一些!
哪怕给我们三百勇士的三个,
让色茅霹雳的决死战复活!

八

怎么,还是无声?一切都沉寂?
不是的!你听那古代的英魂
正像远方的瀑布一样喧哗,

他们回答:"只要有一个活人
登高一呼,我们就来,就来!"
噫! 倒只是活人不理不睬。

九

算了,算了;试试别的调子:
斟满一杯萨摩斯的美酒!
把战争留给土耳其野番吧,
让开奥的葡萄的血汁倾流!
听呵,每一个酒鬼多么踊跃
响应这一个不荣誉的号召!

十

你们还保有庇瑞克的舞艺,
但庇瑞克的方阵哪里去了?
这是两课:为什么你们偏把,
那高尚而坚强的一课忘掉?
凯德谟斯给你们造了字体——
难道他是为了传授给奴隶?

一一

斟满一杯萨摩斯的美酒!
让我们且抛开这样的话题!
这美酒曾使阿纳克瑞翁
发为神圣的歌;是的,他屈于
波里克瑞底斯,一个暴君,
但这暴君至少是我们国人。

一二

克索尼萨斯的一个暴君
是自由的最忠勇的朋友:
那暴君是密尔蒂阿底斯!
呵,但愿现在我们能够有
一个暴君和他一样精明,
他会团结我们不受人欺凌!

一三

斟满一杯萨摩斯的美酒!
在苏里的山中,巴加的岸上,

住着一族人的勇敢的子孙，
不愧是道瑞斯的母亲所养；
在那里，也许种子已经散播，
是赫剌克勒斯血统的真传。

一四
别相信西方人会带来自由，
他们有一个做买卖的国王；
本土的利剑，本土的士兵，
是冲锋陷阵的唯一希望；
但在御敌时，拉丁的欺骗，
比土耳其的武力还更危险。

一五
呵，斟满一杯萨摩斯的美酒！
树荫下正舞蹈着我们的姑娘——
我看见她们的黑眼睛闪耀；
但是，望着每个鲜艳的姑娘，
我的眼就为火热的泪所迷，
这乳房难道也要哺育奴隶？

一六
让我登上苏尼阿的悬崖，
在那里，将只有我和那海浪
可以听见彼此的低语飘送，
让我像天鹅一样歌尽而亡；
我不要奴隶的国度属于我——
干脆把那萨摩斯酒杯打破！

（选自查良铮译《唐璜》。人民文学出版社 2008 年版）

作品内容提问

1. 《哀希腊》第一段有"希腊群岛呵，美丽的希腊群岛！"的句子，紧接着它的三句诗是什么？
2. "大地呵！把斯巴达人的遗骨，从你的怀抱里送回来一些！"这句诗出自选文的哪一节？
3. 紧接着"在苏里的山中，巴加的岸上，住着一族人的勇敢的子孙"的后三句是什么？
4. 选文的第十四段头两行诗是什么？

5. 选文的第十六段最后两句诗是什么?

导读

乔治·戈登·拜伦(1788—1824)是19世纪初期英国杰出的浪漫主义诗人,出生在英国伦敦一个没落贵族家庭。13岁入哈罗中学。1805年进剑桥大学,开始诗歌创作。1807年出版处女作诗集《闲暇的时光》。1809年大学毕业,在上议院获得世袭议员的席位,第二部诗集《英格兰诗人和苏格兰评论家》出版后引起强烈反响。1809—1811年,他游历了葡萄牙、西班牙、阿尔巴尼亚、希腊和土耳其。1812年,拜伦因创作诗体游记《恰尔德·哈罗尔德游记》第一、二章,名声大噪,旋即因婚姻问题招致上流社会的恶意攻击。拜伦1816年4月被迫离开英国,起初他侨居瑞士,1817年到意大利。他先参加烧炭党人革命活动,后又赴希腊参加希腊人民反抗土耳其的解放斗争。1824年,拜伦在行军中淋雨生病去世。

拜伦用多种诗歌体裁创作,都取得了突出成就。他的抒情诗有《当初我俩分别》、《雅典的少女》、《她走在美的光彩中》等精品。叙事诗有《恰尔德·哈洛尔德游记》、《唐璜》、《希隆的囚徒》以及被称为"东方叙事诗"的《异教徒》、《阿比道斯的新娘》、《海盗》、《莱拉》、《科林斯的围攻》、《巴里西纳》等。东方叙事诗塑造了一批"拜伦式英雄"的形象。剧诗有《曼弗雷德》、《该隐》等,政治讽刺诗有《审判的幻景》、《青铜世纪》等。

长篇叙事诗《唐璜》是拜伦的代表作,也是英国浪漫主义时期最出色的文学作品之一。它通过西班牙贵族青年唐璜的漫游历险和抒情主人公的观感议论,讽刺和批判了18世纪末19世纪初欧洲政治的黑暗、上层社会生活的虚伪和保守。

《唐璜》第三章中《哀希腊》的主题是爱国主义。古代希腊是西方文明的摇篮。她创造的灿烂文化,对后世西方文化产生了深远而重大的影响。但自中世纪开始,希腊民族持续衰落,一千多年湮没无闻。从15世纪中期开始,更是被土耳其吞并统治。在19世纪上半叶,受激荡欧洲的民族解放运动的影响,希腊开始争取民族独立和解放的斗争。拜伦受此鼓舞,写下了这首充满爱国激情的诗篇。《哀希腊》的爱国主义主题建立在古今对比的基础之上。诗人从"文教"和"武功"两个角度回顾了古希腊民族的辉煌成就。"文教"提到阿波罗神话、荷马史诗、萨福和阿那克里翁的抒情诗,"武功"列举了马拉松战役、萨拉米海战,以及三百斯巴达勇士以血肉之躯抗击强敌的温泉关战斗,这些著名战例彰显了希腊民族勇于抵抗侵略、捍卫独立、自由的光荣传统。诗人在回顾希腊民族光荣传统的同时,不断将其与国破家亡、山河破碎的屈辱现实加以对比,把古代希腊人民的英雄主义和爱国主义精神与当下希腊人普遍存在的精神麻木沉沦状态作对比,以图唤醒希腊人民的民族自豪感,激励其反抗异族统治的战斗精神。流淌在字里行间的"哀其不幸、怒其不争"的情绪,蕴含着殷切期望,加强了激励的效果。最后一节诗人流露的"众人皆醉我独醒"的孤独感,也不是完全消极的,其中混合了责备和忧愤,总体上深化了爱国主义主题。

在艺术上,《哀希腊》最显著的特点是古今对比。诗人在几乎每一诗节中,总是先历数古希腊隆盛时期的文教或武功,然后笔锋一转,指向希腊屈辱的现状,这种倒高潮式的对比,使古今产生强烈的落差,把情感引向对现实的思考,起到了明确方向、强化斗志的效果。其次是全诗的抒情既气韵连贯,又富于变化。围绕着怀古伤今、激人奋进的抒情主旋律,诗人时而感叹,时而质问,时而论辩,时而讽刺,抒情手法多样,语气富于变化,使情感跌宕起伏,读来回肠荡气,产生强烈的艺术感染力。

知识链接

　　拜伦式英雄。拜伦笔下的"英雄"都是一些"孤独绝望的反抗者",具有以下共同的精神特征:抑郁孤独,桀骜不驯,鄙视一切;明知反抗的结果是失败,但仍然在绝望中对社会进行不妥协的反抗,而反抗也常常以悲剧而告终。这些人物有拜伦本人强烈的个性色彩。

13 济慈《秋颂》

1

雾气洋溢、果实圆熟的秋,
你和成熟的太阳成为友伴;
你们密谋用累累的珠球
缀满茅屋檐下的葡萄藤蔓;
使屋前的老树背负着苹果,
让熟味透进果实的心中,
使葫芦胀大,鼓起了榛子壳,
好塞进甜核;又为了蜜蜂
一次一次开放过迟的花朵,
使它们以为日子将永远暖和,
因为夏季早填满它们的粘巢。

2

谁不经常看见你伴着谷仓?
在田野里也可以把你找到,
你有时随意坐在打麦场上,
让发丝随着簸谷的风轻飘;
有时候,为罂粟花香所沉迷,
你倒卧在收割一半的田垄,
让镰刀歇在下一畦的花旁;
或者,像拾穗人越过小溪,
你昂首背着谷袋,投下倒影,
或者就在榨果架下坐几点钟,

你耐心瞧着徐徐滴下的酒浆。

3

呵,春日的歌哪里去了?但不要
想这些吧,你也有你的音乐——
当波状的云把将逝的一天映照,
以胭红抹上残梗散碎的田野,
这时呵,河柳下的一群小飞虫
就同奏哀音,它们忽而飞高,
忽而下落,随着微风的起灭;
篱下的蟋蟀在歌唱,在园中
红胸的知更鸟就群起呼哨;
而群羊在山圈里高声咩叫;
丛飞的燕子在天空呢喃不歇。

(选自穆旦译《拜伦雪莱济慈抒情诗精选集》。当代世界出版社2007年版)

作品内容提问

1. 《秋颂》第一段第一句诗是什么?
2. 紧接着"春日的歌哪里去了"之后的诗句是什么?
3. "谁不经常看见你伴着谷仓,在田野里也可以把你找到",这里的"你"指的是谁?
4. 诗句"你倒卧在收割一半的田垄"中的"你"指的是谁?
5. 全诗的最后一节的最后两句是什么?

导读

约翰·济慈(1795—1821)是19世纪英国杰出的浪漫主义诗人。出生在伦敦,父母早逝,幼年生活贫困。稍大即到医院当实习生和医生助手,但醉心于诗歌。受画家和作家朋友的影响,后来放弃医生职业,专事诗歌创作。1820年,济慈肺结核病恶化,为治病,他前往日照充足、气候温润的意大利。1821年在罗马去世。济慈一生的创作时间不过短暂的五年,而他的最重要的诗作《无情的妖女》、《圣尼亚节的前夕》和六首颂诗《怠惰颂》、《塞吉颂》、《夜莺颂》、《希腊古瓮颂》、《忧郁颂》、《秋颂》都是在1819年完成的。济慈的诗歌创作与孱弱的身体状况有密切关系,逐渐逼近的死亡成为他创作的动力和源泉。《夜莺颂》写诗人渴望借美酒和艺术的力量摆脱人世烦恼,达到夜莺歌唱般欢乐的境界。《希腊古瓮颂》由一尊希腊古瓮上的彩绘图案触发联想,诗人神往那些图案在寂静、沉默中孕育的如花般瑰丽的故事,它们能穿过历史烟云和时间长河,达致永恒。济慈的诗歌大多是美轮美奂的精品,词采华丽,表达了对自然、生活、艺术的无限热爱之情。

《秋颂》是济慈的六首颂歌之一,也是最优秀的英语抒情诗之一。诗人用浓彩重抹描绘了一幅温暖、绚烂、丰足的秋日图景,表达了对生活和生命的无限眷恋之情。全诗共3节,第一节用拟人手法,把秋天比作太阳的密友,他与太阳联袂合作,催熟了大地的累累果实:葡萄缀满藤蔓,苹果压弯树枝,葫芦肚子鼓胀,榛子果仁饱满,蜂蜜溢满蜂巢。诗人如数家珍般将"果实圆熟"的细节一一展示,并以流畅的节奏,将这些细节串联在一起,构成一幅五彩斑斓的图景。这一节主要从触觉来写万物的成熟,描绘的是一个个鼓胀、饱满、丰腴的形体,有重量,有质感,有黏性。

第二节写田野丰收的景象,着重从视觉进行描写。诗人继续采用拟人化手法,将"秋"幻化成一个人物形象,想象他在乡间徜徉,欣赏着一幅幅丰收的美景。也有批评家指出,这一节中的人物活动场景,其灵感和构图取自意大利、法国、英国一些著名画家笔下的秋景图,而这些绘画中,均有罗马神话中谷物女神的暗示。因而,第二节的"你",既可以理解为拟人化的"秋",也可以看成象征着丰收的谷物之神,只不过传统神话中的谷物女神,在济慈笔下变成了男性,他跨过小溪,在田埂、打麦场、榨果架下随性坐卧,一副慵懒、陶醉、餍足的模样,彰显了现世生活的无限魅力。

第三节写秋收之后、冬季到来之前乡野落日熔金的黄昏景象,集中写鸟畜飞虫世界,侧重于听觉。在这里,"秋"形象化为飞螺的哀音、蟋蟀的歌唱、知更鸟的呼哨、羊群的咩叫,它们的鸣唱汇成了田园交响曲,在欢欣、陶醉中流露出一丝伤感。这是在向秋道别,又分明有不忍割舍的留恋。这一节通过秋之短暂的描写,进一步加深了诗人对生活和生命的眷恋之情。

《秋颂》是济慈诗歌艺术的典范之作。首先是拟人化手法的采用。诗人除了将秋幻化为人物、神祇和动物的形象,还通过抒情主人公在后两节诗起首的发问,与"秋"建立起对话关系,赋予"秋"以生命的灵动感,凸显了万物的盎然生机。其次是通过举证法,罗列各种具有英国乡村典型特征的秋天物象,从多角度、多侧面展示了秋天的丰足之美。第三是营造画面感,以调动丰富的感官体验,并赋予自然之秋以艺术雅趣和文化内涵。

14 雨果《克洛德·格》(节选)

中篇小说《克洛德·格》描写了一个穷苦的失业工人,在商店里为自己因为饥饿而濒临死亡的女人和孩子偷了点儿面包和柴火,结果为自己带来了五年的监禁。在监狱里,他由于正直严肃而被人尊敬,但他的这种声望并没有帮助他填饱肚子,反而招致了监狱长处心积虑的打击和折磨。经过内心的审判,克洛德最后以良心的名义判处了监狱长死刑。雨果在故事的后面引申出疑问:为什么穷人总是被伤害?为什么政府宁愿花大钱修建监狱而不愿意用同样的钱修建十所学校?造成这样悲剧的原因是什么?作者对这些问题进行了直截了当的回答。本文所选的是这部小说故事的主要部分。

七八年前,巴黎城里住着一个贫苦的工人,名叫克洛德·格。与他同居的是他的情妇和情妇的孩子。我这里只是把事情的真相原原本本说出来,让读者自己按照它发展的经过吸取教训吧。这位工人聪颖灵巧,精明能干。他没受过教育,却颇有天分;他一字不识,却善于思考。有一年冬天,他找不到活干,破屋子里既无取暖的柴火,也没充饥的面包,三个人饥寒交迫。工人去偷东西了,他偷了什么,在哪儿偷的,我就搞不清了。我只知道,他给情妇和孩子弄来了三天的面包和柴火,给他自己招来的,却是五年的牢房。

这人被押到克莱沃中央监狱服劳役。克莱沃本是一座修道院,人们却把它改成了监狱。于是,修女室成了牢房,祭坛成了刑台。我们正在宣传进步,而有些人却是这样在理解和执行。这就是他们在我们所讲的进步里塞进来的私货。

闲言少叙,现在我们接着往下讲吧。

克洛德·格下狱后,夜里关在牢房里,白天到车间干活。我要斥责的倒不是车间。

不久前还是一个正直工人而今天成了偷窃犯的克洛德·格,长得五官端正,神情严肃。尽管年岁尚轻,高耸的额头上却泛起了皱纹,乌黑的头发中隐约可见几根银丝,温和而锐利的双眼深深藏在突起的眉骨下面,大大的鼻孔,前挺的下巴颏,配着一双常常流露出轻蔑神情的嘴唇。这是一个端庄而漂亮的脑袋。我们且看社会将它变成什么样子吧。

他不爱说话,手势也很单调,浑身却显示出一种威严,叫人甘愿顺从。他好沉思,很庄重,外表上虽见不到痛苦的神色,实际上却经受过许多艰难苦楚。

在关押克洛德·格的监狱里,有一个典狱长。他是那种专门适合做管理监狱的小官吏中的一个。他既当看守又做厂长,既向工人订货又威胁囚犯,既把工具塞到你手中又把铁镣戴到你脚上。他机械生硬,专横暴虐,刚愎自用,飞扬跋扈;但他偶尔又是一个好同伴、好长官,乃至会面带喜色、风趣地开开玩笑;与其说他坚强,毋宁说他冷酷;他对任何人都不讲理,甚至对自己也不留情;他无疑是个好父亲、好丈夫,但这是出于无奈,而非源于道德;一句话,他虽不显得凶恶,却是个恶人。他是那种不敏感、不灵活、无生气、对所接触的任何思想和感情都麻木不仁的人,是那种发阴气、生暗根、即使激动不已也不流于情感,尽管怒满胸膛也不露火气,不显热情,被人称之为木头疙瘩的人。是那种一头已在燃烧,另一端却还在冒冷气的人。这人性格上的主要点、中心点,就是顽固。他以此引为自傲,经常自比拿破仑。其实,这只不过是一种假象。有许多人,常常被这种假象所迷惑,弄得阴差阳错,把顽固看成毅力,把烛光视做星星。因此,当他在这种"毅力"的支配下干着荒诞不经的事情时,还总是昂首挺胸、不畏艰险,非把那种荒诞不经的事情干完不可。没有智慧的顽固,是愚蠢之上加愚蠢,使得人越来越蠢,后果不堪设想。一般说来,当一场个人或社会的灾难降临到我们头上的时候,倘若我们根据倒塌在地上的破砖断瓦堆放的方式去追根寻源时,我们几乎总可以发现,这灾难是由一个碌碌无为、顽固不化、盲目自信、自我欣赏的人造成的。这种自诩为天生的救世主之类的既顽固又渺小的人物,世界上几乎到处都可以看到。

克莱沃中心监狱长就是这么一个人。社会把他当做一个取火器,日复一日地用他在囚犯身上敲打出火星来。

然而,用这样的取火器在这样的石子上敲打出来的火星常常会酿成一场又一场大火灾的。

我们前面已经说过,克洛德·格一到克莱沃监狱,就被编上号码,送到车间里终日干活。典狱长一和他接触,便发现他是个优秀工人,待他很不错。甚至有一天,他由于心情愉快,看到克洛德·格总是因对他称为"妻子"的那个女人思念切切而忧郁悲伤,便带着既消遣又安慰的神态,和颜悦色地告诉他,那个不幸的女人已成了妓女。克洛德冷冷地问他孩子怎样了,他说不知道。

几个月后,克洛德习惯了监狱的生活,似乎什么也不想了。他性格中本来有的那种严肃的宁静又出现了。

差不多在过了同样长的时间后,克洛德在他的所有难友中产生了一种奇特的影响。谁也不知道为什么,甚至连他自己也茫然,好像是一种默契,大家都请教他,顺从他,模仿他。模仿是钦佩之至的表现。得到所有这些叛逆者的归顺,可不是一种寻常的荣誉。能取得这种权威,他连做梦也没有想到。这种权威来于他眼睛里的那两道目光。眼睛是人的窗扉,通过它,可以看到一个人心田里的变幻。

把一个头脑清醒的人放在一群头脑糊涂的人中间,过了一段时间后,由于一种不可抗拒的吸引定律,所有头脑糊涂的人都会谦恭地、不无钦佩地集结在头脑清醒的人周围的。有的人是铁,有的人是吸铁石。克洛德是吸铁石。

因此,不到三个月,克洛德变成了监狱里的灵魂、法律和秩序。所有的指针都在他这块钟盘上转动。就是他自己,有时也在怀疑,他到底是国王还是囚犯。他好像是被红衣主教们簇拥的一个被囚禁起来的教皇。

然而,同一件事总会招来多方面的反应。他既然赢得了囚犯们的爱戴,就会得到狱卒们憎恨。这不足为怪。深孚民望的人总会失宠于上司,得到奴隶的一分爱戴就会引来主子的两分憎恨,这不很自然吗!

克洛德·格饭量超人。这是他生理上的一个特点。他的胃天生能容纳两个常人的饮食。德·戈塔迪亚先生也有这样的胃口，他常以此洋洋得意，这对于一个拥有五十万头羊的西班牙大公爵来说，当然是一件令人高兴的事，可是，对于一个工人便是一种负担，对于一个囚犯则是一种灾难。

以前，自由自在住在小阁楼里的克洛德·格，干一天活，挣四斤面包，他全吃了；如今，蹲在监狱里的克洛德·格，干一天活，却只能换回一斤半面包和四盎司肉。这种配量太刻薄了。因而，克洛德·格在克莱沃监狱天天感到饿。

他饿，仅此而已。他从不声张。这是他的秉性。

一天，克洛德刚吃完他那份微小的口粮，便开始干活，以为劳动能驱除饥饿。别的囚犯都还在津津有味地吃饭。这时，一个脸色苍白、皮肤白皙、身体虚弱的年轻人来到他的身边。年轻人手里拿着尚未动的那份食物和一把小刀。他紧站在克洛德身边，看样子想讲话，可又不敢启齿。这个人、他的面包、他拿着的肉，无不使克洛德心烦。

"你要干什么？"克洛德终于粗暴地说。

"请你帮帮忙。"年轻人胆怯地说。

"什么事？"克洛德问。

"请你帮我把这点东西吃了，我的太多了。"

克洛德高傲的眼睛里淌出了热泪。他拿起刀，把年轻人的食物分成两半，拿过一份，吃了起来。

"谢谢，"年轻人说，"如果你愿意，我们每天都这样分着吃吧。"

"你叫什么名字？"克洛德·格问。

"阿尔班。"

"你怎么到这里来的？"克洛德·格问。

"我偷了东西。"

"我也是。"克洛德说。

真的，他们以后就这样天天分吃食物。其实，克洛德·格只有三十六岁，由于他生性严肃，常常看上去却像有了五十岁。阿尔班已有二十岁，由于他的目光里尚带有几分稚气，人们还以为他只有十七岁呢。两人结下了亲密的友谊，这友谊与其说是兄弟之情，还不如说是父子之爱。阿尔班差不多还是个孩子；克洛德却几乎是个老头。

他们在同一个车间里干活，在同一个屋顶下憩息，在同一个院子里散步，分吃同一块面包。两个朋友结成了一个整体，难舍难分，看来他们很幸福。

我们在前面已经讲到了典狱长。囚犯们对他恨之入骨。他常常不得不求助于受囚犯拥戴的克洛德·格，以便让囚犯们俯首帖耳。克洛德的无名的权力在一场反抗或骚乱中帮助了典狱长官方授予的权力。确实，要想安抚这些囚犯，克洛德·格一句话就顶得上一个狱警。克洛德多次这样为典狱长效了劳。典狱长却因此对他耿耿于怀。他嫉妒这个盗窃犯。他内心深处对克洛德怀有一种隐秘的、由嫉妒而生的不可调和的仇恨，一种如登上宝座的君主对事实上的君主、教皇的俗权对教权的仇恨。

这样的仇恨总是最狠毒的。

克洛德一心疼爱阿尔班，却未曾提防典狱长。

一天早上，当囚犯们两个两个打宿舍走进车间时，一个狱卒叫住了走在克洛德身边的阿尔班，说典狱长找他。

"他叫你干什么?"克洛德问。

"不知道。"阿尔班答。

狱卒把阿尔班领走了。

一个上午过去了,阿尔班也没有回车间来。吃午饭的时候到了,克洛德寻思,他会在院子里见到阿尔班的。阿尔班也不在院子里。囚犯们又都回到了车间,阿尔班还是没有出现。白天就这样过去了。晚上,当犯人们被领回宿舍后,克洛德用双眼寻找阿尔班,没见人影。看来,他此时心如刀绞,因此他破天荒地去找狱卒问话了。

"阿尔班是不是病了?"他问道。

"没有。"狱卒回答。

"那他上哪儿去了?"克洛德接着问,"今天怎么不见他人影?"

"哦!"狱卒不急不忙地说,"因为他换地方了。"

后来给这件事作证的那些人注意到,克洛德听到这声回答后,他那只端着一支正燃着的蜡烛的手当时在微微颤抖。但他平静地问:

"谁下的这道命令?"

狱卒回答说:

"狄先生。"

典狱长叫狄先生。

次日的白天还是和先前一天一样,没有阿尔班。

晚上,在收工的时候,狄先生照例到各车间里巡查一番。克洛德从老远看到他后,就脱下粗羊毛帽子,扣好克莱沃监狱灰色囚衣上的扣子,因为,原则上讲,监狱里的人毕恭毕敬地扣好衣服可以博得上司的欢心。然后,他手里拿着帽子,站在车间门口的板凳旁,等候典狱长经过。典狱长过来了。

"先生!"克洛德说。

典狱长停住脚步,侧过身来。

"先生,"克洛德接着说。"我需要阿尔班才能活下去。"

他又补充道:

"光靠监狱发给我的那点儿面包,我吃不饱,阿尔班却能把他的粮食分给我吃,这些,您都知道。"

"这是他的事。"典狱长说。

"先生,没法把阿尔班和我放在同一个地方吗?"

"没法,已经作出了决定。"

"谁的决定?"

"我的。"

"狄先生,"克洛德说,"我是生是死,全在于您了。"

"凡我做出的决定是从不收回的。"

"先生,我是不是做了什么对不起您的事?"

"没有。"

"既然如此,"克洛德说,"为什么定要把我和阿尔班分开?"

"不为什么。"典狱长说。

典狱长这样敷衍了一句后,往别处走了。

克洛德垂着头,没去争辩。牢笼里的狮子多可怜,连和它做伴的狗也被夺走了。

我们必须指出,这种强拆带来的忧伤丝毫没有减弱可以说有点病态的囚犯的食欲。他身上也没有出现任何明显的变化。他不和难友中的任何人谈起阿尔班。工休的时候,他独自一人在院子里散步。他感到饿,如此而已。

然而,十分了解他的人都注意到,他脸上那种恐怖和忧郁的神色一天比一天加重。此外,他显得比任何时候都温和。

好几个人都愿意把自己的面包分给他吃,他微笑着,一一谢绝了。

自从听了典狱长的那番话后,他每天晚上都要做出一种近乎疯子的举动。这种举动从一个像他那样庄重的人身上表现出来,确实令人惶恐不安。每当例行的巡查在固定的时刻把典狱长带到克洛德干活的地方的时候,克洛德总要抬起双眼,死死地盯着他,用充满焦虑与愤怒,既像是恳求,又像是威胁的语气吐出几个字:"阿尔班呢?"这时典狱长往往是装聋作哑,或是耸耸肩膀就走了。

这个人耸肩膀可耸错了,因为目睹这些奇怪场面的人都明显地看到,克洛德·格内心里已暗暗下定了做某事的决心。全监狱的人都感到焦急不安,他们在猜想,一个顽固不化的人与一个意志坚强的人之间的冲突将会是一个什么样的结局。

据查,克洛德有一次对典狱长说:

"听我说,先生,把我的同伴还给我。我肯定,这将是您做的好事。请记住我对您说的这些话。"

又有一次,在星期天,克洛德坐在院子里的一块石头上,两肘支在膝盖上,双手撑着前额,就这样,一动也不动,连续待了几个小时,犯人法耶特走过来,笑着向他喊道:

"你在搞什么鬼呀,克洛德?"

克洛德慢慢扬起严肃的面孔说:

"我在审判一个人。"

最后,1831年10月25日的晚上,在典狱长来巡视的时候,克洛德把他上午在走廊上捡来的一块橱窗玻璃放在脚下踩碎,弄出很大的响声。典狱长问声音是从哪儿来的。

"别紧张,"克洛德说:"是我弄出的声音。典狱长先生,请把阿尔班还给我,请把我的同伴还给我。"

"不可能。"典狱长说。

"但必须还给我。"克洛德说,声音很低,却很坚决;而且,他正面盯住典狱长,补充说:

"请您三思。今天是10月25日,我让您考虑到下月4日。"

一个狱卒提醒狄先生,克洛德在威胁他,该受罚关禁闭。

"不,不必关禁闭。"典狱长满不在乎地笑着说,"对这些人该友好点!"

次日,当别的囚犯都聚集在院子另一端的一小块阳光下闲聊的时候,一个叫佩尔洛的囚犯走到独自一人在边散步、边沉思的克洛德身边,问道:

"喂,克洛德,你一脸的愁容,在想什么心事啊?"

"我担心,"克洛德说,"我担心这位好心的狄先生很快就会大祸临头。"

从10月25日到11月4日这九天里,克洛德天天都严正地向典狱长指出,阿尔班的失踪使他越来越感到痛苦。典狱长叫他缠烦了,有一次,因为克洛德的恳求已近乎勒令,典狱长便关了他二十四小时禁闭。这就是对克洛德再三恳求的答复。

11月4日到来了。那天早晨,克洛德醒来时,脸上露出自狄先生作出"决定"强行拆散他的朋友以来人们再也没有看见过的宁静。起床后,他在床底下一口盛放破衣服、未涂油漆的木箱里翻了一阵,从里面拿出一把裁缝的剪刀。这把剪刀和一本破散了的《爱弥儿》①,这是他曾经爱恋过的那个女人、他孩子的母亲,他从前那个幸福的小家庭给他留下的唯一财产了。这两样东西对克洛德都毫无用处:剪刀只能供妇人使用,书本是为那些识字的人印的。克洛德既不会裁剪,也不会诵读。

监狱里有一条年久失修的旧走廊,用石灰粉刷一下,作为冬天散步的场所。克洛德打这里经过时,朝正在聚精会神地注视着一扇铁窗上粗大的铁栅的犯人费拉利走过去,他扬了扬手中拿着的那把小小的剪刀,对费拉利说:

"今天晚上,我要用这把剪刀把这些铁条都剪断。"

费拉利无从相信,笑了起来,克洛德也笑了。

这天上午,克洛德干活的热情比平时更高,他从未干得这么快、这么好过。看来,他极力想在上午完成特鲁瓦市正直的市民布雷西埃定做的一顶草帽,工钱已经付过了。

临近中午时分,克洛德找个借口,到他干活的那层楼下面、底层的细木车间去了一次。他在那里也像在其他车间一样,受人爱戴。不过他很少去。因此,他一到,就有人嚷起来:

"啊,克洛德来了!"

人们一齐围了上来,如同欢庆节日。克洛德迅速在屋子里扫了一眼。看守都不在屋里。

"谁能借给我一柄斧子?"他问道。

"要斧子干什么?"人们问他。

他答道:

"今天晚上,我要用它把典狱长劈死。"

人们拿出好几柄斧子供他挑选。他挑了一柄最小但最锋利的斧子藏在裤子里,就上楼来了。那车间里有二十七名囚犯。他并没有嘱咐他们保密。可是谁也没把消息泄露出去。甚至他们互相间也不议论这件事。

人人都在等待着将要发生的事情。事情是可怕的,但又是正直的,合乎情理的。没有什么不可思议之处。克洛德既不会受人劝阻,也不会被人告密。

一个小时后,有个十六岁的少年囚犯站在走廊里,无聊地打着哈欠,克洛德走到他身边,劝他读书识字。这时,囚犯法耶特走近克洛德,问他,裤子里鼓鼓囊囊的,藏着什么鬼玩意儿。克洛德说:

"是一柄斧子,今晚杀狄先生用的。"

克洛德紧接着又问:

"这能看得出来吗?"

"有一点。"法耶特说。

白天的剩余时间和往常没什么两样。晚上七点,犯人被分组关在指定的车间里;看守们相继走出车间,按照惯例,要等典狱长巡查完毕后才能回去。

---

① 《爱弥儿》为法国18世纪最杰出的资产阶级启蒙思想家、文学家卢梭的作品。这是一部讨论教育问题的哲理小说。

克洛德·格和其他难友一样，被关在车间里。

这时候，一种不平常的场面在这个车间里出现了，那是用任何故事都无从叙述出来的既庄严又恐怖的场面。

当时在场的连克洛德在内共八十二名盗窃犯。在后来的预审中也证实了这一点。

看守刚一离开他们，克洛德便站上他那条板凳，向所有在场的人宣布他有话要对大家说。室内鸦雀无声。这时，克洛德提高嗓门说：

"你们都知道，阿尔班是我的兄弟。这里分发的食物不够我吃。就是把我挣的少得可怜的那点儿工钱添进去买面包，也填不饱我的肚子。阿尔班把他的食物分给我吃；我爱他，首先是因为他养活了我，其次是因为他爱我。典狱长狄先生硬把我们拆开了。我们在一起半点也没碍着他什么。可是，这个坏蛋，他把自己的幸福建立在别人的痛苦之上。我向他要过阿尔班。你们不也都看见了？他不给。我给他规定了期限，限他11月4日以前还我阿尔班。他却因此关了我禁闭。我在这段时间里审判了他，我判处了他的死刑。今天是11月4号。两个小时后，他就会里巡查。我预先告诉你们，我要杀了他。你们对此有什么意见吗？"

大家都不说话。

克洛德便接着说下去。他说话时，一方面显得雄辩滔滔，口才压众，另一方面又从容自如。他声明，他并非不清楚自己将要采取的是一种暴力行动，但他并不觉得这有什么错处。他请在场听他讲话的八十一名盗窃犯的良心为他作证：

他已到了忍无可忍的绝境；

一个人到了这步田地，自行采取报复行动是必要的；

实际上，他要拿下典狱长的头，不可能不付出自己的生命，可是他认为，为了正义而流尽自己的鲜血是值得的；

他已经过了深思熟虑，光为这件事，他已想了两个月；

他认为他完全不是凭义愤用事，但如果有这样的情况，他请大家提醒；

他诚恳地向聚集在他周围的那些正直的人们陈述了理由；

他虽然就将杀死狄先生，但是，倘若有谁向他提出不同的意见，他准备听取。

只有一个人建议，在杀死典狱长以前，克洛德应该想法最后向他提出一次，争取他让步。

"说得对，"克洛德说，"我将照着去做。"

时钟敲响了8点。典狱长该在9点来。

一俟这个闻所未闻的最高法院用某种方式认可了克洛德的判决后，他又恢复惯常的平静。他把一个囚犯能遗下的一点可怜的东西：衬衫和外衣，放在桌子上。接着，他把除阿尔班外，他最喜欢的同伴，一个一个地叫过来，把衣服全部分赠给他们。他只留下那把剪子。

然后，他拥抱了所有的人。有几个人哭了，他却对他们微笑。

在这最后的时刻里，当他泰然自若，甚至带有喜悦讲话的时候，他的好几个同伴，正如他们事后所讲的，内心里都在暗暗希望他会放弃这一决定。有一次，他甚至逗趣地用鼻孔吹气，把照亮车间的很少的几根蜡烛吹灭了一支。因为他没受过教育，这些不良的习惯常常影响了他天生的尊严。什么东西也无法叫这个昔日流落在街头巷尾的顽童不带点巴黎下水道的气味。

他瞥见一个少年囚犯脸色惨白，浑身发抖，眼睛一动不动地望着他，显然是由于想到即将发生的事而吓得魂不附体。

"别怕,勇敢些,小伙子!"克洛德温和地对他说,"那只是一瞬间的事情。"

克洛德把所有的破衣服都分赠完,和每个人一一握手告别后,发现车间昏暗的角落里有些人三五成群地不安地在议论着,他打断他们的讲话,劝他们开始干活。所有的人都无声地听从了。

发生这桩事的车间是一间狭长的长方形的房间,长边上都安着窗户,另外两边各有一扇门,两门正相对。车床靠着窗户,分立两边,板凳挨墙放着,与墙成直角,两排车床之中留有一片空地,形成一条狭长的通道,横贯车间,笔直地从一扇门通到另一扇门。典狱长每次视察时,都得打这条又长又窄的通道穿过;他一般总是从南门进,左右看着劳动着的囚犯,再从北门出去。他经过这里时,往往走得很快,脚不停步。

克洛德又重新回到他的位置上,开始干活,好像雅克·克莱芒①又念起了祈祷文一样。

人人都在等待。时间临近了。突然,时钟响了一下。克洛德说:

"预备铃响了。"

随即,他站起来,在房子里庄严地迈了几步,走到进门口,胳膊肘支在门左边的第一台车床角上。脸色格外宁静、亲切。

时钟敲完第九下。门开了。典狱长走了进来。

这时候,车间里的囚犯个个都像塑像般悄然无声。

只有典狱长还和平常一样。

他进来时,脸上带着愉快、满足和严酷的神色,没有发现克洛德站在门左边,右手藏在裤子里。他很快从前面几台车床旁走过。他点点头,翻来覆去地讲几句老话,目光左右随便扫扫,根本没有注意到他周围的人都目光呆滞,被一个可怕的念头所缠绕。

他突然听到身后有脚步声,便蓦地转过身子。

是克洛德,他悄悄跟在典狱长身后有好大一会儿了。

"你跟在我后面干什么?"典狱长问,"为什么不待在你的岗位上?"

因为一个人在这种地方已不再是人,而是狗,被人动辄用"你"称呼。

克洛德·格恭恭敬敬地回答说:

"我有话跟您说,典狱长先生。"

"什么事?"

"关于阿尔班的事。"

"又是阿尔班!"典狱长说。

"天天是阿尔班!"克洛德答。

"讨厌!"典狱长一边走一边说,"关了你二十四小时的禁闭还不够吗?"

克洛德继续跟在他后面,回答道:

"典狱长先生,请把我的同伴还给我。"

"不可能。"

"典狱长先生,"克洛德用一种能感动魔鬼的声音说,"我恳求您,重新让阿尔班和我在一起,您会看到我会好好干活的。您自由自在,您不在乎,也不知道一个朋友的价值;可是,

---

① 雅克·克莱芒(1567—1589):法国多明我会的教士。他 1589 年在刺杀亨利三世时当场被卫队所杀。

我唯有牢房的四堵墙。您可以来来往往,可我,只有阿尔班。把他还给我吧。阿尔班养活了我,这您是清楚的。您只说一句话就行了。在同一间屋子里有一个人叫克洛德·格,有另一个人叫阿尔班,这对您会有什么妨碍呢?就因为这么回事,也不会更复杂了。典狱长先生,我的好狄先生,我真的在恳求您了,以上帝的名义!"

也许,克洛德对一个看守还从来没有一口气说过这么多话呢。经过这番恳求后,他已精疲力竭,他在等待着。典狱长不耐烦地摆摆手,说:

"不可能。早说过了。行了,以后别再提了。你真叫我讨厌。"

说完,他由于急着要走,便加快了脚步。克洛德也加快了脚步。他们俩就这样边走边讲,快走到了出门口;八十一名盗窃犯屏声敛气,看着他们,听着他们讲话。

克洛德轻轻地扯住典狱长的衣角。

"但是,您至少得让我知道我是怎么被判处死刑的。请您告诉我,您为什么要把阿尔班和我拆开。"

"我早对你说过了,"典狱长回答说,"不为什么。"

说完,典狱长转过身子,背朝克洛德,手向门上的插销伸去。

听到典狱长的回答,克洛德往后退了一步。在场的八十一尊"塑像"都看见他从裤子里抽出捏着斧子的右手。这只手举起来了,而且,没容典狱长叫一声,接连劈下三斧子。说来也可怕,三斧子都劈在同一个地方。典狱长的头颅被劈开了。在典狱长倒下去的时候,第四斧子又落到了他的面门上;已经发作起来的狂怒无法马上被遏制住,克洛德又在他的右腿上砍了第五斧,毫无用处的一斧。典狱长已经呜呼哀哉了。

紧接着,克洛德扔下斧子,大声叫道:"现在该处置另一个人了!"另一个人,就是他自己。人们见他从上衣里摸出他"妻子"的剪刀,没容众人来得及想到去制止他,他就已经把剪刀扎进了自己的胸膛。刀刃太短,胸膛太深。他用剪刀长时间地在胸膛里乱扎,一连扎了二十多下,口里还大声呼叫:"罪人的心啊,我为啥就找不到你!"他终于血浸全身,晕倒在典狱长的死尸上面。

这两个人,到底是谁杀害了谁?

当克洛德恢复了知觉时,已经躺在一张床上。他盖着被单,裹着绷带,身边有人看护。他床边站着几个慈善会的嬷嬷,一个正在写案情报告的预审法官。法官极为关注地问他:

"你觉得怎样了?"

克洛德大量失血,但是尽管他那么使劲地乱扎,用以自杀的剪刀还是没有完成任务;没有一下扎到致命处。只有留在狄先生身上的那些伤口才是要他命的痕迹。

讯问开始了。法官问是不是他杀死了克莱沃监狱的典狱长。他回答说:"是的。"法官又问他为什么。他回答说:"不为什么。"

然而,有一段时间,他的伤口恶化了;高烧几乎夺去了他的性命。

11月,12月,第二年的1月,2月在医治和准备审判中过去了;医生和法官围着他忙碌不停;前者在为他治愈伤口,后者在为他构筑断头台。

闲言少叙。1832年3月16日,他完全痊愈后,出现在特鲁瓦重罪法庭受审。全城能来的人都来了。

克洛德在法庭上的态度很好。他把胡须刮得干干净净,头顶秃秃,穿着克莱沃监狱两种不同的灰色相间的囚衣。

检察官在大厅里布满了手持刺刀的兵士。他对听众说:"这是为了杀杀那些将为本案出庭作证的恶棍们的威风。"

当法庭辩论该开始的时候,出现了罕见的困难。11月4日事件的目击者谁也不愿意提供对克洛德不利的证词,庭长威胁说要对他们行使他的权宜处置权,仍无济于事。只是在克洛德要求他们出来作证时,所有的舌头这才解了扣。他们说出了他们亲眼目睹的事情。

克洛德聚精会神地听着每个人的发言。当其中某一个人,或许由于忘却、或许出于对克洛德的爱戴,忽略了一些应该由被告承担的责任时,他就补充完整。

证人一个接一个地传唤完毕后,我们刚才已叙述过的那一系列的事实便全然重现在法庭上了。

有一个时候,在场的妇女都哭了。执行员传唤犯人阿尔班。轮到他出庭作证了。他踉踉跄跄,呜咽着走了进来,一头扑倒在克洛德的怀里,狱警无法拦住。克洛德扶住阿尔班,微笑着对检察官说:"这就是那个把自己的面包分给饥饿的人吃的恶棍。"说完,他吻了吻阿尔班的手。

证人都传讯完后,检察官先生站起来,说了下面这段话:"陪审员先生们,如果这次公诉对像克洛德这样一类罪大恶极的人不绳之以法,整个社会就将从根基上动摇……"

在这段令人刻骨铭心的讲话过后,克洛德的辩护律师发言了。在这种人们称之为刑事诉讼的跑马场的场合中,按照惯例,有利和不利的辩护总要轮番出来表演一下。

克洛德认为事情并没讲充分。他便站起来发言了。他讲得那么出色,使得旁听席上每个有头脑的人都为之一惊。

似乎这个可怜的工人不是杀人犯,而是演说家。他站在那儿侃侃而谈,声音沉着动人;目光明亮、诚实、坚定;手势几乎重复不变,但格外有力。他叙说的是事情的本来面目,老老实实,严肃认真,即不生编硬造,也不避重就轻,一切他都不否认。他勇于正视刑法第296条①,不怕这条法律是架在他脖子上的鬼头刀。有时,他雄辩有力的口才使四座骚动、人们交头接耳,重复他刚说过的话。

这往往会引起一阵嗡嗡声,克洛德便借此机会喘口气,自豪地看看四座的听众。

这个一字不识的穷工人,有时显得温文尔雅、彬彬有礼、审慎有度,像个很有学问的人;有时显得谦逊、有节制、一丝不苟;在容易激怒人的那一部分辩论中,他从容不迫,侃侃而谈;他对法官也是亲善友好。

唯有一次,他忍不住动了怒。那是因为检察官在我们前面已经援引过的那段话中,说克洛德·格杀害的是一个既未动手打人也无其他暴力行为,也就是说没有挑衅举动的典狱长。

"什么!"克洛德大声叫道:"我没有受到挑衅?啊!是的,确实,是这样。我明白您的意思了。一个酩酊大醉的人给了我一拳,我杀死他,那才是受到了挑衅,你们才饶了我的命,才会把我送到苦役犯监狱。但是,四年来,一个没有醉,一个神志清醒的人,一直在折磨着我的心,一直在侮辱我,每一天、每一刻、每一秒都在用针朝我意想不到的地方狠扎!我从前有一个女人,为了她我才偷窃,他便用这女人来折磨我;我从前有个孩子,为了他我才犯罪,他便用这孩子来伤我的心;我的面包不够吃,有个朋友分给我,他便夺走了我的朋友和面包。我要他还我朋友,他却关我禁闭。我对他——这条鹰犬,用'您'称呼,他却对我称'你'。我对

---

① 刑法第296条,是有关谋杀罪的。

他说我痛苦,他却说我使他讨厌。那么,你们叫我怎么办?我只好杀了他。不错,我是个魔鬼,我杀了这个人,而我却不曾被他挑衅?你们砍下我的头吧,砍吧!"

在我们看来,这是一种伟大的举动。因为,过去的减刑总是以有形的挑衅作为不相称的依据,他这番话却使一整套被法律所忽视的关于无形的挑衅的理论突然出现了。

辩论结束时,庭长作了公正而又明了的总结。他得出的结论是:克洛德·格的一生是丑恶的一生,他本人实际上是个魔鬼。他先与妓女同居,后来偷窃,接着又杀人。这一切都确凿无疑。

在准备让陪审员到里面去商量的时候,庭长问被告对于审讯还有什么话要说。

"有几句,"克洛德说,"我想问问,我是个偷窃犯和杀人犯;我偷过东西,杀了人。可是我为什么偷窃?为什么杀人?请你们想想这两个问题吧,陪审员先生们。"

经过一刻钟的讨论,根据被称为"陪审团先生们"的十二个香槟人的意见,克洛德·格被判处死刑。

其实,审讯一开始,有好几个陪审员就注意到,被告姓"格"①,这个姓已经给他们留下了很深的印象。

在向克洛德宣读了判决书后,他只是说:

"判得不错,但是,此人为什么偷窃?为什么杀人?这两个问题尚未得到回答。"

克洛德回到监狱。他愉快地吃着饭,说:

"活了三十六岁啊!"

他不愿意向最高法院上诉。一个看护过他的嬷嬷,流着泪来恳求他。他上诉了。那是为了不让她伤心。看来,他也是坚持到了最后一刻,因为他在法院书记室的上诉登记册上签名的时间,比三天的法定期限超过了几分钟。

可怜的嬷嬷感激不已,赠给他五个法郎。他谢过嬷嬷,把钱收下了。

在他等待批转上诉的时间里,特鲁瓦的囚犯为他提供方便,竭力劝他越狱逃跑。他拒绝了。

犯人们先后把一个钉子、一截铁丝、一个桶柄从通风窗扔进他的囚房。对于一个像克洛德这样聪明的人来说,这三件东西,无论哪一件都足以帮助他把他身上的铁镣锉断。他却把桶柄、铁丝、钉子统统上交给了看守。

1832年6月8日,杀人之后已有七个月零四天,赎罪的时间到了。正如人们都看到的,尘世已尽。这一天早上七点,法院的书记官走进克洛德的牢房,向他宣布,他只能活一个小时了。

上诉已被驳回。

"好吧,"克洛德无所谓地说,"我昨天晚上睡得很好,无疑,今天晚上将睡得更好。"

看来,凡是坚强的人在临死之前说的话都会带有某种崇高的意味。

神父来了,刽子手到了。克洛德谦恭地对待神父,和善地接待刽子手。他既不依恋自己的灵魂,也不吝惜自己的肉体。

他的精神始终豁达开朗。到别人已经在给他剪去头发的时候,有人在牢房的角落里谈论当时正威胁着特鲁瓦的霍乱。

"我倒用不着怕霍乱了,"克洛德打趣地说。

---

① "格"是法文 gueux 的译音。意为乞丐、无赖。

14 雨果《克洛德·格》(节选)

此外,他极专心地听着神父讲话,严厉自责,为没有受过宗教的教诲而深感遗憾。

根据他的要求,人们把他用来自杀的那把剪刀还给了他。剪刀缺了一边刀刃,它已断在他的胸膛里。他请看守代他把剪刀赠给阿尔班。他还希望在他赠的这份遗物上加上他当日该得的那份面包。

他请求捆绑他双手的人把嬷嬷送他的那五个法郎的钱币放在他的右手里,那是他唯一尚存的东西了。

七时三刻,他走出监狱,伴送他的是平时那个凄凉的囚犯队列。他一步步地走着,脸色苍白,目光呆滞地盯着神父手中耶稣受难像,但步伐很坚定。

人们之所以选定这一天作为行刑的日子,是因为这天赶集,可以使尽可能多的人看到将坏人押赴刑场的情景,看来,在法兰西还有些半野蛮的城镇,在那里,社会在处决人的时候,还要大肆炫耀一番。

克洛德庄严地登上断头台,眼睛始终盯着带有耶稣蒙难像的十字架。他希望吻吻神父,吻吻刽子手,感谢前者,宽恕后者。听说刽子手轻轻地把他推开了。当行刑助手把他绑到可怕的断头台上的时候,他向神父打个招呼,要神父把他右手里的五个法郎拿去,并对他说:

"请给穷人。"

钟声还没响到第八下,这颗高贵而聪明的头就已经落地了。当众处决真是立竿见影!就在当天,断头台尚耸立于闹市人群之中,血迹还未洗去,集市上就有人因税率问题而起来造反了,市税征收处的一个职员也险些被打死,你们制定的法律为你们造就了多么驯服的人民!

我们认为有必要把克洛德·格的故事详细公诸于世,因为我们觉得,这个故事的每一段都可以用作那本可能会使19世纪人民的巨大问题得到解决的书中每一章的引言。

在克洛德坎坷的一生中,有两个主要的阶段:堕落之前,堕落之后;两个阶段提出了两个问题:教育与刑罚,而把这两个问题联系在一起的是整个的社会。

毋庸置疑,这个人秉性良好,肌体健全,天赋很厚。那么,他缺少的是什么呢?请各位仔细想想。

这是关键之所在,关键的问题在于协调,即社会给予一个人的东西应该和大自然所赋予他的均等。这样的问题尚未解决,一俟解决,世界就会太平。

看看克洛德·格吧,天生一个聪明的脑袋,天生一颗善良的心,这丝毫不用怀疑。可是命运把他安排在一个糟透了的社会里,使他终于走上了盗窃的道路;社会把他投入到一个坏透了的监狱,使他最后坠入杀人的陷阱。

谁是真正的杀人犯?

是克洛德吗?

是我们吗?

这些问题既严肃又尖锐。现在,它们已引起了一切头脑清醒的人的注意;它们已抓住了我们每一个的衣角;而且,它们迟早会把我们的道路堵死,迫使我们正视它们、并让我们了解它们对我们的要求。

……

(选自柳鸣九等译《雨果文集》第二卷。河北教育出版社1998年版)

作品内容提问

1. 克洛德·格因偷面包和柴火被关进监狱。这所监狱是由什么建筑改成的？
2. 在监狱中给克洛德·格面包吃的青年犯人叫什么名字？
3. 克洛德·格几次三番地恳求典狱长的是什么事儿？
4. 克洛德·格杀死典狱长的日期是哪一天？
5. 克洛德·格用"妻子"的剪刀刺进了谁的肚子？

导读

维克多·雨果（1802—1885）法国著名诗人、戏剧家和小说家。20岁出版诗集《颂诗集》，因歌颂了波旁王朝，国王路易十八赐给他年金。20年代后期，雨果的政治思想和文学观发生了积极的转变，政治上转向自由主义。1827年，雨果发表的《克伦威尔》序言被认为是一篇积极浪漫主义文学的宣言。雨果也因此而成为法国积极浪漫主义文学运动的领袖。1830年，雨果创作的打破古典主义清规戒律的剧本《欧那尼》在法兰西大剧院上演，引发了古典主义卫士和浪漫主义斗士之间的正面冲突。史称"《欧那尼》之战"。1831年，雨果发表了富有浪漫主义色彩的长篇历史小说《巴黎圣母院》。小说以15世纪路易十一王朝统治下的巴黎为背景，以巴黎圣母院为舞台，演绎了美丽善良的吉普赛姑娘爱斯梅拉达惨遭杀害的故事。小说的两个主要人物爱斯美拉达和喀西莫多是深受迫害的下层人民，雨果在他们身上寄托了对封建统治阶级的仇恨和对受压迫人民的深切同情。克罗德是巴黎圣母院的副主教。他外表道貌岸然，但内心却渴求淫乐，作者通过他的行为控诉了教会的虚伪和丑恶。19世纪三四十年代，雨果发表了诗集《晨暮曲》、剧本《逍遥王》等。这些都是富有浪漫主义色彩的作品，揭露了封建统治者的罪恶，表达了对受压迫者和贫苦人的同情。路易·波拿巴上台后，雨果流亡国外十九年。流亡期间，创作了长篇小说《悲惨世界》、《海上劳工》等。在《悲惨世界》的序言中雨果提出了法国当代社会面临的三个尖锐问题："贫穷使男子潦倒，饥饿使妇女堕落，黑暗使儿童羸弱"。小说通过主人公冉阿让从贫苦工人、苦役犯到人道主义慈善家的一生经历，表现了他在仁慈的米里哀主教的感召下的人生变化和善举；也表现了警长沙威由一个恶人被人道主义感化良心发现的过程。晚年的雨果，创作力仍很旺盛。诗集《凶年集》，表达了强烈的爱国主义激情和浓厚的人道主义思想。最后一部长篇小说《九三年》以法国大革命为背景，描绘了1793年法国资产阶级共和国军队镇压旺岱反革命叛乱的故事。雨果在小说中提出了"在绝对正确的革命之上，还有一个绝对正确的人道主义"的观点，表现了他人道主义思想的局限性。

1834年发表的《克洛德·格》被认为是雨果创作长篇名著《悲惨世界》的前奏性作品。这篇小说的思想内容极为丰富：(1)作者同情贫苦人们的悲惨处境，通过孩子、情妇以及苦役犯人处境的描写，揭示了当时法国社会"绝大多数人的命运总是贫穷的、不幸的、悲伤的"可怕现实。如克洛德的所谓"罪行"其实就是饥饿逼出来的。所以小说中写道："人民正处在饥寒交迫中。贫困迫使男人犯罪，迫使女人堕落。"(2)揭示了资本主义法律本身的反人民本质和执法官员的残暴无情(如克洛德仅仅偷了一点点儿面包和柴火，就被判处五年徒刑;在监狱里典狱长对他的任意欺凌和侮辱;在议会中那些议员和官员们为着私利和党派的利益钩心斗角等)。(3)作家也探讨了社会的出路。在作家看来,烙铁、铁镣、监狱、死刑是不能解决社会问题的。因此,他主张一方面统治者要"在穷人的命运里,在苦难的盘子里加进美好的前途,加进对于永恒幸福的向往,加进天堂的福乐。"另一方面,在他看来,这些所有堕落了的人身上都隐藏着一种野兽的原型,因此要给人民提供良好的教育,通过教育把它修整好。这种教育实质上是宗教中的仁爱感化的思想。这样的出路就体现了雨果的历史局限性。小说还塑造了出身低微但性格刚毅坚强的主人公克洛德·格的形象,克洛德·格身上体现出了勇于反抗社会不公平的勇气和果敢。如他为了救孩子和情人去偷盗,为了尊严杀死典狱长和在法庭上顶撞检察官等,就充分地说明了这一点。其次,克洛德·格身上也体现出了人性中美好的东西。如在穷苦无奈境况下他不忍看着孩子和情妇被饿死冻死,偷来了够用三天的面包和柴火。在监狱里,由于他的正直、能干和庄重,加上他身上"显示出一种威严",使他赢得了其他犯人的尊敬和爱戴。更为难能可贵的是,他敢于对抗法庭并在面临死亡时,心里仍然记得的是把手里剩下的五个法郎送给穷人。通过这些具体的叙述,作者将他对人性美的赞颂投射到克洛德·格这个人物形象上。

  小说在艺术上也取得了较高的成就,主要包括(1)作家通过美丑对照原则,把克洛德·格的高尚与典狱长狄先生的丑陋表现得极为鲜明;(2)故事描写和作者议论有机结合,交相呼应,相得益彰。

知识链接

  《欧那尼》之战。1830年,雨果创作的打破古典主义清规戒律的剧本《欧那尼》在法兰西大剧院上演,引发了古典主义卫士和浪漫主义斗士之间的正面冲突。上演过程颇为曲折:女演员拒绝说"粗野"的语言,保守派故意捣乱,而戈蒂耶等一批青年人则给予大力支持。最后,《欧那尼》的演出获得成功。这标志着法国浪漫主义对古典主义的最终胜利,确立了浪漫主义在法国文坛上的主导地位。

15 普希金《叶甫盖尼·奥涅金》(节选)

普希金笔下的叶甫盖尼·奥涅金是个有才气的俄国贵族青年,终日周旋于社交场合,过着逢场作戏的生活,使他感到厌倦。为继承叔父的财产来到乡下,想尝试农事改革,但很快又没了兴趣。与连斯基成了好友,又结识了乡村女孩达吉雅娜。达吉雅娜爱上了奥涅金,并大胆向他表白,但遭奥涅金拒绝。因奥涅金故意向连斯基的未婚妻奥尔加献殷勤,连斯基提出与奥涅金决斗。奥涅金接受战书,并在决斗中致连斯基死亡。此后,奥涅金离开乡村,漂泊远方。多年后,他回到彼得堡,见到已成为将军夫人和上流社会"女皇"的达吉雅娜。奥涅金于是开始狂热地追求达吉雅娜,但遭达吉雅娜拒绝。本段选文选自达吉雅娜向奥涅金表白爱情和被拒绝的过程。

达吉雅娜给奥涅金的信

我在给您写信——还要怎样呢?
我还有些什么好说的?
现在,我知道,您可以随意
对我轻蔑,拿它来惩罚我。
但是您对我不幸的命运
哪怕还存一点怜悯之心,
就一定不会拒绝我的接近。
起初我真想默不作声,
请您相信吧:这样您就
永远不知道我的隐情。
我暗暗怀着这样的希望,
偶尔,哪怕每礼拜一次
能在我们村子里看见您,
仅仅是听听您的言辞,
和您说上一句话,然后
就是日日夜夜地想啊想啊,
直到下次再和您聚首。

但是据说您不爱与人交往，
在这偏僻的乡村感到孤寂，
而我们……一切都不值得炫耀，
虽然喜欢您是出于诚意。

您为什么要来访问我们？
在这荒僻的为人遗忘的乡间，
我本来永远不会认识您，
也不会遭到这痛苦的磨难。
随着时光的流逝（谁知道呢！）
平静了我这缺少经验的心，
我许会找到个合意的朋友，
我会成为一个忠实的妻子，
成为一个贤良慈祥的母亲。

另一个！……不，在这世界上
我的心绝不献给任何一个人！
这是神明所注定，上苍的意思：
只有你才能占有我的心。
我整个生命是最好的证明，
保证我一定会和你相逢；
我知道，你是上帝赐给我的，
你将要保护我的一生……
在梦里你曾来到我的面前，
虽不可捉摸，我却感到亲切，
你奇异的目光如此乱我方寸，
你的声音早在我的心中萦回……
不，这不是虚无缥缈的梦境！
你一进来，我立刻就觉察，
我顿时呆住，浑身燃烧，
心里默默地说：就是他！
可不是吗？我曾听到你的声音：
当我在帮助穷苦的人们，
或者用祈祷来安慰我这
激动不已的心灵的忧愁，
你不是在和我悄悄地谈心？
并且就在这样的时刻，
难道不是你，亲爱的幻影，
在明净的昏暗当中闪现，

轻轻地在我床头俯身站定？
难道不是你满怀欢欣与爱情，
对我轻声细语使我充满希望？
你是谁，我的安琪儿和保护者，
还是个奸徒专把女性欺诳？
快来解答我的疑惑吧。
也许这一切全然是空想，
一个未经世事的灵魂的幻梦！
命定的却是另一种情况……
然而让它去吧！如今我把
自己的命运全向你托付，
在你面前洒下点点热泪，
恳切地请求您的保护……
试想一下吧：我孤零零一个人，
谁也不能理解我的心，
我已无力保持自己的理性，
我应当默默地去寻找死神。
我等着你：请你只看我一眼，
用它来复活我心中的希冀，
要不然就打破我这沉重的梦，
噢，给予我应得的责备！

写完了！我不敢再看一遍……
羞愧和恐惧使我手足无措……
但你的人格是我的保障，
我大胆地把自己向它托付……

　　　　　一二
但是达吉雅娜的这封书信
却深深触动了奥涅金的心弦：
一个少女的梦想的话语
在他心中掀起了思绪的波澜；
于是他想起可爱的达吉雅娜
那苍白的脸色和忧愁的面容；
于是他的心深深地沉浸于
那甜蜜而又纯洁的幻梦。
也许，那旧日情感的火焰
刹那间又燃烧在他的心怀；
但是他不想骗取这少女

天真无邪的心灵的信赖。
现在让我们再回到花园里，
达吉雅娜正和他在此相遇。

一二

有两分钟他们相对无言，
还是奥涅金朝她跨上一步，
并对她说："您给我写了信，
请不要否认。我已拜读
您所倾吐的恳切的心声，
您那纯洁的爱情的流露。
您的真诚温暖着我的心，
它唤起我早已沉默的情感，
让它重新在我心中激荡；
但是我不想来把您称赞，
为了您的真诚我愿同样
对您披肝沥胆赤诚相见。
我把内心的自白献给您：
任凭您对我作出评断。

一三

"假如我想把自己的生活
受家庭的羁绊紧紧约束；
假如幸福的命运注定了
我必须当个父亲和丈夫；
假如家庭的融融的欢乐
哪怕有一刻使我着迷，
那么除了您这一位姑娘，
我决不去找另一个未婚妻。
假如我想寻求从前的理想，
那么这样说绝非出于恭维：
要当我这愁苦日子的伴侣，
我一定会选中您这一位，
您会保证我心满意足，
我要多幸福……就能多幸福！

一四

"但我不是为幸福而生，
它和我的心没有缘分，

您枉然生就这样的美质:
受用它我没有这样幸运。
请相信吧(良心就是保证),
我们的婚姻将很痛苦。
无论我是多么的爱您,
日子一久,我就变得冷酷;
您会悲伤地哭泣,而眼泪
绝不会感动我的心灵,
却只会使我气得发疯。
您自己判断吧,喜曼①会为
我们那也许是漫长的岁月
撒下一些什么样的玫瑰。

一五

"世界上还有什么比这样的家
更糟,在那里可怜的妻子
为不称心的丈夫悲哀痛哭,
在孤寂中度过漫长的时日;
在那里烦闷的丈夫虽知道
妻子的贤惠(却诅咒运气),
总是愁眉不展、默默无言,
整日价生气和冷酷地猜忌!
我就是这样的人。当您怀着
这样的诚挚,这样的聪颖
给我写信,您那纯洁火热的
心灵寻找的竟是这样的人?
难道上苍为您安排的
就是如此严酷的命运?

一六

"幻想和岁月都一去不复返,
我的灵魂也不能获得新生……
我爱您用兄长般的爱心,
也许,还胜过手足之情。
请您平静地听我的忠告:
少女们往往喜欢想象,
不时变换着瞬息的幻想;

---

① 喜曼,希腊神话中的婚姻之神。

犹如一棵小树到了春天，
总要换上嫩绿的新装。
看来上天就是这样注定。
您会重新爱上一个人：但是……
你应该学会克制自己，
不是每个人都像我理解您，
不谙世故会招来祸事。"

（选自冯春译《叶甫盖尼·奥涅金》。上海译文出版社1989年版）

作品内容提问

1. 达吉雅娜为什么在给奥涅金信的开篇就写"现在，我知道，您可以随意对我轻蔑，拿它来惩罚我"？
2. 达吉雅娜写完"我应当默默地去寻找死神"这句话后，紧接着的诗句是什么？
3. 奥涅金接受达吉雅娜求爱信后突出的感觉是什么？
4. 为什么奥涅金对达吉雅娜说"我们的婚姻将很痛苦"？
5. 选文中奥涅金对达吉雅娜最后的忠告是什么？

导读

亚历山大·谢尔盖耶维奇·普希金（1799—1837），伟大的俄国作家。出身于贵族家庭，1811年进皇村学校就读，开始显露诗歌才华。1817年，进入外交部任职，创作叙事诗《卢斯兰与柳德米拉》，因政治抒情诗被当局流放。1820年来到南俄，创作了4部著名的浪漫主义叙事诗，《茨冈》凸显了代表城市文明的阿乐哥与作为"自然之子"的茨冈人的冲突。1824年，被软禁于米哈伊洛夫斯克村。两年里，创作了不少优秀诗篇，并写有悲剧《鲍利斯·戈都诺夫》。1826年，回到莫斯科。1830年秋天，因故滞留波尔金诺，完成《叶甫盖尼·奥涅金》和《别尔金小说集》等作品。婚后定居彼得堡，创作了小说《上尉的女儿》和叙事诗《青铜骑士》等作品。1837年2月，诗人因决斗而去世。普希金的主要成就在诗歌。抒情诗有880首，内容丰富、体裁多样、感情真挚。政治抒情诗《自由颂》《致恰达耶夫》《乡村》《致大海》和《致西伯利亚的囚徒》等，抨击专制制度、同情人民不幸、歌颂为自由而献身的精神，具有极强的感染力量；更多的是咏叹爱情、歌颂友谊、赞美自然，以及表达积极生活态度和进步文学主张的抒怀之作，如《我记得那美妙的一瞬》《致凯恩》《给娜塔莎》《小花》《冬天的黄昏》《假如生活欺骗了你》和《纪念碑》等，诗篇凝练、隽永、真挚，内在层次丰富。叙事诗有12部，如《高加索的俘虏》《强盗兄弟》《茨冈》和《青铜骑士》等。小说主要有《驿站长》《黑桃皇后》《上尉的女儿》和《杜勃罗夫斯基》等。《驿站长》是俄国文学第一部描写小人物的作品，《上尉的女儿》成功地塑造了农民起义领袖普加乔夫的形象。

《叶甫盖尼·奥涅金》是普希金的代表作。这部作品真实地反映了19世纪20年代俄国的社会生活，表现了那一时代俄国青年的苦闷、探求和觉醒，提出了许多重要的社会问题。

主人公是贵族青年奥涅金,他走过奢靡的生活道路,但是时代气氛和启蒙思想、颂扬个性解放的诗歌,对他产生了影响。他厌倦空虚无聊的生活,抱着对新的生活的渴望来到乡村。但他没有实际工作的能力,好逸恶劳的习性和周围地主的非难,使他处于苦闷和彷徨的境地。奥涅金与达吉雅娜和连斯基的关系,充分显示了主人公的深刻矛盾。从作品选段中可以看到,奥涅金误解和拒绝达吉雅娜对他的真挚表白虽然有傲慢的成分,但也包含厌恶上流社会庸俗习气的因素。尤其是他后来为了维护个人荣誉而轻率地与连斯基决斗则暴露了唯我主义的灵魂。特别是重新回来后,他对已婚的达吉雅娜的追求中虽不乏真情但已掺杂了更多的虚荣成分。这一形象准确地概括了受到进步思想影响但最终又未能跳出贵族圈子的年轻人的思想面貌和悲剧命运,是俄国文学中的第一个"多余人"形象。女主人公达吉雅娜在乡村长大,纯真善良。作品选段中,她在爱情萌发时大胆表白的举动,反映了她对理想和自由的追求。婚后成了贵夫人的达吉雅娜虽然更加成熟,但依然纯朴如一,思念乡村,挚爱自然,厌恶灯红酒绿的生活,她把爱深埋心底,保持着精神上的纯真。《叶甫盖尼·奥涅金》在艺术上颇有特色。作品生活场景广阔,人物形象鲜明,语言优美,体裁别具一格。诗人注意对自然的描摹与对民间风俗的描写,作品充满俄罗斯的民族色彩和浓郁的生活气息。《叶甫盖尼·奥涅金》用诗体写成,兼有诗和小说的特点,客观的描写和主观的抒情有机交融,被称为"诗体小说"。

　　选段部分抒情色彩浓厚,人物内心刻画细致。尤其是达吉雅娜感情上的痛苦和对爱情的态度,体现了一个情窦初开少女的复杂情感。这里面,既包含着她对奥涅金真挚的爱(如"只有你才能占有我的心"),也包含着因主动暴露心境怕被奥涅金看不起的担心;既有对奥涅金的无比信任,也隐含少女的羞愧和恐惧。虽然内心充满着矛盾,但仍然表现出了极大的追求爱情的勇气。而奥涅金看到信后(尤其是两人相对时)的思想矛盾,包括他对自己性格弱点的清醒认识,也描画得细致入微,真切自然。选文中独特的"奥涅金诗节"(每节十四行,根据固定排列的韵脚连接)使作品环环相扣,洗练流畅,富有节奏感和音乐性。

知识链接

　　"多余人"形象:"多余人"是指19世纪俄国文学中一类进步贵族知识分子的典型。他们大都受过良好的教育,受到进步思想的影响,不愿与贵族社会同流合污。但既没有成为十二月党人,又远离人民,无法摆脱贵族传统的影响,缺乏生活目的又无实际工作能力,最终一事无成。他们既不能站在政府一边,也不能站在人民一边,因而成为多余的人。这类形象充分暴露了沙皇专制农奴制扼杀人才和人性,并指出了贵族知识分子脱离人民的通病及其后果。

16　惠特曼《哦,白昼哟,从无底深渊中浮起》

1

哦,白昼哟,从无底深渊中浮起,直到你更高地,更猛烈地扫遍苍穹!
长久以来,为了我那渴望锻炼的灵魂,我贪婪地谋求大地给我的惠赠,
长久以来,我漫游于北国森林,长久以来,我观察着尼亚加拉河的瀑布,
我走遍一片片草原,睡在草原的心胸——我穿过内华达山脉,我穿越高原的上空,
我沿着太平洋登上悬崖绝壁,我出海航行;
我在暴风雨中航行,我从暴风雨中获得新生;
我高兴地观察那滚滚巨浪张开可怕的吞没之口;
我凝视着白色浪尖直上云霄,旋又卷曲回动;
我听见飒飒的风声,我看见黑云压顶;
我仰望着那现身之物登上高空,(啊,壮观哟!啊,宛如我的心儿那般激荡,力大无穷!)
听见在闪电过后响起接连不断的雷鸣;
注视着一条条纤细而分叉的线状闪电,它们在倏然疾驰和轰鸣中相互追逐而划过长空;
我尽情地观赏这些景象、这般景象——惊奇地观赏,但也是沉思地,自豪地观赏;
观赏在我身边出现了全球的一切威慑力量;
我和我的灵魂却在自赏——我心满意足地自赏,我孤芳自赏。

2

啊,灵魂哟,好极了,这是你为我准备的宴席!
如今我们要填饱那饥肠辘辘的枵腹;
如今我们去领受那大陆和海洋从未给过的赐予;
我们不路过大片森林,我们却路过大型都市;
如今有某种奔流正在倾泻而来,它比尼亚加拉河的倾流更加湍急;
那就是人流,(西北的水源和溪水哟,你真的是无穷无尽么?)
它与这里的马路和住宅相比有什么意义?那些吹向山岳和海洋的暴风雨有过什么

意义?

它与我今天在我周围目睹到的热情相比有何意义?大海真的狂怒了么?

风儿真是在黑云压顶时吹奏的死亡之笛么?

看呀!从无底深渊中出现了某种更加凶猛可怕的东西;

曼哈顿,起来,扬起你那可怖的脸儿前进——已经解放了芝加哥,辛辛那提;

我在大洋之上看到的波涛是什么?看呀,它来了!

它是如何用大胆的手足登上天空的!它是如何粉身碎骨的!那闪电过后的雷鸣何其响亮——那耀眼的闪电何其艳丽!

民主要借助闪电打破黑暗。以必死的复仇的姿态阔步前进!(但是我觉得我在黑暗中,在震耳欲聋的骚乱暂时平静之时听到的是悲哀的痛哭和低的啜泣。)

3

民主哟,雷鸣吧!阔步前进吧!用复仇的打击回击吧!

啊,白昼哟,啊,城市哟,登上前所未有的高空!

啊,暴风雨哟!更加猛烈地、猛烈地怒吼吧!是你给了我新生;我那在山中待命出征的灵魂,吸收了你那永葆活力的养分;

长久以来,我踏遍各个城市,穿过农场,踏遍乡间路径,我只一半尽兴;

一个令人生厌的疑难像扭动的游蛇那样在我脚前爬行,

它寸步不离地爬在前面,经常回头望我,嘲笑地发出嘘嘘低声;

我抛弃、离开我所挚爱的城市——我加快步伐寻找适用于我的实体;

渴望,渴望,渴望获得原始的活力和大自然的冲动,我只有靠它新生,我只能领会它的兴味;

我等待着那围笼的火焰爆发——长久以来,我一直在海上和空中干等;

但是如今我不再等了,我已经心满意足,我已经吃够了,

我亲眼见到真正的闪电,我亲眼见到带电的都城;

我有幸活着见到人心沸腾和好战的美国终于挺立;

从此我不再到北国的荒野寻求食物,

不再漫游群山或在暴风雨的海面上航行。

1865 年

(李视歧译《惠特曼诗歌精选》。山西出版集团、北岳文艺出版社 2010 年版)

作品内容提问

1. 本诗第一节的第一句诗歌"哦,白昼哟,从无底深渊中浮起"的下半句是什么?
2. 第一节中紧接着"我在暴风雨中航行"的下一行诗句是什么?
3. 第二段中有"如今有某种奔流正在倾泻而来"的诗句?这句诗说的"某种奔流"指的是什么?

4. 诗作第三节的头几行诗句中出现了全诗最重要的一个词是什么?
5. 全诗的最后两句诗是什么?

导读

瓦尔特·惠特曼(1819—1892)是美国最具有民主精神的浪漫主义诗人。他出身平民,有着强烈的民主思想。诗集《草叶集》包含了他的全部诗作,其中较为著名的诗歌作品有《自己之歌》、《我听见美洲在歌唱》、《我歌唱带电的肉体》、《斧头之歌》、《开拓者!啊,开拓者!》以及纪念林肯总统的诗作《当紫丁香最近在庭园中开放的时候》、《啊,船长,我的船长哟!》。《草叶集》的主题是歌颂民主、自由和表现生机勃勃发展中的美国的进取精神。具体内容而言:(1)歌颂普通人生命力和劳动者的创造能力。诗集以"草叶"为名字,是因为"草叶"象征了平凡而旺盛的生命力量。因此,他的诗中没有"旧世界赞歌中高大突出的人物",赞美的是代表着未来发展力量的普通农民和工人。他纵情高歌,既歌唱高山、大海、草原,也歌唱火车头、电缆、脱粒机,这些都是新大陆、新时代的产物。(2)反对清教桎梏,歌唱"自我"。他在诗中既歌颂人的精神,也歌颂人的肉体,既歌颂劳动者,也歌颂妓女。诗人把精神和肉体并列,激昂地展示自我的生命、自我的欲望、自我的力量、自我的神圣。"我赞美我自己,歌唱我自己"、"我歌唱带电的肉体"这样强悍的诗句显示了作者对生命的崇拜和作为新世界新主人的自信情怀,是美国蓬勃发展时期的乐观情绪代表。(3)歌颂了以林肯总统为代表的为自由和民主而战的英雄们,认为他们创造了美国的未来。艺术上,惠特曼的诗歌不受任何格律的约束,每篇诗作都根据情绪的发展而写成,诗句如滚滚的海浪自由向前,反映了一种高扬自由与战斗的时代风格;在情感表达上一反矫揉造作的诗风,各种意象(包括一些粗俗的意象)入诗,粗犷奔放,刚劲有力;在语言上则吸收大量的平民词汇,通俗易懂。总之,惠特曼的《草叶集》促进了诗歌形式的革新,因而诗人被誉为"现代美国诗歌之父"。

《哦,白昼哟,从无底深渊中浮起》是一首较为著名的诗作,写于1865年美国南北战争期间,主题是歌颂民主思想和呼吁为民主正义而战。首先,诗人欢呼"民主"的到来。在诗歌起始,诗人就把民主称为"白昼",满腔热情地呼唤着让民主的光芒"更高地,更猛烈地扫遍苍穹!"诗人写到:他曾经走遍美国各地,寻找民主。但只有在北方的工业城市,才发现"它来了"。因此,诗人热情地吟咏道:"民主哟,雷鸣吧! 阔步前进吧!"其次,诗人站在北方的立场,热烈歌颂正义的战争,呼唤"民主"借助闪电和暴风雨(革命战争)之力,尽快到来。诗中写到:"啊,暴风雨哟! 更加猛烈地、猛烈地怒吼吧! 是你给了我新生"。再者,诗中也表达了诗人对革命胜利的坚定信念。在此诗的最后,出现了这样的诗句:"我亲眼见到真正的闪电,我亲眼见到带电的都城;我有幸活着见到人心沸腾和好战的美国终于挺立;从此我不再到北国的荒野寻求食物,不再漫游群山或在暴风雨的海面上航行。"

此诗在艺术上体现了格律自由,情感奔放和刚劲有力的特点。尤其是诗中以高昂的热情呼唤民主,呼唤革命暴风雨到来的诗句,可以与高尔基在《海燕之歌》中呼唤暴风雨的诗句相媲美。

17 司汤达《红与黑》（节选）

长篇小说《红与黑》的副题为"一八三〇年纪事"。它深刻反映了1825至1830年间王政复辟后期法国尖锐复杂的政治斗争和"19世纪最初三十年间……历届政府所带来的社会风气"。于连·索黑尔是法国小城维里埃尔一个木匠的儿子，自小崇拜拿破仑，不满自己低微的社会地位，一心想飞黄腾达。小城由市长德·雷纳尔、贫民救济所所长瓦勒诺和教士马斯隆三人控制。瓦勒诺觊觎市长的职位，与雷纳尔钩心斗角。19岁那年，于连·索雷尔经谢朗神父举荐到德·雷纳尔市长家做家庭教师。凭借其不屈的性格、英俊的外貌和杰出的才华，很快征服了德·雷纳尔夫人。恋情败露后，他被迫离开市长家，到贝藏松神学院当了教士。因宗教派系斗争，经皮拉尔神父介绍前往巴黎，成了极端保王派头目德·拉莫尔侯爵的秘书。因工作出色，受到侯爵器重，同时又以自尊和高傲博得了侯爵女儿玛蒂尔德小姐的欢心。玛蒂尔德怀孕后，侯爵只得承认既成事实，给了他名分、金钱和产业。正当于连即将踏入贵族社会之时，德·雷纳尔夫人在逼迫下所写的揭发信，毁灭了他的"锦绣前程"。激愤之下，于连开枪射伤了市长夫人。被捕后，他被新任市长瓦勒诺等人判处了死刑。本节选自《红与黑》（上卷）第三十章。描写的是于连去巴黎之前，再次与德·雷纳尔夫人相会的情形。

第 三 十 章
野心勃勃的人

德·拉莫尔侯爵接待皮拉尔神父时，没有丝毫大贵人的繁缛的客套；那种繁缛的客套看上去是如此彬彬有礼，但是对于了解它的人说来，却是那么傲慢无礼。那会是浪费时间，再说侯爵卷入许多重大的事情中，而且卷得相当深，他没有时间好浪费。

半年来，他一直在策划，想让国王和国民同时都接受某一个内阁，这个内阁为了感恩，会让他当上公爵。

侯爵，多少年来，一直徒然地向他在贝藏松的律师要一份关于他在弗朗什-孔泰的诉讼的、清楚准确的报告。这位著名的律师如果自己都不了解，又怎么能解释给他听呢？

神父交给他小小的一方块纸，把一切都解释得清清楚楚。

"我亲爱的神父，"侯爵在五分钟不到的时间里，把客套话和有关个人事情的询问话都匆匆说完以后，对他说："我亲爱的神父，在我的所谓的幸运中，我缺少时间去真正关心两件小虽小,然而非常重要的事:我的家庭和我的事务。我从大处注意我家的境遇,我可以让它得到很高的发展;我注意我的享乐,这至少在我眼睛里是应该摆在一切前面的。"他在皮拉尔神父的眼睛里看到了惊讶,补充说。神父虽然是一个通情达理的人,看到一个老人这样坦率地谈到他的享乐,还是感到惊奇。

"辛勤工作的人在巴黎毫无疑问是有的,"大贵人继续说,"但是他们高高地住在六层楼上。只要我一接近一个人,他就会在三层楼上租下一套屋子,他的妻子也选了固定日子在家招待客人;结果是不再工作,不再努力,除非是努力去做一个或者显得像一个上流社会人士。这就是他们有了面包以后唯一关心的事。

"确切地说,为了处理我的那些诉讼,更确切地说,为了分开来处理每一桩诉讼,我都有一些把身体累垮的律师;前天还有一个死在肺病上。但是,对我的全部事务来说,先生,您会不会相信呢?三年前我已经不指望能找到一个人,他在替我写东西时,肯稍微认真地动动脑筋,想一想他正在办的事。不过说了这么多,还只是个开场白。

"我尊敬您,甚至我还敢于补充说,我虽然第一次见到您,我还是喜欢您。您愿意做我的秘书吗?薪金八千法郎,或者再加一倍。即使这样,我可以向您发誓,还是我占便宜;为了将来我们彼此不再适合的那一天,我负责替您保留您那个好堂区。"

神父谢绝了,但是到了谈话结束时,他看到侯爵陷在真正的困惑中,忽然想到一个主意。

"我在我的神学院里留下一个可怜的年轻人,如果我没有弄错的话,他将受到粗暴的迫害。如果他仅仅是一个普通的修道士,也许已经 in pace。①

"迄今为止这个年轻人只懂拉丁文和《圣经》;但是有朝一日他的巨大的才华施展出来,或者用于讲道,或者用于指导灵魂,这也不是不可能的。我不知道他将来干什么;但是他有热情,他会有远大的前程的。我本来打算把他给我们的主教,如果我们曾经有过一位跟您的对人对事的看法稍微有一点相同的主教。"

"您这个年轻人什么出身?"侯爵说。

"据说他是我们山区里一个木匠的儿子,但是我宁可相信他是哪一个有钱人的私生子。我曾经看见他收到一封匿名信,或者说化名写的信,附有一张五百法郎的汇票。"

"啊!这是于连·索雷尔。"侯爵说。

"您怎么知道他的名字的?"神父惊讶地说;他对自己问出这句话来感到了脸红。侯爵回答说:

"这个我不会告诉您。"

"好吧!"神父说,"您可以试试,让他当您的秘书;他有精力,又有头脑;总之一句话,是值得一试的。"

"为什么不呢?"侯爵说,"不过,这是不是一个会让警察局长或者别的什么人收买,在我家当坐探的那种人?这是我唯一反对的理由。"

在皮拉尔神父做出有力的保证以后,侯爵取出一张一千法郎的钞票。

"把这个送给于连·索雷尔做旅费;让他上我这儿来。"

"一看就知道,"皮拉尔神父说,"您住在巴黎。您不知道压在我们这些可怜的外省人头上,特别是压在不是耶稣会士的朋友的教士们头上的专横暴虐。他们不会心甘情愿地让于

---

① 拉丁文:"在和平中,在安静状态中。"此处指"监禁在修道院的地牢里"。

连离开,他们能够找到最巧妙的借口,他们会回答我说他病了,邮局也会把信弄丢掉,等等,等等。"

"我这一两天就请部长写封信给主教。"侯爵说。

"我忘了提醒您注意,"神父说,"这个年轻人虽然出身很低,可是自视甚高,如果伤害了他的自尊心,他不会有任何用处;您反而会使得他变得愚蠢。"

"我喜欢这种人,"侯爵说,"我让他做我儿子的朋友,行不行?"

不久以后,于连接到一封笔迹陌生、盖着夏龙邮戳的信,信里有到贝藏松的一个商人那儿取款的凭证,还有要他立刻到巴黎去的通知。信上签的是一个假名字。但是于连打开信,不由得打了个哆嗦,在第十三个字的中间有一个很大的墨水迹。这是他和皮拉尔神父约定的暗号。

不到一个小时以后,于连被叫到主教府,受到完全是慈父般的亲切款待。主教大人一边引用贺拉斯的诗句,一边为了在巴黎等着他的远大前程向他说了一些祝贺话,这些话说得非常巧妙,期待他通过解释来表示谢意。于连什么也说不出,首先是因为他什么也不知道;主教大人对他非常敬重。主教府的一个小教士写了封信给市长,市长忙不迭地亲自送来一张护照。护照已经签署,但是旅行者的名字空着没有填。

当天晚上,在午夜以前,于连来到富凯的家里,富凯是个明智的人,对看来在等待着他的朋友的前途,他感到的惊讶超过了他感到的高兴。

"对你说来,"这个自由党选举人说,"结果不外乎是得到政府的一个职位,那样一来你不得不做出一些会在报纸上受到诽谤的事。我将从你蒙受的耻辱中得到你的消息。请你记住,即使从金钱的角度来说,从自己是主人的木材生意里挣一百路易,也比从一个政府那里接受四千法郎有价值,哪怕这个政府是所罗门王①的政府。"

于连在这些话里只看到一个乡村资产阶级的目光短浅。他终于要在伟大事件的舞台上露面了。在他想象中,巴黎充满了善于玩弄阴谋,非常虚伪,但是像贝藏松主教和阿格德主教一样彬彬有礼的聪明人。到巴黎去的幸福,在他眼里,使得一切都黯然失色。他谦逊地向他的朋友表示,是皮拉尔神父的信使他失去了自由意志。

第二天将近中午,他到了维里埃尔,感到自己是世界上最幸福的人。他打算和德·雷纳尔夫人见面。他首先到他的头一个保护人善良的谢朗神父家里去,他受到严厉的接待。

"您认为您受过我的恩惠吗?"谢朗先生对他说,没有回答他的问候。"您跟我一块儿吃中饭,在这段时间里我让人替您另外租一匹马,您离开维里埃尔,跟什么人也不要见面。"

"听见就是服从,"于连带着神学院学生的那种表情说。从这时候起,谈话的内容仅限于神学和优秀的拉丁作品。

他跨上马,走了一法里路以后,瞧见一片树林,而且没有人会看见他进去,于是他钻进树林。太阳下山时他让人把马送回去。后来走进一个农民家里,这个农民同意卖给他一把梯子,而且跟随他,替他把梯子一直搬到俯视维里埃尔的忠诚大道的那片小树林里。

"我是一个可怜的逃避兵役者……或者说是一个走私犯,"农民在向他告别时说,"不过,有什么关系!我的梯子卖得价钱很好,我自己这一生中也不是没有走私过一些钟表的

---

① 所罗门王:古代希伯来一王国国王(公元前10世纪)。据《旧约圣经·列王纪》载,他以智慧著称,治下为犹太鼎盛时期。

机件。"

夜色非常黑。凌晨一点钟左右,于连带着他的梯子走进维里埃尔。他尽早地往下爬到急流的河床里。河床穿过德·雷纳尔先生美丽的花园,比花园的地势低一丈,两边都砌着墙。于连用梯子很容易爬上去。"那些看门狗会怎样迎接我呢?"他想。"这是个牵涉全局的问题。"狗汪汪叫,向他跑过来,但是他轻轻地吹了一声口哨,它们就过来向他表示亲热。

接着他从一层台地爬上另一层台地,虽然所有的铁栅栏门都关着,他还是很容易地一直到达了德·雷纳尔夫人卧房的窗子底下。朝向花园这边的窗子离地只有八尺到一丈高。

在那些护窗板上有一个心形的小洞,这是于连非常熟悉的。使他大为苦恼的是,并没有通宵点着的一盏小灯的灯光从这个小洞里透出来。

"伟大的天主!"他对自己说;"今天夜里,德·雷纳尔夫人没有睡在这间屋子里!她会睡在哪儿呢?既然我遇到了狗,这说明这一家人在维里埃尔。但是,我也可能在这间没有小灯的屋子里,遇见德·雷纳尔先生本人或者一个陌生人,那会引起怎样的一场风波啊!"

最谨慎的办法是离开;但是这个想法使于连感到厌恶。"如果这是个陌生人,我就丢下梯子,飞快地逃走;可是如果这是她呢,怎样的接待在等着我呢?她陷在悔恨里,而且变得极其虔诚,对这一点我不能有丝毫怀疑;但是她毕竟还有点想着我,因为她不久前给我写过信。"这个理由使他下定决心。

心颤抖着,然而或是死,或是和她见面的决心毫不动摇,他朝护窗板上扔了几块小石子,没有回音;他把梯子靠在窗子旁边,亲自敲护窗板,先敲得很轻,后来越敲越重。"不管天怎么黑,他们还是能够朝我开枪的。"于连想。这个想法使他的疯狂企图变成了一个有关勇敢的问题。

"这间屋子今天夜里没人住,"他想,"不然的话,不论是谁睡在里面,现在也一定醒了。因此完全用不着再对他采取预防措施了。只不过尽可能不让睡在别的屋子里的人听见。"

他下来,把梯子靠在一扇护窗板上,重新爬上去。他把手伸进那个心形的小洞,运气好,很快就摸到了系在护窗板的那个小钩子上的铁丝。他拉这根铁丝;使他说不出高兴的是他感觉到这扇护窗板不再扣牢,一使劲就可以拉开了。"应该一点一点地慢慢开,让她认出我的声音。"他把护窗板开到可以伸进头去,悄声地一遍遍说:"是一个朋友。"

他仔细听听,确信没有任何声音打破屋子里的寂静。但是壁炉里可以肯定没点着那盏小灯,甚至连半明半灭的灯光也没有。这是一个很坏的兆头。

"当心枪子儿!"他考虑了一会儿;接着他大着胆子用手指敲玻璃窗,没有回音。他更加使劲敲。"哪怕敲碎玻璃窗,我也得干到底。"当他使出很大的劲敲的时候,他相信在伸手不见五指的黑暗中,好像看见有一个白影子穿过屋子。最后,再没有可怀疑的了,他看到一个人影仿佛在以极慢极慢的速度朝前走来。突然间他看见一个脸颊贴在他的一只眼睛接近的那块窗玻璃上。

他打了个哆嗦,略微离开一些。但是夜色是这么黑,即使隔着这个距离他也不能辨认出这是不是德·雷纳尔夫人。他担心会有一声惊慌的叫喊;他听见那几条狗围着他的梯子转来转去,低声地嗥叫了有好一会儿了。"是我,"他声音相当高地重复说,"一个朋友。"没有回音;白影子消失了。"请您替我开开,我需要跟您说话,我太不幸啦!"他敲玻璃窗,重得几乎要把它敲碎。

一下轻微的清脆响声传来。窗子的长插销拔开了;他推开窗扇,轻捷地跳进屋子。

白色的幽灵避开；他抓住双臂，这是一个女人。他的那些英勇的打算都化为乌有了。"如果这是她，她会说些什么呢？"当他听到一声轻微的叫喊，明白了这是德·雷纳尔夫人以后，他有多么激动啊！

他把她抱在怀里。她浑身战栗，几乎连推开他的力量都没有。

"坏东西！您来干什么？"

她嗓音激动，勉强能够说出这句话。在这句话里，于连听出了真正的愤怒。

"我在十四个月残酷的分别以后来看您。"

"出去，立刻离开我。啊！谢朗先生，为什么要阻止我给他写信？否则我可以防止这件可怕的事发生。"她用一股确实大得异常的力气推开他。"我对我的罪过感到悔恨。上天慈悲为怀，点醒了我，"她用断断续续的声音重复说。"出去！快走！"

"在十四个月的不幸以后，我不跟您谈话，是决不会离开您的。我希望知道您做过的每一件事。啊！我曾经爱您爱得那么深，因此我配得上听到您的知心话……我要知道一切。"

不管德·雷纳尔夫人愿意不愿意，他的这种命令式的语气控制住了她的心。

于连充满热情地把她紧紧搂住，不让她挣脱，这时候松开了一些。他的这个动作使德·雷纳尔夫人略微放心。

"我去把梯子拉上来，"他说，"如果哪个仆人给声音吵醒，出来查看，这把梯子会连累我们的。"

"啊！出去，恰恰相反，给我出去，"她对他说，真的发怒了。"别人跟我有什么关系？是天主看见您在跟我可怕地吵闹，他会为了这件事惩罚我。您卑劣地利用我曾经对您有过而现在不再有的情感。您听见了吗，于连先生？"

他非常缓慢地把梯子提上来，不让它发出一点响声。

"你的丈夫在城里吗？"他对她说，这句话不是有意刺激她，而是出于过去的习惯，脱口说出来的。

"求求您，不要这样跟我说话，否则我要叫我丈夫了。我没有不顾一切地把您撵走，已经是罪过非常大了。我可怜您。"她对他说，试图伤害他的自尊心，她知道他的自尊心是非常敏感的。

她这种拒绝使用第二人称单数称呼他的态度，还有她切断一个如此温柔、可是他还在指望着的关系的粗暴方式，反而使他心中燃烧着的爱情达到了疯狂的程度。

"怎么！您不爱我了；难道这是可能的吗？"他对她说，那种从心里发出的声调，叫人听了很难保持冷静的态度。

她没有回答。他呢，悲伤地哭着。

事实上他已经没有了说话的力气。

"这么说，我已经被唯一曾经爱过我的人完全忘掉了！以后活着还有什么意义呢？"从他不再担心有遇到一个男人的危险起，他的勇气完全离开他了；除了爱情，一切都从他心里消失。

他默默地哭了很长时间。他握住她的手，她想抽回来；然而在几个几乎可以说是痉挛性的动作以后，她让自己的手留在他的手里。屋子里黑极了。他们并排坐在德·雷纳尔夫人的床上。

"和十四个月以前的情况有多么不同啊！"于连想，他的眼泪越发增加了。"这么说，分离肯定会摧毁人的所有感情！"

"请您告诉我，您遇到了什么事？"于连对她的沉默感到不安，最后用被泪水打断的声音说。

"毫无疑问，"德·雷纳尔夫人用刺耳的嗓音说，语气里还带着冷酷无情和责备于连的味道。"您离开的时候，我的失足已经在城里成了众所周知的事。您的行为是那么不谨慎！不久以后，我正陷在绝望之中，可敬的谢朗先生来看我。在一段很长的时间里，他一直想让我向他承认出来，可是没有成功。一天，他想出一个主意，把我带到第戎，我第一次领圣体的那个教堂。在那儿，他大胆地先谈了……"德·雷纳尔夫人说到这儿被她的眼泪打断了。"多么羞愧的时刻啊！我承认了一切。这个如此善良的人心真好，他非但没有把他的愤怒压在我的身上，反而跟我一起伤心。在这段时间里，我每天写信给您，但是我不敢寄给您，我把它们仔细地收藏着，当我感到太不幸的时候，我把我自己关在卧房里，一遍遍重念我的信。

"最后谢朗先生说服我，让我把它们交给他……其中有几封写得稍微慎重一些，曾经寄给了您；您始终没有给我写回信。"

"我向您发誓，我在神学院从来没有接到过您的信。"

"伟大的天主！是谁把它们截取了呢？"

"你可以想象到我有多么痛苦，我在主教大堂看见你的那一天以前，我甚至不知道你是不是还活着。"

"天主开恩，他让我明白了我对他，对我的孩子们，对我的丈夫犯下了多大的罪过，"德·雷纳尔夫人接着说，"他从来没有像我当时相信您爱我那样爱过我……"

于连投入她的怀抱，他这样做确实没有什么企图，而是忘乎所以了。但是德·雷纳尔夫人推开他，口气相当坚决地继续说下去：

"我的可敬的朋友谢朗先生使我懂得了，和德·雷纳尔先生结婚，也就是做出保证，把我全部的爱都奉献给他，甚至连我不知道的，在一次不幸的交往以前我还从来没有体验过的那种爱都包括在内……自从做出巨大的牺牲，交出那些对我说来如此宝贵的信件以后，我的生活过得如果不能说幸福，至少也是相当平静。请您千万不要打扰它。做我的一个朋友……我的最好的朋友吧。"于连不停地吻着她的双手；她感觉到他还在哭。"不要哭，您哭我心里难过……您也把您做过的事告诉我。"于连不能够说话。"我想知道您在神学院过的生活，"她重复说，"然后您走吧。"

于连没有多加考虑，就谈到他首先遇到的难以数计的阴谋和嫉妒，接着又谈到自从他被任命为辅导教师以后的比较平静的生活。

"就是在这时候，"他补充说，"在长时间的沉默以后，毫无疑问，这长时间的沉默，目的是要让我明白我今天看得太清楚的事实：您已经不再爱我，我对您已经变得无关紧要了……"德·雷纳尔夫人紧握他的双手；"就是在这时候，您给我寄来了五百法郎。"

"从来没有过。"德·雷纳尔夫人说。

"这一封信为了避免引起任何怀疑，盖着巴黎邮戳，签上了保尔·索雷尔这个名字。"

关于这封信的可能来源发生了一场小小的争论。气氛起了变化。德·雷纳尔夫人和于连不知不觉已经放弃一本正经的语气，重新恢复了亲切友好的语气。他们谁也看不见谁，因为屋子里是那么黑，但是他们的嗓音说明了一切。于连伸出胳膊搂住他的情妇的腰；这个动作充满了危险。她试图推开于连的胳膊。于连这时候相当机灵地利用他叙述中的一个有趣的情况,吸引住她的注意力。这条胳膊好像给忘记了,继续留在它占据的位置上。

在对这封寄五百法郎的信的来源做出许多推测以后,于连接着叙述下去。他讲到他过去的生活,变得稍微能够控制自己了。这过去的生活同他此刻遇到的事相比,引不起他任何兴趣。他的注意力完全集中在他这次探望她会有怎样的一个结果上。"您赶快走。"她时不时口气生硬地对他重复说。

"如果我给撵走了,对我来说,这是怎样的一个耻辱啊!我将为这件事抱恨终生,"他对自己说,"她决不会给我写信。天知道我什么时候才会回到这个地方来!"于连从当时的情况中所能得到的美妙无比的快乐,从这时候起,迅速地从他的心中消失了。在这间曾经是那么幸福的卧房里,坐在自己爱慕的女人身边,几乎是紧紧把她搂在怀里,在深沉的黑暗中间,可以很清楚地知道几分钟以来她一直在流泪,从她胸口的起伏感觉得到她的抽噎,不幸的是他却变成了一个冷酷的政治家,几乎跟他在神学院的院子里,看到自己成为一个比他身强力壮的同学的取笑对象时,一样审慎,一样冷静。于连把他叙述的时间拖延下去,谈到他离开维里埃尔以后过的不幸生活。"这么说,"德·雷纳尔夫人对自己说,"在几乎完全没有唤起他的回忆的东西的情况下,分开一年以后,他仍旧念念不忘他在维尔吉得到的那些幸福日子,可我力图把他忘掉。"她哭得更加伤心了。于连看到他的叙述得到了成功。他明白他应该试一试最后一招;他话题一转,突然谈到他刚接到从巴黎来的那封信。

"我向主教大人辞过行了。"

"什么,您不回贝藏松去了!您要永远离开我们?"

"是的,"于连语气坚决地回答;"是的,我要离开甚至连我一生中最爱过的人都把我忘掉的地方,我要离开它,永远不再见到它。我要上巴黎去……"

"你要上巴黎去!"德·雷纳尔夫人声音相当高地叫了起来。

她的声音几乎被泪水堵住,说明她的心情烦乱到什么地步。于连需要这个鼓励;他正要采取一个可能对他极为不利的措施。在她发出这声惊呼以前,他什么也看不见,他完全不知道他会得到什么结果。他不再犹豫;对以后会后悔的担心促使他完全能够控制住自己,他站起来,冷冰冰地补充说:

"是的,夫人,我要永远离开您了,愿您幸福;永别了。"

他朝窗子走了几步;他已经把窗子打开。德·雷纳尔夫人朝他奔过来,投入了他的怀抱。

就这样在三个小时的对话以后,于连得到了他在头两个小时里如此热切盼望得到的东西。温柔的爱情的恢复,德·雷纳尔夫人的内疚的消失,如果稍微早一点来临,将是一个至高无上的幸福;像这样用诡计获得的只是一个快乐了。于连不顾他的情妇一再恳求,一定要把那盏小灯点亮。

"难道你希望我不留下任何见到过你的回忆?"他对她说。"在你这双迷人的眼睛里毫无疑问存在着的爱情,对我说来,难道永远失去了吗?你这双漂亮的、白皙的手,难道我永远看不见了吗?请你想一想,我离开你也许要很长时间呢。"

德·雷纳尔夫人一想到这一点,泪如雨下,什么也不能拒绝。但是黎明已经开始清清楚楚地勾画出维里埃尔东面山上的那些冷杉树的轮廓。陶醉在快乐中的于连非但没有离开,反而要求德·雷纳尔夫人让他整个白天躲在她的卧房里,到第二天夜里再走。

"为什么不可以?"她回答。"这次的重新堕落使我失去了我对我自己的全部尊重,而且使我永远不会幸福。"她把他紧紧搂在心口上。"我的丈夫和原来不同了,他起了疑心。他相信在整个这件事情中一直是我牵着他的鼻子走,对我非常生气。如果他听见一点声音,我就完了,他会把我赶走,像赶走坏女人那样把我赶走,是的,我是个坏女人。"

"啊!这句话像是出自谢朗先生之口,"于连说,"在我去神学院的那次残酷的离别以前,你不会对我这么说;那时候你爱我!"

于连在这句话里表现出的冷静沉着收到了效果:他看见他的情妇很快地忘掉了她丈夫的出现可能给她带来的危险,心里只想到会看到于连怀疑她的爱情的这种更加大得多的危险。天迅速地亮起来,屋子里可以看得清清楚楚。于连能够重新看到这个迷人的女人在他的怀里而且几乎是在他的脚边,他又完全尝到了自尊心得到满足后的快乐;这个他曾经爱过的唯一女人,没几个小时以前,还整个儿沉湎在对一个可怕的天主的恐惧里,沉湎在对自己的职责的热爱里。经过一年时间的磨炼,她的决心变得更加坚定了,可是在他的勇敢面前却没有能够顶得住。

他们很快就听到房子里有了响声。一件德·雷纳尔夫人没有想到的事使得她慌张起来。

"那个狠毒的埃莉莎要到这间屋子里来了,这把大梯子怎么办?"她对她的情夫说;"把它藏在哪儿?我把它搬到顶楼上去。"她带着一种诙谐的口气突然大声叫起来。

"不过必须经过那个仆人的房间。"于连惊讶地说。

"我把梯子留在走廊里,然后叫那个仆人,让他去办件事。"

"你要想好一句话来应付,万一仆人在走廊里梯子旁边经过时,注意到它。"

"对,我的天使,"德·雷纳尔夫人吻了他一下,说。"你呢,要想到如果我离开的时候,埃莉莎进来,赶快躲到床底下去。"

于连对她突如其来的快活心情感到惊奇。"这么说,"他想,"离一个实际存在的危险近了,非但没有使她慌张,反而使她变得快乐起来,因为她忘记了她的悔恨!真正出类拔萃的女人!啊!能够在这样的一颗心里占有统治地位,多么值得自豪啊!"于连欣喜若狂。

德·雷纳尔夫人去搬梯子;梯子对她来说,显然太沉了。于连过去帮她忙;他欣赏着她的优美的体形,看上去是那么弱不禁风,谁知她在没人帮忙的情况下,突然一下子抓住梯子,就像它是一把椅子似的,把它抬了起来。她把它迅速地搬到四层楼上的走廊里,沿墙边横放下来。她叫那个仆人;为了让他有时间穿上衣服,她爬上鸽舍。五分钟以后,她回到走廊里,梯子不见了。它跑到哪儿去啦?如果于连不在这所房子里,这个危险决不会对她有任何影响。但是如果她的丈夫在这时候看见这把梯子会怎样呢?这件事可能变得非常严重。德·雷纳尔夫人到处跑遍,最后她发现这把梯子在屋顶底下,是仆人把它搬走,甚至藏在那儿的。这个情况很奇怪,换了在从前她会惊慌起来的。

"在二十四小时以后,于连已经走了,可能发生的事,我还在乎吗?"她想,"到那时候,一切对我说来,不都将是恐惧和悔恨吗?"

她模模糊糊好像有一个想法,她应该结束自己的一生,不过这有什么关系呢?在她以为是永无尽期的分离以后,他又回到她身边,她又看见他,而且他为了能够来到她身边所做的事,表现出多么深挚的爱情啊!

她把梯子的事讲给于连听。

"如果仆人把他找到这把梯子的事告诉我的丈夫,"她对他说,"我怎么回答我的丈夫呢?"她想了一会儿。"他们需要二十四小时才能找到卖梯子给你的那个农民。"她投入于连的怀抱,用一个痉挛性的动作抱紧他。"啊!死吧,就这样死吧!"她一边连连地吻他,一边大声嚷道,"但是不应该让你饿死。"她笑着说。

"来;首先让我把你藏在德尔维尔夫人的卧房里,这间卧房一直空锁着。"她到走廊的尽头去守着,于连奔过去。"如果有人敲门,千万不要开,"她一边把他锁在屋里,一边对他说,"总之,这只可能是孩子们在玩耍时开的一个玩笑。"

"让他们到花园里,窗子底下来,"于连说,"这样我就可以得到看见他们的快乐,让他们说话。"

"好,好。"德·雷纳尔夫人一边向他嚷着,一边走远了。

她很快又回来了,带着橘子、饼干、一瓶马拉加葡萄酒;她没有能够偷到面包。

"你的丈夫在做什么?"于连说。

"正在写跟农民们做买卖的计划。"

但是八点钟的钟声已经敲过,房子里有许多响声。如果德·雷纳尔夫人不露面,他们会到处找她,因此她不得不离开他。很快她又冒冒失失回来,给他端来了一杯咖啡;她担心他会饿死。在吃过中饭以后,她设法把孩子们带到德尔维尔夫人的房间的窗子底下。他发现他们长大了很多,但是他们的相貌变得很粗俗,或者是他自己的看法变了。

德·雷纳尔夫人谈到于连。最大的那个孩子怀着对从前的家庭教师的友好和惋惜的心情回答。但是两个小的几乎把他已经忘了。

德·雷纳尔先生这天上午没有出门,他不停地在房子里上上下下,忙着跟几个农民做买卖,他把他当年收的土豆卖给他们。一直到吃晚饭,德·雷纳尔夫人没有一刻空闲的时间可以给她的囚犯。晚饭的钟声响了,菜端上桌,她忽然想到为他偷一盆热汤。当她小心翼翼地端着这盆汤,悄悄走近他待着的那间卧房的门口时,迎面碰到了早上藏梯子的那个仆人。他这时也正悄悄地在走廊里朝前走,而且好像在仔细听。很可能于连走动时疏忽大意,弄出了响声。那个仆人走了,神色有点尴尬。德·雷纳尔夫人大胆地走进于连待着的屋子,这次见面使他吓得直打哆嗦。

"你害怕了!"她对他说,"我呢,我可以冒世上任何危险,而且连眉头也不会皱一皱。我只怕一样,就是在你走了以后剩下我一个人的时刻。"她离开他,跑走了。

"啊!"于连兴奋地对自己说,"悔恨是这个崇高的心灵害怕的唯一危险。"

最后夜晚来临,德·雷纳尔先生到卡西诺去了。他的妻子推说头痛得很厉害,回到自己的卧房,急急忙忙把埃莉莎打发走了以后,又很快地起身去替于连开门。

他确实饿得要命。德·雷纳尔夫人去配膳室寻找面包。于连听见一声高声叫喊。德·雷纳尔夫人回来告诉他:她摸黑走进配膳室,到了放面包的一口碗橱跟前,伸出手去,碰到一个女人的胳膊。这个女人是埃莉莎,于连听见的叫声就是埃莉莎发出的。

"她在那儿干什么?"

"她不是偷什么甜食,就是在侦察我们,"德·雷纳尔夫人毫不在乎地说,"不过幸运的是我找到了一个馅饼和一个大面包。"

"那里面是什么?"于连指着她的围裙的口袋说。

德·雷纳尔夫人忘记了从吃晚饭的时候起,这些口袋里就装满了面包。

于连怀着最强烈的热情把她抱在怀里;她在他看来从来没有这么美丽过。"即使在巴黎,"他模模糊糊地这么想,"我也不会遇到更伟大的性格了。"一个不习惯于操心这些小事的女人能有多么笨拙,她就有多么笨拙;同时,她又像一个只害怕另外一种可怕得多的危险的人那样,具有真正的勇敢。

于连津津有味地吃着晚饭,他的情妇拿这顿简单的饭菜跟他开玩笑,因为她害怕严肃的谈话。卧房的门忽然间被人用力地摇动。这是德·雷纳尔先生。

"你为什么把门锁起来?"他向她嚷道。

于连刚好来得及钻到长沙发底下。

"怎么!您的衣服还穿得整整齐齐的?"德·雷纳尔先生走进来说;"您在吃晚饭,而且还把门锁上!"

换了平常的日子里,这个用夫妻间极其冷淡的口气提出来的问题,会使她惊慌失措,但是她清楚地认识到她的丈夫只要略微弯一弯腰,就可以发现于连;因为德·雷纳尔先生一屁股坐在长沙发对面,片刻之前于连坐过的椅子上。

头疼被用来作为理由为这一切辩解。她的丈夫也开始不厌其烦把他在卡西诺打弹子赢了一盘的情形告诉她,"十九个法郎一盘,真的!"他补充说。这时候她看见于连的帽子就放在他们前面离着有三步远的一把椅子上。她反而变得更加沉着冷静,开始脱衣服,选择了一个适当时刻,迅速地走到她丈夫背后,把连衫裙扔在那把有帽子的椅子上。

德·雷纳尔先生终于走了。她要求于连重新叙述他在神学院过的生活:"昨天我没有听你讲;在你讲的时候,我光想着怎样才有勇气把你打发走。"

她成了冒失的化身。他们谈话的声音很高,大概到了凌晨两点钟,突然一下猛烈的敲门声打断了他们的谈话。这又是德·雷纳尔先生。

"赶快给我开门,房子里有贼!"他说,"圣让今天早上发现他们的梯子。"

"现在一切都完了,"德·雷纳尔夫人投入于连的怀抱,嚷道。"他会把我们俩都杀死,他不相信有贼。我要死在你的怀抱里,这样去死比我活着还幸福。"她根本不理睬她的发怒的丈夫,热情地拥吻着于连。

"救救斯塔尼斯拉斯的母亲,"他用命令的目光望着她,说。"我从小房间的窗子跳到院子里,然后逃到花园里去;那些狗认识我。把我的衣服扎成一个包,等我一到花园就扔下去。在这以前别开门,让它给打破好了。特别是什么也别承认,我不准您承认,让他怀疑总比让他坚信不疑好。"

"你跳下去会摔死的!"这是她唯一的回答和唯一担心的事。

她跟着他一起到小房间的窗口,接着又从容不迫地把衣服藏起来。最后她才给暴跳如雷的丈夫把门打开。他看了卧房又看小房间,一句话没说就走了。于连的衣服已经给他扔下去,他接住衣服,迅速地朝杜河那个方向,花园较低的一头跑去。

他跑着跑着听见一颗子弹的嘘嘘声,紧接着是一下枪响。

"这不是德·雷纳尔先生,"他想,"他枪法太差,打不了这么准。"几条狗不声不响地在他旁边奔跑,第二枪显然打断了狗的爪子,因为它开始发出嗷嗷的叫声。于连从一层台地的墙上跳下去,在有遮挡的地方跑了五十来步,然后又开始朝另外一个方向逃去。他听见互相吆喝的人声,清清楚楚地看见了那个仆人,他的敌人,打了一枪,一个佃户也来到花园的另一边射击,但是于连已经到了杜河岸边,在那儿他穿好衣服。

一个小时以后,他已经到了离维里埃尔一法里以外,通往日内瓦的大路上。"如果他们起了疑心,"于连想,"他们会到通往巴黎的大路上去追我。"

(选自郝运译《红与黑》。上海译文出版社1989年版)

作品内容提问

1. 谁向德·拉莫尔侯爵推荐了于连?推荐的理由是什么?
2. 谁阻止于连去偷偷探望德·雷纳尔夫人但于连没有听从劝告?
3. 选文中德·雷纳尔夫人对于连的态度发生了什么样的变化?
4. 于连偷偷进入德·雷纳尔家后和德·雷纳尔夫人一共待了几天?
5. 于连为什么仓皇地逃离了德·雷纳尔家?在逃离过程中发生了什么事?

导读

司汤达(原名亨利·贝尔,1783—1842),法国作家。被公认为法国批判现实主义文学的奠基人。生于格勒诺布市小资产者家庭。自幼对启蒙主义思想家非常崇拜。1799年后跟随拿破仑军队三次转战欧洲大陆。波旁王朝复辟后,他侨居意大利米兰,后以"烧炭党人同情者"的罪名被驱逐,回到巴黎。1824年前后,发表了被认为是法国批判现实主义文学宣言的美学论著《拉辛与莎士比亚》,提出"表现人民的习惯和信仰的现实状况"的现实主义主张。此后,发表了小说《阿尔芒斯》和《法尼娜·法尼尼》等。1830年出版的著名长篇小说《红与黑》,被称为法国乃至欧洲批判现实主义文学的奠基作。三十年代后,司汤达曾任驻外领事,形同流放。晚年相继创作了长篇小说《吕西安·娄凡》(又名《红与白》,未完成)、《巴马修道院》以及中短篇小说集《意大利逸事》等。歌德赞美司汤达对生活具有"周密的观察和对心理方面的深刻见解"。他的小说,大多取材于现实政治生活,习惯于用爱情题材表现反对封建复辟的政治内容。人物性格典型鲜明,尤其擅长人物内心冲突的描写和细腻的心理刻画。

《红与黑》被认为是一部"政治小说"。(1)主要描写了即将灭亡的封建贵族阶级与新兴资产阶级之间的残酷斗争,并揭示出当时斗争已经达到了白热化的程度。(2)小说也揭示了在激烈的社会动荡中,上至贵族、教士和资产阶级暴发户,下到一般的平民百姓,都在为获得权力、金钱等而不择手段地进行钻营的社会风气。(3)作者也揭示了有上进心的青年于连在这种特定历史条件和社会风气下被两个阶级之间的斗争毁灭的过程。他的性格是矛盾的:对社会的反抗和对社会的妥协是结合在一起的。这是因为他奋斗的基础是个人主义,最终目的是要爬到上流社会。"爬上去"构成了他全部行动的动力和激情。正是由于他的奋斗缺乏更为高尚的目标,因此最终以失败而告终。

第三十章这个片段表现了三个层次的意思:一是德·拉莫尔侯爵与皮拉尔主教谈话中显示了侯爵的虚伪自私、主教的圆滑世故,二是从作品的情节中显示出了贵族阶级和资产阶级之间斗争的尖锐,三是重点描写了于连性格上为实现自己的目标而不顾一切的特点。于连再次征服德·雷纳尔夫人的过程,实际上是他自己战胜怯懦心理的过程;同样,纯洁的爱情与征服的野心联系在一起,也显示出了于连高尚与卑劣交织的矛盾性格。从片段中也可以看出该小说在艺术上取得了极高的成就。首先,心理描写上极为出色。作家往往用行动来展示人物的心理过程和采用内心独白的方式揭示人物心理的细微变化,对心理过程的展示十分细腻。在这章中,于连的心理活动是紧紧围绕着他去幽会雷纳尔夫人的行动展开的。去还是不去,雷纳尔夫人对他的态度如何,被人发现以后怎么办以及见到雷纳尔夫人后他的心理活动等,贯穿了他行动整个过程。正是在行动中作家揭示了于连既真诚又虚伪,既矛盾又勇敢的复杂的性格特征。而雷纳尔夫人的心理变化也是在她的行动中逐渐完成的。其次,小说的片段表明,作家还善于通过人物的对话来塑造鲜明的人物性格。如德·拉莫尔侯爵彬彬有礼话语后面的无礼与傲慢,皮拉尔主教的巴结与机敏,谢朗神父的严厉与正直,于连的热情与天真,德·雷纳尔夫人的话语中所蕴涵的恐惧与渴望的矛盾等。再次,作家也极为擅长在特定的情境和情绪下安排故事情节,推进事件发展的进程。第三十章描写的是于连在不知道雷纳尔夫人对他态度如何(此前雷纳尔夫人已经对她与于连的关系感到羞愧并向教士进行了忏悔),市长已经对二人关系有所察觉,市长家里的人对他充满敌意等特定境况中,偷偷进入雷纳尔夫人的卧室与其相会的,这样情节本身就带有紧张的特点。而作家在故事叙述中又加大了这种紧张的力度,从而造成小说紧张的情绪氛围。这种"紧张的氛围"曲折反映了1830年前后法国社会气氛的本质特征。

知识链接

批判现实主义。这是欧洲"19世纪一个主要的而且是最壮阔、最有益的文学流派"(高尔基语)。它要求作家按生活本来的样子描写和反映当代的现实生活,注重细节真实;具有强烈的暴露性和批判精神;思想核心是资产阶级人道主义和个人主义;艺术上采用"典型化"的方法,强调描写典型环境中的典型性格。

18 巴尔扎克《高老头》(节选)

长篇小说《高老头》一共6章,故事发生在1819到1820年间。巴黎城中肮脏街区的一条街上有座破旧的伏盖公寓。公寓里住着二十几名房客。主要房客有退休的面包商高里奥老头,外省淳朴大学生拉斯蒂涅和在逃的苦役犯伏脱冷等。拉斯蒂涅从外省来到巴黎学法律,但经不住浮华社会风气的引诱,在表姐鲍赛昂子爵夫人介绍下,成了高老头二女儿但斐纳(银行家纽沁根妻子)的情夫,企图通过她进入上流社会,发财致富。然而他的打算被伏脱冷识破,伏脱冷为其揭示了资本主义社会发财的秘密,并设计了一个"杀人见血"的暴富计划。但不久,鲍赛昂夫人因被情夫抛弃,被迫离开了巴黎,伏脱冷也因被同住的房客出卖而重新被捕。高老头在妻子早年病逝后,对两个女儿娇生惯养,利用金钱的力量将二人都送入了上层社会,但没想到当钱被女儿榨干以后,女儿们都不理睬他了,最终他惨死在伏盖公寓里。拉斯蒂涅目睹了鲍赛昂夫人、伏脱冷,特别是高老头的悲剧,在埋葬了高老头之后,也埋葬了自己的良心。本选文描写的就是高老头临死之前的情形。

两处访问

……

拉斯蒂涅为了彻底看清形势,再去接近纽沁根家,想先把高老头从前的生活弄个明白。他搜集了一些确实的材料,可以归纳如下:

大革命之前,冉-若希姆·高里奥是一个普通的面条司务,熟练,省俭,相当有魄力,能够在东家在一七八九年第一次大暴动中遭劫以后,盘下铺子,开在瑞西安纳街,靠近麦子市场。他很识时务,居然肯当分会主席,使他的买卖得到那个危险时代一班有势力的人保护。这种聪明是他起家的根源。就在不知是真是假的大饥荒时代,巴黎粮食贵得惊人的那一时节里,他开始发财。那时民众在面包店前面拼命,而有些人照样太太平平从杂货商买到各式上等面食。

那一年,高里奥积了一笔资本,他以后做买卖也就像一切资力雄厚的人那样,处处占着上风。他的遭遇只是一切中等才具的遭遇。他的平庸占了便宜。并且直到有钱不再危险的时代,他的财富才揭晓,所以并没引起人家的妒羡。粮食的买卖似乎把他的聪明消耗完了。只要涉及麦子,面粉,粉粒,辨别品质,来路,注意保存,推测行市,预言收成的丰歉,用低价籴进谷子,从西西里、乌克兰去买来囤积,高里奥可以说没有敌手。看他调度生意,解释粮食的出口法,进口法,研究立法的原则,利用法令的缺点等等,他颇有国务大臣的才具。办事又耐心又干练,有魄力有恒心,行动迅速,目光犀利如鹰,什么都占先,什么都料到,什么都知道,什么都藏得紧,算计划策如外交家,勇往直前如军人。可是一离开他的本行,一出他黑魆魆的简陋的铺子,闲下来背靠门框站在阶沿上的时候,他仍不过是一个又蠢又粗野的工人,不会用头脑,感觉不到任何精神上的乐趣,坐在戏院里会打盹,总而言之,他是巴黎的那种陶里庞人①,只会闹笑话。这一类的人差不多完全相像,心里都有一股极高尚的情感。面条司务的心便是给两种情感填满的、吸干的,犹如他的聪明是为了粮食买卖用尽的。他的老婆是布里地方一个富农的独养女儿,是他崇拜赞美、敬爱无边的对象。高里奥赞美她生得又娇嫩又结实,又多情又美丽,跟他恰好是极端的对比。男人天生的情感,不是因为能随时保护弱者而感到骄傲吗?骄傲之外再加上爱,就可了解许多古怪的精神现象。所谓爱其实即是一般坦白的人对赐予他们快乐的人表示热烈的感激。过了七年圆满的幸福生活,高里奥的老婆死了;这是高里奥的不幸,因为那时她正开始在感情以外对他有点儿影响。也许她会把这个死板的人栽培一下,教他懂得一些世道和人生。既然她早死,疼爱女儿的感情便在高里奥心中发展到荒谬的程度。死神夺去了他所爱的对象,他的爱就转移到两个女儿身上,她们开始的确满足了他所有的感情。不管一帮争着要把女儿嫁给他做填房的商人或庄稼人,提出多么优越的条件,他都不愿意续娶。他的岳父,他唯一觉得气味相投的人,很有把握地说高里奥发过誓,永远不做对不起妻子的事,哪怕在她身后。中央市场的人不了解这种高尚的痴情,拿来取笑,替高里奥起了些粗俗的诨号。有个人跟高里奥做了一笔交易,喝着酒,第一个叫出了这个外号,当场给面条商一拳打在肩膀上,脑袋向前,一下翻倒在奥布兰街一块界石旁边。高里奥没头没脑地偏疼女儿,又多情又体贴的父爱,传布得遐迩闻名,甚至有一天,一个同行想叫他离开市场以便操纵行情,告诉他说但斐纳被一辆马车撞翻了。面条商立刻面无人色地回家。他为了这场虚惊病了好几天。那造谣的人虽然并没受到凶狠的老拳,却在某次风潮中被逼破产,从此进不得市场。

  两个女儿的教育,不消说是不会合理的了。富有每年六万法郎以上的进款,自己花不了一千二,高里奥的乐事只在于满足女儿们的幻想:最优秀的教师给请来培养她们高等教育应有的各种才艺;另外还有一个做伴的小姐;还算两个女儿运气,做伴的小姐是一个有头脑有品格的女子。两个女儿会骑马,有自备车辆,生活的奢华像一个有钱的老爵爷养的情妇:只要开声口,最奢侈的欲望,父亲也会满足她们,只要求女儿跟他亲热一下作为回敬。可怜的家伙,把女儿当做天使一流,当然是在他之上了。甚至她们给他的痛苦,他也喜欢。一到出嫁的年龄,她们可以随心所欲地挑选丈夫,每人可以有父亲一半的财产做陪嫁。德·雷斯托伯爵看中阿纳斯塔奇生得美,她也很想当一个贵族太太,便离开父亲,跳进了高等社会。但斐纳喜欢金钱,嫁给纽沁根,一个原籍德国而在帝政时代封了男爵的银行家。高里奥依旧做他的面条商。不久,女儿女婿看他继续做那个买卖,觉得不痛快,虽然他除此以外,生命别无寄托。他们央求了五年,他才答应带着出盘铺子的钱跟五年的盈余退休。这笔资本所生的利息,即便是他住进伏盖公寓的时代,伏盖太太估计到八千至一万的收入。看到女儿受着丈夫的压力,非但不招留他去住,还不愿公开在家招待他,绝望之下,他便搬进这个公寓。

---

① 陶里庞,舒达尔-德福尔热的喜剧《聋子,或客满的旅店》(1790)中的主人公,是个呆傻的老头,几乎断送女儿的终身大事。

受盘高老头铺子的缪雷先生供给的资料只有这一些。德·朗热公爵夫人对拉斯蒂涅说的种种猜测的话因此证实了。

这场暧昧而可怕的巴黎悲剧的序幕，在此结束。

父亲的死

第二天下午两点左右，毕安训要出去，叫醒拉斯蒂涅，接他的班。高老头的病势上半天又加重许多。

"老头儿活不到两天了，也许还活不到六小时，"医学生道，"可是他的病，咱们不能置之不理。还得给他一些费钱的治疗。咱们给他当看护是不成问题，我可没有钱。他的衣袋，柜子，我都翻遍了，全是空的。他神志清楚的时候我问过他，他说连一个子儿都没有了。你身上有多少，你？"

"还剩二十法郎，我可以去赌，会赢的。"

"输了怎办？"

"问他女婿女儿去要。"

毕安训道："他们不给又怎办？眼前最急的还不是钱，而是要在他身上贴滚热的芥子膏药，从脚底直到大腿的半中间。他要叫起来，那还有希望。你知道怎么做的。再说，克利斯朵夫可以帮你忙。我到药剂师那儿去作个保，赊欠药账。可惜不能送他进我们的医院，护理得好一些。来，让我告诉你怎么办；我不回来，你不能离开他。"

他们走进老人的屋子，欧也纳看到他的脸变得没有血色，没有生气，扭作一团，不由得大吃一惊。

"喂，老丈，怎么样？"他靠着破床弯下身去问。

高里奥眨巴着黯淡的眼睛，仔细瞧了瞧欧也纳，认不得他。大学生受不住了，眼泪直涌出来。

"毕安训，窗上可要挂个帘子？"

"不用。气候的变化对他已经不生影响。他要有冷热的知觉倒好了。可是咱们还得生个火，好煮药茶，还能作好些旁的用处。等会我叫人送些柴草来对付一下，慢慢再张罗木柴。昨天一昼夜，我把你的柴跟老头儿的泥炭都烧完了。屋子潮得厉害，墙壁都在淌水，还没完全烘燥呢。克利斯朵夫把屋子打扫过了，简直像马房，臭得要命，我烧了些松子。"

拉斯蒂涅叫道："我的天！想想他的女儿哪！"

"他要喝水的话，给他这个，"医学生指着一把大白壶。"倘若他哼哼唧唧地叫苦，肚子又热又硬，你就叫克利斯朵夫帮着给他来一下……你知道的。万一他兴奋起来说许多话，有点儿精神错乱，由他去好了。那倒不是坏现象，可是你得叫克利斯朵夫上医院来。我们的医生，我的同事，或是我，我们会来给他做一次灸。今儿早上你睡觉的时候，我们会诊过一次，到的有加尔博士的一个学生，市立医院的主任医师跟我们的主任医师。他们认为颇有些奇特的症候，必须注意病势的进展，可以弄清科学上的几个要点。有一位说，血浆的压力要是特别加在某个器官上，可能发生一些特殊的现象。所以老头儿一说话，你就得留心听，看是哪一类的思想，是记忆方面的，智力方面的，还是判断方面的；看他注意物质的事还是情感的事；是否计算，是否回想过去；总之你想法给我们一个准确的报告。病势可能急转直下，他会像现在这样人事不知地死去。这一类的病怪得很。倘若在这个地方爆发,"毕安训指了指病人的后脑,"一下子死不了。血浆能从脑里回出来,至于再走什么路,只有解剖尸体才能知道。残废院内有个痴呆的老人,充血跟着脊椎骨走;人痛苦得不得了,可是活在那儿。"

高老头忽然认出了欧也纳,说道:

"她们玩得痛快吗?"

"哦!他只想着他的女儿,"毕安训道,"昨夜他和我说了上百次:她们在跳舞呢!她的跳舞衣衫有了。——他叫她们的名字。那声音把我听得哭了,真是要命!他叫:但斐纳!我的小但斐纳!娜齐!真的!简直叫你止不住眼泪。"

"但斐纳,"老人借口说,"她在这儿,是不是?我知道的。"

他眼睛忽然骨碌碌地乱转,瞪着墙壁和房门。

"我下去叫西尔维预备芥子膏药,"毕安训说,"这是替他上药的好机会。"

拉斯蒂涅独自陪着老人,坐在床脚下定睛瞧着这副嘴脸,觉得又害怕又难过。

"德·鲍赛昂太太逃到乡下去了,这一个又要死了,"他心里想,"美好的灵魂不能在这个世界上待久的。真是,伟大的感情怎么能跟一个猥琐、狭小、浅薄的社会沉瀣一气呢?"

他参加的那个盛会的景象在脑海中浮起来,同眼前这个病人垂死的景象成为对比。毕安训突然奔进来叫道:

"喂,欧也纳,我才见到我们的主任医师,就奔回来了。要是他忽然清醒,说起话来,你把他放倒在一长条芥子膏药上,让芥末把颈窝到腰部下面一齐裹住;再叫人通知我们。"

"亲爱的毕安训!"

"哦!这是为了科学,"医学生说,他的热心像一个刚改信宗教的人。

欧也纳说:"那么只有我一个人是为了感情照顾他了。"

毕安训听了并不生气,只说:"你要看到我早上的模样,就不会说这种话了。告诉你,朋友,开业的医生眼里只有疾病,我还看见病人呢。"

他走了。欧也纳单独陪着病人,唯恐高潮就要发作。不久高潮果然来了。

"啊!是你,亲爱的孩子,"高老头认出了欧也纳。

"你好些吗?"大学生拿着他的手问。

"好一些。刚才我的脑袋好似夹在钳子里,现在松一点儿了。你可曾看见我的女儿?她们马上要来了,一知道我害病,会立刻赶来的。从前在瑞希安纳街,她们服侍过我多少回!天哪!我真想把屋子收拾干净,好招待她们。有个年轻人把我的泥炭烧完了。"

欧也纳说:"我听见克里斯朵夫的声音,他替你搬木柴来,就是那个年轻人给你送来的。"

"好吧!可是拿什么付账呢?我一个钱都没有了,孩子。我把一切都给了,一切。我变成叫花子了。至少那件金线衫好看吗?(哎唷!我痛!)谢谢你,克里斯朵夫。上帝会报答你的,孩子;我啊,我什么都没有了。"

欧也纳凑着男佣人的耳朵说:"我不会让你和西尔维白忙的。"

"克里斯朵夫,是不是我两个女儿告诉你就要来了?你再去一次,我给你五法郎。对她们说我觉得不好,我临死之前还想拥抱她们,再看她们一次。你这样去说吧,可是别过分吓了她们。"

克里斯朵夫看见欧也纳对他递了个眼色,便动身了。

"她们要来了,"老人又说,"我知道她们的脾气。好但斐纳,我死了,她要怎样的伤心呀!还有娜齐也是的。我不愿意死,因为不愿意让她们哭。我的好欧也纳,死,死就是再也看不见她们。在那个世界里,我要闷得发慌哩。看不见孩子,做父亲的等于入了地狱;自从她们结了婚,我就尝着这个味道。我的天堂是瑞希安纳街。嗳!喂,倘使我进了天堂,我的灵魂还能回到她们身边吗?听说有这种事情,可是真的?我现在清清楚楚看见她们在瑞希安纳街的模样。她们一早下楼,说:爸爸,你早。我把她们抱在膝上,用种种花样逗她们玩儿,跟她们淘气。她们也跟我亲热一阵。我们天天一块儿吃中饭,一块儿吃晚饭,总之那时我是父亲,看着孩子直乐。在瑞希安纳街,她们不跟我犟嘴,一点不懂人事,她们很爱我。天哪!干吗她们要长大呢?(哎唷!我痛啊;头里在抽。)啊!啊!对不起。孩子们!我痛死了;要不是真痛,我不会叫的,你们早已把我训练得不怕痛苦了。上帝呀!只消我能握着她们的手,我就不觉得痛啦。你想她们会来吗?克里斯朵夫蠢极了!我该自己去的。他倒有福气看到她们。你昨天去了跳舞会,你告诉我呀,她们怎么样?她们一点不知道我病了,可不是?要不她们不肯去跳舞了,可怜的孩子们!噢!我再也不愿意害病了。她们还少不了我呢。她们的财产遭了危险,又是落在怎样的丈夫手里!把我治好呀,治好呀!(噢!我多难过!哟!哟!哟!)你瞧,非把我医好不行,她们需要钱,我知道到哪儿去挣。我要上敖德萨去做淀粉。我才精明呢,会赚他几百万。(哦呀!我痛死了!)"

　　高里奥不出声了,仿佛集中全身的精力熬着痛苦。

　　"她们在这儿,我不会叫苦了,干吗还要叫苦呢?"

　　他迷迷糊糊昏沉了好久。克里斯朵夫回来,拉斯蒂涅以为高老头睡熟了,让佣人高声回报他出差的情形。

　　"先生,我先上伯爵夫人家,可没法跟她说话,她和丈夫有要紧事儿。我再三央求,德·雷斯托先生亲自出来对我说:高里奥先生快死了是不是?哎,再好没有。我有事,要太太待在家里。事情完了,她会去的。——他似乎很生气,这位先生。我正要出来,太太从一扇我看不见的门里走到穿堂,告诉我:克里斯朵夫,你对我父亲说,我同丈夫正在商量事情,不能来。那是有关我孩子们生死的问题。但等事情一完,我就去看他。——说到男爵夫人①吧,又是另外一桩事儿!我没有见到她,不能跟她说话。老妈子说:啊!太太今儿早上五点一刻才从跳舞会回来;中午以前叫醒她,一定要挨骂的。等会她打铃叫我,我会告诉她,说她父亲的病更重了。报告一件坏消息,不会嫌太晚的。——我再三央求也没用。哎,是呀,我也要求见男爵,他不在家。"

　　"一个也不来,"拉斯蒂涅嚷道,"让我写信给她们。"

　　"一个也不来,"老人坐起来接着说,"她们有事,她们在睡觉,她们不会来的。我早知道了。直到临死才知道女儿是什么东西!唉!朋友,你别结婚,别生孩子!你给他们生命,他们给你死。你带他们到世界上来,他们把你从世界上赶出去。她们不会来的!我已经知道了十年。有时我心里这么想,只是不敢相信。"

　　他每只眼中冒出一颗眼泪,滚在鲜红的眼皮边上,不掉下来。

　　"唉!倘若我有钱,倘若我留着家私,没有把财产给她们,她们就会来,会用她们的亲吻来舔我的脸!我可以住在一所公馆里,有漂亮的屋子,有我的仆人,生着火;她们都要哭作一

---

① 这里的"男爵夫人"指的是高老头的二女儿但斐纳。

团,还有她们的丈夫,她们的孩子。这一切我都可以到手。现在可什么都没有。钱能买到一切,买到女儿。啊!我的钱到哪儿去了?倘若我还有财产留下,她们会来伺候我,招呼我;我可以听到她们,看到她们,啊!欧也纳,亲爱的孩子,我唯一的孩子,我宁可给人家遗弃,宁可做个倒霉鬼!倒霉鬼有人爱,至少那是真正的爱!啊,不,我要有钱,那我可以看到她们了。唉,谁知道?她们两个的心都像石头一样。我把所有的爱在她们身上用尽了,她们对我不能再有爱了。做父亲的应该永远有钱,应该拉紧儿女的缰绳,像对付狡猾的马一样。我却向她们下跪。该死的东西!她们十年来对我的行为,现在到了顶点。你不知道她们刚结婚的时候对我怎样的奉承体贴!(噢!我痛得像受毒刑一样!)我才给了她们每人八十万,她们和她们的丈夫都不敢怠慢我。我受到好款待:好爸爸,上这儿来;好爸爸,往那儿去。她们家永远有我的一份刀叉。我同她们的丈夫一块儿吃饭,他们对我很恭敬,看我手头还有一些呢。为什么?因为我生意的底细,我一句没提。一个给了女儿八十万的人是应该奉承的。他们对我那么周到、体贴,那是为我的钱啊。世界并不美。我看到了,我!她们陪我坐着车子上戏院,我在她们的晚会里爱待多久就待多久。她们承认是我的女儿,承认我是她们的父亲。我还有我的聪明呢,嗨,什么都没逃过我的眼睛。我什么都感觉到,我的心碎了。我明明看到那时假情假意;可是没有办法。在她们家,我就不像在这儿饭桌上那么自在。我什么话都不会说。有些漂亮人物咬着我女婿的耳朵问:

——那位先生是谁啊?

——他是财神,他有钱。

——啊,原来如此!

"人家这么说着,恭恭敬敬瞧着我,就像恭恭敬敬瞧着钱一样。即使我有时叫他们发窘,我也补赎了我的过失。再说,谁又是十全的呢?(哎唷!我的脑袋简直是块烂疮!)我这时的痛苦是临死以前的痛苦,亲爱的欧也纳先生,可是比起当年娜齐第一次瞪着我给我的难受,眼前的痛苦算不了什么。那时她瞪我一眼,因为我说错了话,丢了她的脸;唉,她那一眼把我全身的血管都割破了。我很想懂得交际场中的规矩;可是我只懂得一样:我在世界上是多余的。第二天我上但斐纳家去找安慰,不料又闹了笑话,惹她冒火。我为此急疯了。八天功夫我不知道怎么办。我不敢去看她们,怕受埋怨。从此,我便进不了女儿的大门。哦!我的上帝!既然我吃的苦,受的难,你全知道,既然我受的千刀万剐,使我头发全白,身子磨坏的伤,你都记在账上,干吗今日还要我受这个罪?就算太爱她们是我的罪过,我受的刑罚也足够补赎了。我对她们的慈爱,她们都狠狠地报复了,像刽子手一般把我上过毒刑了。唉!做老子的多蠢!我太爱她们了,每次都回头去迁就她们,好像赌棍离不开赌场。我的嗜好,我的情妇,我的一切,便是两个女儿,她们俩想要一点儿装饰品什么的,老妈子告诉了我,我就去买来送给她们,巴望得到些好款待!可是她们看了我在人前的态度,照样来一番教训。而且等不到第二天!嘿,她们为着我脸红了。这是给儿女受好教育的报应。我活了这把年纪,可不能再上学校啦。(我痛死了,天哪!医生呀!医生呀!把我脑袋劈开来,也许会好些。)我的女儿呀,我的女儿呀,娜齐,但斐纳!我要看她们。叫警察去找她们来,抓她们来!法律应该帮我的,天性,民法,都应该帮我。我要抗议。把父亲踩在脚下,国家不要亡了吗?这是很明白的。社会,世界,都是靠父道做轴心的;儿女不孝父亲,不要天翻地覆吗?哦!看到她们,听到她们,不管她们说些什么,只要听见她们的声音,尤其但斐纳,我就不觉得痛苦。等她们来了,你叫她们别那么冷冷地瞧我。啊!我的好朋友,欧也纳先生,看到她们眼中的金光变得像铅一样不灰不白,你真不知道是什么味儿。自从她们的眼睛对我不放光辉之后,我老在这儿过冬天;只有苦水给我吞,我也就吞下了!我活着就是为受委屈,受侮辱。她们给我一点儿可怜的,小小的,可耻的快乐,代价是叫我受种种的羞辱,我都受了,因为我太爱她们了。老子偷偷摸摸地看女儿!听见过没有?我把一辈子的生命给了她们,她们今天连一小时都不给我!我又饥又渴,心在发烧,她们不来舒解一下我的临终苦难。我觉得我要死了。什么叫做践踏父亲的尸首,难道她们不知道吗?天上还有一个上帝,他可不管我们做老子的愿不愿意,要替我们报仇的。噢!她们会来的!来啊,我的小心肝,你们来亲我呀;最后一个亲吻就是你们父亲的临终圣餐了,他会代你们求上帝,说你们一向孝顺,替你们辩护!归根结底,你们没有罪。朋友,她们是没有罪的!请你对大家都这么说,别为了我为难她们。一切都是我的错,是我纵容她们把我踩在脚下的。我就喜欢那样。这跟谁都不相干,人间的裁判,神明的裁判,都不相干。上帝要是为了我责罚她们,就不公平了。我不会做人,是我糊涂,自己放弃了权利。为她们我甚至堕落也心甘情愿!有什么办法!最美的天性,最优秀的灵魂,都免不了溺爱儿女。我是一个糊涂蛋,遭了报应,女儿七颠八倒的生活是我一手造成的,是我惯了她们。现在她们要寻欢作乐,正像她们从前要吃糖果。我一向对她们百依百顺。小姑娘想入非非的欲望,都给她们满足。十五岁就有了车!要什么有什么。罪过都在我一个人身上,为了爱她们而犯的罪。唉,她们的声音能够打开我的心房。我听见她们,她们在来啦。哦!一定的,她们要来的。法律也要人给父亲送终的,法律是支持我的。只要叫人跑一趟就行。我给车钱。你写信去告诉她们,说我还有几百万家私留给她们!我敢起誓。我可以上敖德萨去做高等面食。我有办法。计划中还有几百万好赚。哼,谁也没有想到。那不会像麦子和面粉一样在路上变坏的。嗳,嗳,淀粉哪,有几百万好赚啊!你告诉她们有几百万绝不是扯谎。她们为了贪心还是肯来的;我宁愿受骗,我要看到她们。我要我的女儿!是我把她们生下来的!她们是我的!"他一边说一边在床上挺起身子,给欧也纳看到一张白发凌乱的脸,竭力装作威吓的神气。

欧也纳说:"嗳,嗳,你睡下吧。我来写信给她们。等毕安训来了,她们要再不来,我就自个儿去。"

"她们再不来,"老人一边大哭一边接了一句,"我要死了,要气疯了,气死了!气已经上来了!现在我把我这一辈子都看清楚了。我上了当!她们不爱我,从来没有爱过我!这是摆明的了。她们这时不来是不会来的了。她们越拖,越不肯给我这个快乐。我知道她们。我的悲伤,我的痛苦,我的需要,她们从来没体会到一星半点,连我的死也没有想到;我的爱,我的温情,她们完全不了解。是的,她们把我糟蹋惯了,在她们眼里我所有的牺牲都一文不值。哪怕她们要挖掉我的眼睛,我也会说:挖吧!我太傻了。她们以为天下的老子都像她们的一样。想不到你待人好一定要人知道!将来她们的孩子会替我报仇的。唉,来看我还是为她们自己啊。你去告诉她们,说她们临死要受到报应的。犯了这桩罪,等于犯了世界上所有的罪。去啊,去对她们说,不来送我的终是忤逆!不加上这一桩,她们的罪过已经数不清啦。你得像我一样的去叫:哎!娜齐!哎!但斐纳!父亲待你们多好,他在受难,你们来吧!——唉!一个都不来。难道我就像野狗一样的死吗?爱了一辈子的女儿,到头来反给女儿遗弃!简直是些下流东西,流氓婆;我恨她们,咒她们;我半夜里还要从棺材里爬起来咒她们。嗳,朋友,难道这能派我的不是吗?她们做人这样恶劣,是不是!我说什么?你不是告诉我但斐纳在这儿吗?还是她好。你是我的儿子,欧也纳。你,你得爱她,像他父亲一样的爱她。还有一个是遭了难。她们的财产呀？哦！上帝！我要死了，我太苦了！把我的脑袋割掉吧，留给我一颗心就行了。"

"克里斯朵夫，去找毕安训来，顺便替我雇辆车。"欧也纳嚷着。他被老人这些呼天抢地的哭诉吓坏了。

"老伯，我到你女儿家去把她们带来。"

"把她们抓来，抓来！叫警卫队，叫军队！"老人说着，对欧也纳瞪了一眼，闪出最后一道理性的光。"去告诉政府，告诉检察官，叫人替我带来！"

"你刚才咒过她们了。"

老人愣了一愣，说："谁说的？你知道我是爱她们的，疼她们的！我看到她们，病就好啦……去吧，我的好邻居，好孩子，去吧，你是慈悲的；我要重重的谢你；可是我什么都没有了，只能给你一个祝福，一个临死的人的祝福。啊！至少我要看到但斐纳，吩咐她代我报答你。那个不能来，就带这个来吧。告诉她，她要不来，你不爱她了。她多爱你，一定会来的。哟，我渴死了，五脏六腑都在烧！替我在头上放点儿什么吧。最好是女儿的手，那我就得救了，我觉得的……天哪！我死了，谁替她们挣钱呢？我要为她们上敖德萨去，上敖德萨做面条生意。"

欧也纳搀起病人，用左臂扶着，另一只手端给他一杯满满的药茶，说道："你喝这个。"

"你一定要爱你的父母。"老人说着，有气无力地握着欧也纳的手，"你懂得吗，我要死了，不见她们一面就死了。永远口渴而没有水喝，这便是我十年来的生活……两个女婿断送了我的女儿。是的，从她们出嫁以后，我就没有女儿了。做老子的听着！你们得要求国会制定一条结婚的法律！要是你们爱女儿，就不能让她嫁人。女婿是毁坏女儿的坏蛋，他把一切都污辱了。再不要有结婚这回事！结婚抢走我们的女儿，叫我们临死看不见女儿。为了父亲的死，应该订一条法律。真是可怕！报仇呀！报仇呀！是我女婿不准她们来的呀。杀死他们！杀雷斯托！杀纽沁根！他们是我的凶手！不还我女儿，就要他们的命！唉！完啦，我见不到她们了！她们！娜齐，但斐纳，喂，来呀，爸爸出门啦……"①

"老伯，你静静吧，别生气，别多想。"

"看不见她们，这才是我的临终苦难！"

"你会看见的。"

"真的！"老人迷迷惘惘地叫起来，"噢！看到她们！我还会看到她们，听到她们的声音。那我死也死得快乐了。唉，是啊，我不想活了，我不稀罕活了，我痛得越来越厉害了。可是看到她们，碰到她们的衣衫，唉！只要她们的衣衫，衣衫，就这么一点儿要求！只消让我摸到她们的一点儿什么！让我抓一把她们的头发，……头发……"

他仿佛挨了一棍，脑袋往枕上倒下，双手在被单上乱抓，好像要抓女儿们的头发。

他又挣扎着说："我祝福她们，祝福她们。"

然后他昏过去了。毕安训进来说：

"我碰到了克里斯朵夫，他替你雇车去了。"

他瞧了瞧病人，用力揭开他的眼皮，两个大学生只看到一只没有颜色的灰暗的眼睛。

"完啦，"毕安训说，"我看他不会醒的了。"

---

① "来呀，爸爸出门啦"二句，为女儿幼年时父亲出门前呼唤她们的亲切语；此处出门二字有双关意味。

他按了按脉,摸索了一会,把手放在老头儿心口。

"机器还没有停;像他这样反而受罪,还是早点去的好!"

"对,我也这么想,"拉斯蒂涅回答。

"你怎么啦?脸色发白像死人一样。"

"朋友,我听他又哭又叫,说了一大堆。真有一个上帝!哦,是的,上帝是有的,他替我们预备着另外一个世界,一个好一点儿的世界。咱们这个太混账了。刚才的情形要不那么悲壮,我早哭死啦,我的心跟胃都给揪紧了。"

"喂,还得办好多事,哪儿来的钱呢?"

拉斯蒂涅掏出表来:

"你送当铺去。我路上不能耽搁,只怕赶不及。现在我等着克里斯朵夫,我身上一个钱都没有了,回来还得付车钱。"

拉斯蒂涅奔下楼梯,上海尔德街德·雷斯托太太家去了。刚才那幕可怕的景象使他动了感情,一路义愤填胸。他走进穿堂求见德·雷斯托太太,人家回报说她不能见客。

他对当差说:"我是为了她马上要死的父亲来的。"

"先生,伯爵再三吩咐我们……"

"既然伯爵在家,那么告诉他,说他岳父快死了,我要立刻和他说话。"

欧也纳等了好久。

"说不定他就在这个时候死了,"他心里想。

当差带他走进第一客室,德·雷斯托先生站在没有生火的壁炉前面,见了客人也不请坐。

"伯爵,"拉斯蒂涅说,"令岳在破烂的阁楼上就要断气了,连买木柴的钱也没有;他马上就要死了,但等见一面女儿……"

"先生,"伯爵冷冷地回答,"你大概可以看出,我对高里奥先生没有什么好感。他教坏了我太太,造成我家庭的不幸。我把他当做扰乱我安宁的敌人。他死也好,活也好,我全不在意。你瞧,这是我对他的情分。社会尽可以责备我,我才不在乎呢。我现在要处理的事,比顾虑那些傻瓜的闲言闲语要紧得多。至于我太太,她现在那个模样没法出门,我也不让她出门。请你告诉她父亲,只消她对我,对我的孩子,尽完了她的责任,她会去看他的。要是她爱她的父亲,几分钟内她就可以自由……"

"伯爵,我没有权利批评你的行为,你是你太太的主人。可是至少我能相信你是讲信义的吧?请你答应我一件事,就是告诉她,说她的父亲没有一天好活了,因为她不去送终,已经在咒她了!"

雷斯托注意到欧也纳愤愤不平的语气,回答道:"你自己去说吧。"

拉斯蒂涅跟着伯爵走进伯爵夫人平时起坐的客厅。她泪人儿似的埋在沙发里,那副痛不欲生的模样叫他看了可怜。她不敢望拉斯蒂涅,先怯生生的瞧了瞧丈夫,眼睛的神气表示她精神肉体都被专横的丈夫压倒了。伯爵侧了侧脑袋,她才敢开口:

"先生,我都听到了。告诉我父亲,他要知道我现在的处境,一定会原谅我。我想不到要受这种刑罚,简直受不了。可是我要反抗到底,"她对她的丈夫说。"我也有儿女。请你对父亲说,不管表面上怎么样,在父亲面前我并没有错,"她无可奈何地对欧也纳说。

那女的经历的苦难,欧也纳不难想象,便呆呆地走了出来。听到德·雷斯托先生的口吻,他知道自己白跑一趟,阿娜斯塔齐已经失去自由。

接着他赶到德·纽沁根太太家,发觉她还在床上。

"我不舒服呀,朋友,"她说。"从跳舞会出来受了凉,我怕要害肺炎呢,我等医生来……"

欧也纳打断了她的话,说道:"哪怕死神已经来到了你身边,爬也得爬到你父亲跟前去。他在叫你!你要听到他一声,马上不觉得你自己害病了。"

"欧也纳,父亲的病也许不像你说的那么严重;可是我要在你眼里有什么不是,我才难过死呢;所以我一定听你的吩咐。我知道,倘若我这一回出去闹出一场大病来,父亲要伤心死的。我等医生来过了就走。"她一眼看不见欧也纳身上的表链,便叫道:"哟!怎么你的表没有啦?"

欧也纳脸上红了一块。

"欧也纳!欧也纳!倘使你已经把它卖了,丢了,……哦!那太岂有此理了。"

大学生伏在但斐纳床上,凑着她耳朵说:

"你要知道么?哼!好,告诉你吧!你父亲一个钱没有了,今晚上要给他入殓的尸衣①都没法买。你送我的表在当铺里,我钱都光了。"

但斐纳猛地从床上跳下,奔向书柜,抓起钱袋递给拉斯蒂涅,打着铃,嚷道:

"我去我去,欧也纳。让我穿衣服,我简直是禽兽了!去吧,我会赶在你面前!"她回头叫老妈子:"泰蕾丝,请老爷立刻上来跟我说话。"

欧也纳因为能对垂死的老人报告有一个女儿会来,几乎很快乐地回到圣热内维埃弗新街。他在但斐纳的钱袋里掏了一阵打发车钱,发觉这位那么有钱那么漂亮的少妇,袋中只有七十法郎。他走完楼梯,看见毕安训扶着高老头,医院的外科医生当着内科医生在病人背上做灸。这是科学的最后一套治疗,没用的治疗。

"替你做灸你觉得吗?"内科医生问。

高老头看见大学生,说道:

"她们来了是不是?"

外科医生道:"还有希望,他说话了。"

欧也纳回答老人:"是的,但斐纳就来了。"

"呃!"毕安训说,"他还在提他的女儿,他拼命地叫她们,像一个人吊在刑台上叫着要喝水……"

"算了吧,"内科医生对外科医生说,"没法的了,没救的了。"

毕安训和外科医生把快死的病人放倒在发臭的破床上。

医生说:"总得给他换套衣服,虽则毫无希望,他究竟是个人。"他又招呼毕安训:"我等会儿再来。他要叫苦,就给他横膈膜上搽些鸦片。"

两个医生走了,毕安训说:

"来,欧也纳,拿出勇气来!咱们替他换上一件白衬衫,换一条褥单。你叫西尔维拿了床单来帮我们。"

欧也纳下楼,看见伏盖太太正帮着西尔维摆刀叉。拉斯蒂涅才说了几句,寡妇就迎上

---

① 西俗入殓时将尸体用布包裹,称为尸衣。

来，装着一副又和善又难看的神气，活现出一个满腹猜疑的老板娘，既不愿损失金钱，又不敢得罪主顾。

"亲爱的欧也纳先生，你和我一样知道高老头没有钱了。把被单拿给一个正在翻眼睛的人，不是白送吗？另外还得牺牲一条他入殓的尸衣。你们已经欠我一百四十四法郎，加上四十法郎被单，以及旁的零星杂费，跟等会儿西尔维要给你们的蜡烛，至少也得二百法郎；我一个寡妇怎受得了这样一笔损失？天啊！你也得凭凭良心，欧也纳先生。自从晦气星进了我的门，五天工夫我已经损失得够了。我愿意花三十法郎打发这好家伙归天，像你们说的。这种事还要叫我的房客不愉快。只要不花钱，我愿意送他进医院。总之你替我想想吧。我的铺子要紧，那是我的，我的性命呀。"

欧也纳赶紧奔上高里奥的屋子。

"毕安训，押了表的钱呢？"

"在桌子上，还剩三百六十多法郎。欠的账已经还清。当票压在钱下面。"

"喂，太太，"拉斯蒂涅愤愤地奔下楼梯，说道："来算账。高里奥先生在府上不会耽久了，而我……"

"是的，他只能两脚向前的出去了，可怜的人，"她一边说一边数着二百法郎，神气之间有点高兴，又有点惆怅。

"快点儿吧，"拉斯蒂涅催她。

"西尔维，拿出褥单来，到上面去给两位先生帮忙。"

"别忘了西尔维，"伏盖太太凑着欧也纳的耳朵说："她两晚没有睡觉了。"

欧也纳刚转身，老寡妇立刻奔向厨娘，咬着耳朵吩咐：

"你找第七号褥单，那条旧翻新的。反正给死人用总是够好的了。"

欧也纳已经在楼梯上跨了几步，没有听见房东的话。

毕安训说："来，咱们替他穿衬衫，你把他扶着。"

欧也纳站在床头扶着快死的人，让毕安训脱下衬衫。老人做了个手势，仿佛要保护胸口的什么东西，同时哼哼唧唧，发出些不成音的哀号，犹如野兽表示极大的痛苦。

"哦！哦！"毕安训说："他要一根头发链子和一个小小的胸章，刚才咱们做灸拿掉的。可怜的人，给他挂上。喂，在壁炉架上面。"

欧也纳拿来一条淡黄带灰的头发编成的链子，准是高里奥太太的头发。胸章的一面刻着：阿娜斯塔齐；另外一面刻着：但斐纳。这是他永远贴在心头的心影。胸章里面藏着极细的头发卷，大概是女儿们极小的时候剪下来的。发辫挂上他的脖子，胸章一碰到胸脯，老人便心满意足地长叹一声，叫人听了毛骨悚然。他的感觉这样振动了一下，似乎望那个神秘的区域，发出同情的和接受同情的中心，隐没了。抽搐的脸上有一种病态的快乐的表情。思想消灭了，情感还存在，还能发出这种可怕的光彩，两个大学生看着大为感动，涌出几颗热泪掉在病人身上，使他快乐得直叫：

"噢！娜齐！但斐纳！"

"他还活着呢，"毕安训说。

"活着有什么用？"西尔维说。

"受罪啰！"拉斯蒂涅回答。

毕安训向欧也纳递了个眼色，叫他跟自己一样蹲下身子，把胳膊抄到病人腿肚子下面，两人隔着床做着同样的动作,托住病人的背。西尔维站在旁边,但等他们抬起身子,抽换被单。高里奥大概误会了刚才的眼泪,使出最后一些气力伸出手来,在床的两边碰到两个大学生的脑袋,拼命抓着他们的头发,轻轻地叫了声:"啊!我的儿哪!"整个灵魂都在这两句里面,而灵魂也随着这两句呓语飞逝了。

"可怜可爱的人哪,"西尔维说,她也被这声哀叹感动了。这声哀叹,表示那伟大的父爱受了又惨又无心的欺骗,最后激动了一下。

这个父亲的最后一声叹息还是快乐的叹息。这叹息说明了他的一生,他还是欺骗了自己。大家恭恭敬敬把高老头放倒在破床上。从这个时候起,喜怒哀乐的意识消灭了,只有生与死的搏斗还在他脸上印着痛苦的标记。整个的毁灭不过是时间问题了。"他连临终的痰厥也不会有,脑子里全部充血了。"

这时候楼梯上有一个气咻咻的少妇的脚声。

"来得太晚了,"拉斯蒂涅说。

来的不是但斐纳,是她的老妈子泰蕾丝。

"欧也纳先生,可怜的太太为父亲向先生要钱,先生和她大吵。她晕过去了,医生也来了,恐怕要替她放血。她嚷着:爸爸要死了,我要去看爸爸呀!教人听了心惊肉跳。"

"算了吧,泰蕾丝。现在来也不中用了,高里奥先生已经昏迷了。"

泰蕾丝道:"可怜的先生,竟病得这样凶吗?"

"你们用不着我,我要下去开饭,已经四点半了,"西尔维说着,在楼梯台上几乎觉得撞在德·雷斯托太太身上。

伯爵夫人的出现叫人觉得又严肃又可怕。床边黑魆魆的只点着一支蜡烛。瞧着父亲那张还有几分生命在颤动的脸,她掉下泪来。毕安训很识趣地退了出去。

"恨我没有早些逃出来,"伯爵夫人对拉斯蒂涅说。

大学生悲伤地点点头。她拿起父亲的手亲吻。

"原谅我,父亲!你说我的声音可以把你从坟墓里叫回来,哎!那么你回来一忽儿,来祝福你正在忏悔的女儿吧。听我说啊——真可怕!这个世界上只有你会祝福我。大家恨我,只有你爱我。连我自己的孩子将来也要恨我。你带我一块儿去吧,我会爱你,服侍你。噢!他听不见了,我疯了。"

她双膝跪下,疯子似的端相着那个躯壳。

"我什么苦都受到了,"她望着欧也纳说,"德·特拉伊先生走了,丢下一身的债。而且我发觉他欺骗我。丈夫永远不会原谅我了,我已经把全部财产交给他。唉!一场空梦,为了谁来!我欺骗了唯一疼我的人!(她指着她的父亲)我辜负他,嫌弃他,给他受尽苦难,我这该死的人!"

"他知道,"拉斯蒂涅说。

高老头忽然睁了睁眼,但只不过是肌肉的抽搐。伯爵夫人表示希望的手势,同弥留的人的眼睛一样凄惨。

"他还会听见我吗?——哦,听不见的了。"她坐在床边自言自语。

德·雷斯托太太说要守着父亲,欧也纳便下楼吃饭。房客都到齐了。

"喂,"画家招呼他,"看样子咱们楼上要死掉个把人了吧?"

"夏尔。找点儿不那么凄惨的事开玩笑好不好?"欧也纳说。

"难道咱们就不能笑了吗?"画家回答,"有什么关系,毕安训说他已经昏迷了。"

"嗳!"博物院管事的接着说,"他活也罢,死也罢,反正没有分别。"

"父亲死了!"伯爵夫人大叫了一声。

一听见这声可怕的叫喊,西尔维,拉斯蒂涅,毕安训,一齐上楼,发觉德·雷斯托太太晕过去了。他们把她救醒,送上等在门外的车;欧也纳嘱咐泰蕾丝小心看护,送往德·纽沁根太太家。

"哦!这一下他真死了,"毕安训下楼说。

"诸位,吃饭吧,汤冷了,"伏盖太太招呼众人。

两个大学生并肩坐下。

欧也纳问毕安训:"现在该怎么办?"

"我把他眼睛阖上了。四肢放得端端正正。等咱们上市政府报告死亡,那边的医生来验过之后,把他包上尸衣埋掉。你还想怎么办?"

"他不能再这样嗅他的面包了,"一个房客学着高老头的鬼脸说。

"要命!"当助教的叫道,"诸位能不能丢开高老头,让我们清静一下?一个钟点以来,只听见他的事儿。巴黎这个地方有桩好处,一个人可以生下,活着,死去,没有人理会。这种文明的好处,咱们应当享受。今天死六十个人,难道你们都去哀悼那些亡灵不成?高老头死就死吧,为他还是死的好!要是你们疼他,就去守灵,让我们消消停停地吃饭。"

"噢!是的,"寡妇道,"他真是死了的好!听说这可怜的人苦了一辈子!"

在欧也纳心中,高老头是父爱的代表,可是他身后得到的仅有的诔词,就是上面这几句。十五位房客照常谈天。欧也纳和毕安训听着刀叉声和谈笑声,眼看那些人狼吞虎咽,不关痛痒的表情,难受得心都凉了。他们吃完饭,出去找一个神甫来守夜,给死者祈祷。手头只有一点儿钱,不能不看钱办事。晚上九点,遗体放在便榻上,两旁点着两支蜡烛,屋内空空的,只有一个神甫坐在他的旁边。临睡之前,拉斯蒂涅向教士打听了礼忏和送葬的价目,写信给德·纽沁根男爵和德·雷斯托伯爵,请他们派管事来打发丧费。他要克利斯朵夫把信送出去,方始上床。他疲倦之极,马上睡着了。

第二天早上,毕安训和拉斯蒂涅亲自上市政府报告死亡;中午,医生来签了字。过了两小时,一个女婿都没送钱来,也没派人来,拉斯蒂涅只得先开销了教士。西尔维讨了十法郎去缝尸衣。欧也纳和毕安训算了算,死者的家属要不负责的话,他们倾其所有,只能极勉强地应付一切开支。把尸身放入棺材的差事,由医学生担任了去;那穷人用的棺木也是他向医院特别便宜买来的。他对欧也纳说:

"咱们给那些混蛋开一下玩笑吧。你到拉雪兹神甫公墓去买一块地,五年为期;再向丧礼代办所和教堂定一套三等丧仪。要是女婿女儿不还你的钱,你就在墓上立一块碑,刻上几个字:

德·雷斯托伯爵夫人暨德·纽沁根男爵夫人之   *尊翁高里奥先生之墓*
大学生二人筹资代葬。"

欧也纳在德·纽沁根夫妇和德·雷斯托夫妇家奔走毫无结果,只得听从他朋友的意见。在两位女婿府上,他只能到大门为止。门房都奉有严令,说:"先生和太太谢绝宾客。他们的父亲死了,悲痛得了不得。"

欧也纳对巴黎社会已有相当经验，知道不能固执。看到没法跟但斐纳见面，他心里感到一阵异样的压迫，在门房里写了一个字条：

请你卖掉一件首饰吧，使你父亲下葬的时候成个体统。

他封了字条，吩咐男爵的门房递给泰蕾丝送交女主人；门房却送给男爵，被他往火炉里一扔了事。欧也纳部署停当，三点左右回到公寓，望见小门口停着棺木，在静悄悄的街头，搁在两张凳上，棺木上面连那块黑布也没有遮盖到家。他一见这光景，不由得掉下泪来。谁也不曾把手蘸过的蹩脚圣水壶①，浸在盛满圣水的镀银盘子里。门上黑布也没有挂。这是穷人的丧礼，既没排场，也没后代，也没朋友，也没亲属。毕安训因为医院有事，留了一个便条给拉斯蒂涅，告诉他跟教堂办的交涉。他说追思弥撒价钱贵得惊人，只能做个便宜的晚祷；至于丧礼代办所，已经派克利斯朵夫送了信去。欧也纳看完字条，忽然瞧见藏着两个女儿头发的胸章在伏盖太太手里。

"你怎么敢拿下这个东西？"他说。

"天哪！难道把它下葬不成？"西尔维回答，"那是金的啊。"

"当然啰！"欧也纳愤愤地说，"代表两个女儿的只有这一点东西，还不给他带去么？"

柩车上门的时候，欧也纳叫人把棺木重新抬上楼，他撬开钉子，诚心诚意的把那颗胸章，姊妹俩还年轻，天真，纯洁，像他在临终呼号中所说的"不懂得犟嘴"的时代的形象，挂在死人胸前。除了两个丧礼执事，只有拉斯蒂涅和克利斯朵夫两人跟着柩车，把可怜的人送往圣艾蒂安·杜·蒙，离圣热内维埃弗新街不远的教堂。灵柩被放在一所低矮黝黑的圣堂②前面。大学生四下里张望，看不见高老头的两个女儿或者女婿。除他之外，只有克利斯朵夫因为赚过他不少酒钱，觉得应当尽一尽最后的礼数。两个教士，唱诗班的孩子，和教堂管事还都没有到。拉斯蒂涅握了握克利斯朵夫的手，一句话也说不上来。

"是的，欧也纳先生，"克利斯朵夫说，"他是个老实人，好人，从来没大声说过一句话，从来没损害别人，也从来没干过坏事。"

两个教士，唱诗班的孩子，教堂的管事，都来了。在一个宗教没有余钱给穷人作义务祈祷的时代，他们做了尽七十法郎所能办到的礼忏：唱了一段圣诗，唱了 Libera③ 和 De profundis④。全部礼忏花了二十分钟。送丧的车只有一辆，给教士和唱诗班的孩子乘坐，他们答应带欧也纳和克利斯朵夫同去。教士说：

"没有送丧的行列，我们可以赶一赶，免得耽搁时间。已经五点半了。"

正当灵柩上车的时节，德·雷斯托和德·纽沁根两家有爵徽的空车忽然出现，跟着柩车到拉雪兹神甫公墓。六点钟，高老头的遗体下了墓穴，周围站着女儿家中的管事。大学生出钱买来的短短的祈祷刚念完，那些管事就跟神甫一齐溜了。两个盖坟的工人，在棺木上扔了几铲子土挺了挺腰；其中一个走来向拉斯蒂涅讨了酒钱。欧也纳掏来掏去，一个子儿都没

---

① 西俗吊客上门，必在圣水壶内蘸圣水。"谁也不曾把手蘸过"，即没有吊客的意思。
② 教堂内除正面的大堂外，两旁还有小圣堂。
③ 拉丁文：解脱。
④ 拉丁文：来自灵魂深处。

有,只得向克利斯朵夫借了一法郎。这件很小的小事,忽然使拉斯蒂涅大为伤心。白日将尽,潮湿的黄昏使他心里乱糟糟的;他瞧着墓穴,埋葬了他青年人的最后一滴眼泪,神圣的感情在一颗纯洁的心中逼出来的眼泪,从它堕落的地下立刻回到天上的眼泪①。他抱着手臂,凝神瞧着天空的云。克利斯朵夫见他这副模样,径自走了。

拉斯蒂涅一个人在公墓内向高处走了几步,远眺巴黎,只见巴黎蜿蜒曲折地躺在塞纳河两岸,慢慢地亮起灯火。他的欲火炎炎的眼睛停在旺多姆广场和荣军院的穹窿之间。那便是他不胜向往的上流社会的区域。面对这个热闹的蜂房,他射了一眼,好像恨不得把其中的甘蜜一口吸尽。同时他气概非凡地说了句:

"现在咱们俩来拼一拼吧!"

然后拉斯蒂涅为了向社会挑战,到德·纽沁根太太家吃饭去了。

(选自傅雷译《高老头》。人民文学出版社 1963 年版)

作品内容提问

1. 在大革命时期高老头是如何发财的?
2. 妻子去世后他又是如何教育自己的两个女儿的?
3. 高老头病重期间陪伴在高老头床前的两个人物是谁?
4. 高老头死后下葬时,他的两个女儿到场了吗?
5. 高老头葬礼结束后,拉斯蒂涅干什么去了?

导读

奥诺雷·德·巴尔扎克(1799—1850),法国批判现实主义伟大作家。生于杜尔市中产阶级家庭。1829 年发表的长篇历史小说《舒昂党人》,标志其迈出现实主义创作的第一步。此后 20 年间,他以顽强的毅力和敏捷的才思出版了大量的名作。巴尔扎克将他的全部作品命名为《人间喜剧》。这一小说总集包括 96 部长、短篇小说,塑造了 2000 多个人物,被誉为"法国卓越的现实主义历史"。《人间喜剧》的中心主题是揭露金钱罪恶。在这一主题下,作家真实地反映了拿破仑时期、王政复辟时期和七月王朝时期的社会生活,特别是描写了 1816—1848 年间法国社会资产阶级对贵族社会日甚一日的攻击,揭示了资本主义取代封建制度的历史必然规律。作家用典型化的描写,暴露了金钱关系对社会各个方面的控制和拜金风习下发生的一幕幕惨剧,尤其是成功地描写了许多家庭的悲剧,表明了新近得势的资产者也将毁于金钱与财富竞争的思想。作品也体现了在当时社会中寻找新的社会力量的努力,塑造了一批"属于未来的人"的共和主义者形象。因此,恩格斯称赞《人间喜剧》包含着"了不起的辩证法"。其中最著名的作品有《高老头》、《欧也妮·葛朗台》、《幻灭》、《高利贷者》、《古物陈列室》、《红色旅馆》、《驴皮记》、《交际花盛衰记》等。

长篇小说《高老头》的主题是,通过对 1820 年前后发生在巴黎下层社会的伏盖公寓和

---

① 浪漫派诗歌中常言神圣的眼泪是天上来的,此处言回到天上,即隐含此意。

上流社会鲍赛昂子爵夫人客厅等场景中故事的描写,揭露了资本主义初期金钱泯灭人性,拜金主义使人道德沦丧的丑恶现实。作品通过鲍赛昂夫人等人的命运展示了封建贵族日益没落、资产阶级上升得势的历史趋势;通过伏脱冷的命运,表现了资产者之间相互掠夺的残酷性;通过拉斯蒂涅的堕落过程,反映了资本主义拜金风气对青年一代的毒害。小说勾画出一幅王朝复辟时期法国社会的生动图画。

　　本篇选文是刻画高老头形象的重点篇章。高老头是个通晓资本主义发财原则,却不懂得其人生哲学的资产者的悲剧典型。他曾利用粮食投机和政治投机大发其财,是金钱社会中的暴发户;然而,他在家庭中却无限溺爱女儿,用金钱满足其一切愿望,没有看到女儿们用感情在掠夺他,最终成为金钱关系的牺牲品。只有当钱财被女儿们榨干后,他才在临终的哭嚎中有所醒悟。高老头临终哭嚎这一篇文字,被誉为"千古绝唱",也是一篇对金钱罪恶的血泪控诉书。一方面,作家描写了高老头对女儿思念的那种"父爱基督"般的感情:"看不见孩子,做父亲的等于入了地狱"。他忍受着疼痛,回想着女儿们小时候父女相聚的快乐情景。另一方面,从女儿们都不看望临死父亲的残酷现实,又使得高老头领悟到:"做父亲的应该永远有钱,应该拉紧儿女的缰绳,像对付狡猾的马一样。"与父亲的哭嚎场景相比较,在他的女婿和女儿们那里,却是对无钱父亲的无情冷漠。甚至在送葬的行列中,只有两辆"有爵徽的空车"。在《父亲的死》中,作品还通过拉斯蒂涅目睹高老头对女儿的思念和诅咒、两女儿及其夫婿的行为态度,特别是在受到高老头之死的"教育"后,心理上的变化过程,揭示了金钱使他堕落的原因。在皮安训身上,则说明了在金钱社会中还有正直的人在。

　　从选文中也可以看到巴尔扎克现实主义创作的一些基本特征。(1)他的创作特点是把情欲作为人物性格特征,用夸张的手法来突出人物身上的某种情欲,以形成其独特的个性。高老头临死时的惨状,特别是他交织着爱与恨的大段的哭嚎,就写出了他矛盾复杂的性格从而产生了震撼人心的艺术力量。(2)巴尔扎克还善于从客观社会环境的关系中来刻画人物。作为一个来自外省的淳朴青年,拉斯蒂涅就是在巴黎社会腐化风气的熏陶下变成野心家的。在他性格演变过程中起到一锤定音作用的就是高老头的死。高老头惨死之前人们种种唯利是图的表现(包括高老头女儿女婿、伏盖太太以及房客等),就使他的心灵受到强烈震撼,而高老头的悲剧则使他彻底认识了现实社会拜金主义的本质,终于"埋葬了他青年人的最后一滴眼泪",甘心堕落了。作家描写了恶劣环境引起的他的一系列复杂的心理活动,最后使他下定决心与巴黎社会"拼一拼"(即同流合污),也就完成了这一形象的塑造。(3)强烈的批判性。这一特点在选文中也比较突出,尤其是高老头大段的呼天抢地的哭嚎以及女儿最终也没有来为父亲送葬的描写,其间融注着作家对拜金主义罪恶的憎恨之情。

知识链接

　　1. 《人间喜剧》。《人间喜剧》是巴尔扎克小说总成的名称。其中包括96部长、短篇小说,塑造了2000多个人物,被誉为"法国卓越的现实主义历史"。《人间喜剧》的中心主题是揭露金钱罪恶。在这一主题下,真实地反映了拿破仑时期、王政复辟时期和七月王朝时期的社会生活,特别是描写了1816—1848年间法国社会资产阶级对贵族社会日甚一日的攻击,揭示了资本主义取代封建制度的历史必然规律。作家用典型化的描写,暴露了金钱关系对社会各个方面的控制和拜金风习下发生的一幕幕惨剧,尤其是成功地描写了许多家庭的悲剧,表明了即将得势的资产者也将毁于金钱与财富的竞争的思想。作品也体现了在当时社会中寻找新的社会力量的努力,塑造了一批"属于未来的人"的共和主义者形象。因此,恩格斯称赞《人间喜剧》包含着"了不起的辩证法"。

2. 典型化手法。典型化是指通过收集、分析大量的生活材料,从中提炼出最能体现某种人物或某种生活现象特点的素材进行整合、虚构,在艺术加工基础上创造出新的艺术现象来塑造人物形象的过程。文学创作中的典型化手法即表现为个性化与概括化的辩证统一,是通过个别形象来显示某一类事物的共同本质,通过发生在个别形象身上的特殊的矛盾冲突,来揭示一定时代某种社会关系的普遍本质。

3. 人物再现法。所谓人物再现手法,指作家让某一部小说中的主角或重要人物,在另外几部小说中重复出现,并通过这些人物在各个不同时期的经历与所表现的特征,更深刻地揭示人物性格的各个侧面。由于这些人物的经历与性格特征相互联系,并在后几部中有所发展,使多部小说形成一个整体观。巴尔扎克成功地运用了这一艺术表现手法。如他笔下的没落贵族子弟拉斯蒂涅,在《高老头》中还有良知,刚成为初出茅庐的野心家;可是在《纽沁根银行》里,他已成为投机的好手;到了《幻灭》中则当了男爵;在《不知道自己是演员的演员》中已上升为伯爵,还当上部长,成为无耻的政客。其他人物如伏脱冷、鲍赛昂夫人也曾在多部作品中再现。

19 狄更斯《奥利弗·退斯特》（节选）

故事发生在19世纪中期的英国。主人公奥利弗·退斯特是出生在济贫院里的私生子，忍饥挨饿、备受欺凌。他熬到九岁时因不堪棺材店老板娘、教区干事班布尔等人的虐待而独自逃往伦敦，不幸在那里又落入贼窟。窃贼头子费根强迫他去偷窃。一次，被偷的富翁布朗劳因看到他病重昏迷，而且奥利弗的容貌又让他觉得似曾相识，便将其接到了家中治病。他在布朗劳先生及其女管家的关怀下，第一次感受到人间的温暖。却不料又遭那伙窃贼的绑架，重陷魔掌。一次，当费根企图毒打奥利弗的时候，女窃贼南希挺身而出保护了他。一天黑夜，在暴徒赛克斯威逼奥利弗抢劫一座别墅时，他受了重伤，被好心的主人梅里太太及其养女露梓小姐收留，再次享受到了人生的温情。后来，真相大白，他的悲剧原来是他的同父异母哥哥蒙克斯造成的。哥哥为了独吞家产，毁了父亲的遗嘱，并暗中勾结窃贼，设计诱使奥利弗堕落成为小偷。最后凶手赛克斯在逃跑中被吊死在屋顶上，费根上了绞刑架，蒙克斯死在狱中，班布尔夫妇也在他们曾经作威作福的济贫院度过残年。在布朗劳的帮助下，奥利弗终于结束了他苦难的童年。

第 二 章

谈谈奥利弗·退斯特的成长、教育和伙食情况。

在此后的八至十个月内，奥利弗遭到一整套背信和欺诈行为的荼毒。他是用奶瓶喂大的。习艺所当局按规定把这个新生孤儿嗷嗷待哺和一无所有的情况向教区当局报告。教区当局一本正经地询问习艺所当局，有没有一个眼下收容在所内的女人能为奥利弗·退斯特提供他所需要的抚慰和滋养。习艺所当局谦卑恭敬地回答说没有。于是，教区当局慷慨而又仁慈地决定把奥利弗寄养出去，换言之，就是把他送到约三英里外的一个习艺所分部去，那里有二三十个违反济贫法的小犯人①整天在地上打滚，绝无吃得过饱或穿得太暖之虞，由一个上了年纪的女人给予"慈母般的关怀"；她是看在每个小孩每周七个半便士份上才接受这批小犯人的。一个孩子每周七个半便士的伙食费简直太丰厚了，七个半便士可以买许许

---

① 根据英国政府1834年颁布的法律，凡"无业游民"或要求社会救济的贫民都要被送到贫民习艺所去从事强制性的劳动。狄更斯从同情孤儿和讽刺整个"济贫"制度的立场出发，故意把奥利弗等无辜的儿童称作"违反济贫法的小犯人"。

多多东西,足够把一个小肚子撑坏,反而不舒服。那个上了年纪的女人相当精明,办事老道,她知道怎样对孩子有利,至于怎样对她自己有利更是一清二楚。于是,她把每周生活费的大部分拨归自己受用,留给成长中的这一代教区孤儿的份额大大少于规定标准,从而在本来已经低得不能再低的深渊发现还有一处更深的,显示出她是一位伟大的实验哲学家。

大家都知道另一位实验哲学家的故事,他发明了一套能叫马儿不吃草的伟大理论,并出色地加以实施,竟把他自己一匹马的饲料减少到每天只给一根干草。毫无疑问,那位实验哲学家本可把它训练成一匹完全不吃草料的烈性子骏马,惜乎马在第一次享用完全由空气组成的美餐之前二十四小时即告倒毙。对于受托抚养奥利弗·退斯特的那个女人的实验哲学来说,糟糕的是她的一套方法在实施中也往往得到类似的结果。正当一个孩子被训练得能靠数量少到极点、营养坏到极点的食物维持生存的时候,偏偏会有百分之八十五的机会发生这样的事:孩子在饥寒交迫之下病倒,或因照看不善掉进火里去了,或者稀里糊涂差点儿给闷死。在其中任何一种情况下,可怜的小生命一般总是被召往另一个世界去同他们在这个世界上从未见过的先人团聚。

在翻床架子的时候,竟没有发觉床上还有教区收养的一名孤儿而把他摔下来,或者在某一次集中洗刷的时候漫不经心地把孩子烫死了(不过后面这种情况难得发生,因为集中洗刷之类的事情在寄养所里简直绝无仅有)——对于这类事件,有时要举行审讯,那倒是有趣得少见的。逢到这种场合,陪审团也许会忽发奇想提一些讨厌的问题,或者教区居民会群情激愤地联名抗议。但这类不知趣的举动很快就会在教区的医生和干事的证词面前碰壁;因为尸体照例由教区医生进行解剖,他发现小孩肚子里什么也没有(这倒是非常可能的),而教区干事宣誓所供必定符合教区当局的需要(其忠诚之状可掬)。再者,理事会定期视察寄养所时,总是提前一天派干事去通知说:他们就要来了。每当他们莅临之时,孩子们个个收拾得干净齐整,使人悦目赏心,人们还有什么可挑剔的呢!

不能指望这种寄养制度会结出什么了不起或丰硕的成果。在奥利弗·退斯特满九岁的那一天,他是一个苍白而瘦弱的孩子,身材既矮,腰围又细。然而,天性或遗传却在奥利弗的胸怀里播下一颗善良而坚毅的心灵。多亏寄养所里的营养太差,他的心灵反倒获得充分发展的天地。也许,他之所以能活到自己的九足岁生日还得功归于此。不管怎样,反正这天他正好满九岁,他在煤窑里过生日,客人是经过精心挑选的,只有另外两位小绅士,因为他们丧尽天良,居然胆敢叫饿,所以三个人共享了结实的一顿打之后,都被禁闭在那里。忽然,寄养所的好当家曼太太吓了一大跳,原来她意想不到会看见教区干事班布尔先生正在费力地拨开菜园大门上的小门。

"仁慈的上帝!是你啊,班布尔先生?"曼太太从窗子里伸出头去说,一副喜出望外的神情装得十分逼真。"(苏珊,把奥利弗和另外两个小鬼带到楼上去,立刻把他们洗洗干净。)我的老天!说真的,看到你我高兴极了,班布尔先生!"

班布尔先生是个胖子,性情很暴躁;对于曼太太如此亲昵的招呼他非但没有同样亲昵地答礼,反而把那扇小门恶狠狠地摇几下,然后再赏它一脚——除了教区干事,任谁也踢不出这样的一脚来。

"天哪,真糟糕,"曼太太说着奔将出去(这时三个孩子已经被打发走了),"真糟糕!我竟忘了大门从里边锁着呢,这都是为了那些可爱的孩子!请进,先生,请进,班布尔先生;请,先生。"

尽管这番邀请还伴以能使教会执事也为之心软的屈膝礼，这位干事却丝毫不为所动。

"曼太太，教区的公职人员为了同区里收养的孤儿了解有关的教区公务到此地来，你竟把人家关在菜园门外让人家等着，这难道是有礼貌或得体的行为吗？"班布尔先生握紧藤杖提出质问。"曼太太，难道你忘了自己身负教区的委托，而且是领薪金的？"

"班布尔先生，我刚才只不过在告诉几个可爱的孩子，说你来了，因为他们都很喜欢你，"曼太太极其恭顺地回答。

班布尔先生一向认为自己口才出众，身价甚高。既然口才已经显示，身价又告确立，他的态度也就有所松动。

"好吧，曼太太，"他的语调已比较和缓，"也许真如你说的那样，也许如此。带路进屋里去吧，曼太太。我来有正经事，我有话要对你说。"

曼太太把干事引进一间方砖铺地的小客厅，为他摆好一个座位，殷勤地把他的三角帽和藤杖放在他面前的桌上。班布尔先生抹去走这一段路后额上沁出的汗水，洋洋自得地向三角帽看了一眼，面露笑容。是的，他露出了笑容。教区干事毕竟也是人，所以班布尔先生也会面露笑容。

"现在你听了我要说的话可别见怪，"曼太太的语调甜得迷人。"你走了好长一段路，否则我也不提了，班布尔先生，你要不要喝一口？"

"一滴也不喝，一滴也不喝。"班布尔先生说着，煞有介事、但是并不激动地摇摇一只右手。

"我劝你还是喝一口吧，"曼太太说，干事拒绝的口气和手势她都注意到了。"只喝那么一小口，掺点儿凉水，再加一块糖。"

班布尔先生干咳一声。

"怎么样，只来那么一小口？"曼太太殷勤相劝。

"那是什么？"干事问。

"就是我得常备一点儿在这里的那种东西，逢到那些有福气的孩子身体不舒服，我就加一点在达菲糖浆①里给他们喝，班布尔先生，"曼太太一边回答，一边打开屋角的食橱拿下一只瓶子和一只玻璃杯。"这是杜松子酒。我不骗你，班布尔先生。这是杜松子酒。"

"你给孩子们喝达菲糖浆吗，曼太太？"班布尔先生问，眼睛注视着有趣的调制过程。

"愿上帝保佑他们，虽然价钱很贵，我还是给他们喝的，"这位保育妇回答说。

"你要知道，我不忍心眼看他们吃苦啊，先生。"

"的确，"班布尔先生表示称许，"你的确不忍心。你是个好心肠的女人，曼太太。"（这时她把杯子放到桌上。）"我一有机会就向理事会汇报，曼太太。"（他把杯子移到自己面前。）"你有一颗慈母的心，曼太太。"（他把掺水的杜松子酒调匀。）

"我非常愉快地祝你健康，曼太太，"他一下子就喝了半杯。

"现在谈正经事，"干事掏出一只皮夹。"那个总算有个名字叫奥利弗·退斯特的孩子今天九足岁了。"

"愿上帝保佑他！"曼太太插了一句，同时用围裙把左眼揉得通红。

"尽管出了十镑赏格，后来还提高到二十镑，尽管教区当局作了最大的甚至可以说是难

---

① 达菲糖浆是治儿科常见病的一种药剂，得名于最早的配制者教士托马斯·达菲（十七世纪末）。

以想象的努力,"班布尔先生说,"我们始终未能查明他的父亲是谁,也没有查明他的母亲的住址、姓名和身份。"

曼太太惊讶地举起两只手,但在寻思片刻之后说道:"那么,他又怎么会有姓的呢?"

干事十分自豪地挺起胸膛,说:"这是我发明的办法。"

"你,班布尔先生?"

"是的,曼太太。我们按字母顺序给我们收养的孩子命名。上一个轮到 S,我管他叫斯瓦布尔(Swubble)。这一个轮到 T,我叫他退斯特(Twist)。下一个将是昂温(unwill),再下一个叫威尔金斯(vilkins)。我想好了从 A 到 Z 二十六个不同的字母开头的姓氏。等到最后一个也用上了,再从头轮起。"

"你的文才真了不起,先生!"曼太太说。

"唔,唔,"教区干事听了这样的恭维话显然很得意,"也许如此,也许如此,曼太太。"他把一杯掺水杜松子酒喝完了,又说:"奥利弗现今长大了,留在此地已不合适,理事会决定把他领回习艺所去,所以我亲自来准备把他带走。你叫他立刻来见我。"

"我这就去把他叫来,"曼太太说完,便离开客厅去办这件事。在这段时间内,奥利弗被擦去了蒙在脸上和手上的一层垢(洗一次只能擦下这么多),然后由他的善心女保护人带到小客厅里来。

"奥利弗,向这位先生鞠躬,"曼太太说。

奥利弗半向坐在椅子上的干事,半向放在桌子上的三角帽鞠了一躬。

"你愿意跟我去吗,奥利弗?"班布尔先生以庄严的语调问。

奥利弗正想说他十分乐意跟任何人离开此地,可是抬头一看,只见曼太太站在干事所坐的椅子背后,带着一脸凶相在向他扬拳头。他立即领会这一暗示的意思,因为拳头落在他身上的次数太多了,不可能不在他的记忆中留下深刻的印象。

"她是不是和我一起去?"可怜的奥利弗问。

"不,她走不开,"班布尔先生说。"不过有时候她会去看看你。"

这对那个孩子来说不是太大的安慰。他年纪虽小,却颇有灵性,会装出一副非常舍不得离开的样子。挤出几滴眼泪他并不是件难事。如果要哭,饥饿和适才遭到的虐待是最好的帮手,所以奥利弗甚至哭得极为自然。曼太太把他搂在怀里上千次,并且给了他一片黄油面包(这对奥利弗要实惠得多),免得他到达习艺所时的饿相过于难看。

奥利弗手里拿着一片面包,头上戴着教区施舍的棕色布帽,由班布尔先生带着离开了可憎的寄养所;他在这里度过的幼年是那样阴暗,始终没有被一句亲切的话语或一道亲切的眼光所照亮。然而,当那所房子的大门在他后面关上时,他却抑制不住一阵孩子气的伤悲。从此同他分手的那些共患难的小伙伴不管他们有多可恶,他们毕竟是他仅有的朋友。一种掉进茫茫人海的孤独感第一次渗入这孩子心中。

班布尔先生步子跨得很大,小奥利弗牢牢抓住干事金线饰边的衣袖翻口,在他身旁小跑步,走一英里大约要问四次,是不是"快到了?"对于这种问话,班布尔先生的回答很干脆、很生硬;因为掺水杜松子酒在某些人胸中只能唤起短时间的平和心情,此刻这种心情已经蒸发完了,他又是一位教区干事。

奥利弗跨进贫民习艺所还不到一刻钟,刚刚吃完第二片面包,这时,把他交给一个老妇人暂时照料的班布尔先生回来告诉他说,今晚正在开教区理事会,理事们要他即刻前去。

"理事"究竟是怎么回事,为什么是活的①,奥利弗对此没有十分明确的概念,所以听了这番话直发愣,自己拿不定主意该笑还是该哭。不过,他也没有时间考虑这个问题,因为班布尔先生已经用藤杖在他头上敲了一下让他清醒清醒,另一下敲在背脊上叫他振作起来,然后命他跟在后面,把他带进一间墙壁粉刷过的大屋子,那里有十来位肥胖的绅士围坐在一张桌旁。首席的一张圈椅比其余的座位高出许多,上面坐着一位格外肥胖、脸盘子很圆很红的绅士。

"向理事会鞠躬,"班布尔说。奥利弗抹去了噙在眼眶里的两三颗泪珠,看见前面只有一张桌子,没有木板,便向桌子鞠了一躬,幸而这样倒也使得。

"你叫什么名字,孩子?"坐在高椅里的绅士问。

奥利弗看到这么多绅士,吓得直哆嗦;干事从后面又敲了他一下,于是他索性哭了。由于这两个原因,他回答的声音非常轻,而且很犹豫,以致一位穿白背心的绅士说他是个傻瓜。这是该绅士提神取乐的一种重要方法。

"孩子,"坐在高椅里的绅士说,"你听着。我想,你该知道你是个孤儿吧?"

"那是什么,先生?"可怜的奥利弗问道。

"这小孩定是个傻瓜。我早就料到,"穿白背心的绅士说。

"别打岔!"最先开口的绅士说。"你没有父亲或母亲,你是由教区收养的,你知道不知道?"

"知道,先生,"奥利弗回答时哭得很伤心。

"你哭什么?"穿白背心的绅士问。是啊,这实在太奇怪了。这孩子有什么可哭的呢?

"我想你该是每天晚上都做祷告的,"另一位绅士厉声说,"为养活你、照顾你的人祈祷,一个基督徒应该这样。"

"是的,先生,"孩子结结巴巴地回答。最后说话的那位绅士无意间讲出了一个正确的道理。如果奥利弗为养活他、照顾他的人祈祷,他的确很像个基督徒,而且可以说是一个出类拔萃的基督徒。可是他并没有这样做,因为根本没有人教过他。

"很好!现在把你带到这里来受教育,学一门有用的手艺,"高椅里的红脸盘绅士说。

"明天早晨六点钟,你就开始扯麻絮,"穿白背心的绅士绷着脸添上一句。

为了感谢他们通过扯麻絮这道简单的工序把施教和传艺这两项善举结合起来,奥利弗在干事指导下又深深地鞠了一躬,然后被匆匆忙忙带往一间很大的收容室;在那里的一张硬邦邦的床上,他抽抽噎噎地直哭到睡着为止。对于宽厚体贴的英国法律来说,这是多么精彩的写照啊!法律居然允许贫民睡觉!

可怜的奥利弗!幸亏他躺在那里睡觉,对于周围的一切毫无知觉。他压根儿没有想到,就在这一天,教区理事会作出了一项对他未来的命运影响至巨的决定。但他们已经议决了。事情是这样的——

该理事会的成员是一些练达、睿智的贤哲;当他们的关注落到贫民习艺所的时候,马上发现了寻常人永远不会发现的情况——贫民们喜欢习艺所!它简直成了贫困阶级的公共娱乐场所:既是分文不取的饭馆——终年免费供应早餐、午餐、茶点和晚餐,又是砖头和灰泥砌就的乐园——那里只知玩儿,不知干活。"哦呵!"看来深知个中缘由的理事们说,"这种状

---

① "理事会"在原文中是 board。9 岁的奥利弗当然只知道 board 是"木板"。

况就得靠我们来纠正；我们必须立即加以制止。"于是他们订下了规矩，让所有的贫民自行选择（他们决不强迫任何人，决不）：要么在习艺所里慢慢地饿死；要么在习艺所外很快地饿死。为此，他们分别与自来水厂订立无限制供水的合同，与谷物商订立定期供应少量燕麦片的合同；规定每天开三餐稀粥，每周两次发放葱头一个，星期日增发面包卷半个。他们还订下其他好多涉及妇女的规章制度，每一条都英明而仁慈，这里无须一一赘述。鉴于民法博士会馆①收费太贵，他们便大发慈悲，准许已婚的贫民离异，以前他们强制男方赡养家庭，现在却让他摆脱家累，使他变成光棍！单凭这最后两条，如果不是连带着一定要进习艺所的话，社会各阶层中不知有多少人会要求救济。但理事会里都是些老谋深算的人，他们早已考虑到对付这种局面的办法。你要得到救济，就得进习艺所，喝稀粥，这就把人们吓退了。

　　在奥利弗·退斯特被领回来以后的最初半年，正是这项制度盛行之时。起初开支相当大，因为殡葬费用增加了，还得把收容所的所有贫民的衣服改小——才喝了一两个星期的稀粥，衣服在他们骨瘦如柴的身上已开始哗啦啦地飘动。不过，习艺所贫民的人数也同他们的体重一样在减少，所以理事会得意非凡。

　　男童们吃饭的地方是一座石墙大厅，大厅尽头放着一口锅；开饭时，一位大师傅系上围裙，由一两个女的做助手，用长柄勺子从锅里舀稀粥。每一男童可以领到一小碗这样的佳肴，没有更多的了，除非逢到盛大的节日，那时才外加二又四分之一英两的面包。粥碗从来不需要洗。孩子们总是用汤匙把碗刮到恢复锃光瓦亮为止。刮完了以后（这件事照例花不了很多时间，因为汤匙同碗的大小差不多），他们坐在那里，眼巴巴地望着粥锅，恨不得把砌锅灶的砖头也吞下去，同时十分卖力地吮自己的手指头，指望发现偶然溅在那上面的粥嘎巴儿。男孩子通常胃口都很好。奥利弗·退斯特和他的伙伴们忍受了三个月这种慢性饥饿的折磨，最后实在被饿火烧得快发疯了。有一名个子长得比年龄大、没有过惯这种日子的男童（他父亲开过一家小饭馆），阴郁地向他的伙伴们暗示，除非每天再给他一碗粥，否则难保某一天夜里他不会把睡在他旁边的一个幼弱孩童吃掉。他说时目露凶光，饿相吓人，大家都深信不疑。孩子们经过磋商，用抽签的办法决定由一个人在当天晚餐后去向大师傅要求添粥。中签的是奥利弗·退斯特。

　　到了傍晚时分，孩子们纷纷就座。大师傅系着厨子的围裙在锅旁一站，充当助手的贫妇站在他后面；粥都分到了，毫不费时的食事之前冗长的感恩祷告也做了。碗里的粥已一扫而光，孩子们开始交头接耳，向奥利弗挤眉弄眼；离他最近的就用胳膊肘碰碰他。他虽是个孩子，却已被饥饿和痛苦逼得不顾一切，铤而走险。他从饭桌旁站起来，拿着碗和汤匙走到大师傅跟前，对于自己这样胆大妄为自己也有些吃惊地说：

　　"对不起，先生，我还要。"

　　大师傅是个健壮的胖子，可是他竟顿时面色煞白，呆若木鸡。他向这个造反的小家伙凝视半晌，然后倚在锅灶上，靠它支住身子。那几名助手由于惊愕，孩子们则由于紧张，一个个都不能动弹。

　　"什么?!"大师傅终于开口，声音相当微弱。

　　"对不起，先生，"奥利弗重复了一遍，"我还要。"

　　大师傅用长柄勺子对准奥利弗的脑袋猛击一下，抓住他的胳膊，尖声高呼，把干事叫来。

_____
① 民法博士会馆——最初是伦敦受理离婚、遗产等诉讼事的律师公会所在地，后来移用于审理这类案件的法院。

理事们正在隆重举行一次秘密会议,忽然班布尔先生气急败坏地闯进会议室,向坐在高椅里的绅士报告:

"林金斯先生,请原谅,奥利弗·退斯特还要。"在座的人个个大吃一惊。每一张脸上都现出骇愕的表情。

"还要?!"林金斯先生说道。"班布尔,你定一定神,毫不含糊地回答我的问题。我是否应该这样理解:他吃了按定量发给他的晚餐还要添?"

"他还要添,先生,"班布尔答道。

"那小鬼将来准上绞架,"穿白背心的绅士说。"我知道那小鬼将来准上绞架。"

没有人反驳这位绅士的预言。接着进行了热烈的讨论。奥利弗立刻被禁闭起来;第二天早晨,大门外面贴出一张告示:任何人要是愿意解除教区的负担,把奥利弗·退斯特领走,可得酬金五镑。换句话说,任何男人或女人,如果需要一名学徒从事任何手艺、任何买卖或行业,都可以来领五英镑和奥利弗·退斯特。

"我一生在别的事情上从未这样确信不疑,"穿白背心的绅士第二天早晨敲着门板看了这张告示后说,"我一生在别的事情上从未这样确信不疑,唯独对这个小鬼,我断定他将来准上绞架。"

穿白背心的绅士的预言究竟能否应验,笔者打算以后再揭晓。如果笔者现在就贸然透露奥利弗·退斯特会不会落得这般可怕的下场,那么,即使这个故事本来能引起一点兴味,恐怕也会给破坏的。

(选自荣如德译《奥利弗·退斯特》。上海译文出版社 1984 年版)

作品内容提问

1. 选文一开始就讲了一个实验哲学家发明了一套能叫马儿不吃草的伟大理论,这个理论的实验结果是什么?
2. 班布尔先生来到寄养所时,奥利弗和其他两个孩子刚刚受到曼夫人怎样的对待?
3. 班布尔先生发明的给孤儿起名字的方法是什么?
4. 理事先生们决定让奥利弗接受教育,学一门什么样"有用的手艺"?
5. 奥利弗被胖厨师打了之后,理事先生们对奥利弗做出了什么样的决定?

导读

查尔斯·狄更斯(1812—1870)是英国批判现实主义文学的杰出代表。生于小职员家庭。童年时因父负债入狱而中断学业,曾在鞋油作坊当童工,后在律师事务所和报社做职员。1837年发表第一部长篇小说《匹克威克外传》,以后又出版了《奥利弗·退斯特》、《老古玩店》等。此时作品基调较为乐观,多以下层小人物受到仁慈的资产者保护为结局。40年代后,作家对资产者的幻想减少,对社会批判日益深刻,发表了《马丁·朱述尔维特》、《董贝父子》、《大卫·科波菲尔》以及《圣诞欢歌》等。50年代以后,创作达到高峰,相继完成了攻击英国司法制度和议会政治的长篇小说《荒凉山庄》、《小杜丽》;反对资产阶级功利哲学、表现劳资矛盾的《艰难时事》;以法国大革命背景、表现作家人道主义思想的历史小说《双城记》;反映金钱关系罪恶的《远大前程》、《我们共同的朋友》等。狄更斯的作品,具有"一派出色的小说家"(马克思语)的鲜明特征:反映了小资产者的愿望与要求;揭示了劳资对立现实;具有强烈的批判精神和浓厚的资产阶级人道主义色彩。

小说《奥利弗·退斯特》故事发生的时间在19世纪中期。主要描写孤儿奥列弗在收容所和贼窟里的不幸经历,展现了英国底层社会的黑暗;揭露了慈善机构的黑幕;同样也表达了期待善良的资产者救助小人物,用仁爱之心改良社会的思想。

本节选文选自小说第二章,主要描写了奥利弗在所谓的"寄养所"和"贫民习艺所"的悲惨遭遇和痛苦经历,毒打和挨饿伴随着他与贫儿们整个成长过程(如奥利弗和其他贫儿们受虐待、挨饿的描写);也揭露了慈善机构克扣财物、阴险狠毒、虐待儿童的可怕暴行(如寄养所的曼太太、班布尔先生、"理事"先生们和胖厨师等人的所作所为);更表达了作家本人对资本主义慈善制度和资产者灭绝人性本质的尖锐讽刺(如选文第二段的文字)等。在艺术上,(1)戏谑的讽刺与真实的描写有机结合,是小说最鲜明的特征。在选文中就有大量的"小犯人整天在地上打滚,绝无吃得过饱或穿得太暖之虞"类似文字;也有很多虐待儿童却被说成是伟大善举的例子。(2)人物性格鲜明,生动传神。选文中描写班布尔先生的一段文字,就把这个虚伪、狠毒又自负的资产者刻画得栩栩如生;而对健壮的胖子厨师的描写,作家只用了"面色煞白,呆若木鸡"、"声音微弱"和"用长柄勺对准奥利弗的脑袋猛击一下"以及"尖声高呼"等寥寥几笔,就把他丑恶的形象展现在读者面前。(3)对比描写运用极为高超。这里有贫儿生活与资产者生活的对比,也有资产者之间丑态的对比,增强了艺术的感染力。

20 果戈理《外套》(节选)

在中篇小说《外套》的开头部分,作家就用幽默和嘲弄的笔法交代了主人公阿卡基·阿卡基耶维奇的丑陋长相、卑贱名字的由来以及低下的小抄写员职业和屈懦柔弱的性格。然后详细描写了他外套破到无法再补,只好做了件新外套和外套被抢的遭遇以及悲伤而死的过程。这个可悲的故事最后意外地生出一个荒诞不经的结尾。据说死去的阿卡基·阿卡基耶维奇晚上经常在卡林金桥头和附近一带出没,寻找生前被人扒去的外套。一个寒风凛冽的晚上,那位曾经臭骂了阿卡基·阿卡基耶维奇的大人物在酒后去情人家的路上,猛然觉得有人紧紧揪住了他的衣领。扭头一看,惊恐地认出剥他外套的人正是已经死去的阿卡基·阿卡基耶维奇。大人物魂飞魄散,惊恐万状,吓了个半死。到家后发现没有了外套。本选文就是该小说中间部分的内容。

……

在彼得堡,对于所有年俸四百卢布或四百卢布上下的人来说,有一个强大的敌人。这敌人不是别的,而是我们北方的严寒,虽然也有人说寒冷对健康大有裨益。早上八点过后,也就是满街都是到部里上班的官员们的时候,严寒开始不分青红皂白地像针一样拼命往所有人的鼻子里钻,以致那些可怜的官员们简直不知道该把鼻子藏到什么地方。这时候连身居要职的大官都冻得脑门发疼,眼泪直流,那些可怜的九等文官就别提有多难受了。唯一解救的办法,就是穿着薄薄的外套尽快连跑带跳地走过五六条街道,然后在门房里拼命跺脚,一直跺到让所有在路上被冻僵了的履行职务的能力和才干全部融解开为止。最近以来,阿卡基·阿卡基耶维奇开始感到背部和肩膀冷得刺骨,尽管他尽量加快步伐跑过那段法定的距离。他最后终于想到,别是他的外套出了什么毛病吧。回到家里仔细一看,他发现果然有两三个地方,恰恰就在背部和肩膀上,只剩下一层薄薄的稀麻布,呢子磨出了窟窿,衬里也绽开了。需要交代一下,阿卡基·阿卡基耶维奇的外套也是官员们嘲笑的对象,他们甚至取消了外套这个高贵的名称,管它叫长衫了。事实上这外套的构造也确实有些异样:领子一年比一年缩小,因为一块块剪下来移到别的部位了。这种移东补西的办法也确实说明裁缝的手艺并不高超,东一块西一块的十分难看。阿卡基·阿卡基耶维奇找到症结以后,决定把外套送到彼得罗维奇那儿。彼得罗维奇是裁缝,住在四楼,不过要从后门的楼梯上去。虽说这人是独眼,长着一脸麻子,可是替官员们和其他各色人等缝补裤子和燕尾服倒是挺在行的,——当然那是在他没喝醉酒,脑子不糊涂的时候。关于这位裁缝,当然无须多费笔墨,可是习惯上要求小说中每个人物的性格必须鲜明,所以没有办法,只能把彼得罗维奇也来介绍一下。他原来是某一位老爷的农奴,起初大家管他叫格里高利,可是后来他领到了解放证,于是逢到节日便开始拼命喝酒,先是逢到大节日才喝,后来不管节日大小,只要日历上画着个十字,是教会的节日,他都要喝得酩酊大醉,从此以后大家就管他叫彼得罗维奇了。从这方面来说,他倒是完全忠实于祖辈的习俗的。跟老婆吵架的时候,他骂她是俗气的德国娘们。既然我们提到了他的老婆,那么也得介绍几句。遗憾的是,我们对她知之甚少,我们只知道彼得罗维奇有个老婆,她不扎头巾,居然戴着便帽。至于容貌么,好像她是没法夸耀的,至少,遇见她的时候,只有那些近卫军的士兵才会看一眼她帽子下的脸蛋,翘翘胡子,发出一声怪叫。

通向彼得罗维奇家的那座楼梯,应该说句公道话,沾满了污垢和脏水,还散发出一股呛人的酒味。大家知道,彼得堡所有大楼的后门楼梯免不了都有这股酒味儿,——阿卡基·阿卡基耶维奇沿着这楼梯往上走的时候,已经在猜想彼得罗维奇会要多少钱,而且拿定主意最多付两个卢布。门敞开着,主妇正在煮一条什么鱼,厨房里烟雾弥漫,以致连蟑螂都看不见了。阿卡基·阿卡基耶维奇穿过厨房时主妇竟然没发觉,他终于走进房间,看到彼得罗维奇像土耳其总督那样盘腿坐在一张宽大的未上漆的木桌上,他的两只脚,按照裁缝坐着干活的习惯,赤裸着。首先映入眼帘的是阿卡基·阿卡基耶维奇十分熟悉的那只大拇指,畸形的指甲又厚又硬,像乌龟壳一样。彼得罗维奇的脖子上挂着一卷丝线和棉线,膝盖上铺着一块破布,他正要把线穿进针眼,可穿了三四分钟还是穿不进去,因此非常生气,他怪光线暗,甚至怨怪起线来了:"进不去,蛮婆子,可把我坑苦了,你这妖婆!"阿卡基·阿卡基耶维奇真后悔不该在彼得罗维奇生气的时候来找他,他喜欢趁彼得罗维奇有点醉意,或者像他老婆说的,"这独眼鬼灌饱了黄汤"的时候去叫他做点事。在这种状态下,彼得罗维奇总肯让点价,一口答应下来,甚至每次都还鞠躬道谢。当然,接下来他老婆会出场,哭哭啼啼说她丈夫喝醉了酒,所以要价低了。不过往往只要再加十个戈比,事情也就完了。可现在彼得罗维奇似乎处于清醒状态,因此他的脾气显得非常犟,不好商量,鬼知道要开多少价钱。阿卡基·阿卡基耶维奇想到这一点,就像俗话所说的,准备打退堂鼓,可是已经来不及了。彼得罗维奇眯起独眼仔细打量着他,于是阿卡基·阿卡基耶维奇迫不得已说:"你好,彼得罗维奇!"

"您好,先生。"彼得罗维奇说,目光盯着阿卡基·阿卡基耶维奇的手,想看清楚对方带来的是什么活计。

"我来找你,彼得罗维奇,是那个……"

必须交代一下,阿卡基·阿卡基耶维奇总喜欢用许多前置词、副词,还有各种毫无意义的小品词来表达思想。如果遇到一件十分棘手的事,他说话就更加让人摸不着头脑了。他往往用这样的开场白:"这简直太那个……"接着就没有下文了,连他自己也忘了往下该说什么,还以为该说的都说完了。

"什么事呀?"彼得罗维奇说着用独眼仔仔细细打量了一下他那件制服,从领子到袖口、后背、下摆和纽扣,这一切他都是非常熟悉的,因为这一切全都是他亲手做的。裁缝都有这样的习惯,这是见面时要做的第一件事。

"我那个,彼得罗维奇……外套,呢子……你瞧,别的地方都挺结实,只是有点灰尘,看上去像旧的,其实还是新的,只是有一个地方有点那个……在后背,还有肩膀上磨破了一点儿,你瞧,就是这个肩膀有点儿——你瞧,就这么一点儿。活儿不多……"

彼得罗维奇接过长衫,先把它在桌子上摊平,又看了好久,然后摇了摇头,伸手到窗台上去取一只圆形的鼻烟盒,那鼻烟盒上面有一位将军的肖像,究竟是哪一位将军就不知道了,因为他的脸被手指戳了一个窟窿,后来又贴上了一张四四方方的纸片。彼得罗维奇闻了一撮鼻烟,用双手撑开长衫,对着亮光仔细看了一遍,又摇了摇头。接着,把衬里翻出来,又摇了摇头,再次打开贴着小纸片的带将军肖像的鼻烟盒,往鼻孔里塞了一大撮鼻烟,盖上盒盖,藏起烟盒,最后终于说道:

"不行,没法补了,这衣服太破!"

一听到这句话,阿卡基·阿卡基耶维奇心里一愣。

"为什么不能补,彼得罗维奇?"他几乎用孩子般的恳求口气说道,"仅仅是肩膀上磨破了一点儿,零碎的料子你总是有的嘛……"

"零碎的料子倒是可以找到,一定能找出来,"彼得罗维奇说,"可是没法缝上去呀!你这衣服太糟糕了,只要针一碰,它就破了!"

"破就让它破吧,你马上给我打上补丁。"

"叫我往哪儿打补丁,都没地方打了,这衣服太破,说是呢子,也不过好听罢了,风一吹就烂了。"

"你还是给补一补吧。怎么会这样呢,真是的!……"

"不行,"彼得罗维奇坚决地说,"一点办法也没有,事情糟透了。您还不如到大冷天把它改成裹脚布吧,穿袜子不暖和,袜子是德国人想出来的花样,为的是多赚几个钱(彼得罗维奇一有机会就刺德国人几句)。外套么,看样子只能做一件新的了。"

一听见"新的"两个字,阿卡基·阿卡基耶维奇顿时两眼发黑,房间里的所有东西都变得模糊了,他能看清楚的只有彼得罗维奇鼻烟盒盖上那个脸上贴着小纸片的将军。

"怎么要做新的?"他说,好像还在做梦似的,"我可没有这笔钱啊。"

"是的,要做新的。"彼得罗维奇说,口气冷静得不近人情。

"如果非要做一件新的不可,那么那个……"

"您是说,要花多少钱?"

"是啊。"

"得花一百五十多卢布。"彼得罗维奇说着意味深长地抿紧了嘴唇。他喜欢制造强烈的效果,喜欢出其不意地让人难堪,然后瞄着独眼看那被难住的人听了他的话脸上会出现什么表情。

"做一件外套要一百五十卢布!"可怜的阿卡基·阿卡基耶维奇大声喊道,也许这是他有生以来第一次大声喊叫,因为他说话从来都是轻声轻气的。

"是啊,"彼得罗维奇说,"这还是一般的外套。要是加一个貂皮领子,帽兜用绸的衬里,那就得花两百卢布。"

"彼得罗维奇,"阿卡基·阿卡基耶维奇央求说,他没有听见,也尽量不想听见彼得罗维奇说的那些话以及他制造的种种效应,"请你想想办法给补一补,再对付着穿些日子吧。"

"不行,那结果只能是白费工夫白费钱。"彼得罗维奇说。阿卡基·阿卡基耶维奇听完这些话,垂头丧气地走了出去。

彼得罗维奇在他走后,没有立即拿起针线干活,而是意味深长地抿紧嘴唇,在那儿站了很久,他感到十分满意:既没有降低身份,也没有糟蹋裁缝的手艺。

阿卡基·阿卡基耶维奇走到街上,仿佛在梦里一般。"怎么会这样呢,"他自言自语地说,"我真没有想到事情会这样……"沉默了一会儿后又添上一句:"居然会这样!最后闹了这么个结果,我真的完全没有想到,事情会这样。"接着又是一阵长时间的沉默,长时间的沉默之后他才说:"居然会这样!真的一点都没料到,那个……这可没想到……居然是这种局面!"说完这几句话,他没有回家,不知不觉地朝相反方向走去。途中,有一个浑身烟灰的通烟囱工人碰了他一下,蹭得他肩膀上全是煤灰。从一幢正在建造的房子顶上掉下的一大把石灰又撒得他一头一脸。这些他都没有发觉,后来直到撞着一个岗亭警察时才清醒过来。那岗警把自己的钺放在身旁,正从角状烟盒里往布满老茧的手掌上倒鼻烟,冲着他喊道:"你怎么往别人身上撞,难道不能走人行道吗?"这才迫使他往四下看了看,转身朝家里走去。到了家里,他才开始集中思想,清楚地看到自己真实的处境,不再断断续续地,而是慎重而坦率地,就像跟一位通情达理的朋友谈心似的自言自语起来。"不行,"阿卡基·阿卡基耶维奇说,"这会儿不能跟彼得罗维奇谈正经事,这会儿他那个……看样子刚给老婆揍过。我最好还是到星期天早晨去找他。过了星期六这一晚,他准会糊里糊涂的,睡醒之后需要喝一杯解解宿醉,老婆肯定不会给他钱,那时候我就给他十个戈比,那个,塞到他手里,他就肯通融了,那时候外套也就那个……"阿卡基·阿卡基耶维奇这样自言自语着给自己打气,最后终于等到了星期天。他远远地观察到彼得罗维奇的老婆出门到什么地方去了,于是径直去找他。彼得罗维奇在星期六之后果然眼睛斜得更厉害,脑袋低垂着,一副刚睡醒的样子。可是等到明白了对方的来意之后,简直像被鬼推了一把似的。"不行,"他说,"请您做件新的吧。"阿卡基·阿卡基耶维奇马上塞给他十个戈比。"谢谢您,先生,我喝一杯祝您身体健康。"彼得罗维奇说,"至于外套的事您就别再费心了,它一点儿也没用了。新的外套我一定给您好好做,准保您满意。"

  阿卡基·阿卡基耶维奇还想请他补一补,可是彼得罗维奇不等他说完就打断他:"我一定给您做件新的,这件事您放心好了。我一定尽力,甚至可以做成时新式样,领钩用银的。"

  这时候,阿卡基·阿卡基耶维奇知道非做件新的不可了,情绪一下子低落下去。这可怎么办呢?哪有什么钱做新的呢?当然,一部分可以指望将来的节赏,可是这些钱早就有了安排。得做一条新裤子,归还鞋匠给旧靴子换靴面的一笔旧账,还得向女裁缝定做三件衬衫和两件不便形诸笔墨的内衣。总而言之,这些钱都事先派了用场。即使部长发善心节赏不是四十卢布而是四十五或者五十卢布,那么剩下来的还是寥寥无几,用来做外套,那真是沧海之一粟了。当然,他知道彼得罗维奇喜欢漫天要价,连他老婆也会忍不住训斥他几句:"你疯了,你这傻瓜!有时候一个钱不拿就把活儿接下来,这会儿鬼迷心窍,开出这么高的价钱,把你卖了也不值呀。"当然,他知道哪怕八十卢布也愿意做,可从哪儿去弄这八十卢布呀?一半的钱倒还可以设法搞到,一半的钱可以张罗,甚至一半也不止。可是另一半上哪儿去找呢?……可是读者有必要知道,这一半从何而来。阿卡基·阿卡基耶维奇有个习惯,每花一个卢布就扣下一个戈比存入一个小盒子,那小盒子上着锁,盒盖上有个投币口,每过半年,他就查看一下总共积聚了多少铜币,然后换成银币。很久以前他就这样做了,因此八年下来总共积了四十多卢布,这样一来,半数的钱有了着落,可是上哪儿去张罗另外一半呢?其余四十卢布上哪儿去张罗呢?阿卡基·阿卡基耶维奇想了又想,最后决定至少在一年之内要压缩平日开支:取消晚上喝茶;晚上不点蜡烛,如果需要干活,那就到房东那儿借她的光;走在街上,踩在石头和石板上的脚步要尽量轻,尽量小心,免得很快磨坏鞋底;尽量减少给洗衣妇洗内衣的次数,为使内衣不脏,每天回家以后就马上脱下,只穿一件年代久远但保存完好的线呢睡衣。应该说句实话,起初他很难适应这些束缚,不过后来慢慢习惯,倒也不觉得什么了。他甚至完全习惯了每天晚上饿肚子,他改用精神食粮充饥,脑子里一直想着未来的那件外套。从此以后,连他本人的生存似乎也变得充实多了,仿佛他已经娶了老婆,仿佛另外有一个人跟他住在一起,仿佛他不再独身一人,有个可爱的生活伴侣愿意跟他共度人生——这个终身伴侣不是别人,正是那件厚厚的里子结实耐穿的棉外套。他似乎变得活跃了些,连性格也变得坚强了些,就像一个拿定了主意、确定了目标的人。怀疑、犹豫,总之,一切摇摆不定、模棱两可的特征自然而然地从他脸上和行动上消失了。他的目光中有时候会闪现出火花,脑子里甚至会冒出一些果敢而大胆的想法:是不是真的要在领子上加貂皮?翻来覆去思考这个问题几乎使他的精力都分散了。有一次抄写公文的时候差点抄错,禁不住"哎呀!"叫了一声,赶快画个十字。每个月他总要到彼得罗维奇那儿去一次,跟他商量外套的事:最好到哪儿去买呢料,选什么颜色、什么价格,每次回家的时候虽然有点担心,但始终十分满意,心想将来总有一天要把这些东西都买回来,做成一件新外套。事情的发展甚至比他预料的还要迅速。大大出乎意料的是,部长发给阿卡基·阿卡基耶维奇的节赏不是四十卢布或四十五卢布,而是整整六十卢布。部长是不是预感到阿卡基·阿卡基耶维奇需要一件新外套还是出于巧合,反正他又多了二十卢布。这情况加速了事情的进展。只要再稍稍饿上那么两三个月,阿卡基·阿卡基耶维奇就真的能积聚到大约八十卢布了。他那颗原来相当平静的心,开始狂跳起来。当天他就跟彼得罗维奇一起到店铺去买了一块质地很好的呢料——也没有费什么周折,因为这件事半年之前就已经考虑过了,很少有哪一个月他们不上店铺打听行情。所以连彼得罗维奇也说,再也没有比这更好的呢料了。里子选的是一种细棉布,但质地结实耐用,据彼得罗维奇说,甚至比绸缎还好,样子更好看,更光洁。貂皮没有买,因为价格实在太贵。他们买了铺子里仅有的一张优质猫皮,从远处看还真以为是貂皮呢。彼得罗维奇为做这件外套忙乎了整整两个星期,因为有许多要绗的活儿,不然早就做好了。彼得罗维奇要了十二卢布的工钱,——不能再少了:里里外外全是用丝线缝的,而且都是细密的双缝,最后彼得罗维奇还用牙齿在每道线缝上咬出了各种花纹。彼得罗维奇送外套来的那一天很难说究竟是在哪一天,但也许是阿卡基·阿卡基耶维奇一生中最隆重的日子。他是一清早送来的,正巧就要到部里上班的时候。这件外套送得正是时候,因为严寒已经来临,而且看样子还会越来越厉害。彼得罗维奇送外套来的那副神情是所有手艺高超的裁缝都会有的。他脸上流露出郑重其事的表情,那是阿卡基·阿卡基耶维奇从来没有见过的。他似乎意识到自己完成了一件了不起的大事,一下子在那些只会修修补补的裁缝和善于做新衣服的裁缝之间划出了一道分明的界线。他解开手帕,取出外套,那手帕刚从洗衣妇那儿拿来就用来包外套了,然后,他把手帕叠好,放进口袋以便将来使用。取出外套之后,他颇为得意地看了看,再用双手提着,十分灵巧地披到阿卡基·阿卡基耶维奇的肩膀上,又拉拉服帖,把后襟向下扯了扯,接着又把外套裹在阿卡基·阿卡基耶维奇身上穿上,让纽扣稍稍敞着。阿卡基·阿卡基耶维奇是上了年岁的人,因此想试试袖子。彼得罗维奇帮他把双手伸进袖子——结果袖子做得也很服帖。总而言之,外套做得恰到好处,非常合身。彼得罗维奇没有放过这个机会表白一番,说他只是因为不挂招牌,又住在小巷里,再说早就认识阿卡基·阿卡基耶维奇,所以价钱才要得这么便宜,假如在涅瓦大街上,光是工钱就要七十五卢布。阿卡基·阿卡基耶维奇不想就此跟彼得罗维奇争论,再说他也害怕听见彼得罗维奇瞎吹的那些大价钱。他付清了钱,说了些感激的话,穿着新外套就到部里上班去了。彼得罗维奇跟着他走出来,站在街上从远处望着这件外套欣赏了很久,然后又故意拐了个弯,穿过一条弯弯曲曲的小巷,重新跑到大街上,从另一个角度也就是从正面再次欣赏一下自己做的这件外套。这时候,阿卡基·阿卡基耶维奇犹如过节一般,他时时刻刻都感到身上穿的是一件新外套,有好几次甚至乐得笑了起来。确实,这有两层好处:一是暖和,二是好看。他一点都没有发觉一路上是怎么走过来的,突然间已经到了部里。在门房间里他脱下外套,前前后后仔细打量了一遍,关照门房加以特别照管。不知这是怎么回事,部里的人一下子全都知道阿卡基·阿卡基耶维奇有了件新外套,那件长衫已经不复存在,大家立即拥到门房间去看阿卡基·阿卡基耶维奇的新外套,纷纷向他表示祝贺。起先他只是微笑着,后来甚至都感到难为情了。当大家将他团团围住,说他穿了新外套要请大家喝酒,至少要办一次舞会的时候,阿卡基·阿卡基耶维奇完全慌了手脚,不知道该怎么办,该怎样回答,该怎么推托了。过了几分钟,他才涨红着脸,十分天真地辩解说这根本不是新外套,只是一件旧外套罢了。最后有一名官员,而且还是某股的副股长,大约为了表明他绝不是那种傲慢的人,甚至还乐于与下属交往,于是说道:"这样吧,我替阿卡基·阿卡基耶维奇举办一个晚会,请大家今晚到我家喝茶,今天正巧是我的命名日。"官员们自然立即向这位副股长表示祝贺,并且欣然接受了他的邀请。阿卡基·阿卡基耶维奇起先还想推辞,可大家都说这未免有失礼貌,简直是不识抬举,因此他怎么也无法拒绝了。不过,后来他想可以趁此机会穿着新外套到外面大模大样地走一走,心里倒也着实高兴。这一整天,对阿卡基·阿卡基耶维奇来说,简直是一个最隆重最盛大的节日。他兴高采烈地回到家里,脱下外套,小心翼翼地挂到墙上,再一次把呢料和衬里欣赏了一遍,然后把原先那件破旧不堪的长衫找出来加以比较。他看了一眼,不禁哑然失笑,简直是天壤之别!后来过了好久,直到吃饭的时候,他一想起自己当初穿长衫的情形,还一直笑个不停。他高高兴兴地吃完饭,饭后再也不抄什么公文了,在床上舒舒服服地一直躺到天黑。然后,他赶紧穿好衣服,披上外套,走出家门。至于发出邀请的那位官员究竟住在什么地方,那么很遗憾,我们可说不上来。我们的记性越来越糟,彼得堡的一切,所有大街小巷和房屋,在我们的脑子里全都混淆了,很难理出个头绪。但是不管怎么说,至少有一点是肯定无疑的,那就是这位官员住在城里最高级的地段,离阿卡基·阿卡基耶维奇很远。阿卡基·阿卡基耶维奇首先必须经过几条荒僻的灯光暗淡的街道,不过离那官员的住处越近,街道越热闹,人烟越稠密,灯光也越明亮了。行人越来越多,甚至开始出现衣着华丽的贵妇人,以及穿海狸皮领子外套的男人了。驽马拉的木栏杆上钉满铜泡钉的寒酸雪橇越来越少——相反,迎面碰到的尽是些漆得油光锃亮、铺着熊皮毯子、车夫戴着红色丝绒帽的豪华雪橇,还有那些连车夫座位都装饰一新的轿式马车在街道上疾驶而过,车轮把路上的雪碾得嘎嘎作响。阿卡基·阿卡基耶维奇看着这一切就像看新奇事物一样。他已经有好几年没有在晚上出门了。他怀着好奇的心情在一家商店灯火辉煌的窗户前停下来观看一幅画,那上面画着一名美女,她脱下鞋子,因而一条好看的腿全露了出来。在她背后,一个长着络腮胡子、留着漂亮唇髭的男人从另一个房间探出了脑袋。阿卡基·阿卡基耶维奇摇了摇头,笑了笑,然后继续走自己的路。为什么他要发笑呢?是不是因为他遇到了一种完全陌生的、但人人都对此十分敏感的东西呢?还是因为他跟其他许多官员一样有这样的想法:"哎,这些法国人!有什么好说的呢,他们想干什么就干什么……"也许他连这样的想法也没有——总不能钻到人家的心里,掌握他内心的所有想法呀。最后,他终于走到了副股长住的那幢房子。副股长的日子过得很阔绰!楼梯上亮着灯,他的住处就在二楼。阿卡基·阿卡基耶维奇一走进前厅,就看到地上放着好几排套鞋。在一排排套鞋中间,在前厅中央,放着一个茶炊,茶炊正在咝咝作响,冒着一团团热气。四面墙上挂满了外套和斗篷,其中有几件还是带海狸皮领子或天鹅绒翻领的。隔壁房间里传来喧闹声和说话声,当房门打开,仆人端着放满空杯子、牛油缸和面包干筐子的托盘走出来的时候,这声音就变得格外清晰和响亮。显然,官员们早已到齐,而且已经喝过了第一杯茶。阿卡基·阿卡基耶维奇亲手把外套挂到墙上,走进房间。蜡烛、官员、烟斗、牌桌同时都展现在他眼前。四面八方的急促的交谈声和搬动椅子的嘈杂声震得他耳朵嗡嗡作响。他极不自在地站在房间中央,眼睛向四面张望,不知道自己该怎么办。可是大家已经看见他,高喊着欢迎他,一下子都拥到前厅,再一次仔细打量他的外套。阿卡基·阿卡基耶维奇虽然有点不好意思,但他是个老实人,看到大家都在夸奖他的外套,也禁不住高兴起来。后来,不消说,大家把他和他的外套撇在一边,纷纷回到牌桌边去打惠斯特牌了。喧闹声、谈话声、拥挤的人群——这一切对阿卡基·阿卡基耶维奇来说都是不可思议的。他简直不知道自己该怎么办,自己的手脚和整个身体该往哪儿搁才好。最后,他坐到玩牌的人身边看他们打牌,不时望望这个人的脸,又看看那个人的脸,过了不久就开始打哈欠,感到无聊,更何况已经到了他照例该上床睡觉的时间了。他打算跟主人告辞,可是人家不放他走,说是为了庆贺新外套,无论如何得喝杯香槟酒。过了一个小时,晚饭端上来,有凉拌菜、冷冻小牛肉、肉馅饼、甜食和香槟酒。大家硬逼着阿卡基·阿卡基耶维奇喝了两杯香槟酒。他喝以后感到房间里的气氛变得更加热闹了,但是他依然没有忘记,时间已经十二点,早就该回家了。为了不让主人再想出什么花样挽留他,他悄悄溜出房间,在前厅里找到了自己的外套。他不无遗憾地发现外套掉在地上,便捡起来抖了抖,拽下每一根粘在上面的绒毛,披到肩上,然后走下楼梯来到街上。街上还亮着灯光。有几家小馆子还开着——那是仆人和各色人等的永久性俱乐部,另外几家已经关门,但门缝里还漏出一道长长的灯光,说明里面还有人,也许男仆和女佣们还在有声有色地讲他们的传闻和故事,害得他们的主人不知道他们的去处。阿卡基·阿卡基耶维奇走在路上,心情极佳,也不知道为什么,他突然跟在一个女人后面跑了起来。那女人像闪电似的从他身边经过,浑身上下都充满了异乎寻常的活力。但他立即放慢脚步,又像原来那样慢慢地向前走去。连他自己也感到奇怪,怎么会无缘无故地跟着人家奔跑。没过多久,展现在他面前的是那些空旷的街道,这几条街道即使白天也不怎么热闹,更不用说晚上了。现在它们变得更加荒僻,更加冷清了。路灯越来越稀少——显然公家的灯油发放得少了。出现了木头房子、围墙,周围阒无一人,只有街上的积雪闪着白光,那些窗门禁闭、沉浸在睡梦中的低矮小木屋,黑沉沉的显得格外凄凉。他走到街道与一片广场的交界处,那广场无边无际,犹如一片可怕的荒漠,对面隐隐约约可以看到几幢房子。

在远处,天知道是什么地方,有一个岗亭里亮着灯光,那岗亭的位置仿佛在世界的尽头似的。阿卡基·阿卡基耶维奇那股高兴劲儿这时候已经大大减弱了。他踏上广场的时候心里直发毛,仿佛已经预感到会发生什么不幸似的。他回头看了看,又朝四周张望了一下:周围简直是一片茫茫大海。"不,最好还是别看。"他想道,闭着眼睛向前走去。当他睁开眼睛,想看清是不是走到广场尽头的时候,他猛地发现在他面前,简直就在他鼻子底下,站着几个留胡子的人,究竟是干什么的,他已经无法辨别了。他两眼发黑,心跳加剧。"这外套是我的!"其中有一个人一把抓住他的领子,雷鸣似的吼道。阿卡基·阿卡基耶维奇刚想喊"救命",另外一个人用相当于阿卡基·阿卡基耶维奇脑袋大的拳头顶住他的嘴,喝道:"你敢喊!"阿卡基·阿卡基耶维奇只觉得他们扒下了他的外套,又用膝盖狠狠地撞了他一下,于是他仰面朝天倒在雪地里,此外再也没有任何感觉了。过了几分钟,他醒过来,挣扎着站了起来,可是已经一个人也没有了。他觉得野地里很冷,外套也没有了,他开始叫喊,但他的声音似乎根本无法到达广场的尽头。他绝望了,但还是不停地喊叫着,穿过广场拼命向岗亭跑去。岗亭旁站着一个岗警,正倚着钺在好奇地张望,似乎想知道从远处叫喊着朝他奔来的究竟是什么人。阿卡基·阿卡基耶维奇跑到他跟前,上气不接下气地大声责备他光顾自己睡觉,什么也不管,连有人遭抢劫都没有发现。岗警回答说,他什么也没发现,只看到他在广场中央被两个人叫住了,他还以为那是他的朋友呢。他劝他与其谩骂还不如明天去找警长,让警长找出抢外套的人。阿卡基·阿卡基耶维奇狼狈不堪地跑回家:鬓角和后脑勺上仅有的几根稀疏的头发蓬乱不堪,两胁、胸前和裤子上都沾满了雪。房东老太听到一阵吓人的敲门声,一骨碌从床上起来,趿着一只鞋跑出来开门,由于羞怯,一只手在胸口捂住衬衣。可是开门看到阿卡基·阿卡基耶维奇这副模样,不禁吓得倒退了几步。他说明了事情的原委。她双手一拍说,应该直接去找警察局局长。警长只会糊弄人,答应下来的事也拖着不办。最好直接去找警察局局长,说她还认识他,因为原来在她这儿当厨娘的芬兰女人安娜现在到警察局长家当保姆了。局长坐着马车经过她家门口的时候,她常常能见到他本人。还说局长每个星期天都要到教堂去祷告,一边祷告一边还兴致勃勃地望着大家,看上去肯定是个好人。听到这样的解决方法,阿卡基·阿卡基耶维奇灰心丧气地回到自己的房间里,至于这一夜他是怎么度过的,那么凡是能够设身处地替别人着想的人是不难想象的。第二天一清早,他就去找警察局局长。可是他被告知,局长在睡觉。他十点钟去,还没起床;十一点再去,——说局长不在家里;中午吃饭的时候再去,——接待室的秘书们说什么也不放他进去,他们一定要知道他找局长有什么事,为什么非找不可,究竟发生了什么事。最后,终于惹得阿卡基·阿卡基耶维奇生平第一次发了脾气,斩钉截铁地说他必须亲自见到局长本人,他们没有权利不让他进去,他是从部里来的人,有公事要找局长,他还说要告他们的状,到那时候就知道他的厉害了。秘书们再也不敢说什么,其中一个人就去请局长出来。局长听了外套被抢的经过,态度似乎非常奇怪。他不去注意事情的要害,反而盘问起阿卡基·阿卡基耶维奇来了:你为什么这么晚才回家?是不是到了不规矩的场所?问得阿卡基·阿卡基耶维奇羞愧万分,还没弄清楚外套遭抢这一案件是否会得到妥善处理,就糊里糊涂离开了局长家。这一天他始终没有去上班(这是他一生中唯一的一次)。第二天,他穿着那件显得更加可怜的旧长衫,满面苍白地出现在部里。阿卡基·阿卡基耶维奇详细叙述了外套被抢的经过,有些官员居然还不肯放过机会嘲弄他一番,但大多数人毕竟受到了感动。大家决定立即为他募捐,可是募捐到的钱微不足道,因为官员们即使没有这件事也已经有许多额外的开销,譬如认购部长的肖像,还要根据科长的建议订购一本书,而那书的作者又是科长的朋友——因此募捐到的数目就微乎其微。有一位起了恻隐之心,决定至少用善意的劝告助阿卡基·阿卡基耶维奇一臂之力。他说不该去找警长,因为即使警长为了向上级表功而设法找到外套,但如果他无法提供足以证明外套属于他的合法证据,那么外套仍然会留在警察局里,因此最好的办法还是去找一位要人。只要要人跟有关部门联系一下,打个招呼,事情就能顺利解决。没有办法,阿卡基·阿卡基耶维奇决定去见要人。这位要人究竟担任什么职务,分管什么部门,那就不得而知了。需要交代的是,某要人是前不久才成为要人的,而在这之前他还不是个要人。然而与其他更大的要人相比,他目前的地位也不能算重要。不过只有这样一种人，别人认为不是要人的人，在他的心目中却成了要人。然而，他尽量用种种其他办法来强调自己的重要性，譬如他规定，他来上班的时候下属官员必须在楼梯口欢迎他，任何人不得直接去见他，而要遵循一套非常严格的次序：十四等文官上报十二等文官，十二等文官上报九等文官，逐级上报，一直到他那儿。在神圣的俄罗斯，一切都传染上模仿的恶习，人人都装模作样地摆出首长的架子。甚至听说有一个九等文官，让他当了一个小小的办事处主任之后，他立即给自己隔了一个号称"主任室"的单间，还在门口安排了几个值班人员，这些值班员穿着大红领子的镶边制服，握着门把手，有人来访就替他们开门，虽然这"主任室"小得勉强才能放下一张普通的办公桌。这位要人的办法和手段十分严厉，但也并不复杂。严厉是他那套制度的主要基础。"严厉、严厉、再严厉！"他常常这样说，而且在说最后一个严厉的时候常常意味深长地盯着对方的脸。其实他这样做大可不必，因为组成办事处这个行政机构的十位官员本来就已经十分怕他的了：大老远看见他，他们就放下手头的活，毕恭毕敬地站在那儿等着他走过房间。平时跟下属的谈话总是声色俱厉，不外乎这三句话："您好大的胆子啊？您知道是在跟谁说话吗？您明白站在你面前的是谁吗？"其实他心眼挺好，待同事也不错，乐于助人，可是将军的头衔使他飘飘然了。自从得到将军头衔以后，他就变得糊里糊涂，迷失了方向，一点也不知道该怎么办才好。要是他跟平级的人在一起，那么他还是个正常的人，通情达理，在很多方面并不愚蠢。可是只要处在那些官衔哪怕只比他低一级的人中间，那就简直糟糕透了：他一言不发。这情令人惋惜，连他自己也觉得本来可以更好地消磨这段时间的。从他的眼神中有时候可以看出他很想参与某场谈话，加入某个圈子，但是有一个想法妨碍了他：这样做是不是太过分？是不是过于亲昵？是不是降低了身份？这样一想，他就永远处在一种沉默寡言的状态，只是偶尔哼哈几声，结果就博得了一个"最乏味的人"的雅号。我们的阿卡基·阿卡基耶维奇去找的就是这样一位要人，况且选择的时机又极不恰当，是在对他自己极为不利，对要人却十分相宜的时候。要人正在自己的办公室里津津有味地跟一位多年不见、前几天刚到的老朋友、童年时代的伙伴谈话。这时候，有人进来禀报说，有个叫巴施马奇舍的人请求接见。他拉长声音问："是什么人？"回答说："一名官员。""让他等一会儿，现在没空。"要人说。这里得交代一下，要人完全是在扯谎：他是有时间的，他和朋友早就把什么都谈好了。谈话中早已间隔着长时间的沉默，只是相互轻轻拍着对方的大腿说："是这样吧，伊凡·阿勃拉莫维奇！""是这样，斯捷潘·瓦尔拉莫维奇！"可是尽管如此，他还是吩咐那官员等着，为的是向这位赋闲已久、长期住在乡间的朋友证明，官员们要见他得在前厅里等待多长时间。直到最后，谈话也谈够了，尤其是沉默也沉默够了，而且又坐在相当舒适的折叠式靠背椅上吸了一支雪茄烟之后，他仿佛突然想起似的，对一位拿着上报文件站在门口的秘书说："噢，那儿好像还有一位官员在等着，您去告诉他，可以进来了。"看到阿卡基·阿卡基耶维奇谦卑的样子和他那件破旧的制服，他突然拉长声音生硬地问道："您有什么事？"这种生硬的哼哼哈哈的口气是在获得目前的职位和将军头衔之前一星期，他特地关起房门独自一人对着镜子预先学会的。阿卡基·阿卡基耶维奇早已不寒而栗、张皇失措了，他尽量根据舌头尚能允许灵活转动的程度，而且还增加了比平时更多的"这个""那个"之类的品词，结结巴巴地解释道，他原来有一件崭新的外套，现在被人用残忍的手段抢走了，他来见他，是想麻烦他跟警察总监或者别的什么人联系一下，设法找回外套。不知什么原因，将军觉得这种做法太放肆了。

"嗯，您怎么了，先生，"他哼哼哈哈地说，"您不懂得规矩吗？您看您找到什么地方啦？

您不懂得办事的手续吗？这件事您先得向办事处递交一份申请，由办事处送给股长，再由股长送给科长，然后再转给秘书，由秘书送到我这儿……"

"可是，大人，"阿卡基·阿卡基耶维奇尽量鼓起他身上仅剩的一点勇气说，他感到浑身都在冒冷汗，"我斗胆烦劳您大人，因为秘书，那个……都是些不可靠的人……"

"什么，什么，什么？"要人说，"您哪来这么大胆量？您哪来这些想法？如今年轻人对待首长和上司真是狂妄到了极点！"

要人好像没有注意到阿卡基·阿卡基耶维奇已经五十开外了。所以要说他年轻，那也只是相对而言，就是比七十岁的人年轻。

"您知不知道是在跟谁说话？您明白不明白站在您面前的是什么人？您明白不明白，明白不明白？您给我回答。"

说着他跺了跺脚，嗓门提得那么高，即使不是阿卡基·阿卡基耶维奇，别的人也会害怕的。阿卡基·阿卡基耶维奇浑身发抖，摇摇晃晃的怎么也站不稳，最后昏了过去，要不是看门的赶紧前来扶住他，他早就倒在地上了。把他抬出去的时候他几乎不能动弹了。要人非常满意，效果超出了预想的程度，一想到他一句话甚至可以使人昏过去，他更加得意非凡，他朝朋友斜睨了一眼，想看一看他的反应，结果他高兴地发现，他的朋友处于一种十分不确定的状态，甚至也感到害怕了。

怎样走下楼梯，怎样走到街上，阿卡基·阿卡基耶维奇已经一点都不记得了。他的手脚都麻木了。他这一辈子还从来没有受过将军这样严厉的训斥，况且又是位陌生的将军。他张大了嘴，顶着呼啸的暴风雪，跟跟跄跄走着，不时偏离人行道。狂风按照彼得堡的惯例，从四面八方，从所有的胡同里向他袭来。不一会儿就吹得他咽喉发炎，等到他拖着沉重的脚步勉强回到家里的时候，连一句话也说不出了。他浑身软绵绵地倒在床上。一顿臭骂居然这样厉害！第二天，他发起了高烧。多亏彼得堡的天气慷慨相助，他的病情进展得比预料的要快得多。医生来替他量了脉搏，除了开一张热敷的药方外，他已经束手无策了，而开出这药方也仅仅是为了让病人不至于得不到医学的恩惠罢了。而且他当即宣布再过一天半病人肯定完蛋。然后他又对房东老太太说："老太太，您就别再白白浪费时间了，马上给他准备一口松木棺材吧，橡木棺材对他来说太贵了。"阿卡基·阿卡基耶维奇有没有听见这些决定他命运的话，即使听见了，那么有没有对他产生惊心动魄的影响，他有没有对自己悲惨的一生感到惋惜——这一切都无从知道了，因为他一直在发烧说胡话。他眼前接连不断出现的景象一个比一个奇怪：一会儿看到彼得罗维奇，他要彼得罗维奇替他做一件附带捉贼装置的外套，因为他老觉得床底下躲着许多贼，并且一刻不停地叫房东老太太把其中一个贼从他被窝里拖出来；一会儿问为什么把旧长衫挂在他面前，他不是有新外套吗；一会儿又仿佛觉得自己站在将军面前，一面听他训斥，一面唯唯诺诺地说："我错了，大人！"最后他甚至破口大骂起来，使用的字眼难听极了，以致房东老太太不由得画起十字来，她从来没有听到他这样骂过，而且这些脏话是直接紧跟在"大人"两个字后面的。接着，他开始完全说胡话，根本弄不清他在说些什么了，唯一听出来的是，他这些混乱的言语和思想全部围绕着那件外套。最后，可怜的阿卡基·阿卡基耶维奇终于咽了气。无论是他的房间还是东西，都没有封存起来，因为一则没有继承人，二则遗产很少，只有一束鹅毛笔，一刀白色公文纸，三双袜子，两三颗裤子上掉下来的纽扣，还有一件读者已经熟悉的长衫。这些东西最后落到了谁的手里，那只有天晓得了。老实说，连讲这个故事的人对这件事也不感兴趣。阿卡基·阿卡基耶维奇被抬出去埋掉了。从此彼得堡就少了阿卡基·阿卡基耶维奇,仿佛这个人从来没有存在过似的。这个未曾受到任何人保护、未曾受到任何人珍惜、未曾受到任何人关注,甚至都没有引起那些连苍蝇都要按上钉子放到显微镜下观察的自然科学家注意的人,就这样销声匿迹了。这个人默默地忍受了同事们的嘲笑,没有做过任何大事就走进了坟墓。然而,尽管如此,在他生命结束之前,毕竟有一位光彩夺目的客人借助外套的形式拜访过他,使他贫乏的生活一时间充满了活力。后来,一场灾难又骤然降临他头上,就像那些帝王将相和主宰世界的统治者也难免遭殃一样……他死了几天之后,部里派了一个看门人到他家里要他立刻去上班,说是上司的命令。可是看门人只能一无所获地回去,报告说他再也不能来上班了。上司责问:"为什么?"他回答说:"他已经死了,三天前就给埋葬了。"这样,部里才知道阿卡基·阿卡基耶维奇死了。第二天,他的位子上已经坐着一位新的官员,个子比他高得多,写的字不再工工整整,而是既扁又斜了。

……

(选自徐振亚等译《外套——世界最著名中短篇小说经典书系》。河北教育出版社 2004 年版)

作品内容提问

1. 阿卡基·阿卡基耶维奇听到裁缝说他必须要做一件新外套之后,为什么"两眼发黑"?
2. 他穿上新外套之后,立刻到部里去了。一路上的心情怎么样?
3. 在副股长的酒会上,阿卡基·阿卡基耶维奇为什么差点睡着了?
4. 阿卡基·阿卡基耶维奇的外套是在什么时间被抢的?
5. 阿卡基·阿卡基耶维奇去见"要人"时,"要人"对待他的态度是什么样的?

导读

尼古拉·瓦西里耶维奇·果戈理(1809—1852),俄国小说家和戏剧家。出生在乌克兰波尔塔瓦省的一个地主家庭。1828年年底,来到彼得堡,做过小公务员。1830年,小说《圣诞节前夜》问世,获得好评。不久,小说集《狄康卡近郊夜话》出版,小说取材于乌克兰乡村平民生活和民间传说,鲜活、充盈、迷人。1835年,果戈理出版小说集《米尔格拉德》和《小品集》。《小品集》和他后来创作的4篇反映旧俄京城生活的小说一起被称为"彼得堡故事",其中《狂人日记》和《外套》是反映"小人物"命运的名篇。这些小说以犀利的文笔深刻地审视人类的庸俗,也以充沛的激情刻画了老布利巴等哥萨克英雄的形象。1836年,果戈理的五幕讽刺喜剧《钦差大臣》首演。以市长安东·安东诺维奇为代表的官僚集团和以赫列斯达科夫为代表的纨绔子弟是"俄罗斯丑恶"的集中体现者。喜剧取得了极佳的艺术效果,但作者却在贵族社会的巨大压力下被迫离开祖国。1841年,果戈理在国外完成长篇小说《死魂灵》第一部。小说深刻地批判了唯利是图的新兴资产者、腐朽没落的官僚阶层,以及作为农奴制度支柱的宗法制地主。在层层展示这幅"群丑图"时,作者显示出高度的讽刺技巧和艺术概括的力量,其中地主群像的塑造尤为人称道。果戈理"含泪的笑"的特色在这部作品中有清晰的体现,作者在小说中采用了多种多样的讽刺手法,或明讽、暗讽,或采用反语、夸大语等,造成了强烈的讽刺效果。果戈理的创作震撼了整个俄国社会,推动了俄国现实主义文学波澜壮阔主潮的出现,果戈理也被称为俄国文学"自然派"的代表。

《外套》是果戈理的代表作之一。小说表达了作者对"小人物"的深切同情。从这部作品中可以看到果戈理描写"小人物"的特点:一是以人道主义的激情,描写"小人物"受人践踏的不幸命运。主人公阿卡基·阿卡基耶维奇在某机关当一名卑微的文书抄写员。几十年来,他整日伏案抄写公文,脸色灰暗,面容憔悴,穷困潦倒,食不果腹。在机关里他得不到起码的人格尊重,人人都可以对他发号施令,可以肆意嘲弄和侮辱他。他节衣缩食做成的一件外套被强盗抢去后,不仅申诉无门,而且还遭到"大人物"们的蛮横训斥。二是在哀其不幸的同时,真实地写出来沙俄官场的腐败空气对"小人物"精神上的摧残。阿卡基·阿卡基耶维奇在长期的精神压抑下,变得逆来顺受、麻木不仁。在人们侮辱他时,他只会忍气吞声,至多只会发出"让我安静一下吧!"的乞求。同时,贫乏的精神生活毁掉了他仅有的才能,他已将抄写公文作为生活的唯一乐趣。三是写"小人物"在忍无可忍情况下的反抗,表达了作者的忧愤。阿卡基·阿卡基耶维奇在痛苦和孤独中离开人世后,化作了幽灵,他狠狠地惩罚了那些骄横跋扈的"大人物"。小说最后虚幻的一幕,既揭露了"大人物"色厉内荏的本质,又反映了"小人物"蓄之已久的强烈愤懑和反抗情绪。"含泪的笑"是果戈理创作的一大特色。如果说从《外套》中阿卡基·阿卡基耶维奇身上更多的看到的是作者饱蘸同情的含泪的幽默的话,那么在那些"大人物"身上则是饱含讥讽与愤怒之泪的笑,小说结尾处那虚幻的一幕令"大人物"丑态百出。果戈理没有故意去制造什么笑料,他的讽刺利刃的基石是形象的真实,其中饱含着作者对祖国和民众命运的深切忧虑与关注。

知识链接

含泪的笑。果戈理的作品贯穿着一种独特的讽刺幽默风格。他常常采用夸张的手法,赋予人物和事件以变形,逗人发笑。实则明褒寓贬,笑中含讽。例如,在果戈理的笔下,地主、官僚、贵族、高利贷者一个个行为乖张,怪癖凸显,既滑稽可笑,又奇丑无比。但在他的嘲笑之中总是透出一种无奈与痛惜的泪水。特别在对待小人物的悲惨命运上,更是哀其不幸,怒其不争,"含泪的笑"溢于言表。

21　马克·吐温《我从参议员私人秘书的职位上卸任》

　　如今我已不再是一位参议员的私人秘书了。那职位我一共担任了两个月,当时以为自己的地位已稳如磐石,而且对此非常沾沾自喜,可是后来我所立下的那些"阴功"并没得到好报——意思是说,我的那些杰作都被一一退回,从而使我原形毕露。这样一来我认为最好还是辞职为妙。当时的经过是这样的:一天清晨,相当早的时候,我的上司唤我去,我刚悄悄地把几句双关妙语塞进了他最近那篇有关财政的重要演讲词,就走进去见他。我一看到他那副模样,就知道事情有点儿不妙。他的领带没有结好,头发乱蓬蓬的,从他的神色中可以看出,他正压制着即将迸发的满腔怒火。他紧紧地攥着一叠文件,我知道,那是可怕的太平洋轮船航班的邮件到了,他说:

　　"我原来还以为你是值得信任的哩。"

　　我说:"是呀,阁下。"

　　他说:"上次我交给你内华达州某些选民寄来的一封信,信中要求在鲍德温家大牧场设立一所邮局,我叫你写一封回信,要尽可能写得灵活一些,要摆出一些论点来说服他们,使他们相信,实在没有必要在那儿设立一所邮局。"

　　我心定了一点儿,"哦,如果只是为了这件事,阁下,那么我已经复了信了。"

　　"好呀,你已经复了信。现在就让我读一读你的回信,臊一臊你的面皮:

史密斯·琼斯和其他诸位先生启

　　先生们:你们要在鲍德温家大牧场那儿设立一所邮局,这究竟是为了什么呀?这样不会给你们带来任何好处的。要知道,如果有人把什么信件寄到那里,你们又看不懂它们;再说,如果信件里附有钞票,必须经过那里再转往其他地方,那样也许就不能安全通过,这一点你们一定会立即理解;而那样就会给我们大家都招来麻烦。得了,别再为了在你们的放牧区设立邮局的事操心了。我总是把你们最大的利益放在心上,认为你们那样做只是在做一件装潢门面的蠢事。瞧,你们需要的倒是一所体面的监狱——一所既体面又牢固的监狱,和一所免费的学校。这些才会给你们带来长远利益。这些才会使你们感到真正的满足和快乐。我会立即采取措施的。

您忠实的

詹姆斯·W.（美国参议员）

马克·吐温代笔

十一月二十四日于华盛顿

"瞧你就是这样答复了那封信。那些人说,只要我再进入那个地区,他们就要绞死我,而我也确实相信他们会那样干。"

"这个,阁下,当时我不知道,那样写会惹下祸。我只是要说服他们罢了。"

"哼。好吧,你倒确实是说服了他们,我对这一点毫不怀疑。喏,这儿是另一份绝妙的文件。是我上次交给你的内华达州某些人士递来的请愿书,要我促使国会通过一项议案,让内华达州的美以美会结成社团。我关照你,必须在复信中说明,要制定这样一条法律,更为恰当的途径是通过州议会;同时还要尽力向他们说明,目前宗教势力在那个新的州内还相当薄弱,结成宗教社团是否得当尚成问题。可是,瞧你又是怎样写的?

约翰·哈利法克斯牧师和其他诸位先生启

先生们:为了实现你们的那一设想,你们必须去州议会——国会对有关宗教的事务是一窍不通的。但是,看来你们也不必赶往那里去了;因为你们要在那个新的州里推行这项计划是不合适的,事实上是荒谬可笑的。你们那里的宗教人士,不论是在智力方面,在道德方面,或是在虔诚方面——几乎是在各个方面也太差劲了。你们最好还是把这件事作罢了吧——你们的计划是没法实现的。你们没法成立那样一家公司,去发行股票①——或者,即使你们能够做到这一点,那也只会使自己经常处于困境之中。其他的教派会对你们群起而攻之,会"压低行情",会"从事卖空",终于把它搞垮了完蛋。他们会采取那种手段对付你们,正像他们如何对付你们那里的一家银行一样——他们会设法使所有的人都相信,那是在"做冒险的生意"。你们可千万别做那种存心要使一件神圣事业名誉扫地的事呀。你们这样肯定要为自己感到羞耻——这就是我本人对这件事的看法。你们应当在请愿书的结尾写上:"我们要永远祈祷②。"我认为你们最好是这样做——你们必须这样做。

您忠实的

詹姆斯·W.（美国参议员）

马克·吐温代笔

十一月二十七日于华盛顿

"这一封措辞毫不含糊的信,葬送了我那些选民中宗教人士对我的好感。可是,就好像我的政治生命还没肯定被判处死刑似的,不知道什么该死的一念之差,竟然促使我把旧金山市政委员会里那班庄严的长老们递来的请愿书交给了你,好让你一显身手——那请愿书要

---

① 作者故意使用一些意义双关的字,令其混淆成趣,如 incoporate 一词,可解释为"结成社团",亦可解释为"组成公司";又 speculation 一词,可解释为"筹划设想",亦可解释为"投机倒把"。

② 原文中 pary 一词,可解释为"祈祷",亦可解释为"呈请"。

求国会制定一条法律,规定由该市征收市海滨地区的航运税。当时我就对你说明,强行插手这件事是危险的。我叫你给那些市政委员会委员写一封并不承担任何义务的信——一封含糊其辞的信——信里要尽可能不涉及对航运税问题任何认真的考虑和讨论。如果你不是完全麻木不仁——还存有丝毫羞耻之心——的话,那么,这一封你遵照我吩咐所写的信,这会儿逐字逐句读出来让你听了,照说是应该会激发你的羞耻心的!

尊敬的市政委员会委员们启

诸位先生:尊崇的国父乔治·华盛顿已去世。他那长期的光辉事业已告一段落,唉!已永远结束了。他在国内这一带地方受到崇高的敬仰,他过早的逝世给全社会笼上了阴影。他死于一七九九年十二月十四日。他安静地离开了自己备受荣宠和树立功勋的本土,这位最受人哀悼的英雄,这位世间最为人敬爱的伟人,终于应死神的召唤而去。在这样一个时刻,你们却谈到了航运税的问题!——这会使他感到多么难堪啊!

名声算得了什么!名声只是出于一件偶然的机遇。艾萨克·牛顿爵士发现一只苹果落地——一件无足轻重的发现。确实是如此,那是早在他以前千百万人早已发现过的——但是他的父母是有权势的人物,于是他们将那件微不足道的发现歪曲成为一桩惊天动地的大事,哎呀,瞧呀!全世界头脑简单的人就随声附和,几乎就在一刹那间,那个人就一举成名啦。可要好好地记住我的这些见解啊。

诗篇啊,可爱的诗篇啊,谁能估量全世界的人从你那里获得了多大的益处啊!

玛丽养了一只小绵羊,
　　一身都是雪一般的毛——
不论玛丽到什么地方去,
　　绵羊老是跟着她一起跑。

杰克和吉尔爬小山,
　　去把一桶水往下拖;
杰克一跤摔破了脑袋瓜,
　　吉尔就跟着滚下了坡。

讲到内容纯朴,措辞优美,并不含有淫荡的意味,我认为这两首诗堪称诗中瑰宝。它们适合于所有智力高下不同的人等、适合于生活的每一个领域——田野里,托儿所里,行会里,尤其是市政委员会里,哪儿都不能缺少了它们。

尊敬的头脑已经僵化了的先生们!请继续来信吧。没有比友谊的信札往返更对人有益的了。继续来信吧——如果你们这份请愿书里特别涉及什么问题,就请毫不顾忌地明说了吧。我们永远高兴听你们喋喋不休地谈下去。

您忠实的
詹姆斯·W.(美国参议员)
马克·吐温代笔
十一月二十七日于华盛顿

"这可是一封恶劣透顶、害死人的信呀!真叫人看了忍无可忍!"

"这个吗,阁下,如果信里面有什么不妥当的地方,那我实在很抱歉——可是——可是我觉得,这是故意在回避那航运税的问题呀。"

"你竟然说这是在回避那问题!咳!——且别去提那个了。现在既然事情要坏,就让它坏到底吧。让它坏到底——让你最后的这件作品,我这会儿就要宣读的作品,给这些事来一个收场吧。我可是完蛋了。从亨博尔特寄来的那封信,是要求将那条从印第安沟壑到莎士比亚峡谷和一些中间站的那条邮件投递路线部分加以改变,去走那条老摩门小道,我交给你那封信,当时我心里就不踏实。但是当时我告诉你,说那是一个棘手的问题,并警告你,说必须圆滑地处理这件事——要含糊其辞地答复,而且多少要弄得他们晕头转向。可是你那该死的木瓜脑袋,却害得你写出这样一封倒霉的复信。如果你还没坏到完全恬不知耻的地步,我想你现在该会把自己的耳朵堵起来:

珀金斯、韦格纳等诸位先生启

先生们:有关印第安小道的事,那可是一个棘手的问题。然而,如果能以灵活而又模棱的手法去处理它,我相信我们是会在一定程度上取得成功的,因为去年冬天,那两个肖尼族酋长,"死对头"和"吞云吐雾",就是在这条路线上,从拉森草原岔出去的地方,被人剥了头皮。有些人喜欢这条路线,但是另一些人,由于种种原因,更爱选其他的路线。走那条摩门小道,要在凌晨三点钟离开英斯比,穿过颧骨平原,到达半筒靴子,然后由壶把子向南,公路绕过它的右边,当然,也就是在它右边绕过去,将道森镇落在小道的左边,小道在那里绕到上述的道森镇左边,然后从那儿一直向前,直驱战斧镇。这样,走这条路线,既可以节省路费,又更容易接近所有人都要去的地方,包括其他人考虑到要去的目的地,因此,它给绝大多数人带来了最大的好处,而这一切就促使我怀抱希望,期待能解决这一问题。但是,只要你们需要,而邮政部又能让我掌握各项消息,那么我就随时准备,并且乐于为你们提供更多有关这一问题的资料。

您忠实的
詹姆斯·W.(美国参议员)
马克·吐温代笔
十一月三十日于华盛顿

"瞧呀——现在你认为这封信写得怎样?"

"这个吗?这我也说不上来,阁下。它吗——这个,我觉得它——它写得也够含糊其辞的了。"

"含糊——你给我离开这屋子!这下子我可毁了。被这样一封不通人情的信闹得头昏脑涨,这一来那些亨博尔特的野蛮人是绝对不会饶过我的了。从此以后,我再也不会受到美以美教会的尊重,再也不能博得市政委员会的敬服……"

"这个吗,我在这方面没什么可以说的,因为,我在写给他们的回信中,也许有一点儿疏忽,但是,我以前给鲍德温家大牧场那些人写的信,可要比这封信出色得多,大人!"

"给我离开这屋子!从此以后,永远离开这屋子。"

我认为这是一种隐晦曲折的暗示,那意思是不再需要我为他效劳了,于是,我辞职了。此后我再也不要担任参议员的私人秘书了。你没法使这种人感到满意。他们什么事都不懂。他们不会赏识一个人为他们所花费的力气。

（选自叶冬心译《马克·吐温中短篇小说选》。人民文学出版社 2001 年版）

作品内容提问

1. 主人公"我"担任参议员秘书一共多长时间？
2. 参议员第一次对我发火是因为"我"没有处理好什么事儿？
3. 在第三封信中，写信人说"这会使他感到多么难堪啊"！这里说的"他"指的是谁？
4. 第四封回信主要回答了珀金斯等先生来信提出的什么问题？
5. 参议员说："从此以后，永远离开这屋子。"主人公"我"认为这是一种什么样的暗示？

导读

马克·吐温（原名萨缪尔·朗荷恩·克莱门斯，1835—1910），是 19 世纪后期美国现实主义文学的杰出代表。豪威尔斯评价他是美国文学中"唯一的、不可比拟的林肯……体现了美国精神的真正实质"。生于密苏里州的佛罗里达。4 岁时全家迁居到密西西比河边的小镇汉尼伯尔。他干过多种工作，如印刷所学徒、送报工、矿工、领航员、舵手、新闻记者等。"马克·吐温"来自密西西比河水手的行话"水深两浔"。1865 年他发表了成名作《卡拉韦拉斯县驰名的跳蛙》，一举成名。1870 年发表短篇小说《竞选州长》，讽刺了美国"民主政治"的虚伪。《镀金时代》是他的第一部长篇小说，指出资本主义自由竞争的 70 年代并非"黄金时代"，而是"镀金时代"，表面上出现的繁荣掩盖不了内部的腐败。后来的历史学家沿用这个名称来概括这段历史时期。以后发表了《汤姆·索亚历险记》，描写了儿童汤姆不满陈腐、枯燥的生活环境，追求自由、回归自然、冒险探奇的传奇经历。《哈克贝利·费恩历险记》通过流浪儿哈克贝利的冒险经历，表现了"不分种族和肤色，人人平等"的废奴思想，表达了马克·吐温对美国"文明社会"现实的不满和厌倦。哈克就是当时"不满于现状，厌恶庸俗保守的生活"，而要逃出去"开拓一个新天地"的千千万万美国人的缩影。《败坏了赫德莱堡的人》叙述了金钱打败道德的故事，揭露和批判了金钱对社会造成的污浊与损坏。

马克·吐温是一个卓越的幽默大师。幽默和讽刺是他创作的主要特色。他的幽默是一种强烈阳刚气的西部幽默，带有底层社会男子汉味道的夸张"神侃"成分。他善于运用大量口语、俚语等非常符合人物身份的语言，叙述离奇夸张的故事情节，营造一种热闹幽默的场面，从而造成极强的讽刺效果。更重要的是，他又把幽默讽刺与反映现实、揭露丑恶、针砭时弊结合起来，使他的艺术风格在文学史上独树一帜。

《我从参议员私人秘书的职位上卸任》写作于 1867 年。作家主要通过一个滑稽的故事，用俏皮嘲弄的手法，揭露了以参议员为代表的政客的丑恶嘴脸。从小说中看到，这个参议员是一个老奸巨猾的政客，他对待选民来信提出的要求，就是搪塞、敷衍、推诿和"不承担任何义务"。但他从来不自己出面回信，而是推给秘书"我"。一旦回信引起选民的不满，他首先想的就是自己名声所受到的损害，寻找"替罪羊"。最后秘书"我"只能"卸任"走人。作品中的"我"（名字也是马克·吐温）是个表面上愚钝、逢迎、恭顺的秘书，其实是个真相的暴露者和揭发者。他在回答第一封信时，就暴露了参议员的真正企图，即在那里建一所邮局，不如建"一所既体面又牢固的监狱"；内华达州的美以美教士们要结成一个新社团，"我"则回答说你们无法成立那样一家公司"去发行股票"。在回答航运税的问题上，他遵照议员写"一封含糊其辞的信"指示，写了一篇东拉西扯、不知所云的回信。表面上看，这是秘书的无能，其实恰恰暴露了参议员本人敷衍推诿的真实想法。

在艺术上，(1)作品构思奇巧。作者用第一人称的视点讲述故事，其间穿插着四封信件，用事实说话，就使得小说情节简洁，但信息量较大。(2)语言诙谐幽默。作品处处体现着语言的幽默性，尤其是在"庄重""认真"的叙述中，常常蕴含着令人捧腹的"双关语"。(3)讽刺尖锐。作品中的讽刺，不仅体现在讲述的语言和情节中，更体现在两个主人公性格的比较上：参议员让他的秘书"认真"地说假话，而秘书则在"说假话"中透露了真相。

22 莫泊桑《项链》

　　世上有这样一些女子,面庞儿好,风韵也好,但被造化安排错了,生长在一个小职员的家庭里。她便是其中的一个。她没有陪嫁财产,没有可以指望得到的遗产,没有任何方法可以使一个有钱有地位的男子来结识她,了解她,爱她,娶她;她只好任人把她嫁给了教育部的一个小科员。

　　她没钱打扮,因此很朴素;但是心里非常痛苦,犹如贵族下嫁的情形;这是因为女子原就没有什么一定的阶层或种族,她们的美丽、她们的娇艳、她们的风韵就可以作为她们的出身和门第。她们中间所以有等级之分仅仅是靠了她们天生的聪明、审美的本能和脑筋的灵活,这些东西就可以使百姓家的姑娘和最高贵的命妇并驾齐驱。

　　她总觉得自己生来是为享受各种讲究豪华生活的,因而无休止地感到痛苦。住室是那样简陋,壁上毫无装饰,椅凳是那么破旧,衣衫是那么丑陋,她看了都非常痛苦。这些情形,如果不是她而是她那个阶层的另一个妇人的话,可能连理会都没有理会到,但给她的痛苦却很大并且使她气愤填胸。她看了那个替她料理家务的布列塔尼省的小女人,心中便会产生许多忧伤的感慨和想入非非的幻想。她会想到四壁蒙着东方绸、青铜高脚灯照着、静悄悄的接待室;她会想到接待室里两个穿短裤长袜的高大男仆,如何被暖气管闷人的热度催起了睡意,在宽大的靠背椅里昏然睡去。她会想到四壁蒙着古老丝绸的大客厅,上面陈设着珍贵古玩的精致家具和那些精致小巧、香气扑鼻的内客厅,那是专为午后五点钟跟最亲密的男友娓娓清谈的地方,那些朋友当然都是所有的妇人垂涎不已、渴盼青睐、多方拉拢的知名之士。

　　每逢她坐到那张三天未洗桌布的圆桌旁去吃饭,对面坐着的丈夫揭开盆盖,心满意足地表示:"啊!多么好吃的炖肉!世上哪有比这更好的东西……"的时候,她便想到那些精美的筵席、发亮的银餐具和挂在四壁的壁毯,上面织着古代人物和仙境森林中的异鸟珍禽;她也想到那些盛在名贵盘碟里的佳肴;她也想到一边吃着粉红色的鲈鱼肉或松鸡的翅膀,一边带着莫测高深的微笑听着男友低诉绵绵情话的情境。

　　她没有漂亮的衣装,没有珠宝首饰,总之什么也没有。而她呢,爱的却偏偏就是这些;她觉得自己生来就是为享受这些东西的。她最希望的是能够讨男子们的喜欢,惹女人们的欣羡,风流动人,到处受欢迎。

　　她有一个有钱的女友,那是学校读书时的同学,现在呢,她再也不愿去看望她了,因为每次回来她总感到非常痛苦。她要伤心、懊悔、绝望、痛苦得哭好几天。

罗瓦赛尔 先生
夫人

可是有一天晚上,她的丈夫回家的时候手里拿着一个大信封,满脸得意之色。

"拿去吧!"他说,"这是专为你预备的一样东西。"

她赶忙拆开了信封,从里面抽出一张请帖,上边印着:

兹订于一月十八日(星期一)在本部大厦举行晚会,敬请准时莅临,此致

教育部部长乔治·朗蓬诺暨夫人谨订

她并没有像她丈夫所希望的那样欢天喜地,反而赌气把请帖往桌上一丢,咕哝着说:

"我要这个干什么?你替我想想。"

"可是,我的亲爱的,我原以为你会很高兴的。你从来也不出门做客,这可是一个机会,并且是一个千载难逢的机会!我好不容易才弄到这张请帖。大家都想要,很难得到,一般是不大肯给小职员的。在那儿你可以看见所有那些官方人士。"

她眼中冒着怒火瞪着他,最后不耐烦地说:

"你可叫我穿什么到那儿去呢?"

这个,他却从未想到;他于是吞吞吐吐地说:

"你上戏园穿的那件衣服呢?照我看,那件好像就很不错……"

他说不下去了,他看见妻子已经在哭了,他又是惊奇又是慌张。两大滴眼泪从他妻子的眼角慢慢地向嘴角流下来;他结结巴巴地问:

"你怎么啦?你怎么啦?"

她使了一个狠劲儿把苦痛压了下去,然后一面擦着被泪沾湿的两颊,一面用一种平静的语声说:

"什么事也没有。不过我既没有衣饰,当然不能去赴会。有哪位同事的太太能比我有更好的衣衫,你就把请帖送给他吧。"

他感到很窘,于是说道:

"玛蒂尔德,咱们来商量一下。一套过得去的衣服,一套在别的机会还可以穿的,十分简单的衣服得用多少钱?"

她想了几秒钟,心里盘算了一下钱数,同时也考虑到提出怎样一个数目才不致当场遭到这个俭朴的科员的拒绝,也不致把他吓得叫出来。

她终于吞吞吐吐地说了:

"我也说不上到底要多少钱;不过有四百法郎,大概也就可以办下来了。"

他脸色有点发白,因为他正巧积攒下这样一笔款子打算买一支枪,夏天好和几个朋友一道打猎作乐,星期日到南泰尔平原去打云雀。

不过他还是这样说了:

"好吧。我就给你四百法郎。可是你得好好想法子做件漂漂亮亮的衣服。"

晚会的日子快到了,罗瓦赛尔太太却好像很伤心,很不安,很忧虑。她的衣服可是已经齐备了。有一天晚上她的丈夫问她:

"你怎么啦？三天以来你的脾气一直是这么古怪。"

"我心烦，我既没有首饰，也没有珠宝，身上任什么也戴不出来，实在是太寒伧了。我简直不想参加这次晚会了。"

他说：

"你可以戴几朵鲜花呀。在这个季节里，这是很漂亮的。花上十个法郎，你就可以有两三朵十分好看的玫瑰花。"

这个办法一点也没有把她说服。

"不行……在那些阔太太中间，显出一副穷酸相，再没有比这更丢脸的了。"

她的丈夫忽然喊了起来：

"你可真算是糊涂！为什么不去找你的朋友福雷斯蒂埃太太，跟她借几样首饰呢？拿你跟她的交情来说，是可以开口的。"

她高兴地叫了起来：

"这倒是真的。我竟一点儿也没想到。"

第二天她就到她朋友家里，把自己的苦恼讲给她听。

福雷斯蒂埃太太立刻走到她的带镜子的大立柜跟前，取出一个大首饰箱，拿过来打开之后，便对罗瓦赛尔太太说：

"挑吧！亲爱的。"

她首先看见的是几只手镯，再便是一串珍珠项链，一个威尼斯制的镶嵌珠宝的金十字架，做工极其精细。她戴了这些首饰对着镜子左试右试，犹豫不定，舍不得摘下来还主人。她嘴里还老是问：

"你再没有别的了？"

"有啊。你自己找吧。我不知道你都喜欢什么？"

忽然她在一个黑缎子的盒里发现一串非常美丽的钻石项链；一种过分强烈的欲望使她的心都跳了。她拿起它的时候手也直哆嗦。她把它戴在颈子上，衣服的外面，对着镜中的自己看得出了神。

然后她心里十分焦急，犹豫不决地问道：

"你可以把这个借给我吗？我只借这一样。"

"当然可以啊。"

她一把搂住了她朋友的脖子，亲亲热热地吻了她一下，带着宝贝很快就跑了。

晚会的日子到了。罗瓦赛尔太太非常成功。她比所有的女人都美丽，又漂亮又妩媚，面上总带着微笑，快活得几乎发狂。所有的男子都盯着她，打听她的姓名，求人给介绍。部长办公室的人员全都要跟她合舞。部长也注意了她。

她已经陶醉在欢乐之中，什么也不想，只是兴奋地、发狂地跳舞。她的美丽战胜了一切，她的成功充满了光辉，所有这些人都对自己殷勤献媚、阿谀赞扬、垂涎欲滴，妇人心中认为最甜美的胜利已完完全全握在手中，她便在这一片幸福的云中舞着。

她在早晨四点钟才离开。她的丈夫从十二点起就在一间没有人的小客厅里睡着了。客厅里还躺着另外三位先生，他们的太太也正在尽情欢乐。

他怕她出门受寒，把带来的衣服披在她的肩上，那是平日穿的家常衣服，那一种寒伧气和漂亮的舞装是非常不相称的。她马上感觉到这一点,为了不叫旁边的那些裹在豪华皮衣里的太太们注意,她就急着想要跑出大门。

罗瓦赛尔还拉住她不让走:

"你等一等啊。到外面你要着凉的。我去叫一辆马车吧。"

不过她并不听他这套话,很快地走下了楼梯。等他们到了街上,那里并没有出租马车;他们于是就找起来,远远看见马车走过,他们就追着向车夫大声喊叫。

他们向塞纳河一直走下去,浑身哆嗦,非常失望。最后在河边找到了一辆夜里做生意的旧马车,这种马车在巴黎只有在天黑了以后才看得见,它们是那么寒伧,白天出来好像会害羞似的。

这辆车一直把他们送到殉道者街,他们的家门口,他们凄凄凉凉地爬上楼回到自己家里。在她说来,一切已经结束。他呢,他想到的是十点钟就该到部里去办公。

她褪下了披在肩上的衣服,那是对着大镜子褪的,为的是再一次看看笼罩在光荣中的自己。但是她忽然大叫一声。原来颈子上的项链不见了。

她的丈夫这时衣裳已经脱了一半,便问道:

"你怎么啦?"

她已经吓得发了慌,转身对丈夫说:

"我……我……我把福雷斯蒂埃太太的项链丢了。"

他惊惶失措地站起来:

"什么!……怎么!……这不可能!"

他们于是在裙子的褶层里,大氅的褶层里,衣袋里到处都搜寻一遍。哪儿也找不到。

他问:

"你确实记得在离开舞会的时候还戴着吗?"

"是啊,在部里的前厅里我还摸过它呢。"

"不过如果是在街上失落的话,掉下来的时候,我们总该听见响声啊。大概是掉在车里了。"

"对,这很可能。你记下车子的号头了吗?"

"没有。你呢,你也没有注意号头?"

"没有。"

他们你看我,我看你,十分狼狈地看着。最后罗瓦赛尔重新穿好了衣服,他说:

"我先把我们刚才步行的那一段路再去走一遍,看看是不是能够找着。"

说完他就走了。她呢,连上床去睡的气力都没有了,就这么穿着赴晚会的新装倒在一张椅子上,既不生火也不想什么。

七点钟丈夫回来了。他什么也没找到。

他随即又到警察厅和各报馆,请他们代为悬赏寻找,他又到出租小马车的各车行,总之凡是有一点希望的地方他都去了。

她呢,整天地等候着;面对这个可怕的灾难她一直处在又惊又怕的状态中。

罗瓦赛尔傍晚才回来,脸也瘦削了,发青了;什么结果也没有。他说:

"只好给你那朋友写封信,告诉她你把链子的搭扣弄断了,现在正找人修理。这样我们就可以有应付的时间。"

他说她写,把信写了出来。

过了一星期,他们已是任何希望都没有了。

罗瓦赛尔一下子老了五岁,他说:

"只好想法买一串赔她了。"

第二天,他们拿了装项链的盒子,按照盒里面印着的字号,到了那家珠宝店。珠宝商查了查账说:

"太太,这串项链不是在我这儿买的,只有盒子是在我这儿配的。"

他们于是一家一家地跑起珠宝店来,凭着记忆要找一串和那串一式无二的项链;两个人连愁带急眼看要病倒了。

在王宫附近一家店里他们找到了一串钻石的项链,看来跟他们寻找的完全一样。这件首饰原值四万法郎,但如果他们要的话,店里可以减价,三万六可以脱手。

他们要求店主三天之内先不要卖它。他们并且谈妥条件,如果在二月底以前找着了那个原物,这一串项链便以三万四千法郎作价由店主收回。

罗瓦赛尔手边有他父亲遗留给他的一万八千法郎。其余的便须借了。

他于是借起钱来,跟这个人借一千法郎,跟那个人借五百,这儿借五个路易,[①]那儿借三个。他签了不少借约,应承了不少足以败家的条件,而且和高利贷者以及种种放债图利的人打交道。他葬送了他整个下半辈子的生活,不管能否偿还,他就冒险乱签借据。他既害怕未来的忧患,又怕即将压在身上的极端贫困,也怕各种物质缺乏和各种精神痛苦的远景;他就这样满心怀着恐惧,把三万六千法郎放到那个商人的柜台上,取来了那串新的项链。

等罗瓦赛尔太太把首饰给福雷斯蒂埃太太送回去时,这位太太神气很不痛快地对她说:

"你应该早点儿还我呀,因为我也许要戴呢。"

她并没有打开盒子来看,她的朋友担心害怕的就是她当面打开。因为如果她发现了掉包,她会怎么想呢?会怎么说呢?难道不会把她当做窃盗吗?

罗瓦赛尔太太尝到了穷人的那种可怕生活。好在她早已一下子英勇地拿定了主意。这笔骇人听闻的债务是必须清偿的。因此,她一定要把它还清。他们辞退了女仆,搬了家,租了一间紧挨屋顶的顶楼。

家庭里的笨重活,厨房里的腻人的工作,她都尝到了个中的滋味。碗碟锅盆都得自己洗刷,在油腻的盆上和锅子底儿上她磨坏了她那玫瑰色的手指甲。脏衣服、衬衫、抹布也都得自己洗了晾在一根绳上。每天早上她必须把垃圾搬到街上,并且把水提到楼上,每上一层楼都要停一停喘喘气。她穿得和一个平常老百姓的女人一样,手里挎着篮子上水果店,上杂货店,上猪肉店,对价钱是百般争论,一个铜子一个铜子地保护她那一点可怜的钱,这就难免挨骂。

每月都要还几笔债,有一些则要续期,延长偿还的期限。

丈夫傍晚的时候替一个商人去誊写账目;夜里常常替别人抄写,抄一页挣五个铜子。

这样的生活过了十年。

[①] 一个路易值二十法郎。

十年之后,他们把债务全部还清,确是全部还清了,不但高利贷的利息,就是利滚利的利息也还清了。
　　罗瓦赛尔太太现在看上去是老了。她变成了穷苦家庭里的敢做敢当的妇人,又坚强,又粗暴。头发从不梳光,裙子歪系着,两手通红,高嗓门说话,大盆水洗地板。不过有几次当她丈夫还在办公室办公的时候,她一坐到窗前,总还不免想起当年那一次晚会,在那次舞会上她曾经是那么美丽,那么受人欢迎。
　　如果她没有丢失那串项链,今天又该是什么样子?谁知道?谁知道?生活够多么古怪!多么变化莫测!只需微不足道的一点小事就能把你断送或者把你拯救出来!

　　且说有一个星期天,她上大街去散步,劳累了一星期,她要消遣一下。正在此时,她忽然看见一个妇人带着孩子在散步。这个妇人原来就是福雷斯蒂埃太太,还是那么年轻,那么美丽,那么动人。
　　罗瓦赛尔太太感到非常激动。去跟她说话吗?当然要去。既然债务都已经还清了,她可以把一切都告诉她。为什么不可以呢?
　　她于是走了过去。
　　"您好,让娜。"
　　对方一点也认不出她来了,被这个民间女人这样亲密地一叫觉得很诧异,便吞吞吐吐地说:
　　"可是……太太!……我不知道……您大概认错人了吧。"
　　"没有。我是玛蒂尔德·罗瓦赛尔。"
　　她的朋友喊了起来:
　　"哎哟!……是我的可怜的玛蒂尔德吗?你可变了样儿啦!……"
　　"是的,自从那一次跟你见面之后,我过的日子可艰难啦,不知遇见了多少危急穷困……而这一切都是因为你!……"
　　"因为我……那是怎么回事啊?"
　　"你还记得你借给我赴部里晚会去的那串钻石项链吧。"
　　"是啊。那又怎样呢?"
　　"那又怎样!我把它丢了。"
　　"那怎么会呢!你不是给我送回来了吗?"
　　"我给你送回的是跟原物一式无二的另外一串。这笔钱我们整整还了十年。你知道,对我们说来这可不是容易的事,我们是任什么也没有的……现在总算还完了,我太高兴了。"
　　福雷斯蒂埃太太站住不走了。
　　"你刚才说,你曾买了一串钻石项链赔我那一串吗?"
　　"是的。你没有发觉这一点吧,是不是?两串原是完全一样的。"
　　说完她脸上显出了微笑,因为她感到一种足以自豪的、天真的快乐。
　　福雷斯蒂埃太太非常激动,抓住了她的两只手。
　　"哎哟!我的可怜的玛蒂尔德!我那串是假的呀。顶多也就值上五百法郎!……"

(选自郝运、赵少侯译《项链》。人民文学出版社 1985 年版)

作品内容提问

1. 玛蒂尔德为什么总是对婚后的生活不满意？她要过什么样的生活？
2. 为什么福雷斯蒂埃太太借给玛蒂尔德项链时不告诉她项链是假的？
3. 在听到项链丢失的消息后，她和丈夫最初是什么反应，后来做出了什么决定？
4. 十年间她不再和福雷斯蒂埃太太联系的根本原因是什么？
5. 当十年后她和丈夫知道真相后有什么样的表情，作者是怎么评论这件事儿的？

导读

吉·德·莫泊桑(1850—1893)，法国作家。童年在诺曼底乡村度过，从卢昂中学毕业后，1870年到巴黎读法律。曾在作家福楼拜的指导下从事文学写作。普法战争爆发后，应征入伍，战后复员，先后在海军部、教育部供职。1880年在和左拉的交往中，写成以普法战争为背景的短篇小说《羊脂球》，一举成名。他一生共写成中短篇小说300多篇，如《项链》、《两个朋友》、《一家人》、《散步》等。长篇小说共6部，如《一生》、《俊友》和《温泉》等。他的文学成就以短篇小说为主，题材广泛，善于从纷繁复杂的现实生活中，截取各种具有典型意义的生活事件，以小见大，描绘世态人情，表现社会风气。在艺术手法上，不仅语言朴实简洁，高度精练，而且在谋篇构思、细节刻画，尤其是精彩的结尾艺术等方面，都显示出独到的才能，因而被誉为"短篇小说巨匠"。他的作品反映了19世纪后半叶法国的社会生活状况，批判了上层阶级的道德堕落，揭示了中小资产阶级的人性弱点和下层人民的苦难生活。

《项链》是莫泊桑短篇小说的代表作。作品以一条项链为中心，讲述了小公务员之妻玛蒂尔德的人生悲剧，揭露和批判了当时社会爱慕虚荣的恶劣风气。

首先，玛蒂尔德性格的根本特征及其生活悲剧的根本成因都在于爱慕虚荣。她容貌美丽但出身低微，嫁给小公务员罗瓦赛尔过着不算穷苦也并不富裕的生活。她对生活现状十分不满，总是梦想过上奢华体面的生活。作品通过很多细节展现了玛蒂尔德爱慕虚荣的品性。因为没有漂亮衣服和贵重首饰而哭泣，因为打扮体面而无比快活，等等。其次，爱慕虚荣是当时法国社会的整体风气。罗瓦赛尔先生积攒的四百法郎，原本是准备用来买猎枪的；福雷斯蒂埃太太借给玛蒂尔德的钻石项链是假的。可见，每个阶层的人，都在用伪饰的手段来显得比实际生活水平更富有更奢华。尤其对于女性来说，"美丽、丰韵、娇媚，就是她们的出身；天生的聪明、优美的资质、温柔的性情，就是她们唯一的资格"。正是社会环境和评价体系使女性过度在乎外在的美丽。再次，小说对小公务员的生活境况给予了人道主义的同情。作品在批判罗瓦赛尔夫妇爱慕虚荣、追求享乐的同时，并没有抹杀他们潜在的道德感和一定程度的吃苦耐劳的精神。当发现项链确实丢失时，罗瓦赛尔和玛蒂尔德都没有想要逃避责任。十年的时间，他们还清了所有的债务，"连那高额的利息和利上加利的滚成的数目都还清了。"

在艺术上，《项链》以巧妙的构思、丰富的对比和出人意料又在情理之中的结尾著称于世。首先，全文以借项链、丢项链、找项链、赔项链为线索，通过一个极为平常的生活事件，折射出当时的社会风气，展现深刻的人生哲理，进而否定了爱慕虚荣的人生观和价值观。"要是那时候没有丢掉那挂项链,她现在是怎样一个境况呢?谁知道呢?人生是多么奇怪,多么变幻无常啊,极细小的一件事可以败坏你,也可以成全你!"其次,作品在极短的篇幅内,展现了丰富的对比,加强了作品的揭露性。玛蒂尔德舞会前、后的人生境况和她所幻想的生活三者之间的对比;玛蒂尔德十年的艰辛和容貌的改变,与福雷斯蒂埃太太的幸福和美丽依旧的对比,等等。再次,结尾既出人意料,又在情理之中。作品结尾揭示玛蒂尔德所借项链只值500法郎,看似出人意料,其实全文至少有三处明显的伏笔。其一,借项链时福雷斯蒂埃太太非同一般的大方,"挑吧,亲爱的。"其二,珠宝店老板查看了许多账簿,说:"太太,这挂项链不是我卖出的,我只卖出这个盒子。"其三,玛蒂尔德送还项链时,"福雷斯蒂埃太太没有打开盒子"。这些都显示项链有可能是假的。

23 易卜生《玩偶之家》(节选)

《玩偶之家》是三幕戏剧。故事发生在19世纪七八十年代圣诞节前夕一个中产阶级家庭的客厅里。女主人公娜拉和丈夫托伐·海尔茂的感情一直很好,结婚八年了丈夫一直宠爱她,三个孩子也都可爱。但在过节的欢乐幸福的气氛中,娜拉却有些不安。这是因为几年前为了挽救患重病丈夫的性命,娜拉瞒着他伪造了父亲的签名向债主借了一笔钱。为了还债,娜拉一直非常节俭,甚至在夜间作一些抄写工作来挣钱。她做这一切都是出于爱丈夫,也不打算把自己做的这件引为骄傲的事告诉丈夫。但是,海尔茂升任银行经理之后,决定辞退一个他不喜欢的职员,而此人恰好就是娜拉的债主柯洛克斯泰。柯洛克斯泰为了保住自己的饭碗,便要挟娜拉在丈夫面前为自己说情。但是,海尔茂却不听娜拉的劝告。柯洛克斯泰立即写信给海尔茂,并以此威胁让他名誉扫地,丢掉职位。信件到达了海尔茂家之后,海尔茂决定去拿邮件。下面选文描写的就是海尔茂接信后发生的事情。

第三幕(节选)

……

海尔茂　我把信箱倒一倒,里头东西都满了,明天早上报纸装不下了。

娜　拉　今晚你工作不工作?

海尔茂　你不是知道我今晚不工作吗?唔,这是怎么回事?有人弄过锁。

娜　拉　弄过锁?

海尔茂　一定是。这是怎么回事?我想佣人不会——?这儿有只撅折的头发夹子。娜拉,这是你常用的。

娜　拉　(急忙接嘴)一定是孩子们——

海尔茂　你得管教他们别这么胡闹。好!好容易开开了。(把信箱里的信件拿出来,朝着厨房喊道)爱伦,爱伦,把门厅的灯吹灭了。(拿着信件回到屋里,关上门)你瞧,攒了这么一大堆。(把整叠信件翻过来)哦,这是什么?

娜　拉　(在窗口)那封信!喔,托伐,别看!

海尔茂　有两张名片,是阮克大夫的。

娜　拉　阮克大夫的?

海尔茂　(瞧名片)阮克大夫。这两张名片在上头,一定是他刚扔进去的。

娜　　拉　名片上写着什么没有？

海尔茂　他的名字上头有个黑十字。你瞧，多么不吉利！好像他给自己报死信。

娜　　拉　他是这意思。

海尔茂　什么！你知道这件事？他跟你说过什么没有？

娜　　拉　他说了。他说给咱们这两张名片的意思就是跟咱们告别。他以后就在家里关着门等死。

海尔茂　真可怜！我早知道他活不长，可是没想到这么快！像一只受伤的野兽爬到窝里藏起来！

娜　　拉　一个人到了非死不可的时候最好还是静悄悄的死。托伐，你说对不对？

海尔茂　（走来走去）这些年他跟咱们的生活已经结合成一片，我不能想象他会离开咱们。他的痛苦和寂寞比起咱们的幸福好像乌云衬托着太阳，苦乐格外分明。这样也许倒好——至少对他很好。（站住）娜拉，对于咱们也未必不好。现在只剩下咱们俩，靠得更紧了。（搂着她）亲爱的宝贝！我总是觉得把你搂得不够紧。娜拉，你知道不知道，我常常盼望有桩危险事情威胁你，好让我拼着命，牺牲一切去救你。

娜　　拉　（从他怀里挣出来，斩钉截铁的口气）托伐，现在你可以看信了。

海尔茂　不，不，今晚我不看信。今晚我要陪着你，我的好宝贝。

娜　　拉　想着快死的朋友，你还有心肠陪我？

海尔茂　你说的不错。想起这件事咱们心里都很难受。丑恶的事情把咱们分开了，想起死人真扫兴。咱们得想法子撇开这些念头。咱们暂且各自回到屋里去吧。

娜　　拉　（搂着他脖子）托伐！明天见！明天见！

海尔茂　（亲她的前额）明天见，我的小鸟儿。好好儿睡觉，娜拉！我去看信了。

〔他拿了那些信走进自己的书房，随手关上门。

娜　　拉　（瞪着眼瞎摸，抓起海尔茂的舞衣披在自己身上，急急忙忙，断断续续，哑着嗓子，低声自言自语）从今以后再也见不着他了！永远见不着了，永远见不着了。（把披肩蒙在头上）也见不着孩子们了！永远见不着了！喔，漆黑冰冷的水！没底的海！快点完事多好啊！现在他已经拿着信了，正在看！喔，还没看。再见，托伐！再见，孩子们！

〔她正朝着门厅跑出去，海尔茂猛然推开门，手里拿着一封拆开的信，站在门口。

海尔茂　娜拉！

娜　　拉　（叫起来）啊！

海尔茂　这是谁的信？你知道信里说的什么事？

娜　　拉　我知道。快让我走！让我出去！①

---

① 娜拉想出去投水自杀。

海尔茂　（拉住她）你上哪儿去？

娜　拉　（竭力想脱身）别拉着我，托伐。

海尔茂　（惊慌倒退）真有这件事？他信里的话难道是真的？不会，不会，不会是真的。

娜　拉　全是真的。我只知道爱你，别的什么都不管。

海尔茂　哼，别这么花言巧语的！

娜　拉　（走近他一步）托伐！

海尔茂　你这坏东西——干的好事情！

娜　拉　让我走——你别拦着我！我做的坏事不用你担当！

海尔茂　不用装腔作势给我看（把出去的门锁上），我要你老老实实把事情招出来，不许走。你知道不知道自己干的什么事？快说！你知道吗？

娜　拉　（眼睛盯着他，态度越来越冷静）嗯，现在我才完全明白了。

海尔茂　（走来走去）嘿！好像做了一场噩梦醒过来！这八年工夫——我最得意、最喜欢的女人——没想到是个伪君子，是个撒谎的人——比这还坏——是个犯罪的人。真是可恶极了！哼！哼！（娜拉不做声，只用眼睛盯着他）其实我早就该知道。我早该料到这一步。你父亲的坏德性——（娜拉正要说话）少说话！你父亲的坏德性，你全都沾上了——不信宗教，不讲道德，没有责任心。当初我给他遮盖，如今遭了这么个报应！我帮你父亲都是为了你，没想到现在你这么报答我！

娜　拉　不错，这么报答你。

海尔茂　你把我一生幸福全都葬送了。我的前途也让你断送了。喔，想起来真可怕！现在我让一个坏蛋抓在手里。他要我怎么样我就得怎么样，他要我干什么我就得干什么。他可以随便摆布我，我不能不依他。我这场大祸都是一个下贱女人惹出来的！

娜　拉　我死了你就没事了。

海尔茂　哼，少说骗人的话，你父亲从前也老有那么一大套。照你说，就是你死了，我有什么好处？一点儿好处都没有。他还是可以把事情宣布出去，人家甚至还会疑惑我是跟你串通一气的，疑惑是我出主意撺掇你干的。这些事情我都得谢谢你——结婚以来我疼了你这些年，想不到你这么报答我。现在你明白你给我惹的是什么祸吗？

娜　拉　（冷静安详）我明白。

海尔茂　这件事真是想不到，我简直摸不着头脑。可是咱们好歹得商量个办法。把披肩摘下来。摘下来，听见没有！我先得想个办法稳住他，这件事无论如何不能让人家知道。咱们俩，表面上照样过日子——不要改样子，你明白不明白我的话？当然你还得在这儿住下去。可是孩子不能再交在你手里。我不敢再把他们交给你——唉，我对你说这一句话心里真难受，因为你是我一向最心爱并且现在还——！可是现在情形已经改变了。从今以后再说不上什么幸福不幸福，只有想法子怎么挽救、怎么遮盖、怎么维持这个残破的局面——（门铃响起来，海尔茂吓了一跳）什么事？三更半夜的！难道事情发作了？难道他——娜拉，你快藏起来，只推托有病。（娜拉站着不动。海尔茂走过去开门。)

爱　伦　（披着衣服在门厅里）太太，您有封信。

海尔茂　给我。（把信抢过来，关上门）果然是他的。你别看。我念给你听。

娜　拉　快念！

海尔茂　（凑着灯光）我几乎不敢看这封信。说不定咱们俩都会完蛋。也罢，反正总得看。（慌忙拆信，看了几行之后发现信里夹着一张纸，马上快活得叫起来）娜拉！（娜拉莫名其妙地瞧着他）

海尔茂　娜拉！喔，别忙！让我再看一遍！不错，不错！我没事了！娜拉，我没事了！

娜　拉　我呢？

海尔茂　当然你也没事了，咱们俩都没事了。你看，他把借据还你了。他在信里说，这件事非常抱歉，要请你原谅，他又说他现在交了运——喔，管他还写些什么。娜拉，咱们没事了！现在没人能害你了。喔，娜拉，娜拉——咱们先把这害人的东西消灭了再说。让我再看看——（朝着借据瞟了一眼）喔，我不想再看它，只当是做了一场梦。（把借据和柯洛克斯泰的两封信一齐都撕掉，仍在火炉里，看它们烧）好！烧掉了！他说自从二十四号起——喔，娜拉，这三天你一定很难过。

娜　拉　这三天我真不好过。

海尔茂　你心里难过，想不出好办法，只能——喔，现在别再想那可怕的事情了。我们只应该高高兴兴地多说几遍"现在没事了，现在没事了！"听见没有，娜拉！你好像不明白。我告诉你，现在没事了。你为什么绷着脸不说话？喔，我的可怜的娜拉，我明白了，你以为我还没饶恕你。娜拉，我赌咒，我已经饶恕你了。我知道你干那件事都是因为爱我。

娜　拉　这倒是实话。

海尔茂　你正像做老婆的应该爱丈夫那样地爱我。只是你没有经验，用错了方法。可是难道因为你自己没主意，我就不爱你吗？我绝不会。你只要一心一意依赖我，我会指点你，教导你。正因为你自己没办法，所以我格外爱你，要不然我还算什么男子汉大丈夫？刚才我觉得好像天要塌下来，心里一害怕，就说了几句不好听的话，你千万别放在心上。娜拉，我已经饶恕你了。我赌咒不再埋怨你。

娜　拉　谢谢你饶恕我。（从右边走出去）

海尔茂　别走！（向门洞里张望）你要干什么？

娜　拉　（在里屋）我去脱掉跳舞的服装。

海尔茂　（在门洞里）好，去吧。受惊的小鸟儿，别害怕，定定神，把心静下来。你放心，一切事情都有我。我的翅膀宽，可以保护你。（在门口走来走去）喔，娜拉，咱们的家多可爱，多舒服！你在这儿很安全，我可以保护你，像保护一只从鹰爪子底下救出来的小鸽子一样。我不久就能让你那颗扑扑跳的心定下来，娜拉，你放心。到了明天，事情就不一样了，一切都会恢复老样子。我不用再说我已经饶恕你，你心里自然会明白我不是说假话。难道我舍得把你撵出去？别说撵出去，就说是责备，难道我舍得责备你？娜拉，你不懂得男子汉的好心肠。

要是男人饶恕了他老婆——真正饶恕了她,从心坎里饶恕了她——他心里会有一股没法子形容的好滋味。从此以后他老婆越发是他私有的财产。做老婆的就像重新投了胎,不但是她丈夫的老婆,并且还是她丈夫的孩子。从今以后,你就是我的孩子,我的吓坏了的可怜的小宝贝。别着急,娜拉,只要你老老实实对待我,你的事情都有我做主,都有我指点。(娜拉换了家常衣服走进来)怎么,你还不睡觉?又换衣服干什么?

娜　　拉　不错,我把衣服换掉了。

海尔茂　这么晚还换衣服干什么?

娜　　拉　今晚我不睡觉。

海尔茂　可是,娜拉——

娜　　拉　(看自己的表)时候还不算晚。托伐,坐下,咱们有好些话要谈一谈。(她在桌子一头坐下)

海尔茂　娜拉,这是什么意思?你的脸色冰冷铁板的——

娜　　拉　坐下。一下子说不完。我有好些话跟你谈。

海尔茂　(在桌子那一头坐下)娜拉,你把我吓了一大跳。我不了解你。

娜　　拉　这话说得对,你不了解我,我也到今天晚上才了解你。别打岔。听我说下去。托伐,咱们必须把总账算一算。

海尔茂　这话怎么讲?

娜　　拉　(顿了一顿)现在咱们面对面坐着,你心里有什么感想?

海尔茂　我有什么感想?

娜　　拉　咱们结婚已经八年了。你觉得不觉得,这是头一次咱们夫妻正正经经谈话?

海尔茂　正正经经!这四个字怎么讲?

娜　　拉　这整整的八年——要是从咱们认识的时候算起,其实还不止八年——咱们从来没在正经事情上头谈过一句正经话。

海尔茂　难道要我经常把你不能帮我解决的事情麻烦你?

娜　　拉　我不是指着你的业务说。我说的是,咱们从来没坐下来正正经经细谈过一件事。

海尔茂　我的好娜拉,正经事跟你有什么相干?

娜　　拉　咱们的问题就在这儿!你从来就没了解过我。我受尽了委屈,先在我父亲手里,后来又在你手里。

海尔茂　这是什么话!你父亲和我这么爱你,你还说受了我们的委屈!

娜　　拉　(摇头)你们何尝真爱过我,你们爱我只是拿我当消遣。

海尔茂　娜拉,这是什么话!

娜　　拉　托伐,这是老实话。我在家跟父亲过日子的时候,他把他的意见告诉我,我就跟着他的意见走。要是我的意见跟他不一样,我也不让他知道,因为他知道了会不高兴。他叫我"泥娃娃孩子",把我当做一件玩意儿,就像我小时候玩我的泥娃娃一样。后来我到你家来住着——

海尔茂　用这种字眼形容咱们的夫妻生活简直不像话!

娜　　拉　(满不在乎)我是说,我从父亲手里转移到了你手里。跟你在一块儿,事情都归你安排。你爱什么我也爱什么,或者假装爱什么——我不知道是真还是假——也许有时候真,有时候假。现在我回头想一想,这些年我在这儿简直像个要饭的叫花子,要一口,吃一口。托伐,我靠着给你耍把戏过日子。可是你喜欢我这么做。你和我父亲把我害苦了。我现在这么没出息都要怪你们。

海尔茂　娜拉,你真不讲理,真不知好歹!你在这儿过的日子难道不快活?
娜　拉　不快活。过去我以为快活,其实不快活。
海尔茂　什么!不快活!
娜　拉　说不上快活,不过说说笑笑凑个热闹罢了。你一向待我很好。可是咱们的家只是一个玩儿的地方,从来不谈正经事。在这儿我是你的"泥娃娃老婆",正像我在家里是我父亲的"泥娃娃女儿"一样。我的孩子又是我的泥娃娃。你逗着我玩儿,我觉得有意思。正像我逗孩子们,孩子们也觉得有意思。托伐,这就是咱们的夫妻生活。
海尔茂　你这段话虽然说得太过火,倒也有点儿道理。可是以后的情形就不一样了。玩儿的时候过去了,现在是受教育的时候了。
娜　拉　谁的教育?我的教育还是孩子们的教育?
海尔茂　两方面的,我的好娜拉。
娜　拉　托伐,你不配教育我怎样做个好老婆。
海尔茂　你怎么说这句话?
娜　拉　我配教育我的孩子吗?
海尔茂　娜拉!
娜　拉　刚才你不是说不敢再把孩子交给我吗?
海尔茂　那是气头儿上的话,你老提它干什么?
娜　拉　其实你的话没说错。我不配教育孩子。要想教育孩子,先得教育我自己。你没资格帮我的忙。我一定得自己干。所以现在我要离开你。
海尔茂　(跳起来)你说什么?
娜　拉　要想了解我自己和我的环境,我得一个人过日子,所以我不能再跟你待下去。
海尔茂　娜拉!娜拉!
娜　拉　我马上就走。克里斯蒂纳一定会留我过夜。
海尔茂　你疯了!我不让你走!你不许走!
娜　拉　你不许我走也没用。我只带自己的东西。你的东西我一件都不要,现在不要,以后也不要。
海尔茂　你怎么疯到这步田地!
娜　拉　明天我要回家去——回到从前的老家去。在那儿找点事情做也许不太难。
海尔茂　喔,像你这么没经验——
娜　拉　我会努力去吸取。
海尔茂　丢了你的家,丢了你丈夫,丢了你儿女!不怕人家说什么话!
娜　拉　人家说什么不在我心上。我只知道我应该这么做。
海尔茂　这话真荒唐!你就这么把你最神圣的责任扔下不管了?
娜　拉　你说什么是我最神圣的责任?

海尔茂　那还用我说？你最神圣的责任是你对丈夫和儿女的责任。

娜　拉　我还有别的同样神圣的责任。

海尔茂　没有的事！你说的是什么责任？

娜　拉　我说的是我对自己的责任。

海尔茂　别的不用说，首先你是一个老婆，一个母亲。

娜　拉　这些话现在我都不信了。现在我只信，首先我是一个人，跟你一样的一个人——至少我要学做一个人。托伐，我知道大多数人赞成你的话，并且书本儿里也是这么说。可是从今以后我不能一味相信大多数人说的话，也不能一味相信书本儿里说的话。什么事情我都要用自己脑子想一想，把事情的道理弄明白。

海尔茂　难道你不明白你在自己家庭的地位？难道在这些问题上没有颠扑不破的道理指导你？难道你不信仰宗教？

娜　拉　托伐，不瞒你说，我真不知道宗教是什么。

海尔茂　你这话怎么讲？

娜　拉　除了行坚信礼的时候牧师对我说的那套话，我什么都不知道。牧师告诉过我，宗教是这个，宗教是那个。等我离开这儿一个人过日子的时候，我也要把宗教问题仔细想一想。我要仔细想一想牧师告诉我的话究竟对不对，对我合用不合用。

海尔茂　喔，从来没听说过这种话！并且还是从这么个年轻女人嘴里说出来的！要是宗教不能带你走正路，让我唤醒你的良心来帮助你——你大概还有点道德观念吧？要是没有，你就干脆说没有。

娜　拉　托伐，这个问题不容易回答。我实在不明白。这些事情我摸不清。我只知道我的想法跟你的想法完全不一样。我也听说，国家的法律跟我心里想的不一样，可是我不信那些法律是正确的。父亲病得快死了，法律不许女儿给他省烦恼。丈夫病得快死了，法律不许老婆想法子救他的性命！我不信世界上有这种不讲理的法律。

海尔茂　你说这些话像个小孩子。你不了解咱们的社会。

娜　拉　我真不了解。现在我要去学习。我一定要弄清楚，究竟是社会正确，还是我正确。

海尔茂　娜拉，你病了，你在发烧说胡话。我看你像精神错乱了。

娜　拉　我的脑子从来没像今天晚上这么清醒、这么有把握。

海尔茂　你这么清醒、这么有把握，居然要丢掉丈夫和儿女？

娜　拉　一点不错。

海尔茂　这么说，只有一句话讲得通。

娜　拉　什么话？

海尔茂　那就是你不爱我了。

娜　拉　不错，我不爱你了。

海尔茂　娜拉！你忍心说这话！

娜　拉　托伐，我说这话心里也难受，因为你一向待我很不错。可是我不能不说这句话。现在我不爱你了。

海尔茂　（勉强管住自己）这也是你清醒的有把握的话？

娜　拉　一点不错。所以我不能再在这儿待下去。

海尔茂　你能不能说明白，我究竟做了什么事使你不爱我？

娜　拉　能。就因为今天晚上奇迹没出现，我才知道你不是我理想中的那种人。

海尔茂　这话我不懂，你再说清楚点。

娜　拉　我耐着性子整整等了八年，我当然知道奇迹不会天天有。后来大祸临头的时候，我曾经满怀信心地跟自己说，"奇迹来了！"柯洛克斯泰把信扔在信箱里以后，我绝没想到你会接受他的条件。我满心以为你一定会对他说，"尽管宣布吧"，而且你说了这句话之后，还一定会——

海尔茂　一定会怎么样？叫我自己的老婆出丑丢脸，让人家笑骂？

娜　拉　我满心以为你说了那句话之后，还一定会挺身而出，把全部责任担在自己肩膀上，对大家说，"事情都是我干的。"

海尔茂　娜拉——

娜　拉　你以为我会让你替我担当罪名吗？不，当然不会。可是我的话怎么比得上你的话那么容易叫人家相信？这正是我盼望它发生又怕它发生的奇迹。为了不让奇迹发生，我已经准备自杀。

海尔茂　娜拉，我愿意为你日夜工作，我愿意为你受穷受苦。可是男人不能为他爱的女人牺牲自己的名誉。

娜　拉　千千万万的女人都为男人牺牲过名誉。

海尔茂　喔，你心里想的嘴里说的都像个傻孩子。

娜　拉　也许是吧。可是你想的和说的也不像我可以跟他过日子的男人。后来危险过去了——你不是怕我有危险，是怕你自己有危险——不用害怕了，你又装作没事人儿了。你又叫我跟从前一样乖乖地做你的小鸟儿，做你的泥娃娃，说什么以后要格外小心保护我，因为我那么脆弱不中用。（站起来）托伐，就在那当口，我好像忽然从梦里醒过来，我简直跟一个陌生人同居了八年，给他生了三个孩子。喔，想起来真难受！我恨透了自己没出息！

海尔茂　（伤心）我明白了，我明白了，在咱们中间出现了一道深沟。可是，娜拉，难道咱们不能把它填平吗？

娜　拉　照我现在这样子，我不能跟你做夫妻。

海尔茂　我有勇气重新再做人。

娜　拉　在你的泥娃娃离开你之后——也许有。

海尔茂　要我跟你分手！不，娜拉，不行！这是不能设想的事情。

娜　拉　（走进右边屋子）要是你不能设想，咱们更应该分开。（拿着外套、帽子和旅行小提包又走出来，把东西搁在桌子旁边椅子上。）

海尔茂　娜拉，娜拉，现在别走，明天再走。

娜　拉　（穿外套）我不能在陌生人家里过夜。

海尔茂　难道咱们不能像哥哥妹妹那么过日子？

娜　拉　（戴帽子）你知道那种日子长不了。（围披肩）托伐，再见。我不去看孩子了。

我知道现在照管他们的人比我强得多。照我现在这样子,我对他们一点儿用处都没有。

海尔茂　可是,娜拉,将来总有一天——

娜　拉　那就难说了。我不知道我以后会怎么样。

海尔茂　无论怎么样,你还是我的老婆。

娜　拉　托伐,我告诉你。我听人说,要是一个女人像我这样从她丈夫家里走出去,按法律说,她就解除了丈夫对她的一切义务。不管法律是不是这样,我现在把你对我的义务全部解除。你不受我拘束,我也不受你拘束。双方都有绝对的自由。拿去,这是你的戒指。把我的也还我。

海尔茂　连戒指都要还?

娜　拉　要还。

海尔茂　拿去。

娜　拉　好。现在事情完了。我把钥匙都搁在这儿。家里的事佣人都知道——她们比我更熟悉。明天我动身之后,克里斯蒂纳会来给我收拾我从家里带来的东西。我会叫她把东西寄给我。

海尔茂　完了!完了!娜拉,你永远不会再想我了吧?

娜　拉　喔,我会时常想到你,想到孩子们,想到这个家。

海尔茂　我可以给你写信吗?

娜　拉　不,千万别写信。

海尔茂　可是我总得给你寄点儿——

娜　拉　什么都不用寄。

海尔茂　你手头不方便的时候我得帮点忙。

娜　拉　不必,我不接受陌生人的帮助。

海尔茂　娜拉,难道我永远只是个陌生人?

娜　拉　(拿起手提包)托伐,那就要等奇迹中的奇迹发生了。

海尔茂　什么叫奇迹中的奇迹?

娜　拉　那就是说,咱们俩都得改变到——喔,托伐,我现在不信世界上有奇迹了。

海尔茂　可是我信。你说下去!咱们俩都得改变到什么样子——?

娜　拉　改变到咱们在一块儿过日子真正像夫妻。再见。(她从门厅走出去)

海尔茂　(倒在靠门的一张椅子里,双手蒙着脸)娜拉!娜拉!(四面望望,站起身来)屋子空了。她走了。(心里闪出一个新希望)啊!奇迹中的奇迹——

［楼下砰的一响传来关大门的声音。

(潘家洵译《玩偶之家》。选自《易卜生戏剧四种》。人民文学出版社 1978 年版)

作品内容提问

1. 选文开始时娜拉为什么害怕海尔茂去看信箱?

2. 海尔茂为什么对娜拉说"我这场大祸都是一个下贱的女人惹出来的"？
3. 为什么海尔茂突然说"没事了"？事情发生转机的原因是什么？
4. 为什么在海尔茂原谅了娜拉之后，娜拉却说"我恨透了自己没出息"？
5. 娜拉离家出走的时候随身带了什么东西？

导读

亨利克·易卜生（1828—1906），挪威戏剧家。生于商人家庭，少年时因家庭破产去药店当学徒。后在革命浪潮鼓舞下开始创作。早期创作的历史剧具有浪漫主义色彩，多取材于古代挪威的英雄传说和历史。主要剧本有《厄斯特罗的英格夫人》、《觊觎王位的人》等。1866年至1867年居住意大利期间完成哲理诗剧《布朗德》和《培尔·金特》，反映现实社会问题成为他创作的主要特征。从19世纪60年代末到80年代初，创作了一系列"社会问题剧"，包括《青年同盟》、《社会支柱》、《玩偶之家》、《人民公敌》等。80年代中期之后，剧作转向对人物内心生活和精神世界的剖析，象征意味增强，悲观主义与神秘色彩浓厚。此时剧作有《野鸭》、《海上夫人》等。易卜生是欧洲近代现实主义戏剧的杰出代表。他的贡献在于：正当欧洲戏剧处在衰落时期，他发扬了现实主义优秀传统，使戏剧直接反映现实生活，提出了生活中许多迫切问题，并给戏剧艺术带来了很多革新与创造。

《玩偶之家》探讨的是妇女在家庭中的地位和人格独立问题。打破不平等的资产阶级家庭关系，解放妇女，提高妇女的家庭地位是其基本主题。娜拉是一个有着资产阶级民主思想倾向的妇女形象。她出身于小资产阶级家庭，热爱劳动，为人善良，较为容易满足个人小天地里的幸福生活。但又刚强勇敢，勇于追求人格的独立。借钱和假签字的事已经鲜明地表现了这一特点，对柯洛克斯泰的威胁恐吓，她也没有屈服。当伪造签字的事快要暴露时，她甚至决定自杀，去挽救丈夫的名誉。当丈夫虚伪丑恶的面目暴露时，她并没有因为经济不独立而屈辱地留下来继续当他的玩偶。这均反映了她强烈的独立反叛精神。

第三幕是全剧的高潮和最能够体现剧作思想成就的部分。(1)突出了娜拉思想上的觉醒过程。开始的时候，娜拉很怕丈夫看到信。在丈夫看信时，她心慌意乱。紧接着丈夫指责她时，她开始坚强起来了。当海尔茂对她进行人格羞辱并要取消她教育子女权利的时候，她看清了自己在家庭中的"玩偶"地位。更为可贵的是，当风波过去，她通过丈夫对她态度的前后变化，终于看清了这个社会的法律、道德、宗教等等都是不合理的。最后，娜拉勇敢地出走了。(2)选文中还揭示了资产阶级代表人物海尔茂的丑恶嘴脸。海尔茂是一个虚伪自私的资产阶级市侩形象。在家中他把娜拉和孩子们当成玩偶，满嘴甜言蜜语。但一旦娜拉的行动危害到了他的名誉地位时，立刻反映出了他的卑劣和自私。当柯洛克斯泰交回借据，没有危险时，他又试图用所谓的"爱"的言词设法让娜拉回心转意，还搬出道德和宗教来阻止娜拉的出走，甚至宣扬资产阶级法律的"威力"，企图使娜拉继续忍受其玩偶地位。(3)选文也显示出作家还没有找到解决当时社会问题的出路和方法。娜拉最后出走了，但出走后会怎么样？剧本没有回答。其实，娜拉出走的目标是不明确的，更重要的是在女人还没有获得经济、政治独立的时候，很难做到人格上的独立。因此，鲁迅先生才指出，娜拉出走后，只有两条路：一是堕落，二是回来。但无论如何，她出走的行动本身，足以显示出当时具有民主倾向的新女性的觉醒。

在艺术上,本书所选的娜拉与海尔茂争论的最后一个场面,是全剧的高潮。在这一场面里,不仅使娜拉与海尔茂的冲突集中鲜明,达到了最紧张的地步,而且易卜生戏剧中"讨论"的艺术特色也极为出色。在这一幕中,"讨论"的问题紧紧围绕着妇女地位和娜拉命运而展开。作家通过娜拉与海尔茂之间的语言交锋,从家庭到社会、从政治到宗教到个人责任,层层深入地探讨了当时的妇女问题。这一方法,既是展示人物性格、表现戏剧冲突的手段,也是剧作家借娜拉之口宣传其"妇女解放宣言"的讲台。正如萧伯纳所说:"易卜生采用了这个新技巧,……于是《玩偶之家》就吸住了整个欧洲,并且在戏剧艺术上开创了一个新派。"

知识链接

社会问题剧。主要指的是易卜生创作的反映社会问题的剧本。其内容涉及资本主义社会政治、宗教、道德、法律、家庭、妇女、教育等多方面的现实问题,尤其是以现实主义手法反映人们熟悉的社会和家庭问题,充满强烈的社会批判精神。但剧作家只提出了问题,而没有给出答案。

24 陀思妥耶夫斯基《罪与罚》(节选)

《罪与罚》的故事说的是俄国彼得堡的穷大学生拉斯柯尔尼科夫辍学了,他心中形成了人可以分为"平凡的人"和"不平凡的人"的理论。他得知,妹妹为支持他的学业打算嫁给她不喜欢的律师卢仁。为了成为"不平凡的人",拉斯柯尔尼科夫决定实践自己的理论,他杀死了放高利贷的老太婆。杀人后,拉斯柯尔尼科夫病倒了。为逃避惩罚,他与警察周旋。其间结识了马尔美拉陀夫的大女儿索尼雅,并尽自己的力量帮助贫苦的马尔美拉陀夫一家。索尼雅是妓女,受尽屈辱,但心灵纯洁。在索尼雅的感召下,拉斯柯尔尼科夫皈依上帝,向警察自首。他被判苦役,索尼雅随同他一起前往西伯利亚。本段选文选自《罪与罚》第五卷中索尼雅劝说拉斯柯尔尼科夫去自首的情节。

第 五 卷

……

她霍地站了起来,绞着手,走到了屋子中央,她自己似乎并不知道要做什么;但她很快就折回去了,又在他身边几乎肩挨肩地坐了下来。仿佛被扎了一下似的,她蓦地全身一怔,并且叫喊起来,她自己不知道为什么,突然在他面前跪下了。

"您,您要对自己干什么啊!"她忧伤绝望地说着,站了起来,向他直扑过去,双手勾住了他的脖子,拥抱他,紧紧地搂住了他。

拉斯柯尔尼科夫赶忙往后一让,脸上浮出了忧郁的微笑,望着她,说:"索尼雅,你多么奇怪呀,我告诉了你这件事,你就拥抱我,吻我。你自己却不知道在做什么。"

"不,现在世界上再没有比你更不幸的人了!"她没有听到他的话,发狂似的大声说道,并且像歇斯底里发作一样,突然痛哭起来。

在他的心坎里突然浪潮般地涌起一股已经好久没有过的感情,他的心一下子就软下来了。他没有抑制这股感情:从他的眼眶里滚出来两滴泪水,挂在睫毛上。

"索尼雅,你不离开我吗?"他说,几乎满怀希望地望着她。

"不,决不!我任何时候都不离开你,任何地方都不离开你!"索尼雅大声叫道,"我跟着你走,跟随你到天涯海角!哎呀,天哪!……唉,我这个苦命人!……为什么,为什么我早不认识你!为什么你不早来?啊,天哪!"

"现在我不是来了。"

"现在！啊，现在怎么办呢！……咱们一块儿，一块儿！"她仿佛出神似的反复说，又拥抱他。"我同你一起去服苦役！"他仿佛突然怔了一下，在他的嘴角上勉强地浮现出和以前一样的、痛恨的和近乎傲慢的微笑。

"索尼雅，我也许还不想去服苦役。"他说。

索尼雅倏地把他打量了一下。

对这个不幸的人首次表示了热切的和痛苦的同情之后，那可怕的杀人的念头又使她吃了一惊。在他那改变了的语调里，她突然听出他就是杀人犯。她愕然把他打量了一下。她还什么都不知道，既不知道他为什么杀人，也不知道他怎样杀的，要达到什么目的。现在这一切问题一下子在她的脑海里闪现了一下。她又不相信了："他，他是凶手！这怎么可能呢？"

"这是怎么回事啊！我在哪儿呀！"她困惑地说，仿佛还没有清醒过来似的。"像您，像您这样的人……会干这样的事？……这是怎么回事啊！"

"嘿，还不是为了抢劫？索尼雅，别提啦！"他有点儿疲惫地甚至仿佛恼怒地回答道。

索尼雅仿佛惊呆了，忽然叫喊起来："你是挨过饿的！你……要帮助母亲，对吗？"

"不，索尼雅，不是，"他调转身去，低下了头，喃喃地说，"我没有饿到这个地步……我的确想帮助母亲，不过……不完全是这么回事……索尼雅，别叫我痛苦啦！"

索尼雅双手一拍："难道，难道这一切都是真实的么！天哪，这怎么是真实的呢！这谁能相信呢？……您怎么，怎么会把仅有的几个钱都送给人，可是又去杀人抢劫！啊！……"她突然叫起来，"您送给卡杰琳娜·伊凡诺夫娜的那些钱，那些钱……天哪，难道那些钱也是……"

"不，索尼雅，"他连忙打断她的话。"这些钱可不是那笔钱，你放心好了！这些钱是我母亲托一个商人汇寄给我的，那天我在生病收到了这些钱，当天就送给了……拉祖米兴亲眼看见的……钱是他代我收下的……这些钱是我的，是我自己的，确实是我的。"

索尼雅疑惑地听着他的话，竭力想弄个明白。

"可是那笔钱……不过，我甚至不知道，那里有没有钱，"他轻轻地补充说，仿佛在思索。"当时我从她的脖子上取下了一只钱袋，麂皮的……里面装得满满的、这样一个鼓鼓的钱袋……可我没有看过钱袋；我大概来不及看了……可是那些东西，一些什么扣子和链子——所有这一切东西和钱袋，第二天早晨，我都埋在Ｖ大街别人家的一个院子里，埋在一块石头底下……这一切东西现在还埋藏在那里……"

索尼雅聚精会神地听着。

"那么为什么呢……您这么说：想抢劫，可是您什么也没有拿？"她好比抓住了一根稻草赶忙问。

"我不知道……我还拿不定主意呢——这些钱拿还是不拿。"他喃喃地说，仿佛又在思索，但忽然清醒过来了，脸上倏地掠过一阵短促的冷笑。"唉，刚才我说了一大堆多么愚蠢的话啊！"

一个念头在索尼雅的脑海里闪过："他是不是疯了！"但她立刻就撇开了这个念头：不，这是另一回事。对这个她什么——什么也不懂呢！

"索尼雅，你可知道，"他忽然灵机一动，说："你可知道，我要告诉你什么：如果我只是因为肚子饿才杀人，"他强调着每个字眼，继续往下说，神秘地但真诚地望着她。"那我现在……就幸福了！你可要知道这一点！"

"这对你，对你有什么好处呢，"过了一会儿，他甚至悲痛绝望地叫喊起来，"要是我承认干了坏事，这对你有什么好处呢？你在这种对我毫无意义的胜利中能得到什么呢？哎，索尼雅，难道现在我是为了这个上你这儿来的！"

索尼雅又想说什么，可是她没有说出来。

"昨天我所以叫你跟我一块儿走，那是因为我只有你一个人了。"

"你叫我上哪儿去啊？"索尼雅胆怯地问。

"不是去偷，也不是去杀人，你放心好了，不是去干这种勾当，"他挖苦地冷笑一声，"咱们可不是同一类的人……索尼雅，你要知道，我现在才明白了，我此刻才明白了：昨天我叫你上哪儿去？其实，昨天我叫你一块儿走的时候，我自己也不知道上哪儿去。我叫你一块儿走只有一个理由，我来找你只是为了一件事：别离开我。索尼雅，你不离开我吧？"

她紧紧地握了一下他的手。

"我为什么、为什么告诉了她，我为什么坦白地告诉了她！"过了一会儿，他绝望地大声叫道，一边万分痛苦地望着她。"索尼雅，你现在等待着我解释，你坐着，等待着，这我知道；我对你说什么呢？要知道，这你是不能理解的，你只会为我……而伤心痛苦！你看，你在哭，你又拥抱我，——你为什么拥抱我？因为我自己受不了，所以我来把痛苦转嫁给别人，让你也受些痛苦，这样我就会轻松些！""你能爱这样一个卑鄙的家伙吗？"

"难道你也不感到痛苦吗？"索尼雅叫道。

那股感情又浪潮般地涌上了他的心头，又刹那间使他的心软下来了。

"索尼雅，我的心很毒辣，你要注意到这点：这可以说明许多问题。正因为我的心毒辣，我才来了。有一种人就不肯来。可我是个胆小鬼……一个卑鄙的东西！可是……别管这些！这一切都算不得什么……现在我该说出来，可我不知道从何谈起……"

他把话咽住了，沉思起来。

"哎——哎呀，咱们不是同一类的人！"他又叫喊起来，"咱们不相配。我为什么，为什么上你这儿来！我永远不能宽恕自己这样做！"

"不，不，你来得很好！"索尼雅大声叫道，"让我知道，这更好！要好得多！"

他痛苦地望着她。

"要是真是这样呢！"他说，仿佛想定了。"要知道，事情确是如此！我告诉你吧：我想做拿破仑，所以我才杀了……现在你懂了吗？"

"不——不，"索尼雅天真而胆怯地喃喃说。"不过……你说吧，你说吧！我会懂的，一切我自己会懂的！"她央求他。

"你会懂吗？好吧，咱们等着瞧吧！"

他不说话了，考虑了很久。

"问题就在于：有一次我向自己提出了这样一个问题：如果，比方说，拿破仑处于我的地位，他既没有土伦，又没有埃及，也没有越过勃朗峰①来开创自己的事业。他不干这一切壮丽的和伟大的事业，却只找到了一个可笑的老太婆，十四等文官的太太，而且他还得把她杀死，为的是要从她的衣箱里拿走钱（为了事业，你懂吗？），如果舍此别无他途，那么他会下决

---

① 在1796年至1797年法意战争中，拿破仑曾率大军越过勃朗峰进入意大利西北境内。

心干这种勾当吗？因为这件事情太不伟大，而……而且有罪，他会不会退缩呢？让我告诉你吧，为了这个'问题'，很久以来，我伤透了脑筋。所以，当我终于领悟到了（不知怎么的突然领悟到了），他不但不会退缩，而且想也想不到这不是伟大的……因此我感到十分惭愧……他甚至不会理解：为什么要退缩？只要他没有别的路子，他就会不假思索地把她掐死，不让她叫喊一声！……嗯，我也……不假思索……把她掐死了……学这个权威的榜样嘛……事情确实是如此！你觉得可笑吗？是的，索尼雅，最可笑的是，事情也许正是这样……"

索尼雅一点儿也不觉得可笑。

"您最好直截了当地告诉我……不要举例子。"她更胆怯地、几乎含糊地请求说。

他向她转过身去，悲怆地望着她，抓住了她的手。"索尼雅，你又说得对。要知道，这些都是胡说，简直是空谈！你要明白：你不是知道，家母差不多一无所有。妹妹侥幸受了些教育，命运安排她当家庭教师。我是她们唯一的希望。我念过大学，可我无力维持自己念完大学，只好暂时辍学。即便能够拖下去，十年或十二年后（如果情况好转了），我也只能希望当个教员或官吏，领一千卢布的年俸……（他说得好像在背书。）到那时候母亲会因操劳和悲痛而变得枯瘦憔悴的，而我还是不能使她安定，而妹妹呢……嗯，妹妹的遭遇可能更惨！……谁能一辈子对一切事情视若无睹，漠然置之，忘记母亲，譬如，甘心情愿地眼看妹妹受人侮辱？为了什么呢？是不是为了埋葬了她们以后，再去养活别人——妻子和孩子，而以后又没有留给他们一文钱一片面包？嗯……嗯，所以我决心要拿到老太婆的钱，作为我头几年的生活费，不让母亲受苦，维持自己念完大学和充作大学毕业后实行第一步计划的费用，——大干一番，以便开辟新的前程，走上新的独立的道路……嗯……嗯，就是这么回事……当然啰，我杀了老太婆，——这我做得不对……哎，够了！"

他没有力气地勉强把话说完，便低下头去。

"哎呀，这不对，这不对，"索尼雅苦恼地扬声说。"哪能干这种事……不，事情绝不是这样，绝不是这样！"

"你认为不是这样么！……可我说的是心里话，是实话！"

"这算是什么样的实话呀！天哪！"

"我不过杀了一只虱子。索尼雅，杀了一只不中用的、讨厌的、有害的虱子。"

"人是虱子！"

"我也知道人不是虱子。"他回答道，用奇怪的目光望着她，"索尼雅，可我在胡言乱语，"他补了一句，"我早已胡言乱语了……事情不是这样，这你说得对；完完全全是由于另一些原因！……我已经好久没跟人谈话了，索尼雅……现在我头痛得很厉害。"

他的眼睛里冒着火，像在发热。他几乎说起胡话来了；焦急不安的微笑在他的嘴边徜徉。从兴奋的状态中，透露出极度的疲乏。索尼雅的心里明白，他是多么痛苦呀。她也头晕起来。他说得这么奇怪：有些话好像是可以理解的，可是……"可是怎么可能呢！怎么可能呢！唉，天哪！"她在悲观绝望中绞着手。

"不，索尼雅，这不是那么回事！"他又开腔了，忽然抬起头来，仿佛思路突如其来的转变使他猛吃一惊，并且又使他振奋起来。"这不是那么回事！你最好……认为，（对！这样当真更好些！）认为我自尊心很强，爱妒忌，毒辣，卑鄙，报复心重；嗯……也许还有点儿精神错乱。（让我一下子都说出来吧！我知道，他们以前说过我发了疯！）我刚才对你说过，我无力维持自己念完大学。你可知道，或许我也能够维持？母亲寄些钱来去缴学费，我自己挣些钱来买靴子、衣服和缴付伙食费;完全可能的!教书工作是可以找到的;人家每小时愿意出半个卢布。拉祖米兴不是在工作嘛!可是我脾气大,不愿干。正是脾气大(这个词儿很恰当!)。那时我像只蜘蛛躲在角落里。你不是上我的斗室里去过,看见过……索尼雅,你可知道低矮的天花板和窄小的屋子会束缚人的心灵和智慧。啊,我多么讨厌这间斗室!可我还是不肯离开它。我有意不离开它!我几天不离开屋子一步,也不想工作,连饭也不想吃,老是躺着。娜斯塔西雅端来了——我就吃些,她不端来——就一天不吃东西;我心里恼恨得故意不向她要!夜里不点火,躺在黑暗里,我不肯去挣些钱来买支蜡烛。应该读些书,可我把书都卖了;现在我的桌子上、笔记本上和练习簿上都封满了灰尘,有一个指头厚呢。我最喜欢躺着想心事。我老是胡思乱想……我老是做梦,做各种各样的怪梦,什么样的梦,不必说了!可我那时才开始感觉到……不,这不是那么回事!我又说得不对头了,你要知道,那时我老是自问:我为什么这么蠢,如果别人都很蠢,而我既然确实知道他们都很蠢,那我为什么不聪明些呢?索尼雅,后来我知道了,如果等到所有的人都变得聪明,那要等太久……后来我又知道永远不会有这样的事,人是不会改变的,也没有人能够改变他们,不值得耗费精力!是的,就是这样!索尼雅,这是他们的规律……规律!就是这样!……现在我知道,谁智力强精神旺,谁就是他们的统治者。谁胆大妄为,谁就被认为是对的。谁对许多事情抱蔑视态度,谁就是立法者。谁比所有的人更胆大妄为,谁就比所有的人更正确!自古以来就是如此,将来也永远会如此!只有瞎子才看不清!"

拉斯柯尔尼科夫说这些话的时候,眼睛虽然看着索尼雅,但是已经不管她懂不懂了。热病完全攫住了他。他是在悲观的兴奋中。(真的,他不跟人谈话实在太久了!)索尼雅明白了,这个可怕的信念就是他的信仰和法则。

"我这才领悟了,索尼雅,"他非常兴奋地接着说下去,"权力只给予敢于俯身去拾取的人。这只需要一个条件,仅仅一个条件:只要胆大妄为!于是我想出了一个念头,一辈子还是头一遭,在我之前,从来没有一个人想出过这个念头!谁也没有想出过!我忽然看得像白昼一样清楚:过去从来没有一个人敢于,而现在也没有一个人敢于鄙视这一切荒谬的东西,敢于把这一切东西扔掉,让它们见鬼去吧!我……想显示这种魄力,所以我杀了……我只是想显示这种魄力,索尼雅,这就是全部原因!"

"啊,别说啦,别说啦!"索尼雅双手一拍,叫喊起来。"您离开了上帝,上帝惩罚了您,把您交给了魔鬼!……"

(选自岳麟译《罪与罚》。上海译文出版社1996年版)

作品内容提问

1. 当拉斯柯尔尼科夫问"你不离开我吗"的话之后,索尼雅的回答是什么?
2. 索尼雅让拉斯柯尔尼科夫不要举例子、直截了当地告诉她的事儿是什么?
3. 据拉斯柯尔尼科夫自己说,他杀人的目的是什么?
4. 经过谈话后,索尼雅终于知道了拉斯柯尔尼科夫有什么样的信念和法则?
5. 引文最后的一句话是谁说的?说了句什么话?

导读

费奥多尔·米哈伊洛维奇·陀思妥耶夫斯基(1821—1881),俄国小说家。出生在莫斯科,彼得堡军事工程学院毕业后踏上文坛,1846年发表处女作《穷人》,而后完成中篇小说《双重人格》、《女房东》和《白夜》等显示出心理分析的才能。1849年,受空想社会主义学说影响,参与彼得堡拉舍夫斯基小组的活动,被判苦役和流放西伯利亚10年,受尽精神和肉体的折磨,世界观发生变化。获释后的过渡性作品有:《舅舅的梦》、《斯捷潘奇科沃村及其居民》、《被欺凌与被侮辱的》和《死屋手记》。1860—1870年代,办过刊物《时报》和《时代》,出国旅行后写过《冬天记的夏日印象》等作品。中篇小说《地下室手记》是其创作社会哲理小说的初步尝试。而后创作的《罪与罚》等5部长篇小说给作家带来了世界声誉。《白痴》通过娜斯塔西娅和梅什金等形象,揭示了金钱势力的渗透导致道德感情沦丧、家庭纽带断裂、美被亵渎和毁灭。《群魔》表现出作家对人类精神悲剧的深沉忧思。《少年》触及了"偶合家庭"的主题。《卡拉马佐夫兄弟》提出了一系列社会的和哲学的问题,深刻反映了导致人格分裂和精神变态的时代悲剧。其间,还陆续发表了一组体裁新颖的《作家日记》。陀思妥耶夫斯基的小说对人生哲理的思考和人性内涵的发掘相当深刻,对生活在暗无天日的社会中人们的疯狂和绝望的变态心理的刻画更是入木三分。小说情节充满了内在的紧张性。

《罪与罚》真实地展示了19世纪中叶俄国城市贫民的悲惨境遇,并通过主人公拉斯柯尔尼科夫触及了更深层次的主题。这是具有双重人格的形象:既是一个心地善良、乐于助人的穷大学生,一个有天赋的、有正义感的青年;同时又病态孤僻,"有时甚至冷漠无情、麻木不仁到了毫无人性的地步"。主人公根据自己对现实的观察和思考,创造了一种"理论":人可以分为"不平凡的人"和"平凡的人"两类。前者为了达到目的,可以为所欲为;后者是平庸的芸芸众生,是前者的工具。小说真实地揭示了拉斯柯尔尼科夫的"理论"的内核,这种理论尽管是对社会不公的一种抗议,但却是无政府主义的抗议。它不仅不能使主人公获得梦寐以求的穷人的生存权,反而肯定了少数人奴役和掠夺他人的权利。小说写出了这种"理论"破产的必然性,指出了它的极端个人主义的实质。作品选段清晰地表现了主人公通过犯罪来测试理论后的悲剧,并显示:一个人如果无视传统和社会准则,就会导致道德的堕落和精神的崩溃。最高的审判不是法庭的审判,而是道德的审判;最严厉的惩罚不是苦役的惩罚,而是良心的惩罚。不过,作者对这一"理论"的批判始终停留在伦理道德和宗教思想的基点上,把主人公的犯罪行为归结为是他抛弃了对上帝的信仰,并为他安排的一条"新生"之路,实际上就是与现实妥协的道路,也就是"索尼雅的道路"。作者把索尼雅看作人类苦难的象征,并在她身上体现了通过苦难净化灵魂的思想。

《罪与罚》选段显示了作家"刻画人的心灵深处的奥秘"的巨大才华。小说中由主人公双重人格构成的结构中心对总体布局起了重要的制约作用。拉斯柯尔尼科夫不断地动摇在对自己的"理论"的肯定与否定之间。犯罪前,前者渐占上风;犯罪后,两者呈紧张的相持状态;在残酷的现实和道德惩罚面前,主人公终于否定了自己的"理论"。主人公的心理冲突与小说中的哲学和伦理道德问题的探索,与"无路可走"的苦难基调的形成都有着内在的联系。小说跌宕起伏,场面转换快,场景推移迅速,主要的情节进程只用了十二天时间。此外,作品中主人公的自我意识大大加强,这就使在一般小说中由作者叙述的客观现象更多地转入了主人公的视野,使通常的作者叙述成为了主人公的叙述和对话的内容,由此作为创作主体的作者意识相对地变成了客体,而以往的客体则在某种程度上成了有独立意识的主体。这种艺术上的创新具有十分深远的意义。

这段选文集中地展示了拉斯柯尔尼科夫在索尼雅的追问下,逐渐认识和剖析自己犯罪原因的过程,最终揭示出了拉斯柯尔尼科夫所信奉的"超人哲学"是他杀人的根本原因,同时也揭示出了他内心痛苦的原因所在。索尼雅则代表着一种基督救赎精神,而救赎的方式则是放弃犯罪理论,犯罪的人自己承担罪责,在像基督那样在苦难中获得精神的"升华"。在艺术上,选文也体现了陀思妥耶夫斯基的创作特点(人物性格的双重性表现、对话的激烈性展示和作者主观情感的强烈表达等)。

25 列夫·托尔斯泰《舞会之后》

"你们说,人自己无法分清什么是好,什么是坏,问题全在于环境,是环境摆布人。可我认为问题全在于机遇。好哇,就拿我自己经历的一件事来说吧……"

我们谈到,一个人要做到完美无缺,先得改变生活的环境。这时,受大家尊敬的伊凡·华西里耶维奇就说了上面这段话。其实谁也没有说过人自己无法分清什么是好,什么是坏,但伊凡·华西里耶维奇有个习惯,总喜欢解释自己在谈话中产生的想法,顺便讲讲他生活里的一些事。他讲得一来劲,往往忘记为什么要讲这些事,而且总是讲得很诚恳,很真实。

这次也是如此。

"就拿我自己的事来说吧。我这辈子这样过而不是那样过,并非由于环境,完全是由于别的原因。"

"由于什么原因?"我们问。

"这事说来话长。要让你们明白,不是三言两语讲得清的。"

"噢,那您就给我们讲一讲吧。"

伊凡·华西里耶维奇想了想,摇摇头说:"是啊,一个晚上,或者说一个早晨,就使我这辈子的生活变了样。"

"到底出了什么事?"

"是这么一回事:我那时正热恋着一个姑娘。我恋爱过好多次,但要数这次爱的最热烈。事情早就过去了,如今她的几个女儿也都已经出嫁了。她叫……华莲卡……"伊凡·华西里耶维奇说出她的名字。"直到五十岁还是个极其出色的美人。不过,在她年轻的时候,在她十八岁的时候,就更迷人了:修长、苗条、秀丽、端庄——实在是端庄。她总是微微昂起头,身子挺得笔直,仿佛只能保持这样的姿态。这种姿态配上美丽的脸蛋和苗条的身材——她并不丰满,甚至可以说有点瘦削——就使她显得仪态万方。要不是从她的嘴唇,从她那双亮晶晶的迷人的眼睛,从她那青春洋溢的可爱的全身,都流露出亲切而永远快乐的微笑,恐怕没有人敢接近她。"

"伊凡·华西里耶维奇讲起来真是绘声绘色,生动极了。"

"再绘声绘色也无法使你们想象她是个怎样的美人。但问题不在这里。我要讲的是四十年代的事。当时我在一所外省大学念书。那所大学里没有任何小组,也不谈任何理论——我不知道这是好事还是坏事。我们都很年轻,过着青年人特有的生活:念书,作乐。我当时是个快乐活泼的小伙子,家里又有钱。我有一匹烈性的遛蹄马,常常陪小姐们上山滑雪（当时溜冰还没流行），跟同学一起饮酒作乐（当时我们只喝香槟，没有钱就什么也不喝，可不像现在这样连伏特加都喝）。不过，我的主要兴趣是参加晚会和舞会。我舞跳得很好，人也长得不难看。"

"得啦，您也别太谦虚了，"在座的一位女士插嘴说，"我们早就从银版照相上看到过您了。您不但不难看，而且还是个美男子呢。"

"美男子就美男子吧，问题不在这里。问题是，正当我跟她热恋的时候，在谢肉节最后一天，我参加了本城首席贵族家的一次舞会。他是位和蔼可亲的老头儿，十分有钱，又很好客，还是宫廷侍从官。他的夫人同样心地善良，待人亲切。她穿着深咖啡色丝绒连衣裙，戴着钻石头饰，袒露着她那衰老虚胖的白肩膀和胸脯，就像画像上的伊丽莎白女皇那样①。这次舞会非常精彩：富丽堂皇的舞厅，有音乐池座，一个酷爱音乐的地主的农奴乐队演奏着音乐，还有丰美的菜肴和满溢的香槟。虽然我也喜欢香槟，但那天没有喝，因为我就是不喝酒也在爱情里沉醉了。不过，舞我跳得很多，跳得都快累倒了：一会儿卡德里尔舞，一会儿华尔兹，一会儿波尔卡，自然总是尽可能跟华莲卡一起跳。她穿着雪白的连衣裙，束着玫瑰红腰带，手戴长达瘦小臂肘的白羊皮手套，脚穿白缎便鞋。跳玛祖卡舞的时候，有人抢在我前头，那个可恶之至的工程师阿尼西莫夫一见她进来，就请她跳舞。我至今还不能原谅他。我那时上理发店买手套②来晚了一步。结果玛祖卡舞我没能跟华莲卡跳，而跟一位德国小姐跳——我以前也向她献过殷勤。不过那天晚上我对华莲卡很不礼貌：我没有跟她说过一句话，没有瞧过她一眼，我只看见那穿白衣裳、束红腰带的苗条身影，只看见那有两个小酒窝的绯红脸蛋和那双妩媚可爱的眼睛。其实不光是我，不论男的还是女的，人人都在欣赏她，尽管她使所有在场的女人都黯然失色。谁也忍不住不欣赏她啊。

"照规矩，玛祖卡我是不应该跟她跳的，而实际上我一直在跟她跳。她穿过整个舞厅，落落大方地向我走来。我不待她邀请，就连忙站起来。她嫣然一笑，以酬谢我的机灵。我们两个男舞伴③被带到她跟前，她没有猜中我的代号④，只得把手伸给另一个男人。她松松瘦小的肩膀，向我微微一笑，表示歉意和慰问。玛祖卡中间插进华尔兹，我就跟她跳了好多圈。她跳得上气不接下气，但还是笑眯眯地对我说'再来一次'。我就一次又一次地同她跳，但一点也没有感觉到自己的身体。"

"嘿，怎么会不感到身体？您搂住她的腰，一定会感觉到自己的身体和她的身体。"一个客人说。

伊凡·华西里耶维奇顿时脸涨得通红，气冲冲地喝道："哼，你们现在这些年轻人哪，你们心中只有一个肉体。我们那个时候可不同，我爱她爱得越热烈，就越不注意她的肉体。如今你们只看到大腿、脚踝和别的什么，你们恨不得把所爱的女人脱个精光。可我就像优秀作家阿尔封斯·卡尔⑤说的那样，我的爱人永远穿着青铜衣服。我们不是把人家的衣服脱光，而是像挪亚的好儿子⑥那样把赤裸的身子遮起来。哼，算了吧，反正你们不会懂的……"

---

① 伊丽莎白·彼得罗夫娜，俄国女皇，1741年至1761年在位。
② 当时俄国理发店兼卖手套、领带之类的东西。
③ 指两个同时邀她跳舞的男人。
④ 每个男舞伴都自定一个代号，两个人同时由第三者介绍给一个女舞伴请她猜代号，被猜中的就可以和她跳舞。
⑤ 阿尔封斯·卡尔(1808—1890)——法国作家。
⑥ 典出《旧约·创世纪》第九章：挪亚有一次喝醉酒，光着身子睡着了，他的儿子闪和雅弗就给他盖上衣服。

"别理他,后来怎么样?"我们中间有人说。

"好。我就这样多半和她跳,也没注意时间是怎么过去的。乐师们都已筋疲力尽——舞会快到结束时总是这样的,——反复演奏着同一支玛祖卡舞曲,客厅里的老先生和老太太都已离开牌桌,等着吃晚饭,男仆们端着饭菜来回奔走。时间已是半夜两点多了,必须抓紧利用最后几分钟时间,我又一次选定了她。我们在舞厅里都转了百来次了。

"'吃过晚饭还跟我跳卡德里尔舞吗?'我领她入席时问。

"'当然,只要家里不叫我回去。'她含笑说。

"'我不放你走。'我说。

"'把扇子还给我。'她说。

"'我舍不得还。'我说着把那把普通的白羽毛扇子还给她。

"'那就给您这个,省得您舍不得。'她从扇子上拔下一根羽毛送给我,说。

"我接过羽毛,只能用目光来表示我的喜悦和感激。我不仅觉得快乐和满足,也感到幸福和陶醉。我心里充满善良的感情,我不是原来的我,而是一个只能行善、不知有恶的圣人。我把羽毛藏进手套里,呆呆地站在她旁边,再也离不开她。

"'您瞧,他们在请爸爸跳舞呢。'她对我说,指指她那个体格魁伟、带银色上校肩章的父亲。他跟女主人和另外几位太太站在门口。

"'华莲卡,过来!'戴钻石头饰、袒露着伊丽莎白女皇似的肩膀的女主人大声叫道。

"华莲卡向门口走去,我跟在她后面。"

"'好姑娘,劝您爸爸跟您跳一次吧。喂,彼得·符拉迪斯拉维奇,请!'女主人对上校说。

"华莲卡的父亲是个体格魁梧、相貌端庄的老人。他容光焕发,脸色红润,留着两撇尼古拉一世式鬈曲的银白小胡子和跟小胡子连成一片的银白络腮胡子,两边鬓发向前梳。他那明亮的眼睛和嘴唇也像女儿一样流露出亲切愉快的微笑。他仪表堂堂。宽阔的胸脯像军人那样高高隆起,胸前挂着几枚勋章。他的肩膀强壮结实,两腿均匀修长。他是个尼古拉一世时代典型的军事长官。

"我们走到门口,老上校嘴里说他对跳舞早已荒疏,但还是笑眯眯的把左手伸到腰部,解下佩剑,把它交给一个殷勤的年轻人,右手戴上麂皮手套。'一切都得照规矩办。'他含笑说,抓住女儿的手,侧过身来等待着音乐的拍子。

"等玛祖卡舞曲一开始,他就敏捷地用一只脚跺了跺,再伸出另一只脚,魁伟的身子时而轻盈平稳,时而用靴子重重地跺了跺,两脚相碰,兴奋地在舞厅里旋转起来。华莲卡的优美身影在他的周围轻盈地漫舞,及时收缩和迈开她那穿着白缎鞋小脚的步子,轻松得没有一点声音。舞厅里人人注视着这对舞伴的每个动作。我呢,不仅欣赏他们灵巧的舞姿,简直感到心醉神迷。我特别喜欢他那双被裤脚带绷紧的上等牛皮靴。那不是时髦的尖头靴,而是老式平跟方头靴。这双靴子显然是部队鞋匠做的。我想'为了把女儿打扮得漂漂亮亮带进交际场,他就不买时髦的靴子而穿部队制的靴子。'我这样想着,对这双方头靴也就更有好感了。他的舞技原来一定很出色,如今人发胖了,虽然很想跳各种快速的优美步子,但两腿弹性不足。不过他还是麻利地跳了一圈。这时在场的人都热烈鼓掌。他有点费力地站起来,温柔而亲热地用双手抱住女儿的头,吻了吻她的前额,然后把她领到我跟前,以为我要跟她跳舞。我说,这会儿我不是她的舞伴。

"'噢,那也没关系,现在您就跟她跳吧。'他和蔼可亲地微笑着,把佩剑插到武装带里。

"瓶里的水只要倒出一滴,里面的水就会咕嘟咕嘟地冲出来,同样,我心里对华莲卡的爱也是我身上蕴藏着的全部爱一股脑儿倾泻出来。我就用我全部的爱拥抱着整个世界。我爱那戴着头饰、袒露着伊丽莎白式胸脯的女主人,我爱她的丈夫,我爱她的客人、她的仆人,甚至爱那个对我板着脸的工程师阿尼西莫夫。对于她的父亲,连同他日常穿的皮靴和像她女儿一样亲切的微笑,我则充满了一种热烈而温柔的感情。

"玛祖卡舞结束了,主人夫妇请客人入席,但老上校说他明天得早起,谢绝参加,接着就向主人告辞。我担心他会把女儿带走,幸亏她跟她母亲都留了下来。

"晚饭后,我跟她跳了她刚才答应跟我跳的卡德里尔舞。尽管我已感到无比幸福,可是我的幸福感还在不断地增长。我们只字不提爱情,我没有问她,也没有问我自己,她爱不爱我。只要我爱她,这就足够了。我担心的只是,别让人家破坏我的幸福。

"我回到家里,脱下衣服,打算睡觉,可是发觉根本没法睡。我手里拿着那片从她扇子上拔下的羽毛和她的一只手套。这只手套是我扶她母亲和她上车时,她送给我的。我望着这两样东西,不用闭上眼睛,就清清楚楚地看见了她:一会儿,她在挑选舞伴时猜我的代号,用亲切的声音问:"是不是'骄傲'?呃?"说着快乐地伸给我一只手;一会儿,她在餐桌上一小口一小口地呷着香槟,亲热地瞧着我。不过在我头脑里浮现的多半是她跟父亲跳舞的情景,她身子轻盈地在父亲周围打转,得意洋洋地瞧着赞赏的观众。我对这父女俩不禁都产生了亲切的感情。

"当时我跟后来故世的哥哥住在一起。我哥哥不喜欢社交活动,从不参加舞会。他正在准备考副博士,过着极其严肃的生活。那天他已睡了。我瞧瞧他那埋在枕头里、半被法兰绒毯子遮住的脑袋,不禁怜惜起他来了。我对他不能分享我所体会的幸福感到惋惜。服侍我们的农奴彼得鲁施卡擎着蜡烛出来迎接我。他要帮我脱衣服,可我叫他回去休息。我看到他那睡眼惺忪的模样和蓬乱的头发,心里很同情他。我踮着脚尖走进自己屋里,竭力不弄出声音,在床上坐下来。哦,我太幸福了,我没法睡。再说,我在炉子烧得很旺的屋里感到闷热,就没脱衣服,悄悄走到前厅,穿上外套,打开大门,走到街上。

"我四点多钟离开舞会,回到家里又坐了一会儿,大约有两个小时,所以我出门的时候,天已经亮了。那是在谢肉节,天气多雾,路上积雪渐渐融化,屋檐上滴着水。老上校住在城郊,靠近田野,田野的一头是所游乐场,另一头是女子中学。我穿过冷清的胡同来到大街上,我在大街上遇到一些行人,还有在薄雪地上运送木柴的雪橇。马匹套着光滑的车轭,有节奏地摇摆着湿漉漉的脑袋;车夫身披蓑衣,脚穿肥大的皮靴,在运货雪橇旁啪嗒啪嗒地走着;街两边的房屋在雾中显得格外高大——这一切在我看来都特别亲切,特别有意思。

"我来到他们住宅所在的田野上,看见游乐场附近有一大团黑糊糊的东西,还听到从那里传来的笛声和鼓声。我的心情一直很轻松愉快,耳边老是萦回着玛祖卡舞曲。但这会儿听到的却是另一种音乐,又粗野,又刺耳。

"'这是怎么回事?'我边想边沿着田野中被车马轧平的光滑道路往那里走去。我走了百来步,透过一片迷雾看出那里有许多黑糊糊的人影。显然是一群士兵。'大概是在上操'。我想,同时跟一个身穿油腻短皮袄和围裙、手里拿着一样东西走在前头的铁匠一起,往那里走去。穿黑军服的士兵分两行面对面持枪而立,一动不动。鼓手和吹笛子的站在他们背后,反复奏出粗野刺耳的旋律。

"'他们这是在干什么呀?'我问站在身边的铁匠。

"'对一个鞑靼逃兵执行夹棍刑。'铁匠望着士兵行列的尽头,愤愤地说。

"我也往那边望去,看见两行士兵中间有一样可怕的东西在向我逼近。原来是一个光着上身的人,两手分别被捆在两支步枪上,两个士兵握住枪的一端押着他走。旁边有一个穿军大衣、戴军帽、身材魁梧的人,我觉得有点面熟。犯人浑身痉挛,两脚沙沙地踩着融雪,身上挨着雨点般从两边打来的棍子,跟跟跄跄地向我走来,一会儿身子向后倒,于是两个用枪押着他的军士就把他往前推,一会儿身子向前栽,于是军士便把他往后拉,不让他栽倒。那个身材魁梧的军官步伐稳健,大摇大摆地紧紧跟在后面。原来就是那个脸色红润、留着银白色小胡子和络腮胡子的上校、华莲卡的父亲。

"犯人每挨一下棍子,仿佛很惊讶似的,把他那痛苦的起皱的脸转向棍子落下的那一边,露出雪白的牙齿,反复说着同一句话。直到他走得很近了,我才听清那句话。他不是在说,而是在呜咽'好兄弟,行行好吧! 好兄弟,行行好吧!'可是好兄弟并没有行行好。当这一伙人走到我跟前时,我看见对面一个士兵断然向前迈出一步,呼的一声挥动棍子,狠狠打在鞑靼人的背上。鞑靼人身子向前猛冲了一下,但被军士拉住。从另一边又打来同样的一棍,接着又是这边一棍那边一棍。上校在旁边走着,一会儿望望自己脚下,一会儿瞧瞧罪犯。他吸了一口气,鼓起两颊,撅着嘴唇,慢慢把气吐出来。当这伙人走到我旁边时,我从两行士兵中间瞥了一眼犯人的脊背。这是一块色彩斑斓、血肉模糊的奇形怪状的东西,我简直无法相信这是人的身体。

"'哦,天哪!'铁匠在我旁边说。

"这伙人渐渐远去,两边的夹棍仍不断落在浑身抽搐、步履踉跄的犯人身上,鼓声和笛声仍响个不停,身材魁梧、相貌堂堂的上校仍步伐稳健地在犯人旁边走着。突然,上校停住脚步,接着快步走到一个士兵跟前。

"'你这不是敷衍塞责吗? 哼,我要让你知道敷衍塞责的后果。'我听见他愤怒的吆喝声。

"我看见他举起戴麂皮手套的手,猛地给那被吓坏的个儿矮小、力气不大的士兵一下耳光,以惩罚他没有使劲往那鞑靼人紫红的脊背上打棍子。

"'拿几根新棍子来!'他一面叫,一面向四周环顾着,终于看见了我。他装作不认识我,恶狠狠、气冲冲地皱起眉头,迅速地转过脸去。我觉得羞愧难当,眼睛不知往哪里瞧才好,仿佛我犯了见不得人的大罪,被人揭穿了。我垂下眼睛,慌忙跑回家去。一路上我的耳朵里忽而响起鼓声和笛声,忽而传来'好兄弟,行行好吧!'忽而听到上校严厉的怒吼声'你这不是敷衍塞责吗?'我心里产生了一种近似恶心的感觉,不得不几次停下脚步。我觉得那个惊心动魄的场面在我内心造成的极度恐怖统统要呕出来。我不记得我是怎样回家和躺下的。可是一闭上眼睛,我又听到和看到那一切,于是连忙爬了起来。

"'他显然懂得一个我不懂得的道理,'我想到上校。'要是我也懂得他所懂得的那个道理,我就能理解我所看到的一切,也就不会觉得痛苦了。'但不管我怎样苦苦思索,还是无法懂得上校所懂得的道理。直到晚上我才睡着,而且是在朋友家喝得烂醉以后。

"哦,你们以为我当时就明确这是一桩坏事吗? 根本不是,我当时想:'既然他们干得那么认真,并且人人都认为必要,可见他们一定懂得一个我所不懂的道理。'我竭力想弄个明白。可是不管我怎样努力,都是徒然。就因为弄不明白,我无法进军界服务,当差也没有当成,我这人就像你们看到的那样,成了个废物。"

"嘿,我们可知道您是怎样的废物,"我们中间有个人说,"还不如说:要是没有您,这世界还会产生多少废物。"

"得了,这可是十足的胡说。"伊凡·华西里耶维奇十分恼恨地说。

"那么爱情呢?"我们问。

"爱情吗?爱情从那天起就一落千丈。当她像原来那样含笑沉思的时候,我立刻想起那天广场上的上校,心里就觉得别扭和不快。我和她见面的次数越来越少,爱情也就这样消失了。天下就有这样的事,它会彻底改变一个人的生活,改变他生活的方向。可你们还说……"他就这样结束了他的话。

一九〇三年八月二十日于雅斯纳雅·波良纳

(选自草婴译《托尔斯泰中短篇小说选》。上海译文出版社2011年版)

作品内容提问

1. 《舞会之后》是采用第几人称的手法写成的?
2. 一个客人对伊凡·华西里耶维奇说了一句什么话使他脸红了,气冲冲地喝道"你们现在这些年轻人哪,你们心中只有一个肉体"?
3. 华莲卡的父亲在舞会上和女儿跳完一曲舞后,把女儿领到了谁的面前?
4. 上校在喊"拿几根新的棍子来"时,回头看到了我,显出了什么样的表情?
5. 在小说结尾处,主人公伊凡·华西里耶维奇对华莲卡的爱情为什么消退了?

导读

列夫·尼古拉耶维奇·托尔斯泰(1828—1910),俄国作家。出身于贵族世家。在喀山大学就读期间,对卢梭的学说产生兴趣。在高加索入伍期间开始文学创作。处女作《童年》与后来写就的《少年》和《青年》构成了自传三部曲。克里米亚战争爆发后,在前线坚守一年,写出充满爱国主义精神的总名为《塞瓦斯托波尔故事》的特写。退役后回到家乡,曾为农民子弟办学。其间,两次出国,并完成《一个地主的早晨》、《卢塞恩》、《哥萨克》等小说。1869年完成的长篇小说《战争与和平》,对接近宫廷的上层贵族给予了揭露和批判,赞美了保留有淳厚古风的庄园贵族。安德烈和彼埃尔是探索型的青年贵族知识分子形象,娜塔莎体现了作家的生活理想。1877年完成的《安娜·卡列尼娜》在激烈动荡的时代氛围中展现了安娜的悲剧命运,探索型人物列文被称为"托尔斯泰式主人公"。1880年代初,托尔斯泰完成世界观激变,否定了贵族阶级的生活,站到了宗法农民的一边。但也形成了自己解决社会问题的独特主张,即"托尔斯泰主义"。1899年完成的《复活》显示了托尔斯泰"撕下一切假面具"的决心和彻底暴露旧世界的批判激情,但也集中体现了"道德自我完善"思想。男主人公聂赫留道夫对本阶级罪恶的忏悔,以及在忏悔过程中的矛盾、彷徨,概括了当时一部分进步的贵族知识分子的精神状态。晚年还创作有:剧本《黑暗的势力》,小说《伊凡·伊里奇之死》、《克莱采奏鸣曲》、《哈泽·穆拉特》和《舞会之后》等。晚年生活力求平民化,1910

年深秋离家出走,途中因病去世。

短篇小说《舞会之后》截取生活中的一个片断,通过高度典型化的处理,表现了极为严肃的主题。小说以伊凡·华西里耶维奇的恋爱故事为线索,真实地描写了沙俄军官对士兵惨无人道的虐待,撕下了贵族社会虚伪的假面,并进而把批判锋芒指向了反人民的专制制度。小说的主体部分是关于"一个夜晚"——舞会上和"一个早晨"——舞会后的场面描写。作品中"我"的情绪波动与画面的情景展示息息相关。作者首先重笔渲染了"一个夜晚"——舞会上充满诗意的热烈气氛。年轻的大学生伊凡·华西里耶维奇强烈地爱上了贵族小姐华莲卡。随之出现的华莲卡与她父亲的对舞,使舞会进入了真正的高潮:始终面带笑容、彬彬有礼的华莲卡的父亲,准确、自然、气度不凡的舞步,使人们油然产生敬意。作者通过伊凡的感受一再渲染了舞会的气氛,并把"可敬可亲"的华莲卡父亲的形象推向了画面中心。而后是关于"一个早晨"的描写。舞会结束以后,被幸福搅得难以入眠的伊凡走上了街头。这时,晨曦初露。随着"一种生硬的、不悦耳的音乐"的响起,小说的气氛急转直下,此刻进入伊凡视野的是一幅令人触目惊心的夹鞭刑的画面:身穿黑军服的士兵轮番毒打着从他们中间走过的一个鞑靼逃兵;挨打的士兵浑身痉挛,背上血肉模糊,而监督行刑的竟是"大摇大摆地"走在一旁的华莲卡的父亲。野蛮、粗鲁、残忍、虚伪——这一切与舞会上的那个仪表堂堂、笑容可掬的形象是如此的格格不入。这对于依然处在难以自禁的幸福幻觉中的伊凡来说,无疑是沉重的一击。美妙的幻觉烟消云散了,而幻觉破灭后的现实却犹如噩梦般的严酷。作者在这里有意把前后两个场景加以强烈对照,这种对照产生了异乎寻常的艺术效果。当夹鞭刑的场景出现后,舞会上的一切诗意的描写立刻显出了它的虚幻性,而前一场景的泼墨渲染更加重了后一场景令人窒息的氛围。在上流社会温柔动人的笑脸和彬彬有礼的风度后面,我们看到了受老爷们奴役的下层人民的血淋淋的现实世界。这两个富有典型意义的生活现象,通过作家在结构上的独到处理,形成了强烈的反差,生活现象本身深刻的社会意义和震撼人心的艺术力量就在这种不协调的对映场面中充分显示了出来。

大学生伊凡·华西里耶维奇的形象是作家思想的主要负荷者,又是俄国贵族青年的一种典型。作为上流社会的一员,伊凡按照贵族青年"特有的方式过生活,除了学习,就是玩乐"。但是伊凡又是一个正直善良的青年,受过启蒙思想的影响,同情受压迫者的不幸,痛恨上层统治者的虚伪和暴虐。当心造的幻觉破灭后,他既不愿为专制制度助纣为虐,又不了解真正的生活道路,最终成了一事无成的"独善其身"者。伊凡的一生是个悲剧,他对黑暗现实的不满反映了当时社会意识的某种觉醒,而他的消极反抗又表明这种不满始终没有越出阶级的和个人生活的局限。作品的尾声,作者以一种赞赏的口吻描写了这种不以暴力抗恶的消极态度,这在无形中削弱了小说的批判力度。

小说在艺术上(1)体现出了鲜明的对比描写。(2)在冷静的描写中体现出了强烈的批判性。(3)人物性格特点鲜明,和现实环境联系紧密。

知识链接

1. 托尔斯泰主义。主要指列夫·托尔斯泰作品中体现出来的解决社会问题的主张。主要内容是反对暴力革命,主张以"道德上的自我完善"和"勿以暴力抗恶"的"宗教博爱"的方法来解决社会矛盾。

2. 托尔斯泰式主人公。指的是托尔斯泰笔下塑造的、带有作家本人思想和道德探索痕迹的主人公形象。如《战争与和平》中的安德烈和彼埃尔、《安娜·卡列尼娜》中的列文、《复活》中的聂赫留道夫等。这些人物身上最基本的特点是,他们都不满意沙皇制度的黑暗和腐朽,试图在个人力所能及的范围内进行改革试验,在精神和道德领域探索社会的出路。结论是希望通过"爱的宗教"来实现自己的理想。

26 高尔基《伊则吉尔老婆子》

一

这些故事是我在比萨拉比亚的海岸上，靠近亚尔克曼①的一个地方听到的。

有一个晚上，我们做完了一天的采葡萄工作以后，那一群跟我在一块儿做工的摩尔达维亚人都到海边去了。我和伊则吉尔老婆子却留下来，我们躺在葡萄藤浓荫里的地上，默默地望着到海边去的人们的暗影渐渐融化在逐渐加深的夜色里面。

他们一边走，一边唱着，笑着。男人都有青铜色的脸和又浓又黑的胡髭，他们的浓密的鬈发一直垂到肩上；他们都穿扣领短上衣和宽大的裤子。妇人和少女都是又快乐又灵活，她们有深蓝色的眼睛，她们的脸也是青铜色的。她们的丝一样的黑发松松地垂在她们的背后，暖和的微风吹拂着它们，把那些结在发间的铜钱吹得叮当地响。风吹得像大股的均匀的波浪，可是有时候它仿佛在跳过什么看不见的障碍似的，一阵狂风把女人的头发高高地吹起来，成了奇形怪状的鬃毛，在她们的头上飘动。这给她们添了一种奇怪的、仙女似的样子。她们离我们越去越远；夜和幻想给她们披上了一身美丽的衣裳，使她们越来越美了。

有人在拉提琴……一个少女唱起了柔和的女低音。传来一阵一阵的笑声……

空气里渗透着海的有刺激性的盐味和太阳落山前刚刚给雨水滋润过的土地的油腻的蒸发气味。现在还有几片残云在天空飘浮，非常漂亮，而且形状和颜色都是极其怪诞的——有的是软软的，像一缕一缕的烟，有暗蓝色的，也有青灰色的；有的是凸凹不平，像断崖绝壁，有暗黑色的，也有棕色的。一片一片的深蓝色天空从这些云朵中间和善地露出脸来窥探，它们上面点缀了一颗一颗的金星。所有这一切——声音啦，气味啦，云啦，人啦——都显得是不可思议地美丽和忧郁，好像是一个奇妙的故事的开场一样。一切都像是让人把它的生长在中途阻止了，仿佛它快要死去似的。嘈杂的人声消失了，往远方逝去，变成了悲哀的叹息。

"你为什么不跟他们一块儿去呢？"伊则吉尔问我道，她朝着人们去的那个方向点一点头。

时间使她的身子弯成了两截；她那对曾经是乌黑的眼睛现在黯淡了，而且整天在流泪。她那干枯的声音听起来很奇怪；它轧轧地响着，好像这个老婆子在用骨头讲话似的。

---

① 比萨拉比亚的一个小城。

"我不想去,"我答道。

"哎!……你们俄罗斯人生下来就是老头子。你们全是像魔鬼那样地阴沉……我们的女孩子怕你……可是你年轻,强壮……"

月亮升起来了。月轮很大,而且血一样的红,它好像是从草原的子宫里出来的,这个草原当年曾经吞过那么多的人肉,喝过那么多的人血,大概就因为这个缘故变得极富饶,极肥腴了。月光把葡萄叶的花边形的影子投在我们的身上,我和老婆子都仿佛给盖上了一张网似的。在我们的左边,云的影子在草原上飘浮着;这些云片渗透着浅蓝色的月光,显得更光亮,更透明了。

"你瞧!腊拉来了!"

我朝老婆子用她那指头弯曲的颤抖的手所指的方向望过去,我看见一些黑影在那儿浮动,影子很多,其中有一个比其他的影子更暗更浓,而且动得更快,也更低——这是从一片离地面较近,而且动得较快的云上面落下来的影子。

"我看不见一个人,"我说。

"你的眼睛比我这个老婆子的还差!你瞧!在那边!那个黑黑的东西,正在草原上跑着的!"

我再看那边,除了影子以外我还是什么也看不见。

"这是影子!你为什么叫它做腊拉?"

"因为这就是他。他现在已经只是一个影子了!是该成影子的时候了!他已经活了几千年了;太阳晒干了他的身子、他的血同他的骨头,风又把它们像尘土似的吹散了。你瞧:上帝因为一个人的高傲就会这样地对付他!"

"告诉我这是怎么一回事!"我向老婆子央求道,这时候我已经在期待着一个在草原上编成的出色的故事了。

她给我讲了下面的这个故事。

"这是好几千年前的事了。在海的那一边,很远的,很远的,太阳出来的地方,有一个大河的国家,在那个国家里太阳可热得厉害,那儿的每一张树叶、每一片草叶都投射出够给一个人遮蔽日光的影子。

"可见那个国家的土地是多么的富饶!

"在那儿有一族强悍的人,他们靠畜牧为生,并且把他们的力气同勇气消耗在打猎上面,打过猎以后,他们便设宴庆祝,大家唱歌,并且跟女孩子调情。

"有一回在他们的宴会当中,一只鹰从天空飞下来,把一个像夜一样柔和的黑头发的女孩子抓走了。男人们拔出箭来向鹰射去,那些可怜的箭都落回在地上。他们跑到各处去找那个女孩子,却始终找不到她。他们渐渐地忘了她,就跟人忘掉世界上的一切事情一样。"

老婆子叹一口气,她不响了。她那刺耳的声音好像是那一切给人忘记了的时代变成回忆的影子在她胸中复活起来,现在在这儿哀诉一样。海轻轻地给这个古老传说的开场白伴奏着(这一类的传说也许就是在这个海岸上创造出来的)。

"可是过了二十年,她自己回来了,已经成了衰弱、憔悴的女人。她带来一个年轻人,强壮而漂亮,就像她在二十年以前的那个样子。他们问她这些年中间她在什么地方,她说鹰把她带到深山去,她跟他一块儿住在那儿做他的妻子。这个年轻人便是他的儿子;父亲已经死了。他看见自己一天一天地衰老了,便最后一次高高地飞到天空去,然后收起翅膀让自己从空中摔下来,重重地跌在峻峭的山岩上撞死了……

"众人惊奇地望着鹰的儿子,他们看出来他跟他们中间并没有什么差别,只除了他的眼睛是冷冷的,高傲的,跟那个百鸟之王的眼睛倒很相像。他们对他讲话,他高兴就回答,否则便一声不响;族里的长辈们过来对他讲话,他把他们看作平辈一样地回答他们。这使他们很不高兴,他们说他是一根箭头还没有削尖也没有装上羽毛的箭,他们告诉他,成千的像他这样年纪的人以及成千的年纪比他大一倍的人都尊敬他们,服从他们。可是他却大胆地望着他们,回答道,世界上并没有一个跟他相等的人,要是大家都尊敬他们,他也不愿意这样干。啊!……这时候他们真的生气了,他们气冲冲地说:

"'我们中间没有他的地方!他高兴上哪儿去,就让他上哪儿去。'

"他大笑,便到他高兴去的地方去——到那个一直出神地望着他的美丽的少女那儿去;他走到她跟前,搂住她。她的父亲就是刚才训斥过他的那些长辈中间的一位。虽然他很漂亮,可是她把他推开了,因为她害怕她的父亲。她把他推开,自己走开了;可是他打她,等她倒在地上的时候,他又拿脚踏在她的胸口上,踏得那么厉害,从她的嘴里喷出鲜血朝天空溅去。这个少女喘一口气,像蛇一样地扭动一下,就死了。

"所有在场看见这件事情的人都惊呆了,——一个女人让人这样地杀死在他们的面前,这还是第一次。他们默默地站了许久,他们一会儿望着那个少女,她躺在那儿,眼睛睁开,满口是血,他们一会儿望着她旁边那个年轻人,他一个人站在那儿,高傲地面对着大家——他不肯埋下头,好像他要他们来处罚他似的。后来他们清醒过来了,想好了主意,捉住他,把他绑起来,放在那儿;因为他们觉得,马上就杀死他,未免太简单了,这不会使他们满意的。"

夜色在生长,在加浓,夜充满了奇异的、轻柔的声音。草原上金花鼠凄凉地吱吱叫着,葡萄藤的绿叶丛中响起了蟋蟀的玻璃一样的颤声;树叶在叹息,在窃窃地私语;一轮血红色的满月现在变成苍白色了,它离地越高,就显得越苍白,而且越来越多地把大量的浅蓝色暗雾倾注在草原上……

"他们聚在一块儿,要想出一个足以抵偿他的大罪的刑罚……有人建议用几匹马把他分尸,然而他们觉得这个太温和了。有人主张每一个人射他一箭射死他,但是这也让人反对掉了。有人提议把他绑在火柱上活活地烧死,可是烟雾会叫人看不见他的痛苦。意见已经提得很多,却始终找不到一个可以叫大家满意的来。他的母亲跪在他们的面前,一声不响,她找不到眼泪同语言来哀求他们宽恕她的儿子。他们谈了很久,最后一位贤人想了好一会儿,便说道:

"'让我们来问问他为什么要做这件事!'

"他们这样问了他。他说:

"'先给我松绑!你们绑住我,我是不说的!'

"他们给他松了绑以后,他反倒问他们:

"'你们要什么?'他对他们发问好像把他们当做他的奴隶一样……

"'已经对你讲过了,'贤人答道。

"'为什么我要向你们解释我的行为呢?'

"'为着我们可以了解你。你这个高傲的人,你听着!反正你要死了……你让我们了解你所做的事情吧。我们还要活下去,我们能够多知道一些我们现在还没有知道的事,对我们会有好处。……'

"'好吧,我说,虽然也许连我自己还不十分明白先前发生的那件事情。我杀死她,因为我觉得——她好像在推开我……我却要她。'

"'可是她不是你的人呀!'他们对他说。

"'那么你们使用的就都是你们自己的东西吗?我明明看见每一个人就只有言语和手、脚是他自己的……可是他们却有牛羊、女人、土地……还有许多别的东西。'

"对他这个问题,他们回答他说,一个人占用任何一件东西,都是用他自己作代价换来的:譬如用他的智慧,他的力气,有时候甚至用他的生命。可是他说,他要保持一个完整的自己,不愿意分一点给别人。

"他们跟他争论了很久,后来终于看出来他把自己看做世界上的第一个人,而且除了他自己以外,他什么都不放在眼里。他们明白他给他自己安排了怎样孤独的命运的时候,他们觉得可怕极了。他没有种族,没有母亲,没有牲畜,没有妻子,而且他也不要这些。

"他们看到了这一点,便又讨论究竟用什么样的方法处罚他。可是这一次他们谈得并不久,那个贤人听了他们的意见以后,便出来说:

"'等着!刑罚已经有了。一个很可怕的刑罚。你们想一千年也想不出这个来!他的刑罚就在他自己身上!放他去吧,让他自由。这就是他的刑罚!'

"就在这个时候发生了一件神奇的事情。无云的天空中忽然响起一声霹雳。天上的神明同意了贤人的话。在场的人全躬身行礼,随后便散去了。然而这个年轻人(他现在得到了'腊拉'这个名字,这是'被抛弃','被放逐'的意思。)却望着那些把他抛在这儿的人高声大笑,他笑着,他现在是孤单单的一个人了,他是自由的,跟他的父亲完全一样。不过他的父亲并不是人……他却是一个人,现在他开始过起鸟一样的自由生活来了。他时常跑到那一族人住的地方去,抢走他们的牲畜和女孩子——以及一切他要的东西。人们用箭射他,可是箭头射不进他的身体,因为有一层最高刑罚的无形的外皮保护着他。他动作敏捷,贪得无厌,又强壮,又残酷,可是他始终没有跟人面对面地遇到过。人们只有在远处看到他。他就这样孤独地在人群附近荡来荡去,一直荡了好久,好久,——已经不止一个十年了。可是有一回他走近了人们,等到他们向他冲上来的时候,他却站住不动,连一点儿自卫的动作也没有。有一个人猜到了他的心思,便大声嚷起来:'不要挨他!他想死!'

"大家全站住不动了,他们都不愿意减轻这个对他们做过许多恶的人的厄运,都不愿意杀死他。他们就站在旁边,笑他。他听到这些笑声,浑身抖起来,伸出两只手抓他自己的胸口,在胸口上找寻什么东西。他忽然拿起一块石头,向人们冲过去。他们避开他的攻击,却不还手打他;等到他疲乏了发出一声痛苦的哀号倒在地上的时候,人们退在一边,望着他。他站起来,拿起那把他们先前争斗的时候从一个人手里落下来的刀,朝他自己的胸口刺进去。可是刀折断了,好像它砍在一块坚硬的石头上一样。他又倒在地上,拿脑袋去撞地,撞了好久,可是地只是在退让,他的脑袋撞到哪里,哪里便留下一个洞。

"'他不能够死!'人们高兴地嚷着。

"他们丢下他走开了。他朝天躺着,看见一些雄壮的鹰像黑点似地高高地在天空飞翔。他的眼睛里充满着痛苦,多到可以毒死全世界的人。从那个时候起他就在等待死——永远是孤独的,永远是自由的。他一直在飘来荡去,到处都去过了。……你瞧,他已经变成影子一样的了,而且他会永远是这样的。他不懂得人的话,也不懂得人的动作,他什么也不懂。他只是在找寻,飘来荡去……他不知道生,死也不欢迎他。人们中间没有他的地方了。……

啊,一个人因为自己的高傲就受到这样的惩罚!"

老婆子叹了一口气,不响了,她那个垂在胸前的头奇怪地摇了几下。

我望着她。我觉得这个老婆子给睡魔征服了。不知道为什么,我非常可怜起她来。她的故事的结尾的一段是用一种庄严的、警告的声音说出来的,可是这里面仍旧有畏怯的、带奴性的调子。

海岸上有人唱起歌来了,唱得很奇怪。起初听见的是女中音,它唱了一支歌子的前两三节,然后另一个声音又把这支歌子从头唱起,而同时第一个声音仍旧继续领头唱着……于是第三个,第四个,第五个声音又照这样的次序一个跟一个地从头唱起。突然间一个男声合唱队又把这同样的歌子从头唱起来。

每一个女人的声音都是可以跟别的声音很清楚地分别出来的,它们像是五颜六色的溪水从上面什么地方流下来,流过一些阶梯形的山坡,带跳带唱地流进那个涌上来迎接它们的深沉的男声的浪涛里,它们沉在浪涛中,又从那里面跳出来,把它盖过了,然后它们,清澈而有力,一个接连一个高高地升腾起来。

海浪的喧响在这歌声的掩盖下再也听不见了。

二

"你在别的什么地方听见过这样的歌唱吗?"伊则吉尔抬起头来,张开她那没有牙齿的嘴笑问道。

"我没有听见过。我从来没有听见过……"

"你不会听到的。我们爱唱歌。只有美的人才能够唱得好——我说的美的人,就是爱生活的人。我们爱生活。你瞧,难道在那儿唱歌的那些人做完一天的工作以后就不会疲倦吗?他们从太阳出一直做到太阳落,可是一到月亮出来,他们就已经在——唱歌了!那些不会生活的人就会去睡觉的。那些喜欢生活的人就——唱歌。"

"可是健康……"我开口说。

"我们都有可以活下去的足够的健康。健康!倘使你有钱,难道你就不花掉它?健康就是金子一样的东西。你知道我年轻时候做过些什么事情吗?我织地毯从太阳出织到太阳落,差不多就不站起来。我那个时候就像太阳光那样地活泼,可是我却不得不整天在家坐着,像石头一样地一动也不动。坐得我全身的骨头都发痛了。可是一到夜晚,我就跑到我爱的人那儿去,跟他接吻。我的爱情还没断的时候,我就这样一直跑了三个月;在那个时期我每夜都在他那儿。你瞧,我一直活到了现在——我的血不是足够了吗!我不知道爱过了多少!我不知道受过了多少吻,也吻过了多少!……"

我看她的脸。她那对黑眼睛黯淡无光,连她的回忆也不曾使它们发亮。月光照亮了她那干枯的、破裂的嘴唇,她那长满了灰白色柔毛的尖下巴,和她那猫头鹰嘴一样的弯曲的、满是皱纹的鼻子。她的脸颊现在是两个黑洞,有一个洞里面还搁着一缕灰白色头发,那是从她头上缠的红布底下掉出来的。她的脸,她的颈项和她的手全都皱了,而且只要她动一下,我就担心这干枯的皮肤会裂成碎片,在我面前就只有一副赤裸裸的骷髅和它那两只黯淡无光的黑眼睛了。

她又用她那刺耳的破声讲下去:

"我跟我母亲一块儿住在发尔玛附近,就在贝尔拉特河的岸上;他第一次到我们田庄上来的时候,我才只十五岁。他是高个子,身子灵活,长着乌黑的胡髭,他又是个多快活的人!他坐在一只小船里,朝我们窗口大声嚷着:'喂!你们有酒吗?……有什么给我吃的东西吗?'我向窗外看,我的眼光穿过梣树桠枝看见在月光下发蓝色的河面。他穿着白衬衫,束一根宽腰带,带子头松松地垂在腰间,他站在那儿,一只脚踏在船里,另一只脚踩在岸上,身子摇摇晃晃,一面在唱什么歌。他瞧见我,便说:'一个这样标致的美人儿住在这儿!……我以前怎么不知道!'好像除了我以外所有的美人儿他都知道似的。我给了他一点儿酒和煮好的猪肉……四天以后我已经把我自己完全给了他了。我们常常在夜里一块儿划船。他划着小船来,像金花鼠似的小声吹口哨。我就像鱼似地从窗口跳到河里去。随后我们就划起船走了……他是普鲁特河上的渔人,后来母亲知道了一切,打了我一顿。他拚命劝我跟他一块儿到多布鲁察①去,然后再走远点到多瑙河口。可是那个时候我已经不喜欢他了——他只会唱歌,接吻,就再没有别的!我已经感到厌烦了。当时有一群古楚尔人②漂流到了这一带地方来,他们在这儿也有一些情人……现在那些女孩子要好好地快活一下了。她们里面有一个在等待,等待她那个喀尔巴阡③的年轻人,她担心他已经给关在牢里,不然就在什么地方跟人打架给杀死了——突然间他一个人,或者同两三个朋友一块儿来了,好像是从天上掉下来似的。他带给她多丰富的礼物——他们的一切东西全来得可容易啦!——他常常在她的家里请客,对他的朋友们夸奖她。这使她非常高兴。我的一个女朋友也有个古楚尔的情人,我求她让我见见那些古楚尔人……她叫什么名字?我已经忘记了……我现在开始把什么都忘记了。这是很久以前的事情,全忘记了!她给我介绍了一个年轻人。是个漂亮的家伙……他是个红头发的人,他的胡髭和鬈发全是红的!真是个火一样的脑袋!可是他老带着忧愁的样子。有时候他也很温柔,不过有的时候他却像一匹野兽似的叫吼,跟人打架。有一回他打了我的脸……我就像猫一样地扑到他身上去,用牙齿咬他的脸蛋……从那个时候起他那边脸蛋上就有了一个酒窝,而且他喜欢让我亲这个酒窝……"

　　"那个渔人到哪儿去了呢?"我问道。

　　"那个渔人吗?啊……他……他加进那一群古楚尔人里面去了。起初他老是求我,而且威胁我,说要把我丢到水里去,可是后来也就没有什么了,他加进那一群人里面,并且找到了另外一个女孩子……他们两个人——那个渔人和那个古楚尔人,一块儿给人绞死了。我去看过他们给人绞死的情形。这是在多布鲁察。渔人上绞架的时候脸色惨白,而且一路上哭哭啼啼,可是那个古楚尔人却从从容容地抽着烟斗。他一边走一边抽烟,两只手插在他的口袋里面,他的两撇胡髭一撇搭在他的肩膀上,另一撇在他的胸前摇来晃去。他见了我,把烟斗从嘴上取开,大声说了一句:'再见!'……我为他整整伤心了一年。唉!……这件事情发生的时候,他们正要动身回自己的家乡喀尔巴阡去。他们参加一个罗马尼亚人家里的送行会,就在那儿给人抓住了。只抓到了两个人,有几个人给杀死了,其余的全逃走了……不过后来那个罗马尼亚人也偿还了这笔债……庄子给烧掉了,磨坊和全部粮食都烧光了。他变成一个乞丐了。"

---

① 在今保加利亚境内。
② 住在喀尔巴阡的乌克兰山民,以骁勇善战著称。
③ 喀尔巴阡山是中欧的山脉。

"这是你干的吗?"我顺口问道。

"古楚尔人的朋友多着呢,并不单是我一个……只要是他们的好朋友,就会祭奠他们……"

海岸上的歌声已经停止了,现在只有海浪的喧响给老婆子的声音伴奏——那种忧郁的、骚动不息的喧响正是这个骚动不息的生活的故事最好的伴奏。夜越来越柔和了,它给浅蓝色的月光照得越发亮了,它那些看不见的居民①的忙碌生活的含糊不清的声音也渐渐地消失,给逐渐增大的海浪声掩盖了……因为风紧起来了。

"我还爱过一个土耳其人。我在斯库塔里②他的内院③里住过。我住了整整一个星期——还不坏……不过我觉得厌烦了……——就只有女人,女人……他有八个女人……整天家只是吃啦,睡啦,讲些无聊话啦……不然就吵架啦,叽哩呱啦,跟一群母鸡一样……这个土耳其人已经不年轻了。他的头发差不多全白了,他却很神气,也很有钱,讲起话来像主教一样……他有一对乌黑的眼睛……它们对直地看着你……一直看到了你灵魂里面。他很喜欢祷告。我是在布加勒斯特第一次看见他的……他在市场里走来走去,活像一位沙皇,样子很威严,很威严。我对他笑了笑。就在这天晚上我在街上给人抓走,送到他那儿去了。他是个贩卖檀香和棕榈的商人,到布加勒斯特来买东西的。'你到我那儿去吗?'他问我。'啊,对,我去!''好!'我就去了。这个土耳其人,他很有钱。他已经有一个儿子了——一个黑黑的小孩子,很灵活。他大约有十六岁。我带着他一块儿又离开那个土耳其人逃走了……我逃到保加利亚,逃到隆·帕兰加……在那儿一个保加利亚女人拿刀子在我的胸口上刺了一刀,是为了她的未婚夫,或者是为了她的丈夫的缘故,我已经记不得了。

"我在修道院里病了很久。这是一所女修道院。一个波兰女子看护我,她有一个兄弟,是一个修士,他常常从另一个修道院(我记得它是在阿尔采尔·帕兰加的附近)来看她……那个人老是像蛆一样地在我面前扭来扭去……等到我的身体好了起来,我就跟他一块儿……到他的波兰去了。"

"等一下!那个小土耳其人到哪儿去了呢?"

"那个小孩子吗?他死了,那个小孩子。我不知道他是为了想家,还是为了爱情,可是他憔悴下去了,好像一棵还没有长结实就受到太多阳光的小树那样……他就这样地枯萎了……我还记得,他躺在那儿,浑身发青,而且透明,好像是一块冰似的,可是爱情仍旧在他的心里燃烧。……他老是求我弯下身子去吻他……我爱他,我记得,我吻了他不知多少次……后来他已经完全不行了——差不多不能动了。他躺在床上,像一个乞丐哀求施舍那样,可怜地求我睡在他身边,使他的身体暖和。我睡下去。我刚睡到他身边……他马上浑身发烧。有一回我醒过来,可是他已经冷了……死了……我哭了他一场。谁能说呢?也许就是我把他害死的。那时候我的年纪已经比他大一倍。而且我是那么壮,又是精力饱满……可是他是什么呢?一个小孩子啊!……"

她叹了一口气,而且——我第一次看见她这样做——在胸前画了三次十字,她那干瘪的嘴唇在喃喃地念着什么。

---

① 大约指金花鼠和蟋蟀之类的小生物。
② 土耳其故都君士坦丁堡郊外的工商业区,那儿还有漂亮的花园。
③ 土耳其等国的宫院或大户人家的女眷的住房。

"啊,那么你动身到波兰去了……"我提醒她道。

"是……跟着那个小波兰人去的。这个人又可笑,又下贱。他需要女人的时候,他就像雄猫那样来跟我亲热,说许多甜蜜蜜的话;可是他不要我的时候,他就用鞭子一样的话抽我。有一回我们正在河边走着,他对我说了一句傲慢无礼的话。啊!啊!……我生气了!我像柏油似地滚热了!我像抱小孩似地把他抱在手里(他的身材本来就矮小),朝上举起来,我使劲捏紧他的腰,弄得他的脸完全变青了。我这样转了一下,就把他从岸上丢到河里去了。他嚷着,很可笑地嚷着。我从上面看他,他不停地在水里挣扎。随后我就走开了。以后我也就没有再见到他。这倒是我的运气:我从来没有再碰到那些我爱过的人。像这样碰见是不好的,就跟碰见了死人一样。"

老婆子不讲话了,她在叹气。我想像那几个因她而复活起来的人。这儿是那个生着火一样的红头发、留着胡髭的古楚尔人,他从容地抽着烟斗走上绞架。他的眼睛多半是冷冷的、蓝色的,它们对任何人、任何东西都用一种坚定的、集中的眼光在看。那儿,站在他旁边的就是那个生着黑胡髭的普鲁特河的渔人;他在哭,他不愿意死,他的脸因为临死前的痛苦变成了惨白色,脸上那对本来是快乐的眼睛现在也显得黯淡无光,他的胡髭给眼泪打湿了,悲惨地搭在他那扭歪了的嘴角上。这儿是他,那个上了年纪的神气十足的土耳其人,他一定是定命论者,又是专制的暴君,他的儿子就在他的旁边,这是给接吻毒死了的一朵又苍白、又柔嫩的东方的花。那儿又是那个自高自大的波兰人,多情而残忍,会讲话却又冷酷……他们都只是些模糊的影子,然而他们所吻过的这个女人现在正坐在我旁边,她还活着,可是时间把她快消耗光了,她没有肉体,也没有血,心里失掉了欲望,眼睛里没有火——也差不多是一个影子了。

她继续讲下去:

"我在波兰的生活艰难起来了。住在那儿的人是冷酷的,虚伪的。我不懂得他们那种蛇的语言。他们全咝来咝去①。……究竟咝些什么呢?一定是上帝因为他们虚伪才给了他们这种语言。那时候我到处飘荡,不知道去哪儿好,我看见他们在准备反抗你们俄罗斯人的暴动②。我一直走到波黑尼亚城。一个犹太人把我买了去,他不是为他自己买的,他是拿我的身体去做生意的。我同意了这个办法。一个人要生活,总得会做点事情。我什么事也不会做,所以我就得拿自己的身子去抵偿。不过当时我还这样想:要是我弄到一点儿钱够我回到伯尔拉德河上自己家去的话,那么不管我身上的链子怎样坚牢,我也要挣断它。我就在那儿住下了。有钱的老爷们常常到我这儿来,在我这儿摆宴请客。他们花了很多的钱。他们常常因为我打架,甚至倾家荡产。他们里面有一个人缠了我很久,你瞧,他就是这样地做法:有一天他到我这儿来,后面跟着一个听差,提了一个袋子。老爷拿过袋子,把袋子里的东西朝我的脑袋上倒下来。一个个的金钱敲着我的脑袋,我很高兴听它们落在地上的声音。然而我还是把那个老爷赶走了。他有一张浮肿的胖脸,他的肚皮就像是一个大枕头。他看起来活像一口喂饱了的猪。是的,我把他赶走了,虽然他告诉我,他卖掉了所有他的田地、房屋和马匹,来把金钱撒在我的身上。我那个时候爱上了一个脸上有伤疤的很体面的老爷。他的脸上有好多道刀疤,这都是他不久以前帮忙希腊人跟土耳其人打仗的时候,让土耳其人砍

---

① "咝咝"形容蛇叫声。
② 指1863年波兰人反抗帝俄统治的起义。

伤的。就是这么一个人！……他是个波兰人,希腊人跟他有什么关系呢？可是他去了,他跟他们一块儿打他们的敌人。他给刀砍伤了,打掉了一只眼睛,左手上也砍掉了两根指头……他是个波兰人,希腊人跟他有什么关系呢？原来是这么一回事:他喜欢英雄豪杰的行为。要是一个人喜欢英雄豪杰的行为,他总可以做出这种事来,而且也会找到可以做这种事的地方。你知道吧,生活里总有让人做出英雄行为的地方。凡是找不到这种地方的人要不是懒虫便是胆小鬼,不然就是他们不懂得生活,因为凡是懂得生活的人,都想死后在生活里留下自己的影子。那么生活才不会把人不留一点儿痕迹地吞光了……啊,那个脸上有伤疤的人真正是个好人！为了做一件事情,就是走到天涯地角他也甘心。我想他大概是在暴动中给你们的人杀了的。可是为什么你们去打马扎尔人①呢？哦,哦,你不用讲什么！……"

伊则吉尔老婆子吩咐我不要讲话,她自己忽然也不作声了,她在思索。

"我也认得一个马扎尔人。有一天他离开我走了,这是冬天的事,一直到春天雪化了的时候他才给人找着了,他躺在田上,脑袋给子弹射穿了。原来就是这样！你瞧,爱情杀死的人并不比瘟疫杀死的少;要是你计算一下,我相信一点儿也不少……我正在讲什么？讲波兰……是的,我在那边玩了我最后一次的把戏。我遇见了一个波兰小贵族……他真漂亮！就跟魔鬼一样。我那个时候已经老了,唉,老了！我不是有四十岁吗？大概是这样的……而且他还很骄傲,他给我们女人惯坏了。不错……我在他身上很花了些功夫。他想马上把我弄到手,可是我不肯。我从来没有做过奴隶,什么人的奴隶也没有做过。并且我已经跟那个犹太人完事了,我给了他很多的钱……我已经住在克拉科夫了。那个时候我什么都有,马啦,金子啦,听差啦。……他到我那儿来,那个骄傲的魔鬼,他老是想着我自己投到他的怀抱里去。我跟他吵架……我记得我甚至于为这件事情憔悴了。这种情形拖延了很久……可是我终于胜利了:他跪下来求我……然而他把我弄到手以后,马上就扔掉了……那个时候我才明白我老了……啊,这对我可不是愉快的事情！真不是愉快的事情！……你知道,我爱他这个魔鬼……可是他呢,他遇见我的时候总是笑我……他真下贱！而且他也在别人那儿笑我,我知道的。我对你说,这叫我苦透了！可是他就在离我很近的地方,而且我仍旧高兴看见他。到后来他出去跟你们俄罗斯人打仗的时候,我真难过极了。我努力管住自己,可是总没有办法……我便决定去找他。他在华沙附近的树林里。

"可是等我到了那儿以后,我才知道他们已经给你们的人打败了……他也给人抓住了,就关在一个没有多远的村子里。

"我暗中在想:这样看来,我不会再见到他了！可是我很想再见他一面。所以,我就设法去见他……我装扮成一个讨饭女人,假装瘸一条腿,脸也给包起来,我就这样到那个村子里去。到处都是哥萨克人和军人。……我费了很大的气力才走到那儿！我打听出来波兰人给关在什么地方,同时我也明白要到那儿去是很困难的。可是我得去一趟。夜里我爬到他们在的那个地方去。我经过一个菜园,正在畦沟中间爬着,却突然看见:一个哨兵站在那儿拦住了我的路……可是我已经听见波兰人在唱歌,在高声讲话了。他们唱的是一首……赞美圣母的歌……那个人也在那儿唱……我那个阿尔卡德克。我想到从前是人家爬着来求我……现在却轮到我像蛇一样在地上爬着找一个男人,而且也许还是爬着去送死,不由得我不伤心。哨兵已经听见了我的声音,他弯着身子走过来。啊,我怎么办呢？我从地上站起

---

① 匈牙利人自称为马扎尔人。

来,向他走过去。我身边没有刀子,除了一双手和一根舌头,我什么也没有。我后悔没有带一把刀子来。我小声说:'等一下!'可是那个兵已经拿他的枪刺对准我的喉咙了。我小声对他说:'不要刺我,等一下,听我说,倘使你有灵魂的话。我没有什么东西可以给你,不过我求你……'他把枪放低,也是小声地对我说:'走开,你这个女人!走开!你要什么?'我告诉他,我的儿子给关在这儿……'你明白吗,老总,——儿子!你也是什么人的儿子,对不对?那么请你看我一眼——我也有一个像你这样的儿子,他就在那儿!让我去见见他吧,也许他很快就要死了……也许你明天就会给人杀死的……你的母亲会哭你吗?你要是不看见她,不看见你母亲就死掉,你不会难过吗?所以我的儿子也会难过。你可怜可怜你自己,也可怜可怜他,还有我——一个母亲啊!……'

"唉,我跟他讲了多么久的话!天下着雨,我们都给淋得一身湿透了。刮起风来,而且叫吼得厉害,它一会儿吹打我的背,一会儿吹打我的胸口。我摇晃不定地站在这个石头一样的兵的面前……然而他总是说'不!'每一回我听到他这个冷冰冰的'不'字,我心里那种想看见阿尔卡德克的欲望倒越发强烈了。我一边讲话,一边用眼睛打量那个兵——他又瘦又小,而且在咳嗽。我倒在他面前的地上,抱住他的膝头,不住地用热烈的话求他,我把他推倒在地上。他倒在污泥里。我连忙把他翻过身去脸朝着地,把他的脑袋按在一个泥水塘里,不要他叫出声来。他并不叫,只是拼命地在挣扎,竭力想把我从他的背上弄开。我拿两只手用力把他的脑袋在泥水里按得更深些。他就给闷死了。……这个时候我就朝那座有波兰人歌声的仓库跑过去。'阿尔卡德克!……'我从墙壁缝里小声说。这些波兰人,他们的耳朵很尖。他们听见我的话,就不唱了。现在他的眼睛正对着我的眼睛了。我小声问道:'你能够从这儿出来吗?'他说:'能够,从地板下面!'我说:'那么就出来吧。'他们四个人就从仓库底下爬出来了:我的阿尔卡德克和三个别的人。'哨兵在哪儿?'阿尔卡德克问道。我说:'他躺在那边!……'他们把身子朝地上弯下去,静悄悄地、静悄悄地走着。雨下大了,风大声地叫吼。我们走出村子,默默地沿着树林走了好久。我们走得很快。阿尔卡德克握住我的手;他的手很热,而且在打颤。啊!……他一声不响地跟我在一块儿走着的时候,我觉得真好。这是最后的几分钟——我那贪得无厌的一生里最后几分钟的好时间了。可是我们走出来到了一个草地上,就站住了。他们四个人全向我道谢。喔,他们对我讲了好久的我不大明白的话,而且讲了那么多。我一边听着,一边望着我那位老爷。瞧着他怎样对待我。他把我抱住了,郑重地对我说……他的话我已经记不得了,不过他的意思是这样:现在他为了感谢我搭救他的恩德,他要爱我了……他跪在我的面前带笑地对我说:'我的女王!'就是这样虚伪的狗!……哼,我就用脚踢他,本来我想踢他的脸,可是他躲开了,他一下子跳了起来。他站在我面前,脸色惨白,并且带着威胁的神气……那三个人站在旁边,也板起脸看我。大家都不讲话。我望着他们……我还记得,那个时候,我只觉得非常的厌恶,而且一种倦怠的感觉重重地压在我的身上……我对他们说:'你们走吧!'他们这些狗还问我:'你要回到哪儿去,向他们指出我们的去路吗?'他们就这样下贱!哼,他们到底还是走了。随后我也走了……第二天我就让你们的人抓住了。可是不久他们就放了我。那时候我就看出来我已经到了应当给自己造个窝的时候了,像布谷鸟①那样的生活我过得够了!我已经变得不灵活了,我的翅膀也没有气力了,我的羽毛也失掉光彩了……不错,到了时候了,到了时候了!随

---

① 伊则吉尔说她从前没有定居在一个地方,就像布谷鸟春来秋去一样。

后我就到加里西亚去,从那儿又到了多布罗加。我已经在这儿住了将近三十年了。我有一个丈夫,是摩尔达维亚人;他在一年前死掉了。我还活着!我一个人活着……不,不是一个人,我是跟那些人在一块儿。"

老婆子向海边挥了挥手。在那边现在一切声音都没有了。偶尔也飘起来一个短短的、隐隐约约的声音,但是它马上又消逝了。

"他们很爱我。我给他们讲了许多各种各样的故事。这倒是他们需要的东西。他们大家都还很年轻……我觉得跟他们在一块儿也很好。我一边看一边想:我从前就是这个样子……不过在当时,在我那个时候人们有更多的气力和更多的热情,所以生活也更快乐,更好……是的!……"

她不响了。我在她的身边,突然感到了悲哀。她把头一摇一摆地打起瞌睡来了,同时她小声地在念着什么……好像在做祷告似的。

从海上升起来一朵云——又黑又浓,而且外形险峻,看起来好像是山脊一样。它正向草原上爬过去。在它移动的时候,有几片小云从它的顶上离开了,它们急急地走在它的前面,把星子一颗一颗地弄灭了。海大声吼着。在离我们没有多远的葡萄藤里,有人在接吻,在小声讲话,在叹息。远远地在草原上响起了一只狗的叫声……空气里有一种搔人鼻孔的古怪气味,刺激着人的神经。云投下很多浓密的影子到地上来,它们在地上爬着,爬着,一会儿不见了,一会儿又现出来……在月亮的位置上只有一个朦胧的乳白色的点子,有时候连这个也让一朵暗蓝色的云完全遮住了。草原现在变得又黑又可怕,好像隐藏着什么东西在里面似的,在这草原的远处,闪亮着一粒一粒的蓝色小火花。它们一会儿在这儿,一会儿在那儿,亮了一下,马上又灭了。好像有几个人散在草原上,彼此隔得远远的,他们点着火柴在那儿找寻什么东西,火柴刚点燃,马上又让风吹灭了。这些奇怪的蓝色的火舌头使人想到一种不可思议的东西。

"你看见火星吗?"伊则吉尔问我道。

"什么,你说那些蓝色的吗?"我指着草原对她说。

"蓝色的?不错,就是它们……那么它们还是在飞了!哦,哦!我已经再看不见它们了。现在我有好多东西都看不见了。"

"这些火星是从哪儿来的?"我问老婆子道。

我从前听见人讲过一点这些火星的来源,可是我却想听听伊则吉尔老婆子对这个怎样地讲法。

"这些火星是从丹柯的燃烧的心里发出来的。从前在世界上有一颗心,它有一天发出火来了……这些火星就是从那儿来的。我现在把这个讲给你听……这也是一个古老的故事……古老的,完全古老的!你瞧,古时候一共有多少东西?……可是现在,像那样的东西连一个也没有——像古时候那样的伟大的行为啦,人物啦,故事啦,全没有……为什么呢?……哼,你说吧!你说不出的……你知道些什么呢?你们这班年轻人知道些什么呢?唉!……要是你们好好地去看看古时候,——那么你们所有的谜都找到解答了……可是你们不去看,所以你们就不懂得怎样生活了……难道我没有见过生活吗?啊,我全见过的,虽然我的眼睛不好!我看见人们并不在生活,却只是在想法填饱肚子,盘算来,盘算去,并且把一生的光阴全花在这上面。等到他们发觉一切有一点儿价值的东西全弄光了,他们白白地活了一辈子的时候,他们就悲叹起自己的命运来了。命运跟这个有什么相干?各人决定各人自己的命运!各种各样的人我现在都见过了,就只没有见到强壮的人!他们在哪儿呢?……美的人也是一天一天地少起来了。"

老婆子在沉思了,她在想:那些强的、美的人躲到哪儿去了呢?她一边想,一边凝望着黑暗的草原,好像在那儿找寻一个回答似的。

我在等待她的故事,我一声不响,我害怕,要是我问她一句话,她又会岔到一边去了。

后来她又讲起故事来。

三

"古时候地面上就只有一族人,他们周围三面都是走不完的浓密的树林,第四面便是草原。这是一些快乐的、勇敢的、坚强的人。可是有一回困难的时期到了:不知道从什么地方来了一些别的种族,把他们赶到林子的深处去了。那儿很阴暗而且多泥沼,因为林子太古老了,树枝密密层层地缠结在一块儿,遮盖了天空,太阳光也不容易穿过浓密的树叶,射到沼地上。然而要是太阳光落在泥沼的水面上,就会有一股恶臭升起来,人们就会因此接连地死去。这个时候妻子、小孩们伤心痛哭,父亲们静默沉思,他们让悲哀压倒了。他们明白,他们要想活命就得走出这个林子,这只有两条路可走:一条路是往后退,可是那边有又强又狠的敌人;另一条路是朝前走,可是那儿又有巨人一样的大树挡着路,它们那些有力的树枝紧紧地抱在一块儿,它们那些虬曲的树根牢牢地生在沼地的黏泥里。这些石头一样的大树白天不响也不动地立在灰暗中,夜晚人们燃起篝火的时候,它们更紧地挤在人们的四周。不论是白天或夜晚,在那些人的周围总有一个坚固的黑暗的圈子,它好像就想压碎他们似的,然而他们原是习惯了草原的广阔天地的人。更可怕的是风吹过树梢、整个林子发出低沉的响声、好像在威胁那些人,并且给他们唱葬歌的那个时候。然而他们究竟是些坚强的人,他们还能跟那班曾经战胜过他们的人拼死地打一仗,不过他们是不能够战死的,因为他们还有应当保存的传统,要是他们给人杀死了,他们的传统也就跟他们一块儿消灭了。所以他们在长夜里,在树林的低沉的喧响下面,泥沼的有毒的恶臭中间,坐着想来想去。他们坐在那儿,篝火的影子在他们的四周跳着一种无声的舞蹈,这好像不是影子在跳舞,而是树林和泥沼的恶鬼在庆祝胜利……人们老是坐着在想。可是任何一桩事情——不论是工作也好,女人也好,都不会像愁思那样厉害地使人身心疲乏。人们给思想弄得衰弱了……恐惧在他们中间产生了,绑住了他们的强壮的手,恐怖是由女人产生的,她们伤心地哭着那些给恶臭杀死的人的尸首和那些给恐惧抓住了的活人的命运,这样就产生了恐怖。林子里开始听见胆小的话了,起初还是胆怯的、小声的,可是以后却越来越响了……他们已经准备到敌人那儿去,把他们的自由献给敌人;大家都给死吓坏了,已经没有一个人害怕奴隶的生活了……然而正是在这个时候出现了丹柯,他一个人把大家全搭救了。"

老婆子分明是常常在讲丹柯的燃烧的心。她讲得很好听,她那刺耳的嗓音在我面前很清楚地绘出了树林的喧响,在这树林中间那些不幸的、精疲力竭的人给沼地的毒气害得快死了……

"丹柯是那些人中间一个年轻的美男子。美的人总是勇敢的。他对他的朋友们这样说:

"'你们不能够用思想移开路上的石头。什么事都不做的人不会得到什么结果的。为什么我们要把我们的气力浪费在思想上、悲伤上呢？起来，我们到林子里去，我们要穿过林子，林子是有尽头的,世界上的一切都是有尽头的！我们走！喂！嘿！……'

"他们望着他，看出来他是他们中间最好的一个，因为在他的眼睛里闪亮着很多的力量同烈火。

"'你领导我们吧！'他们说。

"于是他就领导他们……"

老婆子闭了嘴，望着草原，在那边黑暗越来越浓了。从丹柯的燃烧的心里发出来的小火星时时在远远的什么地方闪亮，好像是一些开了一会儿就谢的虚无缥缈的蓝花。

"丹柯领着他们。大家和谐地跟着他走——他们相信他。这条路是很难走的。四周是一片黑暗，他们每一步都碰见泥沼张开它那龌龊的、贪吃的大口，把人吞下去，树木像一面牢固的墙拦住他们的路，树枝纠缠在一块儿；树根像蛇一样地朝四面八方伸出去。每一步路都要那些人花掉很多的汗和很多的血。他们走了很久……树林越来越密，气力越来越小！人们开始抱怨起丹柯来，说他年轻没有经验，不会把他们领到哪儿去的。可是他还在他们的前面走着，他快乐而安详。

"可是有一回在林子的上空来了大雷雨，树木凶恶地、威胁地低声讲起话来。林子显得非常黑，好像自从它长出来以后世界上所有过的黑夜全集中在这儿了。这些渺小的人在那种吓人的雷电声里，在那些巨大的树木中间走着；他们向前走，那些摇摇晃晃的巨人一样的大树发出轧轧的响声，并且哼着愤怒的歌子，闪电在林子的顶上飞舞，用它那寒冷的青光把林子照亮了一下，可是马上又隐去了，来去是一样地快，好像它们出现来吓人似的。树木给闪电的寒光照亮了，它们好像活起来了，在那些正从黑暗的监禁中逃出来的人的四周，伸出它们的满是疙瘩的长手，结成一个密密的网，要把他们挡住一样。并且仿佛有一种可怕的、黑暗的、寒冷的东西正从树枝的黑暗中望着那些走路的人。这条路的确是很难走的，人们给弄得疲乏透顶，勇气全失了。可是他们不好意思承认自己的软弱，所以他们就把怨恨出在正在他们前面走着的丹柯的身上。他们开始抱怨他不能够好好地领导他们——啊，具有这样的事！

"他们站住了，又倦又气，在树林的胜利的喧响下面，在颤抖着的黑暗中间，开始审问起丹柯来。

"他们说：'你对我们只是个无足轻重的、有害的人！你领导我们，把我们弄得筋疲力尽，因此你就该死！'

"'你们说：领导我们！我才来领导的！'丹柯挺起胸膛对他们大声说。'我有领导的勇气，所以我来领导你们！可是你们呢？你们做了什么对你们自己有益的事情呢？你们只是走，你们却不能保持你们的力气走更长的路！你们只是走，走，像一群绵羊一样！'

"可是这些话反倒使他们更生气了。

"'你该死！你该死！'他们大声嚷着。

"树林一直不停地发出低沉的声音，来响应他们的叫嚷，电光把黑暗撕成了碎片。丹柯望着那些人，那些为着他们的缘故他受够了苦的人，他看见他们现在跟野兽完全一样。许多人把他围住，可是他们的脸上没有一点高贵的表情，他不能够期望从他们那儿得到宽恕。于是怒火在他的心中燃起来，不过又因为怜悯人们的缘故灭了。他爱那些人，而且他以为，他们没有他也许就会灭亡。所以他的心又发出了愿望的火：他愿意搭救他们，把他们领到一条容易走的路上去,于是在他的眼睛里亮起来那种强烈的火的光芒……可是他们看见这个,以为他发了脾气所以眼睛燃烧得这么亮,他们便警戒起来,就像一群狼似的,等着他来攻击他们;他们把他包围得更紧了,为着更容易捉住丹柯,弄死他。可是他已经明白了他们的心思,因此他的心燃烧得更厉害了,因为他们的这种心思使他产生了苦恼。

"然而树林一直在唱它那阴郁的歌,雷声隆隆地响起来,大雨下来了……

"'我还能够为这些人做什么呢?'丹柯的叫声比雷声更大。

"忽然他用手抓开了自己的胸膛,从那儿拿出他自己的心来,把它高高地举在头上。

"他的心燃烧得跟太阳一样亮,而且比太阳更亮,整个树林完全静下去了,林子给这个伟大的人类爱的火炬照得透亮;黑暗躲开它的光芒逃跑了,逃到林子的深处去,就在那儿,黑暗颤抖着跌进沼地的龌龊的大口里去了。人们全吓呆了,好像变成了石头一样。

"'我们走吧!'丹柯嚷着,高高地举起他那颗燃烧的心,给人们照亮道路,自己领头向前奔去。

"他们像着了魔似地跟着他冲去。这个时候树林又发出了响声,吃惊地摇动着树顶,可是它的喧响让那些奔跑的人的脚步声盖过了。众人勇敢地跑着,而且跑得很快。他们都让燃烧的心的奇异景象吸引住了。现在也有人死亡,不过死的时候没有抱怨,也没有眼泪。可是丹柯一直在前面走,他的心也一直在燃烧,燃烧!

"树林忽然在他们前面分开了,分开了,等到他们走过以后,它又合拢起来,还是又密又静的;丹柯和所有的人都浸在雨水洗干净了的新鲜空气和阳光的海洋里。在那边,在他们的后面,在村子的上空,还有雷雨,——可是在这儿太阳发出了灿烂的光辉,草原一起一伏,好像在呼吸一样,草叶带着一颗一颗钻石一样的雨珠在闪亮,河面上泛着金光……黄昏来了,河上映着落日的霞光,显得鲜红,跟那股从丹柯的撕开的胸膛淌出来的热血是一样的颜色。

"骄傲的勇士丹柯望着横在自己面前的广大的草原,——他快乐地望着这自由的土地,骄傲地笑起来。随后他倒下来——死了。

"充满了希望的快乐的人们并没有注意到他的死,也没有看到丹柯的勇敢的心还在他的尸首旁边燃烧。只有一个仔细的人注意到这个,有点害怕,拿脚踏在那颗骄傲的心上……那颗心裂散开来,成了许多火星,熄了……

"在雷雨到来前,出现在草原上的蓝色火星就是这样来的!"

现在老婆子讲完了她的美丽的故事,草原上开始了一阵可怕的静寂,这草原好像也因为勇士丹柯所表现的力量而大大地吃惊了,那个为了人们烧掉自己的心死去、并不要一点酬报的丹柯。老婆子在打瞌睡。我一边瞧着她,一边在想:她的记忆里还剩得有多少的故事,多少的回忆啊?我想到丹柯的伟大的燃烧的心,又想到创造出这一类美丽而有力的传说的人类幻想。

起了一阵风,把这个睡得很熟的伊则吉尔老婆子身上穿的破衣服刮起来,露出她的干瘪的胸膛。我把她的年老的身子盖上了,自己躺在她旁边的地上。草原上黑暗而静寂。云仍旧缓慢地、寂寞地在天空飘移……海发出了低沉的、忧郁的喧响。

(巴金译《伊则吉尔老婆子》。选自《巴金译文全集》第五卷。北京:人民文学出版社1997年版)

作品内容提问

1. 伊则吉尔讲述的故事中那只鹰和少女生的儿子叫什么名字?
2. 作品中的人名"腊拉"是什么意思?
3. 族人给予腊拉最严厉的惩罚是什么?
4. 在无比黑暗的森林里丹柯用什么照亮了前进的道路?
5. 丹柯最后怎么了?这个跟随他的部族有了什么样的结局?

导读

马克西姆·高尔基(原名阿列克谢·马克西莫维奇·彼什科夫,1868—1936),俄国伟大作家。出生在木工家庭,早年寄居在开染坊的外祖父家中,在社会底层饱尝人间苦难,靠自学成才。青年时代,两度漫游南俄。1892年发表处女作《马卡尔·楚德拉》。早期浪漫主义作品有《伊则吉尔老婆子》和《鹰之歌》等,早期写流浪汉生活的现实主义作品有《切尔卡什》等。世纪之交,完成小说《福马·高尔杰耶夫》和《三人》,散文诗《海燕》,剧本《小市民》和《底层》等。长篇小说《母亲》是对俄国1905年革命的艺术总结,主人公巴威尔和他的母亲尼洛夫娜的成长道路体现了马克思主义对人民群众的巨大改造力量。1905年后侨居意大利卡普里岛,创作的作品主要有:《夏天》、《忏悔》、《奥古罗夫镇》、《意大利童话》以及自传体三部曲的前两部《童年》和《在人间》等。第三部《我的大学》发表于苏联时期。自传三部曲通过阿辽沙形象描写了新人的成长,展现了19世纪七八十年代俄罗斯生活。后期作品主要有:长篇小说《阿尔塔莫诺夫家的事业》、特写《苏联游记》、剧本《耶戈尔·布雷乔夫和别的人》、回忆录《列宁》和考察俄国知识分子历史命运的长篇小说《克里姆·萨姆金的一生》等。高尔基是无产阶级文学的奠基人,为苏联文学的发展作出了积极贡献。

《伊则吉尔老婆子》是高尔基早期浪漫主义作品的代表作,曾以深邃的哲理和浓烈的诗情激动过几代人的心灵。小说分三个部分,分别讲了腊拉的故事、伊则吉尔老婆子的故事和丹柯的故事,这些故事相对独立却又有着内在的联系。腊拉是鹰与人的后代,英俊强壮,但生性冷酷自私,因为得不到一个女孩的爱,竟残忍地将她杀死。族人决定将其放逐。腊拉在草原上飘荡,极为孤独,求死不得,过着行尸走肉般的生活。与腊拉故事相对照的是丹柯的故事。丹柯也是一个英俊的年轻人,他和他的族人一起被别的入侵的种族逼进了密林深处。为了生存,他们必须穿出密林,丹柯领着大家往前走。黑暗、寒冷、疲乏和恐惧终于使族人丧失了前行的信心,就在人们指责他甚至想杀死他时,丹柯抓开了自己的胸膛,把燃烧的心高举过头上,向前奔去。跟随那颗燃烧的心,族人们走出了密林,来到了阳光灿烂的草原。人们得救了,而丹柯倒地死去。作品中间穿插的是上述两个故事的讲述者伊则吉尔老婆子自己的故事,一个女人在放荡不羁的生活中度过无聊的一生。这三个故事呈现的三种人生的样式,作者颂扬的是丹柯的舍己为人的英雄精神,谴责的是腊拉的极端利己主义,贬斥的是伊则吉尔的游戏人生的生活态度。

小说的艺术手法精湛独到。一是哲理与诗情的交融。作品所要表达的主题十分严肃,但是作者注意将哲理融入诗情。运用象征手法,将抽象的理念化为生动的形象。丹柯、腊拉和伊则吉尔都是象征性的人物,他们分别象征了不同的人生境界。作者通过三者的鲜明对照揭示了人生价值的真正含义。同时,作者始终着眼于对生活中所蕴含的诗意的追求。在那些戏剧性的艺术氛围中,人们时时能感受到作者浓烈的诗情。二是故事讲述式的结构。作品的主要部分由伊则吉尔以讲故事的方式引出的。这里,一方面有着作者与人民接触的生活经历的痕迹,另一方面也与高尔基汲取民间文学的养料,力图以此方式来寄托理想和抒发情怀有关。三是文采瑰丽的语言。作者运用色彩明丽的语言描绘自然景物,绚丽而不矫饰的语言产生了一种独特的美感。大海、天空、群山和波浪,似乎都充满着灵感和情趣,为烘托主题提供了很好的氛围。

27 肖洛霍夫《静静的顿河》(节选)

葛利高里是家境殷实的哥萨克麦列霍夫家的小儿子,他爱上了邻居司捷潘的妻子阿克西妮亚。父亲大怒,让葛利高里与另外一个女子娜塔莉亚结婚。婚后不久,葛利高里带着阿克西妮亚私奔。第一次世界大战爆发,葛利高里应征入伍。受伤回乡时发现阿克西妮亚已成为地主情妇,葛利高里与娜塔莉亚重归于好。国内战争开始了,葛利高里参加了红军,但与滥杀俘虏的红军波得捷尔珂夫发生冲突。顿河地区出现第二次叛乱,葛利高里卷入,在白军中升至师长。白军中的残忍行为使葛利高里的良心受到拷问,因此,他脱离了白军,抱着赎罪的心情再次回到红军队伍中,但无法得到红军的信任。顿河地区的动荡毁掉了葛利高里一家,父母、哥嫂和妻子都离开了人世。葛利高里返回家乡,面对肃反委员会的审查,他选择了逃避,加入了佛明匪帮。逃亡中,阿克西妮亚中弹身亡。最后,葛利高里孤独地回到了自己的家乡。

第 一 部
第 九 章

村庄各家院子里还留有三一节的痕迹:撒在地上的干香薄荷,踏碎了的干树叶末子,以及砍来插在大门口和台阶旁的、树皮已经干裂、叶子枯黄的橡树和白蜡树枝。

从三一节那天起,就开始割草了。一大清早,妇女过节穿的裙子、鲜艳的绣花围裙、五颜六色的花头巾,像鲜花一样撒遍了草场。全村的人都出来割草了。割草的男人和耙草的女人都打扮得像过年一样。这是自古以来的风俗。从顿河边直到远方的赤杨林,被踩躏的草地在镰刀下波动、呻吟。

麦列霍夫家的人起晚了。他们出发去割草的时候,几乎半个村子的人已经都在草地上了。

"早觉睡得太久啦,潘苔莱·普罗珂菲耶维奇!"一些汗流满面的割草人叫嚷说。

"这不能怪我,都赖老娘儿们!"老头子笑着用生皮鞭赶着牛。

"你们好,乡亲,晚啦,老兄,晚啦……"一个高个子的戴草帽的哥萨克在道旁磨着镰刀,摇晃着脑袋说。

"难道草会干了吗?"

"你快走吧,还来得及,不然可就要干啦。你那段草在什么地方?"

"在红石崖旁。"

"快赶你的牲口吧,否则你今天就走不到啦。"

阿克西妮亚坐在车后头,用头巾把脸全都裹了起来,遮着阳光。她给眼睛留了一条窄缝,从这条缝里冷漠、严肃地望着坐在对面的葛利高里。达丽亚也裹着脸,穿着新衣服,把两条腿垂在车沿外头,用那布满青筋的大长奶子喂怀里快要睡着的孩子。杜妮亚什卡坐在车辕横木上,身子不停地颠动着,用幸福的目光打量着草地和路上遇见的人。她那欢快的、太阳晒黑的、鼻梁两边长满雀斑的脸上,好像是在说:"因为今天的天气这么好,万里无云的蓝天也显得这么欢快、舒畅,所以我也很欢快、舒畅;而且我的心里也同样是一片蓝色的安逸和纯真,我很快活,此外我什么都不需要啦。"潘苔莱·普罗珂菲耶维奇把厚棉布上衣的袖子拽到手掌上,擦了擦从帽檐下面流出的汗。他那紧裹在上衣里的弯曲的脊背上显出了很多湿漉漉的汗斑。太阳透过灰白色的云片,把烟雾朦胧的、扇形的折射光线洒在远方顿河沿岸的银色山峰上、草原上,洒在河边草场和村庄上。

天气变得炎热起来。被风吹散的云片懒洋洋地爬着,连潘苔莱·普罗珂菲耶维奇在路上拉车的牛都追不上。潘苔莱·普罗珂菲耶维奇自己也在费力地擎着鞭子,摇晃着,好像是在犹豫,要不要向瘦削的牛胯骨上打去。看来,牛也很理解他的犹豫心情,所以并不加快脚步,仍旧摇晃着尾巴,慢腾腾地、小心翼翼地挪动着分趾的蹄子。一只金灰色的、黄澄澄的牛虻在牛身上盘旋。

村边场院附近的一片已经割完的草地上闪着苍绿色的斑点;那些还没有割草的地方,微风吹得闪着黑光、像绿缎子似的青草沙沙作响。

"这就是咱们分的地段。"潘苔莱·普罗珂菲耶维奇用鞭子指了一下说。

"咱们从树林子那边下手吗?"葛利高里问道。

"也可以从这头开始嘛。我已经用铁锹在这儿铲了个记号。"

葛利高里卸下疲惫不堪的牛。老头子闪动着耳环,去寻找记号——在地边上铲个三角小坑。

"拿镰刀来!"他立刻就挥手喊叫起来。

葛利高里踏着草走了过去。在他身后的草地上,从车停的地方起,留下了一条波动的痕迹。潘苔莱·普罗珂菲耶维奇朝着远处教堂钟楼的白色尖顶画了个十字,拿起了镰刀。他的鹰钩鼻子油亮闪光,好像是刚油漆过似的,干瘪下去的黑腮帮子上流着虚汗;微微一笑,乌黑的大胡子里立即就露出了满口数不清的、细密的白牙齿。他挥起了镰刀,布满皱纹的脖子不断往右边扭着。割下的草沙沙地响着,倒在他脚下,形成了一个半径足有一沙绳的半圆形。

葛利高里跟在他后面走着,半闭着眼睛,挥镰割草。女人的围裙彩虹似的在前面闪动,但是他的眼睛寻觅的却是那条绣着花边的白围裙;他时而回头看看阿克西妮亚,接着又挥动着镰刀追上父亲的脚步。

他总在想着阿克西妮亚;半闭着眼睛,心里在亲吻着她,对她说着不知道从什么地方跑到舌尖上来的热情、温柔的话,后来就抛开这些思绪,数着数,向前迈着脚步——一,二,三;往事的片断又在记忆里悄悄地浮出:"我们坐在湿漉漉的干草垛下面……昆虫在水沟里吱吱地叫……月亮高挂在河边草场上……稀疏的水珠从灌木上滴到水洼里,也是这样——一,二,三,……真好,啊,太好啦!……"

从停车的地方传来一阵笑语声。葛利高里回头一看：阿克西妮亚正俯下身去，不知道对躺在车下的达丽亚说些什么，达丽亚挥舞起双臂，两人又笑起来。杜妮亚什卡坐在车辕上，细声细气地在唱歌。

"割到那个小灌木丛边儿，我得把镰刀磨磨，"葛利高里想道，突然感到，镰刀好像砍着了一个软乎乎的东西。他低头一看：一只小野鸭吱吱地叫着，从脚下钻出来，一瘸一拐地又钻进草里。在野鸭窝的小坑旁边躺着另一只已经被镰刀砍成了两半的小野鸭，剩下的小鸭都啾啾叫着，在草地上四散逃命去了。葛利高里把砍成两半的小野鸭放在手掌上。出壳才几天，满身黄褐色绒毛的小野鸭还热乎乎的。张开的小扁嘴上，有粉红色的血泡，小玻璃珠似的眼睛狡狯地眯缝着，还带热气的小爪子在轻轻地哆嗦。

葛利高里突然非常怜悯地看着自己手掌上的小死肉团。

"你捡到什么东西啦，葛利顺卡？……"

杜妮亚什卡顺着一铺铺割倒的草蹦蹦跳跳地跑过来。两条小辫子在她胸前晃来晃去。葛利高里皱着眉，扔掉小野鸭，恨恨地挥起镰刀。

大家急急忙忙地吃过午饭。猪油和哥萨克每餐都离不开的酸牛奶渣——从家里用口袋装来的——这就是全份的午饭。

"不用回家去啦，"潘苔莱·普罗珂菲耶维奇吃午饭的时候说道。"把牛放到树林子里去吃草，明天一早，太阳还没把露水晒干以前，咱们也就割完啦。"

吃过午饭，女人们就开始把草搂成堆。割倒的草都打蔫、枯干了，散发着浓郁的、醉人的香气。

停止割草的时候，天色已经黑下来。阿克西妮亚搂完了剩下的几铺草，便到停车的地方去煮粥。她整天都在恶狠狠地嘲笑葛利高里，用憎恶的眼神望着他，好像是在报复不能忘怀的奇耻大辱似的。愁眉苦脸、不知道为什么无精打采的葛利高里把牛赶到顿河边去饮。父亲总在监视着他和阿克西妮亚。他不高兴地打量着葛利高里说道："去吃晚饭，然后就去看牛。当心，别让牛跑到草地里去。带上我的羊皮大衣。"

达丽亚把孩子放在大车下面，就和杜妮亚什卡一同到树林子里去拣干树枝。

一弯新月在草地上的夜空移动。飞蛾像一阵阵的暴风雪在火堆上空打旋儿。大家围坐在火堆旁铺的一块粗布上吃晚饭。粥已经在被烟熏黑的军用锅里沸腾。达丽亚用衬裙下摆擦了擦勺子，朝葛利高里喊道："来吃晚饭吧！"

葛利高里把上衣披在肩上，从黑暗里钻出来，走到火堆旁边坐下。

"你为什么脸色这样阴沉？"达丽亚笑着问道。

"看来是要下雨啦，腰痛哩，"葛利高里想开开玩笑。

"他不愿意去看牛，真的，"杜妮亚什卡含笑坐在哥哥身边，和他说起话来，但是不知怎的，谈话总是很不投机。

潘苔莱·普罗珂菲耶维奇没命地喝着稀粥，牙齿咬得还没有煮熟的米粒咯吧咯吧地响。阿克西妮亚只是低着头吃饭，连眼睛也不抬，对达丽亚的玩笑话，只是勉强地笑笑。她脸上热辣辣的，蒙上一层不安的红晕。

葛利高里第一个站起身来，走到放牛的地方去。

"当心点儿，别让牛践踏别人家的草！"父亲在他身后大声喊，老头子被稀粥呛着了，咔咔地咳嗽了半天。

杜妮亚什卡鼓着腮帮子,抑制着别笑出声来。火堆在熄灭。树枝的余烬冒出烤焦树叶的蜜一般的香气,笼罩着坐在火边的人们。

　　半夜里,葛利高里偷偷地摸到停车的地方,离着有十多步就站住了。潘苔莱·普罗珂菲耶维奇躺在大车上不停地打着呼噜。金色的孔雀眼睛似的火星儿,从黄昏就烧起的篝火灰烬中,朝外窥视着。

　　一个灰色的、衣服裹得紧紧的人影儿离开了大车,躲躲闪闪地慢慢地向葛利高里走过来,离他还有两三步就站住了。阿克西妮亚!是她。葛利高里的心怦怦地跳个不停;他蜷着腿向前走了一步,撩开大衣的衣襟,把驯顺的、浑身似火的阿克西妮亚搂到怀里。她的膝盖直打弯儿,浑身在颤抖,牙齿咬得吱吱咯咯地响。葛利高里一下子把她抱了起来,就像饿狼把咬住的绵羊甩到自己背上那样快;敞开的大衣襟总在绊他的腿,他上气不接下气地趔趄走去。

　　"噢噫,葛——利——沙……葛利——什——卡!你爹……"

　　"别出声儿!……"

　　阿克西妮亚挣扎着,在散发着酸味的羊皮大衣里喘息着,受着悔恨的折磨,几乎是用低沉、痛楚的声音叫道:

　　"放开我,现在还有什么……我心甘情愿上钩啦!……"

第 五 部
第 十 八 章

　　早春,当积雪已经融化和在雪下躺了一冬天的衰草晒干了的时候,草原上燃起了春天的野火。春风追逐着野火,贪婪地吞噬着干枯的牧草,越过驴蓟草的高茎,从褐色的艾蒿头顶掠过,沿着低地烧去……野火烧过以后,草原上长久地散发着被野火烧焦、干裂的土地刺鼻的焦臭。四周的嫩草青青,欣欣向荣,草地上空蔚蓝的晴空中,一群群云雀在飞舞,春天归来的雁群在肥美的草地上觅食,经过夏天的小鸭在筑巢。而野火烧过的地方,焦黑僵死的土地闪耀着不祥的黑光。鸟儿不在上面搭窝,野兽也都躲得远远的,从一旁绕过去,只有疾风匆匆掠过这片焦土,卷起灰色的余烬和刺鼻的、乌黑的烟尘,带往远方。

　　葛利高里的生活变得就像野火烧过的草原,漆黑一片。他已经丧失了一切他最心爱的、最宝贵的东西。残酷的死神夺去了他的一切,毁灭了一切。只给他剩下了两个孩子。但是他自己却始终战战兢兢地紧抓住土地,仿佛他那实际上已经完全毁掉的生活,对于他和别人还有什么价值似的……

　　葛利高里埋葬了阿克西妮亚以后,毫无目的地在草原上游荡了三天三夜,但是他既没有回家,也没有到维申斯克去自首。第四天上,他把马扔在霍皮奥尔河口镇的一个村子里,渡过顿河,徒步向斯拉谢夫斯克茂密的树林走去,四月里,福明匪帮第一次在这片树林边上被打垮。就在那时候,四月里,他就听说,密林中匿藏着许多逃兵。葛利高里因为不愿意回到福明匪帮里去,所以就去找这些逃兵。

　　他在大树林里瞎转了几天。他饿得难忍,但是他却不敢到有人烟的地方去。自从阿克西妮亚死后,他失去了理智,也失去了从前的勇气。树枝折断的声音、密林中的窸窸窣窣声和夜里的鸟叫声——这一切都会使他惊恐不安。葛利高里只能用些还没有熟的杨梅、小蘑菇和榛子叶充饥——人瘦得不成样子。第五天的傍晚,几个逃兵在树林子里遇到了他,把他领到他们住的土窑洞里去,他们一共七个人,都是周围各村的居民,从去年秋天,村子里开始征兵的时候,就在这片密林里躲藏起来。他们像居家过日子一样,住在一个宽敞的土窑洞里,几乎是应有尽有。夜里他们经常回去看望家人;返回来的时候,就带些面包、干粮、黄米、面粉和土豆,至于煮汤粥用的肉,可以很容易地从别的村子里弄来,偶尔偷只牲口。

有个逃兵从前曾在第十二哥萨克团服过役,认出了葛利高里,所以没费多少口舌,就把他收留下来。

葛利高里也数不清究竟过了多少烦恼、漫长的日子。在树林里糊里糊涂地混到十月初,等到一开始下起秋雨,紧跟着冷起来的时候——他心里突然萌发起思念孩子和故乡的幽情……

为了消磨时间,他整天坐在土炕上,用木头抠勺子,抠木钵儿,用质地软的石头巧妙地雕刻各种各样的人形和禽兽。他竭力什么都不想,不叫那恼人的乡思有可乘之机。白天是这样对付过去了。但是在冬天漫漫的长夜里,痛苦的回忆却把他折磨苦了。他在土炕上翻来覆去,久不成眠。白天,土窑里的人,谁也没有听见他说过一句抱怨的话,但是夜里,他经常从睡梦中醒来,浑身哆嗦着,用手去摸摸脸——他的腮帮子和半年来长得长长的大胡子都浸满了泪水。

他时常梦见孩子、阿克西妮亚、母亲和其他所有已经不在人世的亲人。葛利高里的全部生活都已成为过去,而过去的一切却又像是一场短暂的噩梦。"要是能再回老家去一次,看看孩子,就可以死而无怨啦,"他时常这样想。

初春的时候,有一天,丘马科夫突然来了。他浑身一直湿到腰,但是依然像从前那样精神,那样毛手毛脚的。他在小火炉子旁边烤干了衣服,暖和过身子,就坐到葛利高里的炕上来。

"麦列霍夫,从你离开我们以后,我们游逛了很多地方!到过阿斯特拉罕,到过加尔梅克的草原……见了世面啦!也不知道杀过多少人。他们把雅科夫·叶菲梅奇的老婆抓去作人质,把他的财产也没收啦,于是他就发疯了,下令砍死所有给苏维埃政权当差的人。开始不分青红皂白地杀人,统统砍死:什么教员啦,各种各样的医生啦,农艺师啦都杀……管他什么人啦,统统杀掉!可是现在——我们也完蛋啦,彻底完啦,"他叹着气说,一直还在打着冷战。"头一次是在季尚斯克附近把我们打垮的,一个星期以前——又在索洛姆内伊附近。夜里从三面包围了我们,只剩下了一条退向山冈的路,可是山上是一片积雪——一直没到马肚子……天刚蒙蒙亮,就用机枪扫射起来,战斗开始了……用机枪把所有的人都打死啦。只有我和福明那个不大的儿子两个人逃出了活命。从去年秋天,福明就把达维德卡带在身边。雅科夫·叶菲梅奇本人也牺牲啦……我亲眼看着他死的。头一颗子弹打在腿上,打碎了膝盖骨,第二颗子弹擦伤了他的脑袋。他从马上摔下三次。我们停下,把他扶起来,搀到马上,可是他骑不了多远,又摔下来啦。第三颗子弹又打中了他,打进了腰部……这时候我们就把他扔下啦。我跑出了有一百沙绳远。回头看了看,已经有两个骑兵正在用马刀砍躺在地上的福明……"

"这有什么,正该如此,"葛利高里冷漠地说。

丘马科夫在土窑洞里住了一夜,清晨起来就要告别。

"你上哪儿去?"葛利高里问。

丘马科夫笑着回答说:"去过逍遥自在的生活。也许你要跟我一起儿去吧?"

"不,你一个人去吧。"

"是啊,咱们过不到一块儿……麦列霍夫,你的行当——是抠勺子抠碗——这不合我的心意,"丘马科夫嘲笑说,又摘下帽子,鞠躬说:"耶稣保佑你们,诸位老实的土匪,谢谢你们的款待,谢谢你们留我住宿。愿上帝赐福,让你们过点儿欢乐的日子吧,不然你们这儿可是太无聊啦。你们住在树林子里,朝着破车轮子祷告,这能说是生活吗?"

葛利高里在丘马科夫走了以后,在密林里又住了一个星期,也准备动身了。

"回家去吗?"一个逃兵问他。

葛利高里这是自从来到树林子里来以后,头一次露出一丝笑意,说:"回家去。"

"等到春天再走吧。听说五月一日要大赦咱们这号人啦,那时候咱们再散伙吧。"

"不,我等不了啦,"说完,葛利高里就跟他们告别了。

第二天早上,他来到鞑靼村对面的顿河岸边,久久地看着自己的家园,高兴、激动得脸色变得煞白。然后从肩上摘下步枪和军用背包,从背包里掏出针线包,一团乱麻,一个装枪油的小瓶儿,不知道为什么还数了数子弹。一共是十二梭子,还有二十六颗散的。

在一处陡崖边,岸边的冰已经融化,碧绿透明的河水激荡着,冲刷着岸边的薄冰碴儿,葛利高里把步枪和手枪都扔到水里,然后又把子弹撒了进去,仔细地在军大衣襟上擦了擦手。

在村子下游一点儿的地方,他踏着融雪天气蛀蚀过的三月的蓝色河冰,穿过顿河,大步向自己的家园走去。老远他就看见米沙特卡正在下到码头去的坡道上,他竭力压制着自己,不急忙奔向米沙特卡。

米沙特卡正在把挂在石头上的冰琉璃打下来,往坡下扔,注意地看着浅蓝色的冰柱儿滚下斜坡。

葛利高里爬上斜坡,——他气喘吁吁、沙哑地唤了一声儿子:

"米申卡!……好儿子!……"

米沙特卡吃惊地看了他一眼,然后垂下了眼睛。他认出这个大连鬓胡子、看来可怕的人是他的父亲……

葛利高里在密林中夜里想起自己的孩子的时候,嘟哝的那些亲热、温柔的话语,现在全都从他脑子里飞光了。他跪下去,亲着儿子冰凉的粉红色的小手儿,用压低的声音,只说出一句话:

"好儿子……好儿子……"

然后,葛利高里抱起儿子,用干涩的、像燃烧的烈火似的目光看着儿子的脸,问:

"你们在家里可好啊?……姑姑,波柳什卡——都很好吗?"

米沙特卡仍旧不看父亲,小声回答说:"杜妮亚姑姑很好,波柳什卡去年秋天死啦……得白喉死的……米哈伊尔叔叔当兵去啦……"

好啦,葛利高里在多少不眠之夜幻想的那点儿心愿终于实现了。他站在自家的大门口,手里抱着儿子……

这就是他生活中剩下的一切,这就是暂时还使他和大地,和整个这个在太阳的寒光照耀下,光辉灿烂的大千世界相联系的一切。

(选自金人译《静静的顿河》。人民文学出版社 1988 年版)

作品内容提问

1. 选文第九章写的麦列霍夫家去割草的人中,有一个人不是他家的成员,这个人是谁?
2. 葛利高里在割草的时候心不在焉,他一直想着谁?
3. 第十八章中故事发生的时间是什么季节?
4. 葛利高里从丘马科夫走了之后,又在密林里住了一个星期,然后他决定去哪里?
5. 他到家后见到的第一个人是谁?这个人对他的态度是怎样的?

导读

米哈伊尔·亚历山大罗维奇·肖洛霍夫(1905—1984),苏联作家。出生在顿河维申斯克镇的一个哥萨克家庭。1911年上学,1918年因战争而辍学,是顿河地区严酷斗争的目击者和参与者。1922年,来到莫斯科,次年发表处女作《考验》。1924年,返回家乡。1926年,小说集《顿河故事》(内收《看瓜田的人》、《胎记》和《死敌》等)出版,这些小说把复杂的社会斗争浓缩到家庭或个人关系间展开。同年开始创作长篇小说《静静的顿河》,1928年发表第一和第二部,全书于1940年完成。1932年,完成反映农业集体化运动的长篇小说《被开垦的处女地》第一部(第二部完成于1960年)。小说中达维多夫和梅谭尼可夫等形象鲜明生动。卫国战争时期,以记者的身份上过前线,写了短篇小说《学会仇恨》等作品。1956年和1957年之交,发表短篇小说《一个人的遭遇》,描写了小说主人公索科洛夫在反法西斯战争中的不幸遭遇和所表现出的坚韧品格。其中,英雄品格凡人化是作品的重要特征。1965年,获诺贝尔文学奖。1969年,完成《他们为祖国而战》第一部。在半个多世纪的创作生涯中,肖洛霍夫的笔始终与顿河哥萨克的命运相连。他的作品反映了处于历史转折时期的哥萨克人民的生活变迁,塑造了许多个性鲜明的艺术形象,开创了独特的悲剧史诗的艺术风格。

《静静的顿河》是肖洛霍夫的代表作。小说的背景是两次战争(第一次世界大战和苏联的国内革命战争)和两次革命(二月革命和十月革命),小说的情节基础是哥萨克青年葛利高里的悲剧命运以及哥萨克群体在动荡的历史年代中的变迁。中心主人公葛利高里的悲剧性和人格魅力有机交织。葛利高里的悲剧首先和历史因袭的重负相联系。在他身上既有哥萨克优秀青年勇敢、刚毅、纯朴、善良的一面(如本选文中他割草时误伤小野鸭的场景),但又有着盲目的优越感等哥萨克落后的传统观念。这就造成了他认识真理和接受革命的艰难。不到五年的时间里,他两次参加红军,三次投入白军和叛军,他的矛盾和痛苦与他所属的特定的群体不可分开。同时,葛利高里是一个勤于探索的年轻人,有敏锐的感觉和丰富的内心世界,但他的探索又缺乏深刻的思辨性。他在一次大战中第一次杀死一个奥地利士兵时,立刻感到内疚,很自然地接受了贾兰沙抨击帝国主义战争的见解;他与滥杀俘虏的革命哥萨克波得捷尔珂夫之间的激烈冲突,也反映了主人公疾恶如仇的个性。他的每一次摇摆都是一次艰难的抉择和一次精神的探求。但是,缺乏深刻的思想探索,不能理解人民的根本利益之所在的抉择,其结果只能是悲剧性的。当然,作品描写了苏维埃政权中的某些人对哥萨克采取的过火政策,这也是导致葛利高里左右摇摆、走向悲剧的一个外因。本选文描写了主人公悲剧性的回归。小说中的哥萨克女性形象阿克西妮亚和娜塔丽娅同样塑造得相当成功。《静静的顿河》结构宏大，气势雄浑，格调悲壮，具有史诗的风格。作家的目光并非仅仅停留在男女主人公的命运上，而是将笔触伸向了广阔的社会空间，波澜壮阔的历史事件。小说中历史与现实水乳交融，个人命运与社会冲突相互映衬，获得了极佳的艺术效果。在叙事方式上，小说没有刻意制造的悲剧效果，却将读者引向更为深远和开阔的精神境界。小说中人物众多，个性鲜明。在哥萨克民风民情的描写和民歌民谣的运用上，极具特色。作品笔调清新，语言幽默，充满顿河乡土气息。

28 茨威格《世界上最美的坟墓》

我在俄国所见到的景物再没有比托尔斯泰墓更宏伟、更感人的了。这将被后代怀着敬畏之情朝拜的尊严圣地，远离尘嚣，孤零零地躺在林荫里。顺着一条羊肠小路信步走去，穿过林间空地和灌木丛，便到了墓冢前；这只是一个长方形的土堆而已，无人守护，无人管理，只有几株大树荫庇。他的外孙女跟我讲，这些高大挺拔、在初秋的风中微微摇动的树木是托尔斯泰亲手栽种的。小的时候，他的哥哥尼古莱和他曾听保姆或村妇讲过一个古老传说，提到亲手种树的地方会变成幸福的所在。于是他们就在自己庄园的某块地上栽了几株树苗，这个儿童游戏不久也就忘了。托尔斯泰晚年才想起这桩儿时往事和关于幸福的奇妙许诺，饱经忧患的老人突然从中获得了一个新的、更美好的启示。他表示愿意将来埋骨于那些亲手栽种的树木之下。

后来就这样办了，完全按照托尔斯泰的愿望；他的坟墓成了世间最美的、给人印象最深刻的、最感人的坟墓。它只是树林中的一个小小长方形土丘，上面开满鲜花——nulla crux, nulla coroma①——没有十字架，没有墓碑，没有墓志铭，连托尔斯泰这个名字也没有。这个比谁都感到受自己的声名所累的伟人，就像偶尔被发现的流浪汉，不为人知的士兵一般不留名姓地被人埋葬了。谁都可以踏进他最后的安息地，围在四周的稀疏的木栅栏是不关闭的——保护列夫·托尔斯泰得以安息的没有任何别的东西，唯有人们的敬意；而通常，人们却总是怀着好奇，去破坏伟人墓地的宁静。这里，逼人的朴素禁锢住任何一种观赏的闲情，并且不容许你大声说话。风儿在俯临这座无名者之墓的树木之间飒飒响着，和暖的阳光在坟头嬉戏；冬天，白雪温柔地覆盖这片幽暗的土地。无论你在夏天和冬天经过这儿，你都想象不到，这个小小的、隆起的长方形包容着当代最伟大的人物当中的一个。然而，恰恰是不留姓名，比所有挖空心思置办的大理石和奢华装饰更扣人心弦：在今天这个特殊的日子里，成百上千到他的安息地来的人中间没有一个有勇气，哪怕仅仅从这幽暗的土丘上摘下一朵花留作纪念。人们重新感到，这个世界上再也没有比这最后留下的、纪念碑式的朴素更能打动人心的了。残废者大教堂大理石穹窿底下拿破仑的墓穴，魏玛公侯之墓中歌德的灵寝，西敏司寺里莎士比亚的石棺，看上去都不像树林中的这个只有风儿低吟，甚至全无人语声，庄

---

① 拉丁文，意为：没有十字架，没有墓碑。

严肃穆,感人至深的无名墓冢那样能剧烈震撼每一个人内心深藏着的感情。

(张厚仁译。选自《外国优秀散文选》。中国文艺联合出版公司1984年版)

作品内容提问

1. 列夫·托尔斯泰的墓地没有十字架、没有墓碑,甚至连名字都没有,只有什么?
2. 列夫·托尔斯泰的墓园有无规定什么身份的人可以走进墓地?
3. 他的外孙女和作者讲为什么列夫·托尔斯泰死后要埋葬在这个地方?
4. 作品最后作家提到了几个人的墓地并用来和列夫·托尔斯泰的墓地进行比较的?
5. 本篇散文中的第一句话和最后一句话分别是什么?

导读

斯蒂芬·茨威格(1881—1942),奥地利作家。出生于维也纳的一个犹太工厂主家庭,自幼受到良好教育。曾在维也纳大学和柏林大学攻读文学和哲学,1901年出版第一部诗集。当过报纸编辑,并到过世界上许多国家。他为人正直,交友甚广。第一次世界大战爆发后流亡瑞士,成为著名的反战人士。1919年后隐居萨尔茨堡,埋头创作。1934年遭纳粹驱逐,流亡英国,1940年后在巴西定居。1942年因理想破灭,偕妻自杀。茨威格学识渊博,一生创作有诗歌、小说、散文、剧本、传记等大量作品,尤以小说和人物传记最为著名。主要作品有:中短篇小说《马来狂人》、《情感的迷惘》、《一个女人一生中的24小时》、《一个陌生女人的来信》、《象棋的故事》和《看不见的收藏》,长篇小说《焦躁的心》,传记《三位大师》、《罗曼·罗兰》和回忆录《昨日的世界》等。茨威格的作品富有人道主义精神,小说构思匠心独运,性格刻画细腻,文字隽永流畅,极具艺术魅力。

《世界上最美的坟墓》选自茨威格的回忆录《昨日的世界》,但可独立成篇。1928年9月,茨威格作为奥地利作家代表团成员访问苏联,出席列夫·托尔斯泰一百周年诞辰的纪念活动,来到了托尔斯泰的家乡雅斯纳亚·波良纳。雅斯纳亚·波良纳庄园位于莫斯科以南二百公里处的图拉省。庄园内有树木掩映的林荫道、清澈的池塘、美丽的花坛和宅邸,毗邻庄园的是绵延不绝的森林、蜿蜒曲折的河流、开阔的田野和散落其间的村舍。托尔斯泰在这座庄园里度过了他一生中的大部分时光,并最终安息于此。

令茨威格感到震撼的是托尔斯泰墓地的简朴。托尔斯泰的墓地在庄园的一个僻静处:稍稍隆起的墓冢上绿草如茵,初秋的阳光透过扶疏的林木洒下一层金色的光辉。没有墓碑,没有十字架,与其相伴的是紧紧护卫着它的几株高大的橡树和莽莽苍苍的森林,是人们终年不断献上的鲜花和深深的敬意。茨威格在文中提到了拿破仑、歌德和莎士比亚等伟人的墓地,那些都是奢华装饰的大理石的墓地,但是托尔斯泰的无人守护的异常简朴的无名墓地却比所有精心打理的奢华墓地"更扣人心弦",世界上再没有比这种"纪念碑式的朴素更能打动人心"。

作者在这种朴素中感受到的是托尔斯泰的人格力量,这种人格的力量才是令茨威格感到震撼的深层次的原因。托尔斯泰一生致力于人生真谛的探索,他的人生与他的作品一样富有独特的色彩。尽管他对人生真谛的追求中带有那个时代的烙印，但是在同时代的文学家中恐怕很少有人能与托尔斯泰追求的真诚和执著并提。他墓地的简朴与他追求的平民化有关，他墓前没有十字架与他临终拒绝同官方教会的"和解"有关，他选择这个"远离尘嚣"的林中空地作安息之地也非偶然。文中提到了托尔斯泰的遗愿和当年的儿童游戏。托尔斯泰童年时，大哥尼古拉说，他把写有秘密的小绿棒埋在了林中扎卡斯峡谷旁，如果这个秘密能被发现，那么所有的人都会得到幸福，人与人之间将像蚂蚁兄弟一样相亲相爱。尽管孩子们在游戏中没有找到这根小绿棒，但这个故事使托尔斯泰为之神往，终生铭记。他后来写道："我当时相信有一根小绿棒，上面写着消灭人间一切的罪恶并给人们巨大的幸福的方法，我现在同样地相信这种真理是存在的。"在他的垂暮之年，他还以《小绿棒》为题写了一篇严肃的哲学论文，文中作者孜孜不倦地探讨着生命的本质。托尔斯泰在遗嘱中写明，他去世后，要安葬在传说中埋有小绿棒的地方，小绿棒成了托尔斯泰人生理想的象征。正因为这样，这个无名墓冢才能如茨威格所说的那样"剧烈震撼每一个人内心深藏着的感情"。茨威格这篇散文作品朴实无华。没有华丽的辞藻，没有煽情的文字，没有夸张的描写，能让它名闻遐迩的就是朴素中蕴藏的真情。

29 乔伊斯《伊芙琳》

她坐在窗口,凝视着夜幕渐渐笼罩在林荫道上。她的头依在窗帘上,鼻孔里嗅到沾满灰尘的窗帘布的味儿。她累了。

路上人迹稀少。有个男子从最后一幢屋子里出来,经过窗前,回家去。她听见他的脚步踏在混凝土人行道上,发出橐橐声;尔后,又踩在那些新造的红房子前的煤屑路上,嘎吱嘎吱地响着。以前,那里是一片旷地。每天傍晚,他们常在那儿同邻居的孩子们玩耍。后来,一个从贝尔法斯特①来的人买下了这块地,造了房屋——全是明亮的砖房,屋顶闪闪发光,不像他们那种褐色的小屋。过去,街坊的孩子们常在那块地里玩耍——迪瓦因家的,沃特家的,邓恩家的,还有小瘸子基奥,以及她和兄弟姐妹们。可是,欧内斯特从不玩,那时他已经挺大了。她的父亲常常跑到地里来,提着一根刺李木拐杖,想把他们撵回去。幸亏小基奥常替他们望风,一瞧见她父亲来了,便大声呼喊,通风报信。不管怎样,那时他们似乎很快活。父亲的脾气不像现在这么坏,何况妈妈还在世呢。那是好久以前了。光阴荏苒,如今她和兄弟姐妹都长大了。母亲已经过世。蒂西·邓恩也死了。沃特一家回英格兰去了。时过境迁,现在,她和别人一样,也要离乡背井了。

家! 她环顾四周,望着房间里所有那些熟悉的物件,多少年来她每周打扫一次,心里老是纳罕:究竟哪儿来的这么多灰尘?! 或许,再也见不到这些熟悉的东西了,她连做梦都没想到跟它们分手呐。屋里有一张向圣女玛格丽特·玛丽·阿尔柯克②许愿的彩色画片,旁边是一架破风琴,上面的墙上挂着一张泛黄的神父的照片。好多年来,她从未打听出这位神父的名字。他是父亲年轻时的一个同学。每逢家里来客,父亲总让客人看这幅照片,一面随意地说:

"眼下他待在墨尔本③。"

她已经同意出走,要离家了。这样做妥当吗? 她试着从各个角度权衡这一问题。无论怎么说,在家里她有安顿之处,有吃的,四周是从小朝夕相处的亲人。自然,不管在家里还是在店里,都得拼命干活。一旦店里的伙伴发现她跟一个汉子私奔了,会怎么议论呢? 也许会说她是个傻瓜吧。很可能会登广告,招人补她的缺。这下子,加万小姐该高兴啦。平时她总要炫耀自己比伊芙琳高明,特别在旁边有人的时候:

---

① 贝尔法斯特:爱尔兰东北部重要港市。
② 圣女玛格丽特·玛丽·阿尔柯克(1647—1690):法国修女,主张崇拜耶稣圣心。
③ 墨尔本:澳大利亚南部重要港市。

"哎,希尔小姐,难道你没瞧见这些女士在等着吗?"

"希尔小姐,请你提起精神来!"

伊芙琳离开这百货店是不会痛哭流涕的。

可是,在新的家,在那遥远的陌生的地方,情况会多么不同啊!她将结婚——正是她,伊芙琳,人们将尊重她。她不会像妈妈生前那样遭受虐待。她已经十九岁出头了,但即使现在,她有时还会觉得受着父亲暴虐的威胁。她晓得,正是这种感觉使自己心惊胆战的。在孩子们长大的时候,父亲常常对哈利和欧内斯特很粗暴,对她却不这样,因为她是女孩子。可是近来,他竟吓唬说:要不是看在死去的娘面上,就要教训教训她。如今,再没有人来保护她了。欧内斯特早已夭折,哈利干的是装饰教堂的活儿,几乎成天在乡下奔波。此外,每逢礼拜六晚上,为了钱,总免不了一场争吵,这使她说不出的厌倦。她总是把挣来的工资——七个先令——都给家里,哈利也尽量寄钱来。但最棘手的是向父亲要钱。他说她老是乱花钱,骂她糊里糊涂,还说,他不会把辛辛苦苦赚来的钱给她滥用;他唠唠叨叨讲个没完,周末晚上,他总是不像样的。但最后,他还是把钱给她,边挖苦地问她,是否打算去买礼拜天的饭菜。她只好尽快奔出家门,到菜场去。她手里捏紧黑皮夹子,在熙熙攘攘的人群中挤过去。当她提着沉甸甸的菜篮,回到家时,已经深夜了。她管这个家是很辛劳的;妈妈去世后,就得她来照料两个弟弟,务必让他们准时吃饭,准时上学。真是辛苦的家务——艰难的生活——不过,此刻就要离别了,她却有些依依不舍了。

她将和弗兰克一起去开辟新的生活。弗兰克心地善良、性格开朗,又有男子汉气概。她将乘夜班船随他私奔,做他的妻子,同他到布宜诺斯艾利斯①住下来——他已在那里为她准备好一个家了。她十分清晰地记得他俩初会的情景。那时他寄宿在大街上一户人家里,她以前常去那儿。算来不过是几星期以前的事呢。他独自站在大门口,后脑勺上戴着尖顶帽,蓬松的鬈发披垂在前额,衬出一张古铜色的脸。不久,他们相识了。每晚,两人在百货店外面约会,尔后,他送她回家。他曾带她去看《波西米亚女郎》。他俩坐在剧院里前排座位上,她不禁心花怒放,因为她难得坐在这种雅座上的。他热爱音乐,还能哼上几句。人们都知道他俩在谈恋爱。每当他哼起一支姑娘爱上水手的歌儿时,她总有一种莫名其妙的陶醉的感觉。他常开玩笑似的管她叫"小宝贝"。起先,她为有了个亲密的伙伴很激动,随后,渐渐喜欢他了。他会讲许多遥远的异邦的故事。他原先在艾伦公司驶往加拿大的一艘船上,当一名舱面水手,每月挣一个英镑。他告诉她在哪几条船上呆过,干过哪些活儿。他曾渡过麦哲伦海峡②,因而能给她讲南美那些可怕的巴塔哥尼亚人的故事。他说,在布宜诺斯艾利斯,他走运了,这次回祖国度假来的。自然而然,父亲窥破了他俩的秘密,不许她再跟弗兰克讲一句话了。

"我知道那些水手是什么货色,"他说。

有一天,父亲同弗兰克吵了一场,从此,她只得偷着去会情郎了。

大街上暮色渐浓。搁在她膝盖上的两只白信封变得模糊不清。一封是给哈利的,另一封给父亲。她最喜欢欧内斯特,但也爱哈利。她注意到近来父亲一天天见老了,他会想念她的。有时,他会显得很慈爱。不久前,她身子不好,睡了一天;他特意为女儿念了一篇鬼故事,还亲自在炉上替她烘面包片呢。还有一次,那时妈妈还在世,一家人到荷厄斯山去野餐。

---

① 布宜诺斯艾利斯:阿根廷首都。
② 麦哲伦海峡:位于智利南端。

她还记得,那一回父亲为了逗孩子们发笑,故意戴上了妈妈的女帽呐。

　　出走的时刻迫在眉睫了,她仍然坐在窗口,头依着窗帘,闻着沾满灰尘的窗帘布的气味。窗下,从大街远处飘来街头艺人拉手风琴的乐声。她很熟悉那曲调。不过,奇怪的是,偏偏今夜晚传来了这乐声——使她想起了自己对妈妈许下的诺言:保证尽力支撑这个家。她记得妈妈临终前夕的情景:她又待在客厅那边黑幽幽的小屋里,户外,传来一支凄凉的意大利乐曲的琴声。父亲给了那拉风琴的艺人六便士,打发他走开。她还记得,父亲昂首阔步踏进病房,骂道:

　　"该死的意大利佬!闹到这儿来啦!"

　　当她在沉思的时候,妈妈一生悲惨的景象历历在目,震慑了她的灵魂深处——妈妈在平凡的生活中牺牲了一切,结果竟发疯而死。此刻,她浑身战栗,仿佛又听见母亲疯疯癫癫地不断呓语:

　　"小乖乖!小乖乖!"①

　　她吓得惊跳起来。逃!非逃不可!弗兰克会救她的。他会给她美好的生活,也许,还会给她爱情。她渴望生活。为什么她应该受苦?!她有得到幸福的权利。弗兰克会把她搂在怀里,抱住她。弗兰克救她的。

　　北墙码头,一片喧嚣,她挤在摩肩接踵的人群里。他握住她的手,她觉得他在跟自己说话,一遍遍讲着漂洋过海的事儿。码头上挤满了捎着棕色行李的士兵。透过码头棚屋宽敞的大门,她瞥见那黑黝黝的庞然大物,停泊在码头墙边,船舷两侧的舱口闪晃着。她不吭一声,只觉得脸上冰冷发白。她感到痛苦而迷惘,不由得祷告上帝,祈求他老人家指点。迷雾中悠然响起呜咽似的汽笛声,不绝如缕。要是真的走了,明天就会在海上,跟弗兰克一起,向布宜诺斯艾利斯驶去。船票已经预订了。事到如今,他为她尽心出力后,还能反悔吗?!她惶恐得直想吐,不停地翕动嘴唇,默默地、虔诚地向上帝祝祷。

　　突然,起航铃喧的一声,她的心怦的一怔。她觉得他抓紧自己的手。

　　"来!"

　　刹那间,人间所有的惊涛骇浪在她心头激荡。他在把她拉进波涛中,要把她给淹没了。她双手攥紧铁栅栏。

　　"来呀!"

　　不!不!不!决不!她的手狂乱地攫住铁栏。在风涛中,她凄绝地尖叫一声。

　　"伊芙琳!伊薇②!"

　　他冲出栅栏,一面喊她紧跟。有人对他吆喝,催他快上船,但他仍在喊她。于是,她对他板起一张惨白的脸,无可奈何地,恰如一只走投无路的动物。她茫然瞅着他,目光中既没有恋情,也无惜别之意,仿佛望着一个陌路人。

(宗白译。选自孙梁等译《都柏林人》。上海译文出版社 2010 年版)

---

　　① 这句原文是"Derevaun Seraun! Derevaun Seraun!"爱尔兰方言,是对亲友等(尤其小辈)的亲昵称呼,意为"我的亲爱的(小宝贝)"。

　　② 伊薇是伊芙琳的昵称。

作品内容提问

1. 伊芙琳小时候和街坊的孩子们玩耍时负责望风的人是谁?
2. 伊芙琳家里有一张彩色画片和一张泛黄的照片,里面所画的人分别是谁?
3. 不久前,伊芙琳身子不好,睡了一天,父亲为她做了什么?
4. 一次,弗兰克带伊芙琳去剧院看演出,所看的剧的名字是什么?
5. 伊芙琳最后看着弗兰克的目光是怎样的?

导读

詹姆斯·乔伊斯(1882—1941)是欧美意识流小说的代表作家。他生于爱尔兰都柏林一个日渐没落的中产阶级家庭,16岁时进入皇家大学都柏林学院学习哲学和语言。1920年移居巴黎,接触了大量的古典和现代作品,接受了欧洲文学的自由思想。他一生专注于小说创作,直到1941年病逝于苏黎世。主要作品有短篇小说集《都柏林人》,长篇小说《青年艺术家的画像》、《尤利西斯》、《芬尼根守夜人》。《尤利西斯》是意识流小说的代表作品,借用古希腊史诗《奥德赛》的框架,运用意识流手法,记录了三个主人公一天里的意识流动以及琐碎的生活片段。乔伊斯对20世纪的西方文学创作产生了深远的影响,被尊奉为西方现代主义文学的先驱。

短篇小说集《都柏林人》是他的开山力作,共有15篇故事,分为童年、少年、成年和社会生活四个部分,取材于20世纪初都柏林人的日常生活,反映了处于大英帝国和天主教会双重压迫和钳制下的爱尔兰人民的生活和精神状况。正如乔伊斯所言,"我的目标是要为祖国写一部精神史。我选择都柏林作为背景,因为在我看来,这城市乃是麻痹的中心"。

《伊芙琳》是《都柏林人》中的名篇。作品成功地塑造了一位不满于自身的生活状态,却在强大的生活惯性和思维惯性的作用下,没有勇气冲破束缚的少女形象,充分揭示了都柏林作为爱尔兰"瘫痪的中心"的社会现实。首先,以伊芙琳为代表的都柏林人生活沉闷、精神麻痹。都柏林人的这种状态,是通过主人公伊芙琳对生活的感受表现出来的。她坐在窗边,看着家中的一切,"不知道到底哪来的这么多灰尘","鼻孔里还留着印花棉布的尘土味,她累极了"。这种尘埃弥漫和累极了的感觉,正是日复一日缺乏活力生活的真实写照。其次,揭示了都柏林人贫乏生活和贫困精神状态的成因:1. 英国殖民主义的侵略与剥削,导致了人民生活的困苦。伊芙琳和她的弟弟都用辛苦的工作换取微薄的收入。2. 天主教会势力对人们精神的桎梏。伊芙琳的家中摆设着圣女和神甫的肖像,伊芙琳在码头犹豫不决时反复向上帝祈祷,就是这种精神状态的典型体现。3. 家庭观念和传统思维的束缚。母亲临终的嘱托,父亲罕有的慈爱,弟弟每日的辛苦,同事邻居的议论,都影响她离家的决心。再次,都柏林女性比男性更悲惨的命运。伊芙琳的母亲劳碌一生,最后发疯而死。伊芙琳步母亲的后尘,又担起了家庭的责任。她既要面对生活的重负,又要面对父亲的粗暴。她虽然意识到"我有得到幸福的权利",却最终没有勇气追求新的生活。社会毁了男人,男人又毁了女人,女人又毁了孩子。

《伊芙琳》通过简单的人物结构和对日常琐事的叙述,展现人物内心深层的意识活动,揭示对人生和现实的深刻认识,体现了意识流小说的写作特点。首先,跳跃、无序的自由联想。眼前黄昏窗外的行人,行人脚步踏着她儿时玩耍的空地,玩伴沃特一家回英格兰去了,现在她也要离乡背井了,眼前家中的一切,离家的行动会引起的种种反应和未来生活的种种可能……存在于不同时空的生活片断,是伊芙琳的感观对客观的再现,勾勒出她完整的人生经历和人生体验。其次,间接、隐蔽的内心独白和强烈对比。文中对伊芙琳内心的所思所感,几乎都是以第三人称的口吻表达的。"她坐在窗口,凝视着夜幕渐渐笼罩在林荫道上。""这样做明智吗?""逃走!她一定得逃走!""她也有得到幸福的权利。"这种表达突显了伊芙琳静静伫立的外表和波澜起伏的内心之间强烈的对比。再次,丰富、深刻的寓意象征。伊芙琳和她的父亲、母亲、弟弟,共同构成都柏林男人、女人和青年麻痹人生的真实写照。主人公伊芙琳的名字 Eveline 与 evening（傍晚）谐音,傍晚、灰尘、黄色、黑色等,都表现了青春迟暮的辛酸与绝望。圣女和神甫的画像寓意着宗教对人们思想的禁锢。弗兰克带伊芙琳去剧院看的《波希米亚女郎》,象征伊芙琳生活中所没有的自由和浪漫。黑色的大船象征伊芙琳对未来的恐惧。

知识链接

意识流小说。意识流小说是现代主义文学的重要组成部分,20世纪初开始萌芽,20年代开始产生重要影响。弗洛伊德的精神分析学和柏格森的生命哲学理论,是意识流小说的哲学基础。意识流小说描绘人物内心"流动的意识",迥异于传统的心理描写,通过表现人物对事物的主观认识和感知来反映现实生活。代表作家和作品有法国的普鲁斯特的《追忆逝水年华》、爱尔兰的乔伊斯的《尤利西斯》、英国的伍尔芙的《戴洛维夫人》和美国的福克纳的《喧哗与骚动》等。

30　卡夫卡《骑煤桶的人》

所有的煤都已用光；煤桶空空如也；煤铲变得多余；炉子透出冷气；房间里充满寒气；窗外的树木一片萧瑟；天空像一个抵挡向它求救的人的银盾。我一定得搞到煤，我可不能冻死。我背后是那个冷冰冰的炉子，我前面是冷冰冰的天空；因此，我必须小心地在它们两者之间骑行，向煤店老板求助。可是，对于我的平平常常的请求，他早已麻木不仁；我必须非常确凿地向他证明，我连一粒煤灰都没有了，因此对我来说，他简直就是天上的太阳。我去求他时得像一个饿得天旋地转的乞丐，眼看一口气上不来，就要死在人家门口，于是那大户人家的厨娘决定，把剩下的那点咖啡渣倒给他；同样，煤店老板虽然会怒气冲冲，但在"你不要杀人"这一训诫的光照下，还是把满满一铲煤铲进我的煤桶里。

骑上门前坡道的瞬间肯定是关键；于是我骑煤桶前往。我骑到桶上，手抓住上面的桶把——世界上最简单的辔头，费劲地转到台阶下。到了下面，我的桶却一跃而起，那姿态优美无比；就是躺在地上的骆驼随着驮工的鞭子的指挥，摇着头站起来时，也没有这样优美。我以均匀的速度穿过冻硬的街道，我常常被抬升到二层楼那么高，从未下降到和房门一样的高度。最后，我高高地飘到了煤店老板拱形地窖的门前，老板正蹲在深深的地窖里的小桌子旁，写着什么；窖里太热，他让窖门开着散热。

"老板！"我的喉咙冻得发僵，瓮声瓮气地喊道，嘴巴前飘起一股浓浓的哈气，"求您了，老板，给我一点煤吧。我的煤桶空空的，我都可以拿它当车骑了。您行个好吧。我一有钱，就还您。"

老板把手放到耳朵上。"我没有听错吧？"他扭过头问坐在炉台上织毛衣的妻子，"我没有听错吧？有顾客。"

妻子后背舒舒服服地烤着火，平静地呼吸着，一边织毛衣，一边说："我什么也没有听见。"

"对，是个顾客，"我喊道，"是我，一个老顾客。一向很诚实的，只是眼下身无分文。"

"老婆，"老板说，"你看，是有人来了，我不会那么容易听错的。肯定是个很老很老的顾客了，他说话让人多舒心啊。"

"你怎么了，老公？"妻子说，把毛线和织针放到胸前，停歇了片刻，"什么人也没有；街道空空的，我们所有的顾客都已买好了煤；我们可以关上店门，歇几天了。"

"可我在这儿，坐在煤桶上呢。"我喊道，浑身发冷，不知不觉流出了眼泪，模糊了眼睛，"请你们抬头往上看一眼吧，你们马上就会发现我的；我求你们给我一铲煤；要是给我两铲，那我就高兴死了。不是说其他顾客都供应过了吗。噢,要是我现在听见煤桶里煤块噼啪作响,那该多好啊!"

"我就来。"老板一边说,一边就要挪动两条短腿,登上地窖台阶往上走,可他的妻子一步跨到他跟前,拽住他的胳膊说:"你待着别动。如果你执意要去,那就我上去。你想想,你昨天夜里咳得多厉害。别为了一点生意,何况还是一桩想象中的买卖,就忘了老婆孩子,不顾自己的肺了。我去。""那就告诉他我们库里所有的品种,你说一种,我就在下面喊一声价钱。""好的。"妻子应了一声,就走出地窖来到街上。她自然立马就看见了我。

"老板娘,"我大声说道,"向您请安了。我只要一铲煤;就铲到这煤桶里;我自己背回去;就一铲最次的煤。煤钱我当然一分钱都不会少,只是不是马上,不是马上。""不是马上"这几个字听起来多么像钟声,和附近教堂钟楼发出的晚钟声混杂在一起,使人迷离恍惚。

"他倒是要什么呀?"老板喊道。"没有什么,"妻子冲着地窖答道,"没有什么,我什么也没有看见,什么也没有听见;只听见钟楼响了六下,我们关门吧。天冷得邪乎;明天我们也许要忙一天呢。"

她什么也没有看见,什么也没有听见;然而她却解下围裙,试图用围裙把我轰走。可惜她成功了。我的煤桶具有一匹优良坐骑的种种优点,却没有抵抗力;它太轻了,一条妇女的围裙就把它扇得离开了地面。

在她一边转身走回煤店,一边既轻蔑又满足地在空中挥动手臂时,我还回头朝她喊道:"你这个恶婆娘!我只向你要一铲最次的煤,你也不给。你是个恶婆娘!"说着,我飘上了冰山地带,消失不见,再也没有回来。

(选自高年生译《卡夫卡精品集》。作家出版社1997年版)

作品内容提问

1. 为什么主人公觉得煤贩子对于他来说简直就是天空中的太阳?
2. 主人公是怎样去煤贩子那里的?
3. 煤贩子家为什么要把门敞开着?
4. 煤贩子的妻子是怎样打发去借煤的主人公的?
5. 主人公"我"最后怎样了?

导读

弗兰茨·卡夫卡(1883—1924),德语小说家,表现主义文学的杰出代表。生于奥匈帝国统治下的布拉格一个犹太商人家庭,父亲粗暴、专制。1901年入布拉格大学学习德国文学,后改学法律。大学期间开始发表作品,毕业后长期在"工人工伤保险公司"工作。卡夫卡一生写下了被称为"孤独三部曲"的长篇小说《美国》、《审判》和《城堡》,以及中短篇小说《判决》、《在流放地》、《地洞》、《变形记》等。《变形记》是卡夫卡的代表作,深刻地揭示了资本主义社会中普遍存在的异化现象,塑造了深感孤独与悲哀的小资产阶级知识分子格里高尔这一形象。卡夫卡的作品深刻反映了现代西方人的异化感和孤独感。美国诗人奥登评价卡夫卡时说:"卡夫卡对我们至关重要,因为他的困境就是现代人的困境。"

《骑桶煤的人》是西方现代主义文学的杰作,通过主人公骑着空煤桶飞上天空的荒诞故事,表现了现代资本主义社会中,遭受异化的穷苦人的生存状态和精神状态。首先,作品揭示了奥匈帝国战争期间最寒冷的冬天里穷苦人痛苦的生存状态。在天寒地冻的天气里,主人公"所有的煤都用光了;煤桶空了;铲子没有用了;炉子散发着凉气;屋子里充满了严寒;窗外的树僵立在白霜中。"小说以颇为写实的手法,描写了主人公面临的生活困境。其次,作品揭示了主人公内心世界的孤独感和恐惧感。客观环境是令人无处逃避的寒冷,"我的身后是冰冷的炉子,面前是冰冷的天空",它所引起的是主人公强烈的无助感,天空犹如一块银色的盾牌,挡住了向它求救的人。再次,作品揭示了资本主义社会里人与人之间沟通的障碍和关系的"异化"。"我"骑着空煤桶去借煤,始终没能近距离面对面地提出自己的乞求,"我"与煤贩子夫妇的交流一直是用"喊"的方式。"我急切地喊,低沉的声音刚一发出便被罩在呼出的哈气中,在严寒中显得格外混浊。"在"我"表明现在不能付钱时,妇人说"她什么也没有听到,什么也没有看到","但她却解下她的围裙,试图用它把我赶走。"人与人之间沟通的障碍,根源在于人的自私和对他人的漠不关心,耳朵、眼睛和心灵都自然屏蔽了对他人困境和需要的感知。

《骑煤桶的人》在艺术上鲜明地体现了表现主义文学的基本特征。首先是荒诞,以荒诞的情节比拟荒诞的世界。人骑着空煤桶飞起来的情节本身是荒诞的,是现实生活中不可能发生的。但恰恰是这种荒诞的描写,揭示了世界荒诞的本质,表现了人在荒诞的世界中的孤独和悲哀,从而深刻地表现了现代西方人的精神危机。其次是悖谬。《骑煤桶的人》中的"我",如同《城堡》中的K一样,越是急切地靠近,越是无法真正地触及,直到生命的终结,也无法达成自己的愿望。正是这种悖谬的艺术手法,使作品呈现出充满恐惧、色调晦暗、悲哀绝望的精神氛围。再次是象征。轻得可以飞起来的煤桶,"具有骑乘动物的一切优点,它没有反抗力,它太轻了,一个妇人的围裙就能把它从地上驱赶走。"世界上没有轻到如此程度的煤桶,却有在充满冷漠和不公平的社会里轻贱到如此程度的人,他们像骑乘动物一样,任人驱遣,却无力反抗,无力改变现状,最终只能"让自己永远消失"。以上艺术特征整体上形成了独特的"卡夫卡式"风格,有力地揭示了作品的主题。

知识链接

表现主义文学。这是20世纪初期以德国为中心兴起的一场国际性文学运动。强调通过荒诞离奇的艺术手法表现主观精神和内心体验;人物常以对类型或抽象本质的体现代替具体鲜明的个性特征;情节发展缺少完整性、连贯性和清晰的线索;思想情感孤独压抑。表现主义文学戏剧的代表人物是尤金·奥尼尔,表现主义小说的代表人物是卡夫卡。

31 海明威《老人与海》（节选）

古巴老渔夫桑提亚哥已经连续84天没有捕到鱼了，大家都认为他"背了运了"，"连他那面补了很多面粉袋的破帆，都像一面永远失败的旗帜"。但老人不服输，决定到更远的海域去。第85天，老人终于在远海钓到了一条巨大的马林鱼。当他经过艰辛的努力将大鱼拴到小船的船舷边上以后，发现鲨鱼群跟踪而来，要吃掉他的猎物。老人又独自一人开始了与鲨鱼的搏斗。以下选文就描写了老人与鲨鱼群殊死搏斗的过程以及"被打败后"回到岸上的经历。

……

他们在海里走得很顺当，老头儿把手泡在咸咸的海水里，想让脑子清醒。头上有高高的积云，还有很多的卷云，所以老头儿知道还要刮一整夜的小风。老头儿不断地望着鱼，想弄明白是不是真有这回事。这时候是第一条鲨鱼朝它扑来的前一个钟头。

鲨鱼的出现不是偶然的。当一大股暗黑色的血沉在一英里深的海里然后又散开的时候，它就从下面水深的地方蹿上来。它游得那么快，什么也不放在它眼里，一冲出蓝色的水面就涌现在太阳光下。然后它又钻进水里去，嗅出了踪迹，开始顺着船和鱼所走的航线游来。

有时候它也迷失了臭迹。但它很快就嗅出来，或者嗅出一点儿影子，于是它就紧紧地顺着这条航线游。这是一条巨大的鲭鲨，生来就游得跟海里速度最快的鱼一般快。它周身的一切都美，只除了上下颚。它的脊背蓝蓝的像是旗鱼的脊背，肚子是银白色的，皮是光滑的，漂亮的。它生得跟旗鱼一样，不同的是它那巨大的两颚，游得快的时候它的两颚是紧闭起来的。它在水面下游，高耸的脊鳍像刀子似的一动也不动地插在水里。在它紧闭的双嘴唇里，它的八排牙齿全部向内倾斜着。跟寻常大多数鲨鱼不同，它的牙齿不是角锥形，像爪子一样缩在一起的时候，形状就如同人的手指头。那些牙齿几乎跟老头儿的手指头一般长，两边都有剃刀似的锋利的口子。这种鱼天生地要吃海里一切的鱼，尽管那些鱼游得那么快，身子那么强，战斗的武器那么好，以至于没有别的任何的敌手。现在，当它嗅出了新的臭迹的时候，它就加快游起来，它的蓝色的脊鳍划开了水面。

老头儿看见它来到，知道这是一条毫无畏惧而且为所欲为的鲨鱼。他把鱼叉准备好，用绳子系住，眼也不眨地望着鲨鱼向前游来。绳子短了，少去了它割掉用来绑鱼的那一段。

老头儿现在的头脑是清醒的，正常的，他有坚强的决心，但是希望不大。他想：能够撑下去就太好啦。看见鲨鱼越来越近的时候,他向那条死了的大鱼望上一眼。他想:这也许是一场梦。我不能够阻止它来害我,但是也许我可以捉住它。"Dentuso[①]",他想。去你妈的吧。

鲨鱼飞快地逼近船后边。它去咬那条死鱼的时候,老头儿看见它的嘴大张着,看见它在猛力朝鱼尾巴上的肉咬的当儿它那双使人惊奇的眼睛和咬得格嘣格嘣响的牙齿。鲨鱼的头伸在水面上,它的脊背也正在露出来,老头儿用鱼叉攮到鲨鱼头上的时候,他听得出那条大鱼身上皮开肉绽的声音。他攮进的地方,是两只眼睛之间的那条线和从鼻子一直往上伸的那条线交叉的一点。事实上并没有这两条线。有的只是那又粗大又尖长的蓝色的头,两只大眼,和那咬得格嘣嘣的、伸得长长的、吞噬一切的两颚。但那儿正是脑子的所在,老头儿就朝那一个地方扎进去了。他鼓起全身的气力,用他染了血的手把一杆锋利无比的鱼叉扎了进去。他向它扎去的时候并没有抱着什么希望,但他抱有坚决的意志和狠毒无比的心肠。

鲨鱼在海里翻滚过来。老头儿看见它的眼珠已经没有生气了,但是它又翻滚了一下,滚得自己给绳子缠了两道。老头儿知道它是死定了,鲨鱼却不肯承认。接着,它肚皮朝上,尾巴猛烈地扑打着水面,两颚格崩格崩响,像一只快艇一样在水面上破浪而去。海水给它的尾巴扑打得白浪滔天,绳一拉紧,它的身子四分之三都脱出了水面,那绳不住地抖动,然后突然折断了。老头儿望着鲨鱼在水面上静静地躺了一会儿,后来它就慢慢地沉了下去。

"它咬去了大约四十磅。"老头儿高声说。他想:它把我的鱼叉连绳子都带去啦,现在我的鱼又淌了血,恐怕还有别的鲨鱼会窜来呢。

他不忍朝死鱼多看一眼,因为它已经给咬得残缺不全了。鱼给咬住的时候,他真觉得跟他自个儿身受的一样。

他想:但是我已经把那条咬我的鱼的鲨鱼给扎死啦。我从来没看过这么大的"Dentuso"。谁晓得,大鱼我可也看过不少呢。

他想:能够撑下去就太好啦。这要是一场梦多好,但愿我没有钓到这条鱼,独自躺在床上的报纸上面。

"可是一个人并不是生来要给打败的,"他说。"你尽可把他消灭掉,可就是打不败他。"他想:不过这条鱼给我弄死了,我倒是过意不去。现在倒霉的时刻就要来到,我连鱼叉也给丢啦。"Dentuso"这个东西,既残忍,又能干,既强壮,又聪明。可我比它更聪明。也许不吧。

他想。也许我只是比它多了个武器吧。

"别想啦,老家伙,"他又放开嗓子说。"还是把船朝这条航线开去,有了事儿就担当下来。"

他想,可是我一定要想。因为我剩下的只有想想了。除了那个,我还要想垒球。我不晓得老狄马吉奥乐意不乐意我把鱼叉扎在它脑子上的那个办法呢?这不是一桩了不起的事儿。什么人都能办得到。但是,你是不是认为我的手给我招来的麻烦就跟鸡眼一样呢?我可没法知道。我的脚后跟从来没有出过毛病,只有一次,我在游泳的时候一脚踩在一条海鳐鱼上面,脚后跟给它刺了一下,当时我的小腿就麻木了,痛得简直忍不住。

"想点开心的事吧,老家伙,"他说。"一分钟一分钟过去,离家越来越近了,丢掉了四十磅鱼肉,船走起来更轻快些。"

他很清楚,把船开到海流中间的时候会出现什么花样。但是现在一点办法也没有。

[①] 一种最凶猛的鲨鱼的名字。

"得,有主意啦,"他大声说。"我可以把我的刀子绑在一只桨把上。"

他把舵柄夹在胳肢窝里,用脚踩住帆脚绳,把刀子绑在桨把上了。

"啊,"他说。"我照旧是个老头儿。不过我不是赤手空拳罢了。"

这时风大了些,他的船顺利地往前驶去。他只看了看鱼的前面一部分,他又有点希望了。

他想:不抱着希望真蠢。此外我还觉得这样做是一桩罪过。他想:别想罪过了吧。不想罪过,事情已经够多啦,何况我也不懂得这种事。

我不懂得这种事,我也不怎么相信。把一条鱼弄死也许是一桩罪过。我猜想一定是罪过,虽然我把鱼弄死是为了养活我自己也为了养活许多人。不过,那样一来什么都是罪过了。别想罪过了吧。现在想它也太迟啦,有些人是专门来考虑犯罪的事儿的。让那些人去想吧。你生来是个打鱼的,正如鱼生来是条鱼。桑·彼得罗是个打鱼的,跟老狄马吉奥的爸爸一样。

他总喜欢去想一切跟他有关联的事情,同时因为没有书报看,也没有收音机,他就想得很多,尤其是不住地在想到罪过。他想:你把鱼弄死不仅仅是为了养活自己,卖去换东西吃。你弄死它是为了光荣,因为你是个打鱼的。它活着的时候你爱它,它死了你还是爱它。你既然爱它,把它弄死了就不是罪过。不然别的还有什么呢?

"你想得太多啦,老头儿。"他高声说。

他想:你倒很乐意把那条鲨鱼给弄死的。可是它跟你一样靠着吃活鱼过日子。它不是一个吃腐烂东西的动物,也不像有些鲨鱼似的,只是一个活的胃口。它是美丽的,崇高的,什么也不害怕。

"我弄死它为了自卫,"老头儿又高声说。"我把它顺顺当当地给弄死啦。"

他想:况且,说到究竟,这一个总要去杀死那一个。鱼一方面养活我,一方面要弄死我。孩子是要养活我的。我不能过分欺骗自己了。

他靠在船边上,从那条死鱼身上给鲨鱼咬过的地方撕下了一块肉。他嚼了一嚼,觉得肉很好,味道也香,像牲口的肉,又紧凑又有水分,可就是颜色不红。肉里面筋不多,他知道可以在市场上卖大价钱。可是他没法叫肉的气味不散到水里去,他知道倒霉透顶的事儿快要发生了。

风在不住地吹,稍微转到东北方去,他知道,这就是说风不会减退了。老头儿朝前面望了一望,但是他看不见帆,看不见船,也看不见船上冒出来的烟。只有飞鱼从船头那边飞出来,向两边仓皇地飞走,还有就是一簇簇黄色的马尾藻。他连一只鸟儿也看不见。

他已经在海里走了两个钟头,在船艄歇着,有时候嚼嚼从马林鱼身上撕下来的肉,尽量使自己好好休息一下,攒些儿力气,这时他又看见了两条鲨鱼中间的第一条。

"呀!"他嚷了一声。这个声音是没法可以表达出来的,或许这就像是一个人在觉得一根钉子穿过他的手钉进木头时不由自主地发出的喊声吧。

"星鲨。"他高声说。他看见第二条鱼的鳍随着第一条鱼的鳍冒上来,根据那褐色的三角形的鳍和那摆来摆去的尾巴,他认出这是两条犁头鲨。它们嗅出了臭迹以后就兴奋起来,因为饿得发昏了,它们在兴奋中一会儿迷失了臭迹,一会儿又找到了臭迹。但是它们却始终不停地向前逼近。

老头儿系上帆脚绳,把舵柄夹紧。然后他拿起了上面绑着刀子的桨,他轻轻地把桨举起来,尽量轻轻地,因为他的手痛得不听使唤了,然后,他又把手张开,再轻轻地把桨攥住,让手轻松一些。这一次他攥得很紧,让手忍住了疼痛不缩回来,一面注意着鲨鱼的来到。他看得见它们的阔大的、扁平的铲尖儿似的头,以及那带白尖儿的宽宽的胸鳍。这是两条气味难闻的讨厌的鲨鱼,是吃腐烂东西的,又是凶残嗜杀的。饥饿的时候,它们会去咬桨或者船舵。这些鲨鱼会趁海龟在水面上睡觉时就把它们的腿和前肢咬掉。它们饥饿的时候会咬在水里游泳的人,即使人身上没有鱼血的气味或者鱼的黏液。

"呀,"老头儿说。"星鲨,来吧,星鲨。"

它们来了。但是它们没有像鲭鲨那样地游来,一条鲨鱼转了一个身,就钻到船底下看不见的地方,它把那条死鱼一拉一扯,老头儿感觉到船在晃动。另一条鲨鱼用它裂缝似的黄眼睛望着老头儿,然后飞快地游到船跟前,张着半圆形的大嘴朝死鱼身上被咬过的部分咬去。在它那褐色的头顶和后颈上,在脑子和脊髓相连的地方,清清楚楚地现出了一条纹路,老头儿就用绑在桨上的刀子朝那交切点攥进去,又抽出来,再攥进它的猫似的黄眼睛里。鲨鱼放开了它咬的死鱼,从鱼身上滑下去,死去的时候还吞着它咬下的鱼肉。

由于另一条鲨鱼正在蹂躏死鱼的缘故,船身还在晃荡,老头儿松开了帆脚绳,让船向一边摆动,使鲨鱼从船底下出来。一看见鲨鱼,他就从船边弯着身子把刀子朝它身上扎去。他要扎的只是肉,可是鲨鱼的皮很结实,好不容易才把刀子戳进去。这一下不仅震痛了他的手,也震痛了他的肩膀。鲨鱼又很快地露出头来,当它的鼻子伸出水面来靠在死鱼身上的时候,老头儿对准它的扁平的脑顶中央扎去,然后把刀子拔出,又朝同一个地方扎了一下。它依旧闭紧了嘴咬住鱼,于是老头儿再从它的左眼上戳进去,但它还是缠住死鱼不放。

"怎么啦?"老头儿说着又把刀子扎进它的脊骨和脑子中间去。这一次戳进去很容易,他觉得鲨鱼的软骨断了。老头儿又把桨翻了一个身,把刀放在鲨鱼的两颚中间,想把它的嘴撬开。他把刀子绞了又绞,当鲨鱼嘴一松滑下去的时候,他说:"去,去,星鲨。滑到一英里深的水里去。去见你的朋友吧,也许那是你的妈妈呢。"

老头儿擦了一擦他的刀片,把桨放下。然后他系上帆脚绳,张开了帆,把船顺着原来的航线驶去。

"它们准是把它吃掉四分之一了,而且吃的净是好肉,"他大声说。"我真盼望这是一场梦,但愿我根本没有把它钓上来。鱼啊,这件事可真教我不好受。从头错到底啦。"他不再说下去,也不愿朝鱼看一眼。它的血已经淌尽了,还在受着波浪的冲击,他望了望它那镜子底似的银白色,它身上的条纹依然看得出来。

"鱼啊,我不应该把船划到这么远的地方去,"他说。"既不是为了你,也不是为了我。我很不好受,鱼啊。"

"好吧,"他又自言自语地说。望一望绑刀的绳子,看看断了没有。"然后把你的手弄好,因为还有麻烦的事儿没有来到呢。"

"有一块石头磨磨刀子该多好,"老头儿检查了一下绑在桨把上的绳子以后说。"我应该带一块石头来。"他想:好多东西都是应该带来的,但是你没有带来,老家伙。现在不是想你没有的东西的时候。想一想用你现有的东西可以做的事儿吧。

"你给我想出了很巧妙的主意,"他敞开了喉咙说,"可是我懒得听下去啦。"

他把舵柄夹在胳肢窝里,双手泡在水里,随着船往前飘去。

"天晓得,最后那一条鲨鱼撕去了我好多鱼肉,"他说。"可是船现在轻松些了。"他不愿去想给撕得残缺不全的鱼肚子。他知道,鲨鱼每次冲上去猛扯一下,就给扯去了好多的死鱼肉,现在死鱼已经成为一切鲨鱼追踪的途径,宽阔得像海面上一条大路一样了。

他想:这是把一个人养活一整个冬天的鱼啊。别那样想吧。歇一歇,把你的手弄好,守住剩下来的鱼肉。水里有了那么多的气味,我手上的血腥味也算不得什么,何况手上的血淌得也不多了。给割破的地方算不了什么。淌血会叫我的左手不抽筋。

他想:我现在还有什么事儿可想呢?没有。什么也别去想它,只等着以后的鲨鱼来到吧。我希望这真是一场梦,他想。但是谁晓得呢?也许结果会很好的。

下一个来到的鲨鱼是一条犁头鲨。它来到的时候就活像一只奔向猪槽的猪,如果一只猪的嘴有它的那么大,大得连你的头也可以伸到它嘴里去的话。老头儿先让它去咬那条死鱼,然后才把绑在桨上的刀扎进它的脑子里去。但是鲨鱼一打滚就往后猛地一挣,那把刀子喀嚓一声折断了。

老头儿只管去掌他的舵,连看也不看那条大鲨鱼,它慢慢地沉到水里去,最初还是原来那么大,然后渐渐小下去,末了只有一丁点儿。这种情景老头儿一向是要看得入迷的,可是现在他望也不望一眼。

"我还有鱼钩呢,"他说。"但是那没用处。我有两把桨,一个舵把,还有一根短棍。"

他想:这一回它们可把我打败了。我已经上了年纪,不能拿棍子把鲨鱼给打死。但是,只要我有桨,有短棍,有舵把,我一定要想法去揍死它们。

他又把手泡在水里,这时天色渐渐地向晚。除了海和天,什么也看不出来。天上的风刮得比先前大了些,马上他就希望能够看到陆地。

"你累乏啦,老头儿,"他说。"里里外外都累乏啦。"

直到太阳快落下去的时候,鲨鱼才又向他扑来。

老头儿看见两个褐色的鳍顺着死鱼在水里所不得不造成的那条宽阔的路线游着。它们甚至不去紧跟着鱼的气味,就肩并肩地直朝着小船扑来。

他扭紧了舵,把帆脚绳系好,从船艄下面去拿那根短棍。这是把一个断了的桨锯成二英尺半长的一个桨把子。因为那个桨把子有个把手,他用一只手攥起来才觉得方便,他就稳稳地把它攥在右手里,用手掌弯弯地握着,一面望着鲨鱼的来到。两条都是"星鲨"。

他想:我要先让第一条鲨鱼把死鱼咬紧了,然后再朝它的鼻尖儿揍,或者照直朝它的头顶上劈去。

两条鲨鱼一道儿来到跟前,他看见离得最近的一条张开大嘴插进死鱼的银白色的肚皮时,他把短棍高高地举起,使劲搥下,朝鲨鱼的宽大的头顶狠狠地劈去。短棍落下的当儿,他觉得好像碰到了一块坚韧的橡皮,同时他也感觉到打在铁硬的骨头上。鲨鱼从死鱼身上滑下去的时候,他又朝它的鼻尖上狠狠地揍了一棍。

另一条鲨鱼原是忽隐忽现的,这时又张开了大嘴扑上来。当它咬住了死鱼、闭紧了嘴的时候,老头儿看得见从它嘴角上漏出的一块块白花花的鱼肉。他用棍子对准了它打去,只是打中了它的头,鲨鱼朝他望了一望,然后把它咬住的那块肉撕去。当它衔着鱼肉逃走的时候,老头儿又揍了它一棍,但是打中的只是橡皮似的又粗又结实的地方。

"来吧,星鲨,"老头儿说。"再来吧。"

鲨鱼一冲又冲上来,一闭住嘴就给老头儿揍了一棍,他把那根棍子举到不能再高的地方,结结实实地揍了它一下,这一回他觉得他已经打中了脑盖骨,于是又朝同一个部位打去,鲨鱼慢慢吞吞地把一块鱼肉撕掉,然后从死鱼身上滑下去了。

老头儿留意望着那条鲨鱼会不会再回来,可是看不见一条鲨鱼。一会儿他看见一条在水面上打着转儿游来游去。他却没有看到另一条的鳍。

他想:我没指望再把它们弄死了。当年年轻力壮的时候,我会把它们弄死的。可是我已经叫它们受到重伤,两条鲨鱼没有一条会觉得好过。要是我能用一根垒球棒,两只手抱住去打它们,保险会把第一条鲨鱼打死。甚至现在也还是可以的。

他不愿再朝那条死鱼看一眼。他知道它的半个身子都给咬烂了。在他跟鲨鱼格斗的时候,太阳已经落下去。

"马上就要天黑,"他说。"一会儿我要看见哈瓦那的灯火了。如果我往东走得更远,我会看见从新海滩上射出来的灯光。"

他想:现在离港口不会太远了。我希望没有人替我担心。只有那孩子,当然,他一定会替我担心的。可是我相信他有信心。好多打鱼的老头儿也会替我担心的。还有好多别的人。我真是住在一个好地方呀。

他不能再跟那条大鱼讲话,因为它给毁坏得太惨啦。这时他的脑子里突然想起了一件事。

"你这半条鱼啊,"他说。"你原来是条整鱼。我过意不去的是我走得太远,这把你和我都给毁啦。可是我们已经弄死了许多鲨鱼,你和我,还打伤好多条。老鱼,你究竟弄死过多少鱼啊?你嘴上不是白白地生了那个长吻的。"

他总喜欢想到这条死去的鱼,想到要是它能够随意地游来游去,它会怎么样去对付一条鲨鱼。他想:我应该把它的长吻儿砍掉,用它去跟鲨鱼斗。可是船上没有斧头,后来又丢掉了刀子。

话又说回来,当时要是我能够把它的长吻儿砍掉,绑在桨把上的话,那该是多好的武器呀。那样一来,我俩就会一同跟它们斗啦。要是它们在夜里窜来,你该怎么办呢?你有什么办法呢?

"跟它们斗,"他说。"我要跟它们斗到死。"

现在已经天黑,可是天边还没有红光,也看不见灯火,有的只是风,只是扯得紧紧的帆,他觉得大概自己已经死了。他合上两只手,摸一摸手掌心。两只手没有死,只要把两只手一张一合,他还觉得活活地痛哩。他把脊背靠在船舷上,才知道自己没有死,这是他的肩膀告诉他的。

他想:我许过愿,要是我捉到了这条鱼,我一定把所有的那些祷告都说一遍。但是我现在累得说不出了。倒不如把麻袋拿过来盖在我的肩膀上。

他躺在船舷,一面掌舵,一面留意着天边红光的出现。他想:我还有半条鱼。也许我有运气把前面半条鱼带回去。我应该有点儿运气的。"可是没有呀,"他说。"你走得太远,把运气给败坏啦。"

"别胡说八道啦,"他又嚷起来。"醒着,掌好舵。也许你的运气还不小呢。"

"我倒想买点儿运气,要是有地方买的话。"他说。

我拿什么去买运气呢?他自己问自己。我买运气,能够用一把丢掉的鱼叉,一把折断的刀子,一双受了伤的手去买吗?

"可以的,"他说。"你曾经想用海上的八十四天去买它。它们也几乎把它卖给了你。"

他想:别再胡思乱想吧。运气是各式各样的,谁认得出呢?可是不管什么样的运气我都要点儿,要什么报酬我给什么。他想:我希望我能见到灯光。我想要的事儿太多,但灯光正是我现在想要的。他想靠得舒服些,好好地去掌舵;因为觉得疼痛,他知道他并没有死。

大约在夜里十点钟的时候,他看见了城里的灯火映在天上的红光。最初只是辨认得出,如同月亮初升以前天上的光亮。然后,当渐渐猛烈的海风掀得波涛汹涌的时候,才能从海上把灯光看得清楚。

他已经驶进红光里面,他想,现在他马上就要撞到海流的边上了。

他想:现在一切都过去了。不过,也许它们还要向我扑来吧。可是,在黑夜里,没有一件武器,一个人怎么去对付它们呢?

他现在身体又痛又发僵,他的伤口和身上一切用力过度的部分都由于夜里的寒冷而痛得厉害。他想:我希望我不必再去跟它们斗啦。我多么希望我不必再跟它们斗呀。

可是到了半夜的时候,他又跟它们斗起来,这一回他知道斗也不会赢了。它们是成群结队来的,他只看到它们的鳍在水里划出的纹路,看到它们扑到死鱼身上去时所放出的磷光。他用棍棒朝它们的头上打去,听到上下颚裂开和它们钻到船下面去咬鱼时把船晃动的声音。凡是他能够感觉到的,听见的,他就不顾一切地用棍棒劈去。他觉得有什么东西抓住了他的那根棍,随着棍就丢掉了。

他把舵把从舵上曳掉,用它去打,去砍,两只手抱住它,一次又一次地劈下去,但是它们已经窜到船头跟前去咬那条死鱼,一忽儿一个接着一个地扑上来,一忽儿一拥而上,当它们再一次折转身扑来的时候,它们把水面下发亮的鱼肉一块一块地撕去了。

最后,一条鲨鱼朝死鱼的头上扑来,他知道一切都完了。于是他用舵把对准鲨鱼的头打去,鲨鱼的两颗正卡在又粗又重的死鱼头上,不能把它咬碎。他又迎面劈去,一次,两次,又一次。他听到舵把折断的声音,再用那裂开了的桨把往鲨鱼身上戳去。他觉得桨把已经戳进去,他也知道把子很尖,因此他再把它往里面戳。鲨鱼放开鱼头就翻滚着沉下去。那是来到的一大群里最后的一条鲨鱼。它们再也没有什么东西可吃了。

老头儿现在简直喘不过气来,同时他觉得嘴里有一股奇怪的味道。这种味道带铜味,又甜。他担心了一会儿。不过那种味道并不多。

他往海里啐了一口唾沫,说:"吃吧,星鲨。作你们的梦去,梦见你们弄死了一个人吧。"

他知道他终于给打败了,而且一点补救的办法也没有,于是他走回船梢,发现舵把的断成有缺口的一头还可以安在舵的榫头上,让他凑合着掌舵。他又把麻袋围在肩膀上,然后按照原来的路线把船驶回去,现在他在轻松地驶着船了,他的脑子里不再去想什么,也没有感觉到什么。什么事都已过去,现在只要把船尽可能好好地、灵巧地开往他自己的港口去,夜里,鲨鱼又来咬死鱼的残骸,像一个人从饭桌子上捡面包屑似的。老头儿睬也不睬它们,除了掌舵,什么事儿都不睬,他只注意到他的船走得多么轻快,多么顺当,没有其重无比的东西在旁边拖累它了。

船还是好好的,他想。完完整整,没有半点儿损伤,只除了那个舵把。那是容易配上的。

他感觉到他已经驶进海流里面,看得出海滨居住区的灯光。他知道他现在走到什么地方,到家不算一回事儿了。

风总算是我们的朋友,他想。然后他又加上一句:不过也只是有时候。还有大海,那儿有我们的朋友,也有我们的敌人。床呢,他又想。床是我的朋友。正是床啊,他想。床真要变成一件了不起的东西,一旦给打败,事情也就容易办了,他想。我决不知道原来有这么容易。可是,是什么把你打败的呢?他又想。

"什么也不是,"他提高嗓子说。"是我走得太远啦。"

当他驶进小港的时候,海滨酒店的灯火已经熄灭,他知道人们都已上床睡去。海风越刮越大,现在更是猖狂了。然而港口是静悄悄的。于是他把船向岩石下面的一小块沙滩跟前划去。没有人来帮助他,他只好一个人尽力把船划到岸边。然后他从船里走出,把船系在岩石旁边。

他放下桅杆,卷起了帆,把它捆上,然后把桅杆扛在肩上,顺着堤坡往岸上走去。这时他才知道他已经疲乏到什么程度。他在半坡上歇了一会儿,回头望了一望,借着水面映出的街灯的反光,看见那条死鱼的大尾巴挺立在船梢后面。他看见鱼脊骨的赤条条的白线,黑压压一团的头,伸得很长的吻和身上一切光溜溜的部分。

他再往上爬去,一到堤顶上他就跌倒,把桅杆横在肩上躺了一会儿。他试一试想站起来,可是非常困难,于是他就扛着桅杆坐在那儿,一面望着路上。一只猫从远处跑过去,不知在那儿干什么。老头儿直望着它,过一会他才转过来专望着大路。

最后,他放下了桅杆站起来,再把桅杆提起,放在肩上,然后走他的路。在他走到他的茅棚以前,他不得不坐在地上歇了五次。

走进茅棚以后,他把桅杆靠在墙上。他摸黑找到了一个水瓶,喝了一口水就躺到床上去。他把毯子盖到肩上,又裹住脊背和两腿,就脸朝下躺在报纸上,手心朝上,两只胳膊伸得挺直的。

第二天早上,他睡得正沉的时候,孩子来到了门口,朝里面张望着。这一天风刮得紧,漂网的渔船不能开出去,孩子睡了一个懒觉,跟每天早上一样,醒来后就到老头儿的茅棚这边来。孩子看见老头儿正在呼呼地打着鼾,又看见老头儿的那双手,他放声大哭起来,于是赶忙一声不响地走开,打算给老头儿拿来一点儿咖啡,一路上一边走,一边还在哭。

好多打鱼的都站在那只船的周围,望着绑在船旁边的那个东西。一个人卷起裤脚管站在水里,用一根长绳子在量死鱼的骨骼。

孩子没有走下坡去。他早已到那儿去过,这时一个打鱼的正在替他看守着那只船哩。

"他怎样啦?"一个打鱼的大声地问。

"睡着呢,"孩子也大声地回答。人们看见他在哭,他也毫不在乎。"谁都别去惊醒他。"

"这条鱼,从鼻子到尾巴足有十八英尺长呢。"用绳量鱼的那个打鱼的嚷着说。

"我相信。"孩子说。

他走到海滨酒店去,要了一罐咖啡。

"要滚烫的,多放些牛奶跟糖在里面。"

"还要别的吗?"

"不要啦。等一会儿我再看看他能吃什么。"

"多大的鱼啊,"酒店老板说。"从来没有过这么大的鱼。你昨天捉到的那两条鱼也是很好的。"

"让我的鱼都死掉吧。"孩子说着又哭起来。

"你想喝点儿什么吗?"老板问他。

"不,"孩子说。"对他们说,别来打扰桑提亚哥老大爷。我就回来啦。"

"告诉他,我很挂念他。"

"多谢你。"孩子说。

孩子拿了一罐热咖啡到老头儿的茅棚去,坐在一旁等他醒来。有一回他好像快要醒了。可是他又死沉沉地睡去,孩子不得不到大路那边去借一点木柴来,把咖啡再热一热。

最后,老头儿醒来了,

"别坐起来,"孩子说。"把咖啡喝掉吧。"他把咖啡倒了些在玻璃杯里。

老头儿把咖啡接过去一口喝掉。

"它们把我给打败啦,曼诺林,"他说。"它们真的打败了我。"

"它没有打败你。那条鱼并没有打败你。"

"是的。真的没有。可是后来鲨鱼打败了我。"

"彼得利科在守着船和船上的东西。那个鱼头怎么办?"

"让彼得利科把它切碎了做鱼食吧。"

"那个长吻呢?"

"你要你就拿去。"

"我要,"孩子说。"现在我们得安排安排别的事儿啦。"

"他们找过我没有?"

"当然找过。找你的有水上警察,还有飞机。"

"海洋很大,船小,不容易看出来。"老头儿说。他觉得多么高兴,现在他有人可以叙一叙,不再自言自语,也不再对海说话了,"我很想念你,"他说。"你捉到了几条鱼?"

"头一天一条。第二天又是一条,第三天两条。"

"很好。"

"现在我俩又要一道打鱼啦!"

"不。我没有运气。我再也不会走运了。"

"去他妈的什么运气,"孩子说。"我会把运气带来的。"

"你家里人该怎么说呢?"

"谁管它。昨天我已经捉到了两条。现在我们一定得一道去打鱼,因为我还有好多东西要跟你学呢"

"我们一定要弄来一杆能够把鱼扎死的好矛,经常放在船上。你可以从旧福特汽车上弄来一块钢板叶子,做矛头。我们可以拿到关纳巴科阿去磨它一磨。应该把它磨得快快的,同时,要不炼一炼它就会断。我的刀子已经断了。"

"我再去弄一把刀子,同时把钢板叶子磨快。风要刮多少天?"

"大概三天。也许还要久些。"

"那么我要把什么事情都安排好,"孩子说。"你也要把你的手养好,老大爷。"

"我知道怎样调理这双手。夜里我曾经吐出过不知道什么的一种怪东西,我觉得好像我的胸口上什么地方破了。"

"那么也把那地方好好儿调理一下吧,"孩子说。"躺下去,老大爷,我去替你拿一件干净衬衫来,还弄点什么吃的。"

"我不在家时候的报纸,不管哪一天的,拿一份来。"老头儿说。

"你得赶快好起来,因为我能跟你学会好多本领,样样你都可以教我。你吃了多少苦啊?"

"一言难尽。"老头儿说。

"我去把报纸跟吃的东西拿来,"孩子说。"你好好儿休息吧,老大爷。我到药房里替你弄点搽手的药来。"

"别忘记了告诉彼得利科,那个鱼头是他的。"

"我晓得。不会忘记的。"

孩子走出了门,当他走在破烂的珊瑚石路上的时候,他又放声大哭起来。

那天下午,海滨酒店里来了一群旅行家,其中一个女人在望着海水的时候,从一堆空啤酒罐和死了的小梭鱼中间看见了一根又粗又长的雪白的脊骨,最后面有一条庞大无比的尾巴,当东风把港口码头外面的海水不住地掀得波涛汹涌的时候,那条尾巴随着潮水一上一下地晃来晃去。

"那是什么?"她指着那条大鱼的长脊骨问一个侍役,现在那东西已成了垃圾,只等着给潮水冲走了。

"Tiburon①,"侍役说,"Eshark②。"他想对她讲一讲事情的经过。

"我还不知道鲨鱼有这么漂亮的,样子这么好看的尾巴呢。"

"我也不知道。"她的男朋友说。

在路那边的茅棚里,老头儿又睡着了。他依旧脸朝下睡着,孩子坐在一旁守护他。老头儿正在梦见狮子。

(选自海观译《老人与海》。上海译文出版社 1979 年版)

作品内容提问

1. 鲨鱼的出现是老人下海后第几天发生的事儿?

2. 老人杀死第一条鲨鱼后,说了一句非常著名的话,"人并不是生来就要被打败的,你尽可以把他消灭掉",紧接着这句话的下半句是什么?

3. 老人在与鲨鱼的搏斗中,都使用过哪些"武器",最后还剩下了什么?

4. 老人回到岸边大睡一场,醒来后对曼诺林说"再也不会走运了",孩子是如何回答他的?

5. 在海滨酒店里,女游客指着大鱼骨问侍役"那是什么?"侍役的答案正确吗?

导读

厄内斯特·海明威(1899—1961)美国著名的小说家。出生在美国伊利诺伊州芝加哥的橡树园镇。1918 年,海明威作为红十字会员亲身到意大利参加了第一次世界大战,在战

---

① 西班牙文,鲨鱼的意思。
② 占巴人用英语说鲨鱼时不准确的读音。

争中身负重伤,荣获战争奖章。战后出任驻巴黎记者。在巴黎期间结识了美国著名的女作家斯泰因等。此时发表了短篇小说集《在我们的时代》、长篇小说《太阳照样升起》,反映了战后青年人受到战争创伤后的迷惘、苦闷的精神状况,因而使海明威成为"迷惘的一代"代表作家。长篇小说《永别了,武器》为海明威获得了巨大的声誉。小说男主人公弗雷德里克·亨利在第一次世界大战中以救护队司机的身份来到意大利前线参加战斗,在一次休假时结识了英国女护士凯瑟琳。经历了很多磨难后,凯瑟琳却因难产而死,剩下亨利一人在绝望中苟活。亲身经历了战争的亨利感到:"什么神圣、光荣、牺牲这些空泛的字眼儿,我一听就害臊,我可没有神圣的东西,光荣的东西也没有什么光荣,至于牺牲,那就像芝加哥的屠宰场,不同的是把肉拿来埋掉罢了。"海明威在这部作品中反映了人们对战争的痛恨、诅咒和厌恶,也表现了浓重的迷惘情绪,被认为是"迷惘的一代"的代表性作品。30年代上半叶,海明威曾经去非洲打猎,并根据这段经历写了著名的短篇小说《乞力马扎罗的雪》,这也是作者本人最满意的作品之一。1937年,西班牙内战爆发,海明威根据西班牙内战题材写了剧本《第五纵队》和长篇小说《丧钟为谁而鸣》。第二次世界大战爆发后,海明威积极投身于反法西斯的斗争,利用记者、作家的身份亲历前线。在战争中,再次负伤。战后,海明威长期定居哈瓦那。1952年,海明威发表了中篇小说《老人与海》,震动了世界文坛。1954年获得诺贝尔文学奖。颁奖词是"由于他精通现代叙事艺术,突出表现在其近作《老人与海》中,同时也由于他对现代文体的影响"。1961年7月2日海明威在家中开枪自杀。

　　《老人与海》是海明威的代表作之一。作品具有明显的寓意与象征意味。首先,小说表现了作家对世界和人之间关系的独特认识。"大海"象征着神秘莫测、充满各种"暴力"的现代社会;"孤独的处境"、"鲨鱼"以及"他人的冷漠"等都是作家眼中的"暴力"体现形式;"老人"是有着漫长历史的"人类"的象征。这样,"老人"和"大海"之间关系的描写,就体现了作家对人与社会关系的理解。"大海"是无法把握的,它可以让老人84天一无所得;也可以在刹那间给人以巨大的回报;大海中蕴藏着巨大的财富(马林鱼和各种各样的海生物),也有着凶猛的敌人(鲨鱼、涡流等)等。作品正是在这样的背景下,表现了现代人的孤独与苦难、失败与抗争的命运。其次,作者彰显了在暴力境遇下人类不屈不挠的进取精神以及面对莫测的自然、悲怆的人生所表现出的一种"重压下的从容"。桑提亚哥是一个"硬汉子"形象。他的信条是:"人并不是生来就要被打败的,你尽可以把他消灭掉,可就是打不败他。"海明威笔下的"硬汉子"形象,不是张扬他们能够战胜一切"暴力"的英雄气概,而在于弘扬面对打击、面对困难时人所具有的不屈服的精神。海明威知道他笔下的"硬汉"很难在这个时代取得真正的胜利,但他不允许他的"硬汉"像这个时代其他人一样"识时务",他要求他的人物在暴力、死亡、失败面前保持人的尊严和勇气,保持"男子汉的风度",从而获得一种精神上的胜利。桑提亚哥形象的意义在于,他的精神气质使读者不再以捕鱼这个中心事件的成败来评判他,而是关注他在同鲨鱼所象征的邪恶势力的搏斗中精神上的胜负。这时,老人就已经不是一个渔民,而是人类同一切邪恶势力斗争的一个精神象征。最后,老人没有保住自己作为渔民而打到的大鱼(只留下一副鱼的骨架),却使读者感到一种由衷的欣慰:桑提亚哥捍卫了人类的尊严,因为人类在同丑恶势力的斗争中,没有失败!桑提亚哥是个失败的胜利者,也是一个非英雄的英雄。这部小说的意义就在于它塑造了一个典型的海明威式的硬汉形象,表现了一种永不屈服的精神,说明了一个人可以被消灭,但绝对不能被打败这样一种精神境界。

选文部分集中表现了上述内容和弘扬了老人的精神特征。并且作家还通过几个细节的描写，进一步深化了上述思想：一是孩子诺曼林第一个来看望他，并表示坚决要和他一起去捕鱼，表现了老人的"硬汉精神"后继有人；二是"老人又梦见了狮子"，暗示在人类身上这种硬汉精神和超迈的人格力量不会因为一次失败而淡化或消失；三是"游客"场景的描写揭示了现代社会一个可怕的现实，即一个人的"英雄行为"并非都能被世人理解，对那些芸芸众生来说，老人的故事不过是个无聊的谈资而已。

选文部分也深刻地体现了海明威创作在艺术上的成就。第一，"冰山原则"的运用极为出色；小说通过老人在大海上和鲨鱼搏斗场景的描写，将富有魅力的形象刻画与抽象深远的寓意融汇在一起，把一个生活中具体的打鱼故事，变成了一部揭示现代人与社会关系、弘扬人的"硬汉"精神的壮丽画卷。第二，语言简洁，叙述平实，用不多的文字，包含了捕捉马林鱼、和鲨鱼搏斗、回到岸上的表现以及酒店人们的样态等多项要素；并且描写栩栩如生，引人入胜。

知识链接

1. 迷惘的一代。第一次世界大战后美国的一个文学流派。20世纪20年代初侨居巴黎的美国女作家格·斯泰因曾对海明威说："你们都是迷惘的一代。"海明威把这句话作为他第一部长篇小说《太阳照常升起》的题词，"迷惘的一代"从此成为这批虽无纲领和组织但有相同创作倾向的作家的称谓。这些青年作家曾怀着民主的理想奔赴欧洲战场，结果是目睹人类空前的大屠杀，经历种种苦难，深受"民主"、"光荣"、"牺牲"等口号的欺骗，对社会、人生大感失望，故通过创作小说描述战争对他们的残害，表现出一种迷惘、彷徨和失望的情绪。

2. 硬汉子形象。海明威作品中出现的一系列人物形象，有拳击师、斗牛士、猎人、渔人等。他们都具有一种百折不挠、坚强不屈的精神和性格，面对暴力和死亡，面对不可改变的命运，都表现出一种从容、镇定的意志力，保持了人的尊严和勇气。桑提亚哥的名言"人可以被毁灭，但不能被打败"，即是这种"硬汉"形象精神境界的体现。

3. 冰山原则。这种创作理论首先是由美国作家海明威提出来的，指的是人的语言对于人的思想的表达就好像冰山一样，只有八分之一在水面，有八分之七在水下。对作家而言，就是用简洁的文字塑造出鲜明的形象，把自身的感受和思想情绪最大限度的埋藏在形象之中。

32 萨特《卧室》(节选)

这是萨特写作的表现存在主义哲学思想的一部中篇小说,主要讲述了达贝达一家人之间的难以沟通、"他人就是地狱"的难堪境遇。因篇幅关系,本选文只节选了小说最重要的部分章节。

一

达贝达夫人手里拿着一块阿拉伯香糕,小心翼翼地送到自己的嘴边。她屏住呼吸,生怕鼻息吹跑了撒在糕上的糖屑:"哦,一股玫瑰香,"她自言自语说。她猛地在松软的香糕上咬了一口,嘴里觉着有一种说不出的怪味儿,"真奇怪,人有了病,嘴也变刁啦。"她想起了清真寺和惯于逢迎别人的东方人(她曾经在蜜月旅行时到过阿尔及尔),苍白的嘴边漾起一丝微笑:连阿拉伯香糕也爱逢迎人。

她不得不用手掌在书页上掸了几下。因为尽管她吃香糕时很小心,书页上还是沾了一层薄薄的白色粉粒。她用两只手抖了抖光滑的纸页,使糖屑窸窸窣窣地滚落下来:"这使我回忆起在阿卡雄海滨看书的情景。"1907年夏季,她曾在海边度假。那时,她常常戴一顶系着绿色绸带的大草帽,坐在离防波堤很近的地方阅读纪普或者科莱特·伊韦尔的小说。被海风卷起的沙子落在她的膝盖上,她不时地拎着书角把书页上的沙粒抖掉。那时的感觉和现在差不多:只是沙子非常干燥,而糖屑有点儿沾手指。她眼前仿佛又浮现出黑色海面上的一条珠灰色云带。"当时艾娃还没有出世。"往事使她头脑发沉,同时又使她觉得自己就像檀香木盒似的高贵。她蓦地记起了当时阅读的那本小说的书名:《小夫人》。那本书读起来倒并不腻味。然而自从身体不适又查不出病因以来,她只得深居简出,也不看小说了,只读一些回忆录和历史著作。她指望病痛、严肃的读物、专心地回忆往事和昔日最美好的感受能使她像暖房的瓜果那样老成起来。

她突然想起丈夫快来敲门了,心里便有些紧张。平时他只是傍晚才来,默默地吻一吻她的前额,便坐在对面的安乐椅上阅读《时代》杂志。然而,星期四是达贝达先生"日":他总要去女儿家里待上一个小时,一般是三点到四点。出发前,他先来看望夫人,老两口照例要谈到他们的女婿。只要一谈到他,他们就觉得难办。达贝达夫人对每周四这种谈话都能够预料到一切细微末节了。她已经腻味透了。达贝达一进来,这屋子就没法保持安静。他不爱坐着,老在屋里来回踱步。他脾气暴躁,每次发作就像一块突然破裂的玻璃刺激着达贝达夫人的神经。本星期四的情况准比往常更糟,因为,达贝达夫人待会儿不得不把艾娃对她说的话如实地告诉丈夫,而她那可怜的高个儿丈夫听了准会暴跳如雷;想到这儿,她的额上渗出了一颗颗虚汗。她在茶碟里拿起一块香糕,迟疑地端详了片刻,又忧郁地把它放了回去,她不愿让丈夫看见她正吃着香糕。

她听到了敲门声,心里一怔。

"请进,"她用微弱的声音说。

达贝达先生踮着脚尖走了进来。

"待会儿我就去看艾娃,"每星期四他总是这么说的。

达贝达夫人对他微微一笑。

"你替我亲亲她。"

达贝达先生没有搭理她,而是焦躁地皱了皱眉头:每星期四的这一时刻,他的消化不良总是同心头积郁的愤懑搅在一起。

"看完女儿后,我想立即去找弗朗舍,请他认真地同她谈一谈,设法说服她。"

他常常去拜访弗朗舍大夫,但总是毫无成果。达贝达夫人抬了抬眉梢。从前,身体健康的时候,每当这种场合,她爱耸一耸肩膀。但是自从病魔缠身以来,什么细微的动作都使她觉得疲劳,因此她索性用面部的表情来代替各种动作:用眼神而不用嘴角来表示赞同;用抬眉梢而不用耸肩膀来表示无可奈何。

"最好能用强制的方法把他从女儿身边抢走。"

"我已经告诉过你,这是办不到的。况且法律也不许可。那天,弗朗舍对我说,他们当医生的常常在病人家里遇到一些出乎意料的麻烦:有些亲属总是下不了决心,宁可把病人留在家里,弄得医生束手无策,他们只好提出忠告,别的就无能为力了。他还说,或许要等到他闹得不亦乐乎,引起邻居的公愤,艾娃才会自己提出要求把他关起来。"

"这样的话,"达贝达夫人说,"那可不是一两天能够了结的事啰。"

"是啊。"

他转过身子朝着衣镜,用手指梳理起浓密的胡子来了。达贝达夫人瞧着丈夫肥厚的红颈背,脸上毫无表情。

"艾娃要是再这么下去,"达贝达先生说,"她准会变得比皮埃尔更疯,这对她的健康很不利。她和他形影不离,除了来看你,从来不出房门,也不接待客人。他们的卧室里,空气混浊得叫人没法呼吸。她从来不开窗,因为皮埃尔不愿意。好像什么事非要取得病人的同意似的。我揣测他们经常点乳香,屋里乱糟糟的,简直像香炉里放了一堆垃圾。走进他们的屋子,烟雾弥漫,就像进了教堂。说真的,我有时甚至怀疑……她的眼神特别怪,你发现了吗?"

"我倒没注意,"达贝达夫人说,"我觉得她的眼神倒还自然。当然,她看来挺苦闷。"

"她的脸色惨白。不知她的胃口和睡觉如何。这些事,连问都问不得她。可是有皮埃尔这么个活宝缠在她的身边,我想她夜里准没法合眼。"他耸了耸肩膀:"她给自己设了个牢笼。而最奇怪的是,连我们做父母的也没法把她拯救出来。要知道皮埃尔到了弗朗舍那儿准会得到更好的治疗。他的医院里有个大花园。况且,人总是同病相怜的。"他微笑着补充道:"我认为他或许会同病友处得很好。这种病人就像孩子,要让他们自由自在地待在一起。他们会组成类似共济会那样的集体。我们本应当在他初次犯病的时候,就把他送到那儿去的。我认为,这样做完全是为他着想,对他百利而无一弊。"

他停顿了一会儿,又接着说:

"我有言在先,我可不愿她单独与皮埃尔在一起,尤其是夜里。会出事儿的。皮埃尔的脸色阴沉得可怕。"

"我认为没有必要去操那么些心,"达贝达夫人说,"他一贯就是这么个德行。他好像对谁也看不入眼。哎,这可怜的孩子,"她一面喘气,一面接着说,"他骄傲惯了,所以才落到这步田地。他自以为比我们谁都高明。当他不愿继续同你争论下去的时候,总是用一句话来对付你:'您对,您有理……'这样倒也好,免得他发觉自己的病态。"

她想起那张老是歪斜的,好讥讽人的长脸,心里就不痛快。艾娃刚结婚的时候,达贝达夫人曾经千方百计地想对女婿殷勤些。可是女婿却使她大失所望:他几乎连一句话都没有,不管岳母说什么,他都心不在焉地匆匆点头表示赞同。

达贝达先生还是顺着自己的思路说:"弗朗舍已经带我参观了他的医院,设备好极了。每个病人住一个单间,病房里有皮靠椅,沙发床。院子里有网球场,还准备修个游泳池。"

他站在窗前,弯着两条腿,一面摇晃着身子,一面透过玻璃眺望着窗外的景色。他猛地转过身来,双肩一耸,两只手迅速地插进了裤兜。达贝达夫人觉得自己都快出汗了:每次总是这样的。现在,丈夫又该像只关在兽笼里的狗熊,在屋子里来回走动了。他每走一步,皮鞋就格格作响。

"喂,我的朋友,"她说,"求求你坐下来吧,你在我面前走个不停,我实在受不了。"她满脸踌躇地接着说:"我有重要的事要告诉你。"

达贝达先生在安乐椅里坐了下来,两只手搁在膝盖上;达贝达夫人浑身直打颤,宛如脊梁上被浇了一盆凉水似的。此刻,她不得不向丈夫说实话了。

"你知道,"一阵咳嗽把话打断了,"星期二我见到了艾娃。"

"对,我知道。"

"我们母女俩闲扯了一大堆事儿。她对我挺亲热,我已经好久没见到她那样信赖我了。我向她提了些问题,让她说说对皮埃尔的看法。结果,我了解到,"她的脸上出现了几分窘色。她接着说:"她还是非常爱他。"

"你以为我连这都不知道?"达贝达先生说。

这句话未免使达贝达夫人有些不快:对这个男人真没办法,非要把话说得一清二楚不可。达贝达夫人喜欢同头脑机灵的人相处,他们一听话音就明白意思。

"可是我想说的是,"她接着说,"艾娃对他的爱同我们想的不一样。"

达贝达先生转动着两颗恼怒而焦急的眼珠子。每当抓不住一句隐语或一则新闻的意思时,他总是这副表情。

"你究竟想说什么?"

"夏尔,"达贝达夫人说"你别纠缠了。你总该懂得做母亲的不是什么事都能说得出口的。"

"我越来越不明白你在说些什么了,"达贝达先生发火了,"你到底愿不愿意说?"

"那好,说就说!"她回答道。

"莫非他们直到现在还……还……?"

"对!对!对!"她干巴巴地一连重复了三遍,显得极不耐烦。

达贝达先生两臂一摊,脑袋一耷,默不作声了。

"夏尔,"他妻子忧郁地说,"我本来不该对你说的;可这事我也不能瞒着你呀。"

"哦,我的孩子呵!"他拉长声调说,"还同那个疯子鬼混!疯子连她都不认得了,他管她叫阿加特。艾娃认为自己在尽应尽的义务,我们应当设法使她摆脱这种思想。"

他重新抬起头来,严肃地凝视着妻子。

"你肯定没理解错吧?"

"绝对没有错。"她急忙补充说,"我也同你一样,既没法相信她,也没法理解她。我呀,只要一想到艾娃还被那个可怜的疯子搂着,就……归根结底,"她叹息着说,"我认为他正是用这把她给迷住了。"

"哎!"达贝达先生说,"你还记得他来求婚的时候,我对你说过的话吗?我对你说:'艾娃对他太迷恋了。'可那时,你怎么也不信。"

他猛地捶了一下桌子,气得满脸通红:"这太荒唐了!他把她搂在怀里,一面吻她,一面叫她阿加特;同时还聒噪不休地对她胡说八道,什么石象飞起来了呀,等等,不知道还说些什么乌七八糟的东西呢!而她却听任他的玩弄!我真不懂他俩之间会有什么乐趣?让她真心实意地去疼他吧。叫她把他送进疗养院,她可以每天清晨就去看他嘛!哎,我怎么也想不到……我还把她当作了寡妇呢。你听着,雅内特,"他一本正经地说,"坦率地讲,既然她如此多情,我倒宁肯让她去找个情夫!"

"夏尔,你快住嘴!"达贝达夫人嚷道。

达贝达先生心灰意懒地拿起进屋时放在独脚圆桌上的帽子和手杖。

"听了你方才说的事,"他做结论似的说,"我也不抱多大希望了。不过,我还得同她谈,因为这是我应尽的责任。"

达贝达夫人巴不得丈夫快走。

"我认为,"为了鼓励他几句,她说,"艾娃主要的毛病是固执己见……她明明知道丈夫的病治不好,可是她还要坚持,不愿别人说他治不好。"

达贝达先生漫不经心地抚弄着自己的胡子。

"固执己见?兴许是吧。要是你分析得对,那么,总有一天她会厌倦的。而且同皮埃尔很难相处,每天又无话可说。当我向他问好的时候,他有气无力地伸出一只手来,连一句话都不说。只要他们俩单独在一起的时候,他就陷入胡思乱想。艾娃告诉我,有时他会狂叫起来,就像遭到谋杀似的,因为他常常有幻觉,脑子里全是些嗡嗡乱叫的石象,这使他非常害怕。他说那些石象在周围飞舞,对他怒目而视。"

达贝达先生戴上手套,接着说:"艾娃会不会感到厌倦,我还不敢断言。然而要是在她回心转意之前,身体先出了毛病,那该怎么办呢?我想让她出去走走,交际交际。她要是遇上个殷勤的小伙子就好了——喏,比方说,施罗德尔就不错嘛,他在森普龙公司当工程师,很有前途,让艾娃在一些朋友家里常常同他见面,她或许会渐渐觉得有必要重新安排自己的生活。"

达贝达夫人没有回答,她不愿再把谈话活跃起来。她丈夫向他俯下身子。

"好吧,"他说,"我该走啦。"

"再见,夏尔,"达贝达夫人一面说,一面向他抬起前额。"好好替我亲亲她,代我叫她声'可怜的心肝儿'。"

丈夫一走，达贝达夫人便倒在扶手椅里，把两眼一闭，浑身觉得疲惫不堪。"他的精力可真足啊！"她抱怨道。当她稍微缓过来一些的时候，便慢悠悠地伸出一只苍白的手，在茶碟里又取了块香糕。由于没有睁开眼，她摸索了好一阵。

艾娃同她丈夫住在巴克街一幢旧宅邸的六层楼上。达贝达先生轻快地登上了一百一十二级楼梯。当他按门铃的时候，他甚至没有喘气。他满心欢喜地想起了穆瓦小姐的话："像您这样年纪，夏尔，身子骨这样硬朗，真是个奇迹。"确实，没有哪一天比星期四更使他感到自己是那样结实和健康，尤其在敏捷地攀登了六层楼之后。

艾娃出来给他开门。"对了，她没有女仆。那些姑娘在她家里都待不住。我要是她们，也待不住的。"他吻了女儿："你好，可怜的心肝儿。"

艾娃冰冷冷地向他问了声好。

"你的脸色不太好，"说着，达贝达先生便伸出手来抚摸女儿的面颊。"你缺少体力活动。"

屋里沉静了片刻。

"妈妈身体好吗？"艾娃问。

"马马虎虎。你星期二不是见到她了吗？还是那个样儿。"

"你的姨妈路易丝昨天来看她了，你妈挺高兴的。她喜欢有客人来，可是接待的时间不能太长。路易丝携儿带女来到巴黎，就是为了那宗抵押的买卖。我记得对你讲过了。还真是件怪事。她跑到办公室来征求我的意见。我对她说，没有别的办法，卖掉算啦。况且她已经找到了买主，就是那个布雷托内尔。你还记得布雷托内尔吗？他现在退出商界了。"

他突然不说了：艾娃早已心不在焉。他意识到她对一切都丧失了兴趣，心中十分惆怅。"就拿读书来说吧。从前，非得把书从她手里夺下来，她才罢休；而如今，她什么也不看了。"

"皮埃尔好吗？"

"挺好，"艾娃说，"您想看看他吗？"

"那当然，"达贝达先生愉快地说，"只要一会儿就行。"

他对这个不幸的年轻人满怀怜悯，可是每次见到他，又感觉到讨厌。"我见到病人就反感。当然，这不是皮埃尔的过错，他的病是遗传的，功能全都滞呆了。"达贝达先生叹息说，"哎，所有的医疗措施都不见效，这种病都发现得太晚。"是的，皮埃尔自己是没有责任的。但是，不管怎么说，他的身上早就埋下了病根，而这种病根又决定了他的性格特征；这可不像癌症或者结核病，患者的性格同疾病无关。他向艾娃求爱的时候，他那爱激动的清高和好猜疑的敏感，曾经使艾娃为之倾倒。其实，那就是精神病的征兆。"他娶艾娃时已经疯了，只是还不明显而已。那么，回顾一下，"达贝达先生寻思道，"哪方面他自己负有责任，或者说，哪方面他自己负不了责任呢？总而言之，他脑子里琢磨的事太多了，他任何时候都是内向的。然而，这究竟是致病的原因呢，还是得了病的后果呢？"

他跟着女儿穿过又长又暗的走廊。

"你们住这套房子太大了，"他说，"搬个家吧。"

"你每次总是提这事儿，爸爸，"艾娃回答道，"可是，我已经告诉过你，皮埃尔不愿离开他的卧室。"

艾娃的话使她父亲吃了一惊：他不得不怀疑她是否充分意识到了丈夫的病情。丈夫已经疯到了极点，而她却仍旧听从他的意见和决定，仿佛他还很明白事理似的。

"我提这事还不是为了你？"达贝达先生有些恼火。他接着说："要是我是女人，住在这样阴森森的旧房子里，我就会害怕的。我希望你住一套这几年在欧特伊区新盖的房子，三居室，空气流通，光线明亮，那该多好。他们已经降低了房租，因为找不到房客，眼下，正是好机会。"

艾娃轻轻地打开房门的弹簧锁，爷儿俩一起走进卧室。一股浓重的乳香味直呛达贝达先生的喉咙。窗帘全拉着。在那半明半暗的屋子里，他终于分辨出了靠在扶手椅背上的一个瘦瘦的后脖颈：皮埃尔背向他们，正在吃东西。

"你好，皮埃尔，"达贝达先生扯着嗓门说，"今天怎么样？"

达贝达先生说着走上前去。病人坐在一张小桌子旁，脸色十分阴沉。

"哦，今天吃带壳溏心蛋，"达贝达先生把嗓门提的更高了："溏心蛋，挺好吃吧！"

"我不是聋子，"皮埃尔没好气地说。

达贝达先生气极了，他立即转过脸来瞧着艾娃，想让她说句公道话。可是艾娃狠狠地还了他一眼，偏不做声。达贝达先生意识到她的自尊心受到了伤害，心想："那她活该！"对这个年轻的病人说话，真不知道该用什么语气合适：他的智力还不及一个四岁的孩子，可艾娃却把他当男子汉。达贝达先生迫不及待地盼望着这种可笑的敬重以失败告终。达贝达先生对病人总有些厌恶——尤其是疯子，因为他们都蛮不讲理。那可怜的皮埃尔来说吧，他就非常不讲道理，没有一句话不是胡说八道；要想使他懂得最起码的谦虚，或者哪怕勉强地认一下错，那简直比上天还难。

艾娃抹去了桌子上的蛋壳，端起了蛋杯，在皮埃尔面前放了一套餐具和一副刀叉。

"现在他该吃什么啊？"达贝达先生乐呵呵地问。

"牛排。"

皮埃尔已经用他那苍白修长的手指拿起叉子。他看了又看，接着便淡淡一笑：

"这次我可不能用这把叉子，"他一面喃喃地说，一面把叉子重新放下，"我瞧着就不舒服。"

艾娃走上前去，出神地打量着那把叉子。

"阿加特，"皮埃尔说，"给我换一把。"

艾娃顺从地换了一把给他。于是，他开始吃起牛排来了。

艾娃手里仍紧紧地握着那把可疑的叉子，并且目不转睛地凝视着它，仿佛把浑身的劲都使了出来。达贝达先生心想："他们俩所有这些动作和相互间的关系真是神秘莫测！"

他觉着很不自在。

"留神，"皮埃尔说，"拿住叉背中间，要不叉齿会钳住你手的。"

艾娃叹了口气，把叉子放回餐具桌。达贝达先生闻到一股刺鼻的芥末味儿。他认为不应当对病人百依百顺——这样对皮埃尔反而有害。弗朗舍早说过："绝对不能依顺病人的怪念头。"方才就不应当给他换叉子，而要耐心说服，使他懂得那把叉子同别的没什么两样。达贝达先生朝餐具桌走去，故意拿起那把叉子，用一个手指轻轻地摸着一根根叉齿。接着他向皮埃尔转过身来。可惜，女婿正专心致志地切着牛排；只是向岳父投过来一道温和而呆滞的目光。

"我想和你谈谈，"达贝达先生对艾娃说。

女儿温顺地跟随父亲走进客厅。在长沙发上坐定后，达贝达先生才发现手里还拿着那把叉子。他生气地把它扔在一张半靠着墙的桌子上。

"这儿空气好些,"他说。

"我可从来不进这间屋子。"

"我可以抽烟吗?"

"当然可以喽,爸爸,"艾娃殷勤地说,"你要雪茄吗?"

达贝达先生喜欢自己卷纸烟抽。他估计即将开始的谈话不会遇到多大困难。而他同皮埃尔说话时,总觉得自己的智力束缚了自己,犹如大力士同孩子们闹着玩的时候,觉得自己的体力束缚了自己一样。他说话向来就简明扼要,可是这个优点反而成了他同皮埃尔谈话的障碍。

……

二

……

艾娃打开书桌上的台灯,一层红色的薄雾顿时笼罩着卧室。皮埃尔也在等待。

他没说话,可是两片嘴唇却在翕动,在暗红的灯光下就像两个影影绰绰的黑点。她爱皮埃尔的嘴唇。从前这两片嘴唇很动人,很多情;可惜如今已失去了魅力。有时这两片嘴唇张开来,微微颤动一下后又立即合拢;有时上嘴唇咬着下嘴唇,然后又张开。在这张僵硬的脸上,只有这两片嘴唇还活着,宛如两只胆怯的牲畜,有时皮埃尔能嘟嘟哝哝好几个小时,而不让一个清晰的音吐了出来。这种单调而持续不断的动作经常使艾娃看得入迷。"我爱他的嘴。"他永远不会再亲她了;他怕任何接触。夜里,他老觉着有人碰他;有时是男人的手,又粗又硬,拧得他浑身疼;有时是女人的手,指甲特长,不知羞耻地摸他的下身。他经常和衣睡觉,可是这些手仍悄悄地伸到他的衣服下面,使劲地拽他的衬衫。一次,他听到笑声,两片软绵绵的嘴唇贴到了他的嘴唇上。从那天夜里起,他就再也不亲艾娃了。

"阿加特,"皮埃尔说,"别老瞧我的嘴巴!"

艾娃低下了眼睛。

"我知道有人能学到一种本领:从别人的嘴唇来观察他内心的感情。"他十分无礼地说。

他的手在靠椅扶手上哆嗦。他伸直食指,在大拇指上敲了三下,而把其他的手指蜷缩起来:这是一种驱妖术。"快开了,"艾娃心想。她是多么想把皮埃尔搂在怀里呀!

皮埃尔开始用一种社交界人士的口气高声地说:

"你还记得桑鲍利吗?"

她没有回答。这也许是个圈套。

"我就是在那儿认识你的,"他自得其乐地说,"我从一个丹麦海员身边把你抢了过来。我和他差点儿打了起来。可是,我请他喝了杯酒,他就让我把你带走了。这全是装出来吓唬人的。"

"他在胡诌。连他自己也不相信他在说些什么。他明明知道我不叫阿加特。他一胡诌,我就恨他。"可是看到他两眼发直,她的怒气又立即消失了。"他没胡诌,"艾娃心想,"他已经山穷水尽了。他感到石像已经走到他的身旁;他高声说话是为了不让自己听见它们的到来。"皮埃尔用两只手紧紧地拽住靠椅的扶手,脸无血色,可是还在微笑。

"这种相遇往往是很奇怪的，"他说，"但是我不相信机缘巧合。我不想问你是谁派来的，我知道你不会回答我。反正，你凭着你那股机灵劲儿已经把我玷污了。"

他声嘶力竭地叫喊着，有的音他发不准，犹如不定型的柔软体似的从他的嘴里溜出来。

"有一次节日活动中，你把我引诱到黑色的游乐汽车转盘上，汽车后面有许多红眼睛，我一转身它们就发亮。我以为是你挽住我的手臂的时候，示意让它们这么干的；可是我什么也没看见。我太专心观看盛大的加冕典礼了。"

他直视着正前方，两只眼睛睁得圆圆的。他用手擦了擦前额，动作很快，很敏捷，连话也没停：他不愿停止说话。

"这是共和国的加冕礼，"他尖声地说，"场面大得惊人，因为各殖民地都给这次盛典送来了各种动物。当时你怕不留神就被猴群围住。我说的是猴群，"他傲慢地重复了一遍，"或许也可以说是黑人帮！这些瘦弱的动物窜到桌子下面，以为没有人看见，可是当场就被我的视线发现并把它们死死地盯住了。现在按规定办事，不许说话，"他叫嚷道，"谁也不许说话。大家在原地立正，迎接石像进门，这是命令。嘿，"——他嗥叫着，两只手还在嘴巴前面做成一个喇叭状——"嘿，嘿，哈，哈。"

他不说话了。艾娃知道石像刚才已经走进了卧室。皮埃尔僵直地站着，脸色苍白，神情轻蔑。艾娃也直挺挺地站着。他俩默默地等待了片刻。有人在楼道里走动：是玛丽，女佣人，她大概也刚到。艾娃想道："应当给她煤气费了。"接着石像开始飞舞起来，在艾娃和皮埃尔之间穿来穿去。

皮埃尔哼了一声，就盘起两条腿，蜷缩在靠椅里。他不时地把头转来转去，傻笑着，但是前额上渗出了一颗颗汗珠。看到那张苍白的脸，那张哆哆嗦嗦歪斜了的嘴，艾娃心里很难过。她闭上了眼睛。金色的线条在她红肿的眼睑上舞动起来；她觉得自己老了，迟钝了。皮埃尔离她很近，正在呼哧呼哧地直喘气。"石像在飞舞，在嗡嗡地嚎叫；它们向他俯下身去⋯⋯"她觉得自己的右肋和肩头直痒痒，很难受。她下意识地把身子侧向左边，仿佛想躲过某种不愉快的接触，躲过某个笨重的物体。突然，地板发出嘎嘎的声响。她迫不及待地想睁开眼来，用手拨开空气，看看自己的右面究竟有些什么名堂。

可是她不敢；她仍紧闭着眼睛，一阵苦涩的喜悦使她不寒而栗："我也害怕，"她心想。她的全部生命都躲到了右边。她把身子倚向皮埃尔，但两眼仍然紧闭。只要再稍稍地使把劲，她就能初次进入这个充满悲剧的世界了。"我怕石象，"她心里想道。这是一句强烈得难以克制的真心话，一句咒语：她竭尽全力要让自己相信它们的来临，尽力把因过分焦急而瘫软的右半身变成一个新的感官，变成一个触觉器官。果然，她在右臂、右肋和右肩下感觉到了它们的走动。

石象飞得又低又慢；它们嗡嗡乱叫。艾娃知道它们都长着一副凶相，睫毛在石头眼睛的四周；然而她怎么也想象不出它们的面貌。她知道它们还不具备完全的生命，可是在它们高大的身躯上已有了温热的肉质甲片和鳞片；指甲尖上的石头正在剥落，手掌粗糙得使它们发痒。艾娃看不见所有的这一切：她只感到一些身量高大的女人紧挨着她悄悄走过，她们装得一本正经，令人发笑。她们虽然长得同人差不多，可还是像石头般坚硬。"她们向皮埃尔弯下了身子——艾娃拼命地使劲，以致两只手都哆嗦起来——她们也向我俯下身来了⋯⋯"一声恐怖的叫喊使她顿时浑身冰冷，"她们碰着他了。"她睁开眼睛，只见皮埃尔用双手捂着脑袋，正在喘息。她觉着极度疲乏："这真是儿戏，"她悔恨地想到，"这真是儿戏，我一分钟也没信过这些。可是刚才他必定痛苦极了。"

皮埃尔的神情已经松弛下来,深深地吸了一口气。然而他的瞳孔仍大得出奇;他正出着汗。

"你看见它们了吗?"他问。

"我可看不见它们。"

"那才好呢,否则它们会吓死你的,"他说,"我倒是习以为常了。"

艾娃的手还在哆嗦。她恼火极了。皮埃尔从口袋里取出一支香烟,衔在嘴里,可是没有点燃。

"我看见它们倒无所谓,"他说,"可是我不愿它们碰我,怕它们一碰我就起水疱。"

他沉思片刻后,问道:"你听到它们了吗?"

"听到啦,"艾娃说,"就像飞机的引擎声。"(这是上星期天皮埃尔对她说的)

皮埃尔洋洋得意地笑了笑。

"你言过其实了,"他说。可是他的脸色仍是灰白的。他瞧了瞧艾娃的手;"你的手在哆嗦。它们准把你吓坏了,我的可怜的阿加特。可是你不用担心,明天以前,它们不会再来了。"

艾娃说不出话来,她抖得牙齿格格作响。她生怕被皮埃尔发觉。皮埃尔把她打量了良久。

"你漂亮极了,"他一面说一面点头,"真可惜,太可惜啦。"

他敏捷地伸出手来,从她的耳旁擦过。

"我的美丽的妖精啊!你使我不安,你太美了,你使我分心。要不是概括……"

说到这儿,他停了下来,惊奇地瞥了艾娃一眼。

"不该用这个词儿……可是这个词偏出来,"他神志恍惚地微笑着说,"另外一个词儿就在我的嘴边……可是这个词儿……却抢在前面脱口而出。我记不起方才对你说些什么了。"

他考虑片刻,摇了摇头。

"好吧,"他说,"我该睡了。"接着他用孩子般的声调补充说:"阿加特,我累了,连要说的话也忘了。"

他扔掉了纸烟,瞧着地毯发愣。艾娃把枕头塞到他的脑袋底下。

"你也该睡啦,"说着,他就闭上了眼睛,"它们不会再来了。"

"概括"。皮埃尔睡了。他的脸上带着几分天真的微笑;他歪斜着脑袋,仿佛想要在肩头上擦一擦自己的面颊。艾娃不觉得困,她还在想"概括"这个词儿。皮埃尔适才一下子变傻了,这个词儿就像白沫似的从他嘴里流了出来。皮埃尔方才还惊愕地直视着自己的正前方,仿佛看见了这个词儿却又不认识它似的。他张着那有气无力的嘴,心里好像有件什么东西破碎了。"他连话也说不清了,这对他来说还是头一次,而且他自己也察觉到了。他刚才说他想不起自己要说的话。"皮埃尔发出微弱而欢快的呼噜声,还做了个轻盈的手势。艾娃冷酷地瞟了他一眼:"他醒过来会怎么样呢?"这使她很苦恼。但是皮埃尔一睡着,她又不得不考虑,她无法控制自己。她怕他醒过来后,两眼变得混浊,口齿含糊不清。"我真蠢,"她想道,"这种现象一年之内是不会发生的,弗朗舍亲口对我这样说过。"可是她仍焦躁不安,一年的时间很快就会过去,冬季,春季,夏季,到明年初秋不就满了吗?总有一天她会发现他面部的表情变得多不协调,脸上挂着个下巴颏儿,再也合不上了,半睁的眼睛里老淌着泪水。艾娃俯下身子,把自己的嘴唇贴在皮埃尔的手上:"在这之前,我先杀了你。"

(选自汪家荣编选《法国二十世纪中短篇小说选》(下)。陕西人民出版社 1985 年版)

作品内容提问

1. 达贝达先生看望夫人时总是每天什么时间来?
2. 达贝达夫妇是和女儿女婿住在同一栋房子里吗?
3. 达贝达先生看到女婿时,皮埃尔正在干什么?
4. 当晚上艾娃和皮埃尔在一起时,他们感到有个什么东西在他们之间飞来飞去?
5. 本节选中,艾娃对丈夫说的最后一句话是什么?

导读

让－保罗·萨特(1905—1980),法国存在主义哲学家和文学家。毕业于巴黎高等师范学校。在校期间,完成了他的第一个独幕剧《我将有一个好的葬礼》。1938 年小说《恶心》出版。同时,小说《墙》、《艾罗斯特拉特》和《不自在》等相继问世。德国入侵波兰后,萨特成了气象兵。1940 在法德边境被德军俘房并被关进战俘营。萨特逃回到巴黎后创办了一个抵抗组织。1943 年萨特完成并出版了他的哲学专著《存在与虚无》。这本书也被视为法国存在主义运动的奠基之作。战争期间,萨特还完成了他的多卷本长篇小说《自由之路》。1943 年出版了题为《苍蝇》的剧本。1944 年《间隔》公演。这部戏只有三个演员,自始至终同时出现在舞台上。大致情节是三个人(一男两女)死后被安排在一个房间里。每个人都需要其中另一个人,而每一个又都妨碍另外两个人彼此依靠,最后终于没有任何一个人实现自己的愿望。这次演出大获成功。戏剧中的台词"他人即地狱"成为萨特最为人所熟知的一句话。以后,他又相继发表了剧本《死无葬身之地》、《可敬的妓女》、《肮脏的手》和《魔鬼与上帝》等。1964 年,他以谢绝一切官方荣誉之名拒领当年的诺贝尔文学奖。萨特的作品在思想内容上是反传统的,并以创新的艺术手法来表现深刻的哲理以及人类混乱的精神状态。

《卧室》是最能体现萨特存在主义思想的名篇之一。首先,在小说中,无论是"正常人",还是"非正常人",抑或是介于两者之间的人都生活在痛苦之中,这正是萨特存在主义哲学的典型表现。作品描写达贝达太太"身体不适又查不出病因",达贝达先生"脾气暴躁,每次发作就像一块突然破裂的玻璃刺激着达贝达夫人的神经"。他们的女儿艾娃虽然喜欢却不能待在客厅,因为丈夫皮埃尔一直待在卧室。但当她要陪伴在皮埃尔身边时,皮埃尔却并不需要她。其次,《卧室》描绘了现代社会人与人之间的不可交流、难以沟通的境遇。夫妻每次谈完话,达贝达夫人都感觉筋疲力尽。而达贝达先生更是与女儿无法交流,当他出于爱护孩子的好意要艾娃离开皮埃尔的时候,艾娃并没有感激他,却"恨他"、"巴不得他死了"。达贝达夫人躺在床上,不能活动;皮埃尔住在既没白昼和黑夜,也没有季节的忧郁的卧室里,他认为艾娃和他之间也存在着一堵墙。这些正是现代人现实生活的写照：人的精神被捆缚在"卧室"，与他人隔绝，无法交流。最后，作家也探索了人类行动的荒诞和无聊。作品中所出现的每个人物都不知道自己为什么活着，也不敢正视人的存在理由。而他们的行动，也没有任何意义。

小说在艺术上明显地体现了存在主义文学的特点：用虚构的故事宣传存在主义的思想观点，强调主观感受的真实；人物及其故事本身具有很强的象征性和哲理性，甚至连小说的标题都带有深刻的寓意；整个作品的格调阴沉暗淡，从而与存在主义哲学在精神上达到了契合。

知识链接

存在主义。这里所说的存在主义主要指的是萨特的存在主义哲学思想。核心是"存在先于本质"。即人的存在在先，然后才有本质；但人的存在或何时存在是人自身不能把握的，因此导致了人生的痛苦；但人存在了，就要坚持下去，因此需要"自由选择"。但当每个人都自由选择的时候，所造成的结果常常就是"他人即地狱"，从而导致人生和世界的荒诞性。

33 卡尔维诺《恐龙》

  从三叠纪到侏罗纪,恐龙不断进化发展,在各大洲称王称霸长达十五亿年之久。后来它们却很快灭绝了,原因何在,至今仍然是个谜。或许是不能适应气候和植物在白垩纪发生的巨大变化的缘故。反正到了白垩纪末期,恐龙全部死了。

  恐龙全部死了,但我除外——Qfwfq作了确切说明。一段时期内,大约五千万年吧,我也是恐龙。我不后悔自己是恐龙。当时是恐龙就意味着手中握有真理,到处大受尊敬。

  后来情况变了。详情不必细述,无外乎各种麻烦、失败、错误、疑惑、背叛、瘟疫接踵而至。地球上出现了一批与我们为敌的新居民。他们到处捕杀我们,使我们失去了安身之地。现在有人说,对没落感兴趣,盼着被消灭,是我们恐龙当时的精神特征。我不知道是否真的如此,我可从来没有那种想法。其他恐龙如果有那种想法,那是因为它们知道劫数难逃了。

  我不愿回忆恐龙大批死亡的年代。我当时没想到我能逃脱厄运,但一次长距离的迁徙却使我得以死里逃生。我走过了一个布满恐龙尸骨的地带,真像是一个大坟场。骨架上的肌肉已被啄食殆尽,有的只剩下一块鳍甲,有的只剩下一根犄角、一片鳞片或一块带鳞片的皮肉。这些就是它们的昔日仪态的遗存物。地球的新主人们用尖嘴、利喙、脚爪、吸盘在恐龙的遗骸上撕食着,吮吸着。我一直往前走,直到再也看不见生者和死者的踪影时,才停住脚步。

  那是一片荒漠的高原,我在那儿度过了许多年华。我避开了伏击和瘟疫,战胜了饥馑和寒冷,终于活了下来。我始终很孤独。永远待在高原上是不行的,有一天,我下了山。

  世界变样了。我再也认不出早先的山脉、河流和树木了。第一次遇见活物时,我藏了起来。那是一群新人①,个子矮小,但强壮有力。

  "喂,你好!"他们看见了我。这种亲昵的打招呼方式使我顿觉一惊。我赶紧跑开,但他们追了上来。几千年来,我已习惯于在我的周围引起恐惧,我也习惯于对被惊吓者的反应感到恐惧。现在这一切都没有了。"喂,你好!"他们走到我身边,仿佛没事似的,对我既不害怕,也不怀敌意。

  "你干吗跑?想到什么了?"原来他们只想向我问路。我结结巴巴地说,我不是当地的。"你为什么跑呀?"其中一个说,"像是看见了……恐龙!"其他人哈哈大笑。但我却第一次听

---

① 也称"智人",指古人阶段以后的人类,约十万年前出现在地球上。

出,他们的笑声中含有忧惧。他们笑得不自然,另一个沉着脸对刚才那人说:"别瞎说。你根本不知道恐龙是什么……"

看来恐龙继续使新人感到恐惧。不过,他们大概好几代没见过恐龙了,如今见了也认不出来。我继续走路,尽管惶悚不安,却迫不及待地希望再有一次这样的经历。一个新人姑娘在泉边喝水。就她一人。我慢慢走上前,伸出脖子,在她旁边喝水。我心里想,她一看见我,就会惊叫一声,没命地逃跑。她会喊救命,大批新人会来追捕我……我对自己的所作所为后悔了。要想活命,就应该马上把她撕成碎片:像从前那样……

姑娘转过身来说:"嗳,水挺凉的,对吧?"她用柔和的声调,讲了一些跟外地人相遇时常说的客套话。她问我是否来自远方,旅途中是否淋着了雨,还是一直好天气。我没想到跟"非恐龙"能这样交谈,只是愣愣地待着,几乎成了哑巴。

"我天天到这儿喝水,"她说,"到恐龙这儿……"

我猛地仰起头,瞪大了眼睛。

"是的,我们管它叫这个名字,恐龙泉,自古就这么叫。据说从前这儿藏着一条恐龙,是最后的几条恐龙之一。谁到这儿来喝水,它就扑到谁身上,把他撕成碎片。我的妈唷!"

我打算溜走。"她马上就会明白我是谁,"我思忖道,"只要仔细看我几眼,就会认出来的!"我像那些不愿被别人看的人那样,垂下了脑袋。我蜷起尾巴,仿佛要把它藏起来。她笑吟吟地跟我告别,干自己的事去了。由于神经过于紧张,我觉得很疲乏,如同进行了一场搏斗,一场像当初那样的用利爪和尖齿进行的搏斗。我发现自己甚至没有回答她的告别。

我来到一条河边。新人们在这里筑巢穴,以捕鱼为生。他们正用树枝筑一条堤坝,以便围成一个河湾,减缓水的流速,留住鱼群。他们见我走近,马上停止干活,抬头看看我,又互相看看,仿佛在默默询问。"这下完了,"我想,"准要吃苦头了。"我做好了朝他们扑去的准备。

幸好我及时控制住了自己。这些渔夫丝毫不想跟我过不去。他们见我身强力壮,问我是否愿意留下,跟他们待在一起,给他们扛树枝。

"这个地方很安全,"他们见我面有难色,便打了保票,"从我们的曾祖父时代起,就没见过恐龙……"

谁也没怀疑我是恐龙。于是我留下了。这儿气候很好。食物虽然不合我们恐龙的胃口,但还能凑合。活儿对我来说不算太重。他们给了我一个绰号——"丑八怪"。没别的原因,只因为我的长相跟他们不同。我不晓得你们用什么名字称呼新人,是叫潘托特里还是别的?他们当时还没有完全定型,后来才进化成名副其实的人类。因此,有的人跟别人很像,但也有的人跟别人完全两样。所以我相信在他们中间我并不十分显眼,虽然我属于另一类。

但我没有完全适应这种想法。我仍旧认为自己是四面受敌的恐龙。每天晚上,他们讲起那些代代相传的恐龙故事时,我总是提心吊胆地往后缩,躲到暗处。

那些故事令人毛骨悚然。听的人脸色刷白,心惊胆战,不时发出一声惊叫。讲的人也吓得声音发抖。过不久,我还知道,大家虽然很熟悉故事内容(尽管内容十分丰富),但每次听故事照样会害怕得瑟瑟发抖。在他们眼里,恐龙就是魔鬼。他们描述得绘声绘色,具体到了每一个细节。仅凭这些细节,他们永远不能识别真正的恐龙。他们认为我们恐龙只想着怎么杀死新人,似乎我们从一开始就认为新人是地球上最重要的敌人,我们从早到晚的唯一任务是追逐他们。但我回忆往昔时想起的却是我们恐龙遭到的一系列厄运、痛苦和牺牲。新人们讲的恐龙故事同我的亲身经历相差甚远。他们讲的仿佛是同我们毫无关系的第三者,我完全可以不予理会。我听着这些故事,发现以前从没想到我们会给新人留下这种印象。这些故事尽管荒诞不经,但从新人的独特角度来看,有些细节是属实的。我听着他们由于恐怖而编出的故事,想起了我自己感到的恐怖。这两种恐怖在我的脑海中交混。所以,当我得知我们是怎样吓得他们瑟瑟发抖时,我自己也吓得瑟瑟发抖了。

他们轮流讲故事,每人讲一个。他们忽然说:"嗳,丑八怪能给咱们讲点什么呢?"转而对我说,"你难道没故事可讲吗?你们家从来没跟恐龙打过交道吗?"

"打过交道,可是……"我期期艾艾地说,"那是很久以前的事……唉,你们要知道……"

正好这时,凤尾花——就是我在泉边遇见的那个姑娘——前来给我解围。"你们别麻烦他……他是外地人,对这儿还不习惯,咱们的话讲得还不流利……"

他们终于换了一个话题。我松了口气。

凤尾花和我已经建立起一种推心置腹的关系,但我们之间并没有太亲昵的举动。我从来不敢去碰她。我们谈得很多;唔,说得准确点,是她滔滔不绝地给我讲她的生平。我怕暴露自己,怕她会怀疑我的身份,所以一直吞吞吐吐,欲言又止。凤尾花向我叙述她的梦中所见:"昨晚我梦见一条怪吓人的大恐龙,鼻孔里往外喷火。它走到我跟前,揪住我的后颈把我带走了,想把我活活吃掉。这个梦很可怕,很吓人,但奇怪的是,我却不害怕。怎么跟你说呢?我挺喜欢这条恐龙……"

我应该从她的话里听出许多弦外之音,尤其是明白这一点:凤尾花愿意被恐龙袭击。是时候了,我该去拥抱她了。然而我却想道,新人们想象中的恐龙和我这条恐龙是大不相同的。这个想法打消了我的勇气。我觉得自己跟恐龙更不一样了。就这样,我坐失了良机。平原上的捕鱼季节结束了,凤尾花的哥哥回到家里。姑娘受到了严密看管,我们的交谈次数大大减少了。

她的哥哥叫查亨,一见我就疑心重重。"他是谁?从哪儿来的?"他指着我问其他人。

"他叫丑八怪,是外地人,帮我们扛树枝,"他们告诉他,"怎么啦?他有什么古怪的地方吗?"

"我来问问他,"查亨板着脸说,"喂,你有什么古怪的地方吗?"

我该怎么回答呢?"我?什么也没有……"

"噢,这么说,你认为你不古怪喽?"他笑道。这次到此结束。我料到更坏的事在后头。

这个查亨是村里脾气最暴的一个。他在世界各地转悠过,懂的东西显然比其他人多得多。他听见别人谈起恐龙时,总是露出鄙夷不屑的神情。"纸上谈兵,"他有一次说,"你们是纸上谈兵。我倒想看看,这里真的来一条恐龙时,你们会怎样。"

"恐龙很久就绝迹了。"一个渔夫插嘴说。

"没有多久……"查亨冷冰冰地说,"谁也没说田野上就没有恐龙活动了……在平原地区,咱们的人日夜轮流放哨,每个人都可信任。他们不让不认识的人待在身边……"他故意朝我瞥了一眼。

没必要跟他捉迷藏了,最好让他把话全说出来。我上前一步问:"你跟我过不去吗?"

"我只对那些不知道生在谁家、来自何处、吃我们的饭、追我们的姐妹的人过不去……"

一个渔夫替我辩护:"丑八怪的饭是靠干活挣来的,他干活很卖力气……"

"他扛得动树枝,我不否认,"查亨固执己见。"但到了需要我们进行殊死斗争保护自己的危险时刻,谁能保证他不干坏事呢?"

大家七嘴八舌地议论开来。奇怪的是,他们从没考虑到我有可能是恐龙。我的唯一罪名是:我跟他们长得不一样,又是外地来的,所以不堪信任。他们之间的分歧在于,如果恐龙重新出现,我的在场会增加多大危险。

"他的嘴脸长得像蜥蜴,我想看他在作战时有多大能耐……"查亨继续用轻蔑的口吻刺激我。

我走到他跟前,指着他的鼻子不客气地说:"你现在就可以看我有多大能耐,如果你敢跟我较量一番的话。"

他没料到这点,朝左右望望。其他人在我们身边围成一圈,没别的法子,只好较量一番了。

我上前一步。他张嘴来咬我,我一扭头闪开,然后飞起一脚把他踹倒在地,仰天躺着。我扑到他身上。这是错误的一招。许多恐龙就是这么死的:它们以为敌人不能动弹了,不料它们的胸部和腹部却突然受到躺在地上的敌人的利爪和尖齿的致命攻击。仿佛我不知道这种事,没有目睹过这种惨相似的。好在我的尾巴很听话,它使我保持住平衡,没有被查亨掀翻在地。我使出了很大劲,渐渐觉得没有力气了……

这时,一个围观者大喊一声:"加油,恐龙!"我以为他们认出了我。一不做二不休,干脆露出本来面目吧。反正也隐瞒不住了,就让他们像原先那样吓得魂不附体吧。于是我使劲打着查亨,一下,两下,三下……

他们拉开了我们俩。"查亨,我们不是告诉过你吗?丑八怪肌肉发达,跟它是开不得玩笑的!"他们一边哈哈大笑,一边拍着我的肩膀表示祝贺。我原以为面目已暴露,因此不明白这是怎么回事,后来才晓得"恐龙"是他们的口头禅,专门用来鼓励角斗中的双方,意思是:"你更有劲,加油!"他们当时讲这话到底是为了鼓励我还是鼓励查亨也搞不清楚。

从那天起,大家更加看得起我了。查亨也对我佩服得五体投地,老跟着我,看我怎样表现我的力气。应该说,他们对恐龙的看法也有了一些变化,他们好像已经倦于用同一种方式对恐龙作出评价。他们知道时尚已经发生变化。这时,他们若是对村里的某件事看不惯,往往这么说:在恐龙中间这种事是不会发生的,恐龙在许多方面可以起表率作用,恐龙在这种或那种场合的表现(如在私生活中)是无可指责的,如此等等,不一而足。总之,这些谁也说不出所以然的恐龙死后,似乎赢得了新人的赞扬。

有一次我忍不住问他们:"别胡扯了,你们知道恐龙是什么样子的吗?"

他们反问道:"住嘴,你知道什么?你不是也从来没见过恐龙吗?"

或许该把事实真相和盘托出了。"当然见过,"我大声说,"如果你们爱听,我甚至可以向你们描绘恐龙的模样!"

他们不信,以为我想愚弄他们。他们对恐龙的新看法,在我看来,几乎同老看法一样不能容忍。除了我为自己的同类遭受厄运而深感痛苦外,还因为我作为恐龙家族的一员,了解恐龙的生活。我知道,当时在恐龙中间占统治地位的,是一种狭隘的、充满偏见的、不能与新形势同步前进的思想方法。可我现在发现,新人把我们那个局限的、可以说是枯燥乏味的小世界奉为圭臬!我被迫接受他们的意志,对我的同类表示某种我从来也没有过的神圣的敬意!不过,归根到底,这样做也是可以的:这些新人同鼎盛时期的恐龙有什么区别呢?他们认为待在自己的村子里,筑上堤坝,撒网捕鱼,是万无一失的。他们也变得自尊自大、颃颃傲世了……我开始对他们表现出我一度对自己的环境表现过的同样的冷漠。他们越赞扬恐龙,我就越恨他们,越恨恐龙。

"你知道吗,昨晚我梦见家门口来了一条恐龙,"凤尾花对我说,"一条很威武的恐龙。是恐龙王子,或是恐龙国王。我把自己打扮得漂漂亮亮,头上缠了一条饰带,走到窗前,打算引起恐龙的注意。我朝它鞠了一躬,可它仿佛没瞧见,连看也不看我一眼……"

这个梦向我提供了凤尾花对我有感情的另一个证据。她准把我的胆怯误作可恨的骄傲了。现在回想起来很清楚,当时我只要继续保持那种骄傲态度,故意同她若即若离,我就能完全征服她。但我不是那样,而是被她的剖白深深感动了。我扑通一声跪倒在她脚旁,噙着眼泪说:"不,不,凤尾花,你的看法不对,你比任何恐龙都好,好一百倍。在你面前我觉得很渺小……"

凤尾花愣住了,往后退了一步。"你说什么呀?"她没料到这点,茫然不知所措了。她觉得这个场面很不愉快。等我明白过来,已经太晚了。我赶紧克制自己,但我和她之间已经出现了尴尬的气氛。

后来发生了许多情况,我顾不上思考这件事了。几个探子气喘吁吁地跑进村:"恐龙回来了!"他们看见,平原上跑来了一群从来没见过的怪兽,按这种速度第二天早晨就能到达这个村子。新人们发出警报。

你们可以想象,我听到这个消息后,心里滋生了一种什么感情。我的同类没有灭绝,我可以重新跟我的兄弟们在一起,恢复原先的生活方式了!然而,在我记忆中重新出现的原先的生活是一系列无数的溃败、逃跑和危险;恢复原先的生活方式只能意味着再受一次煎熬,回到那个我希望业已结束的阶段。我已经在这个村子里取得一种新的宁静,失去这种宁静,我将感到很遗憾。

新人们的想法各不相同。有人害怕,有人希望战胜宿敌。还有人心想,既然恐龙能够活下来,现在还要报仇雪耻,这表明它们是不可抵御的,它们的胜利——即使是一次残酷的胜利——可能会对所有人有好处。换句话说,新人们既想自卫,又想逃跑,既希望消灭敌人,又希望被敌人消灭。这种混乱的思想状态在他们混乱的自卫准备工作中得到了反映。

"等一等!"查亨大声说,"咱们当中,只有一个人能担起指挥的重任!就是咱们当中力气最大的丑八怪!"

"说得对!应该让丑八怪担任指挥!"其他人异口同声地说,"对,对,让丑八怪当司令!"他们都表示愿意听我的命令。

"唔,不,你们怎么能让我,一个外地来的……我没能力……"我推辞道,但我没办法说服他们。

怎么办?当天夜里我通宵未眠。我的恐龙血统要求我逃离村庄,去找我的兄弟。但新人们接纳了我,招待了我,给我以信任。我应该忠于他们,站在他们一边。后来,我觉得恐龙也好,新人也好,都没资格让我效劳。恐龙们若是企图用入侵和杀戮的方式恢复它们的统治,这表明它们没有吸取教训,它们不该活下来。而新人们把指挥权交给我,显然找到了一个最好的计策:把全部责任推到一个外来者身上。打赢了,我是他们的救星,打输了,他们就把我当替罪羊交给敌人,以平息敌人的怒火;或者把我看做叛徒,是我把他们交到敌人手中的,何况这样又可以实现那个说不出口的希望被敌人消灭的意愿。总之,我既不愿为恐龙出力,也不愿为新人卖命。让他们互相残杀吧!我对双方都无所谓。我应该赶快逃走,让他们去混战吧,我不想重蹈覆辙了。

当天夜里,我趁黑溜出村子。我的第一个冲动是,尽量远离战场,回到原先的秘密藏身处。但我的好奇心更强;我想看看自己的同类,想知道谁将获胜。因此,我躲在山顶那几块俯视着河湾的岩石后面,等着明天。

晨光熹微中,地平线上出现了一些以很快的速度行进的影子。我还没看清这些影子,就排除了来者是恐龙的可能性,因为恐龙的动作不会这么笨拙。我终于认出了它们,真叫我啼笑皆非。原来是一群犀牛,最原始的犀牛。它们的躯体硕大,皮肤粗糙,长着坚硬的犀角,动作笨拙,一般不伤人,只吃草。新人们居然把它们当成了曾在地球上称王称霸的恐龙!

这群犀牛发出雷鸣般的吼声飞奔而来,啃食了几丛灌木后,又朝天边跑去了。它们甚至没发现这儿有渔夫。

我跑回村庄。"你们全搞错了!那不是恐龙!"我宣布道,"而是犀牛!已经走了!没有危险了!"为了替自己夜里开小差辩护,我又加上一句:"我出去侦察了一番,以便探明情况向你们汇报!"

"我们不知道它们不是恐龙,"查亨慢悠悠地说,"但我们知道你不是英雄。"他转过身不理我了。

当然,他们很失望:对恐龙大失所望,对我也大失所望。现在,他们讲的恐龙故事全成了笑话,可怕的恐龙在这些笑话中成了可笑的动物。我不想受他们的庸俗想法的影响。我认为,宁愿灭绝,而不愿在一个对我们不利的世界中苟且偷生,这是灵魂高贵的表现。我之所以活了下来,只是为了在那些以庸俗的嘲笑来掩盖自己恐惧的人当中继续以恐龙自居。新人们除了嘲笑和恐惧外,能有什么别的选择呢?

凤尾花又给我讲了一个梦,表明她的态度与其他人不同。"我梦见一条恐龙,模样很可笑,浑身绿油油的。大伙儿取笑它,揪它的尾巴;我却走上前保护它,把它带走,抚慰它。我发现它长相虽然可笑,内心却很伤感,那双黄红色的眼睛不断往外淌眼泪。"

听了这些话,我有什么感触?是讨厌把自己和她梦见的形象等同起来吗?是拒绝接受那种称之为怜悯的感情吗?还是对他们亵渎恐龙的尊严感到无动于衷?我突然产生了骄傲心理,板起面孔冲她说出几句轻蔑的话。"你为什么要用这些越来越稚气的梦来打扰我呢?你梦见的全是庸俗透顶的事!"

凤尾花放声大哭。我耸耸肩走开了。

这事发生在堤坝上。除我们俩外还有另外几个人。渔夫们没听见我们谈什么,但看见了我发脾气和姑娘掉眼泪。

查亨认为有必要干涉。"你以为自己了不起吗?"他恶狠狠地说,"竟敢欺负我妹妹!"

我停下脚步,不做声。他若想打架,我就奉陪。但村里人的习惯近来有了改变,他们对一切事情都采取无所谓态度。渔夫中的一个人尖着嗓子说:"算啦,算啦,恐龙!"我知道,这是最近常用的开玩笑说法,意思是"别这么气势汹汹的","别夸大其词",等等。可我听后却热血沸腾了。

"对,告诉你们吧,我就是恐龙,"我大声说,"一条名副其实的恐龙!你们要是没见过恐龙,那就看看我吧!"

大伙哈哈大笑起来。

"昨天我可真见了一条恐龙,"一个老头说,"它刚从冰天雪地里钻出来。"周围的人马上不做声了。

老头当时下山回村。解冻了,一条古老的冰川融化了,一具恐龙的骨架露了出来。

这个消息传遍了全村。"看恐龙去!"大家朝山上跑。我跟在他们后面。

穿过一片乱石滩,跨过几根砍倒在地的树干,越过一个布满飞禽尸骨的泥淖后,眼前出现了一道山坳。解脱了霜冻的束缚的岩石,蒙上一层碧绿的苔藓,一具硕大的恐龙骨架横卧在乱石之间:一条长长的颈椎骨,一根弯曲的胸椎,一排长蛇形的尾骨。胸腔弯成弧形,像是一面船帆;大风吹动胸椎上的扁平棘突时,胸腔里仿佛搏动着一颗看不见的心脏。头骨扭向一边,颌骨大张着,似乎在发出最后一声惊叫。

新人们有说有笑地朝这里跑来。他们看见恐龙的头盖骨时,觉得那个空空的眼窝在瞪着他们。新人们在几步外停下,一句话也讲不出来。过了一会儿,他们转过身往回走,重新有说有笑起来。这时,只要他们当中一个人把目光从恐龙骨架移到正在凝视这副骨架的我的身上,就会发现我和恐龙长得一模一样。但谁也没这样做。这些骨骼,这些利爪,这些杀戮过生灵的四肢,这时讲的是一种谁也不懂的语言,人们除了想起"恐龙"这个与当前的经历毫无联系的模棱两可的名字外,从中得不到任何启示。

我继续望着这副骨架。它是我父亲,我哥哥,我的同类,我自己。我认出来了,这些被啄去肌肉的骨骼是我的四肢,这个嵌在岩石上的凹印是我的身形。这就是我们的已经永远失去的往昔,这就是我们的尊严,我们的过失,我们的毁灭。

如今,新出现的心不在焉的地球占有者,将把这具遗骸的所在地当做名胜古迹,他们将看着命运怎样把"恐龙"这个名字变成一个毫无意义的、念起来含糊不清的单词。我不能听之任之。与恐龙的真正本性有关的一切东西都应该隐藏起来。入夜,当新人们在这具骨架四周睡觉时,我搬走了恐龙的每一根骨头,把它们掩埋好。

早晨,新人们发现骨架无影无踪了,但他们并没有为此过久地担忧。与恐龙有关的众多秘密中又增添了一个秘密。他们马上就把这个秘密逐出了自己的脑海。

但骨架的出现还是在新人的头脑中留下了痕迹。他们回忆恐龙时准会联想到它们的悲惨结局。他们现在讲恐龙故事时,着重表达对我们蒙受的苦难的同情和哀怜。我不知道该对他们的怜悯抱什么态度。有什么可怜悯的呢?我们恐龙得到了充分进化,达到过鼎盛时期,得意洋洋地称王称霸过了很长一段时期。我们的灭绝是一首伟大的终曲,可以与我们的光辉过去相提并论。这些傻瓜懂得什么?每当我听到他们对恐龙表示哀怜时,我都想挖苦他们一番,讲几个杜撰的荒唐故事。反正现在谁也不知道恐龙的真实情况,这个秘密只有我知道。

一群流浪汉在村里停下,其中有一个年轻姑娘。我看见她后大吃一惊:如果我的眼睛没看错,她的血管里不仅流着新人的血,而且还有恐龙的血。她是一个混血儿。她自己知道吗?从她的自若神态判断,她大概不知道。或许她的父母不是恐龙。她的祖父母,或者曾祖父母,甚至是先祖,有可能是恐龙。这位恐龙后裔的性格和举止带有明显的恐龙特征,但谁也没看出来,她自己也没发现。她长得很标致,脸上老挂着笑靥,身后马上就有了一群追求者,其中最喜欢她、追她追得最紧的是查亨。

夏天已经来临,年轻人到河边相聚。"你也去吧!"查亨邀我同行。我们虽然吵了不少次,他倒一直想跟我交朋友。话刚说完,他就围着混血儿打转了。

我走到凤尾花跟前。也许已经到了作出解释、达成谅解的时候。"昨夜你梦见什么了?"我没话找话地问。

她低着头。"我梦见了一条恐龙受了伤,在垂死挣扎。它低下高贵而美丽的脑袋,感到很痛苦,十分痛苦……我看着它,无法移开自己的视线。我发现,看着它受苦我隐约感到高兴……"

凤尾花的唇边露出一个恶意的笑容。以前我从来没见过她这样。我很想对她说,我不想介入她这种卑劣的、不足称道的感情游戏,我要享受生活,我是一个幸福家族的后裔。我开始围着她跳舞,用尾巴拍打河水,使水花溅在她身上。

"你只会讲这种凄凄惨惨的话!"我用轻佻的语调说,"别说了,来跳舞吧!"

她不理解我,撇了撇嘴。

"你不跟我跳,我就跟别的姑娘跳!"我一边大声说,一边抓住混血姑娘的一条腿,把她从查亨身边拽走了。查亨整个儿沉浸在对她的爱慕中,看着她的离开,开始不明白是怎么回事,后来才突然醒悟过来。他妒忌得勃然大怒,但已经太晚了:我和混血姑娘已经跳进河里,游到对岸,藏进了灌木丛。

我这样做或许只想向凤尾花显示我的真实性格,驳斥人们对我的一贯错误看法;或许出于对查亨的宿怨,故意拒绝他作出的友好表示;或许因为混血姑娘与众不同,但我很熟悉的外形勾起了我的欲望,驱使我同她建立一种直接和自然的关系。我们之间将不会有秘密的想法,我们不必在回忆中生活。

第二天早晨,流浪汉们就将离开这里;所以混血姑娘同意在灌木丛中过夜。我和她一直亲热到拂晓。

在我的四平八稳、很少发生什么事件的生活中,这件事只是一个瞬息即逝的小插曲而已。关于恐龙的真实情况,以及关于恐龙雄踞地球的那个时代的真实情况已经湮没在沉默中。对此,我无可奈何。现在谁也不再谈起恐龙,或许人们已不再相信恐龙曾经存在过。凤尾花也不再梦见恐龙了。

有一次她告诉我:"我梦见山洞里有一只动物,是同类中的最后一只。谁也记不得这种动物叫什么名字,所以我就去问它。洞里很黑,我知道它在里面,但看不见它。我心里明白它是什么动物,长的是什么模样,但嘴里讲不出来。我不知道是它在回答我的问题,还是我在回答它的问题……"对我而言,这是一个象征:我们之间终于有了一种爱的谅解。我第一次在泉边停留时就盼着能有这一天。

从那时起我懂得了很多东西,尤其是懂得恐龙通过什么方式取胜。我从前认为,恐龙之所以灭绝,原因在于我的兄弟们宽宏大度地接受了失败。现在我明白了,恐龙灭绝得越彻底,它们的统治范围就扩展得越广,不仅控制着覆盖各大洲的森林,而且能进入留存在地球上的人的思维深处。从久远的、引起恐惧和疑虑的祖辈开始,它们不断伸出颈项,举起利爪,扩大自己的势力范围。后来,它们的躯体在地球上消失了,但它们的名字在各种生物的关系中继续存在,并不断获得新的含义。如今,它们将成为一个只存在于人们思维中的默不作声的佚名物件,但它们将通过新人、新人的下一代及下下一代,获得自己的生存形式,实现自己的理想。

我环顾四周:我作为外来者进入这个村子,而现在我完全可以说,这个村子是我的,凤尾花是我的。当然,这是恐龙的讲话方式。我默默向凤尾花告别,离开这个村子,永远离开了这里。

路上,我看着树木、河流和山脉,可我分不清哪些是恐龙时代就有的,哪些是后来出现的。一些巢穴周围露营着流浪者。我远远认出了混血姑娘,她还是那么讨人喜欢,只是稍稍发了胖。我躲进树林,以免被人们发现。我偷偷看着她。一个刚会用腿走路的小家伙跟在她身后,一边跑一边摇尾巴。我有许久没看见小恐龙了。它发育得十分匀称,浑身充满恐龙的精华,可又完全不知道恐龙这个名字意味着什么。

我在林中空地上等着他,看他玩耍,追蝴蝶,用石头砸开松球取食松子。我走到他跟前。他的确是我的儿子。

他好奇地看着我。"你是谁?"他问。

"谁也不是,"我答道,"你呢?你知道你是谁吗?"

"嘿,真逗!大家都知道,我是一个新人!"他说。

果真不出所料,我想他是会这么回答的。我抚摩着他的脑袋对他说:"好样的。"我走了。

越过山谷和平原,来到一个火车站。我上了车,混进旅客群中。

(袁华清译《恐龙》。选自郑克鲁编选《外国文学作品选》,复旦大学出版社 2008 年版)

作品内容提问

1. "我"在一片荒漠度过了许多年,再下山时第一次遇见的活物是什么?
2. "我"留在一群以捕鱼为生的新人中间,他们给"我"起了一个什么绰号?
3. "我"在泉边遇见的那个姑娘叫什么名字?
4. 被新人们当成了恐龙的是一群什么动物?
5. "我"在作品的结尾最终去了哪里?

导读

伊塔洛·卡尔维诺(1923—1985),意大利著名作家。生于古巴的圣地亚哥。"伊塔洛",即"意大利",是对家乡的怀念。代表作品有《蛛巢小径》、《分成两半的子爵》、《意大利童话故事》、《宇宙奇趣》、《寒冬夜行人》等。《文学讲稿》是卡尔维诺重要的文学理论著作。卡尔维诺一生都在为穷尽一切小说的可能性而努力,被誉为"最富有魅力的后现代派大师"。《寒冬夜行人》被卡尔维诺称为"超级小说",其"目的在于用十个故事的开头说明小说的实质",是一部名副其实的"关于小说的小说"。

《恐龙》是《宇宙奇趣》中十二个故事之一,演示了人类和世界的历史,揭示出宇宙的奇妙和人类的局限,寻求个体间的相融和共在。主要思想在于:(1)整体宇宙观。卡尔维诺认为宇宙间的万物是平等的,亲近性存在于所有形象和形体之间。恐龙虽然灭绝了,却"将通过新人、新人的下一代及下下一代,获得自己的生存形式,实现自己的理想"。大自然和宇宙中的万事万物之间,都是这种你中有我、我中有你的关系。因此,他把创作视域放大到整体物的世界,努力使意识回归宇宙和旷野。时间的计算方式不是通常的天和月,而是千万年和亿万年。《恐龙》短小的篇幅书写的是宇宙万年演进的史诗。(2)人类的局限性。新人对恐龙的认知和态度经历了复杂的变化过程(由恐惧到推崇,再到轻蔑和嘲笑,直至漠不关心),却始终偏离事实和真相。人类对自己出现以前就灭绝的恐龙全然无知,依靠先人的传说以及自己的想象、推理、考古等认知途径所得出的结论,对于恐龙来说全属无稽之谈。恐龙就在他们的身边,真相一直伴随人类左右,只是由于自身的存在历史和认知能力的局限性,人类始终无法真正地把握和发现真相。(3)诗意的生存秩序。恐龙告诉儿子自己"谁也不是"。小恐龙却确定自己是一个新人。人类像小恐龙一样,小心地确立自己和他者之间的界限,却越来越深地陷入虚无和荒诞感中。卡尔维诺原本和很多后现代作家一样,对人类抱有强烈的悲观心理。然而,由于整体宇宙观的建构,他在《恐龙》中用幻想和非理性的诗情建构起了诗意化的生活秩序。恐龙承认自己是恐龙又不是恐龙,是新人又不是新人。因为认识到了自身的复杂性和世界的丰富性,恐龙能够在超越界限的意义上思考存在。

《恐龙》是卡尔维诺最为奇幻的作品之一,充满奇异的想象、深刻的哲思和智慧的比拟,颇具后现代主义文学的艺术特点。一、奇异的想象。《恐龙》是由幻想元素组合成的小说。从三叠纪到侏罗纪的宇宙图景,独自幸存下来的一只恐龙,以及他所看到的恐龙尸骨和在这些遗骸上撕食的鸟类,还有那些性格各异的新人,乃至恐龙和新人之间演绎的故事,都是丰富想象的产物。情节发展和人物活动因为想象力的驰骋,呈现大跨度的时空跳跃和后现代的片断式拼贴,形成理念和情感意义上的完整与真实。二、深刻的哲思。《恐龙》设置了一个遥远的时间和巨大的背景,大自然和宇宙因而具有了本体论意义。恐龙灭绝时,"我"独自幸存下来,躲在一片荒漠的高原许多年。有一天,"我"下了山,世界变样了。新人对恐龙有着各种各样的猜测和想象,却对"我"这只真正的恐龙全然无知,以至最终"我"也觉得自己"谁也不是"。或许是人类缺乏认识存在之真的能力,抑或是存在本身变动不拘,根本没有永恒不变的本质。三、智慧的比拟。《恐龙》是寓言小说和科幻小说的结合,充满象征和寓意,具有多种解读的可能。恐龙作为小说中被认知的对象,可以象征存在本身;新人渔夫们象征平凡的人类;凤尾花象征始终生活在自己世界里的人;混血女郎和儿子小恐龙象征缺乏自我认识能力的个体;"我"与凤尾花的关系象征异质的相互排斥,相反,"我"与混血女郎的关系则象征同质的相互吸引;"谁也不是"又象征本质的不确定性。

知识链接

后现代主义文学。第二次世界大战后西方社会中出现的文学思潮,20世纪八九十年代达到高潮。后现代主义文学在艺术思想和创作技巧上都主张彻底的反传统、摈弃"终极价值"、崇尚"零度写作"等,理论上强调虚实结合,反对中心,反对理性。后现代主义文学的主要流派有荒诞派戏剧、新小说、黑色幽默、垮掉的一代、元小说等。

34 尤内斯库《头儿》

人物
预言者
年轻的男恋人（简称男恋人）
年轻的女恋人（简称女恋人）
男崇拜者
女崇拜者
头儿

［预言者站在舞台中央，背对观众，紧盯着台后的上场口，他守候头儿的到来。
［男女崇拜者一左一右贴墙而立，也在守候头儿的到来。

预 言 者　（片刻的紧张，站在原地）他在那儿！他在那儿！在马路那头！（传来"乌拉"等欢呼声）头儿在那儿！……他来了，他走近了！……（后台的欢呼声、掌声）……最好别让他看见我们（两个崇拜者更加贴紧墙壁）……注意啦！……（预言者激动不已，突然地）乌拉！乌拉！头儿！头儿！头儿万岁！（两个崇拜者身体不动，紧挨墙壁，却尽可能地伸长脖子、探出脑袋）头儿！头——头儿！（崇拜者也一起大喊）乌拉！乌拉！（后台也传出喊声："乌拉！再来一遍！"喊声渐弱）乌拉！再来一遍！

预 言 者　（大步冲向台后，停住，欲下，两个崇拜者紧跟着他）啊，真见鬼！他走了！他走了！跟着我，快！咱们追他去！（预言者和崇拜者边喊边下）头儿，头儿！头——头——头——头——头儿！

［这最后一声喊叫已到了后台，就像是颤抖的哭喊。
［静场。短暂的空场。男恋人和女恋人分别从左右两侧上场，相遇在前台中间。

男 恋 人　对不起，是太太还是小姐？
女 恋 人　先生，我并不认识您！……
男 恋 人　我也一样，我也不认识您！……
女 恋 人　我们谁也不认识谁……

男 恋 人　没错儿,咱们所见略同。不过,在我们之间有一块相连的土地,我们可以共建起我们未来的大厦。

女 恋 人　我对此毫无兴趣,先生。

　　　　　（她作要离去状）

男 恋 人　噢,亲爱的,我多爱您啊!……

女 恋 人　亲爱的,我也一样!（两人拥抱）

男 恋 人　亲爱的,我带您走。咱们这就结婚去。

　　　　　［他们从台左侧下,短暂空场。

预 言 者　（从台后重出,后随两个崇拜者）头儿说了,他肯定打这儿过。

男崇拜者　您真的能肯定嘛?

预 言 者　是的,肯定!

女崇拜者　这肯定是他要走的路?

预 言 者　是的,是的。他肯定打这儿过,我跟你说,这是根据庆典的计划……

男崇拜者　这计划是您亲眼所见、亲耳所闻的吗?

预 言 者　是他对别人说的,对别的人!

男崇拜者　对谁?这别人是谁?

女崇拜者　这是个确定的人吗?是您的朋友?

预 言 者　是我熟悉的一个朋友。（突然,在台后又响起了"乌拉"和"头儿万岁"的巨大声浪）他在那儿!这回他就在那儿!嬉皮!嬉皮!乌拉!他在那儿!你们快藏起来!藏起来!

　　　　　［像开场时一样,两个崇拜者紧贴墙壁,向发出欢呼声的地方伸长脖子;预言者眼盯后台,背对观众。

预 言 者　头儿到了,他露面了,他完蛋了,他咕咕乱叫。（预言者每说一句,崇拜者们就蹦一下,他们使劲伸长脖子;他们激动得直哆嗦）他在跳。他过河了。大家和他握手。他在呕大拇哥。你们听见了吗?大家在笑。（预言者和崇拜者也跟着一起笑）噢!……有人给他一个工具箱,他能用来干什么?啊!……他在给人签名。头儿抚摸一只刺猬,一只棒极了的刺猬!……人群在鼓掌。他跳舞了,手里抱着刺猬。他拥抱他的舞伴。乌拉!乌拉!（后台响起欢呼声）人们在给他和他手上的刺猬舞伴照相……他向人群致意……他远远地吐了一口痰。

女崇拜者　他上这儿来了吗?他朝我们走来了吗?

男崇拜者　我们肯定是在他必经之路上吗?

预 言 者　（头转向两个崇拜者）住嘴,别动,你们会把一切都搅和了……

女崇拜者　可是……

预 言 者　我说了,住嘴!我不是向你们保证他已经答应了吗,他的路线是由他亲自定的……（他又转向台后高喊）乌拉!乌拉!头儿万岁!（静场）头儿万岁,万岁!（静场）头……头儿万岁,万岁,万万岁!（两个崇拜者再也按捺不住,一起高喊)乌拉!头儿万……万岁!

预 言 者　（对崇拜者）安静!你们俩!别作声!你们把一切都搅和了!（崇拜者沉默后,他又转向台后）头儿万岁!（夸张地）乌拉!乌拉!他在换衬衫。他消失在红屏风的后面。他又露面了!（可以听到掌声一阵紧似一阵）好啊,好极了!（崇拜者也想跟着喊"好啊",想鼓掌,但他们用手捂住嘴,没有喊出来）他结上了领带!他边喝牛奶咖啡边看报!总是抱着那只刺猬……他靠着栏杆。栏杆断了。他又爬起来……一个人爬起来了!（掌声,"乌拉!"声）好啊,真帅啊!他在刷弄脏了的外套。

男崇拜者和女崇拜者　（跺脚）噢!啊!噢!噢!啊!啊!

预 言 者　（同样的动作）他爬上梯凳!他要扶一把,有人递给他一根短稻草,他知道这是在开玩笑,他不在乎,他笑了。（雷鸣般的欢呼声和掌声）

男 崇 拜 者　（对女崇拜者）你听!你听!啊,要是我是君王……

女 崇 拜 者　啊!……头儿!

　　　　　　（上述对话语调夸张）

预 言 者　（一直背对观众）他爬上梯凳,不,他从梯凳上下来了。一个小姑娘向他献上一束鲜花……他要干什么?他接过鲜花……他亲吻小姑娘……对她说"我的孩子"……

男 崇 拜 者　他亲吻小姑娘……对她说"我的孩子"……

女 崇 拜 者　他亲吻小姑娘……对她说"我的孩子"……

预 言 者　他把刺猬送给她。小姑娘哭了……头儿万岁!头……头……头儿万岁!

男 崇 拜 者　他上我们这边来了吗?

女 崇 拜 者　他上我们这边来了吗?

预 言 者　（突然跑向台后,欲下）他走了!快一点!咱们快走!（下,崇拜者跟下,同时一起高喊"乌拉!乌拉!"）

　　　　　　［前台短暂空场。两个恋人搂抱着从台左上,停在台中,分开;女恋人挎个篮子。

女 恋 人　咱们到市场去,那儿可以找到鸡蛋!

男 恋 人　噢,我像爱你一样爱鸡蛋!

　　　　　　［她挎起他的胳膊。预言者跑上,迅速站到他原来的位置上,背对观众;崇拜者分别从台两侧紧随而上,与正准备从台右下场的一对恋人相撞。

男 崇 拜 者　对不起!

男 恋 人　噢,对不起!

女 崇 拜 者　对不起!噢,对不起!

女 恋 人　噢,对不起!对不起!对不起!对不起!

男 崇 拜 者　对不起,对不起,对不起!啊!对不起,对不起,对不起!

男 恋 人　噢,噢,噢,噢,噢!对不起!先生们——太太们!

女 恋 人　（对男恋人）来吧,阿道尔夫!（对崇拜者）没什么!

　　　　　　［她拉着男恋人的手下。

预 言 者　　（看着台后）头儿在走过来走过去,有人在给他熨裤子!
　　　　　　　〔崇拜者们各自回到原位。
预 言 者　　头儿在笑。人家在给他熨裤子,他在溜达。他品尝长在小溪里的花朵和水果。他也品尝树根。他让所有的孩子都到他这儿来。他信任所有的成人。他创建了警察。他向法院致敬。他嘉奖伟大的战胜者,他嘉奖伟大的战败者。最后,他还诵诗。在场听众都深受感动。
两个崇拜者　　好啊,好极了!（转而呜咽）呜……呜……呜!
预 言 者　　全体民众都在哭泣!（后台响起号啕的哭声;预言者和崇拜者也号啕大哭）安静!（崇拜者停止大哭;后台也悄无声息）人们把裤子还给头儿。头儿穿上裤子。他很满意!乌拉!("好啊!"后台响起欢呼声,崇拜者也跟着欢呼,跳跃,他们什么也看不见,只是想当然地猜测后台所发生的一切）头儿在哑大拇哥!（对两个崇拜者）回到你们的位置上去,回到你们的位置上去,你们站好了,都别动,喊:"头儿万岁!"
两个崇拜者　　（紧贴墙壁,喊）头儿万岁!万岁!
预 言 者　　住嘴,住嘴,你们要把一切都搅和了!注意,注意,头儿来了!
男 崇 拜 者　　（站在原地）头儿来了!
女 崇 拜 者　　（同样地）头儿来了!
预 言 者　　注意!住嘴!噢!头儿走了!跟着他!跟着我!
　　　　　　　〔预言者从台后跑下,两个崇拜者分别从左右两侧下,此时后台的欢呼声一阵紧似一阵,渐弱。

　　　　　　　〔前台短暂空场。男恋人从台左跑向台右,随后是女恋人。
男 恋 人　　（跑）你追不上我!你追不上我!（下）
女 恋 人　　（跑）等一会儿!等一会儿!（下）

　　　　　　　〔前台空场片刻;女恋人追着男恋人跑着穿过舞台
男 恋 人　　你追不上我!
女 恋 人　　等一会儿!
　　　　　　　〔他们从台右下。
　　　　　　　前台空场片刻。预言者从台后上场;女崇拜者从台左、男崇拜者从台右上场,他们在台中央相遇。
男 崇 拜 者　　事情搞糟了!
女 崇 拜 者　　运气不好!
预 言 者　　这是你们的错!
男 崇 拜 者　　不是那么回事儿!
女 崇 拜 者　　不是那么回事儿!
预 言 者　　难道是我的错?
男 崇 拜 者　　我们没想这么说!
女 崇 拜 者　　我们没想这么说!

　　　　　　　〔后台响起嘈杂声、欢呼声："乌拉！"
预　言　者　乌拉！
女崇拜者　在那儿呢！
　　　　　　（她指向台后）
男崇拜者　对，在那儿呢！（他指向台左）
预　言　者　好，跟我来！头儿万岁！
　　　　　　〔他从台右跑下，崇拜者喊着跟下。
两个崇拜者　头儿万岁！
　　　　　　〔他们下场。前台空场片刻。两个恋人从台左上；男恋人从台后下；女恋人："我要得到你！"说完从台右跑下；预言者、男崇拜者、女崇拜者从台后上；预言者对崇拜者："头儿万岁！""崇拜者们跟着重复。预言者又对崇拜者喊："跟我来！跟着头儿！"他边喊边从台后跑下："跟上他！"
　　　　　　〔男女崇拜者分别从台右、台左下；在上述过程中，后台的欢呼声根据舞台上的动作节奏时强时弱。很短的空场，男女恋人分别从台右和台左上场，男恋人喊："我要得到你！"女恋人喊："你得不到我！"他们边喊边下："头儿万岁！"预言者、后随男女崇拜者、男女恋人从台后边喊边上："头儿万岁！"所有的人从台后鱼贯而出；他们边跑边喊："头儿！头儿万岁！我们得到你啦！打这儿走！你得不到我！"他们利用各个台口出出进进；最后，他们从台左、台右、台后聚集到前台中间，此间后台响着震耳欲聋的掌声和欢呼声，台上的人声嘶力竭地喊叫，歇斯底里地互相拥抱："头儿万岁！头儿万岁！头儿万岁！"

　　　　　　〔突然静场。
预　言　者　头儿到了。头儿在这儿呢。各回原位，注意！
　　　　　　〔男崇拜者和女恋人紧贴右墙；女崇拜者和男恋人紧贴左墙；两对男女紧紧拥抱接吻
男崇拜者　女恋人　亲爱的，亲爱的！
女崇拜者　男恋人　亲爱的，亲爱的！
　　　　　　〔此时，预言者站在原位，背对观众，眼盯后台，在掌声中欢呼
预　言　者　安静。头儿喝完汤了。他来了，他来了。
　　　　　　〔欢呼声倍加高涨；男女崇拜者、男女恋人都在高喊。
所 有 的 人　乌拉！乌拉！头儿万岁！
　　　　　　〔头儿一露面，大家就向他扔彩色纸屑；预言者忽地闪到一边让头儿通过；其他四个人原地不动，伸出胳膊撒纸屑，自言自语地："乌拉！"头儿从台后上，径直走向前台台沿中间，犹豫片刻，向左迈一步，然后毅然决定大踏步地从台右下；预言者使劲高喊"乌拉！"男女崇拜者和男女恋人也喊"乌拉！"但声音要小得多，而且样子很惊讶。他们吃惊是有道理的，因为头儿尽管戴着帽子却没有头。这是很容易装扮的：扮演头儿的喜剧演员穿一件外套，额头上露出脖子，帽子盖住上面；一个穿外套、戴帽子、没脑

袋的人,一出场就能引起惊奇,这肯定能产生效果。在头儿下场后……

女 崇 拜 者　可是,可是……这头儿,他没有头。
预　言　者　他不需要头,既然他是天才。
女　恋　人　对极了!(对男恋人)您叫什么名字?
男　恋　人　(对女崇拜者)您呢?
女 崇 拜 者　(对预言者)您呢?
预　言　者　(对女恋人)您呢?
女　恋　人　(对男恋人)您呢?
所 有 的 人　(同时互问)您叫什么名字?

——幕落

(黄晋凯译《头儿》,选自《世界文学》2003年第四期)

作品内容提问

1. 《头儿》一个有几个主要人物?
2. 男恋人第一次出场说的第一句话是什么?
3. 头儿跳舞时,除拥抱舞伴外,手里还抱着一只什么动物?
4. "她亲吻小姑娘……对她说'我的孩子'……"这句台词在剧中一共出现几次?
5. 全剧的最后所有的人说的那句话是什么?

导读

尤金·尤内斯库(1912—1994)是法国荒诞派剧作家。生于罗马尼亚,1940年后定居法国。1948年开始创作。尤内斯库的早期剧作多为独幕剧。第一部独幕剧《秃头歌女》通过英国中产阶级两对典型的夫妇之间的无聊的对话,揭示了人与人之间荒诞的关系。《椅子》描写一对高龄的老夫妻在生命即将结束前对着象征众多宾客的满台空椅子发出荒唐的梦呓。1957年后多为多幕剧,其中最重要的是主人公都叫贝朗热的《不为钱的杀人者》《犀牛》《空中行人》《国王死去》,之后还有《饥与渴》《屠杀游戏》等,多是写孤独的个人在矛盾混乱的宇宙中的处境。其中《犀牛》着力描绘现实的荒诞、人格的消失、人生的空虚绝望以及人在物的绝对统治之下变为犀牛的"异化"过程。尤内斯库的剧作都表达了他的"人生是荒诞的"看法。在创作手法上,他突破传统的戏剧形式。他笔下的人物被抽象化,没有个性,丧失"自我",以此揭示人类精神生活的空虚和互不理解,讽刺小市民生活的虚伪无聊。他还十分重视舞台效果,充分调动一切舞台手段,如道具会说话,演员模拟木偶的机械动作等,以突出他的剧作的荒诞特色。尤内斯库的戏剧是第二次世界大战后西方社会精神危机的一种曲折的反映。

《头儿》是尤内斯库早期写作的荒诞派戏剧作品。这部作品通过荒诞的情节、荒诞的语言表现了现代社会荒诞的现实。首先,这部戏剧表现了现代人失去了"自我"的可悲情景。剧中的每个人(包括后台的"群众")都是没有头的人,从剧本开始到结束,他们只是盲目地追逐着一个没有头的"头儿"。他们如蝇逐臭，东奔西跑，狂呼乱喊。时而痛哭，时而大笑；时而亢奋激动，时而失望沮丧……这充分证明，他们没有自我意识，丧失了思考能力和辨别能力。甚至那对男女恋人，本来和头儿一点关系都没有，但也在不知不觉中成了随波逐流的人。其次，作品也揭示了现代社会中人与人之间关系的荒诞和隔膜。在剧本中可以看到，建立起人与人之间联系的，除了对"头儿"的盲目追逐之外，再无其他了。那对男女恋人开始并不相识，但对话不到10句，甚至连对方名字都不知道的情况下，就结婚去了。更为荒诞的是，男崇拜者和女恋人，女崇拜者与男恋人随意地相互拥吻，更强化了这种关系的荒诞性。到作品最后，甚至这些看来相互关系很紧密的所有人，都不知道对方是谁，都在同时互问"您叫什么名字？"再次，作品也揭示了"头儿"本身的存在的荒诞性。这个受到大众疯狂追捧，不断被人高呼"万岁"的大人物，原来是个没有头的"头儿"（指的是地位和身份）。剧作家在这里直击了现代社会的人把地位、身份当成"天才"和"领袖"进行崇拜的心理。

《头儿》显示出了"悲剧性的闹剧"（黄晋凯语）的鲜明特点。(1)剧本中的人物总是处于一种不正常的生活逻辑中，人物形象是破碎的，故事是碎片化的。(2)追求一种让人思考并常常让观众陷入迷惘而不能自拔的艺术风格，即人们在观戏过程中嘲笑人物乖张的行为和错乱的语言，但笑后人们又有种很难受的感觉。(3)创造一种荒诞的话语言说方式，一种新的形式功能，在摧毁意义的同时又于无意义中显示意义，从而揭示荒诞感和荒诞意识。

知识链接

荒诞派戏剧。20世纪50年代最早出现在法国，后来风行于欧美各国的戏剧流派之一。荒诞派戏剧以存在主义哲学为理论基础，在创作上吸取了表现主义、象征主义和超现实主义的表现手法并加以融会改造。荒诞派戏剧的情境设置大多具有不合情理、不合逻辑的特征。而在错位式结构形态中，又经常出现人自身角色的错位、人物与人物关系的错位、人与物关系的错位以及现实与幻想等不同层面的错位。此外，荒诞派戏剧还对语言进行"爆破"，使其表达人物思想，塑造人物性格、发展戏剧冲突的功能遭到"毁坏"，通过创造一种荒诞的话语言说方式，从而揭示人的荒诞感和荒诞意识。主要代表作家有尤金·尤内斯库、贝克特等。

35 加西亚·马尔克斯《世界上最漂亮的溺死者》

海面上渐渐漂过来一个黑乎乎的东西，先发现的孩子们炫耀说那是一艘敌船。过了一会儿，他们又发现那件漂浮物上面没有挂旗帜，也没有桅杆，于是又认为是一条鲸鱼。一直到它漂到岸边，他们从它身上取下那些黑乎乎的马尾藻、水母和遇难船只的碎片后，才发现是一个淹死的人。

孩子们跟这个尸体玩了整整一下午，他们在沙滩上把他埋好，然后再挖出来，后来被大人看见了，便给村子里报了信。村子里男人把他抬到附近的房子里。抬尸的时候，人们发现这具尸体比所有的死人都庞大，都沉重，重得像一匹马。男人们互相议论着，可能是因为他在水里泡得时间太长了，水都浸到了骨头里的缘故。当他们把他放平在地上时，发现他比所有的男人都高大，这所小房子几乎都装不下他，但是他们想可能在某些被淹死的人身上自然生长的机能即使在人死后还继续起作用。他浑身上下散发出一股海水味，皮肤外面粘着一层污泥。

不用给他洗脸，就可以断定，他一定是外乡人。这个村子只有十几户人家，分散居住在这个荒凉的海角一边，土地那么少，以致母亲们出门都生怕孩子被风刮到海里去。大海是温柔而又慷慨的，村子里死了人，人们都是从悬崖上把他扔到海里去的。所以当他们在海上遇到这具溺水者的浮尸时，只是相互看看。七条小船上挤满了全村的男人，再也没有多余的位置，因此大家也就没去理会他。

当天夜里，男人们没有出海，都到邻近村子去打听是否丢了什么人，女人们留下来守护着那被淹死的人。她们用芦絮擦掉死人身上的污泥，给他整理了那水草一般的头发，用刮鱼鳞的铁器刮掉贴在他身上的脏东西。她们在做这些事情时，发现那些东西都是属于深海里的，他的衣服都已扯碎，好像他曾在满是珊瑚的世界里游历过似的。她们还发现这死者曾是一个很傲慢的人，因为他的脸上没有其他那些在海上淹死的人那种孤独的表情。最后直到她们给他完全擦洗干净了，才发现他是那么漂亮，于是都惊讶地憋住了呼吸。他不仅是她们从没见过的那种最高大、最强健而又最具有男性美的人，而且是连在想象中都不曾见过的男人。

在村子里找不到一张那么大的床来停放他，也没有一张那么结实的桌子好用来为他守夜。女人们把村子里身材最高的男人在节日里穿的裤子拿来也穿不进，最肥大的衬衣他也嫌窄，最大的鞋子还是小。女人们都为这短小的服装和他的美不相称而感到难过，于是她们决定用一大块帆布和一件新娘子的粗线衬衫给他做衣服，以保持他死后的尊严。妇女们围坐在一起,一针一线地缝着,不时地望着那具尸体。她们觉得那天夜里连风都反常,加勒比海从未有过这么大的风,妇女们认为这些异常的变化一定与这位死者有关。这些女人们还幻想:如果那漂亮的男人住在这个村子里,他的房子一定有宽大的门;高高的房顶和结实的地板;他睡的床的弹簧垫子一定是用铁螺栓为主要结构做的;他的女人一定是最幸福的。她们想象着:他很有权威,要海里的鱼他只需呼唤它们的名字就行了;他是那么热爱劳动,以至于能使最荒凉的石头地里流出水源;他还能在悬崖峭壁上栽种鲜花。她们暗自拿他跟自己的男人比,觉得自己的男人一辈子干的都不及他一夜所干的多。她们内心里都在咒骂自己的男人,觉得他们是世界上最污秽而又没有本事的人。女人们一个个都陷入这些幻想的迷宫中,这时她们当中最老的一个叹口气说道:

"他长的多么像埃斯特温。"

不错,是很像,大多数人再次看他一眼时都觉得再没有别的名字比这还合适的了。可几个最固执的年轻妇女想给他起名叫劳塔罗,但没有成功。

最后麻布不够了,衣服剪裁得不好,穿在他身上显得紧绷绷的,仿佛他体内有一种潜在的力量,把衬衣的扣子都绷掉了。

后半夜,大海沉睡了,沙沙的风声听得清清楚楚,周围一片静寂。关于这溺水者的名字的争议最后以命名埃斯特温而告结束。

那些给他穿衣服、梳头、剪指甲和修胡子的女人,在把他放倒在地上时都抑制不住难受的心情。她们想到他死后都这么麻烦,活着时他那庞大的躯体一定很不幸。她们仿佛看见他活着时进门总是侧着身,头总是撞门框;到人家里,总是站在那里,摆弄着他那海牛般的玫瑰色的嫩手,不知做什么是好;女主人总是不放心地找一把最结实的椅子,请埃斯特温坐下,可他却靠在墙边,微笑着说:"没关系,夫人,我这样待着很好。"他每次到人家拜访都总是重复那句话:"没关系,夫人,我这样待着很好。"他常常怕弄坏椅子而不肯进屋,可人家总是热情地对他说:埃斯特温,你别走,你哪怕等到咖啡烧开了再走也好呀。可后来,这个大傻瓜还是走了,多可爱啊,这个漂亮的傻瓜走了。天快亮时,女人们面对那具尸体,还在想着这些事。后来,当她们用一块手帕为他盖脸,免得阳光打扰他时,见到他是那样永远的安息了,像所有的男人一样,无法抗拒这自然规律的安排,都止不住流下了眼泪。先是她们当中最年轻的一个女人开始抽泣,其他人强忍着,只是悲伤地叹着气,可到后来,越来越想哭,因为这个被淹死的人越发使她们回想起埃斯特温,这位世界上最无人帮助的可怜人,他是那么温柔,而又助人为乐。

最后,当男人们回来说,那个溺水者不是邻村人时,她们在痛哭之余都感到了一种莫名的空虚。

"神圣的上帝,他是我们的,"她们哭泣着说。

男人们认为这些言过其实的话只不过是女人的轻浮。他们已经被这一夜的寻访搞得筋疲力尽,只想立即处理掉这个额外的累赘。他们找来一些旧帆布,捆成担架,好把这沉重的身体抬到悬崖边上。他们想在他脚腕子上捆上一副商船的铁锚,好让他顺利地沉到海底,这样即使再大的风浪,也不会再把他漂回海岸了。但是他们越是着急,女人们却越是耽搁时间。她们像正在啄食海滩贝壳的母鸡受了惊吓一样,一些人忙着给死者这儿放上护身符,另一些人忙着给死者在那儿扣上一条导向的带子,七嘴八舌的,这个说:"你取下来,放到这儿。"那一个又说:"你看都快把我挤倒在死人身上了。"这乱糟糟的场面使男人们感到莫名其妙,他们开始抱怨没有必要为一个外乡人搞这么多装饰品,反正在上面带再多的东西,也是喂鲨鱼。女人们并不理会,仍继续往死者身上放那些不值钱的殉葬品,放上去,又取下来,再放上去。男人们嘴里骂着:这里什么时候这样对待过一个漂来的死人,一个素不相识的死人,一堆臭肉。一个女人被这毫无感情的话激怒了,走过去取掉盖在死者脸上的手帕,这下连男人们也都惊呆了。

是埃斯特温。男人们二话没说就认为是他。如果对他说这是瓦尔特·拉莱,他们也许还会记得他那美国人的口音,肩头上的金刚鹦鹉和打猛兽的火枪。但是这埃斯特温,世界上只能有一位,而现在他正像一条大白鱼一样挺在那里,没穿靴子,套着不合身的裤子,坚硬的指甲只有用刀子才能削动。取下他脸上的手帕,可以看出他的表情很羞愧,似乎在说:长得这么庞大,这么重,又这么漂亮,这并不是我的过错;如果我知道这些会带来这么多麻烦的话,我一定会找一个最秘密的地方去淹死;甚至我还会自己在脖上系一个铁锚,免得在这星期三来打扰别人。他的样子是那么真诚,以至于连那些疑心最重的男人——这些男人夜里在海上总是感到无比的苦恼,担心他们的女人会等他等得厌烦,梦到他们被淹死了,或别的更可怕的事——也都为埃斯特温真诚的表情而感到震惊。

就这样,人们为他举行了他们为一个漂来的死人所能想象到的最隆重的葬礼。有些妇女去邻村找花,把这件事讲给另一些妇女听,她们不相信,也跟来看看。当她们见到那死者后,就又去弄来更多的鲜花,人和花越来越多,挤得几乎无法走路。

最后把这可怜人放下水时是人们最难受的时刻。人们选出一位最好的父亲和一位最好的母亲来充当他的父母,还为他选出兄弟、叔侄,因此通过他,村子里所有的人相互都成了亲戚。

有位海员从远处听到了哭声便迷失了航向,他们不知道又是哪一位被捆上了桅杆,不由得想起古代关于美人鱼的传说。

在去海边悬崖陡峭的山路上,人们争着抬那死者,面对着他们这华丽而又漂亮的死人,男女村民们第一次发现村里的街道已经坏得坎坷不平,他们的院落已经荒芜,而且是那么狭窄。

他们没有给他捆铁锚,为的是如果他想回来时,就回来。在把那具尸体抛下深渊以前的片刻间,所有的人都憋住呼吸。他们不需要相互去看,就知道彼此都不是完美的,永远也不可能是完美的。但是他们也知道,从那以后一切都将不同,他们的房子将按上更宽大的门,更高的房顶,更坚固的地板,为了让埃斯特温可以到处走而不撞门框,为了将来谁也不敢窃窃私语地说什么这个傻瓜已经死了,真遗憾,这个漂亮的傻瓜死了。他们将在房前墙上涂上明快的色彩,借以永远纪念埃斯特温。他们还将凿开岩层,在石头地上挖出水源来,在悬崖峭壁上栽种鲜花,为了在将来每年的春天,让那些大船上的旅客被这海上花园的芳香所召唤。连船长也下到甲板上,身穿节日的服装,胸前挎着望远镜,佩戴着金星肩章和一排战争中得的奖章,指着这坐落在加勒比海地平线上满是玫瑰花的海角,用十四种语言说道:"你们看那儿,如今风儿是那样平静,太阳是那么明亮,连那些向日葵都不知道此刻该朝哪边转。是的,那儿就是埃斯特温的村子。"

1968 年

(韩水军译。选自赵德明等译《加西亚·马尔克斯中短篇小说集》。上海译文出版社 1982 年版)

作品内容提问

1. 是谁最先发现了一个被淹死的人?
2. 妇女们在清洗完那具尸体后为什么惊呆了?
3. 那个年纪最老的女人告诉其他女人这个死者的名字叫什么?
4. 最后尸体被重新扔进大海时,人们产生了什么样的感觉?
5. 有位海员从远处听到了哭声便迷失了方向,他不由得想起了古代关于什么的传说?

导读

加夫列尔·加西亚·马尔克斯(1927—   ),哥伦比亚作家,拉美魔幻现实主义文学的代表。1982年荣获诺贝尔文学奖。幼时从外祖母那里听到许多古老的印第安神话和民间传说。50年代发表的第一部长篇小说《枯枝败叶》描写了沿海小镇马孔多一个家族的命运,刻画了一位上校和他的子孙们孤独的生活境遇和忧伤的内心世界。60年代的几部小说继续丰富这个家族的历史。中篇小说《没有人给他写信的上校》、长篇小说《恶时辰》从更大的广度和深度上拓展了这个题材。1967年出版了震动世界文坛的《百年孤独》,描写布恩蒂亚家族七代人充满神奇色彩的坎坷经历,以及小镇马孔多一百多年里从兴建、发展、鼎盛到消亡的过程。"他的长篇小说把幻想和现实融为一体,勾画出一个丰富多彩的想象中的世界,反映了拉丁美洲大陆的生活和斗争。"70年代长篇小说《家长的没落》是一部杰出的反对独裁统治的作品。作品用夸张变形的艺术手法,将独裁者尼卡诺尔的专制与残忍揭示得淋漓尽致。尼卡诺尔是拉丁美洲国家独裁暴君的典型形象,作品借这一形象无情地鞭挞了独裁政体。80年代以后,马尔克斯发表了中篇小说《一件事先张扬的人命案》,目的在于揭示凶案在事先张扬的情况下为何没有得到有效制止,所要批判的是愚昧落后的封建习俗。1985年出版的长篇小说《霍乱时期的爱情》引起了继《百年孤独》、《家长的没落》之后的第三次爆炸性反响。作品以男女主人公之间持续了半个世纪的爱情为主线,论及了几乎所有类型的爱情:幸福的爱情,贫穷的爱情,高尚的爱情,庸俗的爱情,粗暴的爱情,柏拉图式的爱情,放荡的爱情,羞怯的爱情,甚至"连霍乱本身也是一种爱情病"。作品显示了马尔克斯超凡的智慧和洞察力,不乏对爱情的真知灼见,一些表达堪称经典。

《世界上最漂亮的溺死者》集中体现了马尔克斯"魔幻现实主义"的创作特点。从思想内容来看,这部小说集中反映的仍然是拉丁美洲的孤独封闭问题。一具漂来的无名尸体的偶然事件,引起了小村人们的不同反映。孩子们"折腾"它,男人们查找它的来历,妇女们清洗它,纷纷为这具美丽的尸体而倾倒,把它视为"我们的"。她们觉得自己的丈夫和这具尸体比起来简直是矮小猥琐、不值一提。从发现尸体,到最后埋葬尸体,一切都是在循环封闭的条件下围绕着"一堆臭烘烘的腐肉"进行的。最后的改变也只是房屋要加高(因为死者个子很高),环境要搞好(等待死尸再回来)。可以说,作者正是通过这个荒诞的故事,揭示了拉丁美洲"封闭""孤独"的原因:这就是人们的观念落后陈旧,眼界狭窄,见识短少,只能把已死的事物当成最美的东西来欣赏和珍藏。小说结尾的描写是意味深长的:他们把家乡变成死人的故园,让外来的人赞美"那里就是埃斯特温的家乡"。小说在艺术上也富于魔幻现实主义的特色:第一,小说构思和写作手法极为奇特。它虽然是围绕着"尸体"在叙事,但并非是在讲一个传奇的故事,而重点表现的是活着的人的精神活动,表现的是拉丁美洲人们精神上的真实。其实,在作品中尸体是什么已不重要,它只不过是引起作家描写人们精神状态的媒介物而已。第二,荒诞的情节和真实现实生活的描写交融一体,形成了似真似幻的神奇风格,做到了貌似荒诞而本质真实。如题目所说的"世界上最美的溺死者",其实说的并不仅仅是"埃斯特温",而是这里人的精神都被"溺死"了。第三,象征表现和细节真实描绘相结合,做到了理性思考和故事审美的有机统一。正是这样独特的艺术手法,使小说超过了故事层面的价值而成了拉丁美洲封闭现实和人们精神孤独状态的深刻阐释。

知识链接

魔幻现实主义文学。魔幻现实主义文学是20世纪50年代前后在拉丁美洲兴盛起来的一种文学流派。大体具有如下特征:(1)将现实与神话、梦幻相结合。魔幻现实主义者所说的反映现实,是印第安的传统观念下的拉丁美洲现实。它的依据是拉丁美洲本身就是"魔幻"和"神秘"的事实。(2)魔幻现实主义作家惯常将现实的形象根据民间传统观念加以神秘化,以表达作者对人和事物魔幻化的认识。(3)采用大量象征、荒诞、意识流等现代主义手法,常常打乱时间顺序,颠倒情节,创造一个"超时间超空间"、超越生死的魔幻世界。这其中包含着作家对打破停滞不前的现实的渴望。

36 《旧约》(节选)

《旧约》原本是犹太教的经典,以古希伯来文写成,称为《塔纳赫》。基督教兴起后,将《塔纳赫》称为《旧约》,与《新约》一起作为自己的神圣经典,所以,基督教《圣经》又被称作《新旧约全书》。本部分节选于《旧约》中的《创世纪》和《雅歌》

《创世纪》

神的创造

起初,神创造天地。地是空虚混沌。渊面黑暗。神的灵运行在水面上。

神说:"要有光。"就有了光。神看光是好的,就把光暗分开了。神称光为昼,称暗为夜。有晚上,有早晨,这是头一日。

神说:"诸水之间要有空气,将水分为上下。"神就造出空气,将空气以下的水,空气以上的水分开了。事就这样成了。神称空气为天。有晚上,有早晨,是第二日。

神说:"天下的水要聚在一处,使旱地露出来。"事就这样成了。神称旱地为地,称水的聚处为海。神看着是好的。神说:"地要发生青草和结种子的菜蔬,并结果子的树木,各从其类,果子都包着核。"事就这样成了。于是地发生了青草和结种子的菜蔬,各从其类;并结果子的树木,各从其类,果子都包着核。神看着是好的。有晚上,有早晨,是第三日。

神说:"天上要有光体,可以分昼夜,作记号、定节令、日子、年岁,并要发光在天空,普照在地上。"事就这样成了。于是神造了两个大光,大的管昼,小的管夜,又造众星。就把这些光摆列在天空,普照在地上,管理昼夜,分别明暗。神看着是好的。有晚上,有早晨,是第四日。

神说:"水要多多滋生有生命的物,要有雀鸟飞在地面以上,天空之中。"神就造出大鱼和水中所滋生各样有生命的动物,各从其类;又造出各样飞鸟,各从其类。神看着是好的。神就赐福给这一切,说:"滋生繁多,充满海中的水。雀鸟也要多生在地上。"有晚上,有早晨,是第五日。

神说:"地要生出活物来,各从其类;牲畜、昆虫、野兽,各从其类。"事就这样成了。于是神造出野兽,各从其类。牲畜,各从其类。地上一切昆虫,各从其类。神看着是好的。神说:

"我们要照着我们的形象,按着我们的样式造人,使他们管理海里的鱼、空中的鸟、地上的牲畜和全地,并地上所爬的一切昆虫。"神就照着自己的形象造人,乃是照着他的形象造男造女。神就赐福给他们,又对他们说:"要生养众多,遍满地面,治理这地;也要管理海里的鱼、空中的鸟,和地上各样行动的活物。"神说:"看哪,我将遍地上一切结种子的菜蔬,和一切树上所结有核的果子,全赐给你们作食物。至于地上的走兽和空中的飞鸟,并各样爬在地上有生命的物,我将青草赐给它们作食物。"事就这样成了。神看着一切所造的都甚好。有晚上,有早晨,是第六日。

天地万物都造齐了。到第七日,神造物的工已经完毕,就在第七日歇了他一切的工,安息了。神赐福给第七日,定为圣日,因为在这日神歇了他一切创造的工,就安息了。

伊 甸 园

创造天地的来历,在耶和华神造天地的日子,乃是这样:野地还没有草木,田间的菜蔬还没有长起来,因为耶和华神还没有降雨在地上,也没有人耕地。但有雾气从地上腾起,滋润遍地。耶和华神用地上的尘土造人,将生气吹在他鼻孔里,他就成了有灵的活人,名叫亚当。

耶和华神在东方的伊甸立了一个园子,把所造的人安置在那里。耶和华神使各样的树从地里长出来,可以悦人的眼目,其上的果子好作食物。园子当中又有生命树和分别善恶的树。

有河从伊甸流出来滋润那园子,从那里分为四道:第一道名叫比逊,就是环绕哈腓拉全地的。在那里有金子,并且那地的金子是好的;在那里又有珍珠和红玛瑙。第二道河名叫基训,就是环绕古实全地的。第三道河名叫底格里斯,流在亚述的东边。第四道河就是幼发拉底河。

耶和华神将那人安置在伊甸园,使他修理看守。耶和华神吩咐他说:"园中各样树上的果子,你可以随意吃,只是分别善恶树上的果子,你不可吃,因为你吃的日子必定死。"

耶和华神说:"那人独居不好,我要为他造一个配偶帮助他。"耶和华神用土所造成的野地各样走兽和空中各样飞鸟都带到那人面前,看他叫什么。那人怎样叫各样的活物,那就是它的名字。那人便给一切牲畜和空中飞鸟、野地走兽都起了名。只是那人没有遇见配偶帮助他。耶和华神使他沉睡,他就睡了;于是取下他的一条肋骨,又把肉合起来。耶和华神就用那人身上所取的肋骨造成一个女人,领她到那人跟前。

那人说:

"这是我骨中的骨,

肉中的肉,

可以称她为女人,

因为她是从男人身上取出来的。"

因此,人要离开父母与妻子连合,二人成为一体。当时夫妻二人赤身露体并不羞耻。

人违背命令

耶和华神所造的,唯有蛇比田野一切的活物更狡猾。蛇对女人说:"神岂是真说不许你们吃园中所有树上的果子吗?"女人对蛇说:"园中树上的果子,我们可以吃;唯有园当中那棵树上的果子，神曾说：'你们不可吃，也不可摸，免得你们死。'"蛇对女人说："你们不一定死，因为神知道，你们吃的日子眼睛就明亮了，你们便如神能知道善恶。"于是，女人见那棵树的果子好作食物，也悦人的眼目，且是可喜爱的，能使人有智慧，就摘下果子来吃了；又给她丈夫，她丈夫也吃了。他们二人的眼睛就明亮了，才知道自己是赤身露体，便拿无花果树的叶子，为自己编作裙子。

天起了凉风，耶和华神在园中行走。那人和他妻子听见神的声音，就藏在园里的树木中，躲避耶和华神的面。耶和华神呼唤那人，对他说："你在哪里？"他说："我在园中听见你的声音，我就害怕，因为我赤身露体，我便藏了。"耶和华说："谁告诉你赤身露体呢？莫非你吃了我吩咐你不可吃的那树上的果子吗？"那人说："你所赐给我、与我同居的女人，她把那树上的果子给我，我就吃了。"耶和华神对女人说："你做的是什么事呢？"女人说："那蛇引诱我，我就吃了。"

神 的 宣 判

耶和华神对蛇说：

"你既做了这事，就必受诅咒，比一切的牲畜野兽更甚。你必用肚子行走，终生吃土。我又要叫你和女人彼此为仇；你的后裔和女人的后裔也彼此为仇。女人的后裔要伤你的头，你要伤她的脚跟。"

又对女人说：

"我必多多加增你怀胎的苦楚，你生产儿女必多受苦楚。你必恋慕你的丈夫，你丈夫必管辖你。"

又对亚当说：

"你既听从妻子的话，吃了我吩咐你不可吃的那树上的果子，地必为你的缘故受诅咒。你必终身劳苦，才能从地里得吃的。地必给你长出荆棘和蒺藜来，你也要吃田间的菜蔬。你必汗流满面才得糊口，直到你归了土；因为你是从土而出的。你本是尘土，仍要归于尘土。"

亚当给他妻子起名叫夏娃，因为她是众生之母。耶和华神为亚当和他妻子用皮子作衣服给他们穿。

……

亚当和夏娃被赶出伊甸园

耶和华神说："那人已经与我们相似，能知道善恶。现在恐怕他伸手又摘生命树的果子吃，就永远活着。"耶和华神便打发他出伊甸园去，耕种他所自出之土。于是把他赶出去了。又在伊甸园的东边安设基路伯，和四面转动发火焰的剑，要把守生命树的道路。

该隐和亚伯

有一日，那人和他妻子夏娃同房。夏娃就怀孕，生了该隐（就是"得"的意思），便说："耶和华使我得了一个男子。"又生了该隐的兄弟亚伯。亚伯是牧羊的，该隐是种地的。

有一日，该隐拿地里的出产为供物献给耶和华。亚伯也将他羊群中头生的和羊的脂油献上。耶和华看中了亚伯和他的供物，只是看不中该隐和他的供物。该隐就大大地发怒，变了脸色。

耶和华对该隐说："你为什么发怒呢？你为什么变了脸色呢？你若行得好，岂不蒙悦纳？你若行得不好，罪就伏在门前。它必恋慕你，你却要制服它。"

该隐与他兄弟亚伯说话，二人正在田间。该隐起来打他兄弟亚伯，把他杀了。

耶和华对该隐说："你兄弟亚伯在哪里？"他说："我不知道！我岂是看守我兄弟的吗？"耶和华说："你做了什么事呢？你兄弟的血有声音从地里向我哀告。地开了口，从你手里接受你兄弟的血。现在你必从这地受咒诅。你种地，地不再给你效力。你必流离飘荡在地上。"

该隐对耶和华说："我的刑罚太重，过于我所能当的。你如今赶逐我离开这地，以致不见你面。我必流离飘荡在地上，凡遇见我的必杀我。"

耶和华对他说："凡杀该隐的，必遭报七倍。"耶和华就给该隐立一个记号，免得人遇见他就杀他。于是该隐离开耶和华的面，去住在伊甸东边挪得之地。

……

人类的邪恶

当人在世上多起来，又生女儿的时候，神的儿子们看见人的女子美貌，就随意挑选，娶来为妻。耶和华说："人既属乎血气，我的灵就不永远住在他里面。然而他的日子还可到一百二十年。"那时候有伟人在地上，后来神的儿子们和人的女子们交合生子，那就是上古英武有名的人。

耶和华见人在地上罪恶很大，终日所思想的尽都是恶。耶和华就后悔造人在地上，心中忧伤。耶和华说："我要将所造的人和走兽，并昆虫，以及空中的飞鸟，都从地上除灭，因为我造他们后悔了。"

唯有挪亚在耶和华眼前蒙恩。

挪　　亚

挪亚的后代记在下面。挪亚是个义人，在当时的世代是个完全人。挪亚与神同行。挪亚生了三个儿子，就是闪、含、雅弗。

世界在神面前败坏，地上满了强暴。神观看世界，见是败坏了；凡有血气的人，在地上都败坏了行为。神就对挪亚说："凡有血气的人，他的尽头已经来到我面前。因为地上满了他们的强暴，我要把他们和地一并毁灭。你要用歌斐木造一只方舟，分一间一间地造，里外抹上松香。方舟的造法乃是这样：要长三百肘，宽五十肘，高三十肘。方舟上边要留透光处，高一肘。方舟的门要开在旁边。方舟要分上、中、下三层。看哪，我要使洪水泛滥在地上，毁灭天下。凡地上有血肉，有气息的活物，无一不死。我却要与你立约，你同你的妻，与儿子、儿妇，都要进入方舟。凡有血肉的活物，每样两个，一公一母，你要带进方舟，好在你那里保全生命。飞鸟各从其类，牲畜各从其类，地上的昆虫各从其类。每样两个，要到你那里，好保全生命。你要拿各样食物积蓄起来,好作你和它们的食物。"挪亚就这样行。凡神所吩咐的,他都照样行了。

洪　　水

耶和华对挪亚说:"你和你的全家都要进入方舟,因为在这世代中,我见你在我面前是义人。凡洁净的畜类,你要带七公七母;不洁净的畜类,你要带一公一母;空中的飞鸟,也要带七公七母,可以留种,活在全地上。因为再过七天,我要降雨在地上四十昼夜,把我所造的各种活物,都从地上除灭。"挪亚就遵着耶和华所吩咐的行了。

当洪水泛滥在地上的时候,挪亚整六百岁。挪亚就同他的妻和儿子、儿妇,都进入方舟,躲避洪水。洁净的畜类和不洁净的畜类,飞鸟并地上一切的昆虫,都是一对一对的,有公有母,到挪亚那里进入方舟,正如神所吩咐挪亚的。过了那七天,洪水泛滥在地上。当挪亚六百岁,二月十七日那一天,大渊的泉源都裂开了,天上的窗户也敞开了。四十昼夜降大雨在地上。正当那日,挪亚和他三个儿子闪、含、雅弗,并挪亚的妻子和三个儿妇,都进入方舟。他们和百兽,各从其类;一切牲畜,各从其类;爬在地上的昆虫,各从其类;一切禽鸟,各从其类。都进入方舟。凡有血肉,有气息的活物,都一对一对的到挪亚那里,进入方舟。凡有血肉进入方舟的,都是有公有母,正如神所吩咐挪亚的。耶和华就把他关在方舟里头。

洪水泛滥在地上四十天,水往上涨,把方舟从地上漂起。水势浩大,在地上大大地往上涨,方舟在水面上漂来漂去。水势在地上极其浩大,天下的高山都淹没了。水势比山高过十五肘,山岭都淹没了。凡在地上有血肉的动物,就是飞鸟、牲畜、走兽,和爬在地上的昆虫,以及所有的人都死了;凡在旱地上、鼻孔有气息的生灵都死了;凡地上各类的活物,连人带牲畜、昆虫,以及空中的飞鸟,都从地上除灭了,只留下挪亚和那些与他同在方舟里的。水势浩大,在地上共一百五十天。

洪　水　消　退

神记念挪亚和挪亚方舟里的一切走兽牲畜。神叫风吹地,水势渐落。渊源和天上的窗户都闭塞了,天上的大雨也止住了。水从地上渐退。过了一百五十天,水就渐消。七月十七日,方舟停在亚拉腊山上。水又渐消,到十月初一日,山顶都现出来了。

过了四十天,挪亚开了方舟的窗户,放出一只乌鸦去。那乌鸦飞来飞去,直到地上的水都干了。他又放出一只鸽子去,要看看水从地上退了没有。但遍地上都是水,鸽子找不着落脚之地,就回到方舟挪亚那里,挪亚伸手把鸽子接进方舟来。他又等了七天,再把鸽子从方舟放出去。到了晚上,鸽子回到他那里,嘴里叼着一个新拧下来的橄榄叶子,挪亚就知道地上的水退了。他又等了七天,放出鸽子去,鸽子就不再回来了。到挪亚六百零一岁,正月初一日,地上的水都干了。挪亚撤去方舟的盖观看,便见地面上干了。到了二月二十七日,地就都干了。神对挪亚说:"你和你的妻子、儿子、儿妇都可以出方舟。在你那里凡有血肉的活物,就是飞鸟、牲畜、和一切爬在地上的昆虫,都要带出来,叫它在地上多多滋生,大大兴旺。"于是挪亚和他的妻子、儿子、儿妇,都出来了。一切走兽,昆虫,飞鸟,和地上所有的动物,各从其类,也都出了方舟。

挪 亚 献 祭

挪亚为耶和华筑了一座坛,拿各类洁净的牲畜、飞鸟献在坛上为燔祭。耶和华闻那馨香之气,就心里说:"我不再因人的缘故咒诅地(人从小时心里怀着恶念),也不再按着我才行的,灭各种的活物了。地还存留的时候,稼穑、寒暑、冬夏、昼夜就永不停息了。"

……

《雅 歌》

所罗门的歌,是歌中的雅歌。

第 一 首

[新娘]
愿他用口与我亲嘴,因你的爱情比酒更美。
你的膏油馨香,你的名如同倒出来的香膏,所以众童女都爱你。
愿你吸引我,我们就快跑跟随你。王带我进了内室,我们必因你欢喜快乐;
我们要称赞你的爱情,胜似称赞美酒。她们爱你是理所当然的。
耶路撒冷的众女子啊,我虽然黑,却是秀美,如同基达的帐棚,好像所罗门的幔子。
不要因太阳把我晒黑了,就轻看我。我同母的弟兄向我发怒,他们使我看守葡萄园;我自己的葡萄园却没有看守。
我心所爱的啊,求你告诉我,你在何处牧羊?晌午在何处使羊歇卧?
我何必在你同伴的羊群旁边,好像蒙着脸的人呢?

[新郎]
你这女子中极美丽的,你若不知道,只管跟随羊群的脚踪去,
把你的山羊羔牧放在牧人帐棚的旁边。
我的佳偶,我将你比法老车上套的骏马。
你的两腮因发辫而秀美;你的颈项因珠串而华丽。
我们要为你编上金辫,镶上银钉。

[新娘]
王正坐席的时候,我的哪哒香膏发出香味。
我以我的良人为一袋没药,常在我怀中;
我以我的良人为一棵凤仙花,在隐基底葡萄园中。

[新郎]
我的佳偶,你甚美丽!你甚美丽!你的眼好像鸽子眼。

［新娘］

我的良人哪，你甚美丽可爱！我们以青草为床榻，以香柏树为房屋的栋梁，以松树为椽子。

我是沙仑的玫瑰花〔或作"水仙花"〕

是谷中的百合花。

［新郎］

我的佳偶在女子中，好像百合花在荆棘内。

［新娘］

我的良人在男子中，如同苹果树在树林中。我欢欢喜喜坐在他的荫下，

尝他果子的滋味，觉得甘甜。

他带我入筵宴所，以爱为旗在我以上。

求你们给我葡萄干增补我力，给我苹果畅快我心。因我思爱成病。

他的左手在我头下，他的右手将我抱住。

耶路撒冷的众女子啊，我指着羚羊或田野的母鹿嘱咐你们，不要惊动，不要叫醒我所亲爱的，等他自己情愿。〔"不要叫醒云云"或作不要激动爱情，等他自发〕

第 二 首

［新娘］

听啊，是我良人的声音；看哪，他蹿山越岭而来。

我的良人好像羚羊，或像小鹿。他站在我们墙壁后，从窗户往里观看，从窗棂往里窥探。

我良人对我说：

［新郎］

我的佳偶，我的美人，起来，与我同去！

因为冬天已往，雨水止住过去了。

地上百花开放，百鸟鸣叫的时候〔或作"修理葡萄树的时候"〕已经来到，斑鸠的声音在我们境内也听见了，

无花果树的果子渐渐成熟，葡萄树开花放香。我的佳偶，我的美人，起来，与我同去！

我的鸽子啊，你在磐石穴中，在陡岩的隐密处。求你让我得见你的面貌，得听你的声音；因为你的声音柔和，你的面貌秀美。

要给我们擒拿狐狸，就是毁坏葡萄园的小狐狸，因为我们的葡萄正在开花。

［新娘］

良人属我，我也属他；他在百合花中牧放群羊。

我的良人哪，求你等到天起凉风，日影飞去的时候，你要转回，

好像羚羊或像小鹿在比特山上。

我夜间躺卧在床上,寻找我心所爱的;我寻找他,却寻不见。
我说:我要起来,游行城中,在街市上,在宽阔处,寻找我心所爱的。
我寻找他,却寻不见。
城中巡逻看守的人遇见我,我问他们:"你们看见我心所爱的没有?"
我刚离开他们,就遇见我心所爱的。我拉住他,不容他走,
领他入我的母家,到怀我者的内室。
耶路撒冷的众女子啊,我指着羚羊或田野的母鹿嘱咐你们不要惊动,不要叫醒我所亲爱
的,等他自己情愿。

第 三 首

[新娘]
那从旷野上来,形状如烟柱,以没药和乳香并商人各样香粉薰的是谁呢?
看哪,是所罗门的轿,四围有六十个勇士,都是以色列中的勇士;
手都持刀,善于争战,腰间佩刀,防备夜间有惊慌。
所罗门王用黎巴嫩木,为自己制造一乘华轿。
轿柱是用银作的,轿底是用金作的,坐垫是紫色的,
其中所铺的乃耶路撒冷众女子的爱情。
锡安的众女子啊,你们出去观看所罗门王,头戴冠冕就是在他婚筵的日子、
心中喜乐的时候,他母亲给他戴上的。

[新郎]
我的佳偶,你甚美丽!你甚美丽!你的眼在帕子内好像鸽子眼。
你的头发如同山羊群卧在基列山旁。
你的牙齿如新剪毛的一群母羊,洗净上来,个个都有双生,没有一只丧掉子的。
你的唇好像一条朱红线,你的嘴也秀美。你的两太阳在帕子内如同一块石榴。
你的颈项好像大卫建造收藏军器的高台,其上悬挂一千盾牌,都是勇士的藤牌。
你的两乳好像百合花中吃草的一对小鹿,就是母鹿双生的。
我要往没药山和乳香冈去,直等到天起凉风,日影飞去的时候回来。
我的佳偶,你全然美丽,毫无瑕疵!

我的新妇,求你与我一同离开黎巴嫩,与我一同离开黎巴嫩。
从亚玛拿顶,从示尼珥与黑门顶,从有狮子的洞,从有豹子的山往下观看。
我妹子,我新妇,你夺了我的心!你用眼一看,用你项上的一条金链,夺了我的心。
我妹子,我新妇,你的爱情何其美!你的爱情比酒更美,你膏油的香气胜过一切香品。
我新妇,你的嘴唇滴蜜,好像蜂房滴蜜;你的舌下有蜜有奶。
你衣服的香气如黎巴嫩的香气。

我妹子,我新妇,乃是关锁的园,禁闭的井,封闭的泉源。
你园内所种的结了石榴,有佳美的果子,并凤仙花与哪哒树。
有哪哒和番红花,菖蒲和桂树,并各样乳香木,没药,沉香,与一切上等的果品。
你是园中的泉,活水的井,从黎巴嫩流下来的溪水。

[新娘]
北风啊,兴起!
南风啊,吹来!
吹在我的园内,使其中的香气发出来。
愿我的良人进入自己园里,
吃他佳美的果子。

[新郎]
我妹子,我新妇,我进了我的园中,
采了我的没药和香料,吃了我的蜜房和蜂蜜,喝了我的酒和奶。

[耶路撒冷的众女子]
我的朋友们,请吃!我所亲爱的,请喝!且多多地喝。

第 四 首

[新娘]
我身睡卧,我心却醒。这是我良人的声音,他敲门说:

[新郎]
我的妹子,我的佳偶,我的鸽子,我的完全人,求你给我开门,
因我的头满了露水,我的头发被夜露滴湿。

[新娘]
我回答说:"我脱了衣裳,怎能再穿上呢?我洗了脚,怎能再玷污呢?"
我的良人从门孔里伸进手来,我便因他动了心。
我起来,要给我良人开门;我的两手滴下没药,我的指头有没药汁滴在门闩上。
我给我的良人开了门,我的良人却已转身走了。
他说话的时候,我神不守舍。我寻找他,竟寻不见;我呼叫他,他却不回答。
城中巡逻看守的人遇见我,打了我,伤了我;看守城墙的人夺去我的披肩。
耶路撒冷的众女子啊,我嘱咐你们,若遇见我的良人,要告诉他,我因思爱成病。

[耶路撒冷的众女子]
你这女子中极美丽的,你的良人比别人的良人有何强处?

你的良人比别人的良人有何强处？你就这样嘱咐我们？

［新娘］
我的良人白而且红,超乎万人之上。
他的头像至精的金子;他的头发厚密累垂,黑如乌鸦。
他的眼如溪水旁的鸽子眼,用奶洗净,安得合式。
他的两腮如香花畦,如香草台。他的嘴唇像百合花,且滴下没药汁。
他的两手好像金管,镶嵌水苍玉。他的身体如同雕刻的象牙,周围镶嵌蓝宝石。
他的腿好像白玉石柱,安在精金座上。他的形状如黎巴嫩,且佳美如香柏树。
他的口极其甘甜,他全然可爱。耶路撒冷的众女子啊,
这是我的良人,这是我的朋友。

［耶路撒冷的众女子］
你这女子中极美丽的,你的良人往何处去了?
你的良人转向何处去了？我们好与你同去寻找他。

［新娘］
我的良人下入自己园中,到香花畦,在园内牧放群羊,采百合花。
我属我的良人,我的良人也属我,他在百合花中牧放群羊。

第 五 首

［新郎］
我的佳偶啊,你美丽如得撒,秀美如耶路撒冷,威武如展开旌旗的军队。
求你掉转眼目不看我,因你的眼目使我惊乱。你的头发如同山羊群,卧在基列山旁。
你的牙齿如一群母羊,洗净上来,个个都有双生,没有一只丧掉子的。
你的两太阳在帕子内如同一块石榴。
有六十王后,八十妃嫔,并有无数的童女。
我的鸽子,我的完全人,只有这一个,是她母亲独生的,是生养她者所宝爱的。众女子见了就称她有福;王后妃嫔见了也赞美她。
那向外观看如晨光发现,美丽如月亮,皎洁如日头,威武如展开旌旗军队的是谁呢?
我下入核桃园,要看谷中青绿的植物,要看葡萄发芽没有,石榴开花没有。
不知不觉,我的心将我安置在我尊长的车中。

［耶路撒冷的众女子］
回来,回来,书拉密女!你回来,你回来,使我们得观看你!

［新娘］
你们为何要观看书拉密女,像观看玛哈念跳舞的呢?

［新郎］
王女啊,你的脚在鞋中何其美好!你的大腿圆润好像美玉,是巧匠的手做成的。
你的肚脐如圆杯,不缺调和的酒。你的腰如一堆麦子,周围有百合花。
你的两乳好像一对小鹿,就是母鹿双生的。
你的颈项如象牙台;你的眼目像希实本巴特拉并门旁的水池;
你的鼻子仿佛朝大马士革的黎巴嫩塔;
你的头在你身上好像迦密山,你头上的发是紫黑色。王的心因这下垂的发绺系住了。
我所爱的,你何其美好!何其可悦!使人欢畅喜乐。
你的身量好像棕树;你的两乳如同其上的果子,累累下垂。
我说我要上这棕树,抓住枝子。愿你的两乳好像葡萄累累下垂;
你鼻子的气味香如苹果;
你的口如上好的酒。

［新娘］
女子说:为我的良人下咽舒畅,流入睡觉人的嘴中。
我属我的良人,他也恋慕我。
我的良人,来吧,你我可以往田间去,你我可以在村庄住宿。
我们早晨起来往葡萄园去,看看葡萄发芽开花没有,石榴放蕊没有;我在那里要将我的爱情给你。
风茄放香,在我们的门内有各样新陈佳美的果子;我的良人,这都是我为你存留的。

巴不得你像我的兄弟,像吃我母亲奶的兄弟!
我在外头遇见你,就与你亲嘴,谁也不轻看我。
我必引导你,领你进我母亲的家,我可以领受教训,也就使你喝石榴汁酿的香酒。
他的左手必在我头下,他的右手必将我抱住。
耶路撒冷的众女子啊,我嘱咐你们,不要惊动,不要叫醒我所亲爱的,等他自己情愿。
〔"不要叫醒云云"或作"不要激动爱情,等他自发"〕

第 六 首

［耶路撒冷的众女子］
那靠着良人从旷野上来的,是谁呢?

［新娘］
我在苹果树下叫醒你,你母亲在那里为你劬劳,生养你的在那里为你劬劳。
求你将我放在你心上如印记,带在你臂上如戳记;因为爱情如死之坚强,嫉恨如阴间之残忍,所发的电光,是火焰的电光,是耶和华的烈焰。
爱情,众水不能息灭,大水也不能淹没,若有人拿家中所有的财宝要换爱情,就全被藐视。

[新娘的兄弟]
我们有一小妹,她的两乳尚未长成。人来提亲的日子,我们当为她怎样办理?
她若是墙,我们要在其上建造银塔;她若是门,我们要用香柏木板围护她。

[新娘]
我是墙,我两乳像其上的楼。那时我在他眼中像得平安的人。

[新郎]
所罗门在巴力哈们有一葡萄园,他将这葡萄园交给看守的人,为其中的果子,必交一千舍客勒银子。
我自己的葡萄园在我面前;所罗门哪,一千舍客勒归你,二百舍客勒归看守果子的人。
你这住在园中的,同伴都要听你的声音。求你使我也得听见。

[新娘]
我的良人哪,求你快来,如羚羊或小鹿在香草山上。

(选自《圣经》。中国基督教协会1998年版)

作品内容提问

1. 上帝创造世界一共用了几天?主要用什么创造的?
2. 上帝从从男人的身上取下了什么造出了女人?
3. 鸽子叼着什么树枝归来,挪亚就知道洪水全退了?
4. 《雅歌》第三首中用两种动物比喻新娘的美丽,这两种动物是什么?
5. 《雅歌》第六首中新娘说的最后一句话是什么?

导读

按照基督教的传统,《旧约》共39卷,分为四个部分:律法书5卷,又称"摩西五经",记述宇宙和人类的起源、以色列民族的祖先希伯来人的远古历史,以及大量的希伯来法律汇编。历史书11卷(其中的《路得记》实为小说类的作品),叙述了以色列人征服迦南、建立民族国家以及国家覆亡的历史。智慧书5卷(其中的《雅歌》实为一篇优美、热烈的爱情长诗),探讨信仰与人生和人的理性的关系等问题,表现出对世俗人生经验的肯定倾向。先知书17卷(其中的《耶利米哀歌》是一部由5首哀歌构成的诗集),是古代以色列民族史上先知们"预言"的记录,体现了诚挚、热切的宗教信仰和深刻、激越的社会批判的有机结合。从文学角度来看,《旧约》具有极高的文学价值,它那丰富多彩的文学样式,深刻、充满智慧的思想,崇高、庄严的意蕴和典雅、优美的语言足堪列入世界文学的宝库之中。它的文学成就主要体现为神话、传说、史诗、历史文学、先知文学、智慧文学、抒情诗、小说、启示文学等大的类别。《旧约》文学超越的精神品格和美学风貌产生了深远的影响,成为一代代文学、艺术家取之不竭、用之不尽的素材宝库和灵感泉源。后世作家们借鉴它的题材故事,化用它的原型母题,套用它的语言和典故,学习它的修辞艺术,创作出了无数的经典作品。

　　本书节选的是《旧约·创世纪》中的部分神话和长诗《雅歌》中的部分章节。

　　《创世纪》中的希伯来神话,主要有五个,即创世神话、伊甸园神话、该隐和亚伯两兄弟的神话、大洪水神话和巴别塔神话。本书选取的是前四个神话。创世神话讲的是上帝创造天地万物直至人类的过程。伊甸园神话讲述上帝用泥土创造人类的始祖亚当和夏娃以及始祖悖逆上帝的命令被逐出了伊甸乐园。该隐和亚伯神话的中心内容,是写哥哥该隐因上帝悦纳亚伯的祭物而拒绝了自己的祭物,心生妒忌杀死弟弟亚伯,从而遭到上帝惩罚的故事。大洪水神话的中心内容是说当人类的罪恶布满全地时,上帝用洪水灭绝邪恶的人类,但因挪亚是个义人,所以上帝命其造方舟得以全家存活的故事。希伯来神话具有丰富的文化内涵,一方面,它与其他民族初民时代的神话一样,反映了希伯来人关于宇宙和人的由来、亲族仇杀以及对自然威力想象性的朴素理解;另一方面,作为宗教成熟时期被后世加工过的神话故事,它在总体上又透露出鲜明而完整的观念意图,即神话表现了上帝的权能和上帝的道德属性。上帝的权能体现为上帝是宇宙万物和人类的创造者,人是被造者,其引申的含义在于人因此应顺从于上帝。上帝的道德属性体现为其从公义的原则出发而惩恶扬善,无论是始祖被逐出伊甸园、该隐被惩罚,还是上帝用洪水灭绝邪恶的人类以及对义人挪亚一家的保护,都说明了这一层意义。因此,希伯来神话最突出的特征是其强烈的宗教性。这几则神话各具不同的艺术特色。上帝用六天创造天地万物和人,在第七天休息的故事文体规整,句式使用上重复特色鲜明。"上帝说要有……,事就这样成了……有晚上,有白天,这是第……日。"这一重复的句式贯穿上帝创造活动的始终,凸显了创造过程的庄严和宏大。伊甸园的故事,不但突出了上帝的威严,亚当、夏娃的被动以及蛇的狡猾、邪恶的特征,而且采用了"拟人化"的手法对上帝的形象予以描述,并以伊甸园中的自然景观予以衬托。该隐和亚伯的故事中,主要表现了人的罪恶源于自身,揭示了人类悲剧的自身原因,同时也揭示了人类的罪与罚的标准。大洪水神话在讲到挪亚方舟的部分时,叙述十分细腻,特别是有关挪亚放出乌鸦和鸽子试探洪水是否退去的描述,体现出细致的笔法和迂回展开的情节发展。

　　《雅歌》是一篇表达爱情的抒情诗,通过描绘一对青年男女互表情愫,表现出他们之间真挚的感情和对美好生活的热爱与憧憬。《雅歌》最令人印象深刻的是其诗风的清新自然。诗歌对情感的表达浓烈而真诚,其中对恋人体貌之美的直白赞美,在肯定世俗之爱、表达对爱情的忠贞的同时,极大地淡化了宗教意味,这在《旧约》中是很少见的。全诗在结构上采用男(新郎)女(新娘)对唱的形式,诗中运用了大量的比喻修辞,使得男女抒情主人公的形象跃然纸上。如新郎对新娘的赞美:"你的头发像一群山羊……你的牙齿如新剪的羊毛……你的嘴唇像一条深红色的丝带,你开口说话时秀美动人。你在面纱后面的双颊像泛红的石榴。"作者似乎偶拾身边各种自然美好的事物来比拟新娘之美,不但洋溢着健康、自然的美感,而且极为生动和贴切。诗中没有艰深的比喻和晦涩的语言,都是日常所用的话语,却以清新的色调,明快的节奏,质朴的词汇打开了一个别有洞天的艺术天地。

37 迦梨陀娑《沙恭达罗》(节选)

　　豆扇陀国王在净修林打猎时,遇见了美丽的净修女沙恭达罗,一见倾心。一次偶然的机会,豆扇陀听见沙恭达罗向女友倾诉对他的爱慕之情,便也趁机表达心意,二人终于自愿结合。不久,豆扇陀返京,临走时留给沙恭达罗一只刻有自己名字的戒指,作为定情信物。沙恭达罗自豆扇陀走后便郁郁寡欢,心不在焉,不想无意间怠慢了大仙人达罗婆娑。达罗婆娑当即大发雷霆,诅咒沙恭达罗:你的情人将会把你忘记,直至看到他给你的信物。果然,达罗婆娑的诅咒发生了效力,豆扇陀不仅没有派人去接沙恭达罗,还拒绝了丢失戒指的沙恭达罗。沙恭达罗悲痛欲绝,被天女弥那迦接到了天国。后来,豆扇陀获得了丢失的信物,重新记起了沙恭达罗,后悔不迭。最终,两人在仙界重逢,他们的儿子婆罗多就是印度民族的先祖,传说中最早的国王——转轮王。本书选取的是该剧的第四幕。

第 四 幕

〔两个女朋友上,作摘花状。

阿奴苏耶　毕哩阎婆陀!虽然我们亲爱的朋友沙恭达罗已经用乾闼婆方式得到一个配得上她的男人,她心满意足了,但是我的心总放不下。

毕哩阎婆陀　为什么呢?

阿奴苏耶　那位王仙已经满足了自己的愿望,今天仙人们送走了他,他已经回自己的京城去了。他一走到那成百的后宫佳丽丛中,是否还能想起我们这个人呢?

毕哩阎婆陀　你先放心吧!这样超群出众的品质不会作出违反道德的事情的。目前要想一想:我们的师傅从圣地游行回来,听到这件事,我不知道,将会发生什么事情。

阿奴苏耶　你问我的这件事,师傅一定会同意。

毕哩阎婆陀　为什么呢?

阿奴苏耶　为什么不呢?女孩子一定要嫁给一个配得上的丈夫,他心里首先这样想。命运既然这样安排了,我们师傅一定会满意的。

毕哩阎婆陀　就这样吧!　(看着花瓶。)朋友!祭祀用的花已经摘够了。

阿奴苏耶　　沙恭达罗不向那些保护神致敬吗？我们再多采一些吧！
毕哩阁婆陀　对的。（两个人就摘起花来。）
幕　　　后　就是我，哼！
阿奴苏耶　　（倾听）朋友！似乎是一个客人在介绍他自己。
毕哩阁婆陀　沙恭达罗不是在茅屋里吗？（沉思）噢！她今天大概又是心不在焉。我们的花已经采够了。（要走）
又 是 幕 后　啊！你怎么竟敢看不起我这个客人呀！你心里只有你那个人，别的什么都不想念。我这样一个有道的高人来到，你竟然看不见。你那个人决不会再想起你来，即使有人提醒他，正如一个喝醉了的人想不起自己作过的诺言。①

[二人听到，发起愁来。

毕哩阁婆陀　哎呀，糟糕，糟糕！终究出了事了。我们亲爱的朋友失神落魄地得罪了一个应该尊敬的人。
阿奴苏耶　　（向前看）朋友！她得罪的不是一个普通的什么人。这是最容易生气的大仙人达罗婆娑。他气得连迈步都有点蹒跚，回头走了。
毕哩阁婆陀　除了火以外什么东西还有这样大的燃烧的力量呢？快走过去，跪在他脚下，恳求他回转来！同时我给他准备下献礼和水。
阿奴苏耶　　好吧！（下）
毕哩阁婆陀　（在走着的时候，作蹒跚状）哎呀！我太慌张，把花瓶都从手里丢掉了。（作采花状。）
阿奴苏耶　　（上）朋友！那个人似乎就是忿怒的化身，什么人能够劝服他呢？但他终究发了点慈心。
毕哩阁婆陀　这一点对他说起来已经很多了。请你把经过谈一谈吧！
阿奴苏耶　　因为他不想回转来，我就跪在他脚下对他说：尊者！请你考虑到她过去的虔诚，今天她对你那超人的力量没有意识到，因而对你失敬，请你饶恕你这个女儿吧！
毕哩阁婆陀　以后呢？
阿奴苏耶　　以后吗，他说："我的话既然说出去，就不能不算数。但是只要她的情人看到他给她的作为纪念的饰品，我对她的诅咒就会失掉力量。"说完扭头走了。
毕哩阁婆陀　现在可以放心了。王仙临走的时候，曾把一只刻着自己名字的戒指套在沙恭达罗的手指头上，说是作为纪念。希望就寄托在这只戒指上面了。
阿奴苏耶　　来！让我们俩去为她祭神吧！（二人在台上绕行。）
毕哩阁婆陀　（了望）阿奴苏耶呀！你看哪，我们亲爱的朋友坐在那里左手托着脸，像

---

① 根据印度古代的迷信，谁要是得罪了有道行的仙人，仙人就诅咒他，而诅咒的话一定会实现。沙恭达罗正害着相思病，大仙人达罗婆娑来到，她对他有些轻慢，大仙人就说出了诅咒的话。

一幅画一样,她想到的只是他,连自己都不管了,她怎么能注意到那个高贵的客人呢?

阿奴苏耶　　毕哩阇婆陀呀!刚才发生的那件事情只放在我们两个人心里好了。我们的亲爱的朋友天性柔弱,不要告诉她了。

毕哩阇婆陀　　谁会向幼嫩的茉莉花上浇热水呢?

〔二人下。

——插曲

〔干婆的徒弟上,刚睡起来。

徒　　弟　　我的师父干婆巡礼圣地婆罗婆娑回来了,他命令我留心白天的降临,我走出来看一看,黑夜还有多久就可以过去了。好哇,天亮了!因为

在那一边,月亮正落到西山的顶上,

在另一边,太阳以朝霞作前驱正在露面。

日月二光在同一个时候一升一降,

似乎就象征着人世间的升沉变幻。

而且——

月落之后,白色的夜莲不再悦目。

只在回想里残留着它的光艳。

爱人远在天涯,闺中的愁思,

一个柔弱的女子万难承担。

而且——

早晨的霞光照红了迦哩干图树枝上的露珠。

赶走了睡眠的孔雀离开达梨薄草盖成的茅屋。

小鹿蓦地从印满了它的足迹的祭坛那里跑开。

向高处跳了几跳,又伸直了自己的身躯。

而且——

月亮把它的光辉洒上众山之王的须弥山。

驱除了黑夜一直升到毗湿奴①的中殿。

它带着黯淡的光辉从天空里落下来。

大人物不论爬多高,最后还是落下尘寰。

阿奴苏耶　　(匆匆忙忙入,独白)像我这样一个与世隔绝的人也遇到这种事,国王对沙恭达罗的举动太不体面了。

徒　　弟　　我要告诉师傅,焚烧祭品的时间到了。(下)

阿奴苏耶　　夜已经过去,天快亮了。我醒得很快。虽然醒了,但是究竟做什么呢?我

---

① 毗湿奴,印度神名。

的两只手不大想做早晨要做的事情。现在让爱情满足它的欲望吧,它把我那位心地纯洁的爱友跟一个背信弃义的男人拖在一起。也可能不是那个王仙的错处。一定是达罗婆婆的诅咒发生了效力。不然的话,那位国王海誓山盟,到现在已经隔了这样长的时间,为什么连一句话也不派人来说呢?(沉思)"我们要把那只作为信物的戒指送给他吗?"净修的人都是冷酷不了解痛苦的,要请谁去吗?我们虽然确信我们的朋友应该负这个责任,但是却不能告诉师傅干婆,沙恭达罗已经跟豆扇陀结了婚而且怀了孕。那么我现在究竟要怎么办呢?

毕哩阇婆陀	(入)阿奴苏耶呀!快点来快点来给沙恭达罗饯行吧!
阿奴苏耶	(吃惊)朋友呀!怎么回事?
毕哩阇婆陀	你听着!我刚才到沙恭达罗那里去,我只想问一问,她睡得好不好——
阿奴苏耶	以后怎么样?
毕哩阇婆陀	以后吗,她正羞得低下了头,我们的父亲干婆拥抱着她,向她祝福:"孩子,我祝福你!祭祀婆罗门的眼睛虽然给烟熏得模糊了,他的祭品却正掉在火里。正如知识已经给一个好学生所掌握,我也不再为你担忧。我今天就要找一些仙人陪着你,把你送到你丈夫那里去。"
阿奴苏耶	朋友!是谁把这件事情告诉父亲干婆的?
毕哩阇婆陀	当他走近燃烧着圣火的地方时,一个无影无形的声音朗诵了一首诗——
阿奴苏耶	(吃惊)怎么样?
毕哩阇婆陀	你听着!(念梵文)婆罗门呀!你要知道,为了人世间的快乐幸福,豆扇陀给你女儿种上了光明种子,正如怀火的舍弥树。①
阿奴苏耶	(拥抱毕哩阇婆陀)我高兴,我真高兴。但是一想到沙恭达罗今天就被送走,我的高兴又跟忧愁有些相似了。
毕哩阇婆陀	我们总要想法驱掉忧愁。现在要使我们可怜的姊妹高兴!
阿奴苏耶	所以我曾专为这件事把能够经久的计舍罗香末储藏在一个椰子壳里,现在就挂在芒果树枝上。你把这些香末放在荷叶上,同时我去准备一些牛胆黄,圣土和杜罗跋草的幼苗来为她制造吉祥膏。(毕哩阇婆陀照作,阿奴苏耶下。)
幕　　后	乔答弥呀!请告诉舍楞伽罗婆和舍罗堕陀,还有别人,他们要准备好去送我的孩子沙恭达罗!
毕哩阇婆陀	(倾听)阿奴苏耶!快一点,快一点!到诃悉帝那补罗去的仙人们被召唤了。
阿奴苏耶	(手里拿着香膏入)朋友!来,让我们俩走吧!(绕行)
毕哩阇婆陀	(了望)沙恭达罗就站在那里,她在太阳上升时刚沐浴过,一群净修的女人正拿着祭献过的野稻向她祝福。我们俩到那里去吧!(向前走)

---

① 这故事出于印度神话。内容是:女神波罗婆抵有一天欲心大盛,倚在舍弥干上休息。树身内因而产生了高热,后来就爆发成为火焰。

［沙恭达罗偕乔答弥入，正如上面说过的，许多人围绕着她。

沙 恭 达 罗　我向圣女们致敬。
乔　答　弥　孩子！你要知道，"皇后"这个头衔，是你丈夫给你的荣誉。
净　修　女　孩子！愿你生一个英雄的儿子！（除乔答弥外，全下。）
二　女　友　（走上去）朋友！你洗得舒服吗？
沙 恭 达 罗　欢迎我亲爱的朋友。到这边来坐下吧！
二　女　友　（坐下）朋友！　你先坐直一点，我们俩把吉祥膏给你涂上。
沙 恭 达 罗　这虽然是习见的事，我今天却非常重视它，因为今后难得再有让我的亲爱的朋友服侍的机会了。（洒泪。）
二　女　友　朋友！在喜庆的时候哭是不应该的。（擦眼泪，作装饰状。）
毕哩阇婆陀　啊哈！你天生丽质应该好好地装扮一下，在净修林里容易得到的那些装饰品伤损了它。
一个小徒弟　（手里拿着装饰品，入）这里是全部的装饰品，请小姐上妆吧！

［大家都吃惊地看着。

乔　答　弥　孩子诃哩陀！这些东西是哪里来的？
诃　哩　陀　父亲干婆搞来的。
乔　答　弥　是他用心力咒出来的吗？
诃　哩　陀　不是。你听着！可尊敬的干婆命令我们说："从树上把花采给沙恭达罗！"于是——
　　　　　　一棵树上飘出一件洁白如月光的幸福象征的麻衣。另一棵树吐出了可以用来染脚的黑颜色的漆。从别的树上林中的女神伸出手来托着珠宝，一直伸到露出手腕，跟幼嫩的枝条比赛着美丽。
毕哩阇婆陀　（看着沙恭达罗）蜜蜂虽然住在树洞里，却希望吃到荷花的蜜。
乔　答　弥　这个恩惠就表示你会在你丈夫的宫中享受皇家的幸福。（沙恭达罗作羞答答状。）
诃　哩　陀　尊者干婆到摩哩尼河边上去沐浴去了，我要把树神的这一番盛意告诉他。（下。）
阿 奴 苏 耶　朋友呀！我这个人从来没见过这样的装饰品，怎样来打扮你呢？（沉思而且端详）让我们俩利用关于绘画的知识来把这些装饰品安排到你身上去吧！
沙 恭 达 罗　我知道你们的本领。（二女友作打扮状。）

［干婆上，刚沐浴回来。

干　　　婆　沙恭达罗今天就要走了，一想到这个我就忧心忡忡。我含泪咽声，说不出话来，愁思迷糊了我的眼睛。我虽然是出家人，但舍不得她，心情竟这样不安。在家人跟自己的女儿分离时不知是如何地苦痛？（来回徘徊。）

二　女　友　朋友沙恭达罗呀！你现在打扮好了。请披上那两件漂亮的麻衣吧！
（沙恭达罗站起来，作披状。）

乔　答　弥　孩子呀！你师傅站在这里，眼睛里充满了快乐的泪，仿佛想拥抱你哩。快来向他致敬吧！　（沙恭达罗羞答答地鞠躬。）

干　　　婆　孩子呀！
　　　　　　愿你的丈夫敬重你，像耶夜底敬重舍罗弥释塔。①
　　　　　　愿你像她生补卢一样生一个儿子作大王，统治天下。

乔　答　弥　孩子！这愿望一定会实现的，并不只是一个祝福。

干　　　婆　孩子呀！立刻到这边来围着祭祀的火绕行！（大家都绕着走起来。）

干　　　婆　孩子呀！祭坛周围的土已经堆起，草铺在四周，木头放在火里，祭品的香味洗涤了罪恶，愿这些祭火保佑你！

［沙恭达罗右转绕火而行。

干　　　婆　孩子呀！现在你就启程吧！（了望）舍楞伽罗婆、舍罗堕陀和其他的人在什么地方？

二　徒　弟　（入）尊者！我们俩在这里。

干　　　婆　孩子舍楞伽罗婆呀！给你妹妹带路！

徒　　　弟　这里，这里，小姐！（大家绕行。）

干　　　婆　喂，喂！净修林里的住着树林女神的树啊！
　　　　　　在没有给你们浇水以前，她自己决不先喝。
　　　　　　虽然喜爱打扮，她因为怜惜你们决不折取花朵。
　　　　　　你们初次著花的时候，就是她的快乐的节日。
　　　　　　沙恭达罗要到丈夫家去了，愿你们好好跟她告别！

舍楞伽罗婆　（似乎听到杜鹃的叫声。）尊者！
　　　　　　树木也是沙恭达罗的亲属，它们现在送别她，
　　　　　　杜鹃的甜蜜的叫声就给它们用作自己的回答。

幕　　　后　愿她走过的路上点缀些清绿的荷塘！
　　　　　　愿大树的浓荫掩遮着火热的炎阳！
　　　　　　愿路上的尘土为荷花的花粉所调剂！
　　　　　　愿微风轻轻地吹着，愿她一路吉祥！
　　　　　　（大家都吃惊地听。）

乔　答　弥　孩子呀！净修林里的女神们爱自己的亲属，她们祝你一路平安。那么向女神们磕头致敬吧！

沙恭达罗　（磕头，绕行，向毕哩阇婆陀）毕哩阇婆陀！　虽然我很希望看到我的夫君，但是要离开这个净修林，我的双脚想往前走，抬起来，却很难放下。

---

① 舍罗弥释塔是魔王的女儿，耶夜底的妻子。耶夜底是豆扇陀的祖先。

毕哩阎婆陀	你同净修林分别,伤心的并不只是你一个人。你也注意一下在你离别时净修林的情况吧!
	小鹿吐出了满嘴的达梨薄草,孔雀不再舞蹈,蔓藤甩掉褪了色的叶子,仿佛把自己的肢体甩掉。
沙恭达罗	(回忆)父亲!我想去向我的妹妹春藤告别。
干　　婆	孩子!我知道你是爱它的。它就在右边。看呀!
沙恭达罗	(走上去,拥抱蔓藤)蔓藤妹妹呀! 用你的枝子,也就是用你的胳臂,拥抱我吧!从今天起我就要远远地离开你了。父亲!你就把这蔓藤当我一般看待吧!
干　　婆	孩子!
	正遂了我早先为你打算的心愿,
	你用自己的功德找到一个郎君匹配凤鸾。
	为了你,我现在用不着再去担心,
	我想把附近的那棵芒果跟蔓藤结成姻缘。
	现在你就上路吧!
沙恭达罗	(走向二女友)朋友呀!蔓藤就交托在你们俩手里了。
二　女　友	我们这两个人交托给谁呢?(洒泪。)
干　　婆	阿奴苏耶!毕哩阎婆陀!不要再哭了!小姐们要安定沙恭达罗的心情。(大家绕行。)
沙恭达罗	父亲呀!什么时候那一只在茅棚周围徘徊的由于怀了孕而走路迟缓的母鹿生了小鹿,请你一定向我报喜。不要忘了啊!
干　　婆	孩子!我不会忘记的。
沙恭达罗	(作欲行又住状)啊哈!这是什么东西总是跟在我脚后面牵住我的衣边?(转身向周围看。)
干　　婆	每当小鹿的嘴给拘舍草的尖刺扎破,
	你就用因拘地治伤的香油来给它涂。
	用成把的稷子来喂它,使它成长,
	它离不开你的足踪,你的义子,那只小鹿。
沙恭达罗	孩子呀!你为什么还依恋我这个离开我们同居的地方的人呢?你初生不久,你母亲死后,我把你抚养大了,现在我们分别后,我的父亲会关心你的。你就回去吧,孩子,你回去吧!(哭。)
干　　婆	孩子呀!不要哭了!要坚定一点!看你眼前的路吧!
	你的睫毛往上翻,眼前看不仔细。
	要坚定起来,不要让眼泪流个不息。
	这条路凹凸不平,不容易看清。
	你的脚踏上去一定会忽高忽低。
舍楞伽罗婆	尊者!"送亲人送到水滨",这是经上的规定。这里就是湖边了。请你给我们指示后就回去吧!
干　　婆	让我们到那棵无花果树荫里去休息一会吧! (大家都作走去状。)

干　　　婆　　我们应当告诉豆扇陀些什么事情呢？（沉思。）

阿奴苏耶　　朋友呀！在我们净修林里，没有一个有情的动物今天不为了你的别离而伤心。你看呀！那野鸭不理藏在荷花丛里叫唤的母鸭，它只注视着你，藕从它嘴里掉在地下。

干　　　婆　　孩子舍楞伽罗婆！你把沙恭达罗带给国王的时候，把我的话告诉他——
要仔细考虑到：我们是克己的隐士，你又出自名家。
她爱你完全是自然流露，决不是有什么亲眷来作伐。
在你的后宫粉黛群中，要给她一个应得的地位，
此外她的亲眷不再要求什么，一切都由命运去安排吧。

徒　　　弟　　尊者！我要牢牢地记住这指示。

干　　　婆　　（注视着沙恭达罗）孩子呀！我现在还要嘱咐你几句话。我们虽然是林中的隐士，但是我们也是洞达世情的。

徒　　　弟　　尊者！圣智的人们没有什么见不到的事情。

干　　　婆　　孩子呀！你到了你丈夫家里以后——
要服从长辈，对其他的女人要和蔼可亲！
即使丈夫虐待你，也不要发怒怀恨在心！
对底下人永远要和气，享受也要有节制，
这才算得是一个主妇，不然就是家庭祸根。
乔答弥以为怎样？

乔　答　弥　　这是给新婚女子的指示。（对沙恭达罗）孩子呀，不要忘掉了啊！

干　　　婆　　过来，孩子！拥抱我和你的朋友吧！

沙恭达罗　　父亲呀！我的亲爱的朋友也要回去吗？

干　　　婆　　孩子呀！她们也要结婚的。她们不应该到那里去。乔答弥会陪你一块儿去的。

沙恭达罗　　（抱住父亲的腰）现在离开父亲的身边，正像一棵梅檀树的细条从马拉雅山拔掉，我怎能够在陌生的土地上生存下去呢？（哭）

干　　　婆　　孩子呀！为什么这样怕呢？
你现在是一个出自名族的丈夫的当家的妻子，
他位高权重，随时都有重要的事情来烦搅你。
你不久就要生一个圣洁的儿子，像太阳升自东方，
孩子呀！由于离开我而产生的烦恼你将不会在意。

沙恭达罗　　（跪在他双脚下）父亲呀！我向你致敬。

干　　　婆　　孩子呀！愿我对你的希望都能够实现。

沙恭达罗　　（走向二女友）两位朋友呀！你俩一块儿来拥抱我吧！

二　女　友　　（照办）朋友呀！假如那位王仙迟迟疑疑一时想不起你来的话，那么你就把镌着他自己的名字的戒指拿给他看。

沙恭达罗　　听到你们这样怀疑，我的心就一跳。

二　女　友　　朋友呀！不要害怕！爱情总是疑神疑鬼的。

舍楞伽罗婆　　（了望）尊者！太阳已经升到山顶上，小姐应该赶快走了。

沙恭达罗　（再一次抱住父亲的腰）父亲呀！我什么时候再能看到净修林啊？
干　　婆　孩子呀！
　　　　　长时间身为大地的皇后，
　　　　　给豆扇陀生一个儿子，勇武无敌。
　　　　　把国家的沉重的担子交付给他，
　　　　　再跟你的丈夫回到这清静的净修林里。
乔　答　弥　孩子呀！你们启程的时间已经过了。劝你父亲回去吧！不然的话，你会很久不让他回去的。您请回吧！
干　　婆　孩子呀！我在净修林里的工作给打断了。
沙恭达罗　父亲可以无忧无虑地去做净修林里的事情。我却注定要忧虑满怀。
干　　婆　啊咦！你怎么这样使我心慌意乱呢？（叹息）
　　　　　看到你以前采集的生在门前的祭米，
　　　　　孩子呀，我的忧愁如何能够减低？
　　　　　走吧！愿你一路平安！

〔乔答弥，舍楞伽罗婆，舍罗堕陀，随沙恭达罗下。

二　女　友　（含情脉脉地了望了许久）哎，哎！沙恭达罗给树木遮住了。
干　　婆　阿奴苏耶！毕哩阎婆陀！你们的朋友走了。抑制住悲痛，随我来吧！（一齐走。）
二　女　友　父亲呀！没有沙恭达罗，我们走进净修林感到非常空虚。
干　　婆　因为你们爱她，所以才这样想。（若有所思地走来走去）好哇！送走了沙恭达罗，我现在又可以舒服一下了。因为什么呢？
　　　　　因为女孩子究竟是别人的。
　　　　　我现在把她送给她的夫婿。
　　　　　我的心情立刻就轻松愉快，
　　　　　像归还了一件寄存的东西。

〔全体下。

——叫做"沙恭达罗的别离"的第四幕终

（选自季羡林译《沙恭达罗》。人民文学出版社1980年版）

作品内容提问

1. 第四幕中有人说："你怎么竟敢看不起我这个客人呀？"请问说这句话的人是谁？
2. "像我这样一个与世隔绝的人也遇到这种事，国王对沙恭达罗的举动太不体面了。"说这句话的人是谁？
3. 在给沙恭达罗穿衣打扮时，父亲送给她一件洁白如月光的麻衣。这件衣服是从哪里生产出来的？

4. 沙恭达罗的父亲叫什么名字？
5. 第四幕剧最后一段，沙恭达罗走了之后，他父亲的心情是怎样的？

导读

迦梨陀娑（约4—5世纪），印度梵语诗人和剧作家。关于他的生平众说纷纭，但根据其作品推测，他约生活在在笈多王朝时代（350—472），身份为宫廷诗人，还被称为笈多王朝超日王宫中的"九宝"（九个艺术家）之一。迦梨陀娑作品的数量存在争议，一般公认的有七部，包括剧作《优哩婆湿》《沙恭达罗》《摩罗维迦和火友王》，长篇叙事诗《鸠摩罗出世》和《罗怙世系》，长篇抒情诗《云使》和抒情短诗《六季杂咏》。《优哩婆湿》又译《广延天女》，描写了天界歌女优哩婆湿与国王补卢罗婆娑之间的爱情故事。迦梨陀娑赋予这个古老的神话传说以丰满的骨肉，敢爱敢恨的优哩婆湿身上闪烁着个性自由的光辉。《鸠摩罗出世》以对战神鸠摩罗的出生和他战胜魔王多罗迦的描写，歌颂了爱情战胜苦行，入世战胜出世。《罗怙世系》讲述了罗摩及其祖先的故事，被喻为梵语古典叙事诗的最高典范。《云使》是一首抒情长诗，描写了药叉对妻子缱绻的情谊，感情缠绵悱恻，细腻动人，在印度文学史上有着重要的地位，堪称抒情诗歌的典范。迦梨陀娑的作品多取材于吠陀、史诗、梵书、往事书和民间故事，运用多种文学手段对这些素材进行加工，将其雕琢成在文学史上灼灼闪耀的美玉。

《沙恭达罗》是迦梨陀娑的代表作，获得了世界性声誉，在18世纪末被译成英文和德文，震惊欧洲。《沙恭达罗》描写了国王豆扇陀与净修女沙恭达罗的爱情故事。其中，第四幕尤为精彩，作者对美的追求在这一幕中得到了集中体现与升华。首先，沙恭达罗这一人物形象彰显了人与自然之间的和谐美。沙恭达罗即将告别亲友和净修林去找豆扇陀，她与林中一草一木道别的情景说明，人与物的关系并非截然的主客对立，而是彼此间涌动着深厚的感情，相互关照。比如，她称春藤为姊妹，关心那"因怀了孕而走路迟缓的母鹿"。阿奴苏耶也说"没有一个有情的动物今天不为了你的别离而伤心"。沙恭达罗仿佛自然的女儿，与林中的每个生灵一样，承泽自然的恩宠。其次，沙恭达罗的形象体现了迦梨陀娑对完美女性的追求。沙恭达罗性格温柔质朴，作者在第四幕中着重描写了她对豆扇陀的思念，急切地想要与他相见。同时，她的温柔中又不失果敢坚韧，这主要表现在她对爱情的执著和坚持上，即便要挥别挚爱的故土和亲朋，也要去追随豆扇陀。沙恭达罗的重情重义也是第四幕描写的重点，她对净修林的人和物都怀着深深的眷恋，每一声叮嘱都饱含深情。这一幕将沙恭达罗的美完整地呈现出来，这种美并不单一，层次鲜明，既有温婉贤淑之美又有浓烈炽热之美，刚柔有度，浑然天成。

在艺术特点上，第四幕凸显了《沙恭达罗》的抒情特色，充满诗情画意。作者浓墨重彩地渲染沙恭达罗与义父、朋友和一花一草之间难舍难分的情谊，而刻意淡化大仙人达罗婆娑诅咒的危险。沙恭达罗身披树上飘出的"洁白如月光"的麻衣，手腕上缠绕着林中女神托捧出的珠宝，与万物一一道别，与自然浑融为一体，作者用纯粹的美遮盖了诅咒的阴影。朋友们为沙恭达罗涂上吉祥膏，义父干婆送上真诚的祝福，沙恭达罗与他们之间的情感互动重叠反复，既似一声重似一声的咏叹，又似一笔浓过一笔的渲染。因此，这一幕不仅有着抒情诗般的韵律，还有着风景画般的浓淡相宜。同时，这些描写突出了沙恭达罗的矛盾心理，期待见到豆扇陀的急切和对净修林的不舍所构成的情感张力，使得整幕剧弥漫着浓厚的抒情色彩。

38 紫式部《源氏物语》(节选)

《源氏物语》分前后两个部分。前半部写光源氏的故事。光源氏是日本天皇的儿子,但因母亲身份低微而受排挤。他娶左大臣的女儿葵姬为妻,同时又追逐空蝉、夕颜、末摘花等众多女性,还与皇后私通生子冷泉。这时政局发生变动,天皇将皇位传给弘徽殿女御所生的朱雀,光源氏被迫自我流放。后因朱雀病重传位于冷泉,光源氏回京后飞黄腾达。然而,由于宫廷内部斗争激烈,家庭生活不圆满,光源氏最终落发出家,郁郁而死。后半部写薰的故事。薰是光源氏之妻三公主的私生子。他性格阴郁,对自己的出身感到苦恼,对所拥有的锦绣生活并不在意。在感情上,薰也得不到满足,虽然娶天皇的女儿为妻,却又去追逐八亲王家的大女公子和浮舟,但都以失败告终。本文选的是《源氏物语》的第一回。

桐 壶

话说从前某一朝天皇时代,后宫妃嫔甚多,其中有一更衣①,出身并不十分高贵,却蒙皇上特别宠爱。有几个出身高贵的妃子,一进宫就自命不凡,以为恩宠一定在我;如今看见这更衣走了红运,便诽谤她,妒忌她。和她同等地位的、或者出身比她低微的更衣,自知无法竞争,更是怨恨满腹。这更衣朝朝夜夜侍候皇上,别的妃子看了妒火中烧。大约是众怨积集所致吧,这更衣生起病来,心情郁结,常回娘家休养。皇上越发舍不得她,越发怜爱她,竟不顾众口非难,一味徇情,此等专宠,必将成为后世话柄。连朝中高官贵族,也都不以为然,大家侧目而视,相与议论道:"这等专宠,真正教人吃惊!唐朝就为了有此等事,弄得天下大乱。"这消息渐渐传遍全国,民间怨声载道,认为此乃十分可忧之事,将来难免闹出杨贵妃那样的滔天大祸来呢。更衣处此境遇,痛苦不堪,全赖主上深恩加被,战战兢兢地在宫中度日。

这更衣的父亲官居大纳言②之位,早已去世。母夫人也是名门贵族出身,看见人家女儿

---

① 妃嫔中地位最高的是女御,其次为更衣,皆侍寝。又次为尚侍(亦可侍寝)、典侍、掌侍、命妇等女官。尚侍为内侍司(后宫十二司之一)的长官,典侍为次官,掌侍为三等官,命妇又次之。
② 当时的中央官厅称为太政官。左大臣为太政官之长官,右大臣次之。太政大臣在左右大臣之上,为朝廷最高官。左有大臣之下有大纳言、中纳言、宰相(即参议)。太政官下设少纳言局、左弁官局、右弁官局。少纳言局的官员有少纳言三人,外记次之,外记有左右大少各一人,弁官有左右大中少各一人。左弁官局统辖中务、式部、治部、民部四省;右弁官局统辖兵部、刑部、大藏、宫内四省。统称八省。省下面是各职和各寮,均属省管。省的长官称卿,次官称大辅、少辅,等官称大丞、少丞。职的长官称大夫,次官称亮,三等官称大进、少进。寮的长官称头,次官称助,三等官称大允、少允。

双亲俱全,尊荣富厚,就巴望自己女儿不落人后,每逢参与庆吊等仪式,总是尽心竭力,百般调度,在人前装体面。只可惜缺乏有力的保护者,万一发生意外,势必孤立无援,心中不免凄凉。

敢是宿世因缘吧,这更衣生下了一个容华如玉、盖世无双的皇子。皇上急欲看看这婴儿,赶快教人抱进宫来①。一看,果然是一个异常清秀可爱的小皇子。

大皇子是右大臣之女弘徽殿女御所生,有高贵的外戚作后盾,毫无疑义,当然是人人爱戴的东宫太子。然而讲到相貌,总比不上这小皇子的清秀俊美。因此皇上对于大皇子,只是一般的珍爱,而把这小皇子看作自己私人的秘宝,加以无限宠爱。

小皇子的母亲是更衣,按照身份,本来不须像普通低级女官这样侍候皇上日常生活。她的地位并不寻常,品格也很高贵。然而皇上对她过分宠爱,不讲情理,只管要她住在身边,几乎片刻不离。结果每逢开宴作乐,以及其他盛会佳节,总是首先宣召这更衣。有时皇上起身很迟,这一天就把这更衣留在身边,不放她回自己宫室去。如此日夜侍候,照更衣身份而言,似乎反而太轻率了。自小皇子诞生之后,皇上对此更衣尤其重视,使得大皇子的母亲弘徽殿女御心怀疑忌。她想:这小皇子可能立为太子呢。

弘徽殿女御入宫最早,皇上重视她,决非寻常妃子可比。况且她已经生男育女。因此独有这妃子的疑忌,使皇上感到烦闷,于心不安。

更衣身受皇上深恩重爱,然而贬斥她、诽谤她的人亦复不少。她身体羸弱,又没有外戚后援,因此皇上越是宠爱,她心中越是忧惧。她住的宫院叫桐壶。由此赴皇上常住的清凉殿,必须经过许多妃嫔的宫室。她不断地来来往往,别的妃嫔看在眼里怪不舒服,也是理所当然。有时这桐壶更衣来往得过分频繁,她们就恶意地作弄她,在板桥②上或过廊里放些龌龊东西,让迎送桐壶更衣的宫女们的衣裾弄得肮脏不堪。有时她们又彼此约通,把桐壶更衣所必须经过的走廊两头锁闭,给她麻烦,使她困窘。诸如此类,层出不穷,使得桐壶更衣痛苦万状。皇上看到此种情况,更加怜惜她,就教清凉殿后面后凉殿里的一个更衣迁到别处去,腾出房间来给桐壶更衣作值宿时的休息室。那个迁出外面去的更衣,更是怀恨无穷。

小皇子三岁那一年,举行穿裙仪式③,排场不亚于大皇子当年。内藏寮④和纳殿⑤的物资尽行提取出来,仪式非常隆重。这也引起了世人种种非难。及至见到这小皇子容貌漂亮,仪态优美,竟是个盖世无双的玉人儿,谁也不忍妒忌他。见多识广的人见了他都吃惊,对他瞠目注视,叹道:"这神仙似的人也会降临到尘世间来!"

这一年夏天,小皇子的母亲桐壶更衣觉得身体不好,想乞假回娘家休养,可是皇上总不准许。这位更衣近几年来常常生病,皇上已经见惯,他说:"不妨暂且住在这里养养,看情形再说吧。"但在这期间,更衣的病日重一日,只过得五六天,身体已经衰弱得厉害了。更衣的母亲太君啼啼哭哭向皇上乞假,这才准许她出宫。即使在这等时候,也得提防发生意外、吃惊受辱。因此决计让小皇子留在宫中,更衣独自悄悄退出。形势所迫,皇上也不便一味挽留,只因身份关系,不能亲送出宫,心中便有难言之痛。更衣本来是个花容月貌的美人儿,但

---

① 按那时制度,做月子照例是在娘家的。
② 板桥是从一幢房子通到另一幢房子之间的桥。
③ 旧时日本装,男子是穿裙的,现在仅用于:礼服。穿裙仪式为男童初次穿裙时举行的仪式,古时在三岁,后来也有在五岁或七岁时举行的。女子亦举行此种仪式。
④ 内藏寮是管理金银珠宅、绫罗绸缎以及服装等物的机构,属中务省。
⑤ 纳殿为收藏历代御物之所。

这时候已经芳容消减,心中百感交集,却无力申述,看看只剩得奄奄一息了。皇上睹此情状,茫然失措,一面啼哭,一面历叙前情,重申盟誓。可是更衣已经不能答话,两眼失神,四肢瘫痪,只是昏昏沉沉地躺着。皇上狼狈之极,束手无策,只得匆匆出室,命左右准备辇车,但终觉舍不得她,再走进更衣室中来,又不准许她出宫了。他对更衣说:"我和你立下盟誓:大限到时,也得双双同行。想来你不会舍我而去吧!"那女的也深感隆情,断断续续地吟道:

"面临大限悲长别,
留恋残生叹命穷。

早知今日……"说到这里已经气息奄奄,想继续说下去,只觉困疲不堪,痛苦难当了。皇上意欲将她留住在此,守视病状。可是左右奏道:"那边祈祷今日开始,高僧都已请到,定于今晚启忏……"他们催促皇上动身。皇上无可奈何,只得准许更衣出宫回娘家去。

桐壶更衣出宫之后,皇上满怀悲恸,不能就睡,但觉长夜如年,忧心如捣。派往问病的使者迟迟不返,皇上不断地唉声叹气。使者到达外家,只听见里面号啕大哭,家人哭诉道:"夜半过后就去世了!"使者垂头丧气而归,据实奏闻。皇上一闻此言,心如刀割,神智恍惚,只是笼闭一室,枯坐凝思。

小皇子已遭母丧,皇上颇思留他在身边。可是丧服中的皇子留侍御前,古无前例,只得准许他出居外家。小皇子年幼无知,看见众宫女啼啼哭哭、父皇流泪不绝,童心中只觉得奇怪。寻常父母子女别离,已是悲哀之事,何况死别又加生离呢!

悲伤也要有个限度,终于只得按照丧礼,举行火葬。太君恋恋不舍,哭泣哀号:"让我跟女儿一同化作灰尘吧!"她挤上前去,乘了送葬的众侍女的车子,一同来到爱宕的火葬场,那里正在举行庄严的仪式呢。太君到达其地,心情何等悲伤!她说得还算通情达理:"眼看着遗骸,总当她还是活着的,不肯相信她死了;直到看见她变成了灰烬,方才确信她不是这世间的人了。"然而哭得几乎从车子上掉下来。众侍女忙来扶持,百般劝解,她们说:"早就担心会弄到这地步的。"

宫中派钦差来了。宣读圣旨:追赠三位①。这宣读又引起了新的悲哀。皇上回想这更衣在世时终于不曾升为女御,觉得异常抱歉。他现在要让她晋升一级,所以追封。这追封又引起许多人的怨恨与妒忌。然而知情达理的人,都认为这桐壶更衣容貌风采,优雅可爱,态度性情,和蔼可亲,的确无可指责。只因过去皇上对她宠爱太甚,以致受人妒恨。如今她已不幸身死,皇上身边的女官们回想她人品之优越、心地之慈祥,大家不胜悼惜。"生前诚可恨,死后皆可爱。"此古歌想必是为此种情境而发的了。

光阴荏苒,桐壶更衣死后,每次举行法事,皇上必派人吊唁,抚慰优厚。虽然事过境迁,但皇上悲情不减,无法排遣。他绝不宣召别的妃子侍寝,只是朝朝暮暮以泪洗面。皇上身边的人见此情景,也都忧愁叹息,泣对秋光。只有弘徽殿女御等人,至今还不肯容赦桐壶更衣,说道:"做了鬼还教人不得安宁,这等宠爱真不得了啊!"皇上虽然有大皇子侍侧,可是心中

---

① 位是日本朝廷诸臣爵位高低的标志,从一位到八位(最低位)共三十级,各有正、从之分,四位以下又有上、下之分。女御的爵位是三位,更衣是四位。追赠三位,即追封为女御。

老是记惦着小皇子,不时派遣亲信的女官及乳母等到外家探问小皇子情况。

深秋有一天黄昏,朔风乍起,顿感寒气侵肤。皇上追思往事,倍觉伤心,便派韧负①命妇②赴外家存问。命妇于月色当空之夜登车前往。皇上则徘徊望月,缅怀前尘:往日每逢花晨月夕,必有丝竹管弦之兴。那时这更衣有时弹琴,清脆之音,沁人肺腑;有时吟诗,婉转悠扬,迥非凡响。她的声音笑貌,现在成了幻影,时时依稀仿佛地出现在眼前。然而幻影即使浓重,也抵不过一瞬间的现实呀!

韧负命妇到达外家,车子一进门内,但见景象异常萧条。这宅子原是寡妇居处,以前为了辅育这珍爱的女儿,曾经略加装修,维持一定的体面。可是现在这寡妇天天为亡女悲伤饮泣,无心治理,因此庭草荒芜,花木凋零。加之此时寒风萧瑟,更显得冷落凄凉。只有一轮秋月,繁茂的杂草也遮它不住,还是明朗地照着。

命妇在正殿③南面下车。太君接见,一时悲从中来,哽咽不能言语,好容易启口:"妾身苟延残喘,真乃薄命之人。猥蒙圣眷,有劳冒霜犯露,驾临蓬门,教人不胜愧感!"说罢,泪下如雨。命妇答道:"前日典侍来此,回宫复奏,言此间光景,伤心惨目,教人肝肠断绝。我乃冥顽无知之人,今日睹此情状。亦觉不胜悲戚!"她踌躇片刻,传达圣旨:"万岁爷说:'当时我只道是做梦,一直神魂颠倒。后来逐渐安静下来,然而无法教梦清醒,真乃痛苦不堪。何以解忧,无人可问。拟请太君悄悄来此一行,不知可否?我又挂念小皇子,教他在悲叹哭泣之中度日,亦甚可怜。务请早日带他一同来此。'万岁爷说这番话时,断断续续,饮泪吞声;又深恐旁人笑他怯弱,不敢高声。这神情教人看了实在难当。因此我不待他说完,便退出来了。"说罢,即将皇上手书呈上。太君说:"流泪过多,两眼昏花,今蒙宠赐宸函,眼前顿增光辉。"便展书拜读:

"迩来但望日月推迁,悲伤渐减,岂知历时越久,悲伤越增。此真无可奈何之事!幼儿近来如何?时在念中。不得与太君共同抚养,实为憾事。今请视此子为亡人之遗念,偕同入宫。"此外还写着种种详情。函末并附诗一首:

"冷露凄风夜,深宫泪满襟。

遥怜荒渚上,小草太孤零。"

太君未及读完,已经泣不成声了。后来答道:"妾身老而不死,命该受苦。如今面对松树④,尚且羞愧;何况九重宫阙,岂敢仰望?屡蒙圣恩宣慰,不胜铭感。但妾自身,不便冒昧入宫。惟窃有所感:小皇子年齿尚幼,不知缘何如此颖悟,近日时刻想念父皇,急欲入宫。此实人间至情,深可嘉悯。——此事亦望代为启奏。妾身薄命,此间乃不吉之地,不宜屈留小皇子久居也……"

此时小皇子已睡。命妇禀道:"本当拜见小皇子,将详情复奏。但万岁爷专候回音,不

---

① 京中武官有左右近卫、左右卫门、左右兵卫,共称六卫府。近卫府负责警卫皇宫之门内,左右近卫府的长官称大将,次官称中将、少将,三等官称将监,四等官称将曹。左右近卫大将、中将等,略称左近大将、右近中将、右大将、左中将等。中将、少将亦称佐、助等。卫门府负责警卫皇宫之门外,左右卫门府的长官称督,次官称佐、权佐,三等官称大尉、少尉。卫门府又特称韧负司,其佐、尉称韧负佐、韧负尉。兵卫府负责警卫皇宫之门外,并巡检京中。其官名与卫门府同。
② 当时宫中较下级之女官或贵族家的侍女,均以其父或其夫之官名来称呼。
③ 当时贵族的宫殿式住宅中的正屋亦称正殿。
④ 松树常用作长寿的象征,故如此说。

便迟归。"急欲告辞。太君道："近来悼念亡女,心情郁结,苦不堪言。颇思对知己之人罄谈衷曲,俾得略展愁怀。公余之暇,务请常常惠临,不胜盼感。回思年来每次相见,都只为欢庆之事。此次为传递此可悲之书柬而相见,实非所望。都缘妾身命薄,故遭此苦厄也。亡女初诞生时,愚夫妇即寄与厚望,但愿此女为门户增光。亡夫大纳言弥留之际,犹反复叮嘱道:'此女入宫之愿望,务必实现,切勿因我死而丧失锐气。'我也想到:家无有力之后援人,入宫后势必遭受种种不幸。只因不忍违反遗嘱,故尔令其入宫。岂料入侍之后,荷蒙主上过分宠幸,百般怜惜,无微不至。亡女也不敢不忍受他人种种不近人情之侮辱,而周旋于群妃之间。不料朋辈妒恨之心,日积月累,痛心之事,难于尽述。忧能伤人,终于惨遭夭死。昔日之深恩重爱,反成了怨恨之由。——唉,这原不过是我这伤心寡母的胡言乱道而已。"太君话未说完,一阵心酸,泣不成声。此时已到深夜了。

命妇答道:"并非胡言乱道,万岁爷也如此想。他说:'我确是真心爱她,但也何必如此过分,以致惊人耳目?这就注定恩爱不能久长了。现在回想,我和她的盟誓,原来是一段恶因缘!我自信一向未曾作过招人怨恨之事。只为了此人,无端地招来了许多怨恨。结果又被抛撇得形单影只,只落得自慰乏术,人怨交加,变成了愚夫笨伯。这也是前世冤孽吧!'他反复申述,泪眼始终不干。"她这番话絮絮叨叨,难于尽述。

后来命妇又含泪禀告道:"夜已很深了。今夜之内必须回宫复奏。"便急忙准备动身。其时凉月西沉,夜天如水;寒风掠面,顿感凄凉;草虫乱鸣,催人堕泪。命妇对此情景,留恋不忍遽去,遂吟诗道:

"纵然伴着秋虫泣,
哭尽长宵泪未干。"

吟毕,还是无意登车。太君答诗,命侍女传告:

"哭声多似虫鸣处,
添得宫人泪万行。

此怨恨之词,亦请代为奏闻。"此次犒赏命妇,不宜用富有风趣之礼物。太君便将已故更衣的遗物衣衫一套、梳具数事,赠与命妇,藉留纪念。这些东西仿佛是专为此用而遗留着的。随伴小皇子来此的众年轻侍女,人人悲伤,自不必说。她们在宫中看惯繁华景象,觉得此间异常凄凉。她们设想皇上悲痛之状,甚是同情,便劝告太君,请早日送小皇子入宫。太君认为自己乃不洁之身,倘随伴小皇子入宫,外间定多非议。而若不见此小皇子,即使暂时之间,也觉心头不安。因此小皇子入宫之事,一时未能断然实行。

命妇回宫,见皇上犹未就寝,觉得十分可怜。此时清凉殿庭院中秋花秋草,正值繁茂。皇上装作观赏模样,带着四五个性情温雅的女官,静悄悄地闲谈消遣。近来皇上晨夕披览的,是《长恨歌》画册。这是从前宇多天皇命画家绘制的,其中有著名诗人伊势[①]和贯之[②]所

---

① 伊势姓藤原,是10世纪中有名女歌人,乃三十六歌仙之一,著有《伊势集》。
② 贯之姓纪,亦10世纪中名歌人,曾与纪友则、凡河内躬恒、壬生忠岑编撰《古今和歌集》。

作的和歌①及汉诗。日常谈话,也都是此类话题。此时看见命妇回宫,便细问桐壶更衣娘家情状。命妇即将所见悲惨景象悄悄奏闻。皇上展读太君复书,但见其中写道:"辱承锦注,诚惶诚恐,几无置身之地。拜读温谕,悲感交集,心迷目眩矣。

　　嘉荫凋残风力猛,
　　剧怜小草不胜悲。"

此诗有失言之处②,想是悲哀之极,方寸缭乱所致,皇上并不见罪。皇上不欲令人看到伤心之色,努力隐忍,然而终于隐忍不了。他历历回想初见更衣时的千种风流、万般恩爱。那时节一刻也舍不得分离。如今形单影只,孤苦伶仃,自己也觉得怪可怜的。他说:"太君不欲违背故大纳言遗嘱,故尔遣女入宫。我为答谢这番美意,理应加以优遇,却终未实行。如今人琴具杳,言之无益矣!"他觉得异常抱歉。接着又说:"虽然如此,更衣已经生下小皇子,等他长大成人,老太君定有享福之日。但愿她健康长寿。"
　　命妇便将太君所赐礼物呈请御览。皇上看了,想道:"这倘若是临邛道士探得了亡人居处而带回来的证物钿合金钗……"③但作此空想,也是枉然。便吟诗道:

　　"愿君化作鸿都客,
　　探得香魂住处来。"

皇上看了《长恨歌》画册,觉得画中杨贵妃的容貌,虽然出于名画家之手,但笔力有限,到底缺乏生趣。诗中说贵妃的面庞和眉毛似"太液芙蓉未央柳"④,固然比得确当,唐朝的装束也固然端丽优雅,但是,一回想桐壶更衣的妩媚温柔之姿,便觉得任何花鸟的颜色与声音都比不上了。以前晨夕相处,惯说"在天愿作比翼鸟,在地愿为连理枝"之句⑤,共交盟誓。如今都变成了空花泡影。天命如此,抱恨无穷!此时皇上听到风啸虫鸣,觉得无不催人哀思。而弘徽殿女御久不参谒帝居,偏偏在这深夜时分玩赏月色,奏起丝竹管弦来。皇上听了,大为不快,觉得刺耳难闻。目睹皇上近日悲戚之状的殿上人⑥和女官们,听到这奏乐之声,也都从旁代抱不平。这弘徽殿女御原是个非常顽强冷酷之人,全不把皇上之事放在心上,所以故作此举。月色西沉了。皇上即景口占:

　　"欲望宫墙月,啼多泪眼昏。
　　遥怜荒邸里,哪得见光明!"

---

① 和歌即日本诗歌。
② 嘉荫比喻已故更衣,小草比喻小皇子。意思是:遮风的树木已经枯死,树下的小草失却了保护者。这里蔑视了小皇子的父亲皇上,故曰失言。
③ 参看白居易《长恨歌》。
④ 参看白居易《长恨歌》。
⑤ 参看白居易《长恨歌》。
⑥ 殿上人是被允许上殿的贵族。

他想念桐壶更衣娘家情状，挑尽残灯，终夜枯坐凝思，懒去睡眠。听见巡夜的右近卫官唱名[1]，知道此刻已经是丑时了。因恐枯坐过久，惹人注目，便起身进内就寝，却难于入寐。翌日晨起，回想从前"珠帘锦帐不觉晓"[2]之情景，不胜悲戚，就懒得处理朝政了。皇上饮食不进：早膳勉强举箸，应名而已；正式御餐，久已废止了。凡侍候御膳的人，看到这光景，无不忧愁叹息。所有近身侍臣，不论男女，都很焦急，叹道："这真是毫无办法了！"他们私下议论："皇上和这桐壶更衣，定有前世宿缘。更衣在世之时，万人讥消怨恨，皇上一概置之不顾。凡有关这更衣之事，一味徇情，不讲道理。如今更衣已死，又是日日愁叹，不理朝政。这真是太荒唐了！"他们又引征出唐玄宗等外国朝廷的例子来，低声议论，悄悄地叹息。

过了若干时日，小皇子回宫了。这孩子长得越发秀美，竟不像是尘世间的人，因此父皇十分钟爱。次年春天，该是立太子的时候了。皇上心中颇思立这小皇子为太子。然而这小皇子没有高贵的外戚作后援；而废长立幼，又是世人所不能赞许之事，深恐反而不利于小皇子。因此终于打消了这念头，不露声色，竟立了大皇子为太子。于是世人都说："如此钟爱的小皇子，终于不立为太子，世事毕竟是有分寸的啊！"大皇子的母亲弘徽殿女御也放了心。

小皇子的外祖母自从女儿死后，一直悲伤，无以自慰。她向佛祈愿，希望早日往生女儿所在的国土。不久果蒙佛力加被，接引她归西天去了。皇上为此又感到无限悲伤。此时小皇子年方六岁，已经懂得人情，悼惜外祖母之死，哭泣尽哀。外祖母多年来和这外孙很亲密，舍不得和他诀别，弥留之际，反复提及，不胜悲戚。此后小皇子便常住在宫中了。

小皇子七岁上开始读书，聪明颖悟，绝世无双。皇上看见他过分灵敏，反而觉得担心。他说："现在谁也不会怨恨他了吧。他没有母亲，仅为这一点，大家也应该疼爱他。"皇上驾临弘徽殿的时候，常常带他同去，并且让他走进帘内。这小皇子长得异常可爱，即使赳赳武夫或仇人，一看见他的姿态，也不得不面露笑容。因此弘徽殿女御也不欲摒弃他了。这弘徽殿女御除了大皇子以外，又生有两位皇女，但相貌都比不上小皇子的秀美。别的女御和更衣见了小皇子，也都不避嫌疑。所有的人都想：这小小年纪就有那么风韵娴雅、妩媚含羞的姿态，真是个非常可亲而又必须谨慎对待的游戏伴侣。规定学习的种种学问，自不必说，就是琴和笛，也都精通，清音响彻云霄。这小皇子的多才多艺，如果一一列举起来，简直如同说谎，教人不能相信。

这时候朝鲜派使臣来朝觐了，其中有一个高明的相士。皇上闻此消息，想召见这相士，教他替小皇子看相。但宇多天皇定下禁例：外国人不得入宫。他只得悄悄地派小皇子到招待外宾的鸿胪馆去访问这相士。一个官居右大弁的朝臣是小皇子的保护人，皇上教小皇子扮作这右大弁的儿子，一同前往。相士看了小皇子的相貌，大为吃惊，几度侧首仔细端相，不胜诧异。后来说道："照这位公子的相貌看来，应该当一国之王，登至尊之位。然而若果如此，深恐国家发生变乱，己身遭逢忧患。若是当朝廷柱石，辅佐天下政治呢，则又与相貌不合。"这右大弁原是个富有才艺的博士，和这相士高谈阔论，颇感兴味。两人吟诗作文，互相赠答。相士即日就要告辞返国。他此次得见如此相貌不凡之人物，深感欣幸；如今即将离别，反觉不胜悲伤。他作了许多咏他此种心情的优美的诗文，赠与小皇子。小皇子也吟成非常可爱之诗篇，作为报答。相士读了小皇子的诗，大加赞赏，奉赠种种珍贵礼品。朝廷也重

---

[1] 宫中巡夜，亥时（十点钟）起由左近卫官值班，丑时（两点钟）起由右近卫官值班。值班时各自唱名。
[2] 《伊势集·诵亭子院长恨歌屏风》。下句是"长恨绵绵谁梦知"。

重赏赐这相士。此事虽然秘而不宣,但世人早已传闻。太子的外祖父右大臣等闻知此事,深恐皇上有改立太子之心,顿生疑忌。

皇上心地十分贤明。他相信日本相术,看到这小皇子的相貌,早就胸有成竹,所以一直不曾封他为亲王。现在他见这朝鲜相士之言和他自己见解相吻合,觉得此人实甚高明,便下决心:"我一定不让他做个没有外戚作后援的无品亲王①,免得他坎坷终身。我在位几年,也是说不定的。我还不如让他做个臣下,教他辅佐朝廷。为他将来打算,这也是得策的。"从此就教他研究有关此道的种种学问。小皇子研究学问之后,才华更加焕发了。教这人屈居臣下之位,实甚可惜。然而如果封他为亲王,必然招致世人疑忌,反而不利。再教精通命理的人推算一下,见解相同。于是皇上就将这小皇子降为臣籍,赐姓源氏。

岁月如流,但皇上思念已故桐壶更衣,无时或已。有时为消愁解闷,也召见一些闻名的美人。然而都不中意,觉得像桐壶更衣那样的人,世间真不易再得。他就从此疏远女人,一概无心顾问了。

一天,有一个侍候皇上的典侍,说起先帝②的第四皇女,容貌姣好,声望高贵;母后钟爱之深,世无其例。这典侍曾经侍候先帝,对母后也很亲近,时常出入宫邸,眼见这四公主长大成人;现在也常隐约窥见容姿。这典侍奏道:"妾身入宫侍奉,已历三代,终未见与桐壶娘娘相似之人。唯有此四公主成长以来,酷肖桐壶娘娘,真乃倾国倾城之貌也。"皇上闻言,想道:"莫非真有其人?"未免留情,便卑辞厚礼,劝请四公主入宫。

母后想道:"哎呀,这真可怕了!弘徽殿女御心肠太狠,桐壶更衣分明是被她折磨死的。前车可鉴,真正教人寒心!"她左思右想,犹豫不决。此事终于不曾顺利进行。不料这期间母后患病身死,四公主成了孤苦伶仃之身。皇上诚恳地遣人存问,对她家人说:"教她入宫,我把她当做子女看待吧。"四公主的侍女们、保护人和其兄兵部卿亲王都想道:"与其在此孤苦度日,不如让她入宫,心情也可以宽慰一些。"便送四公主入宫。她住在藤壶院,故称为藤壶女御。

皇上召见藤壶女御,觉得此人容貌风采,异常肖似已故桐壶更衣。而且身份高贵,为世人所敬仰,别的妃嫔对她无可贬斥。因此藤壶女御入宫之后,一切如意称心。已故桐壶更衣出身低微,受人轻视,而恩宠偏偏异常深重。现在皇上对她的恋慕虽然并不消减,但爱情自然移注在藤壶女御身上,觉得心情十分欢慰。这也是人世常态,深可感慨也。

源氏公子时刻不离皇上左右,因此日常侍奉皇上的妃嫔们对他都不规避。妃嫔们个个自认为美貌不让他人,实际上也的确妩媚窈窕,各得其妙。然而她们都年事较长,态度老成;只有这位藤壶女御年龄最幼,相貌又最美,见了源氏公子往往含羞躲避。但公子朝夕出入宫闱,自然常常窥见姿色。母亲桐壶更衣去世时,公子年方三岁,当然连面影也记不得了。然而听那典侍说,这位藤壶女御相貌酷似母亲,这幼年公子便深深恋慕,因此常常亲近这位继母。皇上对此二人无限宠爱,常常对藤壶女御说:"你不要疏远这孩子。你和他母亲异常肖似。他亲近你,你不要认为无礼,多多地怜爱他吧。他母亲的声音笑貌,和你非常相像,他自然也和你非常相像。你们两人作为母子,并无不相称之处。"源氏公子听了这话,童心深感喜悦,每逢春花秋月、良辰美景,常常亲近藤壶女御,对她表示恋慕之情。弘徽殿女御和藤壶

---

① 亲王的等级是一品到四品,四品以下叫做无品亲王。童年封亲王,规定是无品亲王,地位甚低。
② 此先帝与皇上的关系不明。或说是皇上的堂兄弟或伯叔父,则此四公主是皇上的侄女或堂姐妹。

女御也合不来,因此又勾起她对源氏公子的旧恨,对他看不顺眼了。

皇上常谓藤壶女御名重天下,把她看作盖世无双的美人。但源氏公子的相貌,比她更加光彩焕发,艳丽动人,因此世人称他为"光华公子"(光君)。藤壶女御和源氏公子并受皇上宠爱,因此世人称她为"昭阳妃子"。

源氏公子作童子装束,娇艳可爱,改装是可惜的。但到了十二岁上,照例须举行冠礼①,改作成人装束。为了举办这仪式,皇上日夜操心,躬亲指挥。在例行制度之外,又添加种种排场,规模十分盛大。当年皇太子的冠礼,在紫宸殿②举行,非常隆重;此次源氏公子的冠礼,务求不亚于那一次。各处的飨宴,向来由内藏寮及谷仓院③当做公事办理。但皇上深恐他们办得不周到,因此颁布特旨,责令办得尽善尽美。在皇上所常居的清凉殿的东厢里,朝东设置皇上的玉座;玉座前面设置冠者源氏及加冠大臣的座位。

源氏公子于申时上殿。他的童发梳成"总角",左右分开,在耳旁挽成双髻,娇艳可爱。现在要他改作成人装束,甚是可惜!剪发之事,由大藏卿执行。将此青丝美发剪短,实在不忍下手。此时皇上又记念起他母亲桐壶更衣来。他想:如果更衣见此光景,不知作何感想。一阵心酸,几乎堕泪,好容易隐忍下去。

源氏公子加冠之后,赴休息室,换了成人装束,再上殿来,向皇上拜舞。观者睹此情景,无不赞叹流泪。皇上看了,感动更深,难于禁受。昔日的悲哀,近来有时得以忘怀,而今重又涌上心头。此次加冠,他很担心,生怕源氏公子天真烂漫之风姿由于改装而减色,岂知改装之后,越发俊美可爱了。

加冠由左大臣执行。这左大臣的夫人是皇女,所生女儿只有一人,称为葵姬④。皇太子爱慕此葵姬,意欲聘娶,左大臣迁延未许,只因早已有心将此女嫁与源氏公子。他曾将此意奏闻。皇上想道:"这孩子加冠之后,本来缺少外戚后援人。他既有此心,我就此玉成其事,教她侍寝⑤吧。"曾催促左大臣早作准备。左大臣正好也盼望早成。

礼毕,众人退出,赴侍所⑥,大开琼筵。源氏公子在诸亲王末座就席。左大臣在席上隐约提及葵姬之事。公子年事尚幼,腼腆含羞,默默不答。不久内侍宣旨,召左大臣参见。左大臣入内见驾。御前诸命妇便将加冠犒赏品赐与左大臣:照例是白色大袿一件、衣衫一套。又赐酒一杯。其时皇上吟道:

"童发今承亲手束,
合欢双带绾成无?"

诗中暗示结缡之意,左大臣不胜惊喜,立即奉和:

---

① 当时男童十一岁至十六岁时,为表示转变为成年人,举行改装、结发、加冠的仪式。称为冠礼。
② 紫宸殿为当时皇宫的正殿,又称南殿。
③ 谷仓院是保管京畿诸国的纳贡品和无主官田、没收官田等收获物的官库。
④ 本书原文中人物大都无专名词,后人为便于阅读起见,根据各回题名或诗文内容给某些人物取名。葵姬即其一例。
⑤ 宫中惯例,皇太子、太子加冠之夜,即由公卿之女侍寝,行婚礼。
⑥ 帝王公卿家中执掌家务之所。

"朱丝已绾同心结,
但愿深红永不消。"

他就步下长阶,走到庭中,拜舞答谢。皇上又命赏赐左大臣左马寮①御马一匹、藏人所②鹰一头。其他公卿王侯,也都罗列阶前,各依身份拜领赏赐。这一天冠者呈献的肴馔点心,有的装匣,有的装筐,概由右大弁受命调制。此外赐与众人的屯食③,以及犒赏诸官员的装在古式柜子里的礼品,陈列满前,途几为塞,比皇太子加冠时更为丰富。这仪式真是盛大之极。

是晚源氏公子即赴左大臣邸宅招亲④。结婚仪式之隆重,又是世间无比的。左大臣看看这女婿,的确娇小玲珑,俊秀可爱。葵姬比新郎年纪略长,似觉稍不相称,心中难以为情。

这位左大臣乃皇上所信任之人,且夫人是皇上的同胞妹妹,故在任何方面,都已高贵无比。今又招源氏公子为婿,声势更加显赫了。右大臣是皇太子的外祖父,将来可能独揽朝纲。可是现在相形见绌,势难匹敌了。左大臣姬妾众多,子女成群。正夫人所生的还有一位公子,现任藏人少将之职,长得非常秀美,是个少年英俊。右大臣本来与左大臣不睦,然而看中这位藏人少将,竟把自己所钟爱的第四位女公子嫁给了他。右大臣的重视藏人少将,不亚于左大臣的重视源氏公子。这真是世间无独有偶的两对翁婿!

源氏公子常被皇上宣召,不离左右,因此无暇去妻子家里。他心中一味认为藤壶女御的美貌盖世无双。他想:"我能和这样的一个人结婚才好。这真是世间少有的美人啊!"葵姬原也是左大臣的掌上明珠,而且娇艳可爱,但与源氏公子性情总不投合。少年人是专心一志的,源氏公子这秘密的恋爱真是苦不堪言。加冠成人之后,不能再像儿童时代那样穿帘入幕,只能在作乐之时,隔帘吹笛,和着帘内的琴声,借以传达恋慕之情。有时隐约听到帘内藤壶妃子的娇声,聊觉慰情。因此源氏公子一味喜欢住在宫中。大约在宫中住了五六日,到左大臣邸宅住两三日,断断续续,不即不离。左大臣呢,顾念他年纪还小,未免任性,并不见罪,还是真心地怜爱他。源氏公子身边和葵姬身边的侍女,都选用世间少有的美人;又常常举行公子所心爱的游艺,千方百计地逗引他的欢心。

在宫中,将以前桐壶更衣所住的淑景舍(即桐壶院)作为源氏公子的住室。以前侍候桐壶更衣的侍女,都不遣散,就叫她们侍候源氏公子。此外,桐壶更衣娘家的邸宅,也由修理职、内匠寮⑤奉旨大加改造。这里本来有林木假山,风景十分优胜;现在再将池塘扩充,大兴土木,装点得非常美观。这便是源氏公子的二条⑥院私邸。源氏公子想道:"这个地方,让我和我所恋慕的人同住才好。"心中不免郁悒。

世人传说:"光华公子"这个名字,是那个朝鲜相士为欲赞扬源氏公子的美貌而取的。

(选自丰子恺译《源氏物语》,人民文学出版社 1980—1983 年版)

---

① 宫中设左右马寮,掌管有关饲养马匹之事。
② 藏人所是供奉天皇起居、掌管任命仪式、节会等宫中大小杂事之所。
③ 屯食是古代宫廷及贵族飨宴时赏赐下僚吃的糯米饭团。
④ 按当时风习,除天皇、皇太子外,男子结婚一般都去女家。婚后女子仍居娘家,男子前往住宿。适当时期后,新夫们另居他处,或将妻子迎至丈夫邸内。
⑤ 修理职和内匠寮是掌管宫中营造和修缮的机构。
⑥ 京城地区,以条划分,有一条到九条。

作品内容提问

1. 桐壶更衣生下了一个容华如玉的小皇子，这使得弘徽殿女御心情怎样？
2. 小皇子三岁后的这一年夏天，母亲出现了什么问题？
3. 皇上原本想立小皇子为太子，最终立了谁？
4. 源氏公子在几岁时举行了冠礼，改作成人装束的？
5. "光华公子"这个名字是哪国相士给他起的？

导读

紫式部（约978—约1016），日本女作家。本姓藤原。她出身中层贵族家庭，自幼丧母，由父亲抚养成人。其父通晓汉诗和歌，熟读中国古代典籍，对紫式部影响颇深。998年，她与年长她很多的藤原宣孝结婚，两年后丈夫死去，与女儿相依为命。1006年，她进入后宫，担任一条天皇中宫的侍从，为皇后讲解《日本书纪》和《白氏长庆集》等书，教授皇后汉诗和才艺。1011年紫式部离开后宫，至于她的逝世年月则难以确定。紫式部坎坷的人生经历和丰富的宫廷生活经验为其创作提供了素材。除了《源氏物语》外，她还留有《紫式部集》、《紫式部日记》两部作品。《紫式部集》是她的和歌集，共计收入128首和歌，记录了她从年轻到晚年的生活感悟。《紫式部日记》记述她1008年至1010年之间在后宫的生活，包括宫廷典仪和其他女官的品貌性格。长篇小说《源氏物语》是她的代表作品，被称为日本传统文学的集大成之作，在文学史上的地位堪比《红楼梦》在中国。

作为《源氏物语》全书的开篇，第一回不仅引出了本书前一部分的主人公光源氏，也为全书奠定了悲凉的情感基调。作者首先讲述了天皇对桐壶更衣的专宠，她因此遭人妒恨，生活极不如意，最后郁郁而终。她的儿子光源氏自小便生得玲珑可爱，深受天皇喜爱。然而事关太子之位，所以光源氏虽年幼，也不得不卷入残酷的宫廷争斗中。光源氏的风流品性也早早流露出来。光源氏虽然与葵姬结为夫妻，却并不与之情投意合，而是对长相酷似其母的继母藤壶倾心不已，后来发展为两人私通。本回通篇弥漫着淡淡的哀伤，尽管对美做了极致的展示，但最终都是美的徒劳，恰似一场繁华落尽的樱花盛宴。作者对各位美人作了精心的描绘。光源氏的母亲桐壶更衣"容貌风采，优雅可爱"，"人品之优越、心地之慈祥"无出其右；藤壶妃子肖似桐壶更衣，也是盖世无双的美人；葵姬虽不是绝世之貌，但也生得"娇艳可爱"。对光源氏的描写，作者更是不吝惜溢美之词，反复使用"盖世无双"来修饰。文中有一处细节更显其美。光源氏参加行冠礼时需改作成人装束，要剪掉童发，而执行剪发的大藏卿竟因其发美而不忍下手。但是，《源氏物语》中的美虽然缤纷，却并不华丽喧嚣，各人的美中始终透着孤寂凉薄。桐壶更衣的美为其带来恩宠也带来祸患；葵姬虽美却无法赢得光源氏的爱，终是凄凉之美；藤壶虽美却不过是桐壶更衣的影像，身上仍然背负着天皇与光源氏对桐壶更衣的哀思；光源氏的美更是其风流孽债的源头、悲凉命运的肇始。

在艺术特色上，第一回首先展现了全书诗文浑融，和歌与散文相得益彰的文体特点。作者在叙述中不时插入诗歌吟咏，恰如其分地烘托出人物的心理活动，达到情景交融的效果。比如，命妇回宫时，见凉月西沉，夜天如水，不禁吟道："纵然伴着秋虫泣，哭尽长宵泪未干。"

太君听闻后,有感于女儿桐壶更衣红颜薄命,以"哭声多似虫鸣处,添得宫人泪万行"回应命妇,个中凄凉于字里行间流溢出来。其次,本回充分体现了日本古典文学中"物哀"的审美品格。"物哀"是接触外界事物时,自然而然产生的幽深玄静的凄美情感。它的情感表现方式不是爆发而出,而是在情景交融中一丝丝渗透出来。文中人物皆生得一颗易感之心,无论是天皇对桐壶更衣的眷眷爱意,还是太君丧女的悲痛欲绝,都没有撕心裂肺的呐喊,而多为触景生情,以景衬情。

知识链接

1. 物语。日文"物语"一词,意即故事或杂谈之意。它是在日本民间传说的基础上向独立小说过渡的一种文学形式。形成于公元10世纪初的平安时代。形成过程中受到了我国六朝、隋唐传奇文学的影响。

2. 物哀。是日本江户时代国学大家本居宣长提出的文学理念。"物"是客观存在,"哀"是主观情感。"哀"有着感叹的意味,内涵有同情、哀伤、悲叹、赞颂、爱怜、怜惜等诸多因素。"物哀"就是"物心合一"。日本国民性的特点是"更爱残月、更爱初绽的蓓蕾和散落的花瓣儿,因为他们认为残月、花蕾、花落中潜藏着一种令人怜惜的哀愁情绪,会增加美感"。这种无常的哀感和无常的美感,正是日本人的"物哀美"的真髓。

39 萨迪《蔷薇园》(节选)

《蔷薇园》是一部箴言故事集,成书于1258年。全书共分为8篇,227小节。书中讨论了帝王言行、圣人训谕、教育的功效、如何交往、青春与爱情、寡言、知足常乐等多个命题,同时,还记录了多地的轶闻故事,反映了作者广博的生活经历和深厚的知识修养。作者运用韵散结合的表现手法,在讲述故事的同时传达人生哲理。诗集从现实出发,对生活中的美与丑、善与恶等加以歌颂或抨击,展示出穆斯林的道德规范和价值取向以及作者萨迪对为人之道的理解。作品语言优美凝练,多以警句的方式点出想要阐发的道理,名言佳句比比皆是,故而成为穆斯林修身养性的必读著作。本文选自《蔷薇园》第一卷。

6

有一位波斯国王,横征暴敛,残民以逞。人民在他的暴政压迫之下,贫穷困苦,纷纷逃亡。人口日渐减少,税收没有着落,国库也日渐空虚,四境的敌人都在伺机入侵。

> 谁若想在困厄时得到援助,
>   就应在平日待人以宽。
> 否则你将失去你的奴隶,
>   尽管他平日戴着耳环。
> 你若想使外人倾心归附,
>   就应以恩礼使他心服。

有一天,臣下为他诵读"列王纪",读到扎哈克王朝衰微,法里东继位。宰相问国王说:"法里东,一无财宝,二无国土,三无军队,何以竟能据有天下呢?"王回答说:"你不会不知道:人民拥戴他,肯为他出力,他才得了天下。"宰相说道:"陛下,既然天下的得失在于民心的向背,为什么你要使人民逃散呢?莫非你不想当国王了吗?"

> 既然君主倚靠军队统治国家,
>   君主啊!你应尽心体恤部下。

国王问他说:"怎样才能使军民倾心归附呢?"宰相回答说:"国王若能大公无私,人心自然归附,国王若能仁慈宽厚,人民就能在他的庇护下安居乐业;这两件事,陛下都未做到。"

> 暴君绝不可以为王,
> 豺狼绝不可以牧羊。
> 国王对人民任意榨取,
> 正是削弱国家的根基。

宰相的诤谏,不合国王心意。他命人将他捆绑起来,下在狱里。不久,国王的几个堂兄弟起兵作乱,向他要还他们父亲的领土。过去从他的暴政下逃亡出去的人民,纷纷投奔他们,为他们出力,从他手上夺取了天下。

> 假如帝王欺压人民,
> 在危难中就会众叛亲离。
> 你若时时体念人民,
> 在战争时才能无所畏惧。
> 因为君主如果英明有为,
> 全国人民便是军队。

11

有一位圣徒,他的祈祷最有灵验。一次他来到巴格达。人们告知哈志·宾·优素福,他派人将他请去,说道:"请为我做一次最好的祝愿。"圣徒说:"主啊!取走他的生命吧。"他问道:"天啊!这算是最好的祝愿吗?"圣徒说:"对于你和对于全体穆斯林,这个祝愿就是最好不过了。"

> 暴君,暴君,你是人民的灾难,
> 你应立即关闭你的市廛!
> 王权对你有害无益,
> 你的死胜于你的暴力。

12

有一位暴君问一位圣徒:"怎样的修行才最有价值?"他回答说:"你最好每天睡午觉。因为这样你就不会为害人类了。"

> 有个无道昏君正在午睡,
> 我说:"愿他永远如此;
> 因为他是天下最大的恶人,
> 醒不如睡,生不如死。"

19

  有一次努什旺王出外狩猎,仆人为他烹调一只野味,找不到盐。他们正要派一个仆人到村子里去取的时候,努什旺王说道:"你拿百姓家的盐,不要忘了付钱,假如坏了规矩,这座村子就要破产了。"他们说道:"讨一点盐有什么要紧呢?"
  他说道:"一切的罪恶最初都是微不足道,由于相习成风,最后便不可收拾了。"

    国王如果在一个百姓的园子里
      取一只苹果,臣属就会砍走一棵果树;
    苏丹如果放纵了自己,
      拿走五个鸡蛋;他的臣属
    就会杀死百姓家里的一千只母鸡。

    暴君的寿命虽然有限,
      他的罪名却将永远流传。

20

  我听说,有一个税吏为了充实苏丹的府库,不惜使百姓家破人亡。他不曾想到圣人所说的话:"谁若欺压真主的百姓以讨好一人,真主将发动百姓,将他诛灭。"

    烈火焚烧柴木,一时不会烧光,
    人民痛恨暴君,转眼叫他灭亡。

  人说兽类之中,狮子最高贵,驴子最低贱,但圣人认为:负重的驴子远比吃人的狮子可取。

    驴子虽然蠢笨愚昧,
    驮物使人觉得可贵,
    忍苦负重的牛和驴子
    胜于为害人群的败类。

    你若不得人心,
      难得苏丹赏识:
    你对人类无情,
      真主岂能仁慈?

28

　　有个托钵僧独自坐在郊外的一处荒僻地方。国王从他身旁经过。他弃世绝俗,清心寡欲,不理不睬,头也不抬。国王有失威风,不觉勃然大怒,说道:"这班穿破袍的穷僧真和畜生一样。"宰相连忙说道:"王上从你眼前经过,你怎么就不知恭敬,上前行礼呢?"他回答说:"先请告诉王上,教他找那有求于他的人伺候他吧。再请告诉他,国王是保护百姓的,不是百姓应该伺候国王;常言说,

　　　　'国王虽然拥有天下的财富,
　　　　　应是保护人民的民牧。
　　　　不是羊群应当照顾牧人,
　　　　　而是牧人应当保护羊群。

　　　　今日你见这人飞黄腾达;
　　　　那人在困苦中挣扎:
　　　　你不要轻易妄下判断——
　　　　且待两人同为黄土所掩。
　　　　一朝生命告了终结,
　　　　帝王、奴隶毫无区别:
　　　　纵使有人掘启坟墓
　　　　也难分辨谁贫谁富。'"

　　国王听了这番话,很受感动。因说道:"你向我要求一件赏赐吧。"那贫僧说:"我求你以后不要再来打搅我。"国王又说:"那么请给我一两句忠告吧。"他说道,

　　　　你应记取,而今你是得天独厚,
　　　　你这土地钱财终将落入他人之手。

(选自水建馥译《蔷薇园》。人民文学出版社1958年版)

作品内容提问

1. 《蔷薇园》选文中的第1段诗歌主要说的是什么道理?
2. 《蔷薇园》选文中的"国王对人民任意榨取,正是削弱国家的根基"的上两句是什么?
3. 《蔷薇园》选文中的第3段诗歌主要说的是什么道理?
4. 《蔷薇园》选文第28段中引起国王愤怒的人是谁?
5. 《蔷薇园》选文第28段托钵僧向国王要的东西是什么?

导读

萨迪(1209—1291)，全名为谢赫·穆斯列赫丁·阿卜杜拉·萨迪·设拉子依，波斯（现伊朗）诗人。他的生平事迹没有确切记载，据其作品大致可以了解到，他出生于波斯设拉子的一个下层宗教人士家庭，年纪尚幼时父亲就已去世，后一直靠亲友接济。尽管早年生活艰辛，但他天资聪颖，经人资助先后在设拉子和巴格达求学，并取得优异成绩。在巴格达的"内扎米耶"书院，萨迪对波斯和阿拉伯诗学产生兴趣，精心研读，为日后的创作打下了基础。毕业后十余年间足迹遍布亚非两大洲的多个地区，直至1257年才返回故乡定居。在长期的流浪生活中，他看遍人生百态，耳闻目睹现实世界的残酷和人民的疾苦，对各地的社会生活认识逐渐深刻，也积累了丰富的创作素材。他在卷首写道："我在这本书里写了各地奇闻、圣人训谕、故事诗歌、帝王言行，以及我本人部分宝贵的生活经验。这就是我写作《蔷薇园》的缘起。"萨迪著述颇丰，流传下来的却只有《蔷薇园》和《果园》，还有一些短诗、颂诗、抒情诗等。《果园》共分10章，收录160个故事，内容涉及伦理、哲学、天文、兵法、治国之道、为人处世等多方面内容。《蔷薇园》在题材上与《果园》类似，展现了广阔的社会生活并表达出丰富的人生哲理。《蔷薇园》不仅享誉伊斯兰世界，而且蜚声国际，被翻译成几十种文字，成为世界性的精神瑰宝。

《蔷薇园》的第一卷主要记录了帝王的言行以及萨迪对这些言行的评价，不仅体现了他的帝王观，也表露了他的仁爱思想。首先，萨迪对暴君行径予以强烈的否定和谴责。作品以激愤的情感，多处描写人民对暴君的不满和不妥协的态度。比如，国王问宰相如何使军民倾心归服，宰相毫不留情地指出："国王若能大公无私，人心自然归附，国王若能仁慈宽厚，人民就能在他的庇护下安居乐业；这两件事，陛下都未做到。"国王听后便将宰相打入大狱。萨迪在下面赋诗评论说："暴君决不可以为王，豺狼决不可以牧羊。国王对人民任意榨取，正是削弱国家的根基。"可见，萨迪反抗暴君的态度是坚定而无畏的。其次，与对暴君的抨击相对，萨迪也表达了对理想君主的称颂和渴望。第一卷中的努什旺王便是他心目中的典范。努什旺王不以恶小而为之，不拿百姓一米一盐，其谨言慎行的处事风范与暴君形成鲜明对比。再次，这一卷还体现了民贵君轻的思想。第28节中托钵僧与国王的对话就彰显了这种民主精神。在萨迪看来，国王并非凌驾于人民之上的主宰者和享乐者，而应成为臣民的保护者，为民服务。这与当时封建统治的现实恰恰相反，是发自作者内心的对民主精神的呼吁。同时，萨迪重视人民的力量，视其为国之根本，对暴君统治下的人民给予同情。第20节中，萨迪赋诗道："烈火焚烧柴木，一时不会烧光，人民痛恨暴君，转眼叫他灭亡。"在萨迪看来，国王若不行仁政，早晚要被人民推翻。

《蔷薇园》第一卷的艺术特色主要有两个方面。一方面是其韵散结合的文体。作者先以散文体讲述故事，再配以评论性的短诗点明自己的看法，既生动有趣，寓意悠长，又升华了思想主题。这种兼顾形象性与深刻性的文体在阐述哲理时，更能达到深入浅出的效果。另一方面是其辛辣幽默的语言风格。文中多用讽刺来抨击暴君的种种残酷行为，比如，第11节中，作者借圣徒之口说："对于你和对于全体穆斯林，这个祝愿（愿主取走暴君的性命）就是最好不过了"，入木三分地从侧面刻画了暴君的丑恶嘴脸和人民爱憎分明的品格。

40 《一千零一夜》(节选)

相传古印度和中国之间有一萨桑国。一天,国王山鲁亚尔和他的弟弟萨曼在一棵树下休息时,突然间海上冒起一个黑色的水柱,一个女郎告诉他们天下所有的女人都是不可信任的。生性残暴善妒的山鲁亚尔回宫后,将王后、宫女、奴仆全部杀死。此后,他每日娶一少女,第二天清晨便将她杀掉,就这样持续了三年,杀死了一千多名少女。宰相的女儿山鲁佐德为拯救无辜的女子,自愿嫁给国王。每晚,山鲁佐德都给国王讲一个故事,但总是不讲完。国王为了听完故事没有杀她,允许她下一夜继续讲。她的故事一个比一个精彩,一直讲了一千零一夜。国王终于被感动,并决定娶她为妻。这个开篇故事也被人称为《山鲁佐德和国王山鲁亚尔的故事》。本文选自《一千零一夜·阿里巴巴和四十大盗的故事》。

阿里巴巴和四十大盗

相传,很久很久以前,在古代波斯的某城镇里住着兄弟二人,哥哥名叫卡西姆,弟弟名叫阿里巴巴。他们的父亲很穷,死后没给儿子留下什么财产。兄弟二人分家后,哥哥卡西姆与一富家的女儿结了婚,走上经商之路,生意兴隆,时隔不久,就成了当地的一个大富商。弟弟阿里巴巴,跟一个穷苦人家的姑娘结了婚,家境依旧贫困,住房窄小,缺吃少穿,收入不足以维持生活。

阿里巴巴每日都到林中打柴,依靠三头瘦毛驴把柴运到城中,沿街叫卖,用卖柴所得的钱买回必需的食用之物。

"芝麻,开门!"

一天,阿里巴巴正在林中砍柴时,无意中抬头远望,忽见远处有一股烟尘腾空而起,渐渐向着自己所在的地方移动。他留神凝视片刻,见烟尘下出现一队人马,不禁一惊,心想:"这些人可能是一帮强盗,说不定会抢走我的毛驴和柴火……"想到这里,阿里巴巴离开驴子,爬上一块巨石旁的一棵大树,藏在浓密的树叶中,暗暗观察那队人马。

阿里巴巴细细一数,见他们总共有四十条大汉,各骑着一匹大马。他们骑着马来到那块巨石旁,首领高声喊道:

"站住！我们要来的地方就是这块山坡。"

大队人马停了下来，大汉们纷纷离鞍下马，每个人都从马背上取下一个沉甸甸的鞍袋，紧紧跟在他们的首领后面，登上山坡，来到巨石下。

首领走到那块巨大岩石前，大声喊道：

"芝麻，开门！"

话音刚落，巨石上有一座石门开启了。大汉们一个接一个地走进去，他们的首领走在最后。首领刚刚进去，石门便关了起来。

那四十个大汉在石洞里呆了好长时间，藏在大树上的阿里巴巴未敢做声。

那四十个大汉终于出来了。首先走出石洞的是他们的首领。首领看见三十九个同伴都出了石洞，方才大声喊道：

"芝麻，关门！"

话音刚落，石门关闭。

随后，四十个大汉纵身上马，首领一声呼喊，相继纵马奔驰下山而去，转眼不见踪影。

大汉们远去之后，阿里巴巴这才从树上下来，拨开灌木丛，走到那块巨大岩石的前面，好奇地学着那个首领的语调，喊了一声：

"芝麻，开门！"

话音刚落，只见那扇石门应声而开。

阿里巴巴本以为那门里是一个山洞，想必是又黑暗而又潮湿，但进门一看，却发现石洞高大、宽敞且明亮，伸手摸不着洞顶。他仔细观察，发现石洞上方有一道石缝，阳光从那里射进来，照得整个石洞亮堂堂。

阿里巴巴刚一进石洞，洞门便自动关上了。不过，他并不害怕，因为他自信掌握了开门的暗语。

阿里巴巴朝洞中打量了一眼，只见那里堆放着许多粮食，还有成匹成匹的丝绸、锦缎，另有许多华丽地毯及大袋大袋的金币、珠宝，琳琅满目，光芒四射。眼见这么多的金银财宝堆放在那里，阿里巴巴猜想那四十条大汉定是一帮盗贼，而眼前这些财宝，则是数代盗贼抢劫、聚积起来的不义之财。

面对这些财宝，阿里巴巴想到自己只需要钱，于是从山洞中搬出几袋金币，装在箩筐里，上面盖了些木柴。他把箩筐放在驴背上后，喊了一声：

"芝麻，关门！"

石门应声关上。原来这座石门是一座识暗语的门：人进入石洞时，要说暗语，它方才开启；人进入石洞后，它会自动关上；人出石洞时，要说暗语，它才开启；人走出石洞后，只有说过暗语，它才会关闭；如若不然，它就总是开着。

阿里巴巴赶着毛驴，回到家中，随即把门关上，高高兴兴地喊来妻子，把三筐金币摆在妻子的面前。金币光芒四射，照得人难以睁开眼睛。妻子看见这么多金币，又惊又喜，心想："这么多的钱，我压根儿都没见过……该不会是他偷来或抢来的吧……"

阿里巴巴看出妻子的惊喜、恐惶神色，于是把自己看到的情况一五一十地讲给妻子听。他讲完，再三叮嘱妻子，千万不要把事情说出去。

妻子听丈夫这样一说，方才心定神安，高兴地数起金币来。

阿里巴巴说：

"这么多金币,你怎么能数的过来呢?我们还是赶快想个办法,把钱藏起来吧!我这就去挖个坑,把金币埋起来,免得让人们看见。"

妻子说:

"你说得对,是要赶快把金币藏起来,免得让人家看见。不过,我们总要知道一下有多少才好哇!我这就去借一个量器,量一量再藏吧!"

"好吧!"

说罢,妻子来到卡西姆家。当时,卡西姆不在家,只有他的妻子在家。阿里巴巴的妻子说:

"大嫂,我借你们一件东西用一用啊!"

卡西姆的妻子说:

"他婶了,你就挑有的借吧!"

"嫂子,我想借你们一只木升和一个量杯。因为我买了一些面,没有地方盛,又想量量有多少。"

卡西姆的妻子一听,心想:"阿里巴巴,穷光蛋一个,没有多少钱,能买多少面?我一定要知道他们究竟要量什么,然后就知道我该怎么办了。"

想到这里,卡西姆的妻子在量杯的底部抹了一点儿蜂蜡,而且认定不易被人发现。

片刻后,卡西姆的妻子把一只木升和一个量杯递给阿里巴巴的妻子,并且说:

"他婶子,你用完就还给我。"

阿里巴巴的妻子接过木升和量杯,笑着说:

"大嫂,我用完就来还你。"

阿里巴巴的妻子拿着木升和量杯,迅速回到家中,两个人忙了起来。夫妻俩把金币量好,记清了数目,然后挖了一个坑,埋了起来。

埋好金币,阿里巴巴的妻子赶忙拿起木升和量杯,向卡西姆家走去,把木升和量杯还给了那位富婆,但她没有想到,量杯底下还粘着一枚金币。

阿里巴巴的妻子递过木升和量杯,说:

"大嫂,还你木升和量杯,谢谢大嫂啦!"

阿里巴巴的妻子刚刚离去,卡西姆的妻子马上去抓量杯,往底下一看,发现蜂蜡上粘着一枚金币,不禁大吃一惊,心中嫉妒之火顿时燃烧起来。她心想:"这是怎么回事?阿里巴巴这个穷光蛋一下子富了起来,金币多得数不过来,要用木升量啦⋯⋯"

卡西姆回到家中,妻子马上迎上去,说:

"喂,当家的,你不要以为自己的钱太多!你错啦!阿里巴巴家里的钱比你不知多多少倍!人家的钱数都数不过来,要用木升来量了。"

听妻子突然冒出这么一句话,卡西姆一时不知道发生了什么事,于是问道:

"究竟出什么事啦?这话从何讲起呢?"

妻子拿着量杯,指着杯底上粘着的那枚金币,说:

"你瞧瞧呀!"

接着,她把阿里巴巴妻子借木升和量杯的事从头到尾向丈夫讲了一遍。

卡西姆拿过那枚金币,翻过来调过去看了又看,发现那是一枚古金币,认不出是哪朝哪年铸造的。

卡西姆听说刚才发生的事情，瞧着那枚金币，断定弟弟果然有了钱，但他并不为弟弟感到高兴，而是和他妻子的心态一样，嫉妒之火在心中燃烧。

卡西姆一夜没能合眼，第二天天刚亮，他便来到阿里巴巴家。他一进门便喊：

"喂，阿里巴巴，你平时赶驴上山打柴，赶集卖柴，装出一副穷样子，其实你并不穷，你家里有的是金币。你妻子昨天去我家借量杯和木升干什么用？怎么量杯底下粘了这样一枚古金币？"

阿里巴巴听哥哥这样一说，知道事情掩盖不住了，内心里只怪妻子太笨，那么粗心大意，竟然把秘密泄露出去了。事情已经到了这个地步，埋怨又有什么用呢？阿里巴巴自想无计可施，只有老老实实把昨天在山里看到的情况以及得到金币的经过一五一十向卡西姆讲了一遍，当面表示，愿把金币分给哥哥一部分，并且要他严加保密，千万不要对外人讲。

卡西姆听后，得意地说：

"你瞧瞧，果然不出我之所料。阿里巴巴，你要告诉我，那些金银财宝究竟藏在什么地方，你还要领我去看看那个地方；如若不然，我定到官府去告你，到那时候，你不仅再弄不到金币，就是已经到手的东西，也是保不住的。我嘛，官府会因为告发有功，还可能要赏给我一大笔钱呢。"

阿里巴巴生性忠厚善良，未必是怕哥哥告到官府，倒是愿意让哥哥也得到些钱财，不仅把山洞的地点说了个一清二楚，还把开门的暗语也告诉了他。

第二天，天还没亮，卡西姆便起床了。一切准备妥当，他赶着十头毛驴，驮着十口箱子，向山林进发了。他走了不多久，就来到了那块坡地，看到了弟弟提到的那棵大树和那块巨大岩石。卡西姆行至巨石前，大声喊道：

"芝麻，开门！"

石门应声开启。卡西姆见石门开了，立即走了进去，刚一跨进门，石门立即关上了。

卡西姆走进石洞一看，不禁惊喜万分，只见那里堆满了布匹、丝绸、锦缎和地毯，金币、银币、珠宝等更是不计其数，金光闪闪，耀人眼目，只觉得比弟弟阿里巴巴说的还要多得多。卡西姆本是个贪财的人，眼见这么多金银、珠宝，不忍离去，真想住在这山洞之中，整天陪伴着这些钱财。他终于想起了自己的来意，想到洞外还有自己带来的十口大箱子和十头毛驴，于是立即动手，把大袋大袋的金币搬到洞门旁。因为他太兴奋了，眼看的是金币，手搬的是金币，心想的还是金币，竟然把开门的暗语忘了个干干净净。他心慌意乱地大声喊道：

"大麦，开门！"

石门纹丝不动。他又大声喊道：

"高粱，开门！"

石门依旧毫无动静。他接着大声喊道：

"豌豆，开门！"

石门还是不开。他再喊。

"萝卜，开门！"

……

卡西姆几乎把庄稼名都喊遍了，唯独想不起"芝麻"，石门始终一动不动。

卡西姆慌了神，放下沉甸甸的钱袋，挖空心思回想开门的暗语，无论如何也想不起"芝麻"来。他走去用力地推搡石门，石门一动不动；此时此刻，他已心乱如麻，不知所措，时而望望满石洞的金银财宝,时而望望紧闭的石门……

卡西姆丧命

时近正午,盗匪们纵马向石洞方向开来。他们老远便发现石洞门前有数头毛驴,每头毛驴驮着一口箱子,断定有什么情况发生,于是快马加鞭急赶而来。

身在石洞中的卡西姆听到马蹄声,知道有人来,心里更加慌乱。

盗匪的首领离鞍下马,站在石门前,高声喊道:

"芝麻,开门!"

石门应声开启。卡西姆见石门打开,急忙向外冲去,与盗匪首领撞了个满怀,顿时跌倒在地。一个盗匪一个箭步冲上去,手起剑落,卡西姆顿时倒在血泊之中。

盗匪们进洞一看,发现有几袋金币在门口堆着,立即将之搬回到原地。他们发现洞中的金币确实少了一些,但并不在意,只是觉得奇怪的是:此石洞周围地势险要,常人很难来到这个地方,谁又能得知开门的暗语,竟能闯进洞中来呢?

盗匪们思来想去,不知道开门的秘密是怎样泄露出去的,一气之下,将卡西姆的尸首截为四块,石门的两侧各挂上两块,以此警告来洞中盗财宝的人。

盗匪们一阵忙碌之后,走出石洞,盗首喊了一声:"芝麻,关门!"石门应声关上。他们获悉一支商队将打附近经过,一个个翻身上马,扬鞭策马拦截商队去了。

当天夜里,卡西姆的妻子左等右等不见丈夫回来,心中甚是不安。她跑到阿里巴巴家,对阿里巴巴说:

"兄弟,你哥哥到现在还没回来,我真有些担心哪!你哥哥去哪儿了,你是知道的。我真怕他会出什么事……"

阿里巴巴猜想卡西姆肯定遇上了什么麻烦,如若不然,他不会这么老晚还不回来。但阿里巴巴显得很镇静,安慰嫂子说:

"嫂嫂,或许哥哥怕别人看见他,有意绕道回城,会迟些时候才到家的。你耐心等一会儿吧!"

卡西姆的妻子回到家中,心急火燎地等着丈夫回来。可是,时已深更,仍不见人回,禁不住低声抽噎起来,暗暗自责道:"都是我不好……我为什么把阿里巴巴的秘密泄露给他,致使他财迷心窍,自找罪受!"

卡西姆的妻子忐忑不安,如坐针毡,一夜没有合眼。

第二天一大早,卡西姆的妻子来到阿里巴巴家,求弟弟去找卡西姆。

阿里巴巴安慰嫂子一番,随后赶着三头毛驴,向山中走去。

阿里巴巴来到巨石前,见那里有血迹,立即意识到凶多吉少。他走近石门,高声喊道:

"芝麻,开门!"

石门应声开启。他走进石洞,眼见哥哥卡西姆的尸首被分割成四块,石门两旁各挂着两块,不禁惊恐万分。他急忙收起卡西姆的碎尸,又搬了几袋金币,绑成两个驮子,用柴火掩饰好,念了暗语,关上石洞门,赶着毛驴下山了。

阿里巴巴把驮着金币的毛驴赶回自己家中,吩咐妻子把金币藏起来,只字未提卡西姆的情况。接着,他又把驮哥哥卡西姆碎尸的毛驴赶到嫂子家。

走来开门的是卡西姆家的女奴,名叫麦尔加娜。

麦尔加娜聪明伶俐,颇会办事。阿里巴巴把箩筐卸下来之后,把麦尔加娜拉到一边,小声对她说:

"我有事要对你说,你千万不要对外人讲。"

麦尔加娜说:"我会照你的话做的。"

"你家老爷的尸首就在这箩筐里,我们一定要按他寿终正寝来安葬他;我想,你一定知道该怎么办。"

"你放心就是了。"

随后,阿里巴巴走去见嫂子。嫂子一见他便问:

"他叔叔,你哥哥情况怎样?"

阿里巴巴把情况一五一十给妻子讲了一遍,并叮嘱她说:

"嫂子,千万不要把事情的真相泄露出去!"

阿里巴巴又说:

"该发生的事情,是一定要发生的。事情已成这样,我们只有好好保密,才能守住我们的财产。"

卡西姆的妻子一听丈夫已死,泪流满面地对阿里巴巴说:

"生死由命,富贵在天,我记住了,一定好好保密。"

"安拉安排定的事,人是无法改变的。赞美安拉,给了我一笔财产,够我们用的了。待你守丧期满,我便娶你为妻,会使你得到幸福的。我的妻子善良贤惠,不会嫉妒你,也不会和你过不去的。我们要好好安葬我的哥哥,让外人认为他是得病而死。这件事,我已交给麦尔加娜去办;当然,我也会为此事而尽力。"

卡西姆的妻子听阿里巴巴这样一说,心想阿里巴巴有了钱,说不定比自己的钱还多;再说,他发现了宝库,日后不愁钱花,于是说道:

"既然你觉得这样好,就照你的意思办吧!"

说罢,阿里巴巴离开那里,去找麦尔加娜商量安葬哥哥卡西姆的事情,然后才牵着毛驴回自己的家去。

阿里巴巴走后,女奴麦尔加娜来到一家药铺,说他要给一个神志不清的人买一剂药,药铺老板问:

"你家谁病了?"

麦尔加娜说:

"我家主人卡西姆老爷病了。几天以来,他吃不下饭,喝不下水,看上去很危险呀!"

老板给了她药,她拿着药回家去了。

次日早上,麦尔加娜又来到药铺买了一剂药。老板问她:

"你家老爷的病情如何?"

麦尔加娜叹了口气,说:

"不大好啊!恐怕这剂药还没吃下去,人就不在了。"

那天,邻居们看见阿里巴巴和她妻子不住地出入卡西姆的家门,满面愁容,忙了整整一天。麦尔加娜买药回来时,卡西姆家传出一阵悲痛的哭泣声。麦尔加娜对人们说:

"想不到,我家老爷连这剂药都没来得及服,他就归真了。"

第三天清早,麦尔加娜戴上面纱,来到一家修鞋铺,找到老皮匠穆斯塔法,给了他一枚金币,然后说:

"老人家,跟着我到我家去一趟吧!但要蒙上你的眼睛。"

老皮匠说:

"我可不能去干那种见不得人的事情啊!"

麦尔加娜说:

"我怎会让你去干那种事呢?那是安拉不允许的。"

说罢,又往老皮匠手里塞了一枚金币,并说:

"你只管放心,跟着我去就是了。"

麦尔加娜掏出手帕,把老皮匠的双眼蒙上,领着他来到了主人家。她把老皮匠带到停尸房,那里黑洞洞的。她给老皮匠解下手帕,说道:

"皮匠师傅,你把这具碎尸缝合起来吧!做完活,我再给你一枚金币。"

老皮匠穆斯塔法按照麦尔加娜的叮嘱,把碎尸缝合好,麦尔加娜给了他一枚金币,然后用手帕把他的双眼蒙上,把他送回修鞋铺去。麦尔加娜叮嘱老皮匠不要把此事告诉别人,然后离开那里;怕人盯梢,她走了一段弯路之后,方才放心回家。

回到主人家中,她与阿里巴巴一起,用热水洗过卡西姆的尸首,再为他裹上殓衣,放在干净的地方,做好葬前的一切准备,才去清真寺向伊玛目报丧,请求他为死者诵经、祈祷。

伊玛目随麦尔加娜来到家中,为死者祈祷、诵经之后,由四个人抬着棺木,向坟茔走去。麦尔加娜走在送葬队伍的前面,只见她披头散发,捶胸顿足,痛哭失声。走在最后面的是阿里巴巴,由一些邻居陪伴着。

他们一直把死者送到坟茔,埋葬完毕,方才各自回家。

卡西姆的妻子一直呆在家中,吊丧的人络绎不绝,要她节哀。由于阿里巴巴和麦尔加娜的巧妙安排,关于卡西姆丧命的真实情况,外人都不了解。

四十天丧期过去了,阿里巴巴拿出四分之一的家产作为聘礼,娶嫂子为妻;因为这在当时当地是件普通、平常之事,没有引起人们的任何议论。

阿里巴巴有一个儿子,跟一个大商人学做生意,颇得门道,卡西姆原来经营的那个店铺由阿里巴巴的儿子重新开业经营。阿里巴巴向儿子许诺,如果他能把店铺经营好,日后一定给他娶个好媳妇。

盗匪三次进城

一天,盗匪们来到石洞,发现碎尸不翼而飞,而且金币也少了几袋。盗匪首领说:

"看来我们的秘密被人发现了;若不查出发现我们秘密的那个人,我们这些金银财宝总有一天会丢光的。"

盗匪们听首领这么一说,都表示一定要把那个得知开门暗语的人抓来杀掉。

首领又说:

"要想查出那个人,最好的办法是派一个人进城去探听消息;弄明情况后,我们再派人去抓他。不过,我有话说在前头:谁能完成这项任务,定有重赏;若完不成,那就只有提着脑袋来见我。"

话音未落,一个盗匪站起来说:

"我去完成这项任务!若完不成任务,甘愿听候首领发落,就是为此豁出一条命,我也认为是给自己增光添彩。"

首领说:

"好样的!"

那盗匪经过一番精心化装,于当天夜里潜入了城中。

第二天天刚蒙蒙亮,盗匪便来到了大街上。他发现只有一家修鞋铺子开着门。盗匪走进铺子,说:

"老人家,你好哇!天还这么黑,你就开始做活,能看得见吗?"

皮匠穆斯塔法说:

"你是外乡人吧!别看我这么大年纪,眼神好着呢!前些天,我还在一间黑洞洞的屋子里,给人家缝合了一具碎尸呢!"

盗匪一听,觉得自己的任务完成有望,故意不相信地说:

"老人家,你真会开玩笑。你该是在黑屋子里为死人缝制了一身殓衣吧?"

"不是殓衣,而是碎尸。这件事与你无关,我用不着细说了。"

"老人家,我不想打听什么秘密。不过,我有些不大相信,天下竟有这样的新鲜事。这样的事儿出在哪家呀?"

说着,盗匪掏出一枚金币,塞在了老皮匠的手里,然后问道:

"你前些天给谁家做了那样一件新鲜活儿?"

老皮匠把情况向盗匪讲了一遍,盗匪说:

"你能带我到那里去一趟,或者能把那个地方告诉我吗?"

老皮匠说:

"不过,当时我的眼睛被蒙着,有人领着我去的。"

盗匪说:

"就是蒙着眼睛,想必走了多少路,你还会记得的。这样吧,我把你的眼睛蒙上,我跟着你一道走,说不定会走到那家门前。"

说着,盗匪又往老皮匠手里塞了一枚金币。

两枚金币拿在手里,老皮匠真动心了,他说:

"走了多少路,我倒记得。既然你来求我,我就试一试吧!"

穆斯塔法把两枚金币装在口袋里,随后离开铺子,带着盗匪来到麦尔加娜给他蒙眼睛的地方,让盗匪用手帕把他的眼睛蒙住。老皮匠边走边数着步子,不多时停了下来,对盗匪说:

"那个女仆带我来的地方就在这里。"

这时,老皮匠和盗匪站的地方就是卡西姆的宅门前;而如今换了主人,住在里面的是卡西姆的弟弟阿里巴巴。

盗匪知道那是老皮匠缝碎尸的地方,断定晓得开启石门秘密的人就住在这里,于是掏出白粉笔在门上画了个记号。之后,盗匪解下蒙在老皮匠眼睛上的手帕,说道:

"老人家,你帮了我的大忙,伟大安拉会嘉奖你的好意的。请告诉我,谁住在这里呀?"

老皮匠说:

"说实话,我不知道。因为我很少到这里来,不熟悉这里的情况。"

盗匪为自己完成了任务而感到高兴,再三谢过老皮匠,打发老皮匠回去,自己急匆匆赶回山洞去了。

盗匪和老皮匠离去不久,麦尔加娜有事外出,刚跨出大门,无意中看见门上有白粉笔画的记号,立即想到有人盯上了主人的家门,不禁暗自一惊。她思考片刻,走去拿来白粉笔,在好几家邻居的门上全都画上了同样的记号,却没有在男女主人面前提这件事。

盗匪回到山洞中,向首领报告了情况。首领听后,决定立即带人下山去抓那个偷碎尸和金币的人。

盗匪数人化装赶至那个探匪作过记号的地方,发现家家门上都有用白粉笔画的记号,而且一模一样,连那个探匪也认不出哪个记号是自己画的。首领问:

"家家门上都有记号,究竟哪家是呀?"

那个探匪说:

"我只在一家门上画了记号呀,怎么现在家家门上都有呢?我实在认不出哪个记号是我画的。"

众盗匪只有原路返回,不敢贸然闯入任何一家。

盗匪们回到山洞,首领说:

"我们白白跑了一趟,险些暴露了我们的身份。我已有言在先,完不成任务者,只能提着脑袋来见我!"

说罢,首领示意手下人将那个进城探听情况的盗匪拉出洞外杀掉了。

首领接着对众盗匪说:

"为了保住我们的金银财宝,我们必须把那个知晓开门暗语的人抓到。谁愿意去完成这个任务?"

一个盗匪站起来,对首领说道:

"我愿意去!我相信我一定能完成这个任务!"

首领立即表示同意派他去,且强调说完成任务有重赏,不然,只有提着脑袋来见他。

第二个盗匪满怀立功受赏的希望,当夜进到城中。他采用同样的办法,买通了老皮匠,轻易地找到了卡西姆的住宅,在常人不大留意的门柱上,用红粉笔画了个记号,之后迅速返回山洞,得意洋洋地向首领报告说:

"我已准确地找到了那家人的住宅,在人不留意的地方画上了红记号,一眼就能认出来。"

那个盗匪刚离去不久,麦尔加娜出门时,仔细观察自家大门,发现门柱上有红粉笔画的记号,立即悟到事态严重,遂走去拿了一支红粉笔,在好几家邻居的门柱子上画了同样的记号,与上次一样,没有对主人讲此事。

第二个探匪回山洞报告了情况,首领决定马上进城。

盗匪们进到城中,来到第二个探匪侦查到的地方,却发现家家户户的门柱上都画着同样的红粉笔记号,无法下手,只有回返山洞。

盗匪首领回到山洞,怒不可遏,大发雷霆,下令处死了第二个探匪。

两次打探活动失败,盗匪首领心想:"两个探子,连续失败,先后丧命,看来没有人敢去了。我必须亲自下山,方才能探听清楚。"

盗匪首领决心下定,随即策马进城。

盗匪首领找到那个老皮匠，塞给他许多枚金币，老皮匠领盗匪首领找到了缝碎尸的那家门口。盗匪首领知道画记号是没有用的，只是仔细观察了那家住宅周围的环境，牢记在心中，然后快马返回山林。

女奴滚油浇众匪

盗匪首领赶回山洞，对众盗匪说：

"我已把地点侦查清楚，这一下就可以抓到盗我们宝库的那个人了。"

接着，首领把下山的计划和安排向盗匪们讲了一遍，众盗匪立即分头开始行动。他们从周围的村庄里买来十九头毛驴和三十八口大坛子，其中一口坛子里装满油，另外的三十七口坛子，每口坛子里藏一个盗匪，每头驴子驮两口坛子。一切准备就绪，盗匪首领化装成商人模样，带着驴队下山了。

盗匪首领带着驴队进到城里，天色正好暗下来。

盗匪首领的驴队穿小巷过大街，来到了阿里巴巴的住宅门前。

当时，阿里巴巴刚刚吃过晚饭，正在门外散步。盗匪首领走过去，问好之后，说：

"我是做贩油生意的商人。我打外地贩来这么几坛子油，准备明天去市场上卖。今天天色已晚，想在你府上借宿一夜，喂一喂牲口，明天一早好上市场，老乡能给个方便吗？"

阿里巴巴不久前藏在大树上看见的那个喊"芝麻，开门"的盗匪首领就是眼前要求借宿的这个人，但他已完全认不出来了。他听说来人想借宿一夜，没有多加考虑，马上说：

"没有什么不方便的，欢迎，欢迎！"

说完，阿里巴巴领着"商人"及其驴队进了自己的宅院，并且吩咐家仆：

"喂，麦尔加娜，来客人啦！赶快给客人准备饭菜，安排客房！"

盗匪首领卸下驮子，摆放整齐，给驴子喂上草料，然后吃饭去了。

盗匪首领吃罢饭，阿里巴巴又叮嘱麦尔加娜：

"好好招待客人，不要怠慢他们！明天一早，我要去澡堂沐浴，给我准备一套干净衣服，让家仆阿卜杜拉给我送来。此外，还要熬锅肉汤，以备我回来后吃。"

麦尔加娜说：

"老爷，我都记住啦！"

阿里巴巴随即回卧房休息去了。

匪首吃过饭，又去看了看他的牲口和"油"坛子。

匪首见主人已睡，便走到那些坛子跟前，悄声对藏在坛子里的盗匪们说：

"夜半时分，我以掷石子为号，你们立即出来，听我指挥！"

匪首离开牲口圈，在麦尔加娜引领下，穿过厨房，走到为他安排好的客房。麦尔加娜说：

"还需要什么东西吗？"

匪首说：

"谢谢！不需要什么啦！"

麦尔加娜离去，匪首便上床休息。

麦尔加娜为主人取出一套干净衣服，交给男仆阿卜杜拉，然后开始给主人熬肉汤。

过了一个时辰，麦尔加娜发现油灯不亮了，一看才知灯里的油点尽了。她正发愁没有灯

油之时,阿卜杜拉走进来,说:

"后面不是放着几十坛子油吗?"

麦尔加娜手里拿着罐子,来到油坛子前,忽听坛子里传出人的低声问话:

"到时候了吗?"

麦尔加娜一惊,慌忙后退了一步,急中生智,随机应变,悄声说:

"还不到时候。"

麦尔加娜心想:"原来坛子里装的不是油,藏的是人……肯定不是什么好人,那商人也不是什么好商人,一定有什么阴谋。"她急忙走到每个坛子跟前,小声说了"还不到时候"。她联想到几天以来门上出现的白、红两色粉笔记号,心想:"我们主人的秘密定是被匪徒们发现了,他们要来进行报复……"

麦尔加娜走到最后一个坛子前,发现里面装的是油,于是弄了一满罐子油,回到厨房,给灯添上油,然后取来油锅,将罐子里的油倒进锅里,架在火上将油烧开。之后,她把滚烫的油装在罐子里,走去给每个坛子里浇进一瓢沸油,藏在坛子里的盗匪们——被烫死在坛子里,无一能够幸免。

麦尔加娜悄悄用滚开的油浇死了众盗匪,然后不声不响地回到厨房,拨小灯头,继续为主人熬肉汤。

一个时辰未过,盗匪首领推开窗子,向油坛子投了一个石子儿,却不见动静。片刻后,他又投了一个石子儿,仍不见有反应。接着,他投出第三颗石子儿,依旧寂静无声。他心想:"也许他们睡着了……"于是急忙走去。

匪首走到坛子跟前,一股油腥味扑鼻而来。他朝坛子里摸去,发现伙伴们都已被热油烫死。他再去看那装油的坛子,发现里面的油没有了。他立即意识到自己的阴谋已经败露,如果不马上逃离,恐怕自身难保,于是急匆匆冲入花园,翻墙而过,狼狈逃命去了。

麦尔加娜听到了投石子儿的声音,而且看见盗匪首领走出了房间,却久久不见他回来,断定他跳墙逃跑了。这时,她的心方才安静下来,上床休息了。

次日一大早,阿里巴巴在男仆阿卜杜拉的陪伴下前往澡堂沐浴,对昨晚发生的事情一无所知。

阿里巴巴洗澡回来,太阳已经升起。他看见驴子和油坛子都在原处,觉得很奇怪,心想:"商人为什么不赶早收拾东西到市场上去呢?"

于是他去问女奴麦尔加娜:

"喂,麦尔加娜,客人为什么还不带着自己的货物到集市上去呢?"

麦尔加娜说:

"老爷,愿安拉为你延年添寿,让你活一百三十岁!老爷,你到后面去看看那个商人带的货吧!"

麦尔加娜领着主人来到一个坛子旁,说:

"老爷,你看看这坛子里装的是什么东西吧!"

阿里巴巴走近仔细一看,见里面藏的是一个男子,吓得转身就跑。

麦尔加娜说:

"老爷,不要害怕!那里面的人都是死人。"

"我们的大祸刚刚过去,怎么又有人来暗算我们呢?"

"老爷,过一会儿,容我给您慢慢讲来。老爷先看看这些大坛子里装的都是些什么东西吧!"

阿里巴巴走去一看,发现每个坛子里都有一个全副武装的家伙,但都已被沸油烫得面目皆非。阿里巴巴看过,不禁目瞪口呆。过了一会儿,他才问:

"那个油商哪里去了?"

麦尔加娜把阿里巴巴领进屋子,让他坐下来,然后说:

"老爷,看来那个人并不是什么贩油的商人,而是一个坏蛋。"

"何以见得呢?"

"老爷,过一会儿,我再给您细细讲。肉汤已经炖好,我这就去端来,请老爷先用一点儿吧!"

麦尔加娜端来肉汤,阿里巴巴喝了一碗,然后说:

"麦尔加娜,究竟发生了什么事情,给我从头到尾仔细讲一遍吧!"

"老爷,昨天晚上,您吩咐我炖肉汤并令我准备干净衣服之后,就去休息了。我准备好衣服,交给阿卜杜拉,接着便进厨房点火炖肉汤。时隔不久,我发现油灯灯头渐小,一看才知道灯里没油了。我正发愁之时,阿卜杜拉走来,知道我在因灯里没油而发愁,他就说:'后面不是放着几十坛子油吗?'他这一提醒,我才想起那些坛子。我走到坛子旁,忽听坛子里有人说:'到时候了吗?'我听后一惊,慌忙后退了一步,心想那油商不是什么好人,定有什么阴谋。于是,我走过去,小声说:'还不到时候。'我走过一个个大坛子旁,向藏在坛子里的人都说了一遍。这时,我相信他们是一帮坏人,是来谋害老爷的。当我走到最后一个坛子跟前时,发现那里面装的是油,我便从里面弄出一大罐子油,回到厨房,弄来油锅,将油烧开,然后把滚烫的油浇进坛子里,就这样,把那些坏家伙全烫死了。之后,我回到厨房,把灯头拨小,静静地注视着那个自称商人的家伙的举动。大约半夜时分,那个商人往坛子群里投了三次石子儿,都没有听见藏在坛子里的人有什么动静,他才走去看。我想他知道他的人都已经被沸油烫死,也就不敢行动了……"

"他现在在哪里?"阿里巴巴急切地问。

"我没有听见开门的响声,猜想他跳墙逃走了。"

"是这样……"阿里巴巴惊魂仍未安定下来。

麦尔加娜又说:

"前些日子,还发生过一件事,我当时未敢惊动老爷。"

"什么事呢?"阿里巴巴问。

"我连续两天发现门上有用白、红粉笔画的记号,当时,我就想八成我们的家门被坏人盯上了,他们用画记号的办法认我们的家门,所以我也效仿他们的办法,把邻居家的门上也都画上了记号,而且一模一样,他们也就认不出来了。老爷说看见了四十个盗匪,恐怕这些家伙就是那些坏蛋。他们已经死了三十七个,还有三个活着,定会来进行报复,老爷务必提防才是。"

阿里巴巴听麦尔加娜这样一说,觉得她的猜想很有道理,打内心里感激不尽。他说:

"麦尔加娜,好机警、聪明的姑娘!我该怎样感谢你呢!"

"我是您的女奴,理当为老爷效力。依奴之见,快把那些死尸埋掉吧,免得秘密泄露出去。"

阿里巴巴唤来男仆阿卜杜拉，令他在花园的树旁挖了个大坑，把尸体全都埋了起来。之后，他又让阿卜杜拉把驴子牵到集市上，分批卖掉。

阿里巴巴相信麦尔加娜的猜测，认为尚有三个盗匪活着，因此时刻保持警惕，以防不测。

盗匪首领丧命

盗匪首领只身一人逃回山林，想到四十个人就只剩下自己，自觉好不凄凉，他甚至再不敢进石洞去看他们抢劫的那些金银财宝。

那匪首终于冷静下来，心想："我一定要报这个仇；如若不然，这石洞中的宝物也保不住，总有一天会让阿里巴巴拿光。"于是，他又想出了一个计谋。

几天之后，他更名改姓，化名盖赫沃吉·哈桑，在城里开了一家绸布店，与阿里巴巴的儿子经营的那家店铺正好相对。

盖赫沃吉·哈桑运来大批绸缎，铺面显得颇为像样，与邻居诸家老板来往甚多，待人接物亦很慷慨大方，很快和大家混得很熟。他得知对面那家店铺的小老板是阿里巴巴的儿子，便对他格外热情起来，不时请他来店里坐上一坐，常常送点儿小礼物，一块儿吃饭交谈。

阿里巴巴的儿子觉得绸布店老板盖赫沃吉·哈桑对自己甚好，便对父亲说了，并求父亲备置酒席，请绸布店老板来家里做客。阿里巴巴一口答应。

第二天，阿里巴巴的儿子来请盖赫沃吉·哈桑去他家吃饭。

说来也怪，当盖赫沃吉·哈桑跟着阿里巴巴的儿子来到阿里巴巴家门口时，心想报仇的时候终于来临了，但却故意逡巡不前，不想进门。

这时，阿里巴巴走了出来，向盖赫沃吉·哈桑问好，并且说：

"尊贵的客人，你对我儿子那么好，使我感激不尽。既然来到家门口，怎么不进来坐一坐，容我们款待贵客一番呢！"

盖赫沃吉·哈桑假意说：

"你的儿子很懂事，言谈举止非同一般人，而且很会做生意，前途无量，我很喜欢他。不过，我今天不便久坐，日后再来拜访吧！"

阿里巴巴说：

"尊贵的客人，我有意招待您，您怎好不赏光呢？"

"主人先生，您有所不知，我因身体欠适，不能吃放盐的饭菜，故不便在贵府做客。"

"不吃盐，这事好办。现在厨娘正在准备饭菜，我告诉她不加盐也就是了。"

这个佯装为绸缎商的盗匪首领见报仇的时机已来到，也就毫不推辞进门做客了。

宾主坐下，阿里巴巴走去吩咐正在准备饭菜的麦尔加娜，说道：

"喂，麦尔加娜，今天来的客人不吃盐，菜里千万不要放盐。"

麦尔加娜一听，便知道了不吃盐的意思，心中一惊，忙问：

"不吃盐，这位客人是谁？"

"管他是谁，你听我的吩咐就是了。"

"遵命！我一定照办。"

麦尔加娜备好饭菜，男仆阿卜杜拉走去摆好桌椅。

麦尔加娜端菜上饭时，一眼认出今天那位不吃盐的"客人"并不是什么绸缎商，而是那个寻机报复的盗匪头子，不禁心中一惊。她稍稍留心一看，发现他外袍里藏着一把短刀，心想："好一个不吃盐的家伙，来者不善啊……我今天决不能放过他！"

阿里巴巴陪盖赫沃吉·哈桑吃罢饭，洗过手，麦尔加娜和阿卜杜拉收拾好碗碟，又端上酒杯、酒壶和水果、甜点。一切摆置停当，麦尔加娜和阿卜杜拉一起退下。

盗匪头子盖赫沃吉·哈桑眼见面前只剩下阿里巴巴和他的儿子，心想："机会来了……杀死这两个人，我就可以像上次那样跳墙逃走……不过，要等到那两个仆人都去休息后再动手为妙……"他不时地摸摸袍下的那把短刀。

麦尔加娜暗中盯着那匪首的举止，心想："这一次决不能让这个强盗头子逃掉！"想到这里，她脱去外衣，换上一件舞裙，头上缠起一块色彩鲜艳的头巾，戴上面纱，腰间束上一条绸带，别上一把手柄上镶嵌着珍珠宝石的匕首。之后，她让阿卜杜拉拿着铃鼓，二人来到客厅，说：

"老爷，尊贵的客人，让我为你们跳个舞，为你们开怀畅饮助兴吧！"

阿里巴巴说：

"尊贵的客人，这是我家的女奴和男仆，想图个热闹，请勿见笑。"

麦尔加娜得到主人的同意，阿卜杜拉打起铃鼓，麦尔加娜且歌且舞。

盖赫沃吉·哈桑眼见这个舞女在自己的面前转来转去，不停地舞蹈，不住地歌唱，心想："这岂不白白送掉了我动手报仇的良机……"

麦尔加娜的舞兴特别浓，舞姿显得格外优美，动作潇洒自如，时而拔出腰间的匕首显示出自卫的姿态，时而又像要把匕首插向自己的胸膛，使人看后觉得眼花缭乱，猜测不出舞姿的含义。

一阵急促的铃鼓声过后，麦尔加娜的舞蹈结束了。她气喘吁吁地从阿卜杜拉手里接过铃鼓，一手拿着匕首，一手端着铃鼓，就像卖艺人向观众讨钱那样，一一走过宾主面前。阿里巴巴首先向铃鼓中投了一枚金币；继之，他的儿子也向铃鼓里扔了一枚金币。当麦尔加娜来到客人面前时，盖赫沃吉·哈桑从怀中掏出一枚金币，正要往铃鼓里搁时，麦尔加娜手疾眼快，举起匕首一下刺入了他的胸膛，只见鲜血直流，这位客人登时一命呜呼。

阿里巴巴及其儿子眼见客人死去，不禁大惊失色。过了好大一会儿，阿里巴巴才说：

"麦尔加娜，你这个该死的丫头！你闯下大祸啦！你毁了我，也毁了我一家呀！"

麦尔加娜说：

"老爷，不是的，我救了您，也救了您一家。您掀开他的袍子看一看，他身上带的是什么！"

阿里巴巴走去一掀客人的袍子，见他怀里揣着一把短刀，这才恍然大悟。

麦尔加娜说：

"老爷，您今天招待的不是什么贵客，也不是绸缎商，而是前两天来过的那个油贩子，就是那四十个盗匪的头子。他说不吃盐，意思是说不到您家做客，要到贵府寻机报仇。"

阿里巴巴终于想起在山中第一次看见盗匪的情景，又想到卡西姆的碎尸，不禁出了一身冷汗。他说："麦尔加娜，好姑娘，你两次从盗匪头子的手下救了我的命，我应该报答你的救命之恩啊。"阿里巴巴思考片刻，然后说：

"麦尔加娜，我的好姑娘，我现在宣布释你为自由人，不再是我的女奴了。你忠诚、老实、机智、勇敢，我要把你许配给我的儿子，愿你俩成为恩爱夫妻。"

阿里巴巴转过脸去,对儿子说:

"孩子,麦尔加娜是个聪明、善良、勇敢的姑娘,她胆大心细,两次救了我的性命,功劳非同寻常。我今天才认清了这个假绸缎商、真盗匪头领的面目。正是麦尔加娜姑娘救了我们一家人。你就与她结为百年之好吧!"

儿子欣然同意父亲的安排。

之后,他们一起动手,把盗匪头领的尸体埋在花园的树下。他们对此事一直严格保密,没有向外人透漏任何消息。

尾　　声

过了几天,阿里巴巴请来法官和证人,为儿子和麦尔加娜写了婚书。一切准备就绪,便择定吉日良辰,为儿子举行隆重的结婚典礼,摆筵席,请宾客,张灯结彩,鼓乐齐鸣,热闹非常。

四十名盗匪,只死去三十八个,还有两个下落不明,因此阿里巴巴整整一年时间,没有到山里去,唯恐出现不测。

一年过去了,那两名盗匪从不曾露面,故阿里巴巴认定他俩也已死去,这才来到石洞前,大声喊道:

"芝麻,开门!"

话音刚落,石门大开。阿里巴巴走进山洞,见那里的东西不曾有人动过,甚感放心。这时,阿里巴巴才相信自己是世上唯一掌握宝库秘密的人,庆幸自己运气好,由一个卖柴为生的穷苦人,一下子变成了富翁。阿里巴巴带着几袋子金币,回家去了。

后来,阿里巴巴把开石门的秘密告诉了儿子,儿子又告诉了孙子,子子孙孙都过着富裕的生活。

阿里巴巴的子孙都很珍惜他们的好运气,从不骄奢淫逸,所以代代兴旺,久为后世之人传颂。

(《阿里巴巴与四十大盗·金银城》。中国华侨出版社 2000 年版)

作品内容提问

1. 阿里巴巴藏身在什么地方从而偷听到了强盗首领说的"芝麻,开门"的暗语?
2. 阿里巴巴的妻子到哥哥家借了两件什么物品要去量金币?
3. 老皮匠因贪财向强盗泄露了阿里巴巴哥哥家的地址,完事后老皮匠怎么了?
4. 匪首走到装油的坛子跟前,发现同伴都被热油烫死了,于是他马上做了什么事儿?
5. 麦尔加娜杀死匪首后,阿里巴巴给了她什么样的奖赏?

导读

《一千零一夜》(又译《天方夜谭》,6—8 世纪),著名的古代阿拉伯故事集。高尔基称赞它是民间文学"一座最壮丽的纪念碑"。全书共有134个大故事,每个大故事又包括若干小故事,共计264个故事。这本书并不是一位作家的作品,而是中近东广大地区的文人学者、市井艺人等在几百年的时间里收集、提炼、加工、整理而成的智慧结晶。《一千零一夜》奇幻色彩浓厚,同时又反映了广阔的社会现实,从多个侧面描绘了阿拉伯及其周边地区国家的社会生活和风土人情。同时,很多故事也体现了当时社会的价值观念——对邪恶势力的憎恨和积极反抗,以及对智慧、善良、美好品德的热烈赞美和追求。《一千零一夜》涉及的思想内容十分广泛。《巴格达窃贼》、《白侯图的故事》、《渔翁的故事》等赞美了劳动人民的才智;《山鲁佐德和国王山鲁亚尔的故事》、《死神的故事》、《驼背的故事》等反映了现实的残酷和不同阶级之间的尖锐对立;《乌木马的故事》、《努伦丁和迪伦丁的故事》、《巴索拉银匠哈桑的故事》等歌颂了忠贞的爱情和对于幸福生活的追求;《辛伯达航海旅行的故事》表现了中古阿拉伯商人追求财富的冒险精神,塑造了辛伯达这个英勇、无畏、智慧,同时又不惜一切攫取利益的冒险家形象。作品中很多故事都成为经典,流传至今,比如《阿里巴巴与四十大盗》、《阿拉丁和神灯》等等。故事集体现了民间文学鲜明的艺术特色:一是具有浓烈的浪漫主义奇异想象;二是独特的"故事套故事"的框架式结构;三是散文和韵文相结合的文体。《一千零一夜》成书后在阿拉伯地区广为流传,18世纪初传至西方,20世纪初传到中国,成为世界范围内的重要作品。

《阿里巴巴与四十大盗》是《一千零一夜》中的著名故事,通过讲述阿里巴巴智斗强盗,塑造了多个栩栩如生的人物形象,也反映了古代阿拉伯弃恶扬善,鼓励追求财富利益的道德观念和价值取向。故事中的人物形象个个性格鲜明:阿里巴巴聪明又善良,偷听到强盗们的暗语,多次冒险进入山洞获得财富,并对每个人都以诚相待,慷慨大方;麦尔加娜机智果敢,总能识破强盗们的诡计,并迅速采取行动,对主人忠心耿耿;阿里巴巴的哥哥卡西姆和嫂子贪图利益,耍小聪明,最终付出惨痛代价;强盗首领阴险狡诈,善于伪装,处心积虑地谋害阿里巴巴一家。每个人物都被塑造得有血有肉,立体丰满。同时,这些形象的性格设定包含着作者的价值判断。卡西姆唯利是图的本性使得他在进入洞穴后忘乎所以,才招致杀身大祸,正是他贪婪的性格弱点害了自家性命。与卡西姆相似,强盗首领虽然用尽手段,最后还是被麦尔加娜识破诡计。而阿里巴巴的善良真诚却往往能为他赢得意外之财,子孙后代都享受荣华富贵。这里体现着古代阿拉伯"善有善报,恶有恶报"的朴素的价值观念。另外,对财富的追求体现了对美好生活的憧憬。故事中的人物表现出对财宝的热切渴望,幸福生活的结局是坐拥无尽的财富,正当的获取手段得到了作者的赞扬,而强盗行径则遭到谴责,这里也体现出当时社会对追逐金钱利益的肯定。

《阿里巴巴和四十大盗》是《一千零一夜》整体艺术特色的体现。首先,故事想象丰富,极具浪漫传奇色彩。比如,强盗只需道一声:"芝麻,开门",藏有金银珠宝的山洞便会打开。《一千零一夜》中还有很多神奇的故事,比如一夜之间便能建起宫殿,能够驱使神魔的手杖,飞行于宫中的魔毯等。这些奇妙的想象读来让人瞠目结舌,不禁沉浸在故事营造出来的魔幻境界中。其次,在情节编排上,故事发展曲折离奇,常给人柳暗花明又一村之感。阿里巴巴智斗强盗并不是一次性取得胜利,而是历尽多时,几次三番险些遭到强盗首领的暗算。作者从来没有平铺直叙地描述一段故事,而总是让情节于迂回波动中向前发展。再次,语言生动活泼,浅白自然,尤其是大量俗语、格言、谚语、警句的应用更彰显其民间文学的本色。

41 泰戈尔《摩诃摩耶》

1

摩诃摩耶和罗耆波在河边的一所破庙里相见了。

她默默地用她天生的庄重的目光望着罗耆波，目光中含有责备之意，意思是："今天你怎么敢在这样一个异乎寻常的时刻叫我上这儿来？你敢于这样做，不过是因为我一直对你百依百顺罢了！"

罗耆波一向就有点儿怕摩诃摩耶，现在，她的目光使他完全心慌意乱了。他原来想好的要对她说一大篇话的计划只好放弃了。然而他总得马上说出为什么要约她来这儿啊。于是他匆匆忙忙地说道："我说，我们离开这儿，去结婚吧。"不错，罗耆波这样一口道出了自己的心事；可是他私下里编出来的开场白没有了。他的言语显得非常乏味、唐突——甚至荒谬可笑。他说过以后，自己也感到着慌，可是没有力量再说几句加以补救了。这傻瓜！他约了摩诃摩耶中午到河边这座破庙里来，却只能对她说"我们结婚吧"。

摩诃摩耶是名门之女，今年二十四岁，正当青春美貌的年华，像一座带有早秋阳光色彩的纯金塑像，像阳光里那样宁静而光芒四射，还有着一副像白昼光辉一样的自由无畏的眼神。

她是一个孤儿。由她的哥哥帕凡尼查兰·查托巴迪雅照管。兄妹俩同一个类型——沉默寡言，可是有一种内在的精神力量像正午的太阳那样静静地燃烧。人们不知为什么都害怕帕凡尼查兰。

罗耆波是跟着这儿丝厂的菩罗先生从远处来的。他的父亲曾为这位先生工作；他死后，菩罗就担负起抚养这个孤儿的责任，带他到巴曼哈第厂来。当年，这些大人先生们倒是常做些这类善事的。这孩子和喜爱他的姑母住在帕凡尼查兰家的附近。摩诃摩耶是罗耆波幼年的伴侣，很得他的姑母的欢心。

罗耆波长到十六岁、十七岁、十八岁，甚至十九岁了；然而，尽管他姑母不断催促，他依然拒绝结婚。菩罗先生听到这个孟加拉青年竟有这种不寻常的见识，大为高兴，认为罗耆波是拿他作为生活的典范的。（我不妨在这儿附带说明，这位先生是一个独身汉。）罗耆波的姑母不久就死了。

摩诃摩耶呢，除非她有一份丰厚的嫁妆，否则就得不到一个门当户对的人做她的新郎。她长大成人了，可是还待字闺中。

不必明说，读者也能知道，虽然系红线的神长久忽略了这一对青年，但爱神在这一段时间内并未闲着。当主管宇宙的老神打瞌睡的时候，年轻的爱神却是异常清醒的。

爱神的影响在不同的人身上有着不同的表现。罗耆波在他的鼓舞之下一直在寻找机会吐露自己的心曲。摩诃摩耶却从不给他这样一个机会。她的沉默的庄重的目光使怀着狂热的心的罗耆波感到胆寒。

今天，他郑重地千恳万求，她才应允到这座破庙里来。他曾经计划过要在今天毫无拘束地将所有要说的话都讲给她听；这以后，对他来说不是终身幸福，就是虽生犹死。可是，在这决定命运的紧要关头，罗耆波却只说"我们离开这儿，去结婚吧"，说完便站在那里惶惑不安，像一个背不出书的孩子一样一声不响了。

她很久未作答复，好像她从来没有想到过罗耆波会向她求婚。

正午有它独特的许多不可名状的哀音；此刻，一片寂静，这些声音清晰可辨了。破了的庙门，一半已经脱离门枢，在风中时开时闭，低低地发出吱吱的悲鸣。栖息在窗棂上的鸽子开始了咕咕的呻吟。在户外木棉树上的啄木鸟不停地送来单调的啄木声。一只蜥蜴从一堆一堆的枯叶上急爬过去，发出沙沙的响声。忽然间，一阵热风从田野吹来，穿过树林，使得叶子都簌簌地响了起来。河水猛然苏醒了，泛起涟漪，掠向岸边，淹没了河边上的破石台阶。在这些零零乱乱懒懒散散的声音里还传来远处树荫中牧童吹奏乡下小调的笛声。罗耆波靠在神庙的破柱子站着，像一个疲倦的做着梦的人。他凝视着河流，不敢正眼看摩诃摩耶。

过了一会，他回过头来向摩诃摩耶又投出乞求的眼光。她摇了摇头，回答说，"不，不可能。"

立刻，他的希望的殿堂倒塌了。他知道，摩诃摩耶一摇头，便是主意已定，人间谁也无法扭过她来了。摩诃摩耶家多少代以来就以名门望族的血统自豪——她怎么能同意下嫁给罗耆波这样一个家世低微的婆罗门呢？恋爱是一回事，婚姻又是另外一回事啊。她现在终于明白了，是自己过去轻率的行动使得罗耆波怀有这样大胆的希望；她立刻准备离开这所破庙。

罗耆波了解她的心意，赶紧说，"我明天就离开这里。"

最初她想对这个消息表示毫不在乎；可是她做不到。她想离开，她的脚不肯动。她平静地问道，"为什么？"罗耆波说，"我的东家从这儿调到梭那普尔的工厂去了。他要带我一起去。"她又默默地站了好半天，沉思着："我们不是一条路上的人。我也不能希望一个男子在我眼前终身做囚犯。"她于是略略张开紧闭的嘴唇说，"好吧。"这两个字听起来简直是一声深沉的叹息。

说了这两个字，她转身刚要走，罗耆波猛然一惊，低声说，"你哥哥来了！"

她往外一看，看见她哥哥朝着神庙走来，知道他已经发觉他们的密约了。罗耆波怕摩诃摩耶被人误解，想从墙上的破洞钻出去逃走；可是摩诃摩耶拉住他的手臂，用力拉他回来。帕凡尼查兰进了庙，只默默地平静地看了他们一眼。

摩诃摩耶看着罗耆波泰然自若地说，"好吧，罗耆波，我会到你家去的。你等着我吧。"

帕凡尼查兰一声不响地离开了神庙，摩诃摩耶也一声不响地跟着他走了。罗耆波呢？他茫然站着，好像被判处了死刑。

2

当天夜里，帕凡尼查兰给了摩诃摩耶一件深红色的绸纱丽，要她马上披上。接着他说：

"跟我走。"谁也不曾违抗过帕凡尼查兰的命令,哪怕只是一个暗示;摩诃摩耶也不例外。

这一天夜里,兄妹二人走到离家不远的河边的火葬场。那儿有一间小屋,收容将要送去圣河边火葬的垂死的人,小屋里正躺着一个老婆罗门,在那里等着死神降临。两人走近床边,屋子的一角有一个婆罗门祭司。帕凡尼查兰对他打了个招呼。祭司急忙收拾好举行婚礼要用的东西。摩诃摩耶明白自己要嫁给这个垂死的人了,可是她没有一丝儿反抗的表示。在这间被附近的两个火葬堆的微弱的闪光照亮着的半明半暗的屋子里,在喃喃地念诵经文的声音和垂死的人的呻吟声中,他们为摩诃摩耶举行了婚礼。

婚后第二天她就成了寡妇。她并不为此过于悲伤。罗者波也是这样,她成为孀妇的消息并不像出人意料的结婚消息那样沉重地打击他。他反而有点儿高兴。然而高兴的心情并没有维持多久。第二个可怕的打击完全把他打垮了;他听说那天火葬场要举行一场隆重的典礼,摩诃摩耶要和她丈夫的尸体一起火葬。

最初他想报告他的东家,求他阻止这残酷的殉葬。可是他随即记起了,就在这一天,东家已经离职到梭那普尔去了。东家本想带他同去,可是他请了一个月的假,要暂时留在这里。

摩诃摩耶曾叮嘱他"等着我"。他决不能忽略这个要求。他请了一个月的假,可是如果需要的话,他可以请假两个月、三个月,甚至抛弃职业去讨饭,也要终身等待着她。

黄昏时分,正当罗者波要疯狂地冲出去自杀或者干些别的可怕的事情的时候,忽然间雷电交加,大雨倾盆。暴风雨几乎把他的屋子震塌了。他见到外在世界正和他内心一致,同样在激变在翻腾,多少获得了一点平静。他觉得大自然已经在支持他,要给他一些补偿。他自己所没有的力量现在布满天地之间了。

就在这样一个时候,外面有人猛力推门。罗者波忙把门打开。一个女人进来了,她裹着湿透了的衣裳,一副长长的面幕遮住了整个脸庞。罗者波一眼就认出她是摩诃摩耶。

他十分激动地问道,"摩诃摩耶,你是从火葬堆中逃出来的么?"

她回答道,"是的,我答应要来你家。我守信,我来了。可是,罗者波,我不是从前的我了;我完全变了。只有我的心还是旧日的心。只要你提出,我还能回到火葬堆去。但是,你如果发誓永不拉开我的面幕,永不看我的脸,我就会在你家住下来。"

从死神手掌中夺回了她,这已经够了;此外一切考虑都不在话下了。罗者波立刻回答,"在这儿住下吧,你爱怎么样都行。如果你离开我,我就会死了。"

摩诃摩耶说,"那么立刻走。我们到你的东家那儿去。"

罗者波放弃了家中所有的财物,和摩诃摩耶一起在暴风雨中出发了。风吹得他们直不起腰,被风卷起的沙砾像流弹一样打疼他们的身体。两人避开大路,在旷野里走着,因为恐怕路旁的大树会倒下来压着他们。狂风在后面赶打着他们,好像要把这一对青年赶离人间,推向毁灭。

3

读者千万不要不相信我的故事,不要认为这是虚构的,脱离现实的。在流行寡妇殉葬的年代里,据说的确发生过这一类的事。

摩诃摩耶被绑住手脚搁在火葬堆上,在指定的时刻点上了火。火焰窜上来的时候,正好起了狂风暴雨。那些来主持大典的人连忙逃进停放垂死的人的小屋,关上了门。大雨顷刻之间便把火葬堆扑灭了。这时摩诃摩耶腕上的绳索已经烧成灰烬,她双手能活动了。她忍受烧伤的剧痛,一声不哼地坐起来解开脚上的绳索。然后她裹着那已经烧去了一部分的衣裳,半裸着身子从火葬堆上站了起来,先走回家去。家中谁也不在,都去了火葬场了。她点亮了灯,换上一件新衣,对着镜子看一下自己的脸。她把镜子掷在地上,沉思了片刻。然后她取出一幅长长的面幕遮住了脸,走到邻近的罗耆波家。这以后发生的事,读者已经知道了。

不错,摩诃摩耶现在的确住在罗耆波家里了,可是罗耆波并不快乐。其实不过是一层薄薄的面幕隔开了他们。但这面幕却是永恒的,像死亡一样,甚至比死亡更令人痛苦;因为死亡造成的隔离的苦痛,在年深日久之后,由于绝望,还可以逐渐消失;而面幕造成的隔离,却时时刻刻在粉碎活生生的希望。

摩诃摩耶原来就有一个沉静的性格;而现在面幕里的那份沉静显得加倍令人难以忍受。她好像是生活在一幅死亡的幕后面。这沉寂的死亡,缠住罗耆波的生命,似乎每天都在使他的生命萎缩下去。他失去了从前认识的那个摩诃摩耶,同时这个披着面幕的人永远默默地坐在他身旁,不让他把少女时代的她给予他的甜蜜回忆珍藏供养。他默默思量:"自然在人与人之间安置的栅栏已经够多了。摩诃摩耶更像古代的英雄迦尔纳①,一出生就带着辟邪的护身符。她身子周围本来就有一道无形的围墙。现在她仿佛是再生了一次,来到我的身边,周围又加上了一重围墙。她虽然总是在我身旁,可是又遥远得使我永远不能接近。我坐在她那不可侵犯的魔力圈外,以一种不满足的如饥似渴的心情,企图穿透这薄薄的而又深不可测的奥秘;恰如天上的星星一夜又一夜地消磨时光,想以永不闪动的低垂的目光看透黑夜的奥秘而终不可得。"

这两个没有伴侣的孤独的人便这样在一起过了很久。

一夜,正是新月出现后的第十天,是雨季以来第一次云开月朗。静寂的月夜像是坐守在入睡的世界旁边。那一夜,罗耆波也离开了床,坐着了望窗外。闷热的森林把一种特殊的香气和蟋蟀的懒洋洋的低鸣一同送进了他的房屋。他了望着,见到一行行黝黑的树木旁边,已经入睡的小池塘在闪闪发光,好像一个擦亮了的银盘。很难说一个人在这样的时候会不会有清晰的思想。只有他的心朝着某一个方向奔驰——像森林一样送出一阵阵香气,像黑夜一样发出一声声蟋蟀的低鸣。罗耆波在想什么,我不知道。不过在他看来:这一夜,一切古老律法都被抛在一边了;这一夜,雨季之夜已经拉开了自己的云幕;这一夜显得静寂、美丽、庄严,正像昔日的摩诃摩耶一样。他全身的热血奔腾汇合,涌向那一个摩诃摩耶了。

罗耆波像一个梦游人似的走进了摩诃摩耶的卧室。她已经睡了。

他站在她旁边俯身看了看她。月光恰好照在她脸上。可是,多可怕啊!昔日熟悉的脸庞哪里去了?火葬堆的烈焰用它无情的贪馋的舌头舔净了摩诃摩耶左颊的美丽,留下的只有贪馋的残迹。

罗耆波吃惊得动了一下么?一声含糊的叫声从他唇边溜了出来么?也许是这样。摩诃摩耶惊醒了——她看见罗耆波站在自己面前。她立刻把面幕遮上,昂然起立,离开了床。罗

---

① 迦尔纳是《摩诃婆罗多》史诗里的人物,他是他的母亲与日神所生的,相传他一生下来就是身穿铠甲,手持兵器的。

耆波知道霹雳要响了。他伏在她脚前,抱住她的脚,喊道:"饶恕我!"

她没有回答一个字,她走出房间时头也不回一下。她再也没有回来。哪儿也找不到她的踪迹。她的沉默的怒火,在那毫不留情的永别的时刻,给罗耆波的余生烙上了一道长长的瘢痕。

(选自唐季雍译《泰戈尔作品集(三)》。人民文学出版社 1988 年版)

作品内容提问

1. 罗耆波约摩诃摩耶在破庙里见面,他说的第一句话是什么?
2. 罗耆波和摩诃摩耶正在破庙里相会时,发现谁来了?
3. 哥哥提前告诉摩诃摩耶让她和一个垂死的老婆罗门结婚的事了吗?
4. 摩诃摩耶在殉葬的火堆上为什么没有被烧死?
5. 当罗耆波意识到自己犯了大错,请求摩诃摩耶饶恕时,摩诃摩耶是什么态度?

导读

罗宾德拉纳特·泰戈尔(1861—1941),印度诗人、作家、艺术家和社会活动家,出生于加尔各答的一个富有哲学和艺术修养的家庭里。从小富于诗才,诗歌《给印度教徒庙会》发表时,他才 14 岁。1878 年他去英国学习法律,后转入伦敦大学攻读英国文学,研究西方音乐。他一生共创作了 50 多部诗集(著名的诗集有《吉檀迦利》、《新月集》、《飞鸟集》、《园丁集》和《生辰集》等),12 部中、长篇小说(《沉船》、《戈拉》为代表作),100 余篇短篇小说(著名的短篇小说有《摩诃摩耶》等),20 余种戏剧,还有大量有关文学、哲学、政治的论著和游记、书简等。同时,他还是位优秀的音乐家和画家,曾创作 2000 余首歌曲和 1500 余帧画。1913 年,他获得诺贝尔文学奖,从而蜚声世界。泰戈尔被誉为印度近代文学的奠基者之一。

《两亩地》是泰戈尔叙事诗的代表作,具有浓厚的现实色彩。这首叙事诗通过讲述王爷残忍剥夺巫宾的土地,迫使他背井离乡的故事,反映了当时印度深刻的等级差异和社会矛盾。诗歌的最后一句"你,王爷,如今是位圣贤,我倒成了盗贼",满含悲愤地控诉了这个黑白颠倒的世界。

《吉檀迦利》是一部抒情诗集,共收诗 103 首。"吉檀迦利"是孟加拉文的译音,意思是奉献,也即这部诗集是奉献给神的祭礼。诗歌表达了对神虔敬的崇拜,个人的渴望,对生命真谛的探索,对生活的热爱,热烈地希望将自己的一切奉献给神,同时伴随着对神恩、宇宙和死亡的哲理思考。

《摩诃摩耶》是泰戈尔具有代表性的短篇小说,一方面讴歌了自由真挚的爱情,另一方面强烈控诉了种姓制度、童婚制度以及寡妇殉葬制度对爱情、生命和人性的摧残。这些思想感情的表达集中体现在对摩诃摩耶这一人物形象的塑造上。首先,在爱情中,对自由、相互尊重和信任的追求。摩诃摩耶一开始拒绝了罗耆波的求婚,并且答应哥哥嫁给老婆罗门,"没有一丝儿反抗的表示",是因为她觉得"我们不是一条路上的人,我也不能希望一个男子在我眼前终身做囚犯"。此刻,为罗耆波考虑,她决定放弃。然而从火葬场逃出后,她怀抱对自由爱情的追求,义无反顾地投奔罗耆波,要跟他在一起。当罗耆波揭开她的面纱,摩诃摩耶选择决绝地离开,正是她对爱情信仰的坚守——相互尊重和信任。其次,对旧制度的抨击。印度古老的寡妇殉葬制度将阳光一样耀眼迷人的摩诃摩耶推向了火葬场,作者对这一泯灭人性的制度的表现,深刻抨击和反省了旧势力对美好生命与人性的戕害。同时,作者在摩诃摩耶这一形象身上注入了反抗的力量。在与罗耆波幽会时,哥哥的到来并没有让摩诃摩耶退缩,而是拉起罗耆波的手,泰然自若地说:"好吧,罗耆波,我会到你家去的。你等着我吧。"

《摩诃摩耶》极富艺术魅力。首先,在人物塑造方面,男女主人公性格的鲜明对比构成强烈的艺术张力。摩诃摩耶庄重、沉静,关键时刻表现出了犹胜男子的坚毅果敢。面对哥哥的时候,她一把拉住想要走的罗耆波,坦然从容地表露心意。而罗耆波在摩诃摩耶面前则总是害怕,带着些许懦弱和犹疑,对待爱情有着天真的执著和朴实。正因为二人在性格上的差异,他们在处理问题和守护爱情的方式上也极为不同,部分造成了他们爱情的悲剧。其次,在语言运用上,朴素的叙述风格使得整个故事哀婉动人。泰戈尔诗歌似的景物描写更是与人物心情、情节发展相得益彰。摩诃摩耶听到罗耆波的求婚后,内心十分矛盾,作者写道:"正午有它独特的许多不可名状的哀音;此刻,一片静寂,这些声音清晰可辨了。破了的庙门。一半已经脱离门枢,在风中时开时闭,低低地发出吱吱的悲鸣……忽然间,一阵热风从田野吹来,穿过树林,使得叶子都簌簌地响了起来。河水猛然苏醒了,泛起涟漪,掠向岸边,淹没了河边上的破石台阶。"摩诃摩耶此刻的心情也如眼前之景,因对爱情的担忧而有些许哀伤,罗耆波的话恰似那一阵热风,在她的内心泛起涟漪。

42 纪伯伦《先知》(节选)

《先知》塑造了一位智者的形象,他准备返回阔别已久的故乡。就在他站在岸边依依不舍时,城里的男男女女来到船前,请求他讲说真理。于是他一一回答了人们请教的问题,涉及人世中的方方面面,包括爱、施与、婚姻、自由、法律、工作、哀乐、孩子、苦痛、理性与热情、生与死等26个话题,把人类的"真我"披露给人们。这些命题既关涉日常生活,又有形而上的哲学思考,虽然跨越领域极大,但中心旨归是歌颂生命、自然、大真、纯洁、美和爱,表达了对和谐完美的向往,对丑恶黑暗的憎恶。本文选自《先知》的第一、二、三节。

一

爱尔美差又说,夫子,婚姻怎样讲呢?
他回答说:
你们一块儿出世,也要永远合一。
在死的白翼隔绝你们的岁月的时候,你们也要合一。
噫,连在静默地忆想上帝之时,你们也要合一。
不过在你们合一之中,要有间隙。
让天风在你们中间舞荡。
彼此相爱,但不要做成爱的系链:
只让它在你们灵魂的沙岸中间,做一个流动的海。
彼此斟满了杯,却不要在同一杯中啜饮。
彼此递赠着面包,却不要在同一块上取食。
快乐地在一处舞唱,却仍让彼此静独。
连琴上的那些弦子也是单独的,虽然他们在同一的音调中颤动。

彼此赠献你们的心;却不要互相保留。
因为只有"生命"的手,才能把持你们的心。
要站在一处,却不要太密迩:
因为殿里的柱子,也是分立在两旁,

橡树和松柏，也不在彼此的荫中生长。

二

于是一个怀中抱着孩子的妇人说，请给我们谈孩子。

他说：

你们的孩子，都不是你们的孩子。

乃是"生命"为自己所渴望的儿女。

他们是凭借你们而来，却不是从你们而来。

他们虽和你们同在，却不属于你们。

你们可以给他们以爱，却不可给他们以思想。

因为他们有自己的思想。

你们可以荫庇他们的身体，却不能荫庇他们的灵魂，

因为他们的灵魂，是住在明日的宅中，那是你们在梦中也不能相见的。

你们可以努力去模仿他们，却不能使他们来像你们。

因为生命是不倒行的，也不与昨日一同停留。

你们是弓，你们的孩子是从弦上发出的生命的箭矢。

那射者在无穷之中看定了目标，也用神力将你们引满，使他的箭矢迅速而遥远地射了出去。

让你们在射者手中的弯曲成为喜乐罢；

因为他爱那飞出的箭，也爱了那静止的弓。

三

于是一位教师说，请给我们讲教授。

他说：

除了那已经半睡着，躺卧在你知识的晓光里的东西之外，没有人能向你启示什么。

那在殿宇的阴影里，在弟子群中散步的教师，他不是在传授他的智慧，而是在传授他的忠信与仁慈。

假如他真是大智，他就不命令你进入他的智慧之堂，却要引导你到你自己心灵的门口。

天文家能给你讲述他对于太空的了解，他却不能把他的了解给你。

音乐家能给你唱出那充满太空的韵调，他却不能给你聆受韵调的耳朵和应和韵调的声音。

精通数学的人能说出度量衡的方位，他却不能引导你到那方位上去。

因为一个人不能把他理想的翅翼借给别人。

正如上帝对于你们每个人的了解都是不相同的，所以你们对于上帝和大地的见解也应当是不相同的。

（冰心译。选自伊宏主编《纪伯伦全集》，甘肃人民出版社1994年版）

作品内容提问

1. 《先知》选文的第一节主要说的是什么道理？
2. 《先知》选文的第二节主要说的是什么道理？
3. 《先知》选文的第三节主要说的是什么道理？
4. 作者认为夫妻间要亲密合一，但还要怎么样？
5. 《先知》第三节的最后一句诗是什么？

导读

纪伯伦·哈利勒·纪伯伦(1883—1931)，旅美黎巴嫩诗人、作家、画家。生于黎巴嫩北部山乡卜舍里。12岁时随母去美国波士顿。两年后回到祖国，进贝鲁特"希克玛"(睿智)学校学习阿拉伯语、法文和绘画。1920年，在纽约与志同道合者建立"笔会"，旨在通过团结其他海外侨居的阿拉伯作家，革新阿拉伯文学。文学界称该会成员为"旅美派"，纪伯伦作为其代表作家。纪伯伦前期以创作小说为主，有短篇小说集《草原新娘》《叛逆的灵魂》和长篇小说《折断的翅膀》等，还有用阿拉伯文发表的散文《音乐短章》，散文诗集《泪与笑》。从20世纪20年代起，纪伯伦转向了散文诗创作，陆续发表散文诗集《先驱者》《先知》《沙与沫》《人子耶稣》《先知园》《流浪者》以及诗剧《大地诸神》《拉撒路和他的情人》等。《先知》作为纪伯伦的代表作，以爱与美、生与死、婚姻与家庭、劳作与安乐、法律与自由、理智与热情、善恶与宗教等一系列问题为主题，充满了人生哲理。

本文选取了智者关于婚姻、孩子、教授三个方面的讨论。在对婚姻的看法上，智者主张"有间隙"的亲密，这与传统上的"白头偕老"观念相异。"噫，连在静默地忆想上帝之时，你们也要合一。不过在你们合一之中，要有间隙。让天风在你们中间舞荡。"智者认为，即使在婚姻生活中，个人也要保持相对的独立性，爱情在有弹性的空间里成长才会枝繁叶茂。在对孩子的看法上，智者指出，孩子是"凭借你们（父母）而来，却不是从你们而来"。意思是孩子是一个生命个体，拥有独立的灵魂与品格。父母可以庇佑他们的身体，却无法左右他们的思想。父母真正的职责是授之以爱，而非教授给他人生的全部，世间的冷暖和荣辱都需要孩子在日后自己去体验。"因为他们有自己的思想……因为他们的灵魂，是住在明日的宅中，那是你们在梦中也不能相见的"。智者并不鼓励父母倾其所有的付出，过度的介入可能适得其反，这种教育理念是十分先进的。在对教授的看法上，智者秉持与孩子教育相类似的观点。教授不是将知识填鸭似的塞给学生，优秀的教师"不是在传授他的智慧，而是在传授他的忠信与仁慈"。智者所要表达的就是，知识可以传递，但获得知识的途径和洞悉真理的能力却需要自己摸索，"因为一个人不能把他理想的翅翼借给别人"。从以上三个方面可以看出，智者主张独立、自由、自主的健康人格以及人与人之间适度的关系。婚姻上，亲疏得宜的关系可以保持夫妻各自人格的完整；对待孩子上，培养其独立的品格比无度的溺爱更有益于孩子成长；教授上，"授之以鱼，不如授之以渔"是更为合理的教育方式。

本文选取的三节在艺术表现上很有特色。首先，其语言风格独特。《旧约》式的凝练文笔和宗教式的虔诚情绪使得说理更具神圣性和权威感，文章因这种仿拟而具有典雅静穆的古典美,自然营造出庄严的气氛。其次,文中用多个美妙的比喻来启示哲理,平易中更显隽永。比如智者形容夫妻之间的爱,应该"只让它在你们灵魂的沙岸中间,做一个流动的海"。严肃的说理立刻变得浪漫而意境深远。这些比喻的运用不仅启发读者思考,同时带来审美的愉悦。

知识链接

旅美派。又称"叙美派"。是20世纪20年代由旅居美国的黎巴嫩、叙利亚等阿拉伯作家和诗人所组成的文学流派。1920年这些作家和诗人在纽约成立"笔会",后逐渐形成了新的文学风格,因而得名。该派作家对阿拉伯在外国人压迫下的落后状况表示不满,号召人民反对外国统治者;真实描写阿拉伯人在北美的奋斗以及追求个性解放的过程;抒发对祖国的思念、对故乡的热爱,表现了强烈的民族感情。该派代表作家有纪伯伦、艾敏－雷哈等。

43 川端康成《伊豆的舞女》

一

道路变成曲曲折折,眼看着就要到天城山的山顶了,正在这么想的时候,阵雨已经把丛密的杉树林笼罩成白花花的一片,以惊人的速度从山脚下向我追来。

那年我二十岁,头戴高等学校的学生帽,身穿藏青色碎白花纹的上衣,系着裙子,肩上挂着书包。我独自旅行到伊豆来,已经是第四天了。在修善寺温泉住了一夜,在汤岛温泉住了两夜,然后穿着高齿的木屐登上了天城山。一路上我虽然出神地眺望着重叠群山、原始森林和深邃幽谷的秋色,胸中却紧张地悸动着,有一个期望催我匆忙赶路。这时候,豆大的雨点开始打在我身上。我沿着弯曲陡峭的坡道向上奔行。好不容易才来到山顶上北路口的茶馆,我呼了一口气,同时站在茶馆门口呆住了,因为我的心愿已经圆满地达到,那伙巡回艺人正在那里休息。

那舞女看见我伫立在那儿,立刻让出自己的坐垫,把它翻个身,摆在旁边。

"啊……"我只答了一声就坐下了。由于跑上山坡一时喘不过气来,再加上有点惊慌,"谢谢"这句话已经到了嘴边却没有说出口来。

我就这样和舞女面对面地靠近在一起,慌忙从衣袖里取出了香烟。舞女把摆在她同伙女人面前的烟灰缸拉过来,放在我的近边。我还是没有开口。

那舞女看上去大约十七岁。她头上盘着大得出奇的旧式发髻,那发式我连名字都叫不出来。这使她严肃的鹅蛋脸显得非常小,可是又美又调和。她就像头发画得特别丰盛的历史小说上姑娘的画像。那舞女一伙里有一个四十多岁的女人,两个年轻的姑娘,另外还有一个二十五六岁的男人,穿着印有长冈温泉旅店商号的外衣。

到这时为止,我见过舞女这一伙人两次。第一次是在前往汤岛的途中,她们正到修善寺去,在汤川桥附近碰到。当时年轻的姑娘有三个,舞女提着鼓。我一再回过头去望她们,感到一股旅情渗入身心。然后是在汤岛的第二天夜里,她们巡回到旅馆里来了。我在楼梯半当中坐下来,专心地看那舞女在大门口的走廊上跳舞。我盘算着:当天在修善寺,今天夜里到汤岛,明天越过天城山往南,大概要到汤野温泉去。在二十多公里的天城山山道上准能追上她们。我这么空想着匆忙赶来,恰好在避雨的茶馆里碰上了,我心里扑通扑通地跳。

过了一会儿,茶馆的老婆子领我到另一个房间。这房间平时大概不用,没有装上拉门。

朝下望去，美丽的幽谷深得望不到底。我的皮肤上起了鸡皮疙瘩，浑身发抖，牙齿在打战。老婆子进来送茶，我说了一声好冷啊，她就牵着我的手，要领我到她们自己的住屋里去。

"唉呀，少爷浑身都湿透啦。到这边来烤烤火吧，来呀，把衣服烤烤干。"

那个房间装着火炉，一打开纸拉门，就流出一股强烈的热气。我站在门槛边踌躇了。炉旁盘腿坐着一个浑身青肿、淹死鬼似的老头子，他的眼睛连眼珠子都发黄，像是烂了的样子。他忧郁地朝我这边望。他身边旧信和纸袋堆积如山，简直可以说他是埋在这些破烂纸头里。我目睹这山中怪物，呆呆地站在那里，怎么也不能想这就是个活人。

"让您看到了这样可耻的人样儿……不过，这是家里的老爷子，您用不着担心。看上去好难看，可是他不能动弹了，请您就忍耐一下吧。"

老婆子这样打了招呼，从她的话听来，这老爷子多年害了中风症，全身不遂。大堆的纸是各地治疗中风症的来信，还有从各地购来的中风症药品的纸袋。凡是老爷子从走过山顶的旅人听来的，或是在报纸广告上看到的，他一次也不漏过，向全国各地打听中风症的疗法，购求出售的药品。这些书信和纸袋，他一件也不丢掉，都堆积在身边，望着它们过日子。长年累月下来，这些陈旧的纸片就堆成山了。

我没有回答老婆子的话，在炉炕上俯下身去。越过山顶的汽车震动着房子。我心里想，秋天已经这么冷，不久就将雪盖山头，这个老爷子为什么不下山去呢？从我的衣服上腾起了水蒸气，炉火旺得使我头痛起来。老婆子去到店堂，跟巡回女艺人谈天去了。

"可不是吗，上一次带来的这个女孩已经长成这个样子，变成了一个漂亮姑娘，你也出头啦！女孩子长得好快，已经这么美了！"

将近一小时之后，我听到了巡回艺人准备出发的声音。我当然很不平静，可只是心里头七上八下的，没有站起身来的勇气。我想，尽管她们已经走惯了路，而毕竟是女人的脚步，即使走出了一两公里之后，我跑一段路也追得上她们，可是坐在火炉旁仍然不安神。不过舞女们一离开，我的空想就像得到解放似的，又开始活跃了。我向送走她们的老婆子问道：

"那些艺人今天夜里在哪里住宿呢？"

"这种人嘛，少爷，谁知道他们住在哪儿呀。哪儿有客人留他们，他们就在哪儿住下了。有什么今天夜里一定的住处啊！"

老婆子的话里带着非常轻蔑的口吻，甚至使我想到，果真是这样的话，我要让那舞女今天夜里就住在我的房间里。

雨势小下来，山峰开始明亮。他们一再留我，说再等十分钟天就放晴了，可是我却怎么也坐不住。

"老爷子，保重啊。天就要冷起来了。"我恳切地说着，站起身来。老爷子很吃力地动着他的黄色眼睛，微微地点点头。

"少爷，少爷！"老婆子叫着追了出来，"您这么破费，真不敢当，实在抱歉啊。"

她抱着我的书包不肯交给我，我一再阻拦她，可她不答应，说要送我到那边。她随在我身后，匆忙迈着小步，走了好大一段路，老是反复着同样的话：

"真是抱歉啊，没有好好招待您。我要记住您的相貌，下回您路过的时候再向您道谢。以后您一定要来呀，可别忘记了。"

我只不过留下五角钱的一个银币，看她却是十分惊讶，眼里都要流出泪来。可是我一心想快点赶上那舞女，觉得老婆子蹒跚的脚步倒是给我添了麻烦。终于来到了山顶的隧道。

"非常感谢。老爷子一个人在家,请回吧。"我这么说,老婆子才算把书包递给我。

一走进黑暗的隧道,冰冷的水滴纷纷地落下来。前面,通往南伊豆的出口微微露出了亮光。

二

出了隧道口子,山道沿着崖畔刷白的栅栏,像闪电似的蜿蜒而下。从这里瞭望下去,山下景物像是一副模型,下面可以望见艺人们的身影。走了不过一公里,我就追上他们了。可是不能突然间把脚步放慢,我装作冷淡的样子越过了那几个女人。再往前约二十米,那个男人在独自走着,他看见我就停下来。

"您的脚步好快呀……天已经大晴啦。"

我放下心来,开始同那个男人并排走路。他接连不断地向我问这问那。几个女人看见我们两个在谈话,便从后面奔跑着赶上来。

那个男人背着一个大柳条包。四十岁的女人抱着小狗。年长的姑娘背着包袱,另一个姑娘提着小柳条包,各自都拿着大件行李。舞女背着鼓和鼓架子。四十岁的女人慢慢地也和我谈起来了。

"是位高等学校的学生呢。"年长的姑娘对舞女悄悄说。我回过头来,听见舞女笑着说:"是呀。这点事,我也懂得的。岛上常有学生来。"

这伙艺人是大岛的波浮港人。他们说,春天从岛上出来,一直在路上,天冷起来,又没有做好冬天的准备,所以在下田再停留十来天,就从伊东温泉回到岛上去。我一听说大岛这个地方,愈加感到了诗意,我又看了看舞女的美丽发髻,探问了大岛的各种情况。

"有好多学生到我们那儿来游泳。"舞女向结伴的女人说。

"是在夏天吧。"我说着转过身来。

舞女慌了神,像是小声回答:"冬天也……"

"冬天?"

舞女还是看着结伴的女人笑。

"冬天也游泳吗?"我又说了一遍,舞女脸红起来,可是很认真的样子,轻轻地点着头。

"这孩子,糊涂虫。"四十岁的女人笑着说。

沿着河津川的溪谷到汤野去,约有十二公里下行的路程。越过山顶之后,群山和天空的颜色都使人感到了南国风光。我和那个男人继续不断地谈着话,完全亲热起来了。过了荻乘和梨本等小村庄,可以望见山麓上汤野的茅草屋顶,这时我决心说出了要跟他们一起旅行到下田。他听了非常高兴。

到了汤野的小客栈前面,四十岁的女人脸上露出向我告别的神情时,他就替我说:

"这一位说要跟我们结伴走哩。"

"是呀,是呀。'旅途结成伴,世上多情谊。'像我们这些无聊的人,也还可以替您排忧解闷呢。那么,您就进来休息一下吧。"她随随便便地回答说。姑娘们一同看了我一眼,脸上没有露出一点意外的神情,沉默着,带点儿害羞的样子望着我。

我和大家一起走上小旅店的二楼,卸下了行李。铺席和纸槅扇都陈旧了,很脏。舞女从楼下端来了茶。她坐到我面前,满脸通红,手在颤抖,茶碗正从茶托上歪下来,她怕倒了茶碗,乘势摆在铺席上,茶已经洒出来了。看她那羞愧难当的样儿,我愣住了。

"唉呀,真讨厌!这孩子情窦开啦。这这……"四十岁的女人说着,像是惊呆了似地蹙起眉头,把抹布甩过来。舞女拾起抹布,很呆板地擦着席子。

这番出乎意外的话,忽然使我对自己原来的想法加以反省。我感觉到由山顶上老婆子挑动起来的空想,一下子就破碎了。

这当儿,四十岁的女人频频地注视着我,突然说:"这位书生穿的藏青碎白花纹上衣真不错呀。"她对身旁的女人再三叮着问:"这位的花纹布和民次穿的花纹是一样的,你说是吧?不是一样的花纹吗?"然后她又对我说:"在家乡里,留下了一个上学的孩子,现在我想起了他。因为这花纹布和那孩子身上穿的一样。近来藏青碎白花纹布贵起来了,真糟糕。"

"上什么学校?"

"普通小学五年级。"

"哦,普通小学五年级,实在……"

"现在进的是甲府的学校。我多年住在大岛,家乡却是甲斐的甲府。"

休息了一小时之后,那个男人领我去另一家温泉旅馆。直到此刻,我只想着和艺人们住在同一家小旅店里。我们从街道下行,走过好一大段碎石子路和石板路,过了小河旁边靠近公共浴场的桥。桥对面就是温泉旅馆的院子。

我进入旅馆的小浴室,那个男人从后面跟了来。他说他已经二十四岁,老婆两次流产和小产,婴儿死了,等等。由于他穿着印有长冈温泉商号的外衣,所以我一直认为他是长冈人。而且看他的面貌和谈吐风度都是相当有知识的,我就想象着他大概是出于好奇或者爱上卖艺的姑娘,才替她们搬运行李跟了来的。

洗过澡我立刻吃午饭。早晨八点钟从汤岛出发,而这时还不到午后三时。

那个男人临走的时候,从院子里向上望着我,和我打招呼。

"拿这个买些柿子吃吧。对不起,我不下楼啦。"我说着包了一些钱投下去。他不肯拿钱,就要走出去,可是纸包已经落在院子里,他回过头拾起来。

"这可不行啊。"他说着把纸包抛上来,落在茅草屋顶上。我又一次投下去,他就拿着走了。

从傍晚起下了一场大雨。群山的形象分不出远近,都染成一片白,前面的小河眼见得混浊了,变成黄色,发出很响的声音。我想,雨这么大,舞女们不会串街卖艺了,可是我坐不住,又进了浴室两三次。住屋微暗不明,和邻室相隔的纸槅扇开了个四方形的口子,上梁吊着电灯,一盏灯供两个房间用。

在猛烈雨声中,远方微微传来了咚咚咚的鼓声。我像要抓破木板套窗似的把它拉开了,探出身子去,鼓声仿佛离得近了些,风雨打着我的头。我闭上眼睛侧耳倾听,寻思鼓声通过哪里怎么到这儿来的。不久,我听见了三弦的声音;听见了女人长长的呼声,听见了热闹的欢笑声。随后我了解到艺人们被叫到小旅店对面饭馆的大厅去了,可以辨别出两三个女人和三四个男人的声音。我等待着,想那里一演完,就要转到这里来吧。可是那场酒宴热闹异常,像是要一直闹下去。女人的尖嗓门时时像闪电一般锐利地穿透暗夜。我有些神经过敏,一直敞开着窗子。痴呆地坐在那里。每次一听见鼓声,心里就亮堂堂的。

"啊,那舞女正在宴席上啊。她坐着在敲鼓呢。"

鼓声一停就使人不耐烦。我沉浸到雨声里去了。

不久,也不知道是大家在互相追逐呢还是在兜圈子舞蹈,纷乱的脚步声持续了好一会,然后又突然静下来。我睁大了眼睛,像要透过黑暗看出这片寂静是怎么回事。我心中烦恼,那舞女今天夜里不会被糟蹋吗?

我关上木板套窗上了床,内心里还是很痛苦。又去洗澡,胡乱地洗了一阵。雨停了,月亮露出来。被雨水冲洗过的秋夜,爽朗而明亮。我想,即使光着脚从浴室走出去,也还是无事可做。这样度过了两小时。

三

第二天早晨一过九时,那个男人就到我的房间来了。我刚刚起床,邀他去洗澡。南伊豆的小阳春天气,一望无云,晴朗美丽,涨水的小河在浴室下方温暖地承受着阳光。我感到自己昨夜的烦恼像梦一样。我对他说:

"昨天夜里你们欢腾得好晚啊。"

"怎么,你听见啦?"

"当然听见了。"

"都是些本地人。这地方上的人只会胡闹乱叫,一点也没趣。"

他作出若无其事的样子,我沉默了。

"那些家伙到对面的浴场来了。你瞧,他们好像注意到这边,还在笑哩。"

顺着他所指的方向,我朝河那边的公共浴场望去。有七八个人光着身子,朦胧地浮现在水蒸气里面。

忽然从微暗的浴场尽头,有个裸体的女人跑出来,站在那里,做出要从脱衣场的突出部位跳到河岸下方的姿势,笔直地伸出了两臂,口里在喊着什么。她赤身裸体,连块毛巾也没有。这就是那舞女。我眺望着她雪白的身子,它像一棵小桐树似的,伸长了双腿,我感到有一股清泉洗净了身心,深深地叹了一口气,嗤嗤笑出声来。她还是个孩子呢,是那么幼稚的孩子。当她发觉了我们,一阵高兴,就赤身裸体地跑到日光下来了,踮起脚尖,伸长了身子。我满心舒畅地笑个不停,头脑澄清得像刷洗过似的。微笑长时间挂在嘴边。

由于舞女的头发过于丰盛,我一直认为她有十七八岁。再加上她被打扮成妙龄女郎的样子,我的猜想就大错特错了。

我和那个男人回到我的房间,不久,那个年长的姑娘到旅馆的院子里来看菊花圃。舞女刚刚走在小桥的半当中。四十岁的女人从公共浴场出来,朝她们两人的方向望着。舞女忽然缩起了肩膀,想到会挨骂的,还是回去的好,就露出笑脸,加快脚步回头走。四十岁的女人来到桥边,扬起声来叫道:"您来玩啊!"

年长的姑娘也同样说道:"您来玩啊!"她们都回去了。可是那个男人一直坐到傍晚。

夜里,我正和一个卸下了纸头的行商下围棋,突然听见旅馆院子里响起了鼓声。我马上就要站起身来。

"串街卖艺的来了。"

"哼哼,这些角色,没道理。喂,喂,该你下子啦。我已经下在这里。"纸商指点着棋盘说。他入迷地在争胜负。

在我心神恍惚的当儿,艺人们似乎就要回去了,我听见那个男人从院子里喊了一声:

"晚上好啊!"

我到走廊里向他招手。艺人们悄声私语了一阵,然后转到旅馆门口。三个姑娘随在那个男人身后,顺序地道了一声"晚上好",在走廊上垂着手,像艺妓的样子行了礼。我从棋盘上看出我的棋快要输了。

"已经没办法了。我认输。"

"哪里会输呢?还是我这方不好啊。怎么说也还是细棋。"

纸商一眼也不朝艺人那边看,一目一目地数着棋盘上的目数,愈加小心在意地下着子。女人们把鼓和三弦摆在房间的墙角里,就在棋盘上玩起五子棋来。这时我本来赢了的棋已经输了。可是纸商仍然死气白赖地要求说:

"怎么样?再下一盘,再请你下一盘。"

但是我一点意思也没有,只是笑了笑,纸商断了念,站起身走了。姑娘们向棋盘这边靠拢来。

"今天夜里还要到哪里去巡回演出吗?"

"还想兜个圈子。"那个男人说着朝姑娘们那边看看。

"怎么样,今天晚上就到此为止,让大家玩玩吧。"

"那可开心,那可开心。"

"不会挨骂吗?"

"怎么会,就是到处跑,反正也不会有客人。"

她们下着五子棋什么的,玩到十二点钟以后才走。

舞女回去之后,我怎么也睡不着,头脑还是清醒异常,我到走廊里大声叫着。

"纸老板,纸老板!"

"噢……"快六十岁的老爷子从房间里跳出来,精神抖擞地答应了一声。

"今天夜里下通宵。跟你说明白。"

我这时充满非常好战的心情。

四

已经约好第二天早晨八点钟从汤野出发。我戴上在公共浴场旁边买的便帽,把高等学校的学生帽塞进书包,向沿街的小旅店走去。二楼的纸拉门整个地打开,我毫不在意地走上去,艺人们都还睡在铺垫上。我有些慌张,站在走廊里愣住了。

在我脚跟前那张铺垫上,舞女满面通红,猛然用两只手掌捂住了脸。她和那个较大的姑娘睡在一张铺上,脸上还残留着昨晚的浓妆,嘴唇和眼角渗着胭脂。这颇有风趣的睡姿沁入我的心胸。她眨了眨眼侧转身去,用手掌遮着脸,从被窝里滑出来,坐到走廊上。

"昨晚谢谢您!"她说着,漂亮地行了礼,弄得我站在那儿不知怎么是好。

那个男人和年长的姑娘睡在一张铺上。在看到这以前,我一点都不知道这两个人是夫妇。

"非常抱歉。本来打算今天走的,可是今天晚上要接待客人,我们准备延长一天。您要是今天非动身不可,到下田还可以和您见面。我们决定住在甲州屋旅店里,您立刻就会找到的。"四十岁的女人在铺垫上抬起身子说。我感到像是被人遗弃了。

"不可以明天走吗？我预先不知道妈妈要延长一天。路上有个伴儿总是好的。明天一起儿走吧。"那个男人说。

四十岁的女人也接着说："就这么办好啦。特意要和您一道的，没有预先跟您商量，实在抱歉。明天哪怕落冰雹也要动身。后天是我的小宝宝在路上死去的第四十九天，我心里老是惦念着这断七的日子，一路上匆匆忙忙赶来，想在那天前到下田做断七。跟您讲这件事真是失礼，可我们倒是有意外的缘分，后天还要请您上祭呢。"

因此我延缓了行期，走到楼下去。为了等大家起床，我在肮脏的账房间里跟旅店的人闲谈，那个男人来邀我出去散散步。从街道稍微向南行，有一座漂亮的小桥。凭着桥栏杆，他又谈起了他的身世。他说他曾经短期参加了东京一个新流派的剧团，现在也还常常在大岛港演出。他说他们的行李包里刀鞘像条腿似的拖在外面。因为在厅房里还要演堂会。大柳条包里装的是衣裳啦、锅子茶碗之类的生活用品。

"我耽误了自己的前程，竟落到这步田地，可是我的哥哥在甲府漂亮地成家立业了，当上一家的继承人。所以我这个人是没人要的了。"

"我一直想你是长冈温泉人呢。"

"是吗？那个年长的姑娘是我的老婆，她比你小一岁，十九啦。在旅途上，她的第二个孩子又小产了，不到一个星期就断了气，我女人的身体还没有复原。那个妈妈是她的生身母亲，那舞女是我的亲妹妹。"

"哦，你说你有个十四岁的妹妹……"

"就是她呀，让妹妹来干这种生计，我很不愿意，可是这里面还有种种缘故。"

然后他告诉我，他名叫荣吉，妻子叫千代子，妹妹叫薰子。另一个十七岁的姑娘叫百合子，只有她是大岛生人，雇来的。荣吉像是非常伤感，露出要哭的脸色，注视着河滩。

我们回来的时候，洗过了脂粉的舞女正蹲在路边拍着小狗的头。我表示要回自己的旅馆里去。

"你去玩啊。"

"好的，可是我一个人……"

"你跟哥哥一道去嘛。"

"我马上去。"

没多久，荣吉到我的旅馆来了。

"她们呢？"

"女人们怕妈妈唠叨。"

可是我们刚一摆五子棋，几个女人已经过了桥，急急忙忙上楼来了。像平素一样，她们殷勤地行了礼，坐在走廊上踌躇着，第一个站起来的是千代子。

"这是我的房间。请别客气，进来吧。"

艺人们玩了一小时，到这个旅馆的浴室去。她们一再邀我同去，可是已有三个年轻女人在，我推托说随后就来。后来，舞女马上又一个人跑上来，转告了千代子的话：

"姐姐说，要你去，给你擦背。"

我没有去，跟舞女下五子棋。她下得意外地好，同荣吉和别的女人们循环赛，她可以不费力地胜过他们。五子棋我下得很好，一般人下我不过。跟她下，用不着特意让一手，心里很愉快。因为只我们两个人，起初她老远地伸手落子，可是渐渐她忘了形，专心地俯身到棋盘上。她那头美得有些不自然的黑发都要碰到我的胸部了。突然她脸一红。

"对不起,要挨骂啦。"她说着把棋子一推,跑出去了。这时,妈妈站在公共浴场前面。千代子和百合子也慌忙从浴室出来,没上二楼就逃了回去。

这一天,荣吉在我的房间里从早晨玩到傍晚。纯朴而似乎很亲切的旅馆女掌柜忠告我说,请这样的人吃饭是白浪费。

晚上我到小旅店去,舞女正跟妈妈学三弦。她看到我就停下了,可是听了妈妈的话又把三弦抱起来。每逢她的歌声略高一些,妈妈就说:

"我不是说过,用不着提高嗓门吗!"

荣吉被对面饭馆叫到二楼厅房去,正在念着什么,从这里可以看得见。

"他念的是什么?"

"谣曲呀。"

"好奇怪的谣曲。"

"那是个卖菜的,随你念什么,他也听不懂。"

这时,住在小旅店里的一个四十岁上下的鸟店商人打开了纸榴扇,叫几个姑娘去吃菜。舞女和百合子拿着筷子到隔壁房间去吃鸟店商人剩下的鸡火锅。她们一起回这个房间时,鸟店商人轻轻拍了拍舞女的肩膀。妈妈露出了一副很凶的面孔说:

"喂喂,不要碰这孩子,她还是个黄花闺女啊。"

舞女叫着老伯伯老伯伯,求鸟店商人给她读《水户黄门漫游记》。可是鸟店商人没多久站起身来走了。她一再说"给我读下去呀",可是这话她不直接跟我说,好像请妈妈开口托我似的。我抱着一种期望,拿起了通俗故事本。舞女果然赶忙靠到我身边。我一开口读,她就凑过脸来,几乎碰到我的肩头,表情一本正经,眼睛闪闪发光,不眨眼地一心盯住我的前额。这似乎是她听人家读书的习气,刚才她和鸟店商人也几乎把脸碰在一起,这个我已经见过了。这双黑眼珠的大眼睛闪着美丽的光辉,是舞女身上最美的地方。双眼皮的线条有说不出来的漂亮。其次,她笑得像花一样,笑得像花一样这句话用来形容她是逼真的。

过了一会儿,饭店的侍女来接舞女。她换了衣裳,对我说:

"我马上就回来,等我一下,还请接着读下去。"

她到外面走廊里,垂下双手行着礼说:

"我去啦。"

"你可千万不要唱歌呀。"妈妈说。她提着鼓微微地点头。妈妈转过身来对我说:"现在她正在变嗓子。"

舞女规规矩矩地坐在饭馆的二楼上,敲着鼓。从这里看去,她的后影好像就在隔壁的厅房里。鼓声使我的心明朗地跃动了。

"鼓声一响,满房里就快活起来了。"妈妈望着对面说。

千代子和百合子也同样到那边大厅去了。

过了一小时的工夫,四个人一同回来。

"就是这么点……"舞女从拳头里向妈妈的手掌上倒出了五角零碎的银币。我又读了一会儿《水户黄门漫游记》。他们又谈起了旅途上死去的婴儿,据说,那孩子生下来像水一样透明,连哭的力气都没有,可是还活了一个星期。

我仿佛忘记了他们是巡回艺人之类的人,既没有好奇心,也不加轻视,这种很平常的对他们的好感,似乎沁入了他们的心灵。我决定将来什么时候到他们大岛的家里去。他们彼此商量着:"可以让他住在老爷子的房子里。那里很宽敞,要是老爷子让出来,就很安静,永远住下去也没关系,还可以用功读书。"然后他们对我说:"我们有两座小房子,靠山那边的房子是空着的。"

而且说,到了正月里,他们要到波浮港去演戏,可以让我帮帮忙。

我逐渐了解到,他们旅途上的心境并不像我最初想象的那么艰难困苦,而是带有田野气息的悠闲自得。由于他们是老小一家人,我更感到有一种骨肉之情联系着他们。只有雇来的百合子老是羞羞怯怯的,在我的面前闷声不响。

过了夜半,我离开小旅店,姑娘们走出来送我。舞女给我摆好了木屐。她从门口探出头来,望了望明亮的天空。

"啊,月亮出来啦……明天到下田,可真高兴啊,给小孩做断七,让妈妈给我买一把梳子,然后还有好多事情要做哩。你带我去看电影好吧?"

对于沿伊豆地区相模川各温泉场串街的艺人来说,下田港这个城市总是像旅途的故乡一样漂浮着使他们恋恋不舍的气息。

五

艺人们像越过天城山时一样,各自携带着原来的行李。妈妈用手腕子搂着小狗的前脚,它露出惯于旅行的神情。走出汤野,又进入了山区。海上的朝日照耀着山腰。我们眺望着朝日的方向。河津的海滨在河津川的前方明朗地展开了。

"那边就是大岛。"

"你看它有多么大,请你来呀。"舞女说。

也许是由于秋季的天空过于晴朗,临近太阳的海面像春天一样笼罩着一层薄雾。从这里到下田要走二十公里路。暂时间海时隐时现。千代子悠闲地唱起歌来。

路上他们问我,是走比较险峻可是约近两公里的爬山小道呢,还是走方便的大道。我当然要走近路。

林木下铺着落叶,一步一滑,道路陡得挨着胸头,我走得气喘吁吁,反而有点豁出去了,加快步伐,伸出手掌拄着膝盖。眼看着他们一行落在后面了,只从树木中间听到他们的话声。舞女一个人高高地提起下摆,紧紧地跟着我跑。她走在后面,离我一两米远,既不想缩短这距离,也不想再落后。我回过头去和她讲话,她好像吃惊的样子,停住脚步微笑着答话。舞女讲话的时候,我等在那里,希望她赶上来,可是她也停住脚步,要等我向前走她才迈步。道路曲曲折折愈加险阻了,我越发加快了脚步,可是舞女一心地攀登着,依旧保持着一两米的距离。群山静寂。其余的人落在后面很远,连话声也听不见了。

"你在东京家住哪儿?"

"没有家,我住在宿舍里。"

"我也去过东京,赏花时节我去跳舞的。那时还很小,什么也不记得了。"

然后她问东问西:"你父亲还在吗?""你到过甲府吗?"等等。她说到了下田要去看电影,还谈起那死了的婴儿。

这时来到了山顶。舞女把鼓卸在枯草丛中凳子上,拿手巾擦汗。她要掸掸脚上的尘土,却忽然蹲到我的脚边,抖着我裙子的下摆。我赶忙向后退,她不由得跪了下来,弯着腰替我浑身掸尘,然后放下裙子下摆,对站在那里呼呼喘气的我说:

"请您坐下吧。"

就在凳子旁边,成群的小鸟飞了来。四周那么寂静,只听见停着小鸟的树枝上枯叶沙沙地响。

"为什么要跑得这么快?"

舞女像是觉得身上热起来。我用手指咚咚地叩着鼓,那些小鸟飞走了。

"啊,想喝点水。"

"我去找找看。"

可是舞女马上又从发黄的丛树之间空着手回来了。

"你在大岛的时候做些什么?"

这时舞女很突然地提出了两三个女人的名字,开始谈起一些没头没脑的话。她谈的似乎不是在大岛而是在甲府的事,是她上普通小学二年级时小学校的一些朋友,她想到什么就说什么。

等了约十分钟,三个年轻人到了山顶,妈妈更落后了十分钟才到。

下山时,我和荣吉特意迟一步动身,慢慢地边谈边走。走了约一里路之后,舞女又从下面跑上来。

"下面有泉水,赶快来吧,我们都没喝,在等着你们呢。"

我一听说有水就跑起来。从树荫下的岩石间涌出了清凉的水。女人们都站在泉水的四周。

"快点,请您先喝吧。我怕一伸手进去会把水弄浑了,跟在女人后面喝,水就脏啦。"妈妈说。

我用双手捧着喝了冷冽的水,女人们不愿轻易离开那里,拧着手巾,擦掉汗水。

下了山一走进下田的街道,出现了好多股烧炭的烟。大家在路旁的木头上坐下来休息。舞女蹲在路边,用桃红色的梳子在梳小狗的长毛。

"这样不把梳子齿弄断了吗?"妈妈责备她说。

"没关系,到下田反正要买把新的。"

在汤野的时候,我就打算向舞女讨这把插在她前发上的梳子,所以我认为不该用它梳狗毛。

道路对面堆着好多捆细竹子,我和荣吉谈起正好拿它们做手杖用,就抢先一步站起身来。舞女跑着赶上来,抽出一根比她人还长的粗竹子。

"你干什么?"荣吉问她。她踌躇了一下,把那根竹子递给我。

"给你做手仗。我挑了一根挺粗的。"

"不行啊!拿了粗的,人家立刻会看出是偷的,被人看见不糟糕吗?送回去吧。"

舞女回到堆竹子的地方,又跑回来。这一次,她给我拿来一根有中指粗的竹子。接着,她在田埂上像背脊给撞了下似的,跌倒在地,很难受地喘着气等待那几个女人。

我和荣吉始终走在前头十多米。

"那颗牙可以拔掉,换上一颗金牙。"忽然舞女的声音送进我的耳朵里来。回过头一看,舞女和千代子并排走着,妈妈和百合子稍稍靠后一些。千代子好像没有注意到我在回头看,继续说：

"那倒是的。你去跟他讲,怎么样?"

她们好像在谈我,大概千代子说我的牙齿长得不齐整,所以舞女说可以换上金牙。她们谈的不外乎容貌一类的话,说不上对我有什么不好,我都不想耸起耳朵听,心里只感到亲密。她们还在悄悄地继续谈,我听见舞女说：

"是个好人哪。"

"是啊,人倒是很好。"

"真正是个好人。为人真好。"

这句话听来单纯而又爽快,是幼稚地顺口流露出感情的声音。我自己也能天真地感到我是一个好人了。我心情愉快地抬起眼来眺望着爽朗的群山,眼睑里微微觉着痛。我这个二十岁的人,一再严肃地反省到自己由于孤儿根性养成的怪脾气,我正因为受不了那种令人窒息的忧郁感,这才走上到伊豆的旅程。因此,听见有人从社会的一般意义说我是个好人,真是说不出地感谢。快到下田海边,群山明亮起来,我挥舞着刚才拿到的那根竹子,削掉秋草的尖子。

路上各村庄的入口竖着牌子：

"乞讨的江湖艺人不得入村。"

六

一进下田的北路口,就到了甲州屋小旅店。我随着艺人们走上二楼,头上就是屋顶,没有天花板,坐在面临街道的窗口上,头要碰到屋顶。

"肩膀不痛吧?"妈妈好几次盯着舞女问。"手不痛吗?"

舞女做出敲鼓时的美丽手势。

"不痛。可以敲,可以敲。"

"这样就好啦。"

我试着要把鼓提起来。

"唉呀,好重啊!"

"比你想象的要重。比你的书包要重些。"舞女笑着说。

艺人们向小旅店里的人们亲热地打着招呼。那也尽是一些艺人和走江湖的。下田这个港口像是这些候鸟的老窝。舞女拿铜板给那些摇摇晃晃走进房间来的小孩子。我想走出甲州屋,舞女就抢先跑到门口,给我摆好木屐,然后自言自语似地悄声说："带我去看电影啊。"

我和荣吉找一个游手好闲的人领路,把我们带到一家旅馆去,据说旅馆主人就是以前的区长。洗过澡之后,我和荣吉吃了鲜鱼的午饭。

"你拿这个去买些花给明天忌辰上供吧。"我说着拿出个纸包,装着很少的一点钱,叫荣吉带回去,因为我必须乘明天早晨的船回东京,我的旅费已经用光了。我说是为了学校的关系,艺人们也就不好强留我。

吃过午饭还不到三小时就吃了晚饭。我独自从下田向北走,过了桥。我登上下田的富士山,眺望着港湾。回来的路上顺便到了甲州屋,看见艺人们正在吃鸡肉火锅。

"哪怕吃一口不也好吗?女人们用过的筷子虽然不干净,可是过后可以当作笑话谈。"

妈妈说着,从包裹里拿出小碗和筷子叫百合子去洗。

大家又都谈起明天恰好是婴儿的第四十九天,请我无论怎样也要延长一天再动身,可是我拿学校做借口,没有应允。妈妈翻来覆去地说:

"那么,到冬天休假的时候,我们大家到船上去接您。请先把日期通知我们,我们等着。住在旅馆里多闷人,我们到船上去接您。"

屋里只剩下千代子和百合子的时候,我邀她们去看电影,千代子用手按着肚子说:"身子不舒服,走了那么多的路,吃不消啦。"她脸色苍白,身体像是要瘫下来了。百合子拘谨地低下头去。舞女正在楼下跟小旅店的孩子们一起玩。她一看到我,就去央求妈妈让她去看电影,可是接着垂头丧气的,又回到我身边来,给我摆好了木屐。

"怎么样,就叫她一个人陪了去不好吗?"荣吉插嘴说。但是妈妈不应允。为什么带一个人去不行呢,我实在想不透。我要走出大门口的时候,舞女正在抚摸着小狗的头。她那种疏远冷淡的神情,使我对她难以开口讲话。她连抬起头来看我一眼的气力好像都没有了。

我独自去看电影。女讲解员在灯泡下面念着说明书。我立即走出来回到旅馆去。我把胳膊肘拄在窗槛上,好久好久眺望着这座夜间的城市,城市黑黢黢的。我觉得从远方微微地不断传来了鼓声。眼泪无端地扑簌簌落下来。

七

出发的早晨七点钟,我正在吃早饭,荣吉就从马路上招呼我了。他穿着印有家徽的黑外褂,似乎为了给我送行穿上礼服。女人们都不见,我立即感到寂寞。荣吉走进房间里来说:

"本来大家都想来送行的,可是昨天夜里睡得很迟,起不了床,叫我来道歉,并且说冬天等着您,一定要请您来。"

街上秋天的晨风是冷冽的。荣吉在路上买了柿子、四包敷岛牌香烟和熏香牌口中清凉剂送给我。

"因为我妹妹的名字叫薰子,"他微笑着说。"在船上吃桔子不大好,柿子对于晕船有好处,可以吃的。"

"把这个送给你吧。"

我摘下便帽,叫荣吉戴在头上,然后从书包里取出学生帽,拉平皱折,两个人都笑了。

快到船码头的时候,舞女蹲在海滨的身影扑进我的心头。在我们靠近她身边以前,她一直在发愣,沉默地垂着头。她还是昨夜的化妆,愈加动了我的感情,眼角上的胭脂使她那像是生气的脸上显出一股幼稚的严峻神情。荣吉说:

"别的人来了吗?"

舞女摇摇头。

"她们还都在睡觉吗?"

舞女点点头。

荣吉去买船票和舢板票的当儿,我搭讪着说了好多话,可是舞女往下望着运河入海的地方,一言不发。只是我每说一句还没有说完,她就连连用力点头。

这时,有一个小工打扮的人走过来,听他说:"老婆婆,这个人可不错。"

"学生哥,你是去东京的吧,打算拜托你把这个婆婆带到东京去,可以吗?满可怜的一个老婆婆。她儿子原先在莲台寺的银矿做工。可是倒霉,碰上了这次流行感冒,儿子和媳妇都死啦。留下了这么三个孙子。怎么也想不出好办法,我们商量着还是送她回家乡去。她家乡在水户,可是老婆婆一点也不认识路。到了灵岸岛,请你把她送上开往上野去的电车就行啦。麻烦你呀,我们拱起双手重重拜托。唉,你看到这种情形,也要觉得可怜吧。"

老婆婆痴呆呆地站在那里,她背上绑着一个奶娃儿,左右手各牵着一个小姑娘,小的大概三岁,大的不过五岁的样子。从她那龌龊的包袱皮里,可以看见有大饭团子和咸梅子。五六个矿工在安慰着老婆婆。我爽快地答应了照料她。

"拜托你啦。"

"谢谢啊!我们本应当送她到水户,可是又做不到。"

矿工们说了这类话各自向我道谢。

舢板摇晃得很厉害,舞女还是紧闭双唇向一边凝视着。我抓住绳梯回过头来,想说一声再见,可也没说出口,只是又一次向她点了点头。舢板回去了。荣吉不断地挥动着刚才我给他的那顶便帽,离开很远之后,才看见舞女开始挥动白色的东西。

船开出下田的海面,伊豆半岛南端渐渐在后方消失,我一直凭倚着栏杆,一心一意地眺望海面上的大岛。我觉得跟舞女的离别仿佛是很久很久以前的事了。老婆婆怎么样啦?我探头向船舱里看,已经有好多人围坐在她身旁,似乎在百般安慰她。我安下心来,走进隔壁的船舱。相模滩上风浪很大。坐下来,就常常向左右歪倒。船员在到处分发小铁盆。我枕着书包躺下了。头脑空空如也,没有了时间的感觉。泪水扑簌簌地滴在书包上,连脸颊都觉得凉了,只好把枕头翻转过来。我的身旁睡着一个少年。他是河津一个工场老板的儿子,前往东京准备投考,看见我戴着第一高等学校的学生帽,对我似乎很有好感。谈过几句话之后,他说:

"您遇到什么不幸的事吗?"

"不,刚刚和人告别。"我非常坦率地说。让人家见到自己在流泪,我也满不在乎。我什么都不想,只想在安逸的满足中静睡。

海上什么时候暗下来我也不知道,网代和热海的灯光已经亮起来。皮肤感到冷,肚里觉得饿了,那少年给我打开了竹皮包着的菜饭。我好像忘记了这不是自己的东西,拿起紫菜饭卷就吃起来,然后裹在少年的学生斗篷里睡下去。我处在一种美好的空虚心境里,不管人家怎样亲切对待我,都非常自然地承受着。我想明天清早带那老婆婆到上野车站给她买票去水户,也是极其应当的。我感到所有的一切都融合在一起了。

船舱的灯光熄灭了。船上载运的生鱼和潮水的气味越来越浓。

在黑暗中,少年的体温暖着我,我听任泪水向下流。我的头脑变成一泓清水,滴滴嗒嗒地流出来,以后什么都没有留下,只感觉甜蜜的愉快。

(侍桁译,选自高慧勤选编《日本短篇小说选》。中国青年出版社1983年版)

作品内容提问

1. 青年主人公"我"是在什么地方第一次见到年轻的小舞女的?
2. 小舞女是从什么地方赤身裸体跑出来的?

3. 小舞女与青年"我"在什么地方下的五子棋？
4. 小说几次描写到下雨的场景？
5. 青年"我"和美丽小舞女的感情最后的结果如何？

导读

　　川端康成(1899—1972)，日本小说家。生于大阪府三岛郡丰川村大字宿久庄。在幼年父母便相继离世，他由祖父母抚养。然而，祖父母及其姐姐的去世将他的孤儿体验推向了顶点，不幸的早年生活养成了他忧郁固执的性格。1924年于东京大学国文系毕业后，他与横光利一等一起创办同人杂志《文艺时代》，发起"新感觉派"文学运动，将西方现代派创作方法引入日本文坛，强调主观感受的重要性，其创新的文学形式旨在更新日本文学的面目，为文坛注入新鲜血液。1927年，《文艺时代》停刊，"新感觉派"走向衰落。他又参加了新兴艺术派和新心理主义文学运动。在不断的实践探索中，川端康成形成了一派独特的写作风格——融合西方现代派的笔法与日本文学传统的古典精神。川端康成的创作才华从中学时期便开始展露。1916年，他在大阪《团栾》杂志上发表了《肩扛老师的灵柩》，还经常给《文章世界》写小品。1920年7月至1924年3月大学时代，川端康成在《新思潮》创刊号和第二号上发表了描写同岐阜的伊藤初代(千代)订婚和失意经过的习作《一次婚约》，以及短篇处女作《招魂节一景》(1921)。他一生创作了100多篇小说，以中短篇居多。《伊豆的舞女》(1926)是其成名之作，名作还有《雪国》、《千鹤》、《古都》、《山之音》、《水晶幻想》、《名人》等。

　　《伊豆的舞女》是一篇类似自传体的小说，源于作者川端康成20岁时去伊豆旅行的经历。作品讲述了青年学生"我"与舞女之间由邂逅到倾慕的过程，两人之间青涩又纯美的感情是行文的主线。首先，小说将纯净的笔触淋漓尽致地挥洒在舞女这个人物形象身上。舞女第一次与"我"近距离接触时不胜娇羞，实是其单纯性格的体现。"她坐到我面前，满脸通红，手在颤抖，茶碗正从茶托上歪下来，她怕倒了茶碗，乘势摆在铺席上，茶已经洒出来了。看她那羞愧难当的样儿，我愣住了。"舞女不仅单纯，而且品性淳朴，从她为"我"取竹竿的细节就可以看出："我"和艺人们走在下田的市街上，舞女看出"我"的疲惫，见街面上有许多捆矮竹，跑过去拿来一根比自己身材还长的粗竹子让"我"做手杖。"我"说，"拿粗的人家会马上晓得是偷来的，不好，送回去！"舞女就折回堆矮竹的地方，又给我拿了一根手指粗的。这些细节充分展现了舞女憨厚、质朴的性格特点。其次，二人之间的情感脱离了世俗欲念，唯有青春的美好与纯粹。有一处描写最能表现：舞女赤身裸体从浴场的尽头跑出来。"我"看见她雪白的身子，"感到有一股清泉洗净了身心"，她也发觉了"我"，就高兴地跑到日光下，"踮起脚尖，伸长了身子"。我满心欢畅地笑了，"微笑长时间挂在嘴边"。世间的所有欲望似乎都在两人笑容的交汇处消散，干净的文字将一场原本香艳的邂逅涤洗得清澈透明，只留有对青春的感念和读者脸上长久的微笑。除此之外，对艺人们艰难生活的描绘构成了作品的另一条线索，表达出作者对底层人的同情。这一线索主要是通过几处看似不经意的细节描写表现出来的。在第一部分中，"我"向茶馆的老婆子询问艺人们今晚的住处，"老婆子的话里带着非常轻蔑的口吻"说："这种人嘛，少爷，谁知道他们住在哪儿呀。哪儿有客人留他们，他们就在哪儿住下了。有什么今天夜里一定的住处呀！"还有，主人公与艺人们同行的路上,各村庄的入口都竖着牌子:"乞讨的江湖艺人不得入村。"由上述可见艺人们当时的社会地位和生活境遇,他们流离失所又为世人鄙视。这样"我"对舞女所抱有的感情就不单单是懵懂的爱情和对美的欣赏,还有对其命运和处境的怜惜。

《伊豆的舞女》的艺术特色主要表现在三个方面。首先,小说用大量的细节描写来丰富人物形象和传递人物的心理与情感。川端康成的笔法明显带有新感觉派的特征。作者的笔触似乎就沿着情境和人物活动攀爬,任何一处细微的动向都能引发情感的震颤。舞女与"我"下五子棋,"起初她老远地伸手落子,可是渐渐地忘了形,专心地俯身到棋盘上。她那头美得有些不自然的黑发都要碰到我的胸部了。突然她脸一红"。舞女的娇羞美态尽收"我"的眼底。正是在这些细节表现间,暗藏着情欲涌动。其次,小说中意象的使用深化了人物形象。"鲜花"、"梧桐"、"雨"等这些意象十分关键,似乎暗示了舞女命运的不幸与两人爱情的悲哀终结。深受日本古典文学传统影响的川端康成对"物哀"的理解极为深刻,他的作品无不体现着对这一精神的继承。作者通过这些意象,将淡淡的哀伤委婉地传达出来,人物形象与自然意象产生了共鸣与融合,具有无尽的韵味。最后,清澈婉转的语言有效地诠释了作品。这篇《伊豆的舞女》所讲述的故事和表达的感情都处在一种欲言又止、引而不发地境界,点到即止又回味悠长的语言刚好契合了这样的叙事风格,使得所有情绪都是慢慢弥散开来,分外动人。

知识链接

新感觉派,是20世纪初日本文坛的一个以小说创作为主的文学流派,由1924年创办的《文艺时代》的同人形成。他们受西方现代派文学的影响,试图对传统的日本写实主义进行一场文学革新运动。主张不再通过视觉进入知觉来把握客观规律和认识世界,而是通过变形的主观情绪与感觉来反映客观世界,重点描写超越现实的幻想和作者的心理感受;强调艺术至上,认为现实中没有艺术,没有美,因而在幻想的世界中追求主观虚幻的美。这一流派的代表是川端康成和横光利一。

44 桑戈尔《黑女人》

赤裸的女人,黑肤色的女人
你的穿着,是你的肤色,它是生命;是你的体态,它是美!
我在你的保护下长大成人;你温柔的双手蒙过我的眼睛。
现在,在这仲夏时节,在这正午时分,我从高高的
灼热的山口上发现了你,我的希望之乡
你的美犹如雄鹰的闪光,击中了我的心窝。

赤裸的女人,黝黑的女人
肉质厚实的熟果,醉人心田的黑色美酒,使我出口成章的嘴
地平线上明净的草原,东风劲吹下颤动的草原
精雕细刻的达姆鼓,战胜者擂响的紧绷绷的达姆鼓
你那深沉的女中音就是恋人的心灵之歌。

赤裸的女人,黝黑的女人
微风吹不皱的油,涂在竞技者两肋、马里君王们两肋上的安静的油
矫健行空的羚羊,像明星一样缀在你黑夜般光泽的皮肤上的珍珠
智力游戏的乐趣,在你那发出云纹般光泽的皮肤上的赤金之光
在你头发的庇护下,在你那像比邻的太阳一样的
眼睛的照耀下,我苦闷的脸上露出了微笑。

赤裸的女人,黑肤色的女人
我歌唱你的消逝的美,你的被我揉成上帝的体态
赶在妒嫉的命运把你化为灰烬,滋养生命之树以前。

(选自曹松豪、吴奈译《桑戈尔诗选》。外国文学出版社1983年版)

作品内容提问

1. 诗歌的第一节末尾把"黑女人"的美比作哪种鸟类?

2. 诗歌的第二节把"黑女人"的深沉的女中音比作什么?
3. 诗歌第三节用哪种动物形象比喻了"黑女人"?
4. 诗歌结尾的一段诗句是什么?
5. 诗歌中除了"黑"以外,还有其他形容颜色的词吗?

导读

列奥波尔德·塞达·桑戈尔(1906—2001),塞内加尔杰出的诗人和政治家,"黑人性"运动发起人之一。曾连任塞内加尔共和国总统二十年。1945年发表第一部诗集《影之歌》,一举成名。1979年荣获意大利第一届"但丁国际奖"。主要诗集还有《黑人牺牲品》《埃塞俄比亚人》和《夜歌》。他一直用"黑人性"民族意识来推动政治文化运动。他的诗歌不讲格律,是抒发自由随想的散文诗。

《黑女人》主题表现的不是非洲的苦难,不是非洲女性的痛苦和压抑,而是发自内心的对非洲的赞美和热爱。全诗用拟人的手法,借描绘展现黑女人的美,象征非洲的美。黑女人的一切特点,都代表着非洲的特点。黑女人美丽妖娆,象征非洲大地的美丽和富饶。全诗书写到很多具有鲜明非洲特色的各种事物和景物,将对女人的描绘与对大自然景物的描绘融为一体,既表达了对自己民族女性的赞美,也表达了对自己家乡故土的热爱。

"赤裸的女人,黝黑的女人"是这首诗中每一诗节开头反复出现的诗句,也是全诗结尾的句子。"赤裸"的状态,无论对女人来说,还是对大地来说,都是一种最接近自然的状态,也是最袒露、最不设防、最开放的姿态。"黝黑"则既是非洲女性的肤色,更是一种沉默谦逊的颜色,一种最自然,最原生态,也最厚重,最神秘的颜色。"不设防",使女人,也使大地显示出脆弱和容易遭受侵害的一面;同时又使她们具有了一种难于真正认识、难于真正掌控、难于真正损毁的状态。黑色的非洲和它黑肤的女人,正是以这样一种最本真的状态,既最脆弱,又最顽强在现代世界中存在着。非洲女性在作者的眼中,是母亲,是爱人,是哺育自己长大,给予自己生命,赋予自己激情的女人,是自己要全身心感念,用全部热情歌唱的母亲。

在艺术手法上,比喻和象征十分突出。作者用黑女人比喻非洲,同时又用非洲说明女人。《黑女人》如同它所书写的非洲大地和非洲女性一样,自然纯朴;又如同达姆鼓一样,自在随性,富于生命的韵律和活力。全诗写的既是非洲"赤裸的女人、黑肤的女人",也是非洲本身,蕴藏着对家国民族深重的情怀。激情十分充溢。仲夏灼热的阳光,东风劲吹下战栗的草原,战胜者、竞技者、雄鹰,自然朴实的形象中,展现的是生命的健硕和力量。

知识链接

黑人性。又译"黑人学",20世纪30年代初非洲大陆兴起的旨在恢复黑人价值的文化运动。"黑人性"一词出自塞泽尔的长诗《还乡笔记》,桑戈尔将其定义为"黑人世界文化价值的总和,正如这些价值在黑人的作品、制度、生活中表现的那样"。一般认为,黑人性运动肯定被压迫的黑人的尊严,在团结非洲殖民地人民反抗宗主国的奴役等方面,具有历史的功绩。然而一些比较激进的青年作家认为,这种理论是要把非洲人民的目光引向过去,无助于现实问题的解决。对"黑人性"文化运动的评价,目前非洲文化界仍有争论。

后 记

经全国高等教育自学考试指导委员会同意,由文史类专业委员会负责高等教育自学考试汉语言文学专业教材的审定工作。

汉语言文学专业(本科段)《外国文学作品选》自学考试教材由东北师范大学刘建军教授主编。参加写作的成员有(按姓氏音序排列)华东师范大学陈建华教授、北京师范大学刘洪涛教授、东北师范大学刘建军教授、南开大学王立新教授、大连大学杨丽娟教授。东北师范大学裴丹莹、米睿、田晓宁以及南开大学白春苏等做了资料搜集和辅助性的工作。

本教材由北京大学刘意青教授、天津师范大学孟昭毅教授和首都师范大学林精华教授担任审稿人,谨向他们表示诚挚的谢意。

全国高等教育自学考试指导委员会
文史类专业委员会
2013 年 1 月